Kayıp Tanrılar Ülkesi'nin yazım ve okura ulaşma sürecinde benden desteklerini esirgemeyen İzmir Büyükşehir Belediye Başkanı Tunç Soyer'e, Bergama Eski Belediye Başkanı Mehmet Gönenç'e, Bergama Belediyesi UNESCO Dünya Mirası ve Alan Yönetimi Birimi eski sorumlusu arkeolog Bülent Türkmen'e, Prof. Dr. Semih Baskan'a, Diş Hekimi Celal Yıldırım'a, Pergamon Kazı Başkan Yardımcısı Doç. Dr. Güler Ateş'e, Berlin'deki Pergamon Müzesi Müdür Yardımcısı Dr. Martin Maischberger'e, Almanya eski federal milletvekili Özcan Mutlu'ya, Yüksel Mutlu'ya, Bahattin Topraklı'ya, Berlin *Merhaba* Dergisi Yayın Yönetmeni Murat Tosun'a, Berlinli heykeltıraş Zeki Turan'a, Alman yasalarını bana anlatan avukat Cüneyt Bülent Bilaloğlu'na, Almanya'daki Türkiye Büyükelçiliği'nden Yaşar Özbek'e, avukatım Aydın Kurban'a, romanlarımın ilk okurları, ilk eleştirmenleri olan Almanca çevirmenim Sabine Adatepe'ye, kitap ajanım Nermin Mollaoğlu'na, Figen Bitirim'e, Kemal Koçak'a, Ayhan Bozkurt'a, Mert Orçun Özyurt'a, Erdinç Çekiç'e, Oral Esen'e ve kızım Gül Ümit Gürak'a, Gürkan Gürak'a, eşim Vildan Ümit'e sonsuz teşekkürlerimi sunarım. Bu değerli insanların katkısı olmasaydı bu roman da olmazdı.

Alacakaranlığın içinde yürüyorlardı. Gecenin sessizliğini bozan müzik kulaklarını tırmalıyordu, açık kapıdan yansıyan kırmızı ışık ardı ardına yanıp sönüyordu. Kesif bir kan kokusu çarptı burnuna. Yüzünü buruşturdu, neyle karşılaşacağını tahmin edebiliyordu. Ama hiç duraksamadı, olay yerine girmeden önce giydikleri kapüşonlu beyaz tulumun içerisinde güçlükle yürüyen yardımcısı Tobias'ın peşi sıra ilerlemeyi sürdürdü. Yaklaştıkça daireden gelen ses dayanılmaz bir hal aldı, sanki deprem oluyormuş gibi tüm bina sarsılıyordu, koku da iyice yoğunlaşmıştı. Tobias'ın aniden durduğunu fark etti. Yüzünü göremese de dehşete kapıldığını hissedebiliyordu. Hayır, ürkmemişti Başkomiser Yıldız, yardımcısını durduran görüntüyü merak ediyordu sadece. Aceleyle kapıya yaklaştı, omzuna dokundu. Tobias irkildi, sanki Yıldız'ı ilk kez görüyormuş gibi şaşkınlıkla baktı.

"Hıı... Burası... Burası mezbahaya dönmüş Şef. Her yer kan..."

Tobias'ın sözlerini duymadı bile, gözleri karşı duvara çizilmiş devasa resme takılmıştı. Yanıp sönen kırmızı ışığın altında, başında tacıyla, uzun saçlı, uzun sakallı bir kral, büyük bir vakarla tahtında oturuyordu. Altın rengi saçları, sakalları onu yaşlı bir adam gibi gösterse de değme sporcuları kıskandıracak muhteşem bir vücuda sahipti. Sağ eline kanatlı bir peri konmuştu, sol elinde bir asa tutuyordu. Asanın tepesindeki öfkeli kartal tehditkâr gözlerle onları süzüyordu. Sarı, turuncu ve kahverengi tonların hâkim olduğu resmin alt kısmında, tahtın ayaklarının bulunduğu yerde kırmızı lekeler vardı. O anda gördü yerdeki kurbanı. Çırılçıplaktı, sırtüstü yatıyordu, bileklerinden bağlanan elleri yukarı doğru açılmıştı. Nefesini tutarak birkaç adım attı, işte o zaman adamın avuçlarındaki kanlı et parçasını fark etti. Birkaç adım daha... Evet yanılmamıştı, adam ellerinde hâlâ kanayan bir kalp tutuyordu. Göğsünün sol tarafında derin, kara bir oyuk vardı. Odanın ışıklarını yakan Tobias "Nasıl yani" diye mırıldandı. "Nasıl yani, adam kendi kalbini mi sunmuş krala?"

Meslektaşına yanıt vermedi Yıldız, ışıkların yanmasıyla etkisi azalan kızıllığın kaynağına çevirdi gözlerini. Masanın üzerindeki bilgisayarın geniş ekranında, yeri göğü inleten şarkının klibi dönmeyi sürdürüyordu. Klibin altındaki bantta, şarkının ismi yazıyordu:

"Altar of Zeus."

"Krala değil Toby, baştanrıya. Kurban kalbini Baştanrı Zeus'a sunmuş."

1

"Unutmanın bedelini ödeyecek unutanlar!"

Unuttuğunuz yerden başlayacağım. Adımın silindiği son şehirden, son heykelimin parçalandığı son tapınaktan, son kâhinimin son kehanetinin son sözünden, sunaktaki son kurbanın tüten son etinden, sevgiyle, saygıyla, korkuyla yalvaran son kulumun son duasından.

Ne zamanın acımasızlığı, ne insanın vefasızlığı, ne ufalan taş, ne eriyen mermer, ne çürüyen ahşap, ne sözün çaresizliği, ne duanın kifayetsizliği; hiçbiri ama hiçbiri önleyemeyecek gelmekte olan hükümranlığımı. Yine şimşeklerle parçalayacağım gökyüzünü, yine yıldırımlar yağdıracağım ışıklı şehirlerinizin üzerine, seller içinde bırakacağım lanetli ülkelerinizi, hastalıklar tebelleş edeceğim başınıza, aptal krallarınızı kandırıp savaşlar çıkartacağım, yine besili balıklarla dolduracağım denizlerinizi, yine ballı yemişler bahşedeceğim bahçelerinize, altın rengi tahıllarla bereketlendireceğim tarlalarınızı, doğurgan hayvanlar bağışlayacağım ağıllarınıza. Eskisi gibi yeniden yakaracaksınız bana, yine korkuyla diz çökeceksiniz önümde, saygıyla sıraya gireceksiniz tapınaklarımda, adımı anarken titreyeceksiniz tepeden tırnağa.

Yeniden hatırlayacaksınız sizden ne kadar nefret ettiğimi, sizi ne kadar sevdiğimi, sizden ne kadar kuşku duyduğumu, size ne kadar güvendiğimi. Atalarınızın, dedelerinizin, babalarınızın unuttuklarını da hatırlayacaksınız birer birer. Ne kadar acımasız olduğumu da hatırlayacaksınız, ne kadar merhametli olduğumu da. Dizginsiz öfkemi de hatırlayacaksınız, sonsuz şefkatimi de. Sizi belalardan nasıl koruduğumu, dertlerden nasıl uzak tuttuğumu da hatırlayacaksınız, başınıza getirdiğim felaketleri de.

Ey belleği zayıf, ey aklı kıt, ey ahlakı düşük insanlar, beni unuttuğunuz günden başlayacağım. Olympos'taki altın tahtıma yeniden oturacağım ki, işlediğiniz bütün günahları görebileyim. Krallığımı yeniden kuracağım ki, gökyüzünde ve yeryüzünde yaptığınız yağma sona ersin. Toprağa yeniden bereket getireceğim, denizi kutsayacak, havayı temizleyeceğim. Eskisinden daha kudretli olacağım, daha zalim, daha acımasız. Ve tek tek yazacağım unuttuğunuz ne varsa bana dair, hepsini satır satır, kelime kelime... Sizin kanınızla...

Sonsuz karanlığı, kaosu, Toprak Anamız Gaia'yı, dedemiz Uranos'u, babamız Kronos'u ve ben Zeus'u anlatacağım yeniden. Titanları ve devleri nasıl yendiğimi, o kanlı muharebeleri, şanlı savaşları anlatacağım. Okumanız, yeniden hatırlamanız, hiç unutmamanız için. Eğer okumazsanız yazdıklarımı, o sözcükleri çelimsiz bedenlerinize ateşle kazıyacağım.

Zulüm en bilge öğretmeniniz olacak; eziyet erdemin kapılarını açacak size; gazabım hizaya sokacak aklınızı. Bağışlanmak isteyeceksiniz. Sizi bağışlamam için öncekilerden daha görkemli tapınaklar kuracaksınız, daha ihtişamlı heykeller yapacaksınız, devasa sunaklarda kendi etinizi sunacaksınız bana. Fakat asla kolay bağışlanmayacaksınız. Çünkü siz hainsiniz, riyakârsınız, yalancısınız. Kolay olana anında uyar, zor olandan kaçarsınız. Oysa tanrıya zor yollardan ulaşılır. Çünkü tanrı, hakikattir; asla değişmez, asla inkâr edilmez, asla unutulmaz.

Ama siz unuttunuz. Sanki Zeus hiç var olmamış gibi, sanki ona hiç tapmamış gibi, sanki ona hiç yalvarmamış gibi, sanki onun için hiç ölmemiş, öldürmemiş gibi. Sandınız ki, zaman Zeus'un hükmünü yere düşürür. Sandınız ki, dedem Uranos, babam Kronos gibi benim de kudretim sona erer. Sandınız ki, yeni tanrılarınız benim yerimi alır. Sandınız ki, yeni tanrılarınız benden daha kudretlidir, daha bilgedir, daha acımasız ve daha merhametlidir. Sandınız ki, tapınaklarım yıkılırsa ben toprak olurum, heykellerim parçalanırsa ölümsüz bedenim dağılır. Sandınız ki, dualarımı okumazsanız soluğum kesilir. Bana kurbanlar getirmezseniz ruhum beslenemez, sönen bir yıldız gibi karanlığın derinliklerinde kaybolur.

Hiç inkâr etmeyin, böyle olacak sandınız. O yüzden, beni kolayca unutmaya kalktınız. Krallarınız, kahramanlarınız, soylularınız, köleleriniz, kadınlarınız, yaşlılarınız, çocuklarınız. Evet, bunu hepiniz yaptınız. Eğlenerek, keyiflenerek, mutlulukla kahkahalar atarak, şaraplar içerek, dans ederek, arsızca çiftleşerek yaptınız. Binlerce yıllık tanrınızı sefil hayatlarınızdan çıkartmak istediniz. Bir zamanlar uğruna canınızı vermekten çekinmediğiniz Zeus'u, hatırlanmak istenmeyen lanetli biri gibi kapıları mühürlenmiş yeraltı depolarına, mermer lahitlere kilitlediniz. Aşklarımla dalga geçtiniz, zaferlerimle eğlendiniz, mucizelerimi hor gördünüz, adımı ucuz şakalarınıza katık ettiniz. İsmimi, suretimi, sözümü o zayıf hafızanızdan silmek, o korkak kalbinizden sökmek, o günahkâr ruhunuzdan atmak istediniz. Ve o kadar aptalsınız ki bensiz geçirdiğiniz zamana bakıp bunu başardığınızı sandınız. Oysa tanrıların zamanıyla insanınki aynı değildir. Sizin için yıllar süren bir ömür, biz tanrılar için bir nefes alıp vermek kadar kısadır. Ve işte o kısa an bitti. Şimdi yazgınızın en korkunç dönemi başlıyor.

O yüzden unuttuk dediğiniz yerden başlayacağım. Unutmanın bedelini ödeyecek unutanlar. Cezaların en şiddetlisiyle ödüllendirilecek saygısızlık yapanlar, kalbi yerinden çıkarılacak beni kalbinden çıkaranların, yüzlerinin derisi yüzülecek benden yüz çevirenlerin, inkârcıların ağızlarının içi toprakla dolacak, tapınaklarıma girmeyenlerin ayakları kesilecek, sunaklarıma armağan getirmeyenlerin kolları koparılacak. Kimse ama hiç kimse kurtulamayacak gazabımdan.

Ben, yeryüzünün ve gökyüzünün hâkimi, ben titanların, devlerin, insanların ve tüm mahlukatın Baştanrısı Zeus işte söylüyorum; toprak anamız Gaia'ya, dedem Uranos'a, annem Rheia'ya, babam Kronos'a, titanlara, tanrılara ve cümle mahlukata ant olsun ki: Bana ihanet edenler intikamın en korkuncuyla tanışacak, sözümün dışına çıkanlar lanetler içinde kalacak, ateşler içinde yanacak, acılar içinde kıvranacak.

Birinci Bölüm

"Bana ihanet edenler intikamın en korkuncuyla tanışacak, sözümün dışına çıkanlar, lanetler içinde kalacak, ateşler içinde yanacak, acılar içinde kıvranacak."

Zeus'un resminin sağ alt köşesine, adeta imza atılır gibi yazılmış bu satırları sesli olarak okumuştu Tobias.

"Yanılmışız Şef. Bu adam kurban edilmemiş, Zeus'un sözlerini dinlemediği için cezalandırılmış. Hem de bizzat baştanrı tarafından."

Gardıroptaki açık yeşil, yazlık ceketin ceplerine bakarken yanıtladı Yıldız.

"Saçma, bu devirde Zeus'a inanan mı var?"

Tobias yeniden satırları incelemeye başlamıştı.

"Onu bilmem ama yazıdan çıkan anlam bu."

Yanıt vermedi Yıldız, çünkü ceketin cebinde bir kimlik bulmuştu. Cemal Ölmez yazıyordu, Berlin doğumluydu.

"Maktul Türk asıllıymış, tuhaf..."

Pek umursamamıştı yardımcısı kurbanın kimliğini ama Yıldız bu önemli ayrıntıya takılmıştı. Türklerin karıştığı cinayetlerde böyle düzenlemeler olmazdı. Katil ve kurbanın açıkça belli olduğu, alacak verecek davaları, kıskançlık olayları, miras meseleleri yüzünden öldürülürdü bu insanlar. Gerçekten tuhaftı. Bilgisayarın bulunduğu masaya yöneldi. Müzik olanca gürültüsüyle sürüyordu; kan kokusu gibi ona da alışmışlardı. Masanın üzerinde, klavyenin hemen yanında karakalemle çizilmiş insan yüzlerinin bulunduğu kâğıtlar vardı. Eskizler maktule ait olmalıydılar ama çizilen yüzler sanki bu çağa ait değillerdi.

"Bana ihanet edenler intikamın en korkuncuyla tanışacak" diye yeniden okudu lakayt bir tavırla Tobias. "Baştanrının el yazısı da oldukça iyiymiş, baksana şu harflerin güzelliğine."

Kâğıtları bırakmadan yardımcısına döndü Yıldız.

"El yazısıyla mı yazılmış?"

Nerdeyse burnu duvara değecek kadar sokulmuştu harflere Tobias.

"Öyle galiba..." Karar veremedi. "Yoksa değil mi?"

Böyle olmayacaktı, Yıldız elindekileri masanın üzerine bırakarak resme yaklaştı. Beyaz tulumunun içinde güçlükle eğilerek Zeus'un tahtının ön ayaklarının arasına sıkıştırılmış harfleri incelemeye başladı.

"Hayır Toby. Üzgünüm, bunu Zeus yazmamış. Bilgisayar çıktısı. Katil kesip özenle yapıştırmış resmin altına."

Doğrulurken bakışları yeniden kurbana takıldı. Otuzlarında olmalıydı, hoş bir yüzü vardı, ölüm henüz yakışıklılığını bozamamıştı. Donuklaşan iri siyah gözleri öylece tavana bakmayı sürdürüyordu. "Fazla sakin" diye geçirdi içinden Yıldız. "Yüzünde ne bir korku ne de dehşet ifadesi var. Sanırım kalbi çıkartılırken uyuşturmuşlar. Hiçbir şeyin farkına varmamış." Maktul için sevindi. Yine de ona bakarken içinde büyüyen ürküntüyü engelleyemiyordu. Gerçekten korkunçtu. Genç adamın iri ellerinin arasındaki kalp, tazeliğini yitirmekte olan kızıl bir çiçek gibi anbean kararıyor, parmaklarından süzülerek göğsüne düşen kan damlaları gitgide seyrekleşiyordu. Ceset hızla soğuyordu.

Yıldız eğildi, cansız bedenle duvar arasındaki boşluğu inceledi, ayakucunu ve başucunu kontrol etti, aradığını bulamayınca yardımcısına sordu:

"Cinayet aletini gördün mü? Ciddi bir cerrahi operasyon yapılmış burada."

Tobias'ın aklı hâlâ duvardaki yazıdaydı.

"Hı, ne dedin Şef? Yok, yok, hiçbir şey görmedim..." Şimdi o da maktulün parçalanmış göğsüne bakıyordu. "Bıçak değil mi?"

Odanın içini araştıran Yıldız "Bıçak ya da bisturi, daha fazlası da olmalı" diye tahminde bulundu. "Öyle herhangi keskin bir aletle birinin kalbini çıkartamazsın. Kaburgaların açılması gerek... Muhtemelen narkoz vermişler. Ya da çok güçlü bir uyuşturucu. Var mı öyle bir şeyler etrafta?"

Tobias'ın bakışları da odayı tarıyordu ama ne insanın göğsünü boydan boya açacak bir bıçak, ne ilaç şişeleri ne de serum torbaları görebildi. Bakınırken, masanın karşısındaki küçük kitaplık gözüne çarptı. Yaklaştı, kitapları incelemeye başladı. Hepsi sanatla ilgiliydi. Picasso, Dalí, Van Gogh isimlerini okudu.

"Merhum ressammış galiba Şef. Zeus'u da o çizmiş anlaşılan."

"Sanırım öyle Toby." Yıldız da baştanrıya çevirmişti gözlerini. "Resimden hiç anlamam ama fena da çizmemiş."

Abartıyla gözlerini iri iri açtı yardımcısı.

"Fena çizmemiş mi? Ne diyorsun Şef, çok güzel yapmış. Ben çöp adam bile çizemem."

Dalgınca gülümsedi Yıldız, sonra o da raftaki kitaplara yöneldi.

"Otto Dix, Rivera, Chagall, Monet, Gauguin, Cézanne" diye okudu hayranlıkla. "Bütün önemli ressamlar burada. Evet, Toby, maktul kesinlikle ressammış." Alt raftaki kitaplardan birinin sırtındaki bilgisayar sözcüğü gözüne çarptı. "Burada da bilgisayarlarla ilgili kitaplar var. Sanatla alakası olmayan teknik kitaplar hepsi. İlgi alanı epeyce genişmiş kurbanın."

Aynı anda duydular zil sesini. Sanki biri kapıyı çalıyordu. Dikkat kesildiler. Hayır, telefon ziliydi bu. Ama Yıldız'ınki de yardımcısınınki de böyle çalmıyordu. Göz göze geldiler, sonra masaya yöneldiler. Masanın üzerinde telefon yoktu. Tobias üstteki çekmeceyi açtı, evet, işte oradaydı. Bir cep telefonu usulca kıpırdıyordu ıvır zıvırın arasında. Daha fazla beklemedi Tobias, çekmeceden telefonu aldı. Rafael yazıyordu ekranda.

"Alo? Buyurun."

"Alo Cemo!" diye karşılık verdi bir erkek sesi, sonra kararsız kaldı. "Cemo? Cemo sen misin?"

Otoriter bir tonda cevapladı Tobias.

"Hayır, ben Cemal değilim, siz kimsiniz?"

"Cemal nerede?"

Adamın sesi değişmişti.

"Ben Komiser Tobias Becker, lütfen kim olduğunuzu söyler misiniz?"

Kısa bir sessizlik oldu telefonun öteki ucunda.

"Komiser mi? Kötü bir şey mi oldu yoksa?"

Sesini iyice yükseltti Tobias.

"Lütfen kim olduğunuzu söyler misiniz? Cemal'le ilişkiniz nedir?"

"Adım Rafael Moreno" dedi endişeyle. "Cemal'in arkadaşıyım."

"Niçin aramıştınız Cemal'i?"

"Birlikte resim yapıyorduk, duvar resimleri. Köpenicker Caddesi'ndeki şu işgal evlerinin duvarlarına. Bu akşam da çalışacaktık ama gelmedi. Kötü bir şey yok, değil mi?"

Soruya soruyla karşılık verdi Tobias.

"Niye öyle söylediniz? Kötü bir şey olması mı gerekiyor Cemal'e?"

"Yok, hayır, öyle demek istemedim. Cemal çok dakiktir. Gelmeyecekse de haber verir. Haber vermeyince merak ettim. O yüzden öyle söyledim. Gerçekten bir şey yok, Cemal iyi değil mi?"

Adamın endişesini hiç umursamadı Tobias.

"En son ne zaman görmüştünüz Cemal'i?"

Biraz düşündü telefonun öteki ucundaki adam.

"İki gece önceydi. Bize gelmişti, yemek yemiştik birlikte." Yine sessizlik oldu. "Ne oldu Cemal'e? Niye söylemiyorsunuz?"

İsyan eder gibiydi.

"Çok üzgünüm Bay Moreno" dedi Tobias nihayet. "Cemal öldü. Bu gece henüz kimliğini saptayamadığımız biri ya da birileri tarafından öldürüldü."

"Ne! Ne diyorsunuz?" Artık ağlamaklı geliyordu kendini Rafael diye tanıtan adamın sesi. "Nasıl yani?" dedi acıyla. "Nasıl yani, Cemo öldü mü şimdi?"

Daha fazla konuşamadı, ağlamaya başlamıştı. Telefon elinde öylece kaldı Tobias. Adamın hızla nefes alış verişini, burnunu çekişini duyuyordu. Biraz bekledi ama adam bir türlü toparlanamıyordu, olacak gibi değildi.

"Bakın Bay Moreno, telefonu kapatmak zorundayım. Ama sizinle yeniden konuşmamız lazım, yüz yüze. Yardımınıza ihtiyacımız olacak. En kısa zamanda arayacağız sizi. Başınız sağ olsun, gerçekten üzgünüm."

Telefonu kapattı.

"Adam dağıldı ya... Sanırım yakın arkadaşıydı. Yabancı biri. Yeni gelenlerden. Burada doğmamış, çok kötü konuşuyordu Almancayı."

Yıldız'ın bakışları telefondaydı.

"Şifresi var mı onun?"

Eldivenli parmaklarıyla akıllı telefonun ekranına dokundu Tobias.

"Hayır, yok."

"Bakar mısın, en son kimi aramış ya da onu kim aramış?"

Yeniden telefona dokundu yardımcısı.

"Evet, işte burada... Alex diye birini aramış." Ekranı şefine gösterdi. "Soyadı yok, bak sadece Alex yazıyor. 21:47'de aramış. Ondan beş saat kadar önce Peter diye biri de maktulü aramış. Epeyce konuşmuşlar. Başka da arayan yok..."

Usulca başını salladı Yıldız.

"İkisini de araştırırız" diyerek yeniden kitaplığa yöneldi, bu defa kitaplara değil, duvardaki çerçeveye takıldı bakışları. Siyah beyaz bir fotoğraftı. Kazı alanında çekilmişti, ellerinde kazma kürek olan on dört işçi, yanlarında kolonyal şapkalı bir adamla poz veriyorlardı. Arkalarında mermer heykeller, kırık sütunlar, devasa taşlar görünüyordu. Neresi olduğunu çıkaramadı Yıldız. Belki Troya'ydı ya da başka bir antik şehir.

"Maktul arkeolojiye de meraklıymış."

Yadırgamıştı yardımcısı.

"Adam Zeus'un resmini yapmış Şef, tabii arkeolojiye meraklı olacak."

Küçümseyen bir bakış fırlattı Yıldız.

"Onu söylemiyorum Toby, adamın sadece Zeus'la değil, kazılarla da ilgisi var. Bak bu fotoğraf bir kazı alanından. Gördüğün gibi ortalıkta ne Zeus var ne de başka bir tanrı ama odasına asmış. Fotoğraftakilerden biri ya da birileri onun yakını olmalı."

Tobias kolonyal şapkalı adama bakıyordu.

"Bu adam mı? Dedesi filan mıydı acaba?"

Hüzünlü bir ifadeyle başını salladı şef.

"Hiç zannetmiyorum Toby. Kurban Türk'tü." İşaret parmağıyla ellerinde kazma kürek tutan sarıklı, şalvarlı adamları gösterdi. "Eğer Cemal'in bir yakını varsa, şu işçilerden biridir."

"Kimmiş o işçiler?" diyen bir sesle ikisi de kapıya çevirdiler başlarını. Ve Olay Yeri İnceleme'nin komiseri Kurt'un, tıpkı duvardaki baştanrı gibi ateşler saçan gözleriyle karşılaştılar. Ama üzerinde beyaz tulum, ayaklarında galoşlar ve ellerinde eldivenleriyle hiç de korkutucu bir etki yaratmadı meslektaşları üzerinde. Kurt da bunu bildiğinden olsa gerek yüksek sesle konuşuyordu.

"Olay yerimi mahvetmişsiniz. Markus'a şikâyet edeceğim sizi."

Muzipçe gülümsedi Yıldız.

"Abartma Kurti, görmüyor musun biz de senin gibi izole ettik kendimizi. Bak ellerimizde eldivenler, ayaklarımızda galoşlar. Ne parmak izi, ne ayak izi ne de tek bir saç teli bıraktık odada. Hiçbir ipucunu saklamadık, hiçbir delili karartmadık."

Elindeki çantayla iyice yaklaştı Kurt.

"Yok bir de karartsaydınız! Ya Yıldız yakışıyor mu sana?" Yerde yatan kurbanı gördü, başını geri attı. "Ha siktir, bu ne be!"

Kapıya yürürken söylendi Yıldız:

"Baştanrının huzuruna hoş geldin Kurti. Seni yüce Zeus'la baş başa bırakıyoruz. Hadi kolay gelsin."

Birkaç adım atmıştı ki, müziğin sesinin azaldığını fark etti Yıldız. Sinirleri pek de sağlam olmayan Kurt daha fazla katlanamamıştı o canhıraş gürültüye. Loş koridorda ilerlerken duvar boyunca uzanan bir resim dikkatini çekti. Hayır, bu bir resim değil, onlarca siyah beyaz karenin yan yana yapıştırılmasıyla oluşturulmuş bir kolajdı. Karelerde kabartma heykeller vardı, ama kolları, başları, ayakları, gövdeleri eksikti. Heykeller kıran kırana bir savaşı anlatıyordu. Dalgınlaşmıştı Yıldız, bu kabartmaları daha önce görmüş müydü?

"Yine Zeus'la ilgili heykeller mi?" Tobias'ın sesi dağıttı düşüncelerini. "Cinayet mahalline değil arkeoloji müzesine geldik sanki."

Yardımcısına cevap vermek yerine yeniden yürümeye başladı Yıldız. Berlin'in göbeğinde antik dönemin baştanrısına gönderme yapan bir cinayet ve öldürülen bir adam. Resim, arkeoloji ve bilgisayar programlarına meraklı genç bir adam. Üstelik Türk. Gerçekten de tuhaftı. Aklında nereye oturtacağını bilemediği düşüncelerle ulaştı koridorun sonuna. Önündeki ahşap kapı itince kolayca açıldı. Büyük bir oda belirdi gözlerinin önünde. Sol taraftaki iki geniş pencereden sızan ışık belli belirsiz aydınlatıyordu içerisini. Tam karşısında devasa bir kütüphane gördü, hemen yanında başka bir kapı göze çarpıyordu. Sağ taraftaki duvar ise boydan boya bir resimle kaplıydı ama alacakaranlıkta seçilemiyordu. Yanından süzülen Tobias, elektrik düğmesine bastı.

Tanıdık bir mekân belirdi gözlerinin önünde. Müzede orijinalini ilk gördüğünde de çok etkilenmişti Yıldız. Evet, antik dünyanın muhteşem yapılarından biri olan Pergamon Altarı'ydı bu. Hatırlamıştı; koridorda gördüğü fotoğraflardaki heykeller bu altarın duvarlarını süslüyordu. Türk maktul, arkeoloji, Pergamon Altarı ve bir sürü başka düşünce üşüştü aklına ama yine düzene sokamadı. Birkaç adım attı, durdu; biraz daha yaklaşırsa resmin tümünü görememekten korkuyordu. Mermerden kocaman bir tahtı andırıyordu anıt. Tam ortasında merdivenler yükseliyordu. İnsanlar bu basamaklardan çıkarak ateş yakılan mekâna ulaşıyorlardı. Duvarlarında enfes kabartmalar vardı. Ve kabartmaların yer aldığı duvarların üzerinde sütunlar sıralanıyordu. Sütunların desteklediği sundurmanın tepesinde ise heykelcikler yer alıyordu. Eşi benzeri olmayan sunak bütün ihtişamıyla karşısındaydı.

"Bu resim de mi Zeus'la alakalı?" diye sordu yardımcısı. "Tapınak mı bu?"

Gözlerini altardan ayırmadan yanıtladı.

"Öyle sayılır. Sunak ya da altar. Tanrılara armağanlar verilen yer. İnsanlar, en besili hayvanlarının en iyi parçalarını tanrılara sunmak için buraya gelirlermiş. Altarın ikinci katında o parçaları yakarlarmış. Evet Tobias, burası da Zeus'la ilgili. Hatta sadece baştanrı için yapılmış bir sunak. Bir adı da Zeus Altarı zaten."

Yardımcısı ilgiyle duvardaki resme baksa da onun kadar etkilenmemişti. Anlatmayı sürdürdü.

"Anadolu'dan getirildi, Bergama'dan. Yüz yıla yakın bir süredir burada, Berlin'de sergileniyor."

Durduğu yerde heyecanla kıpırdandı Tobias.

"Pergamon Müzesi'nde mi?"

"Evet, müze adını bu altardan alıyor. Çok kıymetli bir eser. Gerçeği çok daha görkemli. Aynı anda onlarca insan gezebiliyor. Defalarca ziyaret ettim... Her gördüğümde etkilemiştir beni. Bergama'ya da gittim. Asıl yerini de gördüm. Kaidesi kalmış sadece. Hazin bir görüntüsü vardı. Ama müzede güzel sergileniyor. En son on beş yıl önce filan gitmiştim." Eliyle resimdeki on ikinci basamağı gösterdi. "Şu merdivenlere oturmuştum."

Tobias'ın koyu gri gözlerinde hayranlık dolu bir ifade belirdi.

"Oturduğun basamağı nasıl hatırlıyorsun Şef?"

Muzipçe sağ gözünü kırptı Yıldız.

"Çünkü on ikinci basamak, bana Olympos Dağı'nda yaşayan on iki tanrıyı hatırlatıyordu. O yüzden unutmadım. Galiba bu altara da Zeus'un yeryüzündeki ikametgâhı deniyordu. Yani Olympos'taki tanrılar sarayının yeryüzündeki versiyonu. Sen gezmedin mi bu müzeyi? Berlin birleşmeden önce Doğu tarafındaydı. Okulda gezi düzenlemediler mi?"

Mahcup olmuştu iri polis, samimiyetle itiraf etti.

"Düzenlediler. Ben de çok istedim fakat olmadı. Leipzig'den geldi sınıf arkadaşlarım. Okul müdürü bayılırdı mitolojiye ama ben ağır bir grip geçiriyordum, gelememiştim. Günlerce anlatmışlardı müzeyi. Sonra da gidemedim bir türlü."

Yıldız'ın aklı hâlâ resimdeydi.

"Öyle, gerçekten muhteşem bir mekân. Pergamonlular, baştanrıya çok saygı duyuyorlarmış. Altarı böyle görkemli yaptılarsa, kim bilir tanrıya ne hediyeler sunmuşlardır?"

Şef bunu söylerken, içerideki göğsü parçalanmış ceset canlandı Tobias'ın zihninde.

"O zaman gerçekten de Zeus'a kurban ettiler maktulü" diye söylendi telaşla. "Talihsiz adamın kalbini çıkarıp baştanrıya sundular."

Soğukkanlılığını korudu Yıldız.

"Bilemiyorum Toby, baştanrıya adak sunulacaksa, kurbanın bu odada parçalanması gerekmez miydi? Zeus Altarı burada."

"Aslında her ikisi de saçma" diye homurdandı yardımcısı. "Sonuçta burası tapınak değil bir ev, duvardakiler de sadece birer resim. Tanrının resmini duvara çiz, önünde adam kes. Böyle kurban töreni mi olur? İşi hakkıyla yapacaksan, kurbanı altarda kesmen gerekir. Anlattığına göre bu da yeterli olmayacaktır, onu ateşte yakmak zorundasın." Kendi düşüncesinden rahatsız oldu, yüzünü buruşturdu ancak söylemeden de edemedi. "Öyle değil mi Şef, o zaman içerdeki kurbanın kalbinin ateşe atılması gerekirdi."

Göz ucuyla yardımcısına baktı Yıldız.

"Kesinlikle öyle. Ama bu vahşeti müzede yapabilmesi

mümkün değildi, o zaman kendi kafasında bir tapınak yarattı. Anlaşılan, kurbanın çizimleri de onun hayal dünyasını bir hayli kışkırtmış. Öyle ya da böyle. Karşımızda fantezi sahibi bir manyak var. Bizim resim diye gördüğümüzü sunak zanneden bir psikopat. Daha beteri, insan kesmekten çekinmeyen bir cani. Hem de son derece becerikli, bu kadar korkunç bir suç işleyip etrafı dağıtmayacak kadar da titiz. Bu defa zorlu bir katille karşı karşıyayız Toby."

Yok, ikna olmamıştı yardımcısı.

"Ortalığın temiz olması benim de kafamı karıştırdı. Maktulün, katiline hiç direnmemiş olması da manidar. Belki de gönüllü olarak kurban oldu Cemal. İkisi de antik Yunan dinine bağlıydılar. Belki de maktul hayatın anlamını baştanrıya kurban edilmekte bulmuştu. Kendisi gibi düşünen biriyle karşılaştı. Hatta katili kendisi ikna etti. Öyle değil mi Şef? Kurbanın yüzünde en küçük bir korku işareti bile yoktu. Ne kavga olmuş, ne karşı koyma... Bilgisayar masasının önündeki sandalye bile devrilmemişti. Bütün o düzenekler filan aklını karıştırmıyor mu? Neden bu cinayeti, katil ile kurban birlikte organize etmiş olmasınlar? İnsanlık çığırından çıkmış durumda, sıradan bir şekilde yaşayıp sıradan bir şekilde ölmek yerine böyle korkunç bir fanteziyi denemek istemiş olabilirler."

Mümkündü elbette, yıllar önce Rotenburg civarında, sapığın biri "Yemek için insan arıyorum" diye ilan vererek gönüllü bir kurban bulmamış mıydı? Ve kurban bile bile katiliyle buluşmuş, ona büyük bir istekle, hatta belki zevkle kendi etini sunmamış mıydı? Kurbanını parça parça yiyen katil, sonunda onu tümüyle öldürerek bir kancanın ucunda sallandırmamış mıydı? İnsan denen mahlukun kötülük yapma konusunda sonsuz bir yaratıcılığa sahip olduğunu deneyimleriyle öğrenmişti Yıldız.

"Söylediklerin olmayacak işler değil. Elbette bu da bir varsayım. Ancak sadece bir varsayım. Otopsi sonuçlarını bekleyelim, telefonundaki kişileri kontrol edelim. Şu Alex'le Peter kim, onları öğrenelim. Belki dediğin gibi bir olayla karşılaşırız. Ama şimdilik kurbanın kendi rızası dışında öldürüldüğünü kabul etmeliyiz. Hunharca öldürülmüş bir adamı ortalıkta kanıt, ipucu yokken lekelemeyelim. Bu büyük bir haksızlık olur." Tobias'tan itiraz gelmeyince bakışları kütüphanenin yanındaki kapıya kaydı. "Ben şu odaya bakayım. Sen de kitapları karıştır, belki dişe dokunur bir şeyler bulabiliriz." Birkaç adım attı. "Belki arkeoloji, resim ve bilgisayar dışında başka ilgi alanlarını da keşfederiz maktulün."

Yorgun yorgun güldü Tobias.

"Hiç şaşırmam, içerdeki bahtsız çok yönlü biriymiş."

Yıldız kapıyı açınca, sert bir boya ve tiner kokusu çarptı burnuna. Yine de az önceki cinayet mahalliyle kıyaslandığında daha katlanılabilir bir kokuydu bu. Hatta yoğunluğu daha az olsa severdi bu kokuyu. El yordamıyla duvardaki elektrik düğmesini bulup bastı. Ve bir resim atölyesi çıktı karşısına. Demek Cemal burada çalışıyordu. Az önceki büyük odanın ikizi gibiydi atölye. Bahçeye bakan pencereler kalın siyah perdelerle örtülmüştü. Ortalıkta kocaman bir masa vardı, duvarın dibinde ahşap bir şövale, yerde ise karton desteleri, boya kutuları, tiner şişeleri, fırçalar. Karşı duvarda yan yana yapıştırılmış üç büst eskizi çarptı gözüne. Üç sakallı adam... Tanıyamadı, yaklaştı, gözlerini kıstı. Sadece en sağdakini çıkarabildi, bu Zeus'tu. Tahtta oturan baştanrının yüzünün aynısını yapmıştı Cemal. Öteki ikisinin de saçları, sakalları uzun, çeneleri güçlü, alınları açık, bakışları mağrurdu. Muhtemelen Zeus gibi onlar da tanrıydılar, galiba Poseidon ile Hades'ti bunlar. Zeus'un kudretli iki ağabeyi, yine de emin olmak zordu. Yandaki duvara geçti. Burası olduğu gibi eskizlerle kaplıydı. Yaklaştı, dikkatle incelemeye başladı. Koridordaki fotoğraflar model alınarak yapılmış çizimlerdi. Evet, bire bir Zeus Altarı'nın duvarlarını süsleyen kabartmaların eskizleriydi bunlar. Henüz boyanmamışlardı fakat çok güzel çizilmişlerdi. Bir hikâyesi de vardı eskizleri yapılan bu heykellerin. Hatırlamaya çalıştı Yıldız. Bir savaşı anlatıyorlardı ama neydi o? Tanrılar başka tanrılarla savaşıyorlardı galiba. Yoksa tanrılarla titanlar mıydı? Emin olamıyordu, öylece bakınırken gördü masanın üzerindeki fotoğrafları.

Az önce koridorda karşılaştıkları fotoğrafların daha büyük kareleriydi. Altarın orijinalinde olduğu gibi heykellerin başları, kolları, ayakları eksikti. Yeniden duvardaki çizimlere çevirdi bakışlarını. Evet, ressam duvardaki resimleri çizerken tamamlamıştı eksik parçaları. Tuhaf bir memnuniyet duydu Yıldız. Heykel de olsa eksik bedenler rahatsız etmişti onu. Müzeleri gezerken de öyleydi, eksiklerle dolu orijinal heykeller, mozaikler, freskler yerine eserlerin noksansız halini görmeyi tercih ederdi. O yüzden kabartmaların olduğu gibi sergilendiği eskizleri, resimli bir roman okuyormuş gibi merakla izlemeye koyuldu.

Tanrılar ve tanrıçalar, insan görünümlü tuhaf yaratıklar bir bütün olarak yer alıyordu çizimlerde. Müthiş bir kavga vardı. Mızraklar, kılıçlar, sopalar, oklar, silah olarak aklınıza ne gelirse kullanılan bir savaş. Gövdelerinin üzeri insan, altları sürüngen olan mahluklar, kanatlı tanrıçalar, kudretli tanrılar kıran kırana girmişlerdi birbirlerine. Kartallar, yılanlar, köpekler, atlar, aslanlar da yer alıyordu bu kanlı çatışmanın içinde. Bir cinayet soruşturmasında olduğunu unuttu Yıldız, bu çatışmayı merak etmeye başladı. Az önce eskiz olarak gördüğü Zeus'un bedenleşmiş halini buldu. Acımasızca dövüşüyordu birileriyle. Ancak hepsi buydu. Niye çıkmıştı bu savaş? Kimdi bu dövüşenler? Neyi anlatmak istemişti iki bin küsur yıl önce bu muhteşem altarı yapan Pergamonlular? Duymuş olmalıydı, bir yerlerde okumuş olmalıydı ama hatırlayamıyordu işte.

"Şef, bir dakika bakar mısın?"

Öteki odadan sesleniyordu Tobias. Önemli bir kanıta mı ulaşmıştı yoksa? Aklından çıkardı Zeus Altarı'nın kabartmalarında anlatılan savaşı ve aceleyle öteki odaya yöneldi.

"Evet Tobias, ne buldun?"

Yardımcısı kanıt filan bulmamıştı, yanında beti benzi atmış, sıska bedeni korkuyla titreyen hamile bir kadınla onu bekliyordu.

"Hanımefendi, maktulün arkadaşı. Üst katta oturuyormuş. Söyleyecekleri var."

El yapımı ahşap bir avizeden yayılan bal rengi ışıkla aydınlanıyordu ikinci kattaki evin küçük salonu. Hamile kadın, Başkomiser Yıldız'ın oturttuğu ucuz koltuğa öylece yığılıp kalmıştı. İnce bedeni hâlâ belli belirsiz titriyordu. Sessizce akan gözyaşlarını artık silmekten vazgeçmişti, kızarmış yanaklarını geçerek çenesinden boynuna akan damlalara aldırmıyordu.

"Parti yapıyor zannettim" diye söze başlayabildi. "Eğlenceli bir insandı Cemo... Apartmandaki herkesi çağırırdı... Dost canlısıydı. Müziği duyunca yine parti var zannettim. Ama hep aynı şarkı çalıyordu... Hem de çok yüksek sesle... Cemo asla böyle saygısızlıklar yapmazdı."

Kadın berbat bir aksanla konuşuyordu Almancayı. "Adım Pilar" demişti, gençti, çok gençti. Rengârenk kır çiçekleriyle süslü bir hamile elbisesi vardı üzerinde, kıvırcık saçlarını atkuyruğu yapıp başının arkasında toplamıştı. İncecik bedeniyle karnındaki o bebeği nasıl taşıyor diye düşünmüştü onu gördüğünde Yıldız. Evet, polisi arayan komşuydu Pilar...

"Bir terslik vardı" diye yeniden konuşmaya başladı. "Kapısına gittim... Sadece müzik sesi geliyordu içeriden. Ne konuşma, ne bağırma, ne şarkıya eşlik eden biri. Kapıyı çaldım, açılmadı... Meğerse açıkmış, itince..." Daha fazla sürdüremedi. Elleriyle yüzünü kapattı, hıçkırarak ağlamaya başladı.

Kadını kendi haline bıraktı Yıldız. Oturduğu koltuktan kalktı. Balkon penceresini açtı, içeri mis gibi ıhlamur kokusu doldu. Derin derin içine çekti temiz havayı. O anda duydu kanat sesini. Hayır, yarasa ya da baykuş değil, güçlü kanatları olan bir kuştu bu. Ardından bir çığlık yükseldi gökyüzünde.

Vahşi bir hayvan çığlığı. Bahçedeki ağaçlara baktı, karanlıkta hiçbir şey görülmüyordu. Ormandan şehre gelmiş bir şahin olmalıydı ya da öyle bir yırtıcı. Döndü, izin filan istemeden kadının mutfağına geçti, üzerinde Pinokyo'nun gülümsediği bir şişeden kendine bir bardak su doldurdu, içti. Başka bir bardağa uzandı, onu da doldurup içeri getirdi. Temiz hava, hamile kadının toparlanmasına yardım etmiş gibiydi. Bardağı uzattı Yıldız.

"İçin, iyi gelir."

Bir yudum içti ev sahibesi.

"Teşekkür ederim" diye fısıldadı bardağı sehpanın üzerine bırakırken. "Kusura bakmayın, kötü oldum böyle birden."

Sabırsızlıktan ölmek üzere olan Tobias yeniden başlattı soruşturmayı.

"Önemli değil. Cemo dediniz, maktulü böyle mi çağırıyordunuz?"

Uzun siyah kirpiklerini masumca kırptı Pilar.

"Yok, ismi Cemal'di. Cemal Ölmez... Cemo diyorduk, böyle daha kolay söyleniyor."

Yıldız'ın ela gözleri hamile kadının üzerindeydi. Onun için üzülüyor muydu, yoksa anlamaya mı çalışıyordu, kestirmek zordu.

"Biraz daha içsenize Pilar" dedi sehpanın üzerinde duran bardağı göstererek. "Yoksa sıcak bir şey mi istersiniz?"

Utangaç bir ifadeyle pembeleşti kadının yüzü.

"Hayır, teşekkür ederim, aslında ben ikram etmeliydim size ama Cemo'nun ölümü altüst etti beni. İnsan inanamıyor. O kadar hayat doluydu ki... Kim yapabilir böyle bir vahşeti?"

Güven vermek istercesine baktı Yıldız.

"Bulacağız Pilar, inanın bana bulacağız. Siz sorularımızı yanıtlarsanız daha kolay buluruz."

Genç kadın kendini zorlayarak bardaktan bir yudum su daha içti.

"Ressam mıydı Cemal?" Yeniden koltuğuna yerleşmişti Yıldız. "Odalarda resimler gördük, bir de atölye var..."

"Mitolojiyle ilgili resimler" diye onayladı Pilar. "Evet, onları Cemal çizdi."

Ama devamını getirmedi; Şefin sorusunu Tobias yineledi.

"Yani maktul ressam mıydı?"

"Ha yok, yazılım mühendisiydi... Bir şirkette çalışıyordu. Enerji şirketinde."

Seyrek kaşları çatıldı komiserin.

"O resimleri niye yapıyordu? Zeus, sunaktaki kabartmalar falan, mitolojiyle niye bu kadar ilgiliydi?"

İnce omuzlarını masumca geri attı Pilar.

"Ailecek merakları varmış. Türkiye'de öyle bir yerde yaşıyorlarmış. Pergamon'da..."

"Bergama olmalı" diye düzeltti yumuşak bir sesle Yıldız.

"Biliyorum, ama eski ismi Pergamon'muş... Müzeninki gibi... Dedeleri orada çalışmışlar. Çok eskiden... Pergamon'da diyorum... Aile geleneğiymiş. O kabartmaları da bulan onlarmış..."

"Nasıl yani, sunaktaki heykelleri mi?"

Alaycı bir tını belirmişti Yıldız'ın sesinde.

Başkomiserin inanmadığını görünce teslim oldu Pilar.

"Yani Cemo öyle anlatmıştı."

Konunun bir yere ulaşmayacağını anlayan Tobias soruşturmanın dümenini başka bir yöne kırdı.

"Siz nasıl tanıştınız Cemal'le? Anladığım kadarıyla epeyce samimiymişsiniz."

Pilar'ın gözleri doldu.

"Samimiydik, o bizim dostumuzdu." Nemli gözleri evin içinde dolaştı. "Burayı da bize o bulmuştu. Geçen yıl işgal evlerinden birinde kalıyorduk. Cemo ile Rafael işgalciler için duvar resimleri yapıyorlardı."

Az önce telefonda konuştukları adamdan söz ediyordu. Yanlış anlaşılma olmasın diye sordu Yıldız:

"Rafael kim?"

Yüzüne tatlı bir ifade yayılır gibi oldu hamile kadının.

"Benim eşim. Cemal'le kardeş gibiydiler. Onu da arayamadım. Nasıl söyleyeceğimi bilemedim. Çok yakınlardı.

Ben de öyle... İşgal evinde tanışmıştık Cemo'yla. Çok güzel günlerimiz geçti orada. Fakat altı ay önce Cemo 'Çocuğunu burada doğuramazsın, size daha uygun bir yer lazım' dedi. Bir hafta içinde de bu evi buldu. Çok iyi bir insandı, çok..."

Deminden beri sessiz kalan Yıldız, yeniden girdi lafa:

"İyi bir ressam mıydı Cemal?"

Küçük kitaplığın üzerindeki resmi gösterdi Pilar.

"Bakın şu resmi o yaptı." Resimde güzel yüzlü bir genç, altın bir sürahiden çiçekli bir kadehe içki dolduruyordu. "Bu yakışıklı delikanlı da Ganymedes'miş."

Merakla mırıldandı Tobias:

"Ganymedes kim?"

"Ganymedes, baştanrının sakisi ve sevgilisiymiş... Kartal kılığına giren Zeus onu Kaz Dağları'ndan kaçırmış. Sorunuza gelince, evet, iyi bir ressamdı Cemo. Amatörüm diyordu ama bence çok yetenekliydi." Resmi gösterdi yeniden. "Bunu yıllar önce çizmiş. Bakın ne kadar güzel bir resim. Sanat söz konusu olunca, burnundan kıl aldırmayan bizim Rafael bile ortak sergi açalım diye tutturmuştu."

Ayrıntılar umurunda değildi Tobias'ın, sadece kadının ve kocasının doğru söylediğinden emin olmak istiyordu.

"Rafael nerede şimdi?"

Komiserin sesi gerektiğinden sert çıkmıştı. Ürktü Pilar.

"İşgal evinde... Ne oldu ki?"

Omuz silkti kalıplı polis.

"Bir şey olmadı, işgal evi nerede?"

Ardı ardına yutkundu genç kadın.

"İşgal evi, Köpeniker Caddesi'nde... Evet, Rafael oradaki duvarlara resim yapıyor..."

Tobias ikna olmadı,

"Gecenin bir yarısı mı? Neden gündüz çalışmıyor?"

Kendi evinde olmasına rağmen koltukta iyice küçüldü Pilar.

"Ne zaman fırsat bulursa o zaman çalışıyor. Duruma göre..."

Konu yörüngesinden çıkmak üzereydi.

"Peki, Cemal yalnız mı yaşıyordu?" diye toplamak istedi Yıldız. "Karısı ya da kız arkadaşı yok muydu?"

Bir an duraksadı genç kadın ancak çok bekletmedi.

"Sevgilisi var, Alex. Bir heavy metal grubunda baterist. Ticari açıdan çok başarılı değiller. Alex de ne yapsın, nerede iş bulursa orada çalıyor. Sık sık turneye çıkıyor, karış karış ülkeyi dolaşıyor."

Demek maktulün son aradığı kişi olan Alex sevgilisiydi. Telefondaki Alex yazılı numaranın doğru olup olmadığını anlamak istedi Yıldız.

"Adamın telefon numarasını biliyor musunuz?"

Pilar sehpanın alt katındaki fihriste uzandı.

"Ev telefonunun numarası işte burada ama cep telefonu kullanmaz, garip bir adamdır." Defterin sayfalarını açtı. "Bakın numarası burada, gözlüksüz iyi seçemiyorum, siz yazabilir misiniz?" Tobias fihristteki numarayı cep telefonuna kaydederken, ev sahibesi sözlerini sürdürdü. "Bu gece Tartaros'ta çalıyor. 'Gorgolar'ın Gülümseyişi' diye müzikli bir oyunda."

Orayı biliyordu Yıldız, yine de emin olmak istedi.

"Oranien Caddesi'ndeki tiyatro mu? Konserler filan da düzenleniyor..."

"Evet, caddenin üzerinde... Aslında Alex çok yetenekli bir müzisyen, ama..."

Bunları söylerken yüzünü buruşturmuştu.

"Kötü biri mi?"

Son derece samimi çıkmıştı Yıldız'ın sesi.

"İyi biri değil... Cemo onu gerçekten de seviyordu, ancak Alex... Nasıl desem, bencil, nobran bir adam. Bazen acımasızca davranıyordu Cemo'ya..."

İki polis de dikkat kesilmişlerdi. Soru yine Yıldız'dan geldi:

"Acımasız derken neyi kastediyorsunuz? Dövüyor muydu onu?"

Altdudağını dişlerinin arasına almıştı Pilar, başını usulca iki yana salladı.

"Dövemez, çünkü Cemo daha gençti, atletikti, üstelik çok iyi kavga ederdi. Ama Alex, sürekli sorun çıkarırdı. İki gece önce yine kapıştılar. Yıkıldı ortalık. Sonra da kapıyı çarpıp gitti."

Tobias'ın koyu gri gözlerinden bir ışıltı geçti.

"Niçin kavga ettiklerini biliyor musunuz?"

Kararsız kaldı Pilar.

"Anlatmazsanız arkadaşınızın katilini bulamayız" diye uyardı Yıldız. "Her şeyi bilmemiz gerekiyor."

Derinden bir iç geçirdi genç kadın, önce Tobias'a sonra Yıldız'a bakarak anlatmaya başladı:

"Her zamanki mesele, Cemo'yu kıskanıyordu Alex. Şimdi ne haldedir bilmiyorum ama Cemo çok yakışıklı bir çocuktu. Alex hem çirkin hem de ondan yaşlıydı. Zindan ediyordu hayatı Cemo'ya..." Sustu, iri gözleri dehşet içinde büyümüştü. "Yoksa o mu? O alçak mı öldürdü Cemo'yu?"

"Bilmiyoruz" dedi Yıldız. "Siz ne diyorsunuz, Alex yapmış olabilir mi?"

Kara gözleri tedirginlikle kıpırdanmaya başladı.

"Yapmaz diyemem, ölümle tehdit etmişti Cemo'yu. Hem de gözümüzün önünde. İki gün önce burada, şu masada. Yemeğe çağırmıştık onları. İçince yine kavga çıkardı. İşte o zaman öfkeyle şöyle söyledi: 'Eğer beni terk edersen, eğer bunu bana yaparsan, seni yaşatmam.' Evet, aynen böyle söyledi."

Bir yerlere varıyorlardı sonunda, Tobias hevesle öne doğru eğildi.

"Cemal neden katlanıyordu adamın kabalıklarına? Kabalık da değil, bu bildiğimiz şiddet. Neden ayrılmıyordu?"

Belli belirsiz bir gülümseme yayıldı kadının yüzüne.

"Dedim ya, seviyordu Alex'i... Gerçekten çok seviyordu..."

Az önce maktulün evinde Yıldız'a anlattığı ihtimali bir kez daha dile getirdi Tobias.

"Belki de Alex'in şiddet uygulaması hoşuna gidiyordu onun. Belki bilhassa bu yüzden seviyordu adamı. Belki sevdiği adam mutlu olsun diye canını bile verebilirdi."

Yüzü çarpıldı hamile kadının.

"Hayır, Cemo öyle biri değildi. Onurlu bir insandı. Kimsenin onu aşağılamasına izin vermezdi. Alex'le kavgalarında da hiç altta kalmadı. Dedim ya, iyi, çok iyi dövüşürdü."

Toparlamaya çalıştı Tobias.

"Bakın yanlış anladınız. Bunun onurla alakası yok. Aşkta sınır tanımayan insanlar vardır. Ölümü bile yaşadıkları ilişkiye dahil edenler. Daha önce de tanık olduk böyle vakalara..."

Sinirlenmeye başlamıştı Pilar.

"Hayır, Cemal öyle biri değildi" dedi çatallaşmış bir sesle. "Evet, öteki insanlardan farklıydı ama hayata bağlıydı. Ölümü değil yaşamayı severdi. Ne kimseyi öldürmek ister ne de kendini öldürmelerine izin verirdi."

Karanlıkta parıldayan çakmağın ateşi Tobias'ın dalgın yüzünü aydınlattı. Sanki bir daha hiç içemeyecekmiş gibi derin derin iki nefes çekti sigarasından. Acı tütün, geceye tatlı bir rehavet katan ıhlamur kokusunu bastırmıştı. Olay Yeri İnceleme minibüsünün yanında duruyordu gri Passat. Bagajın önünde cinayet mahalline girerken giydikleri beyaz tulumunu çıkarıyordu Yıldız.

"Sabredemedin değil mi?" diye iğneledi yardımcısını. "Üzerini bile değiştirmeden yaktın mereti. Bak söylemedi deme, bu işin sonu kötü. Ailende kanser var. Akıl kârı değil bu yaptığın."

Pişkin pişkin sırıttı Tobias.

"Sen ecelimizle öleceğimizi mi sanıyorsun Şef? Hiç merak etme, nasıl olsa psikopatın teki karanlık bir köşede saplayacak bıçağı sırtımıza. Ya da biri karambolde sıkacak kurşunu kafamıza. O güne kadar da kanser olmam nasıl olsa."

Gülmemek için kendini güç tuttu Yıldız.

"Tamam, tamam, hadi bitir şunu, pis pis kokutacaksın arabanın içini."

Hiç tınmadı öteki, inadına derin derin iki nefes daha çekti sigarasından.

"Sahi, sen ne zaman bıraktın Şef?" diye keyifle mırıldandı ağzından burnundan dumanlar savrulurken. "Beş yıl mı olmuştu?"

Üzerindeki beyaz tulumla, gecenin karanlığında Berlin'e inmiş bir kutup ayısını andırıyordu.

"Beş yıl, üç ay, on yedi gün" diye cevapladı, sonra kendi haline şaşırmış gibi başını salladı. "Sana söylüyorum ama bak ben bile gün sayıyorum hâlâ. İlk sevgilimi bile bu kadar özlemiyorum." Çıkardığı tulumunu bagaja attı. "Ama o iş bitti, kesinlikle geri dönüş yok."

Deri ceketi ve uzun bacaklarını ortaya çıkaran siyah kot pantolonuyla, olduğundan daha genç gösteriyordu Yıldız. Kalkık ince kaşları, küçük burnu, kalın dudakları, güldüğünde yanağının sağ tarafında oluşan derin gamzesiyle oldukça alımlı bir kadındı. Alacakaranlıkta bile fark edebiliyordu bunu Tobias. Elbette bunu dile getirmedi.

"Sen istesen de Franz Abi başlar mı bilmem" diye muhabbette devam etti. "Abi" sözcüğünü Türkçe söylemişti. Yıldız'ın eski kocasına Franz Abi diyordu. "Adamı yaka paça atmışsın evden."

Hiç tepki vermedi Yıldız.

"Abi'yi güzel telaffuz ettin. Türkçen ilerliyor" diyerek yardımcısına yaklaştı. "Ama Franz'dan değil, sigaradan bahsediyorum. İlk sevgilim derken de Volker'ı kastetmiştim. Aynı sınıftaydık *gymnasium*da. Çok tatlı çocuktu. Elbette kimse ilk aşkıyla evlenmez, ancak Franz gerçekten büyük hataydı. Gençlik hatası. Her kadının böyle bir aptallık dönemi vardır. İşte o zaman böyle insanları katarız hayatımıza. Franz da onlardan biriydi işte."

Ayak parmaklarının ucunda yükseldi, kendisinden en az bir baş daha uzun olan Tobias'ın ağzındaki sigarayı aldı, yere atıp üstüne bastı.

Tombul komiserin şirin yüzünde acıklı bir ifade belirmişti.

"İyi de benim suçum ne? Niye atıyorsun sigaramı yere?"

Yıldız, sevimli meslektaşını paylamaya hazırlanıyordu ki, "Cinayet mi var?" diyen yaşlı bir adam engel oldu. Çelik mavisi gözlerindeki öfke alacakaranlıkta bile seçilebiliyordu. "Niye toplandı bu kadar polis buraya?"

Anında uyarısını yaptı Tobias.

"Güvenlik bandını görmüyor musunuz? Girmek yasak."

Titreyen eliyle sağ yanda, bahçe içindeki tek katlı binayı gösterdi adam.

"Evime dönüyorum, gece yürüyüşü yapmak da mı yasak? Yolumu kapatmışsınız nasıl geçeceğim?"

İlerdeki üniformalı iki polis de duymuştu tartışmayı, gelecek oldular. Elini kaldırarak durdurdu Yıldız. Yaşlı komşuya anlayışla gülümsedi.

"Kusura bakmayın beyefendi, buyurun geçin o zaman."

Ama yerinden kıpırdamadı bile meraklı komşu. Gözlerini cinayetin işlendiği binaya çevirdi.

"Yine birbirlerini mi öldürmüşler?"

Sinirlenmeye başlamıştı Tobias.

"Sizi ilgilendirmez, hadi evinize, bu saatte çoktan yatakta olmanız lazımdı."

Adamın gözlerindeki nefret katmerlendi.

"Terbiyesizlik yapmayın, ne zaman evime gideceğime, ne zaman uyuyacağıma ben karar veririm."

Çattık dercesine homurdandı iri polis. Bir kez daha araya girdi Yıldız.

"Hadi Tobias, sen git de şu tulumunu çıkart." Adama döndü, yandaki bahçeli binayı gösterdi. "Buyurun beyefendi, siz de evinize gidin."

Tobias, amirinin sözünü dinledi ama öfkeli komşu kımıldamadı yerinden. Zayıf bedeni, kamburlaşmış sırtı ve nefretle bakan gözleriyle olduğu yerde durdu. Karşısındaki kadını küçümseyen gözlerle süzdü.

"Türkler mi, Araplar mı? Yoksa şu hippi kılıklı uyuşturucu müptelaları mı? Kim, kimi öldürmüş diyorum?"

Yıldız yine nezaketini bozmadı.

"Neden böyle nahoş olaylara kafa yoruyorsunuz ki? Lütfen evinize gidin, bu işleri de polise bırakın."

Bunu söylerken usulca adama dokunmuştu. Gergin komşu sertçe çekti kolunu.

"Dokunma bana! Taciz ediyorsun."

Geri çekildi Yıldız.

"Pardon, pardon özür dilerim, istemeden oldu. Ancak sizi ilgilendiren bir durum yok burada."

Alev almış benzin gibi parladı adam.

"Nasıl yok! Hayatımızı mahvettiler. Siz burayı biliyor musunuz? Neukölln burası! Yabancılar gelmeden önce huzurlu bir yerdi. Ölmeden rahat birkaç yıl geçirelim dedik. Varımız yoğumuzla bir ev aldık. Peki, ne oldu? Türkü, Arabı, İranlısı, onlar da yetmezmiş gibi kendini sanatçı zanneden serseriler işgal etti. Her gün olay, her gün kavga. Beni ilgilendiren bir durum yokmuş."

Deminden beri bagajın önünde konuşulanları dinleyen Tobias sonunda dayanamadı, tulumunu sıyırıp atarak hızla yanlarına geldi. Bereket önce Yıldız gördü onu, yine elini kaldırarak durdurdu.

"Haklı olabilirsiniz ama anlattığınız konu bizim çözebileceğimiz bir mesele değil. Lütfen, artık evinize gider misiniz?"

Yaşlı adam, üzerine gelen Tobias'ı görmüştü.

"Bir de bana mı saldırıyorsunuz? Öyle mi? Beni savunacağınıza, şu yabancıyı koruyorsunuz ha! Utanın, utanın, kendinizden utanın! Sizin gibi hainlerin yüzünden kaybediyoruz zaten."

"Siz utanın!" diye patladı Tobias. "Yabancıymış! Hakaret ettiğiniz insan, bir Alman polisi. Huzurunuz kaçmasın diye dişini tırnağına takmış, gecenin bu saatinde sizin için çalışıyor. Siz de onun görevine engel oluyorsunuz. Hem nereden biliyorsunuz cinayet işlendiğini? Yoksa siz de mi işin içindesiniz?"

Endişelendi adam.

"Ne, ne diyorsunuz siz be! Ben bu halimle nasıl cinayet işleyeceğim, köşedeki büfenin önünde konuşuyorlardı, onlardan duydum."

Tobias inanmamış gibi tepeden tırnağa süzdü adamı.

"Yani sizin bir alakanız yok mu?"

İlk kez mavi gözlerinde korkuya benzer bir ifade belirdi.

"Yok, söyledim ya, evime dönüyordum sadece..."

Sert bir tavırla adamın evini gösterdi Tobias.

"Hadi o zaman, doğru evinize... İşimiz gücümüz var. Bize zaman kaybettirmeyin burada. Bakın, yoksa polise karşı koymaktan işlem yapacağım hakkınızda..."

Yaşlı adam ne diyeceğini bilemedi, sonunda başını gururla geri attı.

"Peki, peki, gidiyorum lakin hepinizi şikâyet edeceğim. Evimin önünü işgal ediyorsunuz..."

Sonra ayaklarını sürükleyerek ilerlemeye başladı, fakat hâlâ söylenmeyi sürdürüyordu:

"Şikâyet etsem ne olacak? Polisin içine kadar sızmış bunlar. Devlet olmuşlar, devlet... Hem kendileri öldürüyor hem de kendileri soruşturuyor. Katil kim, polis kim hepsi birbirine karışmış. Şikâyet etsem beni de atarlar içeriye..."

Adamın arkasından hiddetle bakıyordu Tobias.

"Bunak herif, sanki ben ev al dedim Neukölln'den."

Dostça vurdu omzuna Yıldız.

"Tamam Toby, tamam, abartma, adam çok yaşlı. Hem kendince haklı nedenleri de var. Son dönemlerde tadı biraz kaçtı buraların."

Böyle söylemesine karşın Yıldız da gerilmişti. Ancak Tobias'tan daha deneyimliydi bu konuda. Mahallede çocuklarla oynamaya başladığından beri karşılaşıyordu yabancı düşmanlığıyla. Başlarda çok üzülmüştü, sınıf arkadaşları dışlamışlardı onu, en sevdiği öğretmeninin gizli aşağılamasına maruz kalmıştı. Anlamamıştı önce, bunu ona niye yapıyorlardı ki? Üzülmüştü, çok üzülmüştü, saatlerce ağlamış, okula gitmek istememiş, sonra konuşmayı seçmiş, tartışmış, şikâyet etmiş, sonunda kendini kaybederek sıra arkadaşının suratının ortasına yumruğu yerleştirmişti. Elbette ceza almıştı, elbette babasından sağlam bir azar işitmişti ve elbette ne sokakta, ne okulda bir şey değişmişti. Böylece, ırkçılığın çaresinin olmadığını öğrenmişti. Yabancı düşmanlığı asla yok olmayan bir virüs gibiydi. Fırsatını bulur bulmaz insanların ruhunu ele geçiriyordu. O yüzden oğlu Deniz doğduğunda, sarı saçlarını, koyu mavi gözlerini görünce, babasına çekmiş diye çok sevinmişti. Sarışın bir oğlan olacaktı, kimse onu göçmen diye dışlamayacaktı. İsmini de o yüzden Deniz koymuşlardı zaten, Almanlar da kolayca Dennis diyebilsinler diye. İsim tutmuştu, fakat daha üç ay geçmeden gözleri üzüm karası bir renk almış, bir yıl sonra da saçları koyu kumral olmuştu. Anneannesi gibi siyah gözlü, beyaz tenli, koyu kumral saçlı güzel bir çocuğa dönüşmüştü. Aslında içten içe sevinmişti oğlunun annesine benzediğine. Ne yapalım, demek ki Deniz de ömrü boyunca boğuşacaktı yabancı düşmanlığıyla. Belki o büyüyünceye kadar bu toplumsal kanser de sona erer diye umut etmek isterdi, ancak gerçek hiç de öyle değildi. Aksine faşistler günbegün güçleniyorlardı. Hayret edilecek bir durumdu. Önemli felsefeciler, sanatçılar, bilim insanları yetiştirmiş, üstelik ırkçılıktan çok çekmiş bu ülke bile kendini koruyamıyordu. Faşizm önlenemez bir virüs gibi toplumu tehdit etmeyi sürdürüyordu. Canı acayip sigara çekti. Az önce Toby'nin yaptığı gibi bir sigara yakmak, derin derin içine çekmek. Elbette yapmayacaktı... Bakışlarını Cemal Ölmez'in dairesine çevirdi. Maktulü buldukları odanın penceresinde gölgeler geziniyordu.

"Olay Yeri İnceleme'nin işi zor" diye mırıldandı. "Katil sağlam düzenek kurmuş. Belli ki titiz biri. Muhtemelen hiçbir iz bırakmamıştır arkasında."

Keyifle güldü Tobias.

"Kurt da öyle diyordu, bu gece uyku yokmuş onlara, güneşin doğuşunu maktulün odasından izleyeceklermiş..."

Takdir eden bir ifade belirdi Yıldız'ın esmer yüzünde.

"Kurt'a güvenirim, elinden gelenin en iyisini yapacaktır. Hadi, biz de gidip elimizden gelenin en iyisini yapalım."

Yıldız sürücü koltuğunun kapısına yönelirken, yardımcısı anlamamış gibi bakıyordu ardından. Fakat emre uyarak bindi arabaya. Şefi yerine geçerken, Tobias iri bedeninden beklenmeyen bir çeviklikle koltuğuna oturmuştu bile.

"Nereye gidiyoruz?" diye gülümsedi amirine. "Rafael'e mi?"

Soruyu duymamış gibi yüzünü buruşturdu Yıldız.

"Hâlâ leş gibi sigara kokuyorsun. Bu işin şakası yok Toby, bak kesin olarak söylüyorum, ya sigarayı bırakacaksın ya da benim yanımda içmeyeceksin..." dedi. Sonra sertçe başını çevirip arabayı çalıştırdı. Genç azmanı polisten çıt çıkmıyordu. "Hayır, Rafael'le yarın konuşuruz" dedi Yıldız vites koluna uzanırken. "Şimdi şu tiyatroya uğrayalım diyorum, Tartaros'a. Maktulün sevgilisi, Alex adındaki bateristle konuşalım. Bakalım ne anlatacak bize?"

Az önce yediği azardan hiç etkilenmemiş gibiydi Toby, adeta neşeyle söylendi:

"İyi, hadi bakalım, ne zamandır da tiyatroya gitmemiştim zaten."

2

"Bana yaptıkların senin başına gelsin"

Unuttuğunuz yerden başlayacağım. Bir daha unutmamanız için, hiç aklınızdan çıkmaması için, varlığımı bedeninizde ikinci bir yürek gibi hissetmeniz için yazmaya en baştan başlayacağım. Henüz titanlar, devler, tanrılar, siz insanlar ve cümle mahlukat yokken, henüz yeryüzü hayata hazır değilken, henüz ışık üzerimize düşmemişken... İşte o muhteşem karanlığı anlatacağım size, o görkemli sonsuzluğu, o haşmetli boşluğu.

Evet, önce karanlık vardı; ucu bucağı olmayan, başı sonu belirlenemeyen, hiçbir kıyıya ulaşmayan, herkesi, her şeyi, hepimizi sarıp sarmalayan sonsuz bir karanlık. Hayat, işte bu sonsuzlukta çalkalanırdı. Demek ki kadim ve kaim olan bu sonsuz karanlıktı. Güneş büyüklüğünde bulutlar gezinirdi ki, onlar sarı, mavi, kırmızı ve yeşildiler; dünyalar birbirine girerdi ki, güzel yüzlü tanrılar doğardı bu çarpışmalardan; yıldız büyüklüğünde patlamalar olurdu ki, öfke dolu bir haykırış asılı kalırdı karanlığın kalbinde. Karanlık dediğime bakmayın, aslında canlı bir mahluktan söz ediyorum, yeraltı ülkesinin ulaşılmamış derinliklerinde yaşayan, kıpırdadıkça sırtındaki pulları ışıldayan, derin derin iç geçiren devasa bir yaratıktan.

Gaia işte bu sonsuzluktan doğdu. Annemin annesiydi. Hepimizi dünyaya getiren oydu, sonsuzlukta çalkalanan hayatı o yaratmıştı. Ateşin soğuyarak kayaya, kayanın parçalanıp taşa, taşın ufalanıp bereketli toprağa dönüşmüş haliydi. Sıcaktı Gaia, ıslaktı, doğurgandı. Üremek onun kaderiydi. Bundan kaçamazdı, kendisini dölleyecek olanı, kudretli Uranos'u yarattı. Işıltılı göklerin sahibini, tohumların tohumunu, babamın şefkatten yoksun babasını. Sonra bütün yeryüzünü kocaman bir zifaf odasına çevirdi Gaia. Çünkü bir dişi için sevişmek sadece sevişmek değildi. Aşkın güzellikle, zarafetle, şefkatle bir ilgisi vardı. O yüzden başları karlı, etekleri mor dağları var etti, başaklarla renklenen verimli ovaları, ulu çam ağaçlarının süslediği derin vadileri, kıyıları çiçeklerle kaplı uzun nehirleri ve tatlı tatlı menevişlenen denizleri... Ve sonsuzluğun ortasındaki en büyük, en güzel, en renkli, en hoş kokulu ve en temiz yatak hazır olunca, çağırdı Uranos'u. Ve bu aşk çağrısını bekleyen koca gökyüzü usulca sokuldu Gaia'nın koynuna, tutkuyla geçirdi dişlerini gelmiş geçmiş en bereketli dişinin gerdanına. Birden aydınlanıverdi karanlık, tatlı bir fısıltıya dönüştü rüzgâr, önce yumuşacık sonra sertleşen dokunuşlarla sarmalandı dağlar, ovalar, vadiler, hiç görülmemiş güzellikte bir dans başladı, hiç duyulmamış vahşi bir koku yayıldı her yana. Ve dedem Uranos bütün gücünü toparlayıp yağdı Gaia'nın üzerine. Ve işte böyle dünyaya geldi aralarında babamın da olduğu on iki titan, işte böyle doğdu dağları yerinden oynatan tek gözlü yaratıklar, yüz kollu, elli başlı devler.

Ve onlardan üreyen mahlukat bu cennette mutluluk içinde yaşayacakken Uranos kendi dölünden toprağa düşenleri beğenmedi. Çocuklarını, güçlü ellerinin üzerinde güneşe kaldıracakken, onları toprağın derinliklerine gömdü. En çok annemizin annesi Gaia üzüldü buna. En çok o hayal kırıklığına uğradı. Görkemli evlatlarından nasıl utanç duyardı kocası? Bir dişi için sevgiliden daha önemli bir varlık varsa o da çocuklarıydı. Çirkinmiş, sevimsizmiş, ucubeymiş aldırmazdı. Ve bir seçim yapmak gerekirse kocasıyla evlatları arasında, üstelik haksızsa çocuklarının babası, hiç tereddüt etmeden bedeninden doğanları seçerdi. Gaia da öyle yaptı. Kendi yarattığı kocasını kendi elleriyle lanetledi. Ancak onun kanlı lanetini yerine getirecek kimse olmadığından bu işi de kendisi yapacaktı. Elbette çocuklarının yardımıyla.

Gaia kararını vermişti, ancak evlatlarından hiçbiri katılmak istemiyordu bu kanlı entrikaya. Korkutucu görüntülerine, o muazzam güçlerine karşın, çocukları çekiniyorlardı babalarından. Ödleri koparak izliyorlardı olacakları, gömüldükleri çukurlardan. Talih cesurları sever. Ve babasını tahttan indirecek, onun haksızlıklarına son verecek kahraman da on iki titandan en cesuru olacaktı. Annesini en çok seven, annesinin en çok sevdiği ve tıpkı kanlı bir pusuyla tahttan indireceği babası Uranos gibi çocuklarına hiç acımayacak olan, yani Kronos, yani benim sevgili babam.

Toprak Ana çelikten bir tırpan yaptı Kronos'a. Güneşte ateş gibi yanan, dokunduğu her nesneyi ortadan ikiye ayıran. Uzattı oğluna, "Al bunu" diye emretti. "Al bunu ve yen onu. Babasının gölgesinde yaşayan çocuklar asla büyüyemezler. Babasına muhtaç olanlar hiçbir zaman özgür olamazlar. Babalarının merhametine sığınan oğulların yaşamaya hakları yoktur." Tutuşturdu kutsal tırpanı Kronos'un eline. "Sakla bunu" dedi kararlılıkla. "Ve her sabah, her akşam nefretle, inatla, kızgınlıkla bileyerek keskinleştir. Öyle ki daha sen dokundurmadan yaralasın o Uranos olacak merhametsizi, aman vermesin vicdansıza, daha sen dokundurmadan iktidarsız bıraksın bizi mutsuz kılan zalimi."

Babam Kronos sımsıkı tuttu sapından tırpanın.

"Tasalanma anacığım" dedi titanlara yakışır bir ağırbaşlılıkla. "Tasalanma, hakkından geleceğim zorbanın. Son vereceğim baba olmayı beceremeyen babamın hükümranlığına. Daha fazla oturamayacak hak etmediği tahtında, senin de iznin ve desteğinle ben geçeceğim yaşayan ne kadar mahlukat varsa hepsinin başına. Sevgiyle yöneteceğim dünyayı, eşitlik ve adaletle. Mutsuz olmayacak hiç kimse benim düzenimde."

Ve sabırla beklemeye başladı en uygun zamanı. En uygun zaman Uranos'un şehvetten aklını yitirdiği andı. Zevk ırmağında boğulduğu, Gaia'yı kollarına aldığı an. Elbette çok gecikmeyecekti o beklenen an. Güneş ısıtınca mavi küreyi, kan yürüyünce iştahlı gökyüzünün damarlarına, yine sarmak istedi Gaia'yı. Gök gürültüleri, ışıltılı şimşekler, dağları parçalayan yıldırımlarla aşk çağrısında bulundu. Her zaman yaptığı gibi istekle, arzuyla açtı kollarını Gaia. Hiçbir kuşku duymayan gökyüzü sabırsızca indi aşağıya. Çiftleşmek için hazır ve nazır, sarılacakken karısına, işte o anda devasa bir kayanın arkasından fırladı Kronos. Göz açıp kapayıncaya kadar, elindeki tırpanla kesti attı bir zamanlar kendisini var eden tohumların kaynağını, kesti attı babasının görkemli hayalarını. Korkunç bir çığlık yankılandı sonsuzlukta, o kadar güçlüydü ki bu acı dolu haykırış, en ücra yıldızlardan bile duyuldu. Fakat olan olmuş, Uranos erkini kaybetmişti ve kesilen uzvundan akan kanlar düşünce toprağa, akla hayale gelmeyecek görünümde ucubeler, hilkat garibeleri, ayakları yılan, gövdeleri tuhaf devler türedi Toprak Ana'nın bağrında. Ve intikam bir söylenceye dönüştü dudaktan dudağa, kulaktan kulağa. Ve acıyla lanetledi oğlunu Uranos.

"Bana yaptıkların senin başına gelsin. Senin de hükümranlığın çocuklarının elleriyle sona ersin. Ve dilerim bu lanet tez vakitte gerçekleşsin."

İkinci Bölüm

"Leipzig böyle değildi." Cadde boyunca yan yana sıralanan kafelerden, barlardan dışarı taşmış masaların başında, ellerinde şarap kadehleriyle, bira şişeleriyle sohbet eden kadınlı erkekli insanlara bakarak konuşmuştu Tobias. "Bizim orada akşam dokuzdan sonra el ayak çekilir. Herkes evine kapanır. Restorana, bara, kafelere gidenler de vardır ama burası gibi değil. Baksana kaldırımlar insan dolu." Nedense güldü. "Sanki Almanya'da değil başka bir ülkedeyiz..."

Passat'ı kullanan Yıldız, bakışlarını yoldan koparıp kalabalığa şöyle bir göz attı.

"Sen bir de İstanbul'u gör Toby. Beyoğlu diye bir yer var, akşamları ana baba günü oluyor. İnsanlar sırt sırta, iğne atsan yere düşmez. Burası ne ki?"

Merakla atıldı yardımcısı:

"Sen İstanbul'da mı doğdun Şef?"

Omuz silkti Yıldız.

"Hayır, ben doğma büyüme Berlinli'yim. Annemle babam İstanbul'da yaşamışlar Almanya'ya gelmeden önce."

Muhabbet Tobias'ı sarmaya başlamıştı.

"Ne iş yapıyorlardı İstanbul'da?"

Gülümsedi Yıldız.

"Profesyonel devrimcilerdi... İkisi de sendikada çalışıyordu. Anlatmadım mı sana bunları?"

İri bedenini saran emniyet kemerini sıkıntıyla çekiştirdi Tobias.

"Yok, anlatmadın. Sadece annenin öldüğünü biliyorum... Geçenlerde mezarına koymak için çiçek almıştın."

İç geçirdi Yıldız.

"Evet, Berlin pek iyi gelmedi anneme..." Hüzne kaptırmadı kendini. "Neyse, annemle babam Almanya'ya çalışmaya gelmemişler. 12 Eylül 1980'de Türkiye'de askeri darbe olunca, parti onları yurtdışına kaçırmış."

Merakı giderek artıyordu Tobias'ın.

"Ne partisi?"

Hiç çekinmeden anlatmayı sürdürdü Yıldız.

"Türkiye Komünist Partisi. Ama kendini feshetti. Sovyetler Birliği dağılınca onlar da dağıldı. Dur dur, daha önemli bir şey söyleyeceğim sana." Sanki pişman olmuş gibi başını salladı. "Nasıl anlatmamışım bunları! Almanya'ya geldiklerinde ilk gittikleri yer neresiymiş biliyor musun?"

Gri gözlerinden birçok ihtimal geçti Tobias'ın ancak bir tahminde bulunamadı. Daha fazla bekletmedi amiri.

"Senin şehrin Toby, Leipzig!"

Oturduğu koltukta heyecanla kıpırdandı Tobias.

"Ciddi misin, Leipzig'e mi gelmişler? Ne işleri varmış Leipzig'de? Hem de sosyalizm dönemi."

Bağlantı kuramamasını yadırgadı Yıldız.

"Zaten sosyalizm dönemi olduğu için Leipzig'e gelmişler Toby. Sovyetler Birliği ve sosyalist kamp, kapitalist ülkelerdeki sol partilere destek veriyormuş. Evet, annemle babam sahte pasaportla Türkiye'den çıkınca, Bulgaristan üzerinden Demokratik Almanya'ya gelmişler. Çünkü Türkiye Komünist Partisi'nin yönetim merkezinin önemli bir kısmı Leipzig'deymiş. Annem babam parti konferansına katılıp yöneticilerle görüştükten sonra dönmeyi, askeri diktatörlüğe karşı Türkiye'de mücadele etmeyi planlıyorlarmış. Fakat o sırada ülkede geniş tutuklamalar olmuş, bazı arkadaşları ağır işkenceye dayanamayarak konuşmuş, annemle babamın ismi arananlar listesinin ilk sıralarında yer almaya başlamış. Türkiye'ye gitmeleri son derece riskli hale gelmiş. Bunun üzerine parti, onların politik göçmen olmasına karar vermiş. Böylece Batı Berlin'e gelmişler."

Hayranlıkla dinleyen Tobias:

"O sırada benim babam da parti üyesiydi. İnanmış bir komünist değildi, devlet memuruydu." Nedense sustu. Sonra coşkuyla sürdürdü: "Ama dedem öyleydi. Son nefesine kadar da öyle kaldı." Dudaklarında tuhaf bir gülümseme ile Yıldız'a baktı. "Vay be Şef, ne kadar çok ortak noktamız varmış." Mahcup olmuş gibi bakışlarını kaçırdı. "Biliyor musun, ben hiç Türkiye'ye gitmedim. Tatil için bile..." Gülmeye başladı. "Ama lisede bir arkadaşım vardı. Herbert. Herbert Brigel... Defalarca gitti Türkiye'ye. Hem de sadece İstanbul'a değil, başka bir şehre de gitti. Anadolu'nun göbeğinde bir yere."

"Ankara mı?" diye tahminde bulundu Yıldız. "Türkiye'nin başkenti."

"Yok, Ankara'yı biliyorum Şef. Kayzer mi ne? Hani Amerikalıların sabah kahvaltısında yedikleri *bacon* var ya onun gibi kurutulmuş et yapıyorlar. Böyle baharatlı filan, çok lezzetli bir şey..."

Anlamıştı Yıldız.

"Pastırma mı? Kayseri mi diyorsun?"

İri elini sağ dizine vurdu...

"Evet, evet işte orası. Hem de Herbert liseyi daha yeni bitirmişti, üstelik birkaç kelime dışında hiç Türkçe konuşamıyordu."

İlgisini çekmişti Yıldız'ın.

"Niye gitti peki?"

Oturduğu koltuğa sığmayan bedenini neşeyle kıpırdattı Tobias.

"Aslında çok güzel hikâye... Bizim Herbert bir Türk kızına âşık olmuştu. Songül diye bir kız. Senin gibi buğday tenli değil, epeyce esmer. Uzun, parlak siyah saçları, toprak rengi gözleri vardı kızın. Ela değil de nasıl söylesem..."

"Kehribar mı?"

İnce eleyip sık dokudu Tobias.

"Açık kahverengi diyelim... Neyse, hoş bir kızdı. Bizim Herbert böylece ilk aşkını yaşamaya başladı. Songül de ilgisiz değildi. Kızın ailesinden habersiz görüşüyorlardı. Fakat Songül'ün babası aniden ölüverince işler değişti. Kalp krizi geçirmiş adamcağız. Hastaneye yetiştirememişler bile. Baba ölünce, aile Türkiye'ye dönme kararı aldı. Herbert yıkıldı tabii. Çünkü gerçekten çok seviyordu Songül'ü. Fakat yapacak bir şey de yoktu. Zamanı gelince Songül, annesi ve iki erkek kardeşiyle birlikte ülkesine döndü. Gel gör ki, Herbert kızı unutamadı. O yaz çalışıp para biriktirdi, sonbaharda uçağa atladığı gibi Türkiye'de kızın yaşadığı şehirde aldı soluğu. Ben olsam hayatta yapamam. Düşünsene, ne kızın adresini biliyor ne de o şehirde tanıdığı biri var. Ama Herbert bu işte, gitti ve gerçekten de kızı buldu. Üstelik daha on sekiz yaşındayken. Aşk tanrısının marifeti filan değil, rastlantıyla. Leipzig'e döndükten sonra anlattı olanı biteni.

Şimdi bu bizim çılgın âşık, şehre inince, bir otele yerleşmiş. Resepsiyoniste kızın ailesinin adını sormuş. Adam tanımamış tabii. Yüzbinlerce insanın yaşadığı bir şehir. Nereden bilecek? Elbette umudunu yitirmemiş Herbert. Aşk, ümit etmekten başka nedir ki, değil mi Şef? Ertesi gün uyanır uyanmaz, kızın ismiyle soy ismini bir kâğıda yazmış, sonra da şehrin meydanına gitmiş. Eski bir kale varmış, onun önünde bir banka oturmuş. Yanına oturan insanlara elindeki kâğıdı göstererek, Songül'ü sormuş, elbette bilen kimse çıkmamış. O böyle herkese sorular sorarken bir polisin dikkatini çekmiş. Polis, bizimkini yanına çağırmış, 'Kimsin, burada ne arıyorsun?' diye sormuş. Ama bizimki Türkçe bilmediği için adamın ne dediğini anlamıyormuş. İşler iyice sarpa saracakken, üniversiteli bir genç yardımına yetişmiş. Herbert derdini İngilizce olarak üniversiteliye anlatmış, o da polise izah etmiş. Bizimkinin hikâyesi polisin hoşuna gitmiş. Herbert'i almış karakola götürmüş. Alman bir çevirmen bulmuşlar. Meseleyi komisere anlatmışlar. Komiser de etkilenmiş duyduğu hikâyeden ama polis memurundan daha temkinli davranmış.

'Bak evladım' demiş babacan bir tavırla. 'Sevdana saygı duyuyorum. Lakin burası Almanya değil. Bizim gelenek göreneklerimiz sizinkilere benzemez. Kızın ailesi bu durumu hoş karşılamayabilir. Bu işten zarar görebilirsin.'

Ama aşktan gözü dönen Herbert'i bu sözler engelleyememiş.

'Uyarınız için çok teşekkür ederim ama bana bir şey olmaz, sizden ricam, lütfen Songül'ü bulun' diye yalvarmış.

O zaman komiser şöyle demiş.

'Bu işin şakası olmaz. Tamam, biz Songül'ü buluruz ama aileyle önce ben konuşacağım. Eğer onlar tamam, biz o çocuğu tanıyoruz, gelsin derlerse, seni onlara götürürüz. Ama tepki gösterirlerse, sen kaderine razı olup döneceksin Almanya'ya. Anlaştık mı?'

Adamın davranışlarının samimi olduğunu gören Herbert kabul etmiş. Gerçekten de ertesi gün bulmuşlar Songül'ün ailesini. Herbert'i de karakola çağırmışlar. Ne yazık ki karakolda Songül'ü görememiş bizimki, orta yaşlı bir adam karşılamış onu. Adam, Herbert'in elini sıkmış.

'Ben Songül'ün dayısıyım' diyerek kendini tanıtmış. 'Kayseri'ye hoş geldin ama yaptığın iş doğru değil. Biz misafiri severiz, ancak böyle şeyleri sevmeyiz. Almanya'da ne oldu bilmiyoruz, bilmek de istemiyoruz. Fakat şunu aklına sok, bu iş olmaz. Zaten Songül de nişanlandı, bahara düğünü olacak. Sen şimdi memleketine geri dön ve kendine bir Alman kız bul. Aksi takdirde başına kötü şeyler gelir.'

Komiser de katılmış söylenenlere.

'Durum bu evladım' demiş çaresizce. 'Senin bu aşkı unutman lazım.'

Bizimki çok üzülmüş tabii, yine de kabul etmemiş.

'Tamam, ben Almanya'ya döneceğim ama bir kez Songül'le konuşmama izin verin. O bana bu iş bitti desin, ben hemen ilk uçakla döneceğim' demiş.

Dayı sinirlenmiş, Herbert'in üzerine yürüyecek olmuş, komiser araya girmiş, adamı yatıştırmış. Sonra Herbert'i bir kenara çekip çevirmen aracılığıyla öğüt vermiş.

'Oğlum, kendine gel. Ne yaptığının farkında değilsin. Şu andan itibaren can güvenliğin de tehlike altında. Hemen ilk uçakla Almanya'ya gidiyorsun' demiş.

Fakat dinleyen kim?

'Olsun, ne olursa olsun, Songül'ü görmeden gitmem buradan' diye diretmiş bizimki. Bunun üzerine komiser, Songül'ün dayısıyla bir odaya kapanmış, uzun uzun konuşmuş. Aradan bir saat geçmiş, Herbert'in bulunduğu odanın kapısı açılmış içeri Songül girmiş. Herbert'in heyecandan eli ayağı tutulmuş, ancak kız hiç de oralı değilmiş. Sanki bizimkini tanımıyormuş gibi soğuk davranıyormuş.

'Niye geldin buraya? Niye beni rahatsız ediyorsun? Senin yüzünden aileme rezil oldum' diye çıkışmış. O zaman bizimkinin bütün hayalleri yıkılmış. Gözyaşlarını tutamayarak iskemlesine yığılmış. Songül geldiği gibi aceleyle çıkıp gitmiş karakoldan, bizimkini teselli etmek de komisere düşmüş.

'Oğlum bak, uğruna her şeyi göze alarak buralara kadar geldiğin kız, seni tanımamazlıktan geldi. Dahası, niye bana rahatsızlık veriyorsun diye azarladı. Eğer bu kız seni sevmiş olsaydı asla böyle davranmazdı. Aslına bakarsan, buraya kadar gelmen pek de boşa gitmedi, en azından bu kızın sevgine layık olmadığını anladın.'

Komiser böyle demiş ya bütün duyguları altüst olan Herbert bunu anlayacak halde değilmiş. Ama komiser bu serüvenin daha fazla uzamasına izin vermemiş. Akşam Herbert'i yemeğe götürmüş, ertesi sabah da aktarmalı bir uçakla İstanbul üzerinden Almanya'ya postalamış."

Hiç sesini çıkarmadan dinlemişti Yıldız bu hüzünlü aşk hikâyesini.

"Peki sonra" diye sordu. "Almanya'ya gelince unutmuş mu Türk sevgilisini?"

Dalgınlaştı Tobias.

"Unuttu, çünkü başka bir Türk sevgili buldu."

Yıldız gülmeye başladı.

"Eh, senin Herbert kadından anlıyormuş. Adam Türk kızlarına bir kapılmış bir daha kopamamış..."

Bu sözlere gülmedi Tobias. Bir an ikisi de sustular.

"Şu senin Samira'yla işler nasıl gidiyor?" diye sordu Yıldız.

Bıkkın bir ifadeyle mırıldandı Tobias.

"Geçen hafta ayrıldık..."

Üzülmüştü Yıldız.

"Yapma ya! Niye? İyi bir kıza benziyordu. Çok da güzeldi..."

Sıkıntılı bir ifade belirdi Tobias'ın sevimli yüzünde.

"İyi biriydi, güzeldi de ama bunlar yetmiyor işte..."

Üstelese dökülecekti, yapmadı Yıldız. Birlikte çalıştığı adamın özel hayatını didiklemeye hakkı yoktu. Suskun kalmayı yeğledi. Işıklı vitrinlerin arasından bir süre sessizce ilerlediler.

"Şu Pergamon denilen yer İstanbul'a uzak mı?" diye soran Tobias bozdu suskunluğu. "Kayseri'ye yakın mı?"

Yardımcısının yeniden konuya dönmesine sevinmişti.

"İkisine de uzak, Anadolu'nun batısında, Ege Denizi kıyısına kurulmuş antik şehirlerden biri. Fakat çok etkileyici. Sadece Zeus Altarı değil, Pergamon antik şehrinin bugünkü hali de olağanüstü. Yüksek bir tepenin üzerine kurulmuş, aşağıdaki ovaya olduğu gibi hâkim. Saraylar, tapınaklar, tiyatro, kütüphane... Hepsi yıkılmış tabii, yine de çok görkemli. Bir de Zeus Altarı oradayken şehri gözünün önüne getir. Acayip bir görüntü."

Pergamon'u da Zeus Altarı'nı da ziyaret etmediği için antik şehri kafasında canlandıramadı Tobias. Bir tür mahcubiyet, bir tür eksiklik hissetti.

"Mutlaka Türkiye'ye gidip şu şehri görmeliyim."

Sesi hırslı çıkmıştı. Alaycı bir bakış fırlattı Yıldız.

"Binlerce kilometre uzaktaki Türkiye'ye gitmeden önce, yirmi dakika uzaklıktaki Pergamon Müzesi'ne gitsen nasıl olur? Gerçi Zeus Altarı'nda da restorasyon varmış ama sonsuza kadar sürmez o iş."

Yıldız yeniden yola dönerken, Tobias kararlı bir şekilde başını salladı.

"Evet, evet Şef, mutlaka gidip göreceğim şu altarı..."

Gizemli bir gülümseme belirdi şefin dudaklarında.

"Çok iyi olur. Ama sadece uğruna cinayet işlenen bir sunak olduğu için değil, bir zamanlar yeryüzünün sekizinci harikası sayılan benzersiz bir yapı olduğu için görmelisin. Pergamon, bütün insanlığın, hepimizin ortak mirası."

Oranien Caddesi'ni iyi bilirdi Yıldız. Çocukken beş yıl bu semtte oturmuşlardı. Savaş sonrasından kalan terk edilmiş binalar vardı. Berlin Duvarı buradan geçtiğinden tehlikeli bölge sayılıyordu. Kiralar çok ucuzdu. Ayrıca belediye de göçmen işçilerin burada oturmasını teşvik için özel kira indirimleri yapıyordu. Sonra buralar değer kazanmaya başladı, işte o zaman zengin yatırımcılar binalara gözlerini diktiler, ancak bu defa karşılarında protestocuları buldular. "Barınma bir haktır, gerekirse zorla alınır" diyen gruplar binalara yerleşerek oturmaya başladılar. Ev işgalleri, sokak çatışmaları, barikatlar. Yıllarca süren bir mücadele. Ve sonunda Berlin'in en renkli yerlerinden birine dönüştü bu semt. Kreuzberg'in ortasında Türkler, Araplar, Almanlar, dünyanın her yanından gelmiş marjinal gruplardan oluşan rengârenk bir kültür adacığı. Kendi kendini yaratan tuhaf bir özgürlük havzası. Yıldız çocukken, acayip şekillerde kestirdikleri saçlarını mavi, mor, turuncu renklere boyayan erkek ve kızları görürdü burada, tuhaf giysiler içinde, ellerinde bira şişeleri barların önündeki iskemlelerde sere serpe oturur, kimseyi umursamadan öpüşürlerdi. Annesinin feminist arkadaşlarının derneği o sokağın üzerindeydi. Duvarları rengârenk afişlerle kaplanmış küçük bir daire. Afişlerin üzerinde Almanca, İngilizce ve Türkçe kadın haklarını savunan sloganlar yer alırdı. Çok da severlerdi Yıldız'ı. Fakat hiçbir zaman o derneğe üye olmayı düşünmedi. Nedenini kendisi de bilmiyordu. Belki de, annesinin erken ölümü, Türkiye'de yaşadıkları sert olaylar etkilemişti onu. Ve devrimci ailenin kızı, ani bir kararla polis olmayı seçmişti. Eski kocası Franz, "Korktuğun için bu mesleği seçmişsin" derdi. "Almanya'da daha rahat yaşamak için." Yıldız katılmazdı bu fikre. "Ben bu şehirde doğdum, niye doğduğum ülkeden korkayım ki?" diye karşı çıkardı. "Sevdiğim için bu mesleği seçtim." Doğruydu, oldum olası severdi polisliği. Bayılırdı dizi filmlerdeki kadın polislere. Özellikle de Almanya'da yıllardır yayımlanan "Tatort" dizisindekilere. Haftalık bölümün yayımlanacağı akşamı iple çekerdi. Ne Oranien Caddesi'ndeki eski punkçılar ne de bir zamanlar evlerinden çıkmayan anne babasının solcu arkadaşları gibi olmayı isterdi. Çok daha basit hayalleri vardı, duysa babasının sinirden deliye döneceği hayaller. Ve hayalini gerçekleştirmişti sonunda. Ne ki, polis olmaya karar verdiği an, çok sevdiği o dizideki kadın karakterin devleştiği sahne değil, Dresden'de yaşanan gerçek bir olaydı. Yıllar önce Mısırlı bir kadın, üstelik mahkemede, hâkimlerin gözü önünde, şikâyet ettiği ırkçı bir Alman tarafından on sekiz yerinden bıçaklanarak öldürülmüştü. Kurban öldürüldüğünde üç aylık hamileydi. Aylarca katilin mahkeme salonuna bıçağı nasıl soktuğu konuşuldu. Devlet içindeki ırkçılardan destek aldığı yönünde haberler çıktı, ancak hiçbir sonuç alınamadı. Bu olay Yıldız'ı derinden sarsmıştı. Televizyonda bu haberi izlediği akşam karar vermişti polis olmaya. Yani bir anlamda kocasının, meslek seçimiyle ilgili sözlerinde haklılık payı vardı. Gerçekten de polislik ona bir tür koruma sağlıyordu. Hatta işler sarpa sarınca kocasını rahatça sepetleyebilmesinde de polis olmanın verdiği avantajı kullanmıştı, üstelik Franz da aynı mesleği yapmasına rağmen. Ama bunlar polisliği seçmesinin sonuçlarıydı, nedeni değil. Evet, biraz karmaşıktı, bu yüzden annesiyle babasına da anlatamamıştı. Ailesi meslek seçimini onaylamayınca da çıkıp gitmişti evden. Ta ki annesi ölünceye kadar. Ancak bu beklenmedik trajedi kaldırabilmişti babasıyla arasında yıllarca süren soğukluğu.

Vakit gece yarısıydı ama Oranien Caddesi'ndeki dükkânların çoğu açıktı; kafeler, birahaneler, nargileciler, barlar, pizzacılar, kebapçılar, tatlıcılar, içki satan büfeler, bakkallar hâlâ insan kaynıyordu. Sadece Yıldız'ın sıkça gittiği Dante Connection adlı kitapçı çoktan indirmişti kepenklerini. Nasıl ki Berlin Almanya'nın en sıra dışı şehriyse, Kreuzberg de Berlin'in en sıra dışı semtiydi, Oranien ise bu mahallenin en renkli caddesi.

"Şurası değil mi tiyatro?" diyen Tobias'ın sesi böldü düşüncelerini. "Bak sağ tarafta..."

Caddenin sonunda sanıyordu Yıldız, demek yanılmıştı.

"Evet, evet, şu heykel atölyesinin yanındaki kapı..."

Adeta sevinçle mırıldandı Tobias.

"Güzel. Heavy metal dinleyeceğiz ha..."

Hayretle söylendi şef.

"Sen heavy metal seviyor muydun?"

Alıngan bir ifade belirdi Tobias'ın ablak suratında.

"Hâlâ dinliyorum. Lisede grubumuz bile vardı. Elektro gitar çalıyordum..."

Hoşuna gitti Yıldız'ın.

"Vay be, hiç beklemezdim. Bravo Toby, valla bravo..."

İri polis, bütün gövdesiyle amirine döndü.

"Anlamadım şimdi, niye bu kadar şaşırdın ki?"

Onu kırmak istememişti Yıldız, uzanıp eline dokundu.

"Kusura bakma, polis deyince biz de aynı klişeye kapılıyoruz. Eğlenmeyen, sadece görevini düşünen kaba insanlar geliyor aklımıza. Özür dilerim, gerçekten kusura bakma."

Yeniden önüne bakmaya başladı Tobias.

"Yok canım, kusura bakacak bir şey yok. Peki, sen müzik sevmez misin?"

Yıldız'ın dudaklarını mütevazı bir gülümseme süsledi.

"İşin aslı ben de severim. Her tür müziği dinlerim. Sadece şu tekno müziğe alışamadım."

Sanki şimdi hatırlamış gibi heyecanla mırıldandı Tobias.

"Sizinkilerin çaldığı bir müzik var. Hani böyle ortalıkta dönüyorlar. Acayip etkileyici bir müzik..."

"Semadan mı bahsediyorsun? Uzun, beyaz giysili erkekler ortalıkta dönüyorlar."

"Hayır, hayır onlardan bahsetmiyorum. Kadınlı erkekli

dönüyorlar, rengârenk giysileri var... Böyle hareketli bir müzik, sonra hızlanıyor..."

Gülerek başını salladı Yıldız.

"Alevilerden bahsediyorsun. Onlar da semah dönüyorlar. Aslında dinsel bir ayin, hayatın döngüsünü anlatıyor."

Keyfi yerine gelmişti Tobias'ın.

"Güzelmiş Şef. Seviyorum öyle etnik müzikleri." Bir süre sessizlik oldu. "Dindar bir insan mısın Şef?"

Hiç yadırgamadı Yıldız, hatta sevimli buldu yardımcısının bu merakını.

"Değilim, tahmin edeceğin gibi ateist bir ailede büyüdüm. Annemin ailesi Sünni'ydi, babamınkiler Alevi, ama dinle hiç ilgileri yoktu. Onlar ahlaka inanırlardı. İyiliğe ve doğruluğa. Hayatta tanıdığım en dürüst insandı her ikisi de. Dediğim gibi benim de dinle pek alakam yoktur. Ama hem Mevlevi hem de Alevi ayinlerini ben de severim. O ritüeller güzel" diyerek Passat'ın gazını kesti Yıldız. Direksiyonu usulca kaldırıma doğru kıvırdı. Çünkü Tartaros'a yaklaşmışlardı.

"Bu nasıl kapı be!" diye homurdandı Tobias tiyatroya bakarken. "Tepeden tırnağa siyahlar giyinmiş kukuletalı bir adam resmi çizmişler. Bak, bak, adam elinde iki uçlu bir asa tutuyor, ayaklarının dibinde de bir mahluk duruyor." Anlamak için gözlerini kıstı. "Bu ne ya? Köpek galiba! Ama üç başı var. İnsan korkar içeri girmeye."

Passat'ı kaldırımın kenarına çeken Yıldız, iğneleyici bir bakış attı yardımcısına.

"Okulda mitoloji okutmadılar mı size? Geceden beri çuvallayıp duruyorsun. Bak, kapıdaki o resim Hades... Zeus'un kardeşi, ölüler ülkesinden sorumlu olan tanrı. Elindeki asanın bir ucu yaşamı öteki ucu ölümü temsil ediyor. Ayaklarının yanındaki üç başlı köpeğin adı ise Kerberos. Ölüler Ülkesi'nin bekçisi. Duymadım deme sakın!"

Utanır gibi oldu Tobias.

"Yok canım, duymaz mıyım, duydum tabii. Hades'i kim bilmez." Eliyle kalın ensesini kaşıdı. "Zeus'un kardeşi ha...

Al sana bir başka Yunan tanrısı daha! Sahiden de bu Alex mi öldürdü acaba Cemal'i?"

Sesi biraz boğuk çıkmıştı. Onun kadar heyecanlanmadı Şef.

"Bilmiyorum. Pilar'ın söyledikleri, bu mitoloji meselesi filan. Olaya daha yeni müdahil olduk." Sıkıntıyla iç geçirdi. "Anlayacağız, bu işi Alex yaptıysa ortaya çıkar zaten. Cemal'i açıkça Zeus'a kurban etmiş. Bir tür ayin düzenlemiş herif. İbret olsun diye yapmış sanki. Herkesin duymasını isteyecektir."

Gözleri endişeyle kıpırdadı Tobias'ın.

"Tabii işini tamamladıysa, yani ayin bu kadarla kalırsa."

Haklıydı, birini öldürmek için resmiyle, müziğiyle, ışığıyla düzenek kurmak, adamın göğsünden kalbini çıkartıp eline vermek, sanki kanlı final değil de böylesi vahşi olayların birbirine eklenmesiyle büyüyecek uğursuz bir sürecin başlangıcı gibi görünüyordu. Umarım yanılıyoruzdur diye düşündü Yıldız.

"Anlamanın tek yolu var" diyerek emniyet kemerini çıkarttı. "Gidip konuşalım şu herifle."

Passat'ı park ettikleri kaldırımda, saçlarını rasta yapmış çekik gözlü, dal gibi bir kız ile sakallarına mavi boncuklar dizmiş en az yüz elli kiloluk bir adam duvara dayanmış şarap içiyorlardı. Bizimkileri görünce şöyle bir süzdüler, sonra kaldıkları yerden sürdürdüler muhabbetlerini. O anda davul zurna sesi duyar gibi oldu Yıldız. Başını çevirip yola baktı, yanılmamıştı; üstü açık, siyah bir BMW'nin arkasına takılan yedi sekiz arabalık bir düğün konvoyu hızla geçti yanlarından. Elbette arabanın müzikçalarının sesi sonuna kadar açıktı.

"Sizinkiler" diye pis pis sırıttı Tobias. "Akşam çiftleşeceklerini cümle âleme ilan ediyorlar."

Yıldız duymazlıktan geldi, Tartaros'un kapısının yanındaki afişe takılmıştı gözleri. "Gorgolar'ın Gülümseyişi" yazıyordu gotik harflerle, altında da şu cümle yer alıyordu: "Ölümlüler İçin Ölümsüzleri Anlatan Bir Müzikal."

"Hadi Toby, ölümlüler olarak gidip şu ölümsüzlerin gösterisini izleyelim, ne anlatıyormuş bakalım."

Hades'in resminin çizildiği ahşap kapıdan içeri girdiler, koridor yerine bir kayık çıktı önlerine. Daha doğrusu simsiyah bir kayık gibi boyanmış dar bir geçit. Alabildiğine çirkin, alabildiğine iri bir adam kesti önlerini.

"Ne var?" diye diklendi Tobias. "Ne istiyorsun?"

"Yirmi euro..." İki parmağını gösterdi. "İki kişi kırk euro."

"Polisiz, biriyle konuşmaya geldik."

Kalın kaşlarını kaldırdı adam.

"O zaman oyunun bitmesini bekleyeceksiniz."

Tobias itiraz edecekti ki, Yıldız önüne geçerek adama kırk euro uzattı. Adam parayı alıp dört adet metal jeton bıraktı avcuna. Jetonların bir yüzünde Hades'in kapıdaki resmi vardı, öteki yüzünde ise Yunanca Tartaros yazıyordu.

İki jetonu kendine aldı Yıldız, ikisini de yardımcısına verdi. İri polisin gözlerindeki şaşkınlık dağılmamıştı.

"Bunlar da ne şimdi?"

Alaycı bir tavırla süzdü onu.

"Hani mitoloji okumuştun?" Başıyla adamı gösterdi. "Bu arkadaş kayıkçı, Kayıkçı Kharon. Ölenleri, kutsal ırmağın üzerinden geçirerek Hades'e götürür. Bu jetonlar da metal paraları temsil ediyor. Tiyatro böyle bastırmış işte."

Onları dinleyen çağdaş Kharon da mitolojiden bihaberdi.

"Jetonlardan biri müzikal için, ötekiyle de bir bira içebilirsiniz" diye uyardı. "İstediğiniz marka."

Küçük bir kahkaha attı Yıldız:

"Kayıkçının bütün karizmasını dağıttın be dostum. Kharon, Yeraltı Ülkesi'ne ölü taşıyordu, sen bira satıyorsun..."

Adamın ne diyeceğini beklemeden Tobias'a döndü.

"Aslında bu paralar ölenlerin gözlerinin üzerine konurdu. Ölüler bu paraları kayıkçıya verirler, Kharon da onları karşıya geçirirdi."

İki metal jetonu aldı Tobias ama hâlâ anlamamıştı.

"Peki, Tartaros neresi?"

Sanki soru kendisine sorulmuş gibi çağdaş Kharon açıkladı.

"Merdivenlerden aşağıya ineceksiniz, tiyatro yerin iki kat altında."

Tobias'ın omzuna dokundu Yıldız.

"Mitolojideki Tartaros da, Ölüler Ülkesi'nin katbekat altındadır." Çağdaş Kharon'a döndü. "Alex başladı mı çalmaya?"

Kharon eliyle kulağını gösterdi.

"Şu anda çalıyor, duymuyor musunuz?"

O kadar yoğun bir uğultu vardı ki, ne çaldığını anlayamadılar, kayığı andıran dar geçidin sonundaki merdivene yürümeye başladılar. Taş merdivenlerin başına gelince, "Black Sabbath" diye mırıldandı Tobias. "'Black Sabbath'ı çalıyorlar. Efsane şarkıdır..."

Yıldız hiç bilmiyordu bu şarkıyı. Merdivenlerden inerken güçlü bir erkek sesinin haykırdığı İngilizce sözcükleri oldukça net duymaya başladı.

Ateşten gözleri olan iri kara bir siluet / insanlara isteklerini söylüyor / şeytan orda duruyor ve gülümsüyor...

Yadırgamıştı Yıldız.

"Şeytan orda duruyor ve gülümsüyor mu?"

"İlk metal şarkılardan biridir bu" diye açıkladı Tobias. "Grubun basçısı Geezer Butler, bir gün bir sinemanın önünde *Black Sabbath* adlı korku filmini izlemek için bekleyen insanları görmüş. Ve bir şarkı yapma fikri gelmiş aklına. Anında Ozzy Osbourne'a koşmuş, fikrini söylemiş. Böylece bu şarkıyı yazmışlar, kuracakları grubun adını da Black Sabbath diye değiştirmişler..."

Merdivenlerden indiklerinde kocaman bir bodrum karşıladı onları. Yüz kişinin rahatlıkla sığabileceği büyüklükte bir yer. Berlin bombalanırken kullanılan sığınaklardan biriydi burası. On yıl önce tiyatroya çevirmişlerdi. Az önce gördükleri cinayet mahalli gibi yanıp sönen kırmızı ışıklarla aydınlanıyordu. Seyirciler için ayrılmış koltukların ancak yarısı doluydu. Tobias hayal kırıklığına uğramış gibiydi,

Yıldız ise gözlerini kısarak etrafı görmeye çalışıyordu. Dinleyicilerin arasında genç olanların sayısı oldukça azdı. Çoğu kırklı yaşlarındaydı. Hepsi de kendini müziğin ritmine kaptırmış, başlarını sallıyorlardı. Sahnedeki tapınak dekorunun önünde sadece dört müzisyen vardı. Oyuncular ortalıkta görünmüyordu. Muhtemelen perde arasına denk gelmişlerdi. Müzisyenler de dinleyiciler gibi orta yaşın üzerindeydi. Hepsinin de saçları ve sakalları uzundu, metal düğmeler ve aksesuarlarla kaplı deri giysiler giymişlerdi.

Yıldız ile Tobias'ın bakışları biraz gerideki davulcuya takılmıştı. Alex denilen adam bu olmalıydı. Saçları ve sakalları iyice kırlaşmış olmasına rağmen iri bedeni dinç görünüyordu. Elindeki bagetleri hızla davullara ve zillere vururken yüzü geriliyor, sanki heyecan dolu bir rüyadaymış gibi gözlerini yumarak kendini müziğin akışına bırakıyordu. Birkaç saat önce sevgilisinin göğsünü keskin bir bıçakla yararak kalbini çıkartıp Zeus'a sunan katil bu adam olabilir miydi?

"Gerçekten müthiş!" diye söylendi aklı başka yerde olan Tobias. "Adam manyak çalıyor... Sanki başka bir evrende yaşıyor gibi."

Yardımcısının sözlerini güçlükle duymuştu Yıldız, o yüzden eğilerek kulağına seslendi.

"Ama hepsi öyle, sanki seyirci için değil kendileri için çalıyorlar."

Başıyla onayladı Tobias.

"Öyle, bu adamlar iyi müzisyenler. İyi müzisyenler kendileri için çalarlar."

Onlar böyle konuşurken, sahnedeki deri giysili ihtiyar delikanlılar, adeta ilahi bir coşkuyla kendilerinden geçerek şarkılarını söylemeyi sürdürüyorlardı.

Sonumuz yaklaştı mı dostum? / Şeytan dönemeçten çıktı geliyor...

Alex'in sert yüzündeki en yumuşak yer olan menekşe rengi gözleri kuşkuyla bakıyordu. Oyun bittiğinde karşısında hiç tanımadığı bir kadınla bir erkek görünce yadırgamıştı. Onların hayranları olması ihtimaline aldırmamış, bir an önce çekip gitmek istemişti. Hatta polis olduklarını duyduğunda bile pek iplememişti. Müşkülpesent bir tavırla, "Dün Köln'de konserdeydim. Bugün geldim, birazdan da Dresden'e gideceğim. Hiç vaktim yok" diyerek sıvışmayı denemişti. Bizimkiler izin vermemişlerdi elbette. Boyu ancak bateristin göğsüne yetişen Yıldız, inatla karşısına dikilmişti

"Gideceksiniz ama önce Cemal hakkında konuşmamız lazım."

Alex'in yüzündeki kayıtsız ifade tuzla buz olmuş, o ismi duymak bile kimyasını altüst etmeye yetmişti.

"Yine mi şikâyet etti beni?" diye söylendi. "Bıktım bu heriften ya!"

O kadar gergin görünüyordu ki, Alex'in bir taşkınlık yapmasından çekinen Tobias bir adım öne çıkarak Yıldız'la aralarına girdi.

"Sakin olun!" dedi müzisyenin suratına bakarak. "Sadece konuşmak istiyoruz. Gecenin bu saatinde sizi merkeze götürmek niyetinde değiliz. Tabii bu size kalmış. Bizimle fuayedeki bara kadar gelirseniz biraz sohbet ederiz, sonra da yolunuza gidersiniz."

Kararsız kaldı baterist. Ellerini yana açarak yardımcısını onayladı Yıldız.

"Hepsi bu."

Konuşmalarına kulak misafiri olan orkestranın kısa boylu solisti de endişelenmişti.

"Ne oluyor Alex? Bir sorun mu var?"

Umursamaz göründü baterist.

"Yok, yok Klaus, bir şey yok. Sadece birer bira içmek istiyor arkadaşlar."

Demek ki, başının polisle belada olduğunun duyulmasını istemiyor diye geçirdi içinden Yıldız. Böyle endişeli olması iyiydi. Dar koridoru gösterdi.

"Hadi gidelim o zaman."

Fuayenin duvarları mitolojik hikâyelerden esinlenilmiş resimlerle kaplıydı. Kırmızı, siyah renklerin hâkim olduğu, çizgi roman üslubuyla çizilmiş sert resimler. Yarı gövdelerine kadar toprağa gömülmüş titanlar, devler, tanrılar. Zeus'un ayaklarının dibinde derin bir uçurum olarak tasvir edilmiş alacakaranlık Tartaros. Zeus'un resminin bulunduğu duvara bitişik duran masayı seçti Yıldız.

"Gelin, şöyle oturalım."

Nasıl tepki verecek diye merakla bateristi izliyordu. Hiç oralı olmadı Alex. Sırtını duvara vererek geçti, oturdu iskemleye. Asıl derdi başkaydı. Gözleri, sabırsızlıkla bardaki şişeleri tarıyordu.

"Sakıncası yoksa bir bira içebilir miyim?"

"Ne sakıncası olacak?" dedi hâlâ ayakta dikilen Tobias. "Hatta biz ısmarlayalım size. Malum görev başında içemiyoruz." Elindeki jetonu gösterdi. "Yoksa heba olacak. Hangisinden içiyorsunuz?"

Kurumuş dudaklarını usulca diliyle yaladı baterist.

"Flensburger..."

"Ooo, sert bira, ben de aynı markayı severim."

Tobias iri gövdesini sürükleyerek bara yönelirken, Yıldız duvardaki baştanrıya bakarak kendi kendine mırıldandı.

"Babalarını öldürmeyen çocuklar büyüyemezler..."

Alex'in gözleri de sonunda baştanrıya kaymıştı.

"Zeus babasını öldürmedi ki." Resimdeki karanlık uçurumu gösterdi. "Tartaros'a gönderdi."

Yıldız dirseklerini masaya koydu, aralarındaki soğukluğu kırmak istiyor gibiydi.

"Mitolojiyi biliyorsunuz."

"Bilirim, ama benimki amatörce. Asıl Cemal meraklıdır. Onu dinleseniz arkeolog zannedersiniz. Aile geleneğiymiş..." Bakışları yumuşadı, sert yüzüne tatlı bir ifade yerleşti. "Onunla da burada tanışmıştık. Çalıştığı şirketin düzenlediği bir kokteylde..."

Konuşmanın istediği minval üzerinde ilerlemesinden memnundu Yıldız.

"Bir enerji şirketi, underground bir tiyatroda kokteyl mi düzenliyor?"

Gülümser gibi oldu baterist.

"Der Blitz, alışıldık şirketlerden çok farklı. Yenilenebilir enerji işindeler. Duymuşsunuzdur rüzgâr, güneş, dalga... Çalışma saatleri özgür. İnsanlar ofise gelmek zorunda değiller. Cemal de çoğunlukla evden çalışıyor zaten. Patronları ilginç bir herif. Doğu Berlinli. Duvar yıkıldıktan sonra zengin olanlardan. Fakat şu sonradan görmelerden değil. Kültürlü biri." Adamdan övgüyle bahsetmesine rağmen nedense yüzü gölgelenir gibi olmuştu. "Çalışanlarla arası çok iyi. Hatta fazla iyi. O yüzden de işleri bozuldu ya."

Yok, açıkça neşesi kaçmıştı bateristin. Bu ayrıntıyı atlamadı deneyimli polis.

"Adı ne bu sıra dışı patronun?"

Hayranlık öfke karışımı bir sesle mırıldandı:

"Peter, Peter Schimmel..."

Pilar'ın sözlerini hatırladı: "Cemo'yu kıskanıyordu Alex" demişti. Bateristin yumuşak karnını fark etmişti Yıldız.

"Anladığım kadarıyla Cemal'le de araları iyiymiş..."

Menekşe gözlerinden bir öfke yalımı geçti Alex'in.

"Bana niye soruyorsunuz ki, Cemal'e sorsaydınız ya." Açıkça çıkışmıştı. İlk karşılaştıkları soğuk, düşmanca hale büründü yeniden. "Evet, artık sadede gelelim. Bakın, Cemal size ne söyledi bilmiyorum ama dokunmadım bile ona."

Sıkıştırmayı sürdürdü Yıldız.

"Yani daha önce şiddet uyguladığınızı kabul ediyorsunuz?"

Pis pis baktı baterist.

"Bilmiyor musunuz sanki? Dosyalarda var hepsi, okumuşsunuzdur. Yalnız, karşılıklı oluyordu o iş. O da bana şiddet uyguluyordu."

Elindeki iki şişe Flensburger ve bir bardakla yanlarına gelen Tobias, istemeden böldü konuşmayı. Neden bahsettiklerini bilmediği için de iyi polisi oynamayı sürdürdü.

"Afiyet olsun" dedi biraları masaya koyarken. "İki tane aldım, fazla gelmez herhalde."

Bir an kararsız kalan Alex,

"Teşekkür ederim" dedikten sonra Yıldız'a döndü yeniden. "İki gün önce kavga ettik, şikâyet için niye iki gün beklemiş ki?"

Yanıt alamayınca uzanıp şişelerden birini önüne çekti, kapağını açtı, bardağı boş verip öylece dikti kafasına. Yarıya yakınını bitirince masanın üzerine bıraktı. Sağ elinin tersiyle ağzını silerek, derinden bir iç geçirdi. Biranın o kendine özgü kokusu bütün masaya yayıldı.

"Neden kavga etmiştiniz?" diye sordu Tobias. "Niye Cemal'i dövüyordunuz?"

"Dövmek mi?" Sinirli sinirli güldü Alex. "Onu anlatıyordum. Kimin kimi dövdüğü tartışılır." Yeniden şişeye uzandı. "Cemal'in eli de armut toplamıyordu. Adam benden genç sonuçta. İkimiz de birbirimize vuruyorduk. Kim daha ayıksa o daha çok vuruyordu..." Şişede kalan birayı ikinci dikişte bitirdi. Masaya koyarken hafifçe geğirdi. "Niye kavga ediyorduk biliyor musunuz? Geçinemiyorduk çünkü. Belki ilişkinin sonuna gelmiştik, belki başından beri birbirimize uygun değildik. Ne de olsa kültür farkı..."

Kültür farkının nasıl bir cehennem olduğunu çok iyi biliyordu Yıldız. Ama Alex'in gerçeği söylediğinden emin değildi.

"Biz öyle duymadık, Cemal ayrılmak istiyormuş, fakat siz, ayrılırsan seni öldürürüm demişsiniz."

Pes etmiş gibi iri ellerini masanın üzerine indirdi baterist.

"Çok öfkelenmiştim. Zaten kavga da etmedik. Tartıştık biraz. Ağız dalaşı diyelim. Bana inanmıyorsanız, Cemal'in Arjantinli komşularına sorun. Onların evindeydik bu olay olduğunda..." Bıkmış gibiydi. "Cemal yalan söylüyor. Şu sıralar kafası çok karışık. Paranoya yapıyor. Tamam arada kavga ediyoruz ama ona asla zarar vermem."

O kadar sakin, o kadar kendinden emin konuşuyordu ki, daha fazla bekleyemedi Yıldız.

"O zaman kim öldürdü Cemal'i? Kim, göğsünü yarıp kalbini çıkarttı sevgilinizin?"

İkinci bira şişesine uzattığı eli havada kaldı Alex'in.

"Ne?" Menekşe gözlerindeki o kendinden emin hava kaybolmuştu. Bira şişesine uzanan elini çekti. "Ne? Ne diyorsunuz be!"

Tek bir mimiğini, en küçük bir beden hareketini bile kaçırmamak için iki polis de gözlerini dikmiş onu izliyorlardı.

"Evet Bay Werner" dedi aynı sakin ses tonuyla Yıldız. "Bu akşam Cemal Ölmez, Neukölln'deki evinde acımasızca öldürüldü."

Söylenenleri duymuştu baterist, buna rağmen anlamakta güçlük çekiyordu. Belki anlamıştı da inanmak istemiyordu.

"Cemal'i tehdit etmişsiniz" diye ithamlarını sürdürdü Yıldız. "Arkadaşlarınızın yanında, 'Eğer beni terk edersen, seni yaşatmam' demişsiniz. Onu, siz mi öldürdünüz?"

Oturduğu iskemlede donup kalmış gibiydi.

"Cemal? Cemal öldü mü gerçekten?" diyebildi. Gözleri nemlenmişti, sesi boğuk çıkıyordu. "Benimle oyun oynamıyorsunuz değil mi? Cemal'in o berbat şakalarından birini yapmıyorsunuz..." İki polisin de aynı sessizlik, aynı kararlılık içinde olduğunu görünce, yüzü düştü, çatlak dudakları aralandı. "Demek doğru, demek Cemal öldü ha!"

Kısa bir sessizlik oldu. Yıldız'ın bilinçli olarak yarattığı bir sessizlikti bu. Zanlının kendi duygularıyla baş başa kalmasını istiyordu ama daha fazla uzamasına da izin vermedi.

"Evet, Alexander Werner, soruma cevap vermediniz? Cemal'i siz mi öldürdünüz?"

Bateristin erken kırışmış yüzündeki acı yerini gerginliğe bıraktı.

"Ne! Ne öldürmesi? Beni mi suçluyorsunuz yani? Tabii, ilk akla biz geliriz değil mi? Heavy metalci baterist, kötülük tohumları, şeytanın çocukları. Sevgilisinin kalbini yiyen canavarlar."

Tobias'ın gür sesi böldü Alex'in serzenişlerini.

"Sakin olun! Sizi suçlasaydık, şu anda merkezde olurdunuz. Cemal'in katilini bulmaya çalışıyoruz. Sizinle başladık, çünkü ilk zanlı sizsiniz. Eğer suçlu değilseniz bildiklerinizi bizimle paylaşın, yardım ederseniz, daha kolay buluruz katili."

Cesaretlenir gibi oldu Alex.

"Tamam, elbette yardım ederim ama şunu aklınıza sokun, ben katil değilim, Cemal'i ben öldürmedim."

İkinci bira şişesine uzandı ancak Yıldız elini şişenin üzerine koydu.

"Buraya saat kaçta geldiniz?"

Geniş omuzlarını silkti baterist.

"Her zamanki gibi, saat 22:30 civarında. Yani üç aşağı beş yukarı o saatlerde. Oyun 23:30'da başlıyor. İlk biz sahne alıyoruz, ardından oyuncular çıkıyor... Kaçta öldürülmüş Cemal?"

Yaşadığı şoktan çabucak kurtulup cinayet üzerine sorular sormaya başlaması Yıldız'ın gözünden kaçmamıştı.

"Evden mi geldiniz buraya? Başka bir yere uğradınız mı?"

Kesin bir tavırla başını salladı Alex.

"Eve uğrayacak vaktim yoktu. Söyledim ya, dün Köln'de konser vardı. Bu akşam trenle döndüm Berlin'e. Yemek yedim, orada burada vakit geçirdim."

İkinci soru hazırdı.

"Tren biletiniz yanınızda mı?"

Kayıtsızca mırıldandı baterist.

"Yok, attım. Üzerimde ıvır zıvır taşımayı sevmem."

Muğlak konuşuyordu baterist, Yıldız peşini bırakmadı.

"Nerede yemek yediniz peki?"

Eliyle görünmez bir yerleri işaret etti.

"İstasyondaki büfelerden birinde. Pek iştahım yoktur zaten. Niye soruyorsunuz bunları? Bakın benim hayatım böyle. Nerede iş bulursam orada çalıyorum. Ekmek parasını böyle çıkarıyorum. Az önce söyledim, buradan da tren istasyonuna gideceğim. Eve uğramadan. Yarın akşam Dresden'de konser var. Niye üzerime geliyorsunuz anlamıyorum. Bakın, yanlış adamı sorguluyorsunuz. Cemal'i ben öldürmedim. Onu severdim, insan sevdiğini öldürür mü?"

Acı acı güldü Yıldız.

"Öldürür. Hatta öldürülenlerin çoğu sevdiklerinin eliyle can verir. Üstelik siz, bunu yapabileceğinizi de söylemişsiniz. Hakkınızda şahitlik yapacak iki kişi var..."

Öfkeyle mırıldandı.

"O Pilar denen kadın hiç hazzetmez benden ama ben öldürmedim Cemal'i. İnanın, ben yapmadım."

Kısa bir süre adamı süzdü Yıldız.

"Kim yaptı o zaman?"

"Bilmiyorum, nereden bileyim?" Böyle söylemesine rağmen gözleri kıpır kıpırdı. Aynı anda aklından birçok ihtimal geçiyor olmalıydı. "Hüseyin" dedi heyecanla. "Evet, ağabeyi Hüseyin yapmıştır... Nefret ediyordu Cemal'den. Ailesinin hepsi nefret ediyordu ondan. Fakat Hüseyin en acımasızları, sabıkası filan da var. Kıyıcı bir herif yani."

Aklından geçenler dudaklarından döküldü Yıldız'ın.

"İlişkiniz yüzünden mi nefret ediyordu Hüseyin kardeşinden?"

Hiç üzerine alınmadı Alex.

"Bana özel bir durum değil. Eskiden beri görüşmüyorlardı. Oğullarının gay olmasını kaldıramıyorlardı. Kanlı bıçaklılardı, hatta bir keresinde Cemal'i pencereden atacaklarmış."

Türkiyeli aileler arasında böyle vakalar görülüyordu. Gerçekten de cinayet nedeni Cemal'in eşcinselliği olabilirdi.

"Yani bütün aile, Cemal'e karşı abisine yardım mı etmiş?"

"Ailesi dışlamıştı Cemal'i. Sadece Orhan dedesi seviyordu onu. Zaten bir tek onunla görüşüyordu. Bir de annesiyle telefonda. Ne babasının ne de abisinin bu görüşmelerden haberi vardı. Şu talihsizliğe bakın ki, geçen yıl dedesi alzheimer oldu. Artık onunla da görüşemiyorlardı." Sanki emin olmuş gibiydi. Kararlılıkla başını salladı. "Evet, evet, bu işi o Hüseyin denen it yapmıştır. İki ay önce Orhan dedeyi görmek için hastaneye gittiğinde de tartışmışlardı Cemal'le. Ziyaretini engellemek istemişti, Cemal takmadı tabii. Gitti dedesini gördü."

Önemli bir ihtimalden söz ediyordu baterist. Aradıkları katil bu nefret dolu ağabey olabilirdi. Fakat cinayet vakalarında asla tek ihtimale bağlı kalınmazdı.

"Tamam bu konuyu araştıracağız, peki başka düşmanı, geçinemediği birileri var mıydı Cemal'in?"

Soru, Alex'in kalın kaşlarını yeniden birleştirip alnındaki kırışıkları derinleştirdi.

"Yok, hiçbir düşmanı yoktu. Sadece son zamanlarda biraz tuhaftı. Benden bir şeyler saklıyor gibiydi." Kararsız kaldı. "Söyleyeceklerimi aleyhime kullanmayın ama başka biri var gibiydi. Aramızdaki gerginlik de o yüzdendi zaten."

"Başka bir erkek arkadaş mı?"

Nihayet birasını içebilen Alex, kalın boynunu büktü.

"Olabilir. Evet, öyle sanıyorum. Kim derseniz söyleyemem. Çünkü bilmiyorum. Cemal ayrılmaya hazırlanır gibiydi. Pilar'ların evindeki kavga da bu yüzden çıkmıştı. 'Her aşk bir gün biter' demişti Cemal. Buna hazırlıklı olmalıymışız, söylediği doğruydu elbette ama ben sarhoştum. Çok sarhoştum... Bir de böyle arkamdan iş çevirmesi çok ağrıma gidiyordu. Koptum işte..."

Yine kuşku bulutları toplanmaya başlamıştı Yıldız'ın ela gözlerinde.

"Ama öfkenize hâkim oldunuz, onu öldürmediniz."

Kesin bir ifadeyle başını salladı Alex.

"Hayır, öldürmedim."

Konuyu değiştirmek istedi Tobias.

"Duvardaki Zeus hakkında ne biliyorsunuz?"

Baterist döndü, arkadaki resme baktı.

"Yok, yok bu resimden bahsetmiyorum. Cemal'in evindeki diyorum, Zeus'un tahtta oturduğu resim."

Lafın nereye gideceğini kestirmeye çalışan Alex gözlerini kıstı.

"Evet, Zeus heykelinin resmi... Cemal yapmıştı..."

"Siz mi istediniz Zeus'un resmini yapmasını?"

Onu tongaya düşüreceklerini zannederek yine söylenmeye başladı.

"Hayır, ben istemedim. Görmediniz mi? Öteki odalarda da Zeus ve tanrıların resimleri var. Dedim ya, ailece mitolojiye meraklı bunlar."

Dudak büktü Tobias.

"Ben de heavy metale meraklıyım ama evimin duvarlarını müzisyenlerin resimleriyle süslemiyorum."

Birasından yine kallavi bir yudum alan baterist, "Orası öyle, ben de asmıyorum" diyerek onayladı. "Ama Cemal resme meraklıydı. Amatörüm diyordu ama bence iyiydi, gayet iyiydi. Müze var ya bizim Spree Nehri'nin oradaki, Pergamon Müzesi. İşte orada kabartmalar varmış. Gitmedim bile, Cemal anlattı. Hikâyesi müthiş diyordu, modern bir üslupla onların resmini yeniden yapmak istiyordu. Böylece kendini gösterecekti. Evet, bunu yapmak istiyordu işte. Ama benim bunlarla bir alakam yok. Ne mitolojiden anlarım ne de resimden. Cemal'i de ben öldürmedim. O anlattığınız canilerden değilim ben. Tamam, kavga ederdik arada ama sonra barışırdık. Neden öldüreyim sevdiğim insanı?"

Gün doğmak üzere olmasına rağmen Curry 36'nın önündeki kuyruk eksilmiyordu. Sanki bu gece Berlin'in bütün akşamcıları bu dükkânın önünde toplanmıştı. Üzerlerinde gece elbiseleriyle son derece şık kadınlar, smokinli erkekler, deri ceketli, kot pantolonlu gençler, mini etekli, piercingli kızlar, tekno partilerden yeni çıkmış, dünyaya şeşi beş bakan keşler, içinde kutsal bir sıvı varmış gibi hâlâ ellerindeki bira şişelerini emip duran sarhoşlar. İnsan denen mahlukun her cinsinden, her türünden bir kalabalık aralarında şakalaşarak, gülüşerek, didişerek sabırla sıranın kendilerine gelmesini bekliyordu. Neyse ki Tobias'ın önünde sadece bir kişi kalmıştı. Şefin arabanın içinden kendisine baktığını görünce zafer işareti yaparak sosis yemek için verdikleri zorlu mücadelenin sonuna geldiğini ilan etti.

Sevimli yardımcısına gülümsemekle yetindi Yıldız, sonra yine bakışları akıllı telefonunun ekranına kaydı. Oğlunun odasını kontrol ediyordu. Yine üstünü açmıştı Deniz. Artık babasını da suçlayamıyordu, kim bilir kaç kez kalkıp üstünü örtmüştür adamcağız. "Çok deli yatıyor bu senin oğlan" diye söylenecekti yine torunu için. Neyse ki havalar ısınmaya başlamıştı da üşütmüyordu. Bademcikleri çok hassastı, bir kere hastalanırsa günlerce geçmiyordu. Güya babası alacaktı bu hafta sonu. Yine her ay en az bir kere yaptığı gibi, "Benim önemli bir işim çıktı, Hamburg'a gideceğim, narkotik şubenin toplantısına" diye sallamıştı Franz. Aslında çok severdi oğlunu, ancak teknesi söz konusu olunca akan sular dururdu. Evet, eski kocasının arkadaşlarıyla tekne gezisine çıktığından adı gibi emindi. Aldırmıyordu artık Yıldız bu tür sorumsuzluklarına. Bakışlarını akıllı telefondan kaldırdığında yardımcısının plastik iki tabak ve iki kutu kolayla geldiğini gördü.

İki yıldır birlikte çalışıyorlardı. Önceleri yadırgamıştı Yıldız bu genç irisi polisi. Hatta zerre kadar güvenmediği amiri Markus'un kendisine karşı yeni bir entrika kurduğunu düşünmüştü. Tam bir geri kafalıydı Markus, kadınların teşkilatta olmasına kesinlikle karşıydı. Hele cinayet masasında asla olmamalıydılar. "Kan görünce düşüp bayılır bunlar" diyordu. Fakat kaderin cilvesine bakın ki, hem kadın hem de Türk asıllı birini vermişlerdi emrine. Başlarda ciddiye almamaya çalışmıştı Yıldız'ı, ama kadın gerçekten iyi bir polisti. İlgilendiği dosyaların yüzde seksenini çözmüştü. Bu başarıya rağmen, Yıldız'ı sepetlemekte tereddüt etmezdi fakat eyalet hükümetinde ağırlığı olan yeşiller ve solcuları kızdırmaktan korkuyordu. Hiç değilse politik durum değişinceye kadar bu inatçı kadına katlanmaya karar vermişti. Elbette daha ilk günden Markus'un niyetini anlamıştı Yıldız. Çünkü göreve başladığından beri onun gibi yöneticilerle uğraşıyordu. Birlikte çalıştıkları gözü pek Dieter bir araba kazasında kötürüm kalarak emekli olunca, Tobias'ı vermişlerdi yanına. Bu yüzden kuşkuyla yaklaşmıştı yeni meslektaşına. Markus'un yeni bir oyunu muydu bu görevlendirme? Başarısız olması için bir salağı mı vermişlerdi yanına? Arnavut asıllı bir seks işçisinin öldürülmesi vakasını çözerken anlamıştı yanıldığını. O saf gibi görünen ablak suratın ardında cin gibi bir zekâ vardı ve kül rengi gözlerinin uyandırdığı soğuk izlenimin aksine sımsıcak bir kalp taşıyordu.

Tobias ise başından beri yadırgamamıştı Yıldız'ı. Demokratik Almanya'dan gelenlerin birçoğu yabancılara sıcak bakmamasına rağmen, hemencecik kaynaşmıştı bu sert başkomiserle. Aylar sonra bir keresinde, "Hiç yadırgamadın mı beni?" diye sormuştu Yıldız.

Önemsiz bir konudan bahseder gibi omuz silkmişti Tobias.

"Neden yadırgayayım ki, sen iyi bir polissin, üstelik adamlarını kollayan bir amirsin."

Kışkırtmak istemişti şef:

"Ama Türkiye kökenliyim."

Yine umurunda olmamıştı komiserin.

"Unutma Şef, ben sosyalist bir ülkede doğdum" demişti sanki bir sır verir gibi kısık sesle. "Bakma sen şimdi Doğu'da boy veren ırkçılara, biz evrensel insanlığa inanırız, Alman nasyonalizmine değil."

Yardımcısının elinde iki plastik tabakla iyice yaklaştığını görünce uzanıp Passat'ın kapısını açtı. Şefin gülümsediğini fark eden Tobias'ın da yüzü ışımıştı. Elindeki tabağın birini uzattı.

"Bir an hiç bitmeyecek sandım. Cuma akşamı olduğu için böyle galiba. İpini koparan gelmiş ya."

Tabağı ve kutu kolalardan birini aldı Yıldız.

"Yok Toby, her gece böyle burası. En pahalı kulüplerin en ünlü restoranlarında karnını doyuranların bile gecenin bir vakti oldu mu canı sosis çekiyor." Tabağı burnuna yaklaştırdı. "Haksız da değiller, nefis kokuyor."

Tobias koltuğa çökünce Passat hafiften bir sarsıntı geçirdi. Yıldız'ın tabağındaki kızarmış patateslerden birkaçı kucağına düştü.

"Yavaş yavaş, sapsız armut gibi atma kendini öyle."

Mahcup gülümsedi yardımcısı.

"Pardon Şef, elimde bunlar olunca..."

Şefi unutmuştu bile sarsıntıyı, ketçaba bulanmış sosisinden ilk ısırığı almakla meşguldü. Tobias da üstelemedi zaten, en az Yıldız kadar acıkmıştı. Bir süre hiç konuşmadan köri soslu sosisleriyle patatesleri yemeye koyuldular. İkinci sosise geçmeden önce, ağzındaki lokmayı henüz bitirmişken "Alex'in sözlerini samimi buldun mu?" diye sordu Tobias. "Doğruyu mu söylüyordu sence?"

Kolasını içmekte olan şef, istifini hiç bozmadı, hatta yardımcısına bile bakmadan soruya soruyla karşılık verdi.

"Sen ne diyorsun?"

Diliyle dişlerinin arasındaki kırıntıları temizledikten sonra usulca başını salladı Tobias.

"Emin olamadım. Adam gerçekten de Cemal'in öldüğünden habersiz gibiydi. Yaşadığı şoku gördün. Numara yapıyor diyeceksin, olabilir tabii. Ama içten görünüyordu. Cinayet aletinin üzerinde parmak izini tespit edersek o zaman işler değişir tabii..."

Yardımcısına kuşku dolu bir bakış.

"Henüz bıçağı bulamadık ki parmak izini tespit edelim." Böyle söylemesine karşın Tobias'ın düşündüklerine sonuna kadar katılıyordu, yine de başka bir ihtimali dile getirmekten geri durmadı. "Peki ya öfkelendiyse, ya kendini kaybettiyse? Akşam tiyatroya gitmeden önce Cemal'e uğradığını varsayalım. Ki bu pekâlâ mümkün. Çünkü onu gören olmamış. Barışmak için sevgilisinin evine geldi. Şirinlikler yaptı. Gerçi o suratla nasıl şirinlikler yapar, bilemedim ya. Neyse, elinden gelen gayreti gösterdi diyelim. Özür diledi, Cemal'i sevdiğini söyledi filan. Fakat genç adam istemiyordu. Yeniden tartışmaya başladılar. Alex ısrar etti. Cemal'in canına tak etmişti. Artık onu sevmediğini, yeni bir arkadaşı olduğunu söyledi. 'Seni terk ediyorum' dedi. Alex'e dikkat ettin değil mi, öfkesini kontrol edemiyor. Alev almaya hazır barut gibi. Sevgilisinin kendisini bıraktığını öğrenince kafayı yedi, bıçağı çektiği gibi öldürdü..."

Tobias elindeki tabağı da kolayı da unutmuş gibiydi, kesin bir tavırla başını salladı.

"Öyle olsaydı sevgilisini delik deşik ederdi. Oysa biz adeta bir cerrah tarafından kesilmiş bir beden gördük. Üstelik kalbi çıkartılmış ve zavallı adamın eline verilmiş. Hem de bir eski zaman tanrısının ayaklarının dibinde. Adam müziği bile ayarlamış. Kendisi evden uzaklaştıktan sonra hep aynı parça çalacak şekilde düzenlemiş bilgisayarı. Amacı ne bilmiyorum ama katil öfkeyle kendini kaybetmiş bir adam değil. Aksine ne yaptığını çok iyi bilen, son derece soğukkanlı bir cani." Kolasına uzanmadan önce bir kez daha salladı başını. "Hayır Şef, bizim metalci baterist bu profile pek uymuyor."

Kusursuz çözümleme diye düşündü Yıldız; tam da aklından geçenleri dile getirmişti yardımcısı. Ama Alex'te güvenilmez bir yan vardı. Söyledikleriyle davranışları, duygularıyla beden dili birbirine uymuyordu. Belki yaşadığı şok nedeniyle tutarsız davranmış olabilirdi. Kolay değil, sevdiğin birinin ölüm haberini alıyorsun. Üstelik polis tarafından zanlı olarak görülüyorsun. İnsan tuhaf davranabilirdi. Yine de emin olmak zordu. Sanki bir şeyler saklıyor gibiydi.

"Şu sevgili meselesine ne diyorsun?" diye başka bir ihtimali tartışmaya açtı. "Ciddi ciddi birinin varlığından kuşkulanıyor Alex. Gerçekten de başka birini bulmuş olabilir mi Cemal? Belki de bir sapığı ya da seri katili..."

İkinci sosise çoktan başlamıştı Tobias, yanıtlamak için ağzındaki lokmayı aceleyle yuttu.

"Olabilir belki..." sürdüremedi, kolasının yardımına başvurdu. Sonra yeniden başladı söze. "Ama önce böyle birinin varlığından emin olmamız lazım. Alex'in hezeyanı da olabilir. Şu Arjantinlilerle konuşunca anlarız. Çünkü Cemal biriyle tanıştıysa, muhtemelen o sanat camiasının içindendir." Kolasından bir yudum daha içti. "Belki de o işgal evlerindeki marjinal tiplerden biridir. Her çeşit insan var onların arasında."

"Ya da şirketten biri" diyerek sözünü kesti Yıldız. "Sen bira almaya gittiğinde, Cemal'in patronundan söz etti baterist. Peter Schimmel adında biriymiş."

Hemen hatırladı yardımcısı.

"Ha, şu telefondaki Peter. Demek patronuymuş."

"Evet, işte o. Enteresan bir adammış. Çalışanlarını özgür bırakıyormuş filan. Alışıldık patronlara benzemiyormuş. Biraz kıskanmış görünüyordu Alex. Acaba diyorum, Cemal'in yeni sevgilisi bu özgürlükçü patron olabilir mi?"

Bu ihtimal pek kafasına yatmamıştı Tobias'ın.

"Ben aileye yoğunlaşalım derim, Cemal'in abisine. Şu Hüseyin adındaki herife. Eğer Alex yalan söylemiyorsa, adam Cemal'i öldürmeye kalkışmış. Hem de intihar süsü vererek. Ailenin öteki fertleri de onaylamış... Kendilerince düzenek kurmuşlar yani baksana. Cemal'i katletseler, intihar diye yutturacaklardı millete."

Tabağındaki patates kızartmasını sosa batıran Yıldız, "Haklısın" diye onayladı. "Üstelik aile mitoloji konusunda da bilgi sahibiymiş. Cinayet mahallinde kurulan düzeneğe pek de yabancı olmasalar gerek." Sustu. "Kâğıt üzerinde böyle görünüyor, ama..." Yine sustu, sanki zaman kazanmak istermişçesine patatesi ağzına attı.

"Ama?" dedi Tobias.

"Aması şu ki, bizim Türkiyelilerden böyle sofistike cinayetler çıkmaz. Sen de yıllardır bu işin içindesin. Eminim bizimkilerin işlediği cinayetlerle karşılaşmışsındır. Böyle inceden inceye tezgâh kurmazlar. Çeker vururlar, saklamayı filan da akıllarına getirmezler. Yani genel olarak diyorum. Çünkü ya anlık bir öfkeyle öldürürler ya da namuslarına halel geldiğinde" diye tamamladı Yıldız.

Yeniden ikinci sosisi yemeye başlamıştı Tobias... Yine ağzı doluyken konuşmayı denedi.

"Doğru, Türkiyeli göçmenlerin karıştığı iki cinayet vakasına bakmıştım. Birinde adam karısını öldürmüştü, onu en yakın arkadaşıyla aldatıyor diye. Arkadaşına da ateş etmiş, ancak isabet ettirememişti. İkincisinde de adamın biri borç alıp vermeyen kuzenini bıçaklayarak öldürmüştü. Herkesin gözü önünde. İki yıl önce filandı. Seninle çalışmadan önceki son vakamdı. Olay Spandau'da arka caddelerden birinde olmuştu. Gündüz vakti... Korkunç bir olaydı. Katil, kuzenini bıçaklamış, sonra ölsün diye başında beklemişti. Düşünebiliyor musun, adam elinde kocaman bir bıçakla caddenin ortasında dakikalarca durmuştu. Omzundan vurup elindeki bıçağı düşürdükten sonra müdahale edebilmiştik, ama kuzeni kan kaybından ölmüştü. 'Oh, iyi oldu şerefsize' demişti yaraladığımız katil. 'Akrabaya madik atılmayacağını öğrendi böylece.' Kaybettiği para için mi öldürmüştü kuzenini, yoksa onu kazıkladığı için mi hâlâ anlayabilmiş değilim." Kola kutusuna uzandı. "Ama Cemal'in ailesini tanımıyoruz. Bildiğimiz arkeolojiye meraklı oldukları, eğitim seviyeleri nedir, nasıl insanlardır hiçbir fikrimiz yok. Yıllardır Almanya'da yaşıyorlar. Belki kültürel olarak da değişmişlerdir. Sizin üçüncü kuşaktan çok farklı insanlar çıkıyor..." Kendine bak diyecekti, dilinin ucuna kadar geldi, yanlış anlaşılırım diye söylemedi. "Öyle değil mi Şef? Bizim meslekte genelleme yapmak doğru değil. Her vakayı kendi içinde ele almak lazım."

Yardımcısı kolasını içerken, Yıldız ikinci sosisi yiyemeyeceğini hissetti.

"İster misin?"

Hiç nazlanmadı Tobias.

"Yemeyeceksen..."

Plastik tabağı yardımcısına uzattı.

"Afiyet olsun..." İştahlı polis, körili sosisi ve patates kızartmalarını tabağına boşaltırken Yıldız mırıldandı. "Tabii, biz böyle kendi kendimize konuşuyoruz ama bakalım Markus ne diyecek? Bu sansasyonel bir vakaya benziyor. Ne dersin, soruşturmayı bizden alıp başkasına verir mi?"

Hayretle söylendi Tobias.

"Yok artık, öldürülen bir Türk. Senden daha iyi kimse bakamaz bu vakaya." Kararlı bir sesle son noktayı koydu. "Yok şef, Markus bile bu kadar salak olamaz."

Yıldız o kadar emin değildi.

"Göreceğiz" diyerek arabayı çalıştırdı. "Berlin cinayet masasında her türlü sürprize hazırlıklı olmalısın."

Passat usulca hareket ederken sokak lambaları sönmüş, gün ışığı Berlin'i tümüyle ele geçirmeye başlamıştı.

3

"Ben buyum işte. Yeryüzündeki ve gökyüzündeki cümle mahlukatın Baştanrısı Zeus"

Bugünü kazansan da dün bırakmaz yakanı. Geçmişin hayaletleri sinsi bir gölge gibi takip eder seni. Babam Kronos farkındaydı bunun. Asla unutmadı bu hakikati. Zafer sarhoşluğuyla kendinden geçmişken bile aklından çıkarmadı babası Uranos'un bedduasını. Tahta çıktığında da, babasının toprağa gömdüğü kardeşlerini kurtardığında da, annem Rheia'yla yatağa girdiğinde de bir an olsun kulağından eksilmedi bu ilençli sözler. Çünkü Uranos'un başına gelenlerin kendi başına gelmesinden korkuyordu. İşte bu yüzden unuttu Gaia'ya verdiği sözü, babasının yaptığı yanlışı tekrarladı. Üstelik daha acımasızca.

Gür saçlı Rheia beş çocuk doğurdu ona, üçü kız, ikisi erkek, benim sevgili kız ve erkek kardeşlerim, hepsi birbirinden üstün tanrılar ve tanrıçalar; Hestia, Demeter, Hera, Poseidon ve Hades. Fakat babam bağrına basmadı onları, hiçbir zaman sevip koklamadı çocuklarını. Bununla da kalmadı, erkek kız demeden yutmaya başladı evlatlarını. Evet, kendi dölünden düşen, annemiz Rheia'dan doğan beş kardeşimi hiç tereddüt etmeden hunharca yedi. Çünkü korku sadece aklını değil bütün bedenini ele geçirmişti. Tahtını kaybetme endişesi iyice zalimleştirdi onu. Kurtardığı kardeşlerinden bazılarını yeniden toprağın derinliklerindeki

Tartaros'a hapsetti, ötekileri ise boyun eğmeleri koşuluyla serbest bıraktı. Böylece titanların altın çağı başlamış oldu.

Elbette baştitanın bu zalimliğine yine kadınlar karşı çıkacaktı. Nasıl ki, büyükannemiz Gaia, kocası Uranos'un erkini elinden alarak oğluna armağan ettiyse, annem Rheia da aynısını yapacaktı. Üstelik çok daha zekice, çok daha ustaca, çok daha gizlice kurulmuş bir kumpasla. Elbette tecrübeli Gaia yalnız bırakmadı kızı Rheia'yı. Çünkü sadece torunlarına değil, kendi çocuklarına da zulmediyordu Kronos. Kindar Uranos da onayladı oğlunu iktidardan düşürecek bu haklı ihaneti. Böylece o da almış olacaktı öcünü vefasız evladından. İşte o sırada ben Zeus dünyaya geldim. Rheia'nın altıncı bebeğiydim, çocuklarının en küçüğü. Tam o entrikanın içine doğdum. Düzenledikleri oyun gereği doğar doğmaz Girit'e kaçırdılar beni. Evladını görmek, bağrına basmak yerine, midesine indirmek için gelen Kronos'a kundaklanmış bir kaya verdiler. Karısına sonsuz bir güven besleyen baştitan hiç kuşku duymadan yuttu kocaman kayayı. Ve o gece de kendinden emin girdi karısının koynuna.

Toprak Anamız Girit'te, başları bulutlara değen ağaçlarla kaplı devasa bir ormanın derinliklerine götürdü beni. Bir periye teslim etti. Ve şöyle dedi: "Bu çocuk sadece güzel bir bebek değil, bu çocuk sadece bir tanrı değil, bu çocuk dünyanın geleceği. Ona gözün gibi bakacaksın. Ne yiyeceği, ne içeceği, ne yatacağı yer, ne oynayacağı bahçe, hiçbiri eksik kalmayacak. Hepsinden sen sorumlu olacaksın. Hepsi sana sorulacak." Peri uydu Gaia'nın emirlerine. En şefkatli anneden daha özenli baktı bana. Ne aç bıraktı, ne açıkta, yediğim önümdeydi yemediğim arkamda. Büyülü bir keçinin kudretli sütüyle besledi. Hem o periye hem de o kutsal keçiye sonsuz bir minnet duyuyorum. Öyle ki o sihirli keçi öldükten sonra postundan Aigis adındaki zırhımı ve kalkanımı yaptım. Bedenim en iyi yiyeceklerle serpilip gelişirken en büyük destekçilerim olan Gaia ve annem Rheia adaleti öven sözlerle yücelttiler ruhumu. Ve elbette gece gündüz kutsal görevimi hatırlattılar bana, hayatta bulunma amacımı, ilahi intikamımı. Ve inandım onlara. Ve hem acıyla severek, hem öfkeyle nefret ederek babamdan, hazırlandım o büyük kavgaya.

Zaman, ormanı ikiye bölen coşkun ırmağın suları gibi akıp geçti, ben günden güne büyüdüm, olmam gereken oldum. Ve bir sabah Gaia, beni karşısına aldı. Sevgiyle, şefkatle, gururla baktı. Ve baldan tatlı bir sesle şöyle dedi:

"Ey oğul, Kronos oğullarının en şanslısı, en şanlısı. Ey oğul, tanrıların en genci, en güçlüsü, en zekisi. Vakit tamam, tanrılar, titanlar, devler, insanlar cümle mahlukat seni çağırıyor. Kronos'un çağı çoktan bitti, ama o bunu bilmiyor, senin çağın geldi, ama başlatmanı bekliyor. Silkin ey oğul, kurtul artık bir kaçak gibi yaşamaktan, çık artık şu karanlık mağaradan, çelikten bir zırh gibi kuşan öfkeni, bir kılıç gibi keskinleştir cesaretini, fakat temkinliliği asla elden bırakma. Unutma, Kronos, babası kudretli Uranos'u yenecek kadar güçlüdür. Unutma Kronos, görmüş geçirmiş Uranos'u pusuya düşürecek kadar sinsidir. Unutma Kronos, benim vahşi kocam Uranos'u hadım bırakacak kadar acımasızdır. Gencim diye güvenme, akıl kaba kuvvetten üstündür. Her bakışını, her nefes alışını, her adımını gözlemelisin Kronos'un. O da seni gözleyecektir. En küçük bir hatanı bile affetmeyecektir. Yanlış yaparsan, babanın midesindeki kardeşlerinin yanı olur mezarın. Yanlış yaparsan hiçbir zaman sona ermez Kronos'un tiranlığı. Yanlış yaparsan hiçbir zaman gelmez adaletin hükümranlığı. Ama vakit tamam, titanların güneşi batmak üzere, artık tanrıların şafağı aydınlatacak yeryüzünü, korku değil, özgürlük rüzgârları esecek gönüllerde, oğul babadan korkmayacak, baba oğluna şefkat duyacak, kardeşler nefret etmeyecek birbirinden, kimse kimseyi öldürmeyecek boş yere. Ey oğul, daha fazla dikilme karşımda. Vakit tamam, git ve yapman gerekeni yap. Vakit tamam, git ve hayatın akışını durduranı durdur. Vakit tamam, git ve hakkın olanı al. Kronos'u yeraltı ülkesi Tartaros'a gönder."

İşte böyle dedi hepimizi doğuran Toprak Ana. Ve yolladı beni hem düşmanım hem babam olan titanla kavgaya. Kutsal bir emri yerine getirircesine uydum sözlerine. Terk ettim mağaramın karanlığını, çıktım kimselerin başını kaldırıp gözlerine bakmaya cesaret edemediği büyük Kronos'un karşısına. Kronos, tanımadı önce beni, bu densiz de kim dercesine şöyle bir bakıp geçti sadece. Meydan okuyan adımlarla üzerine yürüdüğümü fark edince, eğlenceli bir ifade belirdi geniş yüzünde. Fakat ona yaklaşınca, kaşımı, gözümü, yüzümün çizgilerini, boyumu bosumu yakından görünce, kafası karıştı titanların en güçlüsünün. Çünkü kendini görür gibi olmuştu bende. Ve anladı olan biteni. Derinden bir iç geçirdi ve hınçla bağırdı:

"Ne! Bir oğlum daha mı doğmuş haberim olmadan? Ne! Kendi oğluma, mezarımı mı hazırlattınız hiç acımadan? Ne! Aldatıldım mı, hiç aldatmadığım bir dişi tarafından?"

Babam böyle şaşkınlıkla dövünürken atladım üzerine. Daha o ne olduğunu anlayamadan, bütün gücümle indirdim yumruklarımı suratına, parçaladım kalkanımı güçlü omuzlarında, gür saçlarından yakalayıp vurdum iri kafasını mermere. Durmadım bir an bile, çünkü durursam kuvvetini toplardı, durursam bir hamlede alt ederdi beni, durursam öteki kardeşlerim gibi midesinde bulurdum kendimi. Yorgunluktan bitap düşünceye kadar, altımızdaki beyaz mermer kızıla dönünceye kadar vurdum başını. Benim takatim tükenirken Kronos da bitmişti. Ne karşı koyma, ne bir kıpırdanma, ne bir inilti. Ölümsüz olduğunu bilmesem canını aldım diyecektim fakat hâlâ inip kalkıyordu göğüs kafesi. Doğruldum üzerinden, Gaia'nın verdiği zincirlerle bağladım ayaklarını, onu kusturacak bir iksir içirdim ve tepe üstü gelecek şekilde çektim bir sedir ağacının üzerine. Güçlü kollarımla bastırdım karnına. Ve bütün kardeşlerimi, Hestia'yı ve Demeter'i ve Hera'yı ve Poseidon'u ve Hades'i tek tek çıkardım midesinden. Ve sadece kollarımdan değil aklımdan ve yüreğimden de bir ağırlık kalktı. Sadece ben değil, gökyüzü, yeryüzü ve cümle mahlukat da geniş, ferah, rahat bir nefes aldı. Ve bütün gücümle haykırdım:

"Ben buyum işte. Yeryüzünde ve gökyüzündeki cümle mahlukatın Baştanrısı Zeus. Titanların en güçlüsünü yenen Zeus. Babalık yapmayı bilmeyen babasını Tartaros'a gönderen Zeus. Fırtınalar öfkemdir, şimşekler kükreyişim, yıldırımlar mızraklarım. Yıldızlarla yoldaşlık eder, bulutları devşirir, dağları yerinden oynatırım, cümle mahlukatı önümde sürü gibi güderim. Bundan böyle tanrıların, titanların, devlerin ve insanların kralı benim.

Ben buyum işte; gelmiş geçmiş tanrıların en güçlüsü, en cesuru, en zekisi, en maharetlisi, güneşi sonsuza kadar parlayacak olan Zeus. Bu böyle biline, böyle söylene, böyle kabul edile. Sözümün dışına çıkanlar, lanetler içinde kalacak, ateşler içinde yanacak, acılar içinde kıvranacaktır."

Üçüncü Bölüm

Ne erken ne geç, tam saatinde, saniye sektirmeden damlamıştı Markus polis merkezine. Sırtında yine o gri takım elbise vardı, beyaz gömlek, siyah kravat. Sabah koşusunu yapıp sağlam bir kahvaltı etmiş ve her zamanki gibi büyük bir şevkle vazifeye gelmişti. O geldiğinde, Yıldız ve Tobias aynı masaya çökmüş, bilgisayardaki Zeus heykelinin resmine bakıyorlardı. Tobias ikinci kahvesini bitirmiş, Yıldız poşet çayının son yudumunu içiyordu. İkisinin de gözleri, eski çağların en kudretli tanrısına kilitlenmişti. Tobias hayretle mırıldandı.

"Cemal'in çizdiği resim bu değil. Tamam, tanrı aynı tanrı, taht da var, sakallar, saçlar altın rengi, peri ile kartal da var, ancak resim farklı. Birden fazla mı var bu heykelden?"

Yıldız açıklamak üzereydi ki, "Ne heykeliymiş o?" diyerek Markus da katıldı muhabbete. Selamsız sabahsız dalıvermişti içeriye. "Neye bakıyorsunuz o ekranda?"

Yıldız oturduğu yerden iğneleyen gözlerle süzdü polis müdürünü.

"Sana da günaydın. Zeus heykelinin resmine bakıyoruz. Merak ediyorsan söyleyeyim, MÖ 5. yüzyılda yapılmış. Antik Olimpia kentinde. Şu olimpiyatların ilk düzenlendiği kentte. O dönemde bu heykel dünyanın yedi harikasından biriymiş..." Yardımcısına döndü. "Hepsi aynı heykel Toby, sadece resimler farklı, çünkü bu anıttan günümüze pek bir şey kalmamış... O yüzden de herkes kafasına göre yapmış resmini... Şu alttaki yazıyı okusana..."

Yıldız'ın ayağa kalkmamasına hiç aldırmamıştı Markus, üstlerini pek takmayan bu delimsirek kadının böyle kaba davranışlarına alışmıştı. Üstelik şu Zeus konusu da ilgisini çekmişti, o da yaklaştı meslektaşlarının yanına.

"Evet, Tobias, okusana şu resmin altındakileri, ne yazıyormuş bakalım."

Az önce kalktığı iskemleye yeniden çöktü toraman polis ve heykelin altındaki metni tane tane okumaya başladı:

"Zeus heykeli ne yazık ki tümüyle yok olmuştur. Bu muhteşem anıtı gezgin Pausanias şöyle tanımlamaktadır: 'Tanrı, altın ve fildişinden yapılmış bir tahtta oturmaktadır. Başında zeytin dalından bir çelenk vardır. Sağ elinde, altın ve fildişinden yapılmış Zafer Tanrıçası Nike durmaktadır. Nike heykelinin başında da bir çelenk bulunmaktadır. Zeus sol elinde, sert bir madenden yapılmış bir asa tutmaktadır. Asanın tepesine bir kartal konmuştur. Tanrının sandaletleri ve pelerini de altından yapılmıştır. Pelerinin üzerinde hareketli figürler ve zambak çiçekleri yer almaktadır. Tahtı ise altın, kıymetli taşlar, abanoz ve fildişi ile süslenmiştir.' Heykele dair en geniş açıklama budur."

Okumasını bitiren Tobias, uslu bir ilkokul çocuğu gibi, sessizliğe büründü.

"İlginçmiş" dedi Markus merak dolu bir sesle. "Dün geceki cinayetle mi ilgili bu heykel?"

Amirlerinin üzerinde çalıştıkları vakadan haberdar olması Yıldız ile Tobias'ı hiç şaşırtmamıştı. Uyurken bile görevinin başındaydı bu kahverengi kemik çerçeveli gözlüklerinin ardındaki koyu yeşil gözleri zekice bakan hırslı polis.

"Evet, katilin de kurbanın da heykelle bir alakası var" dedi Yıldız aynı sakin ses tonuyla. "Maktulün kalbi çıkartılmış."

Hiç etkilenmedi polis müdürü, demek bunu da öğrenmişti.

"Sanki kurban kalbini kendi elleriyle Zeus'a sunuyor gibi bir mizansen yaratılmış..."

"Mizansen ha..." diye kesti Markus. "Bir seri katilden mi söz ediyoruz?"

Sesi gerginleşmişti, demek ki Olay Yeri İnceleme'nin titiz şefi Kurt yeterince bilgi vermemişti ona.

"Bunu söylemek için çok erken. Henüz katilin profilini çıkartacak veriler yok elimizde... Bildiğimiz kadarıyla benzer başka bir cinayet de işlenmedi."

Elbette bu sözler Markus'u yatıştırmaya yetmedi. Kaygısını saklamaya gerek duymadan telaşla bir sandalye çekip oturdu.

"Hiç zanlı yok mu elimizde? Bir hasım, çıkarlarının çatıştığı biri. Kurbanı öldürmek isteyecek herhangi biri?"

Ela gözlerini polis müdürünün gergin yüzüne dikti Yıldız.

"Fazlasıyla var. Sevgilisi Alex ve maktulün tüm ailesi... Kurban eşcinselmiş..."

Markus'un yüzündeki endişe biraz dağılır gibi oldu.

"Yani, seri katil vakasından çok bir aile trajedisiyle mi karşı karşıyayız?"

Müdürün bu kadar hızlı fikir değiştirmesini Tobias bile yadırgamıştı.

"Mümkün" diye o da görüşlerini dile getirmek zorunda hissetti. "Ama kesin konuşmamız zor."

Onun görüşlerini pek umursamadı Markus, başkomisere döndü.

"Kurban sizdenmiş, öyle mi?"

Alnına düşen perçemini, sert bir hareketle geriye attı Yıldız.

"Sizdenmiş derken neyi kastediyorsun?"

Meslektaşının sözlerinden rahatsız olduğunu fark etmedi bile Markus, sorusuna açıklık getirdi.

"Kurban Türkiye kökenliymiş diyorum."

Adamın samimi olduğunu anlayınca uzatmadı Yıldız.

"Evet, adı Cemal Ölmez. Baş şüphelilerden biri sevgilisi Alex... Alexander Werner... Oldukça kabarık bir dosyası var. Uyuşturucu bulundurmaktan bir kez, darp suçundan iki kez gözaltına alınmış..."

Bunu geçelim dercesine sabırsızca mırıldandı Markus.

"Çok önemli suçlar değil."

Yıldız daha temkinliydi.

"Haklısın, hiç tutuklanmamış zaten... Fakat iki darp olayının ikisinde de sevgilisinin şikâyetiyle gözaltına alınmış. Yani kurbanın şikâyetiyle..."

Omuz silkti Markus.

"Ne var ki bunda, sevgililer kedi köpek gibidirler, sürekli didişirler. Aşırıya kaçmadığı sürece ilişkinin tuzu biberi gibidir didişme. Tamam, bunlarınki biraz daha sertmiş, biraz daha sık..." Sesine yadırgayan bir ifade katarak tamamladı. "İkisi de erkek olunca..." Az önceki endişesini unutmuştu, nerdeyse sırıtacaktı. "Yoksa ikisi de kadın olunca mı demeliydim?"

Yabancı düşmanı ve kadınlardan nefret eden biri olduğunu düşündüğü müdürünün şimdi de homofobik olduğunu öğreniyordu Yıldız. Elbette sürpriz değildi.

"Orasını bilmem" diye kestirip attı gereğinden yüksek çıkan bir sesle. "Eşcinseller arasındaki ilişkilerin niteliği benim uzmanlık alanım değil. Beni alakadar eden, katil ile maktulün ilişkileri. Alex daha iki gün önce Cemal'i öldürmekle tehdit etmiş..."

Huzursuzca kıpırdandı polis müdürü.

"Öldürmekle mi? Peki, gözaltına aldınız mı adamı?"

İlk kez sesi otoriter çıkıyordu. Yıldız yine umursamadı.

"Hayır almadık, çünkü öğreneceğimizi öğrenmiştik... Cemal'in ailesiyle konuştuktan sonra ifadesini alacağız. Zaten elimizdekilerle Alex'i içeride fazla tutamayız."

Anlamak istercesine, onu şöyle bir süzdü Markus.

"O zaman adamın katil olmadığını düşünüyorsun."

Çenesini avuçlarının içine aldı Yıldız.

"Aslında emin değilim, adam kesinlikle bir şeyler saklıyor ama katil olduğunu zannetmiyorum."

Öylece durmuş, konuşulanları izleyen Tobias'a baktı müdür.

"Sen ne diyorsun? Pek bi sessizsin bu sabah."

Hiç istifini bozmadı öteki.

"Yıldız'a katılıyorum. Ben önce Alex'in katil olduğunu düşünmüştüm. Çok fazla kanıt vardı aleyhinde. Arkasında bu kadar kanıt bırakan biri bu kadar ustaca düzenek hazırlayamaz. Bence aileye yoğunlaşmalıyız."

Aslında yanıtını biliyordu ama sormadan edemedi Markus.

"Neden? Neden aileden şüpheleniyorsunuz?"

"Elbette eşcinsellik meselesi" diye açıkladı Yıldız. "Aile pek sıcak bakmıyormuş Cemal'in yaşam tarzına..."

Sanki Cemal kendi çocuğuymuş gibi ciddileşti Markus'un parlak suratı.

"Onları çok iyi anlıyorum. Zor iş..." Az önceki alaycı tavrını terk etmişti. "Ama şu kalp sökme töreni biraz tuhaf. Öyle değil mi? Öfkeyle bıçaklamak filan tamam da kalbini çıkartmak saçma değil mi? Bir de şu Zeus meselesi var. Şerefini korumak için oğullarını öldüren bir aile niye Zeus'lu, sunaklı düzenek kursun? Üstelik adamlar Türk, Yunan bile değil..."

Sıkıntıyla söylendi Yıldız.

"Türk olsa ne olur, Yunan olsa ne olur? Zeus'a tapan mı kaldı Markus? Bildiğin saçmalık bu."

Çözümsüz kaldığı anlarda hep yaptığı gibi, yine iri parmaklarıyla kalın ensesini kaşımaya başladı Tobias.

"Ama ailenin arkeolojiyle bağını unutmayalım Şef... Yıllardır Pergamon kazısında bulunmuşlar. Kaç kuşak diyordu Alex?"

Anında kulak kesildi Markus.

"Pergamon mu? Şu müze olan Pergamon mu?"

Bütün bu ayrıntıları müdürle şimdilik paylaşmayı düşünmüyordu Yıldız, ama madem laf açılmıştı, artık saklamak olmazdı.

"Ölmez Ailesi, yani kurbanın dedeleri Pergamon kazısında çalışmış. Cinayet işlenen evde sadece Zeus heykelinin değil, Pergamon Müzesi'ndeki altarın da resmi vardı. Zeus Altarı'nı görmüş müydün Markus?"

Hiç tereddüt etmedi polis müdürü.

"Elbette gördüm... Muhteşem bir yer."

Gözleri ışıdı Yıldız'ın.

"Hah işte, müzedeki o kabartmalar var ya, hani bazılarının kolları, bacakları, başları eksik. Cemal işte o kabartmalardaki heykellerin resimlerini yapmak istiyormuş. Eskizlerini gördük."

Markus'un kafası iyice karışmıştı.

"Bu resimlerin de cinayetle bir alakası mı var diyorsun?"

Ellerini yana açarak, "Bilmiyorum Markus" dedi. "O yüzden kesin konuşmanın yanlış olduğunu düşünüyorum. Aileyi suçlamak da Alex'i tümüyle masum saymak da yanlış. Kim bilir belki de hepsi masumdur. Belki de bambaşka biri çıkacak katil."

Markus'un yüzüne o eski endişe yeniden gelip oturmuştu, sağ eliyle pürüzsüz yanağını çekiştiriyordu.

"Evet, belki de hâlâ Zeus'a tapan sapkın bir tarikat işlemiştir cinayeti..." diye tahminde bulundu. "Ne de olsa Berlin'deyiz, değil mi? Aşırılıkların başkenti... Eğer öyleyse, cinayetler devam edecektir. Ne diyorsun, sence böyle bir tarikat olabilir mi bu işin arkasında?"

Bıkkın bir ifade belirmişti başkomiserin uykusuz yüzünde.

"Çok erken Markus, daha olayın üzerinden on iki saat bile geçmedi. Biraz zaman ver... O zaman daha kesin bir şeyler söylerim sana."

Anlaşılmamanın verdiği çaresizlikle sızlandı Markus.

"Öyle diyorsun da birazdan telefonlar çalmaya başlar... *Bild*'in, *Tagesspiegel*'in muhabirleri kapımızı aşındıracak. Basın için büyük olay... Peşimizi bırakmazlar..." Gözleri yardım dilercesine bakıyordu. "Onlara makul ve mantıklı bir senaryo vermeliyiz. Aksi takdirde kafalarına göre yazmaya başlarlar. Ölen bir Türk, bir sürü radikal grup gerginlik çıkartmak için fırsat kolluyor zaten. Durduk yere şehrin huzurunu bozmayalım."

Polis müdürünün telaşını abartılı buluyordu Yıldız, ama bunu yüzüne söylemek istemedi. Çünkü soruşturmanın kendisinde kalmasına çok memnun olmuştu.

"Merak etme Markus, muhtemelen yarın sana bir hikâye vereceğim. Fakat önce, olay yeri incelemenin raporunu da görmemiz lazım. Otopsi yetişmese bile toksikoloji testini almamız şart. Çünkü kurban, katile direnmemiş. Kanında uyuşturucu var mı bilmek zorundayız. Yarına kadar bu bulgular da elimizde olursa, benim hikâyemi makul ve mantıklı bir senaryoya çevirebiliriz."

Markus biraz sakinleşmişti.

"Tamam o zaman" diyerek kalktı iskemlesinden. "Hadi görev başına..."

Tam odadan çıkarken arkasından seslendi Yıldız:

"Elbette senden neler isteyeceğimizi de yarın söylerim. Güçlü bir lojistik lazım bize."

Anlayışla gülümsedi kurnaz polis:

"Onu dert etme, sen doğru stratejiyi kur, ne istersen veririm sana."

Adalbert Caddesi Türkiye kökenlilerin dükkânlarının en yoğun olduğu yerdi. Caddenin açıldığı küçük meydanda Namık Kemal Kütüphanesi'ni, Mevlana Camisi'ni, İş Bankası'nı, Karadeniz Balıkçısı'nı görebilirdiniz. Kendinizi Türkiye'de hissetmemeniz için hiçbir neden yoktu. Passat'ı arka sokağa park ederken, "Türkiye'ye gitmek istiyordun ya Toby" diye mırıldandı Yıldız hınzırca gülerek, "Al, sana Türkiye."

Komiser de şaşkınlıkla bakıyordu kafelerin önünde rahatça sohbet edip çaylarını yudumlayan insanlara.

"Biliyorum Şef, esnafın çoğu Türkiyeli burada. Dahası, buradaki Almanlar bile Türkleşmiş."

Arabadan indiler, ilerdeki küçük pasaja yönelirken sordu Yıldız.

"Yozgatlı Osman Amca'nın hikâyesini duydun mu? Hani şu duvarın kenarına gecekondu yapan adam." Gecekonduyu Türkçe olarak söylemişti.

Ama anlamadı Tobias.

"Gecekondu nedir?"

"Bilmiyor musun? Almanya'da da kullanılıyor. Türkçe bir kelime, yasadışı yapılmış bina anlamına geliyor. Şimdi bu Osman Amca emekli olunca, evde canı sıkılıyor. 1980'lerin başından söz ediyorum. Berlin Duvarı'nın kenarında boş bir araziyi gözüne kestiriyor. Oraya soğan, sarımsak, domates, salatalık ekmeye başlıyor. Yani araziyi bostana çeviriyor. Toprak, Demokratik Alman Cumhuriyeti'ne ait. Derken askerler durumu fark edip geliyorlar, 'Ne yapıyorsun burada?' diye çıkışıyorlar. Osman Amca gayet pişkin bir tavırla cevaplıyor: 'Ne yapacağım, arazi öylece duruyordu, ektim, biçtim, bak bunlar çıktı.' Yetiştirdiği salatalıklardan, domateslerden askerlere veriyor. Biliyorsun Duvar söz konusu olduğunda asla tolerans göstermezdi Doğu Alman yetkilileri, ancak tuhaftır karışmıyorlar bu yaşlı adama. Hatta şakacıktan, 'Bu arazi Osman'a aittir' diye yazılı bir belge bile veriyorlar. Böylece Duvar'ın kenarında yemyeşil bir vaha yükseliyor. Derken Duvar yıkılıyor, Almanya birleşiyor fakat Osman Amca bırakmıyor bostanını. Dahası, bir de iki katlı ahşap bina dikiyor arazinin ortasına. Kreuzberg Belediyesi'nde Yeşiller Partisi olduğu için onlar da dokunmuyorlar ihtiyarın bostanına. Osman Amca'nın bostanı bugün Berlin'in bir parçası olmuş durumda. Tur rehberleri bile gezi programına alıyorlar orayı. Gelen turistler, 'Berlin Hatırası' diye önünde fotoğraf çektiriyor."

Kahkahalarla gülmeye başladı Tobias.

"Eee adamın hakkı. Ne demiş bizim sosyalistler: Toprak işleyenin, su kullananın."

Böyle keyifle konuşarak Kottbusser Meydanı'na çıkmışlardı. Trafik ışıklarından geçerek küçük meydanda açıkça uyuşturucu satışı yapan gruba doğru yürüdüler. Rehabilite merkezine gitmeyi kabul etmeyen bu insanlar, kafaları bir dünya, gece gündüz ortalıkta dolaşıyor, bazen birbirleriyle kavga ediyor, bazen geçenlere sataşıyor, bazen de gözlerini bir noktaya dikip öylece kalıyorlardı. Vücutları ve yüzleri o kadar yıpranmıştı ki, yaşlı mı genç mi olduklarını kestirmek zordu, hatta bazılarının cinsiyetlerini anlamak bile büyük beceri isterdi.

"Hey polis" diye seslendi sırtını ağaca dayamış, tek bacaklı bir kadın. "Hey, sana diyorum aynasız, atsana bir ikilik, acayip harmanım bu sabah..."

Tobias azarlamak için döndü, ama Yıldız durdurdu onu. Cebinden iki euro çıkardı, yavaşça kadına fırlattı. Tek bacağının üzerinde öne doğru eğilerek havada kaptı parayı. Minnettarca gülümsedi.

"Teşekkürler, bu iyiliğini unutmayacağım kaltak."

Hiç tepki vermedi Yıldız, yardımcısının şaşkın bakışları altında yürümeye devam etti.

"Tanıyor musun?" diye sordu merakına yenilen Tobias.

"Tanımıyorum, belli ki o beni tanıyor. Ya da halimizden, tavrımızdan anladı aynasız olduğumuzu." Aynasız derken Tobias'a göz kırpmayı unutmadı. Daha fazla eşelemedi sevimli polis, adımlarını şefe uydurarak elli metre ilerdeki Bergama Baklavacısı'na doğru yöneldi.

Vakit henüz öğle olmadığından içeride hiç müşteri yoktu. Hertha Berlin'in mavi bayrağıyla Beşiktaş'ın siyah beyaz bayrağının asılı olduğu duvarın önünde, fıstıklı, cevizli baklavaların, bülbülyuvası, şöbiyet, kadayıf, künefe, saray sarması ile zülbiye denilen Bergama tatlısının küçük tepsilerde yan yana sıralandığı tezgâhın arkasında, yassı kafasının sadece tepesinde bir tutam saç bırakmış, bıyıkları yeni terlemiş gençten biri oturuyordu. Bizimkileri görünce yerinden kalktı. Gülümsemeye çalışarak sordu:

"Buyurun, ne arzu etmiştiniz?"

Kimliğini gösterdi Tobias.

"Hüseyin Ölmez'le görüşecektik..."

Heyecanlandı delikanlı...

"Büyükbabamı mı buldunuz yoksa?"

Delikanlının sorusunu umursamayan Tobias, "Yok, biz başka bir mesele için gelmiştik" diyecekti ki Yıldız araya girdi.

"Ne oldu büyükbabanıza?"

Endişeyle açıkladı delikanlı.

"Orhan dedem üç gündür kayıp... Polise başvurmuştuk, sizi görünce onunla ilgili geldiğinizi zannettim."

Bu olayın cinayetle bağlantılı olduğunu sanmıyordu ama biraz daha bilgi almanın hiçbir zararı olmazdı.

"Nereye gitmiş olabilir dedeniz?"

Uzun kirpiklerinin gölgelediği yeşil gözleri üzüntüyle açılıp kapandı gencin.

"Bilmiyoruz ki, Orhan dedenin aklı yerinde değil, her şeyi unutuyor. Kim olduğunu bile..."

"Ne oluyor Alper?" diyen bir ses geldi dükkânın derinliklerinden. Uzun boylu bir adamdı seslenen. Onlara doğru geliyordu. Geçkin yaşına rağmen oldukça dinç görünüyordu. Düzgün bir burnu, geniş bir çenesi vardı ve kırlaşmış dalgalı saçları, tümüyle beyazlamış gür sakalları esmer tenine hoş bir hava katıyordu.

"Polisler" dedi genç adam. "Ama Orhan dede için gelmemişler..." Soru dolu gözlerini Tobias'a çevirdi "Sahi niçin gelmiştiniz?"

Sağ elini usulca havaya kaldırdı Yıldız...

"Tamam delikanlı, çok teşekkür ederiz, biz beyefendiyle konuşuruz..."

Onlar da adama yöneldiler. Dükkân sahibi endişeli bir ifadeyle onlara bakıyordu. Yıldız adamın bu tavrına bir anlam veremedi, ama sanki onu daha önce görmüş gibiydi. Nerede? Düşündü, çıkaramadı.

"Merhaba, Hüseyin Ölmez siz misiniz?"

Adamın kara gözlerindeki endişe, meraka dönüştü. Kurbanı hatırladı Yıldız, Cemal'in tavana dikilmiş iri kara gözlerini.

"Hayır, Hüseyin oğlumdur" diye mırıldandı. "Benim adım Kerem. Ne oldu ki?" Tezgâhtaki delikanlının sözlerine pek itibar etmiyor olacak ki, sorma gereği duydu. "Yoksa babamdan bir haber mi var?"

Yanıt vermek yerine, kimliğini gösterdi Yıldız:

"Ben Başkomiser Yıldız Karasu, bu arkadaş da Komiser Tobias Becker... Sizinle konuşmamız lazım." Etrafa bakındı Yıldız. "Şöyle oturalım mı?"

Ciddi bir mesele olduğunu sezinlemişti Kerem.

"Yok, orası uygun değil, buyurun arkaya geçelim."

Polislerin ne diyeceğini beklemeden dükkânın içine yöneldi. Sadece uzun değil aynı zamanda kalıplıydı. Yıldız yanında küçücük kalmıştı. Aldırmadan adımlarını açtı, adamla yan yana yürümeye başladı, Tobias biraz geriden onları takip ediyordu. Yıldız, dükkân sahibini göz ucuyla süzerken babasını hatırladı. Geçkin yaşına rağmen bu adam da babası gibi yakışıklıydı. Ama gözleri çakır değil, karaydı ve saçları daha kırçıldı, dalgalı, nerdeyse kıvırcık. Babası daha neşeli, daha espriliydi. Bunun gibi yabanıl değildi. Sonra haksızlık ettiğini düşündü, adamın nasıl biri olduğunu bilmiyordu ki. Belki de polislerle kötü deneyimleri olmuştu. O yüzden suratını asmıştı.

"Konu neydi?" diyen Kerem'in sorusuyla düşüncesi yarıda kaldı. "Yoksa babama kötü bir şey mi oldu?"

Yürüyüşünü bozmadı Yıldız.

"Konu babanızla ilgili değil. Ama Orhan Bey'e ne olduğunu da öğrenmek isteriz."

Birden durdu adam, iri gövdesiyle döndü.

"Adının Orhan olduğunu nereden biliyorsunuz?"

Masumca gülümsedi Yıldız.

"Alper söyledi ya, tezgâhtaki genç."

Mahcup olması gerekirdi dükkân sahibinin, fakat özür bile dilemedi.

"Evet, evet tabii..." diyerek yürümeyi sürdürdü.

Vereceği kötü haberi düşünerek terslemedi Yıldız.

"Üç gündür mü kayıp?"

İstemeden yanıtladı.

"Evet, daha önceden de kaybolurdu ama ikinci günde bulurduk..." Yılmış gibi iç geçirdi. "Babam alzheimer. Kapıyı açık buldu mu çekip gidiyor böyle... Nereye gittiği de belli değil. Geçen kaybolduğunda Bahnhof Zoo'da bulduk. Banklardan birine oturmuş trenlere bakıyordu." Gülümseyecek gibi oldu, sesi biraz yumuşadı. "Türkiye'den ilk geldiğimizde orada inmiştik trenden. Aklınca memlekete geri dönmek istiyordu. Ya da başka bir şey düşünüyordu. Kim bilir? Geçmişte yaşıyor artık. Bazen babası zannediyor beni. Daha da kötüleşecek, öyle dedi doktorlar. Her şeye hazırlıklı olmalıymışız..." Açık bir kapının önüne gelmişlerdi, yana çekildi. "Buyurun."

Kapıdan girince, Cemal'in evinde gördükleri büyütülmüş siyah beyaz fotoğraf karşıladı onları. Bir kazı alanında çekilmişti, ellerinde kazma kürek, on dört işçi, yanlarında kolonyal şapkalı yabancı bir adamla poz veriyorlardı. Gerilerinde mermer heykeller, kırık sütunlar, devasa taşlar vardı.

"Bergama mı burası?" diye mırıldandı Yıldız.

Tatlı bir şaşkınlık belirdi Kerem'in yüzünde.

"Biliyor musunuz Bergama'yı?" Türkçe konuşmaya başlamıştı, yanıtı beklemeden ikinci soruyu yetiştirdi. "Yoksa siz de mi oralısınız?" İlk kez samimi bir tını yerleşmişti sesine.

"Yok, Bergamalı değilim, İstanbulluyum." Kerem'in yumuşamasına memnun olmuştu Yıldız yine de resmiyeti elden bırakmamak için Almanca cevap vermişti. "Daha doğrusu babam oralıymış. Ben burada doğdum." Bakışları yeniden fotoğrafa kaydı. "Zeus Altarı'nın çıkarılması mı?"

Dükkân sahibi hasretle bakıyordu fotoğrafa.

"Yok, burası Athena Tapınağı... Tiyatronun hemen üzeri..." O da Almancaya dönmüştü yeniden. "Zeus Altarı biraz daha aşağıdadır. Bilir misiniz Bergama'yı?"

Kalender bir gülümseyiş süsledi başkomiserin yüzünü.

"Çok değil, ama Pergamon Müzesi'ni bilirim. Siz de arkeolojiyle ilgilisiniz galiba..."

Kerem fotoğrafa yaklaştı, kolonyal şapkalı adamın yanında dikilen uzun boylu, yapılı, başında fes olan bir adamı gösterdi.

"Büyük büyük dedemiz... Pehlivan Efendi. Bergama'nın en iri yarı, en güçlü kuvvetli adamıymış. Üç kişiyi kaldırıp yere vururmuş güreşte. Lakabı da varmış. Neymiş biliyor musunuz lakabı? Alman. Evet, Alman Pehlivan diye çağırırlarmış."

Tobias anlamamıştı.

"Neden Alman diyorlarmış?"

Adeta neşelendi Kerem.

"Almanlarla çok iyi anlaşıyormuş. Pergamon kazısına ilk katılanlardan biri, bakın yanındaki şu şapkalı, Carl Humann. Carl Humann, Pergamon kazılarını başlatan adam. Çok önemli biri. Zeus Altarı'nı ve tarihi eserleri Berlin'e getiren kişi. Aslında arkeolog değil, yol mühendisi. Evet, düşünebiliyor musunuz, 1870'lerde Almanya'dan gelip Osmanlı'ya yol yapan bir adam, Pergamon'u kazıyor. Dedem de yanında çalışıyormuş. Yol işçisi olarak. O zamanlar Ayvalık-Bergama yolunu yapıyorlar. Humann tarihi eserlere meraklıymış, Pergamon'u görünce çok etkilenmiş, kazıya başlamış ve bu işi de kendi ekibiyle yapmayı tercih etmiş. Pehlivan dedem de onlardan biriymiş. Bizim aile, babam dahil dört kuşak Pergamon kazılarında çalıştı." Kara gözlerinden gurura benzer bir ışık geçti. "O kazılarda bulunan birçok arkeologdan daha fazla bilgi sahibiyiz şehir hakkında." Duvarın sol alt köşesinde yer alan daha küçük başka bir fotoğrafı gösterdi. "Bakın, bu fotoğrafta Atatürk de var. Görüyor musunuz?"

Tobias çok alakadar olmadı ama Yıldız ilgiyle baktı. Fotoğrafta kalabalık bir erkek topluluğu görünüyordu, antik bir tiyatroda olmalıydılar, çoğu üniformalıydı. Mustafa Kemal Atatürk açık mavi bir takım elbise giymişti. Yanındaki asker ve sivil yöneticilerle birlikte küçük bir taburede oturuyordu.

"Burası Asklepion, antik Pergamon'da bir sağlık merkeziydi. Asklepios adına açılan bir hastane de diyebiliriz. Asklepios sağlık tanrısıydı. Apollon'un oğlu, Zeus'un torunu. Zamanının en iyi hastanelerinden biriydi. Burası da hastanenin tiyatrosu." Eliyle resmin gerisinde gençten bir adamı gösterdi. "Bakın bu adam, dedem, yani babamın babası. O zamanlar yirmili yaşlarında. İnce, uzun, atak. Ortalıkta koştururken, Atatürk'ün ilgisini çekiyor. Yanına çağırıyor. 'Adın ne senin evladım?' diye soruyor. Dedem de, 'Adım Cemal, emrinize amadeyim Paşam' diyor. Atatürk, dedemi şöyle bir süzüyor. 'Vazifen ne senin Cemal?' diyor. Dedem de 'Kışları bekçilik yapıyorum, yazın da kazıda amelelik yapıyorum Paşam. Kazı başladığından beri üç kuşaktır bütün sülale burada çalışıyoruz' diye cevaplıyor. Atatürk başını sallıyor. 'Hep amele ve bekçi olarak mı çalıştınız?' Dedem, 'Evet, paşam' diye onaylıyor. Atatürk, mavi gözlerini dedemin yüzüne dikiyor. 'Olmaz Cemal, olmaz evladım. Madem bütün aile bu önemli kazıda vazife aldınız, artık amele olarak değil, bilim adamı olarak görev yapmalısınız. Belki senin için geç, lakin çocukların arkeolog olmalı.' Evet, tam olarak böyle söylüyor Atatürk. Dedem de bunu vasiyet olarak kabul ediyor." Derinden bir iç geçirdi Kerem. "Ne yazık ki babam maddi nedenler yüzünden Bergama'yı bırakıp Berlin'e gelmek zorunda kaldı. Aslında Atatürk'ün vasiyetini ben yerine getirebilirdim, yapacaktım da, çünkü çok seviyorum arkeolojiyi, fakat engel oldular..." Sıkıntıyla bir daha iç geçirdi, buruk gülümsedi. İşte o anda, misafirlerinin deminden beri ayakta dikildiklerini fark etti.

"Buyurun şöyle oturun." Masanın önündeki koltukları gösterdi. Polisler yerleşince, kendisi de masanın arkasındaki koltuğa çöktü. Az önceki kadar yabanıl olmasa da yine o uzak tavrını takınmıştı. "Evet, sahi niçin gelmiştiniz?"

Sıkıntıyla öksürerek, boğazını temizledi Yıldız.

"Cemal için geldik..." Anında Kerem'in kara gözleri öfkeyle ışıldadı. Hiç tınmadı başkomiser, aynı ses tonuyla sürdürdü: "Küçük oğlunuz için..."

"Benim öyle bir oğlum yok" diyerek kestirip attı. "Cemal bizim ailemizden biri değil."

Durumun hassasiyeti nedeniyle yine alttan aldı Yıldız.

"Anlıyorum ama beni bir dinlerseniz..."

Adam yumuşayacak gibi değildi.

"Hayır, dinleyecek bir şey yok."

Yıldız daha kararlı davranmaya başladı.

"Bakın, öyle ya da böyle bu meseleyi sizinle konuşmak zorundayız."

Dükkân sahibi kaşlarını indirdi.

"Neden anlamıyorsunuz, benim Cemal diye bir oğlum yok diyorum."

Sesi gibi beden dili de sertleşmişti, elbette aldırmadı başkomiser.

"Ama var, biyolojik olarak da yasal olarak da Cemal sizin evladınız. Onunla ilgili meseleyi de sizinle konuşmak zorundayız."

Öfkeyle ayağa kalktı Kerem.

"Hayır, dinlemek istemiyorum. Lütfen artık gidin."

"Bir yere gitmiyoruz" diye söylendi Yıldız hiç kıpırdamadan "Siz de otursanız iyi olur."

Kan beynine sıçramıştı Kerem'in.

"Ne! Ne diyorsunuz siz!" diye bağırdı. "Zorla mı dinleteceksiniz kendinizi? Burası benim mekânım."

Ayağa kalkan Tobias, dükkân sahibinin gözlerinin içine bakarak "Sakin olun" dedi kararlı bir sesle. "Burada vazifemizi yapıyoruz. Bize güçlük çıkartmayın. Yoksa sizi polis merkezine götürmemiz gerekecek."

Adam isyan edercesine ellerini yana açtı.

"Niyeymiş? Ne yaptım ki?"

Tane tane konuştu iri polis.

"Bakın Bay Ölmez, size kötü bir haberimiz var. Lütfen sakin olun."

"Sakinim" diye çemkirdi Kerem. "Tamam, dinliyorum sizi. Neymiş haberiniz, söyleyin."

"Oğlunuz öldürüldü. Evet, dedenizin ismini verdiğiniz oğlunuz Cemal, dün gece öldürüldü. Hem de vahşi bir şekilde. Bıçakla kalbi sökülerek..."

Önce anlayamadı Kerem, gözlerini kıstı, boş boş baktı. Sadece bir sözcük döküldü dilinden.

"Öldürüldü mü?"

Tobias usulca başını salladı.

"Evet, ne yazık ki oğlunuz öldürüldü, şimdi lütfen oturun..."

Kerem şoka mı girmişti yoksa nasıl tepki vermeliyim diye mi düşünüyordu, kestiremedi Yıldız.

"Otursanız iyi olacak Bay Ölmez" diye meslektaşının emrini yineledi. "Oturursanız, olayın ayrıntılarını konuşabiliriz..."

Az önce kalktığı koltuğa çöktü Kerem. Kara gözleri öylece, bomboş bakıyordu.

"Kim?" diye söylendi sonunda. "Kim yapmış peki?"

Alnına düşen perçemi sağ eliyle geriye attı Yıldız.

"Biz de onu bulmaya çalışıyoruz. Yardım ederseniz daha kolay öğreniriz..."

Kerem'in tavrını nasıl yorumlayacağını bilemiyordu başkomiser. Daha doğrusu karşısındaki babanın samimi olup olmadığından emin değildi. Oğlunun ölümünü umursamayacağını düşünmüştü aslında, ancak öyle olmamıştı. Sarsılmış görünüyordu adam. Tobias'ın da kafası karışmış olacak ki, koyu gri gözlerini dükkân sahibine dikmiş, vereceği tepkileri anlamaya çalışıyordu. Fakat susuyordu Kerem.

"Çok güzel bir çocuktu Cemal" diye mırıldandı sonunda. "Tıpkı dedem gibi..." Sanki yıllardır hatırlamak istemediği anılar ardı ardına uyanıyordu zihninde. "Bergama'da Güzel Cemal derlerdi dedeme... Erkek güzeliydi hakikaten, bir bakan dönüp bir daha bakardı. Bembeyaz bir ten, kuzguni saçlar, kudretten çekilmiş sürmeli gözler. Cemal, güzel yüz manasına gelir. Ben de aile geleneği bozulmasın istedim. Hem dedemin adını yaşatmak hem de oğlumun güzelliğine ithafen Cemal koydum adını..." Sürdüremedi. Gözleri nemlenmişti. "Kusura bakmayın... En korkuncu insanın evlatlarını yitirmesiymiş... Çok büyük bir acı bu... Yukarıda Allah var, kaç defa ölümünü istedim. Gitsin, bir daha da hiç gelmesin, hiç ondan bahsedilmesin. Onun hakkında kimse imada bulunmasın, bize laf sokmasın. Evet, insan içine çıkamaz olmuştuk. Akrabalarımız, komşularımız arkamızdan konuşuyordu. Kulağımıza kadar geliyordu söylenenler. Zaten kulağımıza kadar gelsin diye söylüyorlardı. Biz şerefli bir aileyiz..."

Daha fazla sabredemedi Tobias.

"Oğlunuzun gay olması onu şerefsiz yapmaz. Sizi hiç yapmaz..."

Çaresizce baktı Kerem.

"Bunu akrabalarımıza anlatın, komşularımıza, kaç yıllık düşmanımız olan amca çocuklarımıza. Bu mesele o kadar basit değil Bay..." Soyismini hatırlayamadı.

"Becker" diye hatırlattı Yıldız. "Tobias Becker..." Sonra ellerini masanın üzerine koyarak yaklaştı. "Akrabalar dediniz, büyük oğlunuz, adı Hüseyin galiba..."

Kerem'in sararmış yüzü gerginleşti.

"Ne olmuş Hüseyin'e?" diye endişeyle mırıldandı. "İkide bir Hüseyin'i soruyorsunuz."

"Sakin olun, Hüseyin'e bir şey olduğu yok. Ama Cemal'e şiddet uyguluyormuş. Bir defasında pencereden atmaya kalkmış. Son anda kurtarmış kendini Cemal..."

Hatasını bilen bir adamın pişmanlığı çökmüştü Kerem'in geniş omuzlarına.

"Şu mesele... Ama olay öyle olmadı. Yanlış düşünüyorsunuz. Hüseyin asla kardeşini öldürmez... Aslında çok da severdi Cemal'i. O gün kendini kaybetmişti. Ben de oradaydım. Cemal biraz kışkırttı bizi. Alttan alsa, mesele tatlıya bağlanacaktı. Ancak Cemal, 'Ben yanlış bir şey yapmıyorum' diye diretti. 'Hakkımda konuşan bir sürü akrabamızdan, dedikoducu komşulardan bin kat daha onurlu bir insanım. Kimsenin parasını pulunu çalmıyorum, kimseye zarar vermiyorum, güzel bir mesleğim var. Toplum içinde saygın bir insanım. Ama siz, bana sahip çıkacağınıza o dedikoducu pisliklerin sözüne uyuyorsunuz. Ben bu ailenin çocuğu değil miyim, ben sizin evladınız değil miyim? Yeter artık, biraz insan olun, biraz cesur olun' dedi. İşte o zaman Hüseyin çıldırdı. 'Bak bir de bizi suçluyor. İnsan olmayan sensin. Hem bizi elâleme rezil et hem de gel bize hakaret et' deyip Cemal'in boğazına sarıldı..."

Başından beri Kerem'i sakin bir tavırla izleyen Tobias,

"Siz de ona yardım etmişsiniz" diye hakikati yüzüne vurdu. "Hep birlikte Cemal'i pencereden aşağıya atacakmışsınız."

Anında itiraz etti Kerem.

"Yalan, kesinlikle yalan! Cemal güçlü bir çocuktu, spor yapıyordu, çok da iyi kavga ederdi. Öyle yetiştirdim ben onu. Erkek dediğin güçlü olmalı. İkimizle de başa çıkardı. Cemal kolayca kurtuldu Hüseyin'in elinden, abisini kaldırıp yere vurdu. Annesiyle birlikte Hüseyin'i kurtarmaya çalıştık. İşte o arbede sırasında ben onu itekleyince, pencerenin camına çarptı. Hepsi bu. Zaten sonra Cemal de elini kolunu sallayarak çekip gitti..." Anlayış beklercesine başkomisere baktı. "Aile arasında olur böyle şeyler. Ama kimsenin aklından Cemal'i öldürmek geçmedi. Geçmez de, biz katil değiliz ki. Kendi evladımızın canına nasıl kıyarız?"

Sözlerindeki tutarsızlığı Yıldız yüzüne vurdu.

"Az önce Cemal'in ölmesini istedim dediniz..."

Ne diyeceğini bilemedi Kerem. Sağ eliyle beyaz sakallarını bir süre çekiştirdikten sonra "Kalbimden geçenleri söylemiştim" diye itiraf etti. "Öyle de düşünüyordum... Ancak evlat acısı hiçbir şeye benzemiyor..." Gözleri yine nemlendi. Pişmanlıkla başını salladı. "Yanılmışım, çok yanılmışım... Üzerimizde büyük baskı vardı. Herkes ailemiz hakkında konuşuyordu. O yüzden öyle düşünmüşüm. Ama bakın, ne hale geldim. Hayır, ne ben ne de Hüseyin, Cemal'i öldürebiliriz. Çünkü o bizim canımızdan, bizim kanımızdan." Sustu, yıkılmış gibi kendi kendine mırıldandı. "Nasıl söyleyeceğim bunu annesine?"

Böyle konuşmasına rağmen sanki o kadar da sıkıntılı değilmiş gibi görünüyordu. Bu yüzden kuşkuya düştü Tobias.

"Bence çok dert etmeyin, belki de sevinir karınız. Hepinizin başına bela oluyormuş Cemal."

Kerem'in gözlerinde bir öfke yalımı geçti ama kendini tuttu.

"Evladınız var mı Bay Becker?"

Umursamadan baktı Tobias.

"Yok, ne karım var ne de çocuğum. Böyle bir dünyaya çocuk getirmeye de hiç niyetim yok. Baksanıza öldürülen oğlunuz için sizden şüpheleniyoruz."

Yıldız yardımcısının haddini aştığını düşündü, neyse ki Kerem sükûnetini koruyordu.

"Belki inanmayacaksınız ama en sevdiğim çocuğumdu Cemal. İnsan zamanla anlıyor evlatlarının değerini, Cemal ailenin küçüğü olduğu için çok sevilirdi. Elinden tutar parka götürürdüm onu, okula bile ben bırakırdım. Çok akıllıydı, fazla akıllı. Hep takdir toplardı öğretmenlerinden. Bilgisayar cambazı diyorlardı ona. Program mı, yazılım mı ne, o işlerle uğraşırdı... İyi de para kazanmaya başlamıştı... Fakat sapıttı, ailesinin haysiyetini hiç düşünmedi. İstediği gibi yaşamayı seçti. Aslında bizi silip attı. O kadar nasihat ettim, dikkate bile almadı. Aile önemlidir. Ailede herkesin sorumlulukları vardır. Baba babalığını, evlat da evlatlığını bilmelidir." Sustu, ardı ardına yutkundu. Öfkesiyle kederi arasında kalmış gibiydi. "Ama insanın çocuklarını yitirmesi korkunçmuş... Ne diyeceğini bilemiyor insan. Evladınız olmadığı için anlayamazsınız Bay Becker. Ona ne kadar kızarsanız kızın, insanın çocuklarını kaybetmesi korkunç bir şey..."

İkinci kez çocuklarını kaybetmekten bahsediyordu, çocuğunu değil, çocuklarını, bu ayrıntıyı atlamadı Yıldız.

"Kaybettiğiniz başka çocuklarınız da mı var?"

Boş bulunmuştu Kerem:

"Hıı... Nasıl?"

Anlamadığını düşünen Yıldız yineledi:

"Çocuklar diyorsunuz, kaybettiğiniz başka çocuklarınız da mı var diyorum."

"Yok, yok, çok şükür yok. Ama Cemal'i kaybettim işte, daha ne olsun? Sizin evladınız var mı?"

Bir an Deniz'in sevimli yüzü geldi gözlerinin önüne başkomiserin. Elbette biricik oğlunu bir cinayet zanlısıyla konuşmak istemiyordu.

"Var" deyip başka konuya geçti. "Az önce düşmanlarımız dediniz... Amcaoğullarınızmış yanlış anlamadıysam..." Sözlerinin etkisini görmek için adamın gözlerine baktı. "Bunu öylesine mi söylediniz yoksa gerçekten de var mı böyle insanlar?"

Konunun değişmiş olması Kerem'i de rahatlatmıştı.

"Recep amcamla husumet vardı aramızda... İki kardeşti babamlar. Recep büyüğü, babam Orhan küçüğü. Cemal dedem rahmetli olunca, Bergama'da bir ev bir de zeytinlik kaldı. Zeytinlik dediysem ahım şahım bir arazi değil, Kozak yolunda, Selinos Çayı'nın kenarında bir yer. Ev de iki katlı eski bir bina. Recep amcam önce toprağı istedi. Babam kabul etti, sonra 'Yok ben evi istiyorum' dedi. Ona da razı olduk. Bu defa da 'Babam size çok yardım etti, ben ikisini de istiyorum' dedi. Artık bu kadarı da fazlaydı, 'Yeter artık' dedik. İş mahkemeye gitti. Sonuçta zeytinlik bize kaldı, ev de onlara. Ancak bunu da kabul etmediler."

Kavramakta zorluk çekiyordu Tobias.

"Niye kabul etmediler? Mahkeme adil karar vermedi mi?"

Sıkıntıyla soludu Kerem.

"Mahkemenin kararı adildi. Ama amcam takıntılı bir insandı. Küçüklüğünden beri hakkının yenildiğini söyler dururmuş. Güya Cemal dedem, babamı daha çok severmiş. Çocukları arasında ayrım yaparmış. Yani çok eskiden beri kin duyuyormuş babama. Mahkeme kararı açıklandıktan sonra da rahat durmadılar. Amcamın üç oğlu var, ben tek çocuğum. Bir gün bizim evi bastılar..."

Başkomiserin kafası karışmıştı.

"Bergama'daki evinizi mi?"

Niye anlamıyorsunuz dercesine baktı Kerem.

"Yok, ne Bergama'sı? Berlin'deki evimizi bastılar. Babamla Recep amcam birlikte geldiler Almanya'ya. Aslında babamın gelmesi konusunda anlaşmışlardı. Recep amcam Bergama'da kalacak, evde oturup zeytinlikle ilgilenecekti. Yazları da kazıya devam edecekti. Ama babamın gitme meselesi kesinleşince, ben de gideceğim diye tutturmuş. İki oğlunu birden kaybetmek istememesine rağmen, çaresiz razı olmuş Cemal dedem. O zamanlar Pergamon'daki kazının başkanı Erich Boehringer. Cemal dedem de ustabaşı, çok da iyi zanaatkâr. Dedemi çok seviyormuş Bay Boehringer. Babamlar Berlin'e gelince de onlara yardım etmiş. Öteki

Türk işçileri gibi fazla sıkıntı çekmemişler bizimkiler..." Sustu. Yüzü acıyla kasıldı. "Ne anlatıyorum ki ben böyle?" diye söylendi kızgınlıkla. "Benim oğlum ölmüş, oturup muhabbet ediyoruz burada."

Yıldız anlayışla, belki de biraz merhametle baktı kızgın adama.

"İsterseniz, daha sonra konuşalım. Kendinizi topladıktan sonra. Ama anlattıklarınız bizim için çok kıymetli. Söyledikleriniz elbette Cemal'i geri getiremez, fakat katilini yakalamada bize çok yardımcı olur."

Önce kararsızca baktı Kerem, sonra sıkıntıyla ayağa kalktı, arkadaki küçük pencereye yöneldi.

"Havasız kalmış içerisi." Pencereyi araladı, bir süre önünde durdu, sonra yeniden döndü koltuğuna. Çekmecesini açtı bir ilaç aldı, ağzına attı. Başını usulca kaldırdı, acı dolu gözlerini başkomisere dikti. "Gerçekten bulacak mısınız Cemal'in katilini?" Türkçe sormuştu. "Bütün bunlar göz boyamak için yapılmıyor, değil mi? Kusura bakmayın ama hiç güvenmiyorum Alman polisine."

Kararlılıkla başını salladı Yıldız. "Bana güvenebilirsiniz" dedi Türkçe olarak, sonra Almanca sürdürdü. "Elimizden geleni yapacağımızdan emin olun. Öyle ya da böyle, Cemal'in katilini bulacağız."

İnanmak isteyen gözlerle bakıyordu Kerem.

"Tamam, tamam o zaman." Yine de hemen başlayamadı söze. "Allah'ım nereden geldi başımıza bu iş?" diye mırıldandı önce, sonra yine derin derin nefes aldı. "Evet, evimize yapılan baskını anlatıyordum. Recep amcam, oğullarıyla torunlarını toplayıp Wedding'deki evimizi bastı. O zamanlar babam ve rahmetli annemle aynı evi paylaşıyoruz. Düşünün, en yakın akrabalarımız minibüse doluşup yığılmış kapımıza. Ellerinde taşlar, sopalar... Adam, çoluğunu çocuğunu toplamış, kardeşinin evini basmaya geliyor. Kapı pencere paramparça oldu. Mahalleye rezil olduk. Türkü, Almanı komşular bizi seyrediyordu. Babam başından yaralandı, benim bacağım kırıldı, Hüseyin o zaman genç, Cemal daha çocuk. Ama cesur yetiştirdim ben oğullarımı. Hüseyin bıçağı kaptığı gibi bunları kovalamaya başladı. Cemal de yaşına bakmadan eline ne geçtiyse üzerlerine yağdırdı. O kovalamacada talihsiz bir kaza oldu. Amcamın torunlarından İhsan'a bir kamyon çarptı. Çocuk orada öldü. O günden beri affetmediler bizi. Oysa öyle olsun istemezdik. Çok da severdim İhsan'ı."

Elbette bunu kaçırmadı Yıldız; aile meselesini eşelemeye başladı.

"Recep amcanız kaç yaşında?"

"Allah rahmet eylesin, Recep amcam on beş yıl önce öldü. Kalp krizi geçirdi, çok sinirli bir adamdı, çok sigara içerdi. Tabii, o işten de bizi sorumlu tuttular. İhsan'ın ölümünü kaldıramadı, o yüzden kalp krizi geçirdi dediler. Büyük oğulları Mehmet ile Davut iki kere yolumu kesti. Bir gece de karanlıkta Hüseyin ile Cemal'in üzerine kurşun yağdırdılar Cemal kolundan yaralandı."

"Polise gitmediniz mi?" diye atıldı Tobias. "Açıkça suç işlemişler..."

Sanki o günleri yaşıyormuş gibi gerginleşmişti Kerem.

"Gitmez miyiz, gittik tabii. Polis, Mehmet ile Davut'u gözaltına aldı, sorguladı, ama hem silah bulunamadığından hem de şahit olmadığından serbest bıraktı." Yıldız'a bakarak Türkçe konuşmaya başladı yine. "Kavga Türkler arasında ya, olayı pek umursamadılar, yesinler birbirlerini deyip bizi başlarından savdılar."

Uyarmak gereği hissetti başkomiser.

"Anlıyorum ama Almanca konuşalım lütfen. Meslektaşım Türkçe bilmiyor." Kerem'in konuşmasına fırsat vermeden, aklındakini soruverdi. "Cemal'in yaralanması bir rastlantı mıydı? Yoksa kuzenleriniz onu mu hedef almışlardı?"

Kara gözlerinde nefret dolu bir ifade belirdi dükkân sahibinin.

"Cemal'i hedef almışlardı. Çünkü en çok Cemal'i sevdiğimi biliyorlardı." Gözleri Yıldız'ın yüzünde sabitlendi. "Yoksa, Cemal'i onlar mı öldürdü?"

Bu ihtimal, Kerem'in sıkıntılarını bir ölçüde giderirdi, en azından kendisini ve ailesini zanlılar listesinden çıkartırdı. Ama bunu söylemek için çok erkendi. Üstelik böyle sofistike bir cinayeti işleyecek insanlar eğitimli olmalıydı. Gerçi Kerem'in sülalesi Zeus ve Yunan tanrılarına yabancı değildi ancak cinayetin işleniş biçimi hiç de kan davasına benzemiyordu.

"Kuzenleriniz, yani Mehmet ile Davut ne iş yapıyor?"

Hiç duraksamadan yanıtlamaya başladı adam.

"Büyüğü, yani Mehmet geçen yıllarda emekli oldu. Yetmiş küsur yaşında. Dikili'de bir yazlık almış. Altı ay burada, altı ay Türkiye'de kalıyormuş. Davut, benimle yaşıt. O da emekli oldu, Neukölln'de bir nargileci açtı. Türkler, Araplar bayılıyorlarmış. Son üç yıldır paraya para demiyormuş... Evini de dükkânın üzerine taşımış. Bütün binayı satın aldı diyorlar..."

Yaşlarını başlarını almış bu iki amcaoğlunun yıllar sonra eski bir davayı açması manasızdı, yine de hiçbir ihtimali göz ardı etmemek gerekiyordu. Aklındaki soruyu Tobias dile getirdi.

"Peki çocukları var mı? Onlar ne iş yapıyorlar?"

Alnı kırıştı Kerem'in, hatırlamakta zorluk çekiyordu.

"Mehmet'in üç kızı var. Hepsi de ev kadını. Davut'un bir kızı, iki oğlu vardı. İhsan, Haluk ve Hülya. Anlattığım gibi, İhsan kazada öldü, Hülya Bergama'dan biriyle evlendi, Türkiye'ye döndü. Haluk Berlin'de yaşıyor. Bizim Cemal gibi akıllı, çalışkan, terbiyeli bir çocuk. Çok iyi eğitim aldı." Hayal kırıklığına benzer bir ifade belirdi yüzünde. "Atatürk'ün vasiyetini de o yerine getirdi. Kime niyet, kime kısmet, Cemal dedem benim arkeolog olmamı isterdi. Denedim fakat başaramadım. Haluk başardı. Aferin çocuğa, Alman Arkeoloji Enstitüsü'nde çalışıyor. Yazları da Türkiye'ye gidip Pergamon kazısına katılıyor. Kim bilir belki ilerde kazı başkanı olur. Gurur duyuyoruz tabii."

Gurur duymuyor, açıkça kıskanıyordu ama Yıldız için bunun hiçbir önemi yoktu. Önemli olan arkeolog Haluk'un, katilin profiline en uygun şahıslardan biri olmasıydı. Eğer ağabeyi İhsan'ın ölümünden Cemal ve ailesini sorumlu tutuyorsa, cinayet işlemesi için de geçerli bir nedeni var demekti.

"Siz hiç konuştunuz mu bu Haluk'la?"

Başını geriye attı Kerem.

"Hayır, dedim ya, İhsan'ın ölümünden beri konuşmuyoruz amcamın ailesiyle. Ortak tanıdıklardan duyuyoruz çocuğun başarısını. Berlin'deki Türkleri bilirsiniz, aynı kasabadan geldiyseniz herkes herkesi bilir..."

"Peki, daha önceki kavgalarınızda Haluk da yer almış mıydı?"

"Yok, yok, yaşı küçüktü Haluk'un. Cemal'den iki yaş küçük..." Gözleri yine kuşkuyla kıpırdamaya başlamıştı. "Ne diyorsunuz, yoksa Haluk mu kıydı Cemal'e?"

"Henüz bilmiyoruz" diyerek akıllı telefonunu çıkarttı Yıldız. "Bütün ihtimalleri araştıracağız. Tam ismi ne bu çocuğun? Haluk?"

"Haluk Ölmez" diye tamamladı kısık bir sesle Kerem. Aklı o ihtimale takılıp kalmıştı. "Bu kötülüğü Haluk yapmış olabilir mi?"

İsmi telefonunun not defterine kaydeden Yıldız başını kaldırdı.

"Merak etmeyin, anlayacağız." Yardımcısına döndü. "Bir an önce şu Haluk'la konuşmamız lazım." Telefonunu masanın üzerine bırakırken Kerem'e baktı yeniden. "Büyük oğlunuz Hüseyin ne iş yapıyor?"

Kerem'in yüzündeki kuşku dolu ifade yeniden tedirginliğe dönüştü.

"Kudamm'da ikinci bir dükkânımız var, Bergama Baklavacısı'nın şubesi, orayı işletiyor."

Emin olmak için tekrarladı Yıldız.

"Yani Berlin'de iki dükkânınız mı var?"

"Evet, iki dükkânımız var... Aslında Hüseyin'in mesleği baklavacılık. Antepli ustası vardı. Sonra ben emekli olunca, elimize biraz para geçti, bu dükkânı açtık. Şükür işler iyi gitti. Kudamm'da şubemizi açtık. Oraya Hüseyin bakıyor.

Cemal kendi dünyasında zaten, ben de burayı çalıştırıyorum. Torunum Alper de arada bana yardım ediyor işte." Yeniden endişeli haline döndü. "Bakın, Hüseyin'den şüpheleniyorsanız boşuna. Oğlumu çok iyi tanırım, öfkesi burnundadır, hemen parlar, fakat kimseyi öldüremez. Hele öz kardeşini asla..."

Açılan kapıdan başını uzatan Alper'in sözleri kesti Kerem'in konuşmasını.

"Dede, bir adam geldi, Cemal amcam hakkında konuşmak istiyor."

Üçünün de başları kapıya çevrildi. Alper'in ardından uzun boylu bir adam girdi içeriye. Dalgalı sarı saçları omuzuna düşüyordu, kırklarında olmalıydı; siyah süet bir ceket, siyah gömlek, siyah pantolon giymişti.

"İyi günler!" Sesi boğuk çıkıyordu. "Kerem Ölmez'le konuşmak istiyordum."

"Buyurun" dedi dükkân sahibi ayağa kalkarak. "Kerem benim..."

Uzun boylu adam elini uzattı.

"Ben Peter Schimmel." Üzüntüyle bakıyordu. "Size kötü bir haberim var Bay Ölmez. Oğlunuz..."

Nemli gözlerini açtı kapadı Kerem.

"Biliyorum Bay Schimmel." Konuklarını gösterdi. "Polisler söylediler."

Şaşırmıştı Peter ama uzun sürmedi.

"Merhaba" dedi polislere bakarak, sonra Kerem'e döndü. "Oğlunuz bizimle çalışıyordu. Der Blitz şirketinin başındayım." Acıyla yüzünü buruşturdu. "Çalışıyordu dediğime bakmayın, iyi dostumdu Cemal..."

Onun da kara gözleri nemlenmiş, kadifemsi bir hal almıştı. Ne kadar yakışıklı bir adam diye düşündü başkomiser. Demek Alex'in anlattığı sıra dışı patron buydu. İyi olmuştu, şirkete kadar gitmek zahmetinden kurtulmuşlardı. Yıldız da ayağa kalktı, elini uzattı.

"Berlin Cinayet Masası'ndan Başkomiser Yıldız Karasu, bu bey de yardımcım Komiser Tobias Becker."

Peter her iki polisin de elini sıkarken, kederle mırıldandı. "Çok üzüldüm, çok severdim Cemal'i. Büyük trajedi, korkunç bir olay. Umarım katilini en kısa sürede bulursunuz."

Kendinden emin bir tavırla süzdü adamı Yıldız.

"Sizlerin de yardımıyla bulacağız. Aslında biz de sizinle konuşmak istiyorduk Bay Schimmel... Ama önce Bay Ölmez'le işinizi halledin..."

Dükkân sahibi, Peter'e baktı.

"Buyurun, şöyle geçin."

Yeni konuk kibarca gülümsedi.

"Teşekkür ederim." Üçüncü koltuğa iğreti olarak yerleşti. "Aslında buraya gelmek konusunda kararsızdım. Cemal'le aranızdaki sorunları biliyorum. Ama bu talihsiz olaydan haberiniz yoktur diye düşündüm. Cemal oğlunuzdu, öldüğünü bilmeniz gerekir dedim." Ürkek siyah gözleri polislere gitti geldi. "Fakat görüyorum ki, kötü haberi öğrenmişsiniz. Öncelikle başınız sağ olsun. Acınızı paylaştığımı bilmenizi isterim. İkinci olarak, şunu öğrenmek istiyorum." Kararsız kaldı, söze nasıl başlayacağını kestiremiyordu. "Kusura bakmayın gerçekten, fakat Cemal'in cenaze töreni nasıl olacak? Yani töreni siz mi yapacaksınız?"

Yıldız merakla bekliyordu dükkân sahibinin söyleyeceklerini. Kerem'den yanıt gelmeyince Peter yeniden söze başladı.

"Anladığım kadarıyla nazik bir durum var. İsterseniz, bu akşam ailenizle konuşun, sonra kararınızı bana bildirirsiniz."

Rahatlamıştı Kerem.

"Tamam Bay Schimmel... Evet, eşimle ve oğlumla konuşayım sonra kararımı söylerim. Tamam, sizi arayacağım."

Siyah gözlerinden soğuk bir ifade geçti Peter'in.

"Anlaştık. Yine de şunu bilmenizi isterim, eğer cenaze törenini siz yapmayacaksanız, biz, Cemal'i hak ettiği saygıyla, son yolculuğuna uğurlamaktan büyük bir onur duyarız."

Akasya ağacının yeşil dalları arasından süzülen bahar güneşi Peter'in üzgün yüzünü aydınlatıyordu. Sağ yandaki iskemleye kurulmuş olan Tobias keyifle sigarasını tüttürürken, tümüyle gölgede kalan Yıldız bir yandan kahvesini yudumluyor bir yandan da Der Blitz'in patronunun güneş ışığında kızıla çalan kirli sakallarına bakıyordu. Çok yakışmıştı adama. Ama aklını kurcalayan asıl soru, Alex'in kıskandığı adamın bu sıra dışı patron olup olmadığıydı.

Kottbusser Meydanı'na bakan Leylak Kafe'ye oturmuşlardı, Kerem'in yanında konuşmak istememişti Yıldız. Sezinlediği kadarıyla Peter'in de niyeti buydu. Her ne kadar bu vaka Yıldız için işten öte bir anlam taşımasa da ailesinin Cemal'e haksızlık ettiği kanaatindeydi. Peter'in ise başından beri öyle düşündüğü aşikârdı. Nikotin açlığı başlayan Tobias'ın bütün derdi ise açık alana çıkıp sigarasını tüttürmekti. Olmuştu işte, sonunda başarmıştı. Kahvesinden kallavi bir yudum alan Yıldız "Olayı nasıl öğrendiniz?" diye doğrudan girdi konuya. "İşe gelmeyince mi merak ettiniz?"

Dalgın dalgın baktı Peter.

"Hayır, bizim öyle bir çalışma sistemimiz yok. Hele Cemal gibi yaratıcı işler yapan arkadaşlar asla mesai saatine bağlı değiller. Pilar haber verdi, dün gece..." Bir an düşündü. "Bahsettiği polisler de siz olmalısınız. Siz gittikten sonra aradı beni..."

Sigarasının ucundaki külleri büyük bir titizlikle önündeki metal tablaya silkeleyen Tobias sordu:

"Telefon numaranızı nereden bulmuş?"

Kahve fincanına uzanırken yanıtladı.

"Pilar ve Rafael'i tanırım. Birbirimizin telefon numarasını bilecek kadar yakınız. Onlar da arkadaşımız sayılır. Hatta doğumdan sonra Pilar da bizimle çalışacak."

Takdir etti bu davranışı Yıldız.

"Hep göçmenleri mi çalıştırırsınız?"

Kahvesinden bir yudum içti Peter.

"Çalıştırmam, çalışırım" diye düzeltti. "Öncelikle işime yarayacak insanlarla çalışırım. Ancak işime yarayacak bir Alman'la bir göçmen başvuru yapmışsa, ikisi de aynı beceriye sahipse, ikinciyi tercih ederim. Çünkü onların iş bulma şansı daha az." Tatlı tatlı gülümsedi Peter, beyaz dişleri parıldadı, siyah gözleri laciverde dönüştü. "Hayrola, yoksa iş değiştirmeyi mi düşünüyorsunuz?"

Ne yapıyordu bu adam, flörte mi başlamıştı?

"Hayır, sizin katil olup olmadığınızı anlamaya çalışıyorum" diyerek ağzının payını verdi Yıldız. "Suçlu bulunana kadar maktulün etrafındaki herkes potansiyel şüphelidir. Sahi, Cemal'i niye işe aldınız?"

Hiç bozulmadı Peter, usulca elindeki fincanı masaya bıraktı.

"Haddimi aştıysam özür dilerim." Boğazını temizledi. "Cemal'i işe aldım çünkü çok yetenekliydi. Yenilenebilir enerji alanı doğrudan yüksek teknoloji gerektiriyor. Bizim için bilgisayar programları hazırlıyordu, yazılımlar yapıyordu. Çok yaratıcıydı, çalışkandı, hızlıydı. Üstelik ressamdı. Zaten ablamın resim sergisinde tanışmıştık. Cemal'in yaptığı resimleri gördünüz mü?"

"Gördük" dedi başkomiser, ama konuyu dağıtmak istemiyordu. "Yenilenebilir enerjiyle resmin ne ilgisi var?"

Dirseklerini masaya dayayarak ellerini yana açtı Peter.

"Resim diye bir sanat olmasaydı, Der Blitz olmazdı." İki polisin de ilgiyle baktığını görünce biraz şaşırmış gibi mırıldandı. "Sahiden anlatmamı istiyor musunuz?"

Ölçülü bir gülümsemeyle yanıtladı Yıldız.

"Lütfen..."

"Tamam o zaman, siz dinlemek istiyorsanız." Başıyla gökyüzünü işaret etti. "Güneş yakmaya başladı, izniniz olursa ceketimi çıkarabilir miyim?"

Gülümsemesini bozmadan başını salladı Yıldız. Siyah süet ceketini çıkaran Peter, siyah tişörtüyle kaldı. Tişört o kadar dardı ki, biçimli vücudunun bütün kasları tek tek sayılacak gibiydi. Bir kez daha, Alex'in kıskandığı şahıs Peter miydi diye düşünmekten kendini alamadı Yıldız.

"Resmin, Der Blitz için önemi ablam Angela'dan geliyor" diye sürdürdü ceketini sandalyesinin arkasına astıktan sonra Peter. "Çok iyi bir ressamdı ablam. Belki ismini duymuşsunuzdur..."

Sanki resim dünyasını çok takip edermiş gibi "Angela Schimmel mi?" diye araya girdi Tobias. Bunu söylerken de sanki ressamı hatırlayacakmış gibi alnını kırıştırmıştı.

"Hayır, sadece Angel ismini kullanıyordu." Gülümsedi. "Lakabı da vardı: Dirty Angel. Hatta kimileri ondan bahsederken sadece Dirty diyorlardı."

Bu defa Yıldız sordu:

"Neden Dirty Angel?"

Peter'in koyu renk gözlerinde ilk kez alıngan bir ifade belirdi.

"Düşündüğünüz gibi değil. Yeryüzünün en temiz insanıydı Angela. Hem ruhen hem bedenen. Tanıdığım en iyi insandı, en fedakâr, en merhametli ve müthiş yetenekli... Çok dağınık çalıştığı için öyle diyorlardı, güya düzensizmiş, tertipsizmiş, boya kutuları, fırçalar orada buradaymış... Kimse atölyesine giremezmiş... Bence kıskandıkları için öyle söylüyorlardı. Ama hiç aldırmazdı Angela. Hatta giderek bu lakabı benimsedi. Çok güçlü bir kadındı, çok özgür, istediği gibi yaşayan biri. Ablam olduğu için böyle konuşmuyorum, Der Blitz'i kuracak mirası bana bıraktığı için de değil. Onu tanıyan herkes buna benzer şeyler söyler. Ancak yaşarken kıymeti pek bilinmedi." Kahvesine uzandı, bir yudum daha içti. Diliyle dudaklarını temizledikten sonra Yıldız'a baktı. "Kaç yıldır Berlin'desiniz?"

Küçümseme yoktu sesinde fakat başkomiser anında aldı gardını.

"Doğduğumdan beri. Niye?"

Belli belirsiz bir pembelik yayıldı Peter'in yanaklarına.

"Bugün hep yanlış ifade ediyorum kendimi. Kunsthaus Tacheles'i bilirsiniz. Yaşayan bir sanat merkeziydi. Berlin'in dünyaya armağan ettiği özgür bir sanat organizasyonu. "

Elbette biliyordu Yıldız.

"Ablanız mı kurmuştu orayı?"

Sesindeki alaycı tınıyı fark etmişti Peter ama umursamadı, kaldığı yerden sürdürdü:

"Hayır, sadece orayı mucizevi bir sanat merkezi haline getirenlerden biriydi. Geçen yüzyılın başında orada Yahudiler yaşıyormuş. Bina da devasa bir pasajmış. Naziler işbaşına gelince binayı hapishane yapmışlar, savaştan sonra Demokratik Alman Cumhuriyeti bir kısmını yerle bir etmiş, kalan bölüm de pek kullanılmamış, öylece kalmış. Duvar yıkıldıktan sonra sanatçılar bir araya gelmişler ve boş binayı işgal etmişler. Ressamlar, heykeltıraşlar, tiyatrocular, sinemacılar kendi atölyelerini, kendi kulüplerini, kendi çalışma alanlarını oluşturmuşlar. Ve geçmişte o bölgede yaşayan Yahudi halkına ithafen Yiddiş dilinde 'dümdüz anlatmak', 'doğrudan konuşmak' anlamına gelen 'Tacheles' ismini vermişler... Tacheles Sanat Merkezi işte böyle doğmuş. Hiçbir otoriteye bağlı değil, piyasayı umursamayan, sanatçıların yan yana yaşadıkları, birlikte ürettikleri bir komün hayatı. Avrupa'nın göbeğinde ütopik bir sanat adası. 1990 yılından 2012'ye kadar da böyle sürmüş. Evet, az değil, tam 22 yıl sanatçılar için bir yeryüzü cenneti, eserlerini yarattıkları bir özgürlük alanı olarak kalmış. Ablamın hayatının en verimli yılları orada geçti işte. Bütün önemli eserlerini orada meydana getirdi. Hayatın her alanında özgürlük vardı dedim ya, elbette böyle bir ortamda sanatçıların doğasına uygun aşırılıkların yaşanması da kaçınılmazdı. Evet, özgür seks, uyuşturucu, alkol, ne ararsan varmış orada. Aynı mekânda olmak, sanatçıların birbirlerinin eserlerini görmeleri, yaratım deneyimlerine tanık olmaları belki rekabeti artırıyormuş ancak asla kolay bir başarıyı getirmiyormuş. O zaman da iyice uçlara savruluyorlarmış. Belki hepsi değil, gel gör ki, ablam onlardan biri olmuştu ne yazık ki. Çok hızlı, çok yoğun, çok mutlu ama aynı zamanda hayal kırıklıklarıyla dolu bir hayat. Kural tanımayan bir hayat. Bedenen de ruhen de çok yorucu, çok yıpratıcı bir hayat. İşte o hayat hızla tüketti onu. Beş yıl önce kaybettik Angela'yı." Duygulanmıştı. "Kanserden öldü. Acılar çekerek." Gülümsemeye çalıştı, beceremedi. "Ama istediği gibi yaşadı. Başkalarının ona dayattığı gibi değil. Önemli olan da buydu." Yeniden kahve fincanına uzandı. "İşe bakın ki yaşarken eserlerini kitsch bulanlar, resimlerine çöp diyenler, ölümünün üzerinden bir yıl geçmeden ona övgüler düzmeye koyuldular. 'Berlin'in Hüzünlü Ressamı', 'Gerçekliğin Ötesindeki Anlamı Renklerle Hissettiren Büyücü.' Evet, artık onu böyle adlandırıyorlardı. Böylece resimler değer kazanmaya başladı. Sadece Berlin'de değil dünyanın her yerinden sanatseverler, zengin koleksiyonerler duvarlarına Dirty Angel'ın resimlerini asmak için kıyasıya yarıştılar. Dünyanın her yerinden para akmaya başladı." Sanki bundan utanıyormuş gibi bakışlarını kaçırarak kahvesinden bir yudum daha içti. Fincan elindeyken kederli bakışlarını ağır ağır Yıldız'la Tobias'a çevirdi. "Ve şu işe bakın ki, annem ve babam vefat ettiği için Dirty Angel'ın tek mirasçısı bendim."

Hikâyeye kendini kaptırmış olan Tobias, sanki bir dostuna piyango çıkmış gibi sevinçle mırıldandı:

"Yani bütün para size kaldı." Emin olamadı. "Yani bir servetten söz ediyoruz değil mi?"

Açık sözlü davrandı Peter.

"Evet, oldukça büyük bir paradan söz ediyoruz. Ben çevre mühendisliği okumuştum ama resimden gelen o sermaye olmasaydı, şirketi açmam mümkün değildi. O yüzden Cemal'i seçtim. Çünkü resim olmasaydı, sanat olmasaydı, Der Blitz de olmazdı..."

Nerdeyse mükemmel bir tablo çiziyordu karşılarındaki adam. Bu kadar berbat bir dünya için bu kadar iyilik fazlaydı, bu yüzden Peter'e inanmakta zorluk çekiyordu Yıldız.

"Yani Cemal'i çekici bulmanızın onu işe almanızla bir ilgisi yoktu..."

Der Blitz'in sahibinin gözleri kısıldı.

"Ne! Hayır, hayır Bayan Karasu, ben gay değilim. Erkeklerden değil kadınlardan hoşlanırım. Hayır, biseksüel de değilim. Nasıl anlatayım, kadınlar, sadece kadınlardan hoşlanırım..."

Nedense gizli bir sevinç duydu Yıldız.

"Özür dilerim, sandım ki..."

Anlayışla başını salladı.

"Sizin gibi sananlar çok oluyor. Sorun değil, Berlin'deyiz. Burası Almanya'nın en özgür, en sıra dışı şehri... Yetişkinler diledikleri gibi yaşarlar burada." Bir an kararsız kaldı. "En azından hukuken öyle..."

Sigarasını kül tablasına bastıran Tobias "Alex'i tanıyor musunuz?" diyerek yeniden katıldı konuşmaya. "Alexander Werner..."

Yakışıklı yüzünü buruşturdu Peter.

"Evet. Alex, mutsuz bir adam, daha kötüsü mutsuzluğunu herkese bulaştıran bir adam. Ondan kurtulmaya çalışıyordu Cemal. İlişkileri çoktan bitmişti. Fakat bilirsiniz, ha deyince kopamıyor insan..."

Bu açıklamalar Yıldız'ın kuşkularını gideremiyordu bir türlü.

"Alex çok kıskanıyormuş Cemal'i. Dün gece konuştuk. Başka bir sevgilisinin olduğundan söz etti. Güya Cemal, o yüzden bitirmek istiyormuş ilişkilerini..."

Peter'in kaşları çatıldı.

"Bildiğim kadarıyla öyle biri yoktu..." Gözleri anlamsızca kıpırdandı. "Zannetmem... Ama özel hayatı tabii, söylememiş de olabilir."

Tobias paketten yeni bir sigara çekti, dudaklarına götürmeden sordu:

"Cemal'le arkadaşmışsınız, anladığım kadarıyla iyi de anlaşıyormuşsunuz. Siz de resim yapıyor musunuz?"

Peter'in bakışları polisin sigarasına takılmıştı.

"Çok sık içiyorsunuz, az önce söndürmüştünüz. Hiç iyi bir şey değil."

Tobias ters ters baktı.

"Rahatsız ediyorsa uzakta içebilirim."

O sinir bozucu sakinliğini korudu Peter.

"Hayır, hayır, kalkmanıza gerek yok, sadece uyarmak istedim, sağlığınız için. Bayan Karasu için sorun değilse benim için de değil."

Şeften bir tepki gelmeyince sigarasını yaktı Tobias. Masadaki o kısa suskunluk anında, kalender bir gülümsemeyle onu izlemişti Peter. Yanık tütünün dumanı usulca bahar rüzgârına karışırken yeniden konuşmaya başladı.

"Sorunuza gelince, ben sanatçı değilim. Ailede sadece ablamda varmış o yetenek. Ne resim ne de başka bir sanat dalıyla alakam var. Sadece iyi bir sanat izleyicisi olmaya çalışıyorum. Ablamın ölümünden sonra resim konusunda epeyce bilgi sahibi olduğumu da söyleyebilirim..."

"Ya arkeoloji?" Yıldız'dı araya giren. "Arkeoloji sizin de ilginizi çekiyor mu?"

Hiç düşünmeden yanıtladı.

"Sıradan insanlar kadar, Zeus Altarı'nın üzerindeki heykellerin hikâyesi nedir derseniz, anlatamam. Tanrılar ile titanların savaşı gibi bir şeydi. Ama Cemal arkeolojiyle çok ilgiliydi. Bu konuda bir çalışma yapıyordu." Üzüntüyle iç geçirdi. "Ne yazık ki projesi yarım kaldı."

Şirkette Cemal'in kavgalı olduğu biri var mı diye soracaktı ki Yıldız, telefonu çalmaya başladı. Bilmediği bir numaraydı, açtı.

"Alo, buyurun."

"Başkomiser Karasu'yla mı konuşuyorum?" dedi aksanlı bir ses.

"Evet, benim. Ne istemiştiniz?"

"Ben Rafael, Rafael Moreno, dün akşam bize gelmişsiniz. Pilar'ın eşiyim."

"Ha, evet Bay Moreno... Buyurun."

"Sizinle konuşmam lazım. Ama telefonda olmaz. Çok acil... Bize gelebilir misiniz?"

Sesi gergin çıkıyordu. Belli ki söyleyecekleri önemliydi, Peter'in yanında sormak istemedi.

"Tamam geliriz" dedi olağan bir tavırla. "Görüşmek üzere."

Telefonu kapatırken merakla sordu Peter.

"Ne olmuş? Ne diyor Rafael?"

Hiç oralı olmadı Yıldız.

"Bir şey yok, dün akşam konuşmak istemiştik evde yoktu. İsterseniz buluşalım diyor..." Telefonunu masanın üzerine bırakırken aklındaki soruya döndü yeniden "Şirkette sevilen biri miydi Cemal?" Sesinin neden böyle sert ve soğuk çıktığına kendisi de bir anlam verememişti ancak aynı tonda sürdürdü. "Kavgalı olduğu, geçinemediği birileri var mıydı?"

Yadırgamış gibi baktı Peter.

"Hayır, hayır Bayan Karasu, Cemal öyle biri değildi. Herkes severdi onu. Gerçekten çok iyi biriydi. En büyük şanssızlığı, etrafındaki insanların onun kadar iyi olmamasıydı..."

"Ne diyorsunuz peki, sizce kim öldürmüş olabilir Cemal'i?"

Peter'in kömür karası gözleri sönükleşti.

"Bilmiyorum, zayıf ihtimal ama aileden biri olabilir. Gördünüz işte hâlâ çocuklarından utanç duyuyorlar. Alex de olabilir tabii, belki de yabancı düşmanı bir ırkçıdır yahut homofobik bir manyak. Bilemiyorum, çünkü gerçekten düşmanı yoktu Cemal'in..."

İyice kederlenmiş, gözleri dolmuştu.

"Cemal'in odasını görmek isteriz" diyerek duygusal havayı bozdu Yıldız. "Kendine ait bir odası var değil mi şirkette?"

Soruyla birlikte toparlandı Peter.

"Tabii var, ne zaman isterseniz görebilirsiniz. Belki arkadaşlarıyla da konuşursunuz, hani benim atladığım ayrıntılar varsa..." İskemlenin arkasına astığı ceketini aldı, cebinden iki kart çıkardı, polislere uzattı. "İstediğiniz zaman arayabilirsiniz. Lütfen çekinmeyin, gece gündüz fark etmez. O katili mutlaka bulmalısınız. Bunun için elimden gelen her şeyi yapmaya hazırım."

4

"Tanrıların şafağı"

İktidarı tümüyle ele geçirmeden zaferden söz edilmez. Lakin zafer de tek savaşla kazanılmaz; kutsal taca kavuşmak, tanrısal tahta oturmak, yeryüzünün ve gökyüzünün hükümdarı olmak için sadece titanların kralını yenmek yetmez. Doğrudur, kimse muhteşem bir alın yazısıyla ödüllendirmedi beni; doğrudur, kimse altın tepside sunmadı iktidarı bana. Dişimle tırnağımla, aklımla cesaretimle, sabrımla ve azmimle kazandım bu yüce makamı. Hiçbir canlı Kronos'a karşı çıkamazken ben çıktım, hiçbir titan ona meydan okuyamazken ben okudum, hiçbir tanrı onu yenemezken ben yendim. Ancak babamı yenmek yetmeyecekti.

Çünkü titanların Kronos'a ihtiyacı vardı. Ki, hepsi Uranos'un çocuklarıydı. Babamın erkek ve kız kardeşleri. Belki çoğu babama kızıyordu, bazıları düpedüz nefret ediyordu ondan. Çünkü Kronos hepsini küçümsemişti. Tıpkı babası Uranos'un evlatlarından iğrenmesi gibi o da tiksinmişti kardeşlerinden. Dahası kıskanmıştı onları. Mesela tek gözlü, kocaman gövdeli üç dev; Brontes, Steropes ve Arges. Kronos nefret ediyordu bu üç görkemli yaratıktan. Çünkü ondan daha güçlüydüler, daha yetenekliydiler, daha iyiydiler. Ve bu üç usta dev, gök gürültüsünün, şimşeğin ve yıldırımın sahibiydiler. Üstelik, sadece gökyüzünde değil yerin altında da mahirdiler. Dağların kalbindeki demiri çıkartır, en sert madenlere en güzel biçimleri verir, en yok edici silahları üretirlerdi.

Ve başka üç muhteşem dev; üç sıra dışı kardeş, yüz kollu, elli kafalı Briareus, Kottos ve Gyes. Onlar yeryüzünün en kuvvetli, en iri mahluklarıydılar. Korkunç görüntülerinin aksine temiz kalpli, vefakâr ve sadıktılar. Ama babamın temiz kalbi korkuyla kirletilmişti. Vefa ve sadakat duygusu ise hiçbir zaman olmamıştı. O yüzden, bu üç şahane varlığa da kin duymuştu. Ve gözden uzak olsunlar diye bu altı görkemli varlığı, acımasızca Tartaros'un derinliklerine gömmüştü. Fakat başka kardeşleri de vardı babamın. Cesur, savaşçı, hırslı kadın ve erkek titanlar. Hepsi de Uranos ve Gaia'dan olma. Hepsi güçlüydü, hepsi görkemliydi, hepsi heybetliydi. Onları görenler korkarlardı, hayran olurlardı, saygı duyarlardı.

En büyükleri Okeanos'tu. Yeryüzü bir canlıysa eğer, Okeanos ona kan taşıyan damarlardı. Gökyüzünden baktığınızda sulardan oluşan kocaman bir ağaç gibi görünürdü gözünüze. Yeryüzüne indiğinizde, en hızlı atlara atlayıp günlerce hiç durmadan sürseniz bile erişemezdiniz onun menziline. Gaia'nın en büyük oğluydu amcam Okeanos. Ve akrabalık hukukunu bozmadı, gönlü kardeşlerinden yana olsa da bana karşı silaha sarılmadı.

Tethys, suyun dişiliği, güzelliği ve doğurganlığıydı. Görenlerin gözleri neşelenir, gölgesi huzur verir, derinliği baş döndürürdü. Dokunduğu her yer yeşerir, sert taşlar erir, yekpare kayalar yumuşar, koca dağlar saygıyla açılıverirdi önünde. Sadece yaşatmaz, güzellik de katardı hayata. Okeanos yeryüzünü saran o devasa ağacın gövdesiyse, Tethys dalları, yaprakları, çiçekleriydi. İkisi buluştuğunda yeryüzü bolluk ve bereket içinde kalırdı. Benim kanımdandı, o da bana karşı dövüşmedi.

Ve Themis, dişi titanların en güzeli, en akıllısı, en erdemlisi, en şereflisiydi. Kutsal adaletin temsilcisi, kadim yasanın kurucusu, kehanetlerin tanrıçasıydı. Themis olmasaydı, akıl vicdana danışmazdı, merhamet zihinden uzak dururdu. Titanlar, tanrılar, insanlar nasıl davranacaklarını şaşırırlardı. Zulüm rüzgârları eserdi yeryüzünde. Ve Themis benim ikinci karımdı, yatak arkadaşım, zihin yoldaşım, çocuklarımın annesiydi. O kadar erdemliydi ki, bu yüzden Olympos'a çıkabilen tek titan Themis oldu.

Ve gücünü zekâsından alan Koios, ışıklarla birlikte yürüyen Hyperion, kudretinden sual olunmayan Krios ve bana düşman oğullar yetiştiren Lapetus. Ve ay ve güneşin annesi Theia, yaşanan hiçbir olayı unutmayan tatlı Mnemosyne ve canlı cansız ne varsa hepsinin solgunluğunu ortadan kaldıran, hepsini parlatan Phoibos. Bu erkek ve dişi titanlar ve onların cesur, savaşçı ve hırslı evlatları, sevmeseler de Kronos'u, bana da boyun eğmediler. Tanrıların egemenliğinde yaşamak istemediler. Ve ardı ardına isyanlar çıkardılar yeryüzünde.

Savaşların ilkiydi bu. İki yüce dağdan yönetiliyordu çarpışmalar. Ben ve kardeşlerim başı bulutlarda Olympos'taydık, titanlar ve evlatları ise Othrys'teydiler. Ki, onlar da bizden geri değillerdi yiğitlikte, zekâda, dövüşte. Üstelik daha tecrübeliydiler, çünkü bizden önce var olmuşlardı. Üstelik daha kararlıydılar, çünkü cennetlerini kaybetmek istemiyorlardı. Üstelik daha öfkeliydiler, çünkü ihanete uğramış hissediyorlardı kendilerini. Gözlerini kırpmadan saldırıyorlardı bize. Biz de kılıçlar, mızraklar, oklar, olmazsa yumruklarımız, dişlerimiz, tırnaklarımız, yani elimizde ne varsa onunla karşılık veriyorduk. Kaç kez pusuya düşürdüler bizi, kaç kez pusuya düşürdük onları. Ancak ne onlar bizi yenebiliyordu ne de biz onları. Bu böyle süremezdi. Tanrıların krallığında, başıbozukların isyanına izin verilemezdi. Meseleyi kökten çözmek gerekti.

Ve ilk kez bu savaşta yararını gördüm merhametin, ki bu duygu çoğunlukla zarar verir ölümlülere ve ölümsüzlere. Kronos'un çirkin diye yerin altına gönderdiği devleri kurtardım prangalarından, çıkardım onları Tartaros'un zindanından. İşte bu yüzden, tek gözlü ama çok yetenekli, çok becerikli Brontes, Steropes ve Arges minnet duydular bana.

Ve büyük bir cömertlik göstererek gök gürültüsünü, şimşeği ve yıldırımı armağan ettiler. Ki bu güçlerle gökyüzündeki hâkimiyetimi perçinledim. Düşmanlarımın yüreğine korku saldım, dostlarıma güven aşıladım. Ve tek gözlü bu üç dev, kardeşim Poseidon'a da üç dişli yabayı verdiler ki, toprağa her sapladığında yer gümbür gümbür sarsılır, denizler dalga dalga karaya yürür, dağlar ürküntüyle titremeye başlardı. Ve öteki kardeşim Hades'e öyle bir miğfer yaptılar ki, giyeni görünmez kılar, düşmanın karargâhına elini kolunu sallaya sallaya girer çıkardı.

Böylelikle üstün gelmeye başladık Kronos'un kardeşleri karşısında. Ama hiç de kolay değildi titanları yenmek. Asla pes etmiyorlardı, asla bıkmıyorlardı, asla yorulmuyorlardı. Bir adım ileri iki adım geri, bitmek bilmez kanlı bir mücadele sürüyordu yeryüzünde. Ve kılıçlarımız, kargılarımız ve oklarımızla haklı zaferler kazansak da bir türlü yok edici darbeyi vuramıyorduk düşman akrabalarımıza.

O zaman uyandı zihnim, aydınlandı zafere giden yol gözlerimin önünde. Sadece kaba güçle kazanılmazdı savaş. Zekâ çok daha üstündü kaba güçten ve öfkeden. Bitireceksem bu savaşı dostlarımı çoğaltmalı, düşmanlarımı azaltmalıydım. Ve bir kez daha hatırladım yaptığım iyilikleri. Bir kez daha sığındım merhametin ferasetine. Ve ziyarete gittim, yüz kollu, elli başlı üç kardeşi. Ki onları da, tek gözlü üç dev gibi kurtarmıştım Tartaros'tan. Yanlarına varınca, hiçbir talepte bulunmadan yiyeceğimi verdim, içeceğimi paylaştım. Önce şaşırdılar, sonra sunduklarımı yediler, içtiler. Kendilerine kıymet verdiğimi anladılar. İşte o zaman dedim ki:

"Ey kudretli akrabalarım, babalarının ve kardeşlerinin karanlığa mahkûm ettiği kıymetli Briareus, erdemli Kottos ve sevgili Gyes. Yeryüzünün en kuvvetli, en görkemli, en vefalı üç devi. Size hayranlıkla bakıyor gözlerim. Varlığınıza ve gücünüze saygı duyuyorum. Biliyorum, kardeşlerinizle dövüşüyorum bu savaşta, biliyorum, bizim kavgamız değil bu diyorsunuz, biliyorum, kim kazanırsa kazansın bizim için fark etmez diyorsunuz. Fakat yanılıyorsunuz. Eğer ben bu savaşı kaybedersem, eğer babam Kronos ve kardeşleri kazanırsa, sizi utanılası birer mahkûmmuş gibi Tartaros'a atacaklar yeniden. Oysa titanları yenersek, saygın ve özgür olarak yaşayacaksınız. Kimse kıramayacak onurunuzu, kimse küçümseyemeyecek o görkemli bedenlerinizi, kimse kapatamayacak sizi geçilmez duvarların arkasına. Size ihtiyacım var, gelin omuz omuza verelim, titanların zulüm çağını sona erdirelim. Adil, özgür ve mutlu yeni bir çağ başlatalım."

Sözlerim hatırlattı onlara babaları Uranos'un ve kardeşleri Kronos'un zalimliğini; sözlerim hatırlattı onlara yaptığım iyiliği, sözlerim uyandırdı yüreklerindeki adalet duygusunu. Ve daha fazla düşünmeden katıldılar saflarımıza. Ve koca dağları söküp köklerinden, titanların üzerlerine fırlattılar. Yüz kollarıyla binlerce kaya yağdırdılar düşmanlarımızın tepesine. Volkanlarda yaktılar en yakın akrabalarını. İşte o zaman topladım kardeşlerimi başı bulutlu Olympos'ta. Ve dedim ki:

"Gün bugündür, titanların çağını bitirecek an bu andır. Eğer gecikirsek, kaçıracağız zaferi. Eğer beklersek, daha yüzlerce yıl sürecek on yıldır süren bu savaş. Eğer şimdi saldırmazsak hiçbir zaman başlamayacak tanrıların şafağı. Hadi çıkalım titanların karşısına, verelim son kavgamızı ve bitirelim artık şu kanlı boğuşmayı."

Erkek kardeşlerim ve kız kardeşlerim uydular emirlerime. El ele, omuz omuza vererek, güçlü bir zırh gibi giyindik cesaretimizi, zarif bir miğfer gibi kuşandık zekâmızı ve çıktık titanların karşısına. Olanca gücümle gürledim bulutların arasından, şimşekler yağdırdım düşmanlarımın üzerine, yıldırımlarla yaktım bedenlerini. Kardeşlerim de büyük bir ustalıkla sergilediler ölümcül marifetlerini. Ve müthiş bir kapışma başladı bir kez daha yerle gök arasında. Mavi gökyüzü kararmıştı, denizler kan içinde kalmıştı, bereketli ovalar cayır cayır yanıyordu, dağlar düzleşiyor, ovalar şerham şerham yarılıyordu. Yeryüzü yeryüzü olalı böyle bir savaş görmemişti. Ağır kayıplar veriyordu titanlar fakat bir adım bile geri çekilmiyorlardı. Karşılık veriyorlardı bütün güçleri ve kinleriyle. Ancak kardeşleri olan altı dev çıkınca dövüş meydanına, işte o zaman tereddüde düştüler. Çözülmeler başladı saflarında.

İşte o şaşkınlık anında, indirdim şimşek ve yıldırımlarımı başlarına. Gözleri kamaştı, saçları tutuştu, belleri büküldü, dizleri titredi. Ve büyük bir cesaret geldi bütün yoldaşlarıma ve yakalayıp teker teker titanları, birer birer attık Tartaros'un zindanına. Onlar daha ne olduğunu anlamadan cehennemin en karanlık yerlerinde buldular kendilerini. Kudretli kardeşim Poseidon gururla kapadı Tartaros'un tunçtan kapılarını. Ve bir daha hiç çıkamasınlar diye bekçi diktim, yeryüzünün en kuvvetli, en iri, en vefalı üç devini; Kıymetli Briareus, erdemli Kottos ve sevgili Gyes'i kapının önüne. Ve kesin bir zaferle ilan ettim sonsuz hükümranlığımı. Ve bir kez daha kazıdım, gelmiş geçmiş en büyük tanrı olduğumu canlı olan herkesin zihnine. Ve bir kez daha haykırdım Tartaros'un en dibindeki Kronos'a:

"Çocuklarından nefret edenler sonsuza kadar nefretle anılacaktır. İster ölümlü olsun, ister ölümsüz, kendi soyuna ihanet edenler, ihanetin en korkuncuyla cezalandırılacaktır."

Dördüncü Bölüm

Cemal'in evinin bulunduğu yaşlı sokak gündüz daha sevimli görünüyordu. Uzun boylu kavakların karşılıklı olarak sıralandığı kaldırımın kenarına park ettiler Passat'ı. Arabadan inerken cinayetin işlendiği evin karşısındaki duvar dikkatini çekti başkomiserin. Gözlerini kısarak baktı: Duvarda ustaca çizilmiş sarı, siyah, beyaz renkli ellerin taşıdığı gökkuşağı renginde devasa bir bayrak resmi yer alıyordu. Bayrağın üzerine kahverengi bir boyayla "Yabancılar Dışarı" yazılmıştı.

Başıyla duvarı işaret etti şef.

"Dün akşam bunu görmüş müydün?"

Önce resme, sonra yazıya baktı Komiser Tobias.

"Hayır, fark etmedim..." İşi şakaya vurdu. "Dün gece karşılaştığımız yaşlı adam mı yazdı dersin?"

Yıldız gülmedi, cebinden telefonunu çıkardı. Duvarın fotoğrafını çekti. Yeterli gelmemişti, yaklaşıp birkaç kare daha alacaktı ki "Gördünüz değil mi?" diyen bir ses duydu arkadan. "Canım resmi mahvetti alçaklar!"

Başını çevirince, Cemal'in evinin bulunduğu binanın kapısından kendilerine doğru yürüyen esmer, kıvırcık saçlı, Pilar gibi zayıf, genç bir adam gördü.

"Merhaba, ben Rafael Moreno. Zamanında geldiğiniz için teşekkür ederim."

Karısından daha kötü bir aksanla konuşuyordu Almancayı. Yaklaşınca elini uzattı. Rafael'in uzun parmaklı elini sıktı başkomiser.

"Merhaba, ben Başkomiser Yıldız Karasu, Komiser Tobias Becker de yardımcım. Telefonda konuşmuştunuz zaten." Sol elinde tuttuğu telefonla duvarı işaret etti. "Resmi siz mi yapmıştınız?"

Canı yanmış gibi acıyla baktı genç adam.

"Cemal'le ikimiz yaptık. Ne hale getirdiler görüyor musunuz? Günlerdir buradaydı, bir hafta önce üzerine bu çirkef sloganı yazdılar. Az kalsın bizi de linç edeceklerdi. Sonunda Cemal'i öldürdüler işte." Bakışları endişeyle geriye, kendi evinin penceresine kaydı. "Lütfen, lütfen Pilar öğrenmesin... Onun korkmasını istemiyorum. O yüzden kapının önünde bekliyordum sizi... Yanında konuşmamız iyi olmaz. Zaten şimdi dinleniyor. Çok sarsıldı... Cemo'yu çok severdi..." Eliyle kavak ağaçlarının gölgelediği sokağı gösterdi. "İsterseniz şöyle gidelim. Hem yürür hem sohbet ederiz..." Esmer yüzünde derin bir öfke belirdi. Sokağın sonundaki bir yerlere bakarak söylendi. "Hem de size Cemal'i öldüren alçakların mekânını gösteririm."

Ne kadar da kesin konuşuyordu, içinde büyüyen bir heyecan hissetti Yıldız. Galiba sonunda doğru dürüst bilgi alacakları birini bulmuşlardı. Tobias, ondan önce davrandı.

"Cemal'in katillerini biliyor musunuz yani?"

Gergin bir tavırla başını öne doğru salladı.

"Biliyorum tabii..." Sesi oldukça yüksek çıkmıştı. Yanlış yapmış gibi sağ eliyle ağzını kapadı. Daha kısık bir sesle tekrarladı. "Ama ne olur, burada konuşmayalım..."

Rafael'in hamile karısını düşünmesi takdire şayandı, ancak söyleyecekleri çok daha önemliydi.

"Tabii, tabii, hadi yürüyelim" dedi Yıldız sakince. "Bizim de bacaklarımız açılmış olur biraz."

Şefi gibi saatlerdir görevde olan Tobias'ın hayali bu değildi, Arjantinlilerin mütevazı evinde ucuz koltuklarına yayılıp kahvesini yudumlayarak beyin jimnastiği yapmayı tercih ederdi. Ama Rafael öyle bir girmişti ki konuşmaya, bu çileyi çekmeye değerdi. Arjantinli ressamı ortalarına alarak kavak ağaçlarının altında yürümeye başladılar.

"Kimmiş Cemal'i öldürenler? Resminizi kirletenler mi?"

Son bir kez dönüp evinin penceresine bakıp Pilar'ın kendilerini görmediğinden emin olduktan sonra "Elbette, başka kim olacak?" diye söylendi Rafael. "Otto denen o sinsi herif ve arkadaşları."

O kadar kendinden emin konuşuyordu ki, sormak zorunda hissetti başkomiser.

"Otto mu? Yani katilin ismini de biliyorsunuz?"

"Elbette, iki kere karşılaştım bu adamla. Önce birahanesinden kovmaya çalıştı beni, ikincisinde de SS birliklerinden kalma kasaturasıyla tehdit etti bizi... Kabzasında gamalı haç olan bir bıçakla. Evet, yanında da iki çakalı vardı... O kasaturayla öldürdü Cemal'i de işte..."

Sözleri havada uçuşuyordu. Uyarmak zorunda kaldı Tobias.

"Lütfen sırayla gidelim Bay Moreno! Mesela şu duvardaki resim... Ondan başlayabilirsiniz. Bu Otto denen adamla ilk orada mı karşılaştınız?"

"Yok, kafede karşılaştım. Evet, şu aşağıda Kafe'88 diye bir yer var."

"Heil Hitler" diye mırıldandı Yıldız. "Kafe Heil Hitler ha..."

Düzeltmeye çalıştı ressam.

"Heil Hitler Kafe değil, Kafe'88."

Usulca başını salladı başkomiser.

"Kafe'88, Kafe Heil Hitler anlamına geliyor. Neo Naziler, Heil Hitler demek için kullanıyorlar o sayıyı."

Şaşkınlıkla bakıyordu Rafael.

"Öyle mi? İlk kez duyuyorum..."

İnce bir rüzgâr çarptı yüzüne, yine ıhlamur kokusunu hissetmişti Yıldız, derin derin içine çektikten sonra açıklamaya başladı.

"Alman alfabesinde H sekizinci harftir. İki sekiz yan yana gelince Heil Hitler'in baş harflerini oluştururlar. Hatta 18 88'i de kullanırlar..."

Hızla kafasından hesapladı zeki ressam.

"18, A ile H harfi, Adolf Hitler..."

"Kesinlikle... Hitler ve ona ait sembollerin kullanılması yasak olduğu için Neo Naziler bu sayıları kullanıyorlar." Şöyle bir süzdü yanında yürüyen genç sanatçıyı. "Gerçekten bilmiyor muydunuz?"

Boynunu içine çekip masum bir tavırla söylendi.

"Bilmiyordum, nereden bileyim? Bilseydim girer miydim o şerefsizlerin mekânına? İki ay kadar önceydi, anahtarı evde unutmuşum, Pilar da alışverişe gitmişti, biraz gecikti, vakit geçirmek için Kafe'88'e girdim. Girer girmez de anladım bir terslik olduğunu. Duvarlarda asker resimleri, kartal sembolleri, çift şimşek çizimleri, bayraklar filan vardı. Ama girmiştim bir kere, çaresiz bir köşeye çöktüm. İçerdekiler de benden hiç hazzetmemişlerdi. Ters ters bakıyorlardı. Gördüğünüz gibi tenim oldukça koyudur. Arap sanmışlar beni. Garson kızlardan biri geldi,

'Araplara hizmet vermiyoruz, lütfen gidin' dedi son derece kaba bir tavırla.

Doğrusu ayrılmaktı, ağırıma gittiği için yapmadım.

'Ben Arap değil, Arjantinliyim, hem Arap olsam ne olur?' dedim sert bir sesle. 'Hiçbir yere gitmiyorum, mademki burası bir kafe, bana da hizmet etmek zorundasınız.' Evet, böyle söyledim. Kız başını çevirdi, tezgâhın arkasındaki kel kafalı, boyu ancak bir elli civarında olan, deri ceketli adama baktı. Adam beni duymuştu. Garsona göz kırpıp başını salladı. Anında değişti kızın tavrı. Mavi gözlerindeki buzlar eridi, yüzüne tatlı bir yumuşaklık yayıldı, gamzelerini göstererek gülümsedi.

'Özür dilerim, bir yanlış anlaşılma oldu. Ne içmek istersiniz?'

Ben de zoraki gülümsedim. Berliner birası istedim. Kız gidince, kel herif yanıma geldi. Gerçekten de çok kısaydı ama vücut çalıştığından olsa gerek, kaslı bir bedeni vardı. İlk dikkatimi çeken iri pazılarındaki dövmelerdi; iki tarafa da aynı gamalı haçı kazıtmıştı. Elini uzattı.

'Ben Otto Fischer, buranın sahibiyim. Kusura bakmayın, sizi o kanakelerden biri sandık.'

Kanakenin ne anlama geldiğini biliyordum. Adam fena halde sinirime dokunmaya başlamıştı.

'Ben de kanake sayılırım, ne de olsa yabancıyım' dedim. Teklifsizce oturdu masama.

'Yok, Arjantinlileri kanake saymıyoruz. Sizin ülkeniz, geçmişte dava arkadaşlarımıza kucak açmıştı. Minnet borcumuz var Arjantin'e...' O sırada garson kız biramı yetiştirmişti bile. Buğulu Berliner şişesini bardağa dökerken adamın çenesi iyice düştü.

'Ne iş yapıyordunuz Bay... Bay?' deyince adımı söylemek zorunda kaldım.

'Ne iş yapıyorsunuz Rafael?' diyerek iyice samimileşti.

'Ressamım' dedim. Açıkçası bozulacağını sanmıştım, aksine heyecanlandı.

'Hitler'in de ressam olduğunu biliyor muydunuz?' dedi bakışlarını yüzüme dikerek. Sonra derinden bir iç geçirdi. 'Führerimiz gerçek bir sanatçıydı.'

Bu oyunu daha fazla sürdüremezdim, aceleyle ayağa kalktım.

'Kusura bakmayın, sizin de führerinizin de görüşlerine katılmıyorum. Buranın Nazilerin mekânı olduğunu bilseydim adımımı atmazdım' diyerek çıktım dışarı. Kapının önünde nasıl bir rahatlık hissettiğimi anlatamam. Biraz yürüdüm, geriye baktığımda, Otto ile iki arkadaşının Kafe'88'in kapısından beni izlediğini gördüm. Bir an korkuya kapıldım peşimden gelecekler diye, ancak yapmadılar. Pilar'ı bahçede bekleyip bir daha da Kafe'88'in önünden geçmemeye karar verdim. Fakat bu karar, beni bu katillerden uzak tutmaya yetmedi."

O kadar sakin, o kadar ayrıntılarıyla anlatıyordu ki, deneyimli polislerin ikisi de sözünü kesmek istemedi. Sadece Tobias bir sigara yaktı, onu gören Rafael de bir tane istedi. Sanki sormuş gibi Yıldız'a dönerek açıklama gereği hissetti.

"Evde içmiyorum, yanımda birileri yakınca dayanamayıp ben de bir tane tüttürüyorum." Tobias'ın çakmağıyla sigarasını yakıp derin birkaç nefes çektikten sonra "Aradan bir hafta geçti, Nazilerden ses seda çıkmadı" diyerek sürdürdü anlatmayı. "Bu arada Cemal'le ben, Onur Günü'ne yetiştirmek için evimizin karşısındaki duvara o gördüğünüz resmi çizmeye başladık. Bir iskele yaptık, her gün belli saatlerde çalışıyorduk. Çok da iyi iş çıkarıyorduk. Bir gün çalışırken, iskelenin sallandığını fark ettik. Ne oluyor demeye kalmadan bu Otto ve iki adamı aşağıdan üzerimize yumurta atmaya başladılar. Bir yandan da 'Yabancılar Dışarı!', 'Almanya Almanlarındır!', 'İbneler Dışarı!', 'İslam Öldürür!' diye bağırıyorlardı. Ben ne eşcinselim ne de dini inancım var. Herifler 'İslam Öldürür' diyerek beni öldürmeye çalışıyorlardı. Cemal, benim gibi zayıf değildi, atletik yapılıydı, gençliğinde savunma sporları yapmıştı. Açıkçası çok da gözü karaydı. Anında indi aşağıya, onun geldiğini gören Naziler, 'Gel, gel de dersini verelim nonoş' diye dayılanıyorlardı. Fakat Cemal yere iki metre kala, iskeleden bir kaplan gibi atladı heriflerin üzerine. Üç Nazi de neye uğradıklarını şaşırmıştı. Almanya'dan kovmak istediği kanakenin altında kalan Otto, küfürler ediyor, arkadaşlarından yardım istiyordu. Ama Cemal, adamın yamuk suratının ortasına iki yumruk çakınca, sesi kesildi. Ayaktaki Nazilerden biri hâlâ elindeki yumurtaları atmaya çalışıyordu. Cemal göğsünde, kafasında patlayan yumurtalara aldırmadan cesurca yürüdü üzerine. Adamı yakasından tuttu, bilhassa aşağılamak için yumruklarını kullanmak yerine eliyle iki tokat patlattı. Ancak pek etkili olmadı, bunun üzerine deri ceketinin yakasından tutup burnunun üzerine sağlam bir kafa yerleştirdi. Herif kıçının üstüne düştü. Hitlerin üçüncü kahramanı tırsmıştı, ayakta öylece durmuş, ne yapacağını bilemeden şaşkınlıkla olanları izliyordu. Çok sürmedi, kanlarının döküldüğünü, onurlarının yerlerde süründüğünü görünce sadakati boş verip tabanları yağlamayı seçti. Bu arada Otto ilk sersemliğini atmış, eliyle suratını yoklayarak ayağa kalkmıştı. Arkadaşlarının halini görünce kendini kaybetti. Belindeki kasaturayı çıkardı. Az önce anlatmıştım ya, kabzasında gamalı haç olan o uzun ve keskin bıçak işte.

Öfkeyle Cemal'in üzerine yürüdü. Bizimki sırtı dönük olduğu için onu göremiyordu.

'Dikkat, bıçak! Bıçağı var Cemo!" diye bağırdım iskeleden. Tam zamanında döndü, Otto kasaturayı savururken geri çekildi, keskin çelik bir parıltı bırakarak boşlukta savruldu. Ama bıçaklı Nazi deneyimliydi, derhal silkindi, boşa giden hamlesinin ardından ikincisine hazırlanıyordu ki, Cemal daha atik davrandı, sol eliyle onu bileğinden yakaladı. Sağ avcunun içiyle Otto'nun sol kulağına sert bir darbe indirdi. Adam sarsıldı, fakat yıkılmadı. Cemal ardı ardına iki darbe daha indirince, Otto'nun kısa bacakları titremeye başladı. Bizimki hiç ara vermeden vurmayı sürdürdü. Adım adım gerileyen Kafe'88'in sahibi, bir taşa takılıp tıpkı arkadaşı gibi düştü yere. Elindeki bıçak kaldırıma fırlamıştı. Cemal üstüne yürümeyi sürdürdü. Artık Otto'nun gözü yılmıştı, sağ elini yukarı kaldırarak aman dilercesine baktı... Cemal'in öfkesi geçecek gibi değildi, kaldırımdaki kasaturayı aldı. 'Eyvah!' dedim içimden. 'Cemo, Neo Nazi'yi deşecek!' Yapmadı, bıçağı elinde sallamakla yetindi. Ve öfkeyle yolu gösterdi. 'Şimdi siktir git' dedi. 'Gitmezsen bağırsaklarını eline veririm senin.'"

"Siktir git"i Türkçe söylemişti Rafael. Gülümseyerek baktı Yıldız.

"Cemal size Türkçeyi öğretmiş..."

Parmaklarının arasında yarısı tükenmiş sigarasından bir fırt çektikten sonra "Hepsini değil, sadece bazı küfürleri..." dedi dumanları savurarak. "Biliyorsunuz Almancada o kadar fazla küfür yok."

Yıldız'ın aklı, alakasız bir meseleye takılmıştı.

"Peki karınız, Pilar nasıl karşıladı olanları?"

Uzun kirpiklerini minnetle açtı kapadı Rafael.

"Pilar Frankfurt'taydı, arkadaşlarına gitmişti. Bunların hiçbirini görmedi. Sadece resmimizin üzerine yazılanları okudu. Biz de önemli bir şey değil diyerek geçiştirdik. Öğrenirse çok kötü olur." Endişeyle mırıldandı. "Bilmiyorum, belki de taşınmalıyız buradan. Belki de sıra bendedir..."

Rafael'in umutsuzluğa kapılmasına izin vermedi Tobias.

"Peki sonra ne oldu?" diye sordu sabırsızlıkla. "Kaçtı mı Otto?"

"Kaçmadı, düştüğü yerden kalktı. 'Bıçağımı ver' diye elini Cemal'e uzattı. Sanırım silahını düşmanına kaptırmış olmaktan utanıyor, arkadaşlarının onu ayıplamasına engel olmak istiyordu. Ama Cemal kararlılıkla başını salladı.

'Sadece polislere teslim ederim bu kasaturayı. İstersen karakola gidelim' dedi. Otto'nun kül rengi gözleri sönükleşti. Sesini çıkarmadan dönüp yürümeye başladı. Birkaç adım atmıştı ki durdu. 'Daha bitmedi, pis yabancılar. Bunun hesabını vereceksiniz' diyerek tehdit etti.

Ciddiye bile almadı Cemal.

'Tabii, tabii, ne zaman kaşınırsan gel, biz her zaman buradayız. Hadi şimdi marş marş' diyerek güldü herifin arkasından... Gerçekten de korkmuyordu Cemal.

'Bunlar tehlikeli adamlar, kasaturalarını aldın fakat tabancaları vardır, tüfekleri vardır, başımıza bir iş açmasınlar?' dediğimde elini omzuma koydu.

'Bizde bir atasözü vardır' diye mırıldandı. 'Isıracak köpek dişini göstermez.'

Ama bakın ısırdılar işte. Önce resmimizin üzerini boyadılar. Sonra da o kasaturayla Cemal'in kalbini söktüler... Göz göre göre..." Kederlenmişti, sigarasına sığındı, ardı ardına iki nefes daha çekti.

"Polise niye gitmediniz?" diye sordu Yıldız. "Size saldırdıklarında diyorum. Neden Otto Fischer'i şikâyet etmediniz?"

Öylece baktı Rafael, öfke yoktu gözlerinde, güvensizlik vardı, bolca da umutsuzluk.

"Yanlış anlamayın, sizi kastetmiyorum ama polis onlara bir şey yapmaz. İşgal evindeyken de Neo Naziler saldırmıştı bize. Polise bildirdik, onları yakalayacaklarına, şikâyete giden arkadaşlarımızı gözaltına aldılar. Uyuşturucu kullanıyorlar mıymış, teröristlerle bağlantıları var mıymış? Şikâyete gidenlerin üçü de yaralıydı, kafaları, kolları sarılı..."

Söylesem mi söylemesem mi gibilerden bir ifade geçti esmer yüzünden. "Kusura bakmayın ama polise hiç güvenmiyorum. Bence içinizde hiç de azımsanmayacak sayıda gizli Neo Nazi var."

Polisler ne diyeceklerini bilemediler, bir süre sessizlik oldu. İlerdeki çınar ağacının altına gelince, "Kasatura Cemal'in evinde mi duruyordu?" diye yeniden sordu başkomiser.

Elindeki izmariti yere atıp ayağıyla ezdikten sonra başını salladı Arjantinli ressam.

"Evet, bilgisayar masasının üzerine koymuştu." Gülümsemeye çalıştı. "Savaş ganimeti, diyordu. Kabzasındaki gamalı haçı bile kapatmamıştı. Zarfları, paketleri açıyordu onunla..."

"Ama evde kasaturayı bulamadık."

Hiç şaşırmadı Rafael.

"Bulamazsınız tabii, çünkü Otto ve adamları aldılar. Anlamıyor musunuz, Cemal'i onunla öldürdüler diyorum... Sonra da bıçaklarını alıp kaçtılar."

Sesi azarlar gibi yüksek çıkmıştı. Üzerine alındı Tobias.

"Elinizde kanıt var mı? Ya da bir görgü tanığı?"

Kararlılıkla, iri polise baktı ressam.

"Daha iyisi var, iki bina ötede oturan Peyman'ın güvenlik kamerasına yakalanmışlar."

Yıldız'ın ela gözleri ışıldadı.

"Kamera mı?"

"Evet, kamera, bu sabah söyledi Peyman. Peyman Mecidi, İranlı bir göçmen. Karısı ve oğluyla bizim binanın biraz ilerisinde oturuyor. Peyman'ın güvenlik kamerasına yakalanmış Otto ve iki çakalı. Ben de gözlerimle gördüm. Tam 23:37'de. Kaydı sakladı Peyman."

Soruşturmanın seyrini değiştirecek önemli bir bulgudan söz ediyordu.

"Kamerada tam olarak ne var?" diye araya girdi Tobias. "Otto ve adamları sizin binadan çıkarken gözüküyor mu?"

Gerilmeye başlamıştı Rafael.

"Hayır, kameranın görüş alanı bizim binanın önüne kadar uzanmıyor. Ama Otto ve iki arkadaşının hızla sokaktan geçerek kafelerine gittiğini açıkça gösteriyor. Telaş içinde kaçıyorlar. Eğer onların kafelerine baskın düzenlerseniz, kasaturayı da bulursunuz. Yıkamıştır tabii, yine de kan izi filan kalır, değil mi?"

"Kalır, kalır" dedi Tobias umut dolu bir sesle. "Cinayet kasaturayla işlendiyse, mutlaka tespit ederiz. Peki, Cemal'in evinin yerini kim söylemiş olabilir onlara?"

Soruyu saçma bulmuştu Rafael.

"Kimsenin söylemesine gerek yok ki. Bilmezler mi, kafe şurası zaten." Durdu, işaret etmek için kaldırdığı elini indirdi. "Bakın, oradalar işte." Sesini alçaltmıştı. "Kafenin önünde oturuyorlar..."

Gerçekten de ilerdeki kafenin önündeki dört masadan ilkine çöken iki adam güneşin altına yayılmış, biralarını yudumluyorlardı. Ressam o kadar korkmuştu ki, anlayışla baktı Yıldız.

"Teşekkür ederiz Bay Moreno. Siz artık evinize gidebilirsiniz." Duraksadı, açıklama gereği duydu. "Bize güvenebilirsiniz, biz kesinlikle Nazi değiliz. Birileri, sizi ve karınızı tehdit ederse mutlaka arayın."

İnanmak istercesine bakıyordu Rafael.

"Teşekkür ederim. Bir gelişme olursa ararım."

Arjantinli ressam geri dönerken, Yıldız'la Tobias Kafe'88'e doğru yürümeyi sürdürdüler.

Otto Fischer, kendisinden en az iki kat daha iri, dik saçlı, sarışın bir gençle, Kafe'88 tabelasının altındaki metal masada oturuyordu. Rafael kafeyi işaret ettiği anda onlar da bizimkileri görmüşlerdi. Ancak hiç istiflerini bozmamışlar, bir yandan biralarını içip bir yandan da kendilerine yaklaşan kadınla erkeği nefretle süzmeye başlamışlardı. Kafenin önüne geldiklerinde Otto elindeki bira şişesiyle Yıldız'ı gösterdi.

"Bir Alman olarak utanmıyor musun, bu kanakeyi sikmeye?" Tobias'a soruyordu elbette. "Atlayacak başka karı bulamadın mı koca Berlin'de?"

Yanındaki yeni yetme abartılı bir kahkahayla arkadaşını desteklerken, Tobias hiç sesini çıkarmadan, usulca Yıldız'a baktı. Şefin gözlerinde o çok iyi bildiği vahşi parıltı vardı. Kafenin dışını şöyle bir taradı. Hiçbir yerde güvenlik kamerası görünmüyordu. Memnuniyetle başını salladı, sonra dudaklarına keyifli bir gülümseme yerleştirerek masaya yaklaştı. Ne bir küfür, ne saldırgan bir beden dili, o kadar sakindi ki, Otto ve arkadaşı ne yapacaklarını bilemeden öylece bakakaldılar. Tobias masaya yaklaşınca, adeta nazik bir tavırla elini uzattı.

"Alabilir miyim?"

Hâlâ neler olduğunu anlayamayan mekân sahibi "Ne? Neyi?" diye gevelerken, Tobias bira şişesini kaptığı gibi adamın kafasına indiriverdi. Güneşin altında, küçük bir el bombası gibi patlayan şişeden akan sıvıyla, Otto'nun kel kafası önce sarıya, sonra parçalanan camların kestiği deriden yayılan kanla kırmızıya boyandı. Darbenin etkisiyle, mekân sahibi öne savrulurken, ilk şaşkınlığını atlatan iri kıyım arkadaşı, "Orospu çocuğu" diye ayağa kalkmayı denedi ama Tobias kırık şişeyi tuttuğu elinin tersiyle suratına sağlam bir darbe indirerek onu yerine oturttu. Yıldız bir adım geride durmuş sakince olanları izliyordu. Elindeki kırık şişeyi yere atan Tobias yeniden Otto'nun deri ceketini ensesinden yakalamıştı. Başını ardı ardına iki kere demir masaya vurdu. Otto'nun suratı kan içinde kalmıştı. Buna aldırmadan usulca kulağına eğildi.

"Bir Alman olarak seni sikmeye karar verdim, olur mu Otto?" diye fısıldadı. "Ama gördüğün gibi ben biraz sert sevişirim. Sakıncası var mı?"

Sözünü bitirmişti ki, hiç beklenmedik bir şey oldu; Otto aniden ayağa fırladı. Kana bulanmış suratında gri gözleri öfkeyle yanıyordu.

"Şimdi ben seni sikeceğim!"

Belindeki deri kılıftan çektiği kasaturayla Tobias'a saldırdı. Sanki bunu tahmin etmiş gibi Tobias çevik bir hareketle sol kolunu kaldırarak, Otto'nun kasaturayı savuran sağ koluna karşı koydu. Otto'nun dengesi bozulmuştu, ama hemen toparlandı, bıçağı daha sıkı kavradı, ikinci kez saldırmaya hazırlanıyordu ki, polisin sağ yumruğu bir balyoz gibi suratında patladı. Birkaç adım geriledi Otto, kendi haline bırakmadı Tobias, sağlı sollu yumruklarla süslemeye devam etti Nazi'yi. Otto artık dengesini koruyamıyordu, kasaturası elinden düştü, yıkılmamak için kafenin sundurmasını tutan ahşap direklerden birine yaslanmak zorunda kaldı. Biçimsiz kafası kırmızıya boyanmış bir patatesi andırıyordu.

"Ah!" diye bağırdı. "Ahh! Yardım et Chris!"

Zaten Chris de onu yapmak istiyordu, ancak Yıldız buna fırsat vermedi. Metal masayı, iskemlesinde doğrulmaya çalışan gencin üzerine itti. Göğsüne çarpan masanın etkisiyle dengesi bozulan delikanlı da iskemlesinden düşerek yere yığıldı. Tam adamları alt ettiklerini düşünürken kafenin kapısı açıldı, en az Chris kadar kalıplı kumral bir delikanlı dışarı fırladı.

"Dikkat, Toby dikkat" diye bağırdı Yıldız. "Arkanda biri var." Geç kalmıştı, kapıdan çıkan herif, yardımcısının üzerine atlamıştı bile. İkisi birden yere düştüler. Tobias yüzüstü yıkılmış, içeriden çıkan adam, onun sırtına abanmıştı. Ve öfkeyle polise vurmaya başladı. Arkadaşının yardımından cesaret alan Otto da yeniden saldırmaya hazırlanıyordu. Yıldız gerinip adamın apış arasına sağlam bir tekme yerleştirdi. Bücür Nazi acıyla iki büklüm oldu. Fakat kargaşayı fırsat bilen Chris yerdeki kırık bira şişesine uzanmayı denedi. Yıldız'ın gözünden kaçmamıştı bu. Artık yeterdi. Hızla silahını çekti, namluya kurşun sürerken bağırdı.

"Dur!" Tabancasını sarışın delikanlının suratına doğrulttu. "Dur! Yoksa beynini dağıtırım." Ötekilere dönerek bağırdı. "Polis, kimse kıpırdamasın!"

Genç Nazi olduğu yerde kalakalmıştı. Polis lafını duyan Otto'nun da gri gözleri korkuyla açılmıştı.

"Tamam, tamam, teslim oluyoruz" diyerek elleri havada doğruldu. "Polis olduğunuzu baştan söyleseydiniz ya."

Mobilyasız sorgu odasındaki tek masada oturuyordu Otto, önünde duran ağzına kadar suyla dolu plastik bardağa elini sürmemişti bile. Birkaç saat önce kavga ettiği Yıldız'la Tobias'ı ikna etmek için çabalıyordu. "Özür dileriz, gerçekten özür dileriz, polis olduğunuzu bilseydik öyle davranmazdık."

Yüzünün kanını temizlemişti, şekilsiz kafasında ve yamulmuş burnunda beyaz bandajlar vardı. Burnundaki bandaj daha kalıncaydı, daha sıkıydı, bu yüzden olsa gerek sesi bir tuhaf çıkıyordu. Baltayı taşa vurduğunu anlayınca o kabadayı tavırlarını bırakmış, saygılı bir vatandaş oluvermişti.

"Evet, biz asla devletimize karşı gelmeyiz. Alman polisiyle hiçbir meselemiz olamaz."

Yeni tip Nazi'ye bakarken, babasının bir zamanlar anlattıklarını anımsadı Yıldız. Türkiye'de faşistler de her zaman devletin yanında olduklarını söylerlermiş. Ne zaman hak arayan grevci işçilere saldırsalar yahut hükümetlerin baskıcı politikalarını protesto eden gençlerin mitingini bassalar, polisler geldiğinde hemen onların yanında yer alır, "Biz bozguncular, vatan hainlerine karşı devletimizi, bayrağımızı savunuyoruz" derlermiş. Demek ki faşistin Almanı da Türkü de aynıydı. İnsani hiçbir değerleri yoktu. Devleti korumak için yapılan her türlü eylem mübahtı. Devlet ne yaparsa yapsın, o da mübahtı. Çünkü devlet kutsaldı. Devleti yönetecek olan führerlerini de bir tür tanrı olarak görüyorlardı. Kudretli, cesur, bilge ve acımasız bir tanrı. Tanrı diye düşününce aklına Zeus geldi. Cemal'in resimlerini yaptığı Baştanrı Zeus... Cinayetin böyle bir bağlantısı olabilir miydi? Berlinli Nazilerle Bergama'dan getirilen Zeus Altarı?

Düşündü, düşündü, bulamadı, yok, yok, çok saçmaydı. Böyle bir bağlantı kurulamazdı.

"O Arjantinli sanatçı bozuntusunu görünce kafamız karıştı" diye savunmasını sürdüren Otto'nun sesiyle dağıldı düşünceleri. "Rafael mi ne adı? Almanya düşmanı, yozlaşmış bir sanatçı. Eliyle de bizi gösteriyordu. Yanında siz vardınız. O zaman yanlış anladık. Üzerinizde de deri ceketler, kot pantolonlar... Sizi işgal evlerinde kalan solculardan zannettik. Özür dilerim, polis olduğunuzu bilseydim, asla böyle bir saygısızlık etmezdim."

Böyle söylemesine rağmen Yıldız'a değil, Tobias'a bakıyordu. Oysa burnundaki ve kafasındaki yarayı açan, bu ablak yüzlü, eli ağır polisti. Üstelik, dört kişilik sorgu masasında başkomiser tam karşısında oturuyordu. Tobias, şefinin yanındaki sandalyeye yerleşmişti. Elbette Otto'nun dava arkadaşları Christopher ile Matthias yanlarında değildi, onları farklı odalara koymuşlardı.

Otto'nun sanki kırk yıllık dostlarıymış gibi yakın davranması aslında bizimkilerin işine geliyordu. Avukatını istese, "Benim adıma soruları o yanıtlasın" dese işler epeyce uzardı. O yüzden hiç değilse bir süre Otto'yu hayal kırıklığına uğratmamakta yarar vardı. Kafe'88'in sahibini ne kadar fazla konuştururlarsa o kadar iyiydi.

"Olan oldu Bay Fischer" dedi Yıldız duygularını belli etmeden. "Biz işimize bakalım. Konuşmalarımızı kaydetmem gerekiyor, sizin için bir sakıncası var mı?"

Otto'nun gri gözlerinde bir kuşku bulutu belirdi ama çok sürmedi, hemen uzlaşmacı tavrına döndü.

"Elbette kaydedebilirsiniz... Ne sakıncası olacak?" Yine de dayanamayıp sordu. "Bir başka mesele mi var? Yani böyle..."

Tobias sanki duymamış gibi az önce patakladığı adama boş gözlerle bakarken, Yıldız önündeki butona basarak mikrofona günün tarihini, saatini söyledi.

"Başkomiser Yıldız Karasu ve Komiser Tobias Becker, zanlı Otto Fischer'in sorgusuna başladılar" dedikten sonra bakışlarını adama çevirdi. "Açığa kavuşturulması gereken konular var diyelim. Sizin de yardımınızla hemen halledeceğimize inanıyoruz."

Temkinli bir gülümseme belirdi zanlının biçimsiz suratında.

"Her türlü yardıma hazırım. Arkadaşlarım da öyle..."

"Teşekkür ederim Bay Fischer" dedikten sonra önündeki dizüstü bilgisayarına baktı. "Rafael'i nereden tanıyorsunuz? Sizin deyiminizle Arjantinli sanatçı bozuntusunu... Mekânınız için resim mi çizdi?"

Küçümseyen bir ifade belirdi adamın yüzünde.

"Hayır, öyle kaba bir adamla çalışmam. Zaten resimleri de berbat. Kimse resimlerine ilgi göstermediği için duvarları kirletiyorlar. Bir de Türk arkadaşı var bunun..."

"Cemal" diye konuşmasını böldü Tobias. "Cemal Ölmez... Onu da tanır mısınız?"

Otto'nun suratı allak bullak oldu, yine hemen cevap veremedi.

"Tanırım..." diyebildi sonunda. "O da en az bunun kadar yeteneksiz, bir o kadar da cüretkâr. Boş buldukları her yere iğrenç resimler yapıyorlar. Göz zevkimizi bozuyorlar."

Sağ elinin işaret parmağını usulca havaya kaldırdı Yıldız.

"Siz ne eğitimi almıştınız Bay Fischer?"

Ezilip büzülmeden gururla yanıtladı:

"Liseyi bitirdim..."

Yıldız duygusuz bir sesle. "Sonra dışarıdan eğitim mi aldınız? Resim konusunda diyorum..."

Lafın ucunun nereye gideceğini anlamıştı Otto.

"Almadım ama bir resmin kötü olduğunu anlamak için eğitim almaya gerek yok. Çizdikleri şeyler berbattı. Gerçekten berbat. Gören herkes anlardı bunu. Komşular da rahatsız olmuş zaten. Bize şikâyet ettiler..."

Siyah kaşları çatıldı Yıldız'ın.

"Şikâyet ettiler? Size? Peki, hangi sıfatla? Siz polis misiniz, güvenlikten sorumlu devlet memurları mısınız?"

Baltayı taşa vurduğunu anlamıştı Neo Nazi.

"Yok, öyle değil Başkomiserim. Yani polisimizin işi başından aşkın..."

"Mahalleli de bürokrasiyle uğraşmak yerine, size geliyor" diye güya destek verdi Tobias. "Siz de vatandaş olarak sorumluluk alıyor, duvarlara resim yaparak kamu düzenini bozan yabancılara hadlerini bildiriyorsunuz..."

Tobias'ın samimiyetinden emin olamayan Otto, hemen onaylamadı.

"Hadlerini bildirmek demeyelim de elimizi taşın altına koyuyoruz diyelim." Yıldız'a döndü yeniden. "Yanlış anlamayın lütfen. Sizin gibi Alman yaşamına uyum sağlamış, devletin içinde başkomiserlik rütbesine kadar yükselmiş insanlara saygımız sonsuz. Ancak Berlin sokaklarında hâlâ Asyalı gibi dolaşanlara, Ortadoğulu gibi davrananlara vatandaşlar olarak uyarımızı yapmalıyız."

O kadar çok işitmişti ki bu konuşmaları artık öfke bile duymuyordu Yıldız, yeniden bilgisayarına göz attı.

"Bu amaçla devriye yürüyüşleri de düzenliyormuşsunuz. Uygunsuz bulduğunuz davranışları sergileyenlere müdahale ediyormuşsunuz."

Yıldız'ın bilgisayarda kendi dosyasına baktığını anlamıştı Otto, fakat geri adım atmadı.

"Arnavutlar Berlin'in göbeğinde Müze Adası'nın orada kumar oynatıyor. Rumenler güya yardım adı altında insanları dolandırıyor, Türkler Artemis'te herkesin gözü önünde fuhuş yaptırıyor. Aşağılık ırklardan yüzlerce hırsız, yüzlerce dilenci, yüzlerce dolandırıcı var sokaklarımızda. Görüntü olarak da ruh olarak da şehrimizi kirletiyorlar."

Alaycı bir sesle mırıldandı Tobias.

"Duvarlara da gökkuşağı resimleri yapıyorlar..."

Alaycı tınıyı fark etmişti Otto.

"O masum bir gökkuşağı değil, Bay Becker. Sapıkların bayrağı. O resim insanoğlunun her türlü bozuluşunu simgeliyor. Cinsel, dinsel, ırksal her türlü yozlaşmayı."

Lafın uzaması Yıldız'ın canını sıkmaya başlamıştı.

"Siz de bu yüzden o resmi yapan sanatçıları dövmeye kalktınız?"

Başkomiserin sesindeki öfkeyi anlamıştı Otto, ortamı yumuşatmak için lafa girmeyi denedi ama fırsat bulamadı.

"Şu işe bakın ki o sanatçılardan biri, kavga etmekte resim yapmaktan daha ustaydı. Hadlerini bildirmek için gittiğiniz yerden bir araba sopa yiyerek ayrılmak zorunda kaldınız. Üstelik kasaturanızı da orada bırakarak."

Otto'nun yamru yumru patatesi andıran suratı kirli bir sarıya büründü.

"Ne? Ne kasaturası?"

Yıldız şaşırmış gibi söylendi.

"Üzerinizde taşıdığınız kasatura. Kabzalı bıçak da denebilir. Sizinki gerektiğinde tüfeğe takılıp süngü olarak kullanılan cinstenmiş. Hani Führerinizin şanlı ordusunun kullandığı o keskin kasaturalardan biri... Bugün meslektaşımın suratını parçalamak için savurduğunuz kasatura." Otto'nun yanıtını beklemeden yardımcısına döndü. "Öyle olmadı mı Toby? O keskin bıçakla suratına bir daha hiç çıkmayacak bir imza atmayacak mıydı Bay Fischer?"

Bir üzüntü maskesi takındı Tobias.

"Ne yazık ki öyle." Alıngan gözlerle Otto'ya baktı. "Üstelik bunu büyük Alman devletinin şerefli bir polisine yapacaktın." Masada öne eğildi. "Öyle değil mi? Bana bu kötülüğü yapmayacak mıydınız?"

Neo Nazi ne diyeceğini bilemiyordu.

"Kısa süreli bir hafıza kaybı yaşıyorsunuz galiba" diye üzerine gitti Yıldız. "Kasaturanızı buraya getirtebilirim. İçeride delil torbasında duruyor. Görmek ister misiniz?"

Kapana kısıldığını fark eden Otto, sıkıntıyla kıpırdandı.

"Yok, yok hatırlıyorum elbette. Tekrar özür dilerim Bay Becker. Sizin polis olduğunuzu bilseydim asla yapmazdım... Hem önce siz..." saldırdınız diyecekti ki, kayıtlara geçmemesi için "Tamam, tamam anlaşıldı" diyerek yeniden tansiyonu düşürmeye çalıştı Yıldız. "Biz konuşmamıza dönelim. Söyler misiniz Bay Fischer, dün gece saat, 23:00 ile 24:00 arası neredeydiniz?"

Gözlerini kısarak masanın karşısındakileri süzdü Otto. Hayır, bu polisler dost değildi, bunu anlamıştı ama neyi, nereye kadar biliyorlardı, onu merak ediyordu.

"Niye? Ne oldu ki?" dedi ellerini göğsünde kavuşturarak.

Aynı sakin ses tonuyla açıkladı Yıldız.

"Baştan da söylediğim gibi önemsiz bir ayrıntı, iddiaları karşılaştırmaya çalışıyoruz. Sizin ifadeniz çok önemli."

"Anlıyorum..." Güya hatırlamaya çalışır gibi çenesini sağ elinin içine aldı. "O saatlerde kafede olmam lazım... Evet, sanırım kafedeydim."

İyi polisi oynamayı sürdürdü Tobias.

"Daha kesin konuşmalısınız. Size yardım etmemizi istiyorsanız, böyle davranmamalısınız."

"Yardım etmekmiş" diye geçirdi içinden Otto. "Beni tuzağa çekmeye çalışıyorsunuz." Ama biraz daha dişini sıkması gerektiğini biliyordu.

"Kafedeydim. Hatta Christopher ile Matthias da yanımdaydı. Müzik dinledik, bira içtik."

Yıldız yine önündeki dizüstü bilgisayarına baktı.

"Emin misiniz? Hiç dışarı çıkmadınız mı? 23:00 ile 24:00 arası diyorum."

Gri gözleri telaşla kıpırdandı Otto'nun.

"Belki de çıkmışımdır. Bazen bunalıyorum kafede. Bir saat kadar yürüyorum..."

Masada bir sessizlik oldu. İki polis de bakışlarını zanlının üzerine dikmişlerdi. Tobias sağ elinin iki parmağıyla ritmik olarak masaya vurmaya başladı. Gerilime daha fazla dayanamayan Otto "Evet, evet hatırladım. 23.00 gibi çıktık kafeden" diyerek durumu kurtarmaya çalıştı.

Aferin dercesine gülümsedi Tobias.

"Christopher ile Matthias da yanınızda mıydı?"

İşlerin kötü bir yere bağlanacağını sezmişti Otto. Sol kaşından biraz daha düşük olan sağ kaşı iyice aşağı indi.

"Yanımdaydı, ne olacak?" Sesi gitgide yükseliyordu. "Nereye varmak istiyorsunuz?"

Sessizce güldü Yıldız.

"Sakin olun Bay Fischer, polisten size kötülük gelmez. Az önce söylediğiniz gibi, Alman devletinin memurlarıyız biz. Aynı taraftayız yani. Suç işlemediyseniz tabii..."

Öfkeyle yanıtladı Neo Nazi:

"Suç filan işlemedim ben! Şehirlerimizi bir virüs gibi saran, Almanya'yı elimizden almaya çalışan yabancılara karşı olmak suç sayılıyorsa, o başka..."

Otto sinirlendikçe polisler sakinleşiyorlardı.

"Yabancılara karşı olmanın ne anlama geldiğine bağlı. Karşı olmak derken, Alman Anayasası'nın koyduğu yasaları çiğnemelerini kastediyorsanız, sıkıntı yok. Böyle bir eylemi gördüğünüzde polise şikâyet ederseniz de sıkıntı yok. Ancak siz, kimseye müdahale edemezsiniz. Duvarlara resim yapıyorlar diye insanlara saldıramazsınız. Alman olsun, Türkiye kökenli olsun, Arjantinli olsun kimseyi tehdit edemezsiniz. Çünkü hepsi Alman Anayasası'nın güvencesi altındadır. Ama daha korkuncu, kavgada elinizden kasaturanızı aldılar diye evlerini basarak insanları öldüremezsiniz. İntikam almak için o kasaturayla insanların kalbini sökemezsiniz."

Otto'nun suratı kirli sarıdan kirli yeşile dönmüştü.

"İftira, iftira ediyorsunuz... Ben kimseyi öldürmedim, kimsenin kalbini sökmedim..." Panik içinde etrafına bakındı. "Daha fazla konuşmayacağım. Avukat, avukatımı istiyorum..."

Avının kaçacak yeri olmadığını bilen bir avcının güveni içindeydi Yıldız.

"Tabii, nasıl isterseniz. Hemen avukatınızı çağırabiliriz, yalnız şunu hatırlatmama izin verin. Cinayet saatinde, olay yerinin yakınında olduğunuzu gösteren görüntüler var. Sizin, Christopher'ın ve Matthias'ın. Ayrıca görgü tanıkları da var. Kasaturayı cinayet mahallinden aldığınızı da biliyoruz. Avukatınızla görüşmek yerine bizimle işbirliğine giderseniz, ceza indiriminden yararlanmanız için elimizden geleni yaparız..."

Şefini onaylamak istercesine başını salladı Tobias.

"Aynen öyle Bay Fischer. Avukat daha çok para almak için işi uzatır, siz de boş yere umutlanırsınız. Elimizdeki bu tanıklarla, bu kanıtlarla, bu işten yırtamazsınız. Gelin anlatın bize, siz de rahatlayın biz de... Böylece daha az ceza yersiniz."

Mahkemeye çıkmış, hükmü yemiş, hapishaneye götürülüyormuş gibi çökmüştü Otto'nun omuzları.

"Onu ben öldürmedim, inanın ben öldürmedim. Amacımız Türk'ü korkutup kasaturayı almaktı." Pişmanlıkla başını salladı. "Ah aptal kafam, ah salak kafam, niye o bıçağı almaya karar verdimse? Chris de Matze de 'Yapma!' dediler, 'Altı üstü bir kasatura!' Hatta sizin elinizdeki kasaturayı satın aldılar bana. Bu işten vazgeçeyim diye. Vazgeçmedim, kendime engel olamadım. Ama ben kimseyi öldürmedim... Evet, o eve gittik. Binanın kapısından girince gürültülü bir müzik duyduk. Şu heavy metal şarkılarından biri. Daha önce hiç duymamıştım. Dairenin önüne gelince kapının açık olduğunu fark ettik, içeri girdik. Cemal denen ressamı, duvardaki kral resminin önünde kanlar içinde yatarken bulduk. Dönüp kaçtık."

Samimi görünüyordu, ne var ki, planlı cinayet işleyenlerin çoğu sorguda samimi görünürdü. Cinayeti sen işledin diye ısrar etmek pek işe yaramazdı, ayrıntılara yoğunlaşarak yalanlarını bulmak daha iyi sonuç verirdi. Öyle de yaptı Yıldız.

"Kasaturada luminol testi yapacağız, Cemal'in kanı çıkarsa yanarsın..."

Dudakları titremeye başlamıştı Otto'nun.

"Hayır, çıkmayacak... Çünkü elinizdeki yeni kasatura..."

Anında yapıştırdı soruyu Tobias.

"Eskisi nerede o zaman?"

"Nerden bileyim, adamı kanlar içinde görünce kaçtık, belki de katil aldı..."

O anda kapı açıldı, üniformalı bir polis memuruyla, yanında şık giyinmiş bir adam göründü. Masada oturan polislere bakarak, mağrur bir tavırla açıkladı.

"Merhaba, Ben Helmut Berger, Bay Fischer'in avukatıyım." Zanlıya dönerek gülümsedi. "Artık konuşmak zorunda değilsiniz Bay Fischer, bundan sonra soruları ben yanıtlayacağım..."

Otto bizimkilerden daha çok şaşırmıştı.

"Kim? Kim gönderdi sizi?" diye safça söylendi.

Helmut Berger iri yeşil gözlerinden sağdakini neşeyle kırptı.

"Dostlarınız Bay Fischer, sizi asla kaderinize terk etmeyecek dostlarınız..."

"Onlar hakkında bilmediklerimiz bildiklerimizden daha fazla" demişti Markus sorgu sonrasında. "Arkaları çok güçlü. Elimizde yeterli kanıt yoksa, başımıza iş alırız."

Otto ve iki arkadaşını korumak için söylememişti, fakat onlardan çekindiği belliydi. Bu kaygısında haksız da sayılmazdı. Son yirmi yılda Almanya'da yaşananlar, devletin içinde Nazileri koruyan gizli ve oldukça da etkili bir örgütün varlığını gösteriyordu. Onlarla mücadele etmeden adaletin gerçekleşmesi imkânsızdı. O yüzden hiç geri adım atmadı Yıldız.

"Yeterli kanıtımız var Markus. Adamların olay yerinden ayrıldığını gösteren kamera, kavgayı yaşamış bir tanık, Otto'nun bugün verdiği ifade, hepsinden önemlisi belki de cinayet silahı olan kasatura elimizde..."

Yeşil gözleri koyulaşarak maviye dönüşmüştü müdürün.

"Ama 'belki' diyorsun, 'cinayet silahı' diyemiyorsun. Çünkü emin değilsin. Hâlâ sağlam bir kanıt yok elimizde. Bulduğunuz görgü tanığı da günler öncesindeki kavgayı görmüş, cinayeti değil. Yani bu işi Otto ve arkadaşları yapmıştır demek çok zor. Helmut Berger'i tanıyor musun? Dişli bir avukattır. Test sonuçları negatif çıkarsa, basını üzerimize salar, kök söktürür bize. Rezil eder Berlin Emniyeti'ni..."

"O zaman testlerin hemen yapılmasını sağlamalısın" demişti Yıldız kararlılıkla. "Çünkü maktulün ailesi ve sevgilisiyle ilgili kanıtlar daha zayıf. Ya da henüz biz bulamadık. Elimizdeki en somut kanıt kasatura."

Böyle ayrılmışlardı merkezden, şimdi evinde oğlunu uyutmuş, yeniden soruşturmayı düşünüyordu Yıldız. Yoksa Markus haklı mıydı? Cemal bir öfke patlaması sonucu öldürülmemişti. Bir intikam cinayeti olsa bile, katil bu işi fevri olarak yapmamıştı, son derece soğukkanlı bir planlamayla, titizce hazırlanmış kanlı bir ayine dönüştürmüştü eylemini. Otto'nun kaba beden dilini, zekâdan yoksun suratını, güvensiz bakışlarını hatırladı. Christopher ile Matthias'ın davranışlarını gözlerinin önüne getirdi. Bu adamların hiçbiri, Cemal'in kalbini söküp eline vererek Zeus'a sunacak birine benzemiyordu. Elbette onları yönlendiren biri yoksa. Ki, sorgunun ortasında apar topar yetişen şu ünlü avukat, bu üç çakalın yalnız olmadığını gösteriyordu. Eğer öyleyse, avukat Helmut Berger'i merkeze yollayan kişiyi bulmak şarttı. Öte yandan Almanya'da son yirmi yılda Nazilerin işlediği suçlara baktığında ilk kez böyle bir cinayetle karşılaşıyordu.

"Anne, anne" diye gözlerini açan Deniz'in kıpırdamasıyla kesildi düşünceleri. Uzanıp oğlunun nemli alnına bir öpücük kondurdu.

"Buradayım, buradayım Denizcim" diyerek çocuğun kumral saçlarını okşadı. Annesine sımsıkı sarılan oğlan yeniden gözlerini kapamıştı.

"Merak etme!" diyen bir sesle irkildi. Başını kaldırınca kapıda dikilmekte olan babasını gördü Yıldız. Çağla yeşili bir tişört vardı üzerinde, ayağında rengi solmuş bir kot pantolon. Gümüş rengi saçları kısacık kesilmişti, ince yüzündeki iri çakır gözleri şefkatle bakıyordu. "Biraz kaygılanıyor. Aslında dün gece çok rahat uyudu. Sadece sabah okula giderken, 'Annem bu akşam gelecek değil mi?' diye sordu. 'Gelecek' dedim, ama 'sen dedenle olmaktan mutlu değil misin?' diye de yalandan sitem ettim. 'İkinizi de evde görünce daha mutlu oluyorum' dedi. Çok uyanık senin bu oğlan."

Muzipçe gülümsedi Yıldız.

"Uyanıktan çok politik diyelim. Kimlere çekmiş acaba?"

Kızına iyice yaklaşmıştı Yaman, ama bakışları Deniz'deydi.

"Tabii dedesine." Gülümsedi, sesine abartılı bir ton vererek ekledi: "Annesi siyasetten uzak durdu, bırak da oğlu dünya meseleleriyle ilgilensin biraz."

"Aman baba, hep aynı şeyi söylüyorsun ya... Tamam dünya meselelerine çözüm getiremiyoruz ama biz de adaleti sağlamaya çalışıyoruz kendi çapımızda."

Yaman, kızına sarıldı. "Biliyorum Yıldızcım, biliyorum, takılıyorum işte." Yeniden torununa baktı. "Ama gerçek olan şu ki bu oğlan benden daha yakışıklı olacak... Ee ırklar karışınca nesil güzelleşir. Üstelik herkesi de memnun etmeyi çok iyi biliyor kerata..."

Sanki alınmış gibi başını salladı Yıldız.

"Ben hiç öyle bir çocuk olamadım."

Az önce Yıldız'ın oğlunun başını okşadığı gibi Yaman da kızının başını okşadı aynı sevgi dolu dokunuşlarla.

"Daha iyi ya... Sen hep dobra bir çocuktun. Aklındaki neyse pat diye söylerdin. Hem de insanların yüzüne. Dimdik... Benim doğrucu kızım..."

Uzanıp alnından öptü Yıldız'ı.

"Sigara kokuyorsun" diye hafifçe çekildi sonra. Şimdi endişeyle bakıyordu. "Yeniden başlamadın, değil mi?"

Yorgun ama kendinden emin gülümsedi Yıldız.

"Yok babacım, yok, başlamadım. Asla da başlamam. Tobias içiyor ya, kokusu sinmiş saçlarıma..." Bakışları yeniden Deniz'e kaydı. Oğlan derin uykuya dalmıştı bile.

"Hadi içeri geçelim..."

Çakır gözleri şefkatle yumuşadı Yaman'ın.

"Ben de onun için gelmiştim zaten, kahveler soğuyor."

Masanın üzerindeki açık yeşil tepsiden turuncu fincanını aldı Yıldız, pencerenin önündeki kanepeye geçti.

Yaman masanın önünde duruyordu.

"Kışın İstanbul'dan sana getirdiğim lokumlardan kalmış mutfakta, ister misin?" diye sordu.

Minnetle baktı Yıldız.

"Sağ ol baba, istemem, gel, gel sen de otur artık... Dünden beri Deniz canını çıkarmıştır."

Fincanını alan Yaman da karşıdaki berjer koltuğa gömüldü. Aslında babasının böyle eve gelip oğluna bakacağını söyleseler asla inanmazdı. Yıldız küçük bir kızken, o kadar da sorumlu davranmazdı babası. Kötü bir baba değildi ama siyaset her zaman daha ağır basardı. Bir miting ya da eylem olduğunda, rahmetli annesini de yanına alır, Yıldız'ı alttaki komşuya bırakıp giderlerdi. Dönmeleri saatler sürerdi. O yüzden, "Deniz'e bakabilir misin?" diye ilk sorduğunda, hayır cevabı alacağından emin gibiydi. Ama hiç ikircime düşmeden "Elbette bakarım" demişti Yaman. "Seve seve." Önce zoraki olarak kabul ettiğini düşünmüştü Yıldız. Dede olarak yapmak zorunda olduğu bir iş. Ama ardı ardına üç kez yardım isteyip üçünde de teklifinin büyük bir hevesle kabul edildiğini fark edince anlamıştı ki babası, Deniz'le vakit geçirmekten büyük mutluluk duyuyordu. O da mutluluk duymuştu bundan, biraz da hüzün. Keşke o çocukken de bu kadar duyarlı olsaydı. Ama yapamazdı Yaman, kendi kızı elbette önemliydi, ama dünyadaki öteki çocukların çektiği acıları da görmezden gelemezdi. Onlar için mücadele etmeliydi. Hayır, artık kızmıyordu Yıldız. Çoktan yüzleşmişti bu hakikatle, hatta şimdi yorgun haline aldırmadan polis kızına kahve yapan yaşlılığın eşiğindeki bu kıdemli devrimciye minnetle bakıyordu. Gözlerini yarı yarıya kapatarak kahvesinden bir yudum aldı.

"Hımmm, yine enfes olmuş... Nasıl yapıyorsun ya? Kocaman kadın oldum, bir türlü beceremedim böyle kahve pişirmesini."

Elindeki fincanın içinde köpük köpük kabarmış kahveye kederle baktı Yaman.

"Annen sayesinde... Biliyorsun çok kahve içerim. Eskiden çok daha fazlaydı. Sigarayla beraber bir de güzel gidiyordu ki meret. Sonunda usandı kadıncağız. 'Yeter artık!' dedi, 'Kalk kendi kahveni kendin yap!' Baktım pabuç pahalı, öğrendim kendi kahvemi kendim yapmayı." Kederinden kurtuldu, neşeyle göz kırptı kızına. "Aslında çok basit Yıldızcım, ilki, kahvesini kıvamında koyacaksın. İki kişi için, dolu dolu dört çay kaşığı... İkincisi ağır ağır pişireceksin. İyi bir yemek gibi; malzeme tamam olacak, kısık ateşte pişecek.."

Omuz silkerek, fincanını bir kez daha dudağına götürdü Yıldız.

"Bilmiyorum valla, bir türlü yapamıyorum işte..."

Yaman hâlâ kahvesinden içmemişti.

"Sen iyi misin?" diye sordu aniden. "Franz artık bulaşmıyor, değil mi?"

Elindeki fincanı kanepenin kolçağına koydu Yıldız.

"Franz mı? Yok, baba, o iş bitti. Olmayacağını anladı. Önümüzdeki ay mahkeme var. Muhtemelen son celse olacak. Kabul etti artık. Deniz'le ilgili bir mesele olmazsa aramıyor bile..."

Başıyla içerideki odayı işaret etti Yaman.

"Üçünüzün fotoğrafı hâlâ orada duruyor... Yoksa sen de mi emin değilsin?"

"Ne alakası var baba ya? Çocuk rica etti. Üçümüzü bir arada görmek istiyormuş. O yüzden duruyor fotoğraf." Bu açıklamayı yaptığı için canı sıkılmış gibiydi. "Bak babacım, Franz diye biri yok artık benim hayatımda. Şu an sadece biraz yorgunum. Yirmi dört saattir görevdeydim. Karışık bir dosyayla uğraşıyorum. Kafam onunla meşgul." Toparlandı, ayaklarını altına aldı. "Neo Naziler yine harekete geçtiler galiba..."

Yaman'ın çakır gözleri merakla ışıldadı.

"Neo Naziler mi? Ne oldu ki?"

Ne kadarını anlatacağından emin değilmiş gibi bir an duraksadıktan sonra "Dün gece biri öldürüldü" diye mırıldandı. "Türkiye kökenli biri... Neukölln'de... Neo Nazilerden şüpheleniyoruz..."

Heyecanla kıpırdandı babası.

"Kundaklama mı? Evini mi yakmışlar?"

"Hayır, niye öyle dedin?"

Sıkıntıyla söylendi.

"Geçtiğimiz yıllarda Neukölln'de bir arkadaşımızın evini yakmışlardı. Yeniden mi denediler diye düşündüm..."

Yıldız yorgunluğundan sıyrılmış gibiydi.

"Neden yakıyorlar?" diye mırıldandı. "Neden tabanca, bıçak değil de kundaklamayı seçiyorlar?"

Bunu hiç düşünmemişti Yaman.

"Bilmem, belki kolay olduğu için. Kimse onları görmeden, binanın içine benzin döküp yakıyorlar. Kurbanlarla karşılaşmıyorlar. Belki dehşet verici olduğu için. Belki toplu ölümlere yol açtığı için. Dünyanın neresinde olursa olsun faşistler bayılır katliamlara. Türkiye'de Sivas'ta da yakmadılar mı insanları?"

Yıldız kafasını kurcalayan soruya yanıt arıyordu, o yüzden faşistlerin acımasızlığı çok ilgisini çekmedi.

"Ama kundaklama yapmıyorlar artık" diye söylendi. "En azından benim bildiğim öyle. Dün gece maktulü bıçakla öldürmüşler."

Çok şaşırmadı Yaman.

"Haklısın kızım" diye onayladı sonra. "Düşündüm de Nasyonal Sosyalist Yeraltı Örgütü'nün cinayetlerinde katiller tabanca kullanmışlardı. Hanau şehrindeki katliamda ve Halle'deki Sinagog baskınında da kundaklama yoktu..."

Aynı anda birçok fikir geçiyordu Yıldız'ın aklından.

"Demek ki Neo Naziler taktik değiştiriyor" diye mırıldandı. "Belki de artık kendilerini daha güçlü hissediyorlardır. O yüzden ellerinde silahlarla ortaya çıkıyor, daha cüretkâr eylemler yapmaktan çekinmiyorlar. Biz buradayız ve sizi yok edeceğiz dercesine göstere göstere öldürüyorlar."

Yaman'ın gözlerindeki endişe bütün bedenine yayıldı.

"Duvar yıkıldıktan sonra iyice cesaretlendiler. Doğudaki işsizlik, yabancı düşmanlığının kaynağı oldu... 'Alman olarak ben zorluk çekerken neden göçmenler daha iyi koşullarda yaşıyor?' diyenler yabancı düşmanlığının taraftarı oldu. Sayıları her gün artıyor. Çok kötü bir durum bu... Giderek daha da cesaretlenecekler..."

"İlk kundaklama Schwandorf şehrinde olmuştu, değil mi?" diye sordu Yıldız. "Yanlış mı hatırlıyorum?"

"Doğru hatırlıyorsun, 1988 kışıydı, Josef Seller diye bir cani, Türk bir ailenin oturduğu binayı kundaklamıştı. Yangında Osman Can, eşi Fatma ve oğulları Mehmet ile Jürgen Hübner yaşamını yitirmişti."

Hayranlıkla baktı babasına.

"Maşallah ya, nasıl hatırlıyorsun böyle, tarih tarih, isim isim..."

Yaman elinde tuttuğu fincanı, kahveden tek yudum almadan olduğu gibi önündeki sehpaya bıraktı.

"O dönem kurulan komisyonda yer almıştık, annenle ikimiz... Türk derneklerini temsil ediyorduk... Rapor hazırladık. O yüzden hepsini hatırlıyorum. Kundaklamalar sonra da sürdü. Dört yıl sonra Mölln'de Arslan ailesinin kaldığı ev kundaklandı, üç Türk öldü, ondan bir yıl sonra Solingen'de evleri yakılan beş Türk hayatını kaybetti, Ludwigshafen'deki yangını hatırlıyorsundur. Kundaklama olduğu yönünde şüpheler vardı, orada da dokuz kişi can vermişti. Ludwigshafen'e ben de gitmiştim, korkunçtu..." Gözleri nemlenmişti. "Yan yana uzatılmış kararmış cesetler... Gerçekten korkunçtu."

Babasının etkilendiğini gören Yıldız, sorduğuna pişman olmuştu.

"Kahveni içsene, buz gibi oldu."

Tadı kaçmıştı Yaman'ın ama kızını kırmadı, önündeki sehpanın üzerinde duran fincanı alıp dudaklarına götürdü. Yıldız'ın aklında hâlâ sorular olmasına rağmen, "Brigitte ne yapıyor?" diyerek konuyu değiştirmek istedi. "Aramadı mı şimdiye kadar?"

Brigitte, babasının birlikte yaşadığı kadındı. İyi biriydi. Yeşiller Partisi'nin aktif üyelerindendi. Brigitte ile evlenmemişti Yaman, karısı Nilüfer'in anısına saygısızlık olacağını düşünüyordu. "Her konuda ilerici olabilirim ama bu konuda biraz tutucuyum" diye açıklamıştı kızına. Brigitte'nin de evlenmek gibi bir niyeti yoktu zaten. Yıldız kendi kendine gelin güvey oluyordu, babasının evlenmesini isteyerek. Böylece rahatlayacaktı. Ama hiç oralı değildi Yaman. Aynı evde bile yaşamıyorlardı. Böylece birbirlerinden sıkılmıyorlarmış, aralarındaki aşk da ölmüyormuş. Böyle diyorlardı. Ama Yıldız babasının korktuğunu biliyordu. Yeniden bir kadınla birlikte yaşamak, onu hayatının parçası haline getirmekten korkuyordu. Annesinin ölümünden sonra zor toparlamıştı.

"Birine bağlanmak, hayatı onunla birlikte sırtlamak insanı zayıf kılıyor" demişti. "Nilüfer gidince anladım bunu." Evet, hiçbir zaman ölüm kelimesini kullanmadı karısının kaybı için, hep gidince, aramızdan ayrılınca, bizi terk edince derdi. Belli ki Nilüfer'den sonra başka bir kadına bu denli bağlanmayı göze alamıyordu. O yüzden Brigitte ile arasına hep bir mesafe koyuyordu.

"Brigitte aramaz mı? Aradı tabii" diye yanıtladı kızının sorusunu. "O da oğluna gitmişti Heidelberg'e. Torunu oldu yeni. Sarışın bir bebek, kıvır kıvır saçları var, iri mavi gözleri. Bir hafta orada kalacak... İstersen birkaç gün daha bakabilirim Deniz'e."

Aklındakini dile getirmişti babası, minnetle baktı.

"Çok iyi olur, sabah ben bırakırım okula, çıkışta sen alırsın. Yarın yoğun bir gün olacak, işim ne zaman biter bilmiyorum."

"Hiç dert etme, ben ilgilenirim Deniz'le. Sadece sabah 11'de işim var. Türkiye'den Berlin'e gelmek zorunda kalan politik göçmenlerle dayanışma toplantısı. Ondan sonra boşum. Okuldan parka götürürüm, hayvanat bahçesini istiyor ama ben o hayvancıkları orada görmesine razı değilim. Bahçe filan değil, hapishane orası, hemen kapatılması lazım..." Türkiye'deki darbe öncesinde iki yıl hapis yattıktan sonra hiçbir canlının tutsak edilmesine gönlü razı olmuyordu Yaman'ın. Kahvesinden bir yudum daha aldı, mavi gözlerini kızına dikerek yeniden konuya döndü. "Cinayeti Nazilerin işlediğinden emin misin?"

Yanıtlamadan önce biraz düşündü kızı.

"Tam olarak emin değilim, kurbanla kavga etmişler daha önce. Cinayet saatinde de olay yerinde görülmüşler. Cinayette kullanıldığını düşündüğümüz bıçak adli tıpta inceleniyor. Eğer maktulün kanı bulunursa, katillerin Nazi olduğu kesinleşecek..." Fincanındaki son yudumu da içti. "Naziler, Yunan mitolojisiyle ilgileniyorlar mıydı baba?"

Anlamamıştı Yaman, şaşkınlıkla açtı kapadı ışıklı gözlerini.

"Yunan mitolojisi mi? Tam olarak neyi kastediyorsun?"

Kirlenmiş saçlarını sıkıntıyla kaşıdı Yıldız.

"Mesela Zeus, onunla Hitler arasında bir bağ kurdular mı? Ne bileyim, kendilerini Yunan tanrılarının yerine koymuş olabilirler mi?"

Yine hiç bilmediği bir konuyu soruyordu kızı.

"Yunan tanrıları mı? Zeus mu? Hiçbir fikrim yok. Okuduklarım arasında da Hitler ile Zeus'u benzeten bir metin hatırlamıyorum. Ama Hitler'in Bavyera'da bir dağ evi vardı. Berghof olarak bilinir. Bu evin bir bölümüne Kartal Yuvası denirdi. Ev tahmin edebileceğin gibi yüksek bir yere inşa edilmişti. Bildiğim kadarıyla Zeus'un simgesi de kartaldı..."

Cinayet mahallindeki çizimi hatırladı Yıldız, kurbanın önünde yattığı resmi. Zeus'un elinde tuttuğu asanın tepesine tünemiş kartalın gözleri bir an parlayıp söndü zihninde.

"Kartal Yuvası ha?" diye mırıldandı heyecanla. "Kartal, Zeus'un simgelerinden biriyse, bulutların üzerindeki ev de, Olympos'u çağrıştırıyor olabilir aslında."

Olanı biteni anlamayan Yaman "Bunların cinayetle ne ilgisi var?" diye söylendi.

"Sonra anlatırım, peki, Zeus Altarı... Şu Pergamon Müzesi'ndeki altardan söz ediyorum... Nazilerin onunla bir alakası olabilir mi?"

Çaresizce geriye yaslandı babası.

"Zeus Altarı mı?" Altdudağı hafifçe sarktı. "Ne bileyim kızım, ben arkeolog değilim ki! Naziler konusunda derin bir araştırma da yapmadım. Daha çok siyaset kısmını bilirim. Ama yarın, Potsdamer Caddesi'ndeki şehir kütüphanesine bir uğrarım. Bakalım bir bağlantı var mı?" İçindeki endişe yüzüne vurdu. "Ama çok dikkatli olmalısın Yıldız, Naziler korkunç heriflerdir. Üstelik devletin içinden destek alıyorlar. Bu işin şakası yok. Adamlar polis öldürmekten bile çekinmiyorlar... Biliyorsun NSU cinayetlerindeki kurbanlardan biri de kadın polisti."

Babasının kendisi için kaygılandığını gören Yıldız duygulanmıştı.

"Bana bir şey olmaz."

Endişeyle başını salladı Yaman.

"Herkese her şey olur kızım. Bu adamların çoğu ruh hastası. Yabancılara karşı nefret dolular."

Tatlı bir gülümsemeyle baktı babasına.

"Bunları söyleyene bak. Ben bu ülkede doğdum, üstelik polisim. Sen hem yabancı, hem devrimcisin. Yani iki kez adamların hedefindesin. Sahi baba, Türkiye'ye dönmeyi düşünmedin mi hiç?"

Zor bir soruydu. Ülkesini çok severdi Yaman, hele İstanbul'u. Beyoğlu'nun, Kadıköy'ün, Boğaz'ın lafı açılmasın, anında gözleri nemlenirdi.

"Düşündüm tabii, düşünmem mi? Ama sen buradasın, torunum burada, annenin mezarı burada. Hem yabancı düşmanlığı güçlense de güçlü bir demokrasi geleneği var Almanya'nın. Evet, Nazizm bu topraklardan çıktı, ama dünyanın en büyük soykırım anıtlarından biri de burada yer alıyor. Her şeye rağmen yapılan kötülükle yüzleşiyorlar. Aynı şeyi ülkemiz için söylemeyi çok isterdim." Derinden iç geçirdi. "Gel gör ki, söyleyemiyorum işte. Sanırım o yüzden dönmüyorum. Ama bütün bunlar yabancı düşmanlığının gerçek bir tehlike olduğunu unutturmasın sana. Açık tehdit altındasın Yıldız. Öyle polis olman filan da korumaz seni. Hatta daha çok tehlikeye atar. Lütfen dikkat et kızım."

Kayıtsız bir gülümsemeyle aydınlandı Yıldız'ın yorgun yüzü.

"Merak etme baba, faşistler bana hiçbir şey yapamaz... Unuttun mu, ben devrimci bir babanın kızıyım..."

Geç kalmıştı Yıldız. Oğlunu okula bırakırken, sınıf öğretmeni Bayan Hermine Krause görüşmek istemişti. Bu yıl derslerinde iyi değildi oğlu. Franz'a çok bağlıydı Deniz. Baba birdenbire evden ayrılınca kötü etkilenmişti çocuk. Daha çok ilgilenmesi gerekiyordu oğluyla. Sadece kendisi değil, eski kocası da bunu yapmalıydı. Mümkünse üçü birlikte buluşmalıydı. Olabilirdi, sonuçta düşmanı değildi Franz. Zaten bildiği sorunları bir kez daha anlatmış, onun da yapmak istediklerini önermişti sınıf öğretmeni. Yerden göğe kadar haklıydı kadın. Saygıyla dinledi Yıldız, elinden gelenin en iyisini yapacağını söyleyerek ayrıldı okuldan. Arabada eski kocasını aradı, ama telefonu kapalıydı. Yeniden aramalıydı, oğlu bu halde devam edemezdi. Ama polis merkezine gidene kadar Deniz için yapacaklarını değil, Cemal cinayetini nasıl çözeceğini düşünüp durdu.

Merkezin merdivenlerini çıkarken çaldı Yıldız'ın telefonu. Arayan kişi kayıtlı değildi. Basamakları tırmanmayı sürdürerek açtı.

"Alo, buyurun?"

"Alo, Bayan Karasu..."

Ses aşina geliyordu ama çıkaramadı.

"Evet..."

"Ben Peter Schimmel. Dün tanışmıştık..."

Nedense mahcup olmuştu Yıldız.

"Merhaba Bay Schimmel... Buyurun."

"Rahatsız ediyorsam sonra arayayım..."

Adamın kibarlığı karşısında biraz daha utandı.

"Yok, yok, buyurun sizi dinliyorum."

"Bu sabah Cemal'in odasına girdim..." Duraksadı. "Bilmiyorum, belki de girmemem lazımdı ama dayanamadım, girdim işte. Çekmecesinde bir mektup buldum. Bir tehdit mektubu..."

Sabırsızlıkla sordu Yıldız:

"Ne yazıyor?"

Kâğıt hışırtıları duyuldu telefonun öteki ucundan.

"Çok uzun değil. Hepi topu beş cümle. Olduğu gibi okuyorum. 'Aşağılık Türk, yaptıkların yanına kalmayacak. Hepsinin hesabını vereceksin. Saygısızlığının bedelini kanınla ödeyeceksin. Hazır ol. Yakında, çok yakında...' İmza yerinde de Nazi işareti var: Gamalı haç..."

Çok iyi haberdi bu.

"Bilgi için teşekkürler Bay Schimmel. Ama artık zarfa da mektuba da dokunmazsanız çok iyi olur. Gönderen kişilerin parmak izleri silinmesin. Biz de birazdan geliriz oraya. Bir de rica etsem mektubun ve zarfın fotoğrafını çekip WhatsApp'tan yollayabilir misiniz? Hemen yollarsanız memnun olurum."

"Elbette, hemen yolluyorum. Ofisteyim bugün zaten, gelince görüşürüz..."

Telefonu kapatan Yıldız'ın keyfi yerine gelmişti. O moralle geçti koridordan ama odasında asık suratla onu bekleyen Tobias'ı görünce bütün neşesi kaçtı. Neler oluyor diye sormadan, masanın üzerinde duran raporları gösterdi yardımcısı:

"Kasaturanın üzerindeki kan maktule ait değilmiş."

Ayakta öylece kalakalmıştı Yıldız.

"Nasıl değilmiş? Bir yanlışlık olmalı."

İri başını salladı Tobias.

"Yanlışlık yok Şef, bıçağın üzerindeki kan Cemal Ölmez'e ait değil... İnsan kanı bile değil, bir hayvana aitmiş."

Tobias'a güvenmesine rağmen aceleyle masaya yaklaştı, raporları alıp ayakta karıştırmaya başladı. Markus ısrar etmiş olmalıydı, hem bıçağın inceleme sonuçlarını hem de otopsi raporunu yetiştirmişlerdi. Sayfaları karıştırdı, evet işte bulmuştu. Tam da Tobias'ın anlattığı gibi yazıyordu kâğıtta. "Olayda kullanıldığı varsayılan bıçağın üzerinde yapılan luminol testi ve DNA incelemesi sonucu, kurban Cemal Ölmez'in kanıyla uyuşmadığı tespit edilmiştir..." Başını kâğıtlardan kaldırdı.

"Otto doğru mu söylüyormuş yani?" diye mırıldandı hayal kırıklığıyla. "Onlar yapmadı mı bu işi?"

Başkomiserinin yüzündeki bozgunu görünce moral vermek istedi yardımcısı.

"Karar vermek için erken, elimizdeki ipuçları hâlâ Otto ve çakallarını gösteriyor."

Çalan telefonla kesildi konuşması, ofis telefonundan arıyorlardı. Uzanıp açtı.

"Alo, evet Müdür Bey, tamam, hemen geliyoruz."

Telefonu kapatıp doğruldu.

"Müdür Bey çağırıyor. O da almış haberi..."

İyice sıkıldı canı Yıldız'ın. Dosyaları sağ dirseğinin altına sıkıştırdı,

"Hadi, gidelim o zaman." Suratını buruşturdu. "Şimdi bir de bunun afra tafrasını çek..."

Ama beklediği gibi olmadı; odasına girdiklerinde anlayışlı bir gülümsemeyle karşıladı onları Markus.

"Gelin, gelin arkadaşlar... Ayakta durmayın, şöyle oturun." Bahçedeki ıhlamur ağacının pencerelere kadar uzanan yapraklarının yansımasından olacak yeşile dönen gözlerini Yıldız'a dikti. "Nasıl, iyi dinlenebildiniz mi?"

Koltuğa yerleşirken yanıtladı Yıldız:

"Evet, gayet güzel dinlendim. Teşekkür ederim." Bakışları yardımcısına kaydı. Tobias oralı bile değildi, her zamanki sakinliği içinde ana meseleye geçilmesini bekliyordu.

"Kasaturanın üzerinde maktulün kanı saptanamamış" diyen Markus da çok uzatmadan konuya girdi zaten. "Ama otopsi raporunda belirtildiğine göre kurbanın kanında rohypnol ve ketamin bulunmuş. Öldürmeden önce Cemal'i uyuşturmuşlar. Raporda bütün ayrıntılar var. Buradan çıkan sonuç, katil ya da katiller son derece profesyonelce davranıyorlar."

Lafın nereye varacağını kestiremeyen Yıldız, hiç sesini çıkarmadan dinliyordu, ama Tobias konuşmaya katılmakta sakınca görmedi.

"Aynı zamanda karmaşık..."

Gözlerini kısarak başını salladı Markus.

"Kesinlikle öyle. Zeus heykelinin resmi, kalbin çıkartılması, bilgisayarda dönen müzik. Belli ki katil ya da katiller bir mesaj veriyor. Otto denen herifin bunu tek başına yapması mümkün değil. Hem Cemal'i alt edecek bedensel güç hem de bu kadar ayrıntıyı düşünecek beyin yok onda. Bu bir örgüt işi... Otto tutuklandıktan birkaç saat sonra o ünlü avukatın buraya gelmesi de gösteriyor ki işin arkasında büyük bir güç var."

Yıldız şaşkınlıkla dinlemişti müdürünü. Ne olmuştu da bir gecede böyle değişivermişti bu adam? Neyse, anlaşılırdı nasıl olsa.

"Peki Naziler ile Zeus arasında nasıl bir bağlantı olabilir?" diye aklını kurcalayan soruyu dile getirdi. "Neo Nazilerin, Almanya'da işlediği hiçbir cinayette böyle bir gönderme, böyle bir bağlantı yok. Son kırk yıldır onlarca insanın Naziler ya da yabancı düşmanları tarafından öldürüldüğü söyleniyor."

Tobias anında düzeltti şefinin söylediklerini.

"Onlarca değil, iki yüze yakın kurban var."

Markus kaşlarını yukarı doğru kaldırdı.

"İki yüz mü? Abartılı değil mi biraz? Ben elli civarında biliyorum."

Belli ki dersini çalışmıştı Tobias.

"Hayır efendim, gerçekte sayı daha fazla. Federal İstatistik Dairesi'ne göre 1990-2009 yılları arasında, yani sadece on dokuz yılda aşırı sağcılar kırk yedi kişiyi öldürmüşler. Ama Amadeu-Antonio adında bir vakıf 1990'dan bu yana tam olarak yüz seksen iki kişinin öldürüldüğünü söylüyor. Söylemekle kalmıyor, olayların tarihlerini, yerlerini ve kurbanların isimlerini de veriyor. İsterseniz raporu size de gönderebilirim."

Markus etkilenmişti ama temkinli davrandı.

"Mutlaka gönder, görmeyi çok isterim."

Yeri gelmişti, lafı gediğine koydu Yıldız.

"Acı olan şu Markus, ırkçıların öldürdüğü kurbanların gerçek sayısını bizim tespit etmemiz gerekirdi, bir vakıf değil."

İtiraz etmedi müdür, sadece bakışlarını kaçırmakla yetindi. Yıldız da üstelemedi zaten.

"Neyse, demek istediğim, bu kadar cinayetin hiçbirinde mitolojiye de Yunan tanrısına da gönderme yapan yok." Meslektaşlarına baktı. "Yanlış mı biliyorum, var mı yoksa?"

"Yok" dedi kendinden emin bir sesle Tobias. "Kesinlikle yok. Amadeu-Antonio Vakfı, cinayetlerin nasıl işlendiğini de tespit etmiş. Neo Naziler evleri kundaklayarak, kurşunlayarak, bıçakla, döverek ya da balkondan atarak öldürmüşler kurbanlarını ama kimsenin kalbini ya da başka bir organını çıkartıp Zeus'a sunmamışlar. Böyle bir vaka yok."

"Olsaydı mutlaka duyardık" diye onayladı Markus. "Bu gözden kaçacak bir konu değil. Biz kaçırsak bile basın asla es geçmez. Hayır, Neo Nazilerin Zeus'la bir alakaları olduğunu sanmıyorum."

Emniyetin yönetim kademesinde neler olup bittiğini anlamak için doğrudan sordu Yıldız.

"Peki, yukarıdakiler ne düşünüyor? Daha önceki Neo Nazi cinayetlerinde olduğu gibi örtbas mı edecekler yoksa sonuna kadar gitmemize izin mi verecekler?"

Sabahtan beri sevimli amiri oynayan Markus'un suratı ekşidi.

"Niye öyle diyorsun Yıldız? Birkaç çürük elma var diye bütün emniyet örgütünü suçlamak doğru mu? Bak, bugün bizzat Berlin Emniyet Müdürü aradı. Olayla doğrudan içişleri bakanı ilgileniyormuş. Neo Nazilere tolerans yok diyor. Yerel ve federal hükümet arkamızda. Sonuna kadar gideceğiz."

Markus'taki değişimin nedeni belli olmuştu, manidar bir şekilde gülmeye başladı Yıldız. Müdürün gözünden kaçmadı bu.

"Ne oldu? Niye gülüyorsun?"

"Hiç" dedi bakışlarını kaçırarak. "Tebrik ederim, umarım samimidirler. Belki böylece içimizdeki çürük elmaları da temizlemiş oluruz. Neo Nazilere gizliden gizliye sempati duymaktan vazgeçerler."

Markus'un yüzü kızarmıştı.

"Bir şey mi ima ediyorsun?"

Hiç aldırmadı başkomiser.

"Yok canım, ne ima edeceğim, ayrıca çok memnun oldum fikrini değiştirdiğine."

Haksızlığa uğramış gibi alıngan bir ifade belirdi müdürün gözlerinde.

"Yapma Yıldız, en az senin kadar ben de bulunmasını istiyorum katilin. Kurbanın Türk kökenli olması, adaletin gerçekleşmesi için bir engel olamaz. Bu koridorlarda yapılan dedikoduların tersine ben yabancı düşmanı değilim." Başını öne doğru iki kez salladı. "Evet, arkamdan neler konuşulduğunu biliyorum. Ama yanılıyorsunuz. Ben asla Neo Nazi hayranı değilim. Olamam. Benim büyük babam Wilhelm 1943 yılında Naziler tarafından öldürüldü. Berlin'de anti-faşist direnişin üyelerindendi. Prager Sokağı'nda öldürüldü." Masanın üzerinde duran cep telefonunu aldı. Bir yerlere dokundu, Yıldız'a uzattı. "Görüyor musun? Dedemin öldürüldüğü yer orası."

Yıldız neye uğradığını şaşırmıştı, telefonu almakta tereddüt ediyordu.

"Al, al lütfen, alır mısın? Daha iyi görürsün."

Yıldız telefonu aldı, gözlerini kıstı.

"Fotoğrafı büyütebilirsin" diye uyardı Markus. "Parmaklarınla dokunman yeterli."

Söyleneni yaptı. Bir sokak zemininin fotoğrafıydı bu. Yerdeki sokak taşlarından birinin üzerine metal bir levha döşenmişti. Berlin'de kamplara yollanan ya da öldürülen Yahudiler, komünistler, sosyal demokratlar için konuluyordu bu levhalar. Yere konulmasının nedeni, insanlara geçmişte Berlin'de yaşanan bu vahşeti hatırlatmaktı. 1996 yılında Günter Demnig isimli sanatçının Almanya'da Nazi kurbanlarını anmak için başlattığı bu proje, kısa sürede bütün Avrupa'ya yayılmıştı. Bu levhalardan onlarcasını görmüştü Yıldız. Kaldırımda çömelip kurbanın adını, doğum tarihini, sürgüne ya da ölüme gönderildiği yılları çok okumuştu. Fotoğraftaki levhanın üzerinde Wilhelm Herder 1914-1943 yazıyordu.

"Öldürüldüğünde 29 yaşındaymış, babam ise altı aylıkmış. Herkesin gözleri önünde, SS'ler tarafından kurşunlanarak levhanın olduğu yerde katledilmiş. Gerekçesi dur deyince durmamasıymış. Kayıtlara vatan haini diye yazmışlardı Naziler. Evi basıp dedeme ait ne varsa hepsini almışlar. Elimizde bir fotoğrafı bile yok..."

Tobias da başını uzatmış ilgiyle fotoğrafa bakıyordu. Etkilenmişti Yıldız, ama dedesinin Nazilerin kurbanı olması Markus'u muteber bir adam yapmıyordu.

"Üzgünüm, belli ki cesur bir adammış. Daha da önemlisi doğru bir adammış. Huzur içinde uyusun..." Telefonu müdürüne uzattı. "İşte bu yüzden ince eleyip sık dokumalıyız Markus. Baban gibi çocuklar, babasız kalmasın diye. Geçen yüzyıl yaşanan felaket bu yüzyılda tekrarlanmasın diye... Evet, bu Otto'yu ne yapacağız şimdi?"

Telefonunu masanın üzerine bırakan müdür, Yıldız'dan beklediği tepkiyi alamamış olmanın hoşnutsuzluğu içindeydi. O yüzden olsa gerek sesi sert çıktı.

"Nasıl ne yapacağız? Tutuklayacağız adamı. Cinayet saatinde maktulün evinden çıkıyor, üstelik bıçağı almaya gittiğini söylüyor. Ayrıca cinayet silahı da kayıp. Cemal'i öldürmesi için makul şüphe de mevcut..."

Yıldız memnun oldu müdürün bu sözlerine, demek ki yukarının iradesi Neo Nazilerin tutuklanması yönündeydi. Ama Tobias onun kadar iyimser değildi.

"Bu kanıtlar onu içeriye atmak için yeterli olmayabilir. Her şey savcının yorumuna kalmış..."

"Adam bıçakla polislere saldırdı, daha ne olsun?" diye söylendi müdür. "Kendinizi savunmasaydınız sizi de öldürebilirdi, en azından yaralardı..."

Sıkıntıyla güldü Tobias.

"Yanlış anlamayın, elimden gelse o herifin hapisten hiç çıkmamasını isterim. Çünkü mutlaka birilerine zarar verecek, ama avukatı gördünüz. Herif malın gözü, bu delillerle tutuklanmasına izin vermez müvekkilinin."

"O kadar emin olma" diyerek araya girdi Yıldız. "Elimizde önemli bir kanıt daha olabilir. Peter aradı az önce. Şu Der Blitz şirketinin sahibi. Cemal'e gönderilmiş bir tehdit mektubundan söz etti. Eğer zarfın veya mektubun üzerinde Otto'nun ya da yanındaki serserilerin parmak izlerini bulursak avukatın elini kolunu bağlamış oluruz."

Markus'un neşesi yerine gelmeye başlamıştı.

"Evet, onların parmak izlerini bulursak hiçbiri çıkamaz dışarı... Mektubu hemen alıp inceleyelim..."

Anında silkindi Yıldız.

"Biz de oraya gidiyoruz zaten. Hem maktulün çalıştığı ortamı da görmüş oluruz. Gelişmelerden haberdar ederiz seni."

Gözlerini hâlâ koltukta oturan Tobias'a dikti. Yıldız'ın ısıran bakışlarıyla karşılaşınca hiç acele etmeden kaldırdı yardımcısı ağır gövdesini.

"Önce cinayet mahalline uğramamız gerekiyor Şef" diye mırıldandı. "Şu güvenlik kamerasının sahibi olan Peyman'la konuşmalıyız. Bizim çocuklar görüntüleri aldılar ama adamı sorgulamadık. Belki güvenlik kamerasında başka görüntüler de vardır. Başka zanlılar..."

Takdirle baktı yardımcısına.

"Tamam, sonra Der Blitz'e geçeriz o zaman."

Ayağa kalkan Tobias yine ağırdan aldı.

"Üzgünüm ama oradan da Alman Arkeoloji Enstitüsü'ne uğramamız lazım. Şu Haluk denen arkeoloğu aradım, Cemal'in kuzenini. Görüşelim demiştik ya... Adam enstitüde bizi bekliyor."

Daha sabahın ilk saatleri olmasına rağmen yorgun bir gülümseme belirdi Yıldız'ın dudaklarında.

"Anlaşıldı Toby, epeyce yoğun bir gün yaşayacağız desene." Sağ eliyle yardımcısının geniş omzuna bir şaplak indirdi. "Hadi, hadi gidelim o zaman."

5

"İnsanlarla uğraşmayın yüce Zeus"

Önce sonsuzluk vardı sonra kader çıktı ortaya. Kaderi yazan da uygulayan da bendim. Babamı ve titanları tahtından indirip Tartaros'a gönderince, gökyüzünde ve yeryüzünde kendi krallığımı ilan etmiştim. Ancak tahtın mutlak hâkimi olsam da, iktidarımı kardeşlerimle paylaşmaktan geri durmadım. Gökyüzü benimdi, elbette yeryüzünü buradan yönetiyordum, Poseidon denizlerin hâkimiydi ve depremlerin sorumlusu. En büyük fedakârlık Hades'e düştü, ona yeraltının krallığını sundum. Olympos'a bile çıkamayacaktı zavallı. Bir armağan sayılırsa eğer, ona ölüler ülkesini armağan ettim. Ve başı bulutlardaki Olympos'ta yer açtım öteki on bir tanrıya. Hiçbir zaman mührümü tamamıyla vermesem de yardım ettim onlara, yardım aldım onlardan. Fakat bazen de kızdım, çünkü arkamdan iş çevirdiler, çünkü yarım akıllarıyla bana hileler düzenlediler, ihanet üstüne ihanet ettiler. Yine de yanımdan ayırmadım bu yüce varlıkları. Çünkü on iki sayısı kutsaldı ve Olympos'u ayakta tutan hepimizin varlığıydı.

Evlilik tanrıçası, ak kollu, iri gözlü, benim kıskanç karım Hera; dokunduğu kuru değneği çiçekli dala çeviren bereket tanrıçası, güzel saçlı Demeter; tanrı, titan ya da insan fark etmez, kendisine bakan her erkeği tutkuyla yakan Kıbrıslı tanrıça Aphrodite; erdemlilikte titanlardan da, tanrılardan da, insanlardan da üstün, savaşlarda en tecrübeli komutanları yerle bir eden gök gözlü kızım Athena; bilinmezi bilen, sakin aklın temsilcisi, kıymetli oğlum Apollon; ay ışığının yansıması, okçuların en güzeli, avcıların tanrıçası, altın tahtlı kızım Artemis; demiri ateşle eğiterek en ölümcül silahları yapan, öfkesini içine atan, arada bir yanardağ gibi patlayan kederli evladım Hephaistos; tanrıların en genci, yol göstericilerin en yakışıklısı, kanatlı sandaletleriyle tanrıların en hızlısı, özel ulağım, oğlum Hermes; kaleler yıkan, insanların baş düşmanı, her daim kızgın çevik oğlum, savaş tanrısı Ares; akıldan çok güdüleriyle karar veren, şarapla, oyunla, sanatla kendinden geçerek doğanın bir parçası haline gelen, sarhoş evladım Dionysos ve elbette denizlerin, depremin ve güzel atların tanrısı kudretli ağabeyim yüce Poseidon.

Hepsi yanımdaydı, evet, Olympos'taki on bir tanrının ve yeraltındaki Hades'in gökyüzüyle yeryüzü üstünde kurduğumuz bu kutsal düzende bir vazifesi vardı, hepsi de çok önemliydi fakat son sözü her zaman ben söylerdim. Çünkü söz bana aitti. Karada, suda, havada yaşayan ne kadar mahlukat varsa hepsi ağzıma bakardı. Hepsinin hayatı bana bağlıydı. Çünkü hepsinin babası bendim.

Hayvanların uçanından kaçanına, insanların en zekisinden en aptalına, hepsi benden korkar, bana saygı duyar, beni severdi. Hayvanların duygularından emindim, çünkü yalan söyleyemeyecek kadar saftılar. Ama insan denen o ölümlü mahluk, her türlü belanın, her türlü melanetin kaynağıydı. Kahramanına da, hainine de, cesuruna da, korkağına da, yaratıcısına da, yıkıcısına da, asla güvenilmezdi. Birbirlerine yaptıkları kötülükler yetmezmiş gibi, kurdundan kuzusuna, çiçeğinden ağacına her türlü canlıya zarar vermekten çekinmezlerdi. Ne çekinmesi, bu kötülükten zevk alırlardı. Onlarla uğraştığım kadar ne titanlarla ne devlerle ne de tanrılarla uğraştım.

Ama bütün bu yıkıcılıklarına, aptallıklarına, riyakârlıklarına, zayıflıklarına ve korkaklıklarına rağmen onları sevmekten kendimi alamazdım. Tuhaf bir tutkuydu bu. Aslında onlara bakarken bir parça kendimi görür gibi oluyordum. Ölümlü bir varlıkta ölümsüzleri görmek, biliyorum saçmaydı. Fakat kendimi izlediğimde, bu insan denen ölümlüyle benzeşen pek çok yanım olduğunu fark ederdim. Bu hakikati başka hiçbir ölümsüze itiraf etmemiş olmama rağmen, aslında biz tanrıların da insanlar kadar tutarsız, aptal, zayıf, korkak, bencil, ahlaksız, zevk düşkünü olduğumuzun farkındaydım. Evet, aynı zamanda onlar kadar zeki, cesur, güçlü, tutarlı, erdemli ve fedakârdık. Sanki bizler, insanların ölümsüz haliydik.

Elbette bu utanç verici hakikati kabul etmek zordu. Çünkü kimse kendi kusurlarını görmek istemezdi. Üstelik bir ölümsüz kendini asla bir ölümlüyle benzeştirmeye kalkışmazdı. Belki de başta oğlum Ares olmak üzere Olymposluların çoğu bu yüzden insan denen ölümlüden hiç hoşlanmazdı. Hatta bunlar çoğalınca, yeryüzünde düzen bozulmasın diye Bereket Tanrıçası Demeter Troya Savaşı'nı çıkarmıştı. Çünkü, onları durdurmak için her yol mübahtı. Bunda yadırganacak bir yan da yoktu. Üstelik tam da tanrılara yakışır bir davranıştı. Asıl sorun bendeydi. Evet, titanların, tanrıların ve insanların kralı ben Kronosoğlu, kudretli Zeus, insana olan zaafımdan bir türlü vazgeçemiyordum. Üstelik ne zaman, nasıl ortaya çıktıklarını bile bilmiyordum. Belki de biz tanrılardan önce vardılar, atamız titanlardan bile önce. Gerçekte zayıf, çaresiz ve acınası yaratıklar olmalarına rağmen, kısa yaşamlarını yere göğe sığdıramazlardı. Oysa kasvetli şehirlerde sefillik içinde geçen basit bir serüvenden başka bir şey değildi yaşamları.

Evet, öyleydi. Kesin konuşuyorum, çünkü o şehirleri yaratan da, o biçare yaratıkların ne kadar yaşayacağına karar veren de bendim. Sadece ben değil, bazen öteki Olymposlular da müdahale ederdi bunların kaderlerine. Evet, mutluluklarını ve mutsuzluklarını, sevinçlerini ve üzüntülerini, zaferlerini ve yenilgilerini biz belirlerdik. Evet, hepsinin hikâyesi bulutların üzerindeki sarayımızda, Olympos'ta yazılırdı. Olayların akışından sıkılırsak hemen değiştirir, büyük bir muzırlıkla işlerine karışır; iyiyi kötüye, sevgiyi nefrete, zalimliği şefkate çevirirdik. Aşklar yaratırdık ki oyalansınlar; savaşlar çıkartırdık ki hangi kral korkak, hangisi yiğit belli olsun; kuraklıklar yaratırdık ki kendi zayıflıklarının farkına varsınlar; hastalıklar yayardık ki bize muhtaç olduklarını unutmasınlar. Hatta bunun için birbirimizle kavga ederdik. Çünkü hepimizin sevdiği şehirler, krallar, kahramanlar ve kavimler farklıydı.

İnsanlar da bilirdi bunu, bazen bir tanrının kurduğu tuzağı bozmak için ötekini yardıma çağırır, dualar eder, kıymetli sunular verirlerdi. Bir tanrıdan ya da tanrıçadan yüz bulamadılar mı derhal ötekine dönerlerdi. Daha önce adına tapınaklar diktikleri, kurbanlar adadıkları tanrı ya da tanrıça unutulur, onlara yardımı dokunacak başka bir tanrı ya da tanrıça seçilirdi. Elbette sonu hep kötü biterdi bu riyakârlığın. Ares'in ya da Athena'nın yahut Apollon'un veya Hermes'in hışmına uğrayınca yine bana gelirlerdi, yalvarır, yakarır, kendilerine yardım etmemi isterlerdi. Çoğu zaman bağışlasam da bazen çileden çıkar, onları gök gürültüleriyle azarlar, şimşeklerle tehdit eder, yıldırımlarla kamçılardım. Korkarlardı, ama bir süreliğine. Çünkü insan denen mahlukun en önemli niteliklerinden biri unutmaktı. İyiliği de kötülüğü de, acıyı da mutluluğu da, korkuyu da sevinci de unuturlardı. O yüzden aynı hataları tekrarlarlardı. Evet, işte böylesine aptal bir canlıydı insan, fakat aynı zamanda bizim Hera kadar kurnazdı. Tanrılarla kapışmayı göze alamayınca Prometheus gibi saf titanları kullanmaya kalkacak kadar da cüretkâr.

O Prometheus ki, insanları benden daha çok sevdiğine inandı. Sunaktaki kurbanın en kötü parçalarını bana, en iyi parçalarını insanlara vermeye kalktı. Aklınca beni aldatacaktı. Saygısızdı, umursamazdı, günahkârdı, üstelik kendini zeki sanıyordu. Benim insanlara yaptığım iyiliğin yanında ölü bir hayvan etinin ne kıymeti olabilirdi? Bunu anlamaktan bile âcizdi. O yüzden biz tanrılardan ateşi çaldı, insanlara verdi. Oysa insanlar çocuk gibidir, hak etmeden bir hediye aldığı zaman şımarır. Ne hediyenin ne de verenin kıymetini bilir. Genç Prometheus bunu anlayamayacak kadar tecrübesizdi, hayalciydi, romantikti. Tıpkı insanlar gibi onun da iyi bir cezaya ihtiyacı vardı. Bu cezayı ben verdim, kartalım uyguladı. Karlı Kafkas Dağları'nın en sarp yamacına zincirledim Prometheus'u, kartalım her gün onun ciğerlerini yedi. Her gece ciğerleri yeniden oluştu. Bu tanrısal işkence böyle sonsuza kadar sürecekti ki yiğit evladım Herakles araya girdi. Vicdanımı dürtükledi, merhametimi uyandırdı, Prometheus'u bağışlamamı sağladı. Ne ki, Kafkas Dağları'nda geçirdiği zorlu günler bu zavallı titanın aklını almış olmalı ki, zincirlerinden kurtulunca karşıma geçti ve şöyle dedi:

"İnsanlarla uğraşmayın yüce Zeus, tekin değil bu yaratıklar. Belki de sizden önce, yani Hera'dan, Poseidon'dan, Hades'ten, yani tüm tanrılardan, belki de bizden önce, yani Kronos'tan Rheia'dan, Gaia'dan, Uranos'tan, yani tüm titanlardan önce, onlar vardı. Belki de bütün şanlı titanlar, görkemli devler ve siz kudretli tanrılar, yani bütün ölümsüz varlıklar, insan denen o ölümlü varlığın hayalleriyiz. Belki de bizi yaratan onların zihinleridir, akıllarıdır, rüyalarıdır. Belki de onların inancı olmasa biz olmayız, belki de onların duaları olmasa gücümüzü kaybederiz. Küçümsemeyin onları yüce Zeus, gizemli bir yan var bu insan denen mahlukta, karanlık bir taraf."

Böyle dedi Prometheus ve ben kahkahalarla güldüm. Ne gizemi olacaktı bu zavallıların, ne tür bir karanlık tarafı? Ölümlü bir yaratıktı işte, canımın istediği gibi oynadığım, kaderine, hayatına hükmettiğim bir mahluktu sadece. Kralından kölesine, yaşlısından gencine, kadınından erkeğine buyruğum altında olan acınası bir yaratık. O yüzden muhtaçlardı, o yüzden tapıyorlardı, o yüzden Zeus Baba diyorlardı bana. Ben de gerçek bir baba gibi yaklaşıyordum onlara. Ne dedem Uranos'un babama davrandığı gibi zalim ne de babam Kronos'un bana davrandığı gibi acımasız. İyi bir babaydım ben, sorumluluk sahibi bir tanrı. Gerektiğinde taş yürekli oluyordum, gerektiğinde şefkatli, gerektiğinde ödül veriyordum, gerektiğinde ceza. Hiç terk etmedim onları, hep gözümün önündeydiler, hep üzerlerindeydi elim. Onların basit yaşamını izlemek hoşuma gidiyordu Olympos'tan. O yüzden asi titan Prometheus'un uyarısını çok da umursamadım. Ancak gördüğüm bir rüya, daha doğrusu o rüyada konuştuğum çocuğun sözleri kafamı karıştırdı.

Bir nehir vardı rüyamda, ama bizim Okeanos'unkiler gibi yeşil ya da mavi akmıyordu, bildiğin koyu toprak rengiydi.

O nehrin etrafında görkemli binalar yükseliyordu. Mermer sütunlar, başı bulutlarda kubbeler, yollarda atların çekmediği demirden arabalar, meydanlarda usta ellerden çıkmış tanrı ve tanrıça heykelleri. Tanıdığım hiçbir şehre benzemiyordu. İnsanlar yürüyordu ama onların da kıyafetleri çok farklıydı. İşte o nehrin üzerindeki köprüde gördüm çocuğu. Esmer, uzun boylu bir adamın yanındaydı. Babası olmalıydı adam. Çocuğa binaları göstererek şevkle bir şeyler anlatıyordu. Belli ki oğluyla bunları konuşmaktan çok mutluydu, çocuk da büyük bir ilgiyle dinliyordu babasının anlattıklarını. Aralarındaki sevgi uzaktan bile belli oluyordu. İmrendim onlara, hatta baba sevgisi görmemiş biri olarak içim burkuldu. Bu erdemli babayı ve sevimli oğlunu biraz daha yakından görme isteğime engel olamadım. Rahatsız etmemek için sessizce yaklaştım yanlarına, güya ne konuştuklarını dinleyecektim. Fakat çocuk birden bana döndü. Zeytin karası gözlerinde gergin bir ifadeyle dedi ki;

"İnsanlara dikkat et Zeus. Onlar yeryüzünün en güvenilmez mahluklarıdır. Eğer boş bırakırsan, seni de daha önceki tanrılar gibi acımasızca çıkartırlar hayatlarından. En küçük bir vefa duygusuna kapılmadan unuturlar. İnsanlara dikkat et Zeus."

Dedi ki; "Sevginin de şefkatin de; cezanın da şiddetin de fazlası onları yoldan çıkartır."

Dedi ki; "Onlar en yakınlarını bile kolayca unuturlar. Öz çocuklarını hoyratça bırakıp giderler. Sevdiklerinin gözyaşlarına bakmazlar. İnsanlara dikkat et Zeus."

Şaşkınlık içinde kalmıştım. "Neden böyle konuşuyorsun?" diye soracaktım ki, uyandım tatlı uykumdan. Kan ter içinde kalmıştım. İyi ki Hera yanımda değildi, yoksa koca Zeus rüyasında korkmuş diye kıs kıs gülerdi. Bulutlarla çevrili yatağımda doğruldum. Susamıştım, iki kulplu altın tasımdaki nektarı son damlasına kadar içtim. Şimdi kendimi daha iyi hissediyordum. Kimdi bana görünen bu çocuk, ne demek istemişti, uzun uzun düşündüm, bir yanıt bulamadım. Ama o andan sonra Prometheus'un sözleri daha çok çınlamaya başladı kulaklarımda. "İnsanlarla uğraşmayın yüce Zeus, tekin değil bu yaratıklar."

Beşinci Bölüm

Binadan çıktıklarında güneş yükselmişti, boğucu hava iyice hissettiriyordu kendini. Gölgeleri bahçeyi kaplayan üç ıhlamur ağacından yayılan koku, sanki hayatın sıkıcı binalardan, resmi arabalardan ibaret olmadığını kanıtlamak istercesine bütün sokağa yayılmıştı. Ama insanların gündemi doğanınkinden oldukça farklıydı. Zihni Cemal cinayetiyle meşgul olan Yıldız da fark edememişti bu hoş kokuyu. Bir an önce olay yerine gitmek, oradan da Peter'e geçip şu tehdit mektubunu görmek istiyordu. Neo Nazileri içeride tutmaları için o mektuba ihtiyaçları vardı. Hele bir de mektubun ya da zarfın üzerinde Otto'nun ya da arkadaşlarının parmak izlerini bulurlarsa, işleri epeyce kolaylaşırdı. Aksi halde Neo Naziler kolayca sıyrılacaklardı bu cinayetten. Hızlı adımlarla Passat'a yürürken gördüler Komiser Kurt'u. Her zamanki gibi kırmızı bisikletiyle gelmişti merkeze. Bizimkileri fark edince başındaki mavi kaskı çıkardı.

"N'aber?" diye seslendi. "Okudunuz mu yazdığım raporu?"

Vakit bulamamışlardı ki, şöyle bir göz atmışlardı sadece.

"Maktulün kanında yüksek düzeyde ketamin ve rohypnol bulunmuş" diye yaklaştı Yıldız. "Bizim gözlemlediğimiz kadarıyla maktul, katile karşı direnmemiş. Evin giriş kapısında ya da bahçeye açılan kapıda bir zorlama var mıydı?"

Cevap vermek yerine, hayal kırıklığıyla baktı.

"Okumadınız değil mi? Oldu mu şimdi Yıldız? Müdür telaşla arka arkaya beni arıyor, rapor lazım diye sıkboğaz ediyor. Bütün işi gücü bırakıp sizin raporu yazıyorum, ama tenezzül edip okumuyorsunuz bile, öyle mi?"

Haksızlığını kabul eden birinin mahcubiyeti içinde bakıyordu Yıldız.

"Ne desen haklısın Kurt. Ama son iki gün çok yoğundu. Duymuşsundur, bir de saldırıya uğradık..."

Kurt'un yüzündeki buzlar çözülür gibi oldu ama yine de temkinliliği bırakmadı.

"Yok, duymadım, ne saldırısıymış o?"

"Ooo, bildiğin meydan savaşı. Bıçak, şişe filan, bir kafede üç kişi bize saldırdı."

Sonunda ilgisini çekmeyi başardı Kurt'un.

"Ciddi misin? Kim saldırdı ya?"

Sesine dramatik bir tını vererek yanıtladı Yıldız:

"Neo Naziler. Nasıl da gözleri dönmüştü. Sanki karşılarında düşman varmış gibi. Az kalsın Tobias'ı yaralayacaklardı."

Kurt, meslektaşının yüzündeki morluğa baktı.

"Üzüldüm, çok geçmiş olsun. İyisin değil mi?"

"İyiyim iyiyim" diye sırıttı Tobias. "Neo Nazilerin durumu benden daha kötü. Ama yaralanabilirdim. Adamların şakası yoktu." Anla artık dercesine ellerini yana açtı. "O yüzden okuyamadık senin raporu."

Bağışlayıcı bir ifade belirdi Kurt'un parlak yüzünde.

"Tamam, tamam anladım. Ama lütfen okuyun yazdıklarımı, ihtiyacınız olan her türlü bilgi orada var. Sabaha kadar çalıştık cinayet mahallinde, her eşyayı, her nesneyi ıcığına cıcığına kadar inceledik..." Yıldız'a döndü. "Sahi ne sormuştun? Tamam, hatırladım. Kapıda zorlanma var mı diyordun. Yok, ne kapılarda ne de pencerelerde zorlama belirtisi vardı. Kurban, katilini ya da katillerini kendi almış içeri. Yahut anahtarları varmış. Ama öyle olsa bile, kurban direnmemiş, kendini korumak için en küçük bir çaba bile göstermemiş. Yani adam ya gönüllü olarak kurban edilmeyi seçmiş ya da güçlü bir uyuşturucu verilmiş..."

Otopsi raporu hakkında müdürün söylediği kadarını biliyordu Yıldız.

"Söyledim ya, kurbanın kanında rohypnol ile ketamin bulunmuş."

Aydınlanmış gibi başını salladı Kurt.

"Hımm, demek ki önce uyuşturmuşlar, kurbanın bundan haberi bile olmayabilir. Çünkü birinin içkisine iki tablet rohypnol koyarsan ağır bir uykuya dalar. Ama adamın kalbini çıkarmak için yapılacak cerrahi operasyon için ketamin gibi bir ilaç şart. Ketamin güçlü bir anesteziktir."

Tobias'ın aklı ilk cümleye takılmıştı.

"Peki, bu cerrahi operasyonu maktul istese, yani kurban edilmek için gönüllü olsa, yine rohypnol kullanmak gerekir miydi?"

Ihlamur ağacının yapraklarının arasından süzülen güneş, Kurt'un gözlerini kamaştırıyordu.

"Şöyle gelsenize ya" diyerek iki adım geriledi. "Gölgede daha rahat konuşuruz." Meslektaşları önerisine uydular. "Evet, böyle çok iyi. Bisiklet de kullanınca insan iyice sıcaklıyor." Elinin tersiyle alnında biriken ter damlacıklarını sildi. "Ha, ne diyorduk, hayır o durumda rohypnol kullanmak gerekmez. Zaten adama ketamin veriyorsun. Kaslara iğne yapılması yeterli olurdu. İki kere niye uyuşturulsun ki? Ama adli tıpçıların raporuna bakmak lazım. İşin uzmanı onlar."

Elbette onu da yapacaklardı. Ama hazır Kurt'la karşılaşmışken, aklını kurcalayan soruların yanıtlarını bulmak istiyordu Yıldız.

"Olay yerinde cinayet aleti yoktu. Ama başka eşyalar da olması gerekiyordu. Katil, kurbanın kalbini nerede çıkardı? Evet yerde kan vardı ama sanki daha fazla olması gerekmez miydi?"

"Ah, ah" diye söylendi Kurt. "Yazdım hepsini, okusaydınız görecektiniz." Karşısında yaramaz çocuklar varmış gibi, "Hadi neyse yine de anlatayım. Bence, operasyon cesedi bulduğumuz odada gerçekleşti. Küçük bir oda değil orası. Böyle bir işlem için uygun. Ama katil yere örtü sermiş olmalı ya da ona benzer bir şey. Haklısın Yıldız, odada bizim gördüklerimiz muşamba toplandıktan sonra kalanlar. Unutmayalım ki kurban hâlâ kanıyordu. Eğer yere muşamba veya benzeri bir örtü serilmeseydi, ayak izi, yahut başka bir kanıt bırakırlardı. Katil ya da katiller gerçekten çok ince düşünmüş, çok ince çalışmış. Bildiğiniz gibi cinayet silahını bulamadık, ama senin de dediğin gibi başka birkaç alet daha olması gerekiyordu. Budama makası ya da kargaburnu gibi aletler. Adli tıpçılar belki doğru ismini söylerler. Katilin öyle aletlere ihtiyacı vardı, çünkü kurbanın kaburgalarının bağlantı yerlerini keserek kalbe ulaşması gerekiyordu. Onları bulamadık. Evet, katil ya da katiller her kimse son derece işinin ustası insanlar."

Dalgın bir tavırla mırıldandı Tobias.

"Hem de Cemal'in tanıdığı birileri. Belki de çok yakından tanıdığı, çok güvendiği birileri. Öyle olmasa evine niye alsın?"

İtiraz Kurt'tan geldi.

"Böyle düşünmek için erken. Kurban, katilini tanıyor olabilir, ama olmayabilir de. Katil, bir satıcı, ne bileyim bir tamirci yahut komşusu da olabilir. Düşünsenize, evimizin kapısını her gün kimler çalıyor ve bir nedenle onları içeri almak zorunda kalıyoruz."

"İyi de kendisine bıçak çeken bir Neo Nazi'yi evine niye alsın Cemal?"

En az Kurt'un açıklaması kadar mantıklıydı Tobias'ın sorusu. Ama bütün ihtimallerin mümkün olduğu bilinmezler dünyasında elbette bu sorunun da bir yanıtı vardı.

"Kapıyı çalan Otto olmayabilir" diye tartışmaya katıldı Yıldız. "Bir örgütten söz ediyoruz. Gözü kara bir organizasyondan. Otto pek akıllı biri olmayabilir ama onun teşkilatında eminim çok zeki insanlar vardır. Eğer Cemal'i böyle törensel bir cinayetle öldürmeye karar verdilerse, bütün ayrıntıları hesaplamışlardır. Katil pizzacı olarak da gelebilir, torbacı olarak da, televizyon tamircisi olarak da. Hatta Cemal'in güvenebileceği, mahalleden biri olarak da. Sonuçta Neo Naziler her yerde..."

Elindeki kaskla oynamayı bırakan Kurt, şaşkınlıkla mırıldandı.

"Katiller Neo Nazi miymiş? Şu size saldıran adamlar mı?"

Daha fazla bilgi vermek istemedi Yıldız.

"Emin değiliz ama Cemal'i öldürmeleri için güçlü nedenleri var."

Kurt'un bakışları başkomiserin yüzünde sabitlenmişti.

"Kurbanın bilgisayarındaki araştırmanın nedeni de anlaşılıyor" diye mırıldandı. "Maktul, son bir aydır Neo Nazileri inceliyormuş."

Heyecanlanmıştı Yıldız.

"Bu çok önemli bir bilgi Kurti. Maktulün aramalarında şahıs ismi geçiyor mu? Mesela Otto Fischer diye birine rastladın mı?"

Hatırlamaya çalıştı, beceremedi.

"İsimler vardı ama Otto'dan emin değilim. Almanya Nasyonal Demokrat Partisi, Almanya Alternatif Partisi gibi yabancı düşmanı, aşırı sağcı partileri araştırmış. Eski Okul Topluluğu, Combat 18 gibi faşist örgütlere bakmış... Hepsi raporumda yazılı..."

Minnetle baktı Yıldız.

"Çok teşekkür ederiz, merkeze döner dönmez, odama kapanıp raporunu okuyacağım. Ama senin görüşünü merak ediyorum. Ne düşünüyorsun bu cinayet hakkında?"

"Hımmm..." Derin bir nefes adı Kurt. "Bir ayin yapılmış. Basit bir öfke yahut intikam veya çıkar cinayeti değil bu. Belki hâlâ eski dinlere inanan manyakların marifetidir. Cinayet mahallini siz de gördünüz. Kurbanın öldürülme şekli, duvardaki resim, çalan müzik; bu çağda adeta eski bir ayin yapmışlar... Neo Naziler böyle bir düzenek kurar mı? Manyak olduklarını biliyorum ama bu kadarını yaparlar mı ondan emin değilim."

"Ya hedef şaşırtmak istiyorlarsa?" diye başka bir seçeneği dillendirdi Tobias. "Ya bu cinayeti işlediklerinin bilinmesini istemiyorlarsa? O yüzden, olay mahallinde böyle törensel bir hava yarattılarsa?"

Bakışları ağırlaştı Kurt'un.

"Mümkün tabii. Fakat böyle bir örgüt, eylemlerinin duyulmasını istemez mi? Bence cinayetin bir kurban törenine dönüştürülmesinin amacı budur. Bu sıradan bir vaka değil, önemli bir eylemdir mesajını vermek. Toplumun dikkatini işledikleri cinayete çekmek. Örgütlerinin isimlerinin duyulmasını sağlamak. O yüzden, suçlu Neo Naziler ise, bence bu cinayeti gizlemek değil, aksine duyurmak isteyeceklerdir."

İkna olmadı Tobias.

"Öyle olmayabilir. Bugüne kadar Neo Nazilerin işlediği cinayetlerin çoğunda, katil ya da katiller yakalanmadı. Yani bir Türk'ü öldürmek bile onlar için yeterince önemli bir eylem sayılır. Yabancı birini ortadan kaldırmayı Almanya için büyük kazanç sayacak yüzlerce geri zekâlı vardır bu ülkede. Cinayeti Otto Fischer'in ya da başka bir Neo Nazi'nin işlemesinin önemi yok. Önemli olan yabancı birini öldürmek, onları korkutmak, taciz etmek, yıldırmak. Walter Lübcke cinayetini hatırlıyor musun? Kassel Valisi'ydi, katil bir gece valinin evine gitti ve kafasına kurşun sıkıp öldürdü. Bir hafta sonra da yakalandı. Üstelik şahsi bir nefret cinayeti değildi bu. Katilin ve azmettiricisinin Nasyonal Sosyalist Yeraltı Örgütü'yle bağlantısı da bulundu. Yani Neo Naziler işledikleri her cinayeti üstlenmeyebiliyor."

Kurt, meslektaşını can kulağıyla dinledi.

"Anlıyorum Toby" dedi sonra sakince. "Söylediklerin mantıklı ama sen de şunu anla, ilk kez böyle bir düzenekle karşılaşıyoruz. Daha önceki cinayetlerde ev kundaklıyorlardı, insanları döverek öldürüyorlardı, bıçaklıyorlardı. En son silah kullanmaya başladılar. Ama böyle törensel bir cinayeti ilk kez görüyoruz..." Yıldız'a döndü. "Pagan kültürlerde tanrılara insan kurban etmek var mıymış?"

Çaresizce baktı başkomiser.

"Bilmiyoruz. Ama Naziler ile Antik Yunan mitolojisi arasında bazı bağlantılar bulduk."

Ağır ağır başını salladı Kurt.

"Bu bilgi önemli, eğer gerçekten de dediğin gibiyse, evet bu cinayetin failleri Neo Naziler olabilir. Neyse zanlıları ele geçirmişsiniz zaten. Umarım en kısa sürede kesinleşir suçları..." Birkaç adım attı ama kararsızdı, durdu. "Eğer bu iş Neo Nazilerin marifetiyse, korkarım arkası gelecektir. Bu kadar ayrıntılı düzenek hazırlayan bir zihin, bence tek bir cinayetle yetinmez. Asla durmayacaklar. Daha korkunç vakalara da hazır olmak lazım." Yeniden gülümsedi. "Kendinize dikkat edin, eğer düşündüğüm gibiyse çok zor günler sizi bekliyor."

Kinayeli bir bakış attı Yıldız.

"Sadece bizi değil, öyle olursa korkarım seni de bekliyor Kurti. Sen de ekibin bir parçasısın. Asla bu işten yakanı sıyıramazsın..."

Cemal'in sokağında bir sürpriz bekliyordu onları. Cinayet işlenen evin önünde ellerinde pankartlar, dövizler bulunan öfkeli bir insan kalabalığı toplanmıştı. Kavak ağaçlarından savrulan beyaz pamukların arasında büyüleyici bir görüntü oluşturuyordu göstericiler. Passat biraz daha yaklaşınca atılan sloganları da duymaya başladılar. "Faşizme Karşı Hep Beraber!" "Kahrolsun Faşizm!" diye haykırıyorlardı.

"Şöyle park edelim" diye yolun sağını gösterdi Yıldız. "Kalabalığa arabayla yaklaşmamakta yarar var."

Tobias usta bir manevrayla Passat'ı sağa yanaştırırken, Yıldız kalabalığı incelemeyi sürdürdü. Anti-faşist partilerin, sendikaların, sivil toplum örgütlerinin rengârenk bayraklarının arasında üç bez pankart göze çarpıyordu. Önce kırmızı zemin üzerine sarı harflerle "Irkçı saldırılara karşı dayanışmayı güçlendirelim!" yazan pankartı fark etti. Beyaz zemin üzerine siyah harflerle "Nazilere Yer Yok!" yazan bir başka pankart kalabalığın ortasında yer alıyordu. Ama en beğendiği pankart, esmer bir delikanlıyla sarışın bir kızın taşıdığı "Faşizm mi, bir daha asla!" yazanıydı. Babasının gençken çekilmiş bir fotoğrafını hatırladı. 1 Mayıs 1977'de Taksim'deki miting alanındaydı Yaman. Gözleri ışıl ışıldı, heyecanlıydı, tutku doluydu. Yumruk yaptığı sağ eli havadaydı. Arkasındaki pankartta "Faşizme Geçit Yok!" yazıyordu. Fotoğrafın çekilmesinden bir saat sonra mitinge ateş açılmış, 34 kişi hayatını kaybetmişti. Ölenlerden biri de babasının küçük kardeşi Yücel'di. Bu fotoğraf Berlin'e babasından önce gelen bir politik göçmenden çıkmıştı. Babası bu fotoğrafı gördüğünde çok etkilenmişti. Bunun üzerine arkadaşı fotoğrafı ona hediye etmişti. Zaten Türkiye'den getirdiği başka fotoğrafı da yoktu. Çocukluğunda ve düğünlerinde çekilenler dahil olmak üzere, 12 Eylül Darbesi'nden sonra hepsi bizzat babası tarafından yakılmıştı, fotoğraflarda yer alan arkadaşları, diktatörlüğün polisleri tarafından tespit edilmesinler diye. Pankartta bahsedilen faşizm, ne yazık ki Türkiye'de darbeci askerlerin zorbalıklarıyla kurulmuş, yüzbinlerce insan gibi onun ailesinin de hayatını mahvetmiş, annesinin korkunç bir hastalığa düşmesine, sonunda da acılar içinde ölmesine neden olmuştu. Berbat bir dejavu yaşarcasına yeniden dikkatle karşısındaki kalabalığa baktı. Yoksa burada da mı öyle olacaktı? Yaşanan onca yıkıma, kaybedilen milyonlarca cana, çekilen onca acıya rağmen faşizm yeniden mi çökecekti bu güzel ülkenin üzerine?

"Bizim müdürün neden Neo Nazilere düşman kesildiği anlaşıldı" diyen Tobias'ın sesiyle dağıldı düşünceleri. "Cemal'in öldürülmesinin büyük gürültü koparacağını anlamış. Baksana şuraya, ne kadar çok insan var. Dün gece televizyonlarda bizim vakadan bahsediliyordu. Bugün ülkenin her yerinde gösteriler düzenlenecekmiş."

Daldığı umutsuzluktan sıyrılmak istercesine yüksek sesle yanıtladı Yıldız.

"Düzenlensin zaten, yoksa başımıza bela olacak bu alçaklar."

İki polis, "Kahrolsun Faşizm!" diye öfkeyle bağıran protestoculara doğru yürüdüler. Yıldız'ın gözleri bir umut Rafael'i arıyordu tanımadığı yüzlerin arasında.

"Nasıl bulacağız Arjantinliyi bu kalabalıkta?" diye homurdandı Tobias sıkıntıyla. "Evde de yoktur... Sonra mı gelseydik Şef?"

Hiç öyle bir niyeti yoktu şefin, ilk kez kendini bu kadar yakın hissediyordu göstericilere.

"Acele etme Toby, bakıyoruz işte..."

Daha sözünü yeni bitirmişti ki "Yıldız Hanım, Yıldız Hanım" diyen bir ses duydu. Türkçe seslenmişti adam. Başını çevirince, esmer, açık alınlı birinin yaklaştığını gördü. Adam elini uzattı.

"Merhaba, hatırladınız mı? Ben Özcan Mutlu, Yeşiller Partisi eski milletvekiliyim. Geçen yıl tanışmıştık. Engelbecken'de, parkta bulunan ceset vakası..."

Gözleri parıldadı Yıldız'ın, Almanca yanıt verdi.

"Evet, evet, hatırladım Bay Mutlu... Nasılsınız?"

Sıkıntıyla yüzünü buruşturdu Özcan.

"Nasıl olalım Bayan Karasu, Cemal'in ölümü bizi çok üzdü." O da Almancaya dönmüştü. "Naziler azıttıkça azıtıyor." Emin olmak istercesine baktı. "Neo Naziler yapmış, değil mi?"

Sorarken bakışları kuşkuyla Alman polise kaymıştı. Anladı Yıldız.

"Komiser Tobias Becker, birlikte çalışıyoruz. Sorunuza gelince Bay Mutlu, kesin konuşmak için henüz erken, ama zanlılar arasında Neo Naziler de var..."

Aldığı yanıt deneyimli siyasetçiyi tatmin etmedi.

"Bunlar çok önemli vakalar Bayan Karasu. Ülke çok kötü bir yere gidiyor. Sanki 1930'ların Berlini'ne dönmüş gibiyiz. Eğer Neo Naziler güçlenirse daha da acımasız olacaklar. Hemen önlem almak lazım."

Buruk buruk gülümsedi Yıldız.

"Aynı fikirdeyim Bay Mutlu. Hem bir Alman vatandaşı hem de suçla mücadele eden biri olarak kaygılarınızı paylaşıyorum. Bu vakada da failleri bulmak için elimizden geleni yapıyoruz. Bay Becker'le ben, bu işi mutlaka aydınlığa kavuşturacağız." Bay Becker derken, sözcüğün üzerine basa basa konuşmuştu. Biz emniyet teşkilatına sızmış ırkçılardan değiliz demek istiyordu. "O konuda içiniz rahat olsun. Sahi siz, tanıyor muydunuz maktulü?"

Gözlerini üzüntüyle kıstı Özcan.

"Arkadaşım değildi ama birkaç toplantıda görmüştüm. Yeşiller üyesiydi. Aktif olmamasına rağmen her zaman desteklerdi bizi. İyi bir insandı, işgal evlerindekilere yardım ederdi. O projelerden birinde birlikte çalışmıştık."

Kuşkuyla sordu Tobias.

"Ailesi onu terk etmiş diye duyduk."

Tartışmanın gereği yoktu, orta yolu buldu Özcan.

"Kimseye aldırmadan bildiği gibi yaşardı. İstediği gibi yaşadığı için bedel ödedi diyelim."

Yıldız'ın aklına başka bir ihtimal gelmişti.

"Neo Nazilerle kavga etmişler... Bu konuda hiç konuştunuz mu? Partinizden yardım istemiş miydi?"

Şaşırmıştı anti-faşist siyasetçi.

"Hayır, ilk defa sizden duyuyorum. Partiye başvursaydı, mutlaka haberim olurdu..." Kaşları düştü. "Kavga etmişler demek. O zaman kesinlikle Neo Naziler öldürdü Cemal'i. Bunu niye açıklamıyorsunuz ki?"

Sessiz bir gerginlik oluşmuştu aralarında.

"Açıklama yapmak için henüz çok erken. Elimizde yeterince kanıt yok. Adamları suçlayıp da kanıtlayamazsak, yabancı düşmanı gazeteler tefe koyar bizi. Lütfen, biraz sabır. Size şu kadarını söyleyebilirim ki, soruşturma iyi gidiyor..."

Bundan hiç emin değildi Özcan ama daha fazla itiraz etmedi. Cebinden kartını çıkartıp uzattı.

"Biz de bu vakanın takipçisiyiz. Öldürülen bizim üyemiz, bizim arkadaşımız. Yapabileceğimiz bir şey olursa lütfen aramaktan çekinmeyin."

"Teşekkür ederiz." Kartı ceketinin cebine koydu Yıldız. "İhtiyaç duyduğumuzda mutlaka iletişime geçeriz" diyerek eliyle cebini taradı ama kendi kartını bulamadı. "Tobias, şu senin kartlardan versene Bay Mutlu'ya..." Yardımcısı kartını çıkartırken, yeniden Özcan'a döndü. "Vakayla ilgili bir şey duyarsanız lütfen siz de bizi arayın. Gece gündüz fark etmez, yirmi dört saat uygunuz."

Özcan'a kartı uzatan iri polis, "Şey, biz aslında Rafael'le görüşecektik. Tanır mısınız?" diye sordu umutsuzca. "Cemal'in arkadaşı, onu gördünüz mü?"

Kartı alan Özcan'ın yüzü ışıdı.

"Arjantinli ressam mı? Bakın, işte şu pankartın altında. Evet, şu işte. 'Nazilere Yer Yok!' yazanın altında. Karısı da yanında. Kadın hamile ya, pankartın gölgesine sığınmışlar."

Görmüştü Yıldız.

"Tamam, teşekkür ederiz, hoşça kalın..."

Kalabalığı yararak Arjantinli ressamla Pilar'a doğru ilerlemeye başladılar.

Önce hamile kadın fark etti onları. Emin olamadı, dikkatle baktı, sonra kocasına söyledi. Rafael dişlerini göstererek gülümsedi. Bizimkiler de yaklaşmışlardı zaten. Ama aralarına saçlarını kazıtmış bir kadın girdi. Böyle olmayacaktı.

"Gelin, gelin" dedi Rafael sağ tarafa yönelerek. "Şöyle çıkalım..."

Karısının elinden tutmuş, kalabalıktan kurtulmaya çalışıyordu. İki polis de onları izledi. Ama insan selinden sıyrılmaları dakikalarca sürdü. Sonunda kavak ağaçlarından birinin altında konuşacak sakin bir yer bulabildiler.

"Ben de sizi merak ediyordum" diye kaygılı bir sesle girdi lafa Rafael. "Ne oldu, tutuklandı mı Otto'yla arkadaşları?"

Hem Cemal'i öldüren katillerin cezalandırıldığını duymak istiyor hem de karısına ve kendisine yönelik tehdidin sona erdiğinden emin olmayı umuyordu.

"Tutuklanacaklar" dedi Yıldız sakin bir tavırla. "Ama önce şu kameranın sahibi olan şahısla konuşmamız lazım."

"Peyman mı?" Bakışları kalabalığa döndü. "Buralarda bir yerdeydi. Görüyor musun Pilar?"

Hamile kadın da gözlerini kısarak insan denizini taradı.

"İşte orada, oğlu da yanında..."

"Tamam, onu alıp geliyorum şimdi."

Karısının alnına bir öpücük kondurduktan sonra yeniden kalabalığa daldı.

"Burada güvende miyiz?"

Sesi o kadar cılız çıkmıştı ki, anlayamadı Yıldız.

"Ne, ne dediniz?"

"Neo Naziler bize de saldırırlar mı?" diye başka biçimde dile getirdi endişesini Pilar. Konuşurken sağ elini karnının üzerine koymuştu. "Bizi koruyacak mısınız?"

Başkomiser ne diyeceğini bilemedi, Tobias yetişti yardımına.

"Dürüst olmak gerekirse, kesinlikle güvendesiniz diyemeyiz. Ama Neo Nazilerin şu sıralar başları belada. Yeni bir saldırıya kalkışmaları aptalca olur. Yani bir süre size bulaşacaklarını sanmıyorum."

"Bir süre?" diye mırıldandı Pilar. "Ya sonra?"

İnsanlara yalancı vaatlerde bulunmaktan nefret ederdi Yıldız ama Arjantinli kadının haline üzüldü.

"Hiç tasalanmayın hepsini içeri tıkacağız. Cemal'i öldürdüklerine pişman edeceğiz onları..."

Ürkek gözleri minnettarlıkla doldu Pilar'ın.

"Teşekkür ederim, çok teşekkür ederim. Yoksa Buenos Aires'e dönecek Rafael. Beni düşündüğü için. Ama onun geleceği burada. Bu kasımda bir sergi açacak. Üç yıldır bu iş üzerine çalışıyor. Bütün planları bozulur."

Usulca sıktı kadının omzunu Yıldız.

"Merak etmeyin, Rafael kasımda sergisini açacak."

Pilar şaşırmış gibiydi. Geçen akşam gayet mesafeli olan polis, şimdi onların kaygılarını gidermek için uğraşıyordu. Yeniden teşekkür etmeye hazırlanıyordu ki "Evet, Peyman'ı getirdim işte" diyen kocasının sesi engel oldu. Üçü birden Rafael'e döndüler. Yanında en az bir doksan boyunda, gümüş rengi düz saçları omzuna kadar inen, esmer bir adam vardı.

"Merhaba" diyerek iri elini uzattı. "Peyman Mecidi, buyurun, nasıl yardımcı olabilirim?"

Almancayı aksansız konuşuyordu. İki polis de kendilerini tanıttıktan sonra "Cinayetin işlendiği geceyi merak ediyoruz" diyerek bodoslamadan girdi Yıldız. "Kameranız zanlıları kaydetmiş, ama cinayet mahalline girerken değil, evinizin önünden geçerken. Acaba siz ya da ailenizden birileri, zanlıları gördü mü?"

Hiç yüksünmeden yanıtladı rüzgârda saçları usulca dalgalanan adam.

"Zanlılar derken Otto ve iki arkadaşını kastediyorsanız, onları daha önceden de görmüştüm. Bana sataşmışlıkları da vardır. Ama Cemal'in öldürüldüğü gece onları görmedim.

Çok tehlikeli adamlar. Ne yapacakları belli olmaz. Çok da cüretkârlar." İki polisi de kuşkuyla süzdü. "Çünkü yaptıkları yanlarına kâr kalıyor. İçeriden destek alıyorlar."

Ne demek istediğini çok iyi anlamıştı Yıldız ama hiç oralı olmadı.

"Cemal'i tanıyordunuz yani? Yakın arkadaşınız mıydı?"

Aynı samimiyetle açıkladı Peyman:

"Komşumuzdu, evet, iyi biri olduğunu bilecek kadar onu tanıyordum. Rafael ne düşünür bilmiyorum ama bence iyi bir ressamdı. Büyük bir projesi vardı. Zeus Altarı'nda bulunan 'Tanrılarla Devlerin Savaşı'nı anlatan heykellerin resimlerini çizmek... Hatta, bana projesini anlattığında, 'Yapma!' diye uyarmıştım."

"Neden?" diye atıldı Tobias. "Neden yapmasını istemediniz?"

"Çünkü, bizim İran asıllı Yadegar Asisi bu işi mükemmel bir şekilde yaptı zaten. Hem de Berlin'de Pergamon Müzesi'nin hemen karşısında. Görmediniz mi?"

Ne Yıldız ne de Tobias'ın haberi vardı bu eserden. Sessiz kaldıklarını görünce sözlerini sürdürdü Peyman.

"Antik Pergamon şehrinin panoramasını yaptı Asisi. Roma İmparatorluğu döneminde antik şehirde yaşananları görüntü ve seslerle canlandırdı. Tavsiye ederim, muhteşem bir şölen, mutlaka gidin."

Kesinlikle gidecekti Yıldız ama başka bir meseleye takılmıştı.

"Peki, Cemal ne karşılık vermişti, siz bu projeyi yapmayın deyince?"

Yüzüne düşen saçlarını geriye attı Peyman.

"Pek dikkate almadı. Aslında bir kez daha uyardım: 'Sanatta yapılmış olanı yapmanın hiçbir kıymeti yoktur. Yapılmış bir resmin kopyası çöptür' dedim. Gözlerini yüzüme dikti. 'Biliyorum Peyman, ama Asisi Pergamon'un Roma İmparatorluğu dönemini anlattı, çok da güzel bir iş yaptı. Ben, Pergamon'un Hellenistik dönemini anlatacağım. Çünkü 'Tanrılarla Devlerin Savaşı'ndaki heykeller Yunan tanrılarını anlatıyor. Ölümsüz Olymposluları... Benim sergim, bütün Antik Yunan Mitolojisini canlandıracak. Tabii, Zeus Altarı'ndaki tanrılardan yola çıkarak...' Evet, işte böyle dedi. Çok kararlı görünüyordu, ne yaptığını bilen birinin güveni içindeydi. Ben de daha fazla itiraz etmedim." Sustu, bakışları az önce kendisinin de aralarında bulunduğu kalabalığa takıldı, sonra yeniden Yıldız'a döndü. "Çizdiği Zeus resminin önünde öldürülmüş, değil mi?"

Onaylamak yerine soruyla karşılık verdi Tobias.

"Bunun bir önemi var mı?"

Fark etmediniz mi dercesine baktı gümüş saçlı İranlı.

"Yaptığı resimdeki Zeus'a kendi yüzünü vermişti. Salondaki eskizlerde de Kronos'un yüzü olarak babasını çizmişti. Yani Zeus'un babasına kendi babasının yüzünü vermişti."

Polisler şaşırmışlardı, ama onları mitoloji değil, cinayet ilgilendiriyordu, şu anda Zeus'un babası Kronos'tan çok Cemal'in babasına yoğunlaşmışlardı.

"Kerem Bey'le nerede karşılaştınız?"

Bön bön baktı Peyman.

"Kerem de kim?"

Şaşırma sırası Yıldız'a gelmişti.

"Kerem, maktulün, yani Cemal'in babası."

Omuz silkti gümüş saçlı adam.

"Hayır, onu hiç görmedim. Adının Kerem olduğunu da sizden duyuyorum."

Elbette Yıldız'ın sorusu hazırdı.

"Onunla karşılaşmadıysanız, eskizlerdeki Kronos'un ona benzediğini nereden anladınız?"

"Cemal, babasının fotoğrafını göstermişti. Salondaki eskizleri görmem için beni çağırdığında." Arjantinli ressama baktı. "Hatta sen de vardın Rafael, hatırladın mı?"

Hüzünlü bir gülümseme belirdi Rafael'in yüzünde.

"Evet, ne kadar heyecanlıydı değil mi? 'Bu eskiz çalışmalarının ilki, ama ötekiler de böyle olacak işte' demişti..."

Lafı ressamın ağzından aldı Peyman.

"Ve ardından şöyle eklemişti: 'Bu sergi benim için kişisel bir mesele. Çünkü Pergamon kenti, benim ailemin tarihiyle iç içe geçmiştir. Kazı başladığından bu yana, babam dahil, neredeyse ailenin bütün erkekleri orada kazma sallamış, bu muhteşem kentin yeniden doğuşuna tanıklık etmiş. O yüzden Zeus Altarı'ndaki heykellerin resmini yaparken, onlara kendi ailemdeki insanların yüzlerini vereceğim. Dedemi Uranos yapacağım, babamı Kronos, kendimi de Zeus.' İşte o zaman babasının fotoğrafını çıkarmış, 'Bakın, benzemiş mi?' diye bize göstermişti."

Ölçülü bir coşkuyla yükseldi Rafael'in sesi.

"Evet, evet aynen öyle demişti. Yaşasaydı şahane bir iş çıkacaktı. Mümkün olursa sergiyi de Pergamon Müzesi'nde açmayı düşünüyordu. Yarıda kaldı canım proje..."

Peyman'ı dinlerken içten içe kendine kızıyordu Yıldız. Nasıl fark etmemişlerdi resimdeki Kronos'un Kerem'e benzediğini? Adamı bir yerlerden gözü ısırmıştı ama sonra üstünde durmamıştı. Zeus'un yüzünün maktule benzediğini de anlamamışlardı. Tobias bu eksikliği pek önemsememiş olacak ki "Peki cinayet gecesi yahut akşamüzeri sokakta kuşku uyandıran birilerini gördünüz mü?" diye konuşmanın başına döndü. "Yahut sıra dışı bir şey oldu mu?"

Kara kaşlarını çatarak düşündü Peyman.

"Bir minibüs vardı" diye mırıldandı sonunda. "Evet, evet, kobalt siyahı bir minibüs. Hava karardıktan sonra gördüm. Sigara içmek için balkona çıkmıştım." Rafael ile Pilar'a baktı. "Siz görmediniz mi? Siyah bir minibüs..."

"Ben işgal evindeydim" dedi Rafael. "Geldiğimde olan olmuştu zaten."

Suçlu suçlu baktı Pilar.

"Ben uyuyordum. Papatya çayı içmiştim. Ağrım vardı, biraz uzanmıştım, dalmışım. Gürültülü müziğin sesine uyandım."

Sorulması gerekeni Tobias sordu.

"Minibüsün plakasını gördünüz mü?"

Çaresizce başını salladı Peyman.

"Bakmadım bile... Bilsem bakardım elbette. Ama bir minibüstü işte. Her gün oraya park eden arabalardan biri..."

"Peki, markasını söyleyebilir misiniz? Yahut üzerinde bir logo, bir yazı, bir işaret gördünüz mü?"

Belli belirsiz bir kahırla gölgelendi İranlı göçmenin yüzü.

"Görmedim, gördüysem de hatırlamıyorum. Sadece siyah bir minibüs gördüğümü söyleyebilirim. Kobalt siyahı... Sadece bundan eminim. Bir de kamerama takılan o Nazi bozuntularının evimin önünden geçtiklerinden..."

"Ne düşünüyorsun Şef?" Bakışlarını trafiğin sakince aktığı yoldan ayırmadan sormuştu Tobias. "Arabaya bindiğimizden beri tek laf etmedin."

Yine konuşmadı Yıldız, dalgın bir tavırla yolu izlemeyi sürdürdü.

"Yoksa yanılıyor muyuz?" Bu defa dönüp baktı amirine. "Yoksa bu işin Neo Nazilerle alakası yok mu?"

İşte o zaman dili çözüldü şefin.

"Niye öyle söyledin?"

Sesi gergindi. Yanlış anlaşıldığını düşünen Tobias:

"Ne bileyim? İranlının söyledikleri ilginç geldi bana."

Yıldız'ın aklını kurcalayan, dakikalardır konuşmamasına neden olan konudan bahsediyordu aslında.

"Tam olarak hangi kısmı?"

Tobias az kalsın kırmızı ışıkta geçecekti. Aceleyle frene bastı. Passat sarsılarak durdu.

"Pardon Şef, son anda gördüm..."

Yıldız'ın zihni o kadar doluydu ki, yardımcısının aniden frene basmasını umursamamıştı bile.

"Peyman'ın söylediklerinden bahsediyordun" diyerek onu cesaretlendirdi. "Resim meselesi mi ilginç geldi?"

"Evet, resim meselesi. Daha doğrusu Cemal'in babasının yüzünü Kronos'un yüzü yapması. Sence de tuhaf değil mi? Kendisini de Zeus olarak çiziyor. Tanrıların babam gibi bakmasını istemezdim doğrusu. Ya da annemin bir tanrıça gibi gülümsemesini... Kendimi bir tanrı olarak görmeyi hiç istemezdim. İnsan korkar yahu. Öyle değil mi?"

Öyleydi; Yıldız da arabaya bindiğinden beri tam da bunları düşünüyordu işte. Yine de aklından geçenleri açıkça paylaşmak yerine yardımcısının fikirlerini öğrenmeyi tercih etti.

"Peki, bundan nasıl bir sonuç çıkartıyorsun?"

Tombul sosisleri andıran parmaklarını direksiyondan çekti Tobias, iri ellerini biraz kaldırdı.

"Bilemiyorum, tuhaf geldi sadece. Düşünsene, seni reddeden bir ailen var. Daha da beteri seni dövmüşler. Seni yok saymışlar. Senden nefret ediyorlar. Belki de öldürmeyi düşünüyorlar. Sen de kalkıp onların yüzlerini Yunan tanrılarına veriyorsun... Adeta onları ölümsüzleştiriyorsun. Bunu niye yapasın ki? Mantıksız değil mi Şef?"

Yardımcısının sorusu Yıldız'ın zihninde küçük bir aydınlanma yaşattı.

"Mantıksız değil aslında..." Pişmanlıkla gülümsedi. "Neden aklıma gelmedi bilmiyorum. Cemal böylece babasından intikam alacaktı. Evet, Yunan mitolojisinde erkeklerin taht kavgası vardı. Zeus, babası Kronos'u yener, ama babası da daha önce kendi babası Uranos'un erkeklik organını keser."

Tobias acıyla yüzünü buruşturdu.

"Çok vahşice değil mi?"

Manidar bir ifade belirdi Yıldız'ın gözlerinde.

"Öyle, ama senin de bildiğin gibi erkeklerin iktidar kavgası acımasızdır Toby. Cemal'in eskizlerini yeniden incelersek, tanrıları yani aile üyelerini nasıl yorumlayacağını da anlarız. Tabii, kendisini de..." Yeniden yardımcısına baktı. "Sahi, hatırlıyor musun? Resimdeki Zeus nasıl bir duygu uyandırmıştı sende?"

Omuz silkti Tobias.

"Hatırlamıyorum, nedense hiç dikkat etmemişim..." Hafifçe terleyen, dolgun yüzü pişmanlıkla gerilmişti. "Sahi Şef biz nasıl atladık bu kadar önemli bir ayrıntıyı? Nasıl oldu da anlamadık resimdeki Zeus'la kurbanın benzerliğini?"

Çoktan bulmuştu bu sorunun yanıtını Yıldız.

"Kendimize haksızlık etmeyelim Toby. Resimdeki tanrının başında taç vardı, üstelik sakallıydı. Cemal'in sakalı yoktu. Ayrıca tanrı, Cemal'den biraz daha yaşlı görünüyordu. Odadaki loş ışığı da unutmayalım. Hatamızı hoş görelim diye söylemiyorum ama nedenlerimiz vardı."

"Haklısın" diye onayladı yardımcısı. "Ama miting dağıldıktan sonra cinayet mahalline dönmekte yarar var. Öğrendiklerimizin ışığında bir daha kontrol edelim evi."

"Daha sonra uğrarız, şu görüşmelerimizi bitirelim de. Bakalım neler anlatacak Haluk? Ama benim asıl merak ettiğim Peter'in bahsettiği tehdit mektubu."

İkisi de sustular, duran arabaların önünde, elindeki beş topu havaya atarak yere düşürmeden döndüren, uzun rasta saçlı, yarı çıplak siyahiye baktılar. İncecik bir adamdı ama çok esnekti. Topları büyük bir maharetle boşlukta çevirerek kırmızı ışıkta arabalarının içinde bekleyen herkesin ilgisini çekiyordu. Sarı ışığın yanmasına saniye kala gösterisini bitirdi, elbette alkış yerine izleyicilerinden bahşiş bekledi. Ama kimseden kuruş çıkmadı. Jonglörün iri siyah gözleriyle kendisine baktığını gördü Yıldız, bir an niyetlendi para vereyim diye. Ama genç adamın gözlerindeki sert ifade canını sıktı, vazgeçti. Yeşil ışık yanınca, arabayı hareket ettirdi Tobias. Bir süre önlerinde akan yolu izlediler. Sessizliği bozan yine yardımcısı oldu.

"Şu Zeus Altarı'ndaki heykellerde tanrılar övülüyor mu yoksa yeriliyor mu?"

Aklı hâlâ Cemal'in çizdiği resimde olmalıydı.

"Hatırladığım kadarıyla övülüyordu. İnsanların tanrıları yermek için heykeller yaptıklarını zannetmiyorum. İnsanın korkusu ve çıkarları her zaman öfkesinden daha kalıcıdır, daha ağır basar. Heykellerin yapılış amacı tanrıların gözüne girmek, onların koruyuculuğunun ardına sığınmak. Yani bir tür ibadet. Ama heykelleri yapan sanatçının, topluma ters gelecek mesajları olabilir tabii. Eğer öyleyse bunu gizli bir şekilde yapmıştır. Yanlış anlama, altardaki heykellerde böyle bir gizli mesaj olduğu için söylemiyorum. Ama bunu uzmanına sormakta fayda var. Birazdan Haluk Ölmez açıklar bize."

Böyle konuşmasına rağmen, Tobias'ın düşüncesinden biraz rahatsız olmuştu. Neo Naziler hakkında o kadar kanıt varken, yardımcısı sanki katilin aileden biri olması ihtimali üzerine yoğunlaşıyordu. Belki Haluk Ölmez'le görüşmeyi araya sıkıştırmasının nedeni de buydu. Tezini kanıtlamak. Yardımcısının üzerine gitmek istemedi ama kendini tutamadı.

"Cinayetin Zeus resmiyle alakalı olduğunu mu düşünüyorsun? Yani Cemal'in öldürülmesine, kendi yüzünü tanrınınkine yerleştirmesi mi neden oldu diyorsun?"

Hemen yanıt vermedi Tobias. Önünde ağır ağır akan trafiğe baktı.

"Tam öyle düşünmüyorum Şef... Ama kafam karıştı biraz... Acayip bir vaka bu... Otto ve adamlarına yoğunlaşmışken, bir şeyleri kaçırmayalım diyorum sadece... Hadi fantezi olsun diye Zeus'un yüzünü kendisininkine benzetti ama onu kovan ailesinin resimlerini niye yapsın?"

Son derece mantıklıydı sözleri ama Yıldız tartışma gereği duydu.

"Anlaşılan, Cemal'in ailesini kötü gösterme isteği, seni ikna etmemiş. Peki, diyelim ki, babasından, annesinden ya da kardeşinden intikam almak için değil, aksine onlara sevgisini göstermek için yapacaktı resimleri. Senin deyiminle onları ölümsüz kılmak için. Bundan ne çıkar? Tamam ailesi ona kötü davranmış ama Cemal hâlâ onları seviyor olabilir. Yahut ailesinin bir gün yaptıklarından pişman olacaklarını umarak, belki de onları utandırmayı planlıyordur."

Hiç aklına yatmamıştı Tobias'ın ama şefin suyuna gitmek istedi. Gözlerini yoldan ayırmadan başını salladı.

"Olabilir tabii, hatta belki de projesinde aile bireylerine yer vererek onlarla yeniden barışmanın yollarını arıyordu. Evet, bunların hepsi olabilir." Yeniden Yıldız'a baktı. "Ama kabul et, pek de alışıldık bir durum değil bu."

Şef cevap verecekti ki telefonu çalmaya başladı. Eski kocası Franz'dı.

"Bir dakika Toby" diyerek açtı telefonu. "Merhaba Franz, nasılsın?"

Uykulu bir sesle cevap verdi eski koca.

"Merhaba Yıldız, iyiyim. Çok geç yattım, kusura bakma telefonunu duymamışım... Sen nasılsın? Dennis nasıl?"

"Ben iyiyim ama Deniz'le ilgili sıkıntılar var. Sabah okulundaydım. Bayan Hermine Krause'ye konuştum..."

"Bayan Krause?"

Sert çıkacaktı ama vazgeçti.

"Sınıf öğretmeni, geçen yıl birlikte konuşmuştuk hani."

Pişkin pişkin güldü Franz.

"Tamam, tamam hatırladım, şu iri yarı kadın..."

"Evet, o iri yarı kadın. Deniz bu dönem iyi değil diyor. Dersleri boşlamış. Konsantrasyon sorunları varmış. Birlikte daha çok vakit geçirmelisiniz diyor..."

"Anlıyorum..." Kederli çıkmıştı sesi. "Ben hazırım, ne gerekiyorsa yaparım. Sen kabul edersen eve de dönerim. Sahi, niye birlikte yaşamıyoruz ki?"

Hemencecik cıvımıştı.

"Konuyu sulandırma Franz" diye uyardı. "Bizim ilişkimizden değil, Deniz'in durumundan bahsediyoruz."

"İkisi birbirinden ayrı değil ki. Dennis bizim oğlumuz. Onun psikolojisini bozan da bizim ayrılığımız..."

Bunaldı Yıldız.

"Bu konuyu çok konuştuk, tekrar başa dönmeyelim." Sesi yorgun çıkıyordu. "Sen ne demek istediğimi çok iyi anladın. Bayan Krause, bir süre üçünüz birlikte görüşün diyor. Hiç değilse haftada bir yemeğe çıkarsak iyi olurmuş."

"Daha fazla da çıkabiliriz Yıldız, bu beni mutlu eder."

Bu kez son derece içten, adeta yalvarırcasına çıkmıştı sesi. Elbette Yıldız etkilenmedi.

"Bir kez yeterli, konu senin mutlu olman değil, Deniz'in bu süreci hasarsız atlatması..."

"Anlıyorum, haklısın, ne dersen yaparım. Hatta tekne gezisine de çıkabiliriz. Bilirsin Dennis bayılıyor göllerde gezmeye..."

Anında iğnesini batırdı Yıldız.

"Önce bir yemeğe çıkmayı başaralım da. Bu hafta sonu

olabilir ama yine söz verip erteleme yeter. Çok mutsuz oldu Deniz."

"Özür dilerim ama operasyon vardı." Eski karısından yanıt alamayınca kırgın bir sesle sürdürdü. "İnanmadın değil mi operasyon olduğuna? Ama doğruyu söylüyordum Yıldız. Üç gündür doğru dürüst uyumadım. Hafta sonu Hamburg'daydım. Pazar akşamı bir şilepte yüklü miktarda eroin ele geçirdik. Şebekenin patronu Berlin'de yaşayan bir Rus..." İç geçirişi telefonun bu ucundan duyuldu. "Oğlum benim için çok değerli Yıldız. Hiçbir nedenle onunla buluşmayı ertelemem. Elbette görev dışında... Bu senin de başına gelebilir..."

İnanmıştı Yıldız ama yelkenleri hemen suya indirmedi.

"Hatanı telafi etmek için oğlunu arayabilirdin..."

"Fırsat olmadı, biliyorsun bu işleri. İngiliz polisiyle ortak gerçekleştirdiğimiz bir operasyondu. Telefonlarımızı kapattık..."

Yok, ağzıyla kuş tutsa eski karısını ikna edemeyecekti.

"Hadi bu defa böyle oldu, ya daha öncekiler?"

"Ama..." diyecek oldu eski koca,

"Neyse Franz, anlaştıysak sıkıntı yok" diyerek kestirip attı Yıldız. "Sen tamamen uyanınca programına bak, yemek için uygun günü WhatsApp'tan bana yaz... Ben de sana yazarım. Hadi şimdilik hoşça kal..."

Teslim olmuş bir sesle bitirdi konuşmayı eski koca.

"Hoşça kal Yıldız, görüşmek üzere. Dennis'i öp benim için. Unutma sizin için her şeyi yapmaya hazırım..."

Telefonu kapatan Yıldız, "Her şeyi yapmaya hazırmış" diye homurdandı. "Sen önce, söz verdiğin zamanda çocuğunu almayı öğren!"

Tobias güya konuşulanları duymamak için bütün dikkatini yola vermişti ama bu mümkün değildi. Göz ucuyla yardımcısına baktı Yıldız.

"Kusura bakma Toby, kafanı şişirmek istemezdim ama önemli bir meseleydi."

Nedense mahcup olmuştu yardımcısı.

"Yok canım, kafam filan şişmedi. Beni dert etme..." Bir süre böyle gittiler ama Tobias dayanamadı. "Niye ayrılmıştınız Franz'la?" diye sordu. Sonra fazla ileri gittiğini düşündü, şefine döndü. "Yani belki anlatmak istersin dedim..."

Anlatmak değil anlamak istercesine baktı yardımcısına Yıldız. Yok, münasebetsizlik olarak görmemişti soruyu, hatta hoşuna gittiği bile söylenebilirdi.

"Uzun mesele Toby. Uzun ve karışık bir mesele. Ama şu kadarını söyleyeyim, kimse kimseyi aldatmadı. O konuda çok dürüsttür Franz. Eşine az rastlanır şu sadık erkeklerden. Annesini çok seviyormuş. Ben tanışamadım, Franz gençken ölmüş kadın. Ama çok iyi eğitmiş oğlunu. Kadınlara karşı son derece kibar, şefkatli, hatta aklını toplayabilirse oldukça da ince düşüncelidir..."

Şaşırmıştı Tobias, döndü, o zaman niye ayrıldınız dercesine baktı.

"Ama annesi o kadar çok ilgi göstermiş ki, Franz büyümeye fırsat bulamamış, çocuk kalmış. Deniz'le de o yüzden iyi anlaşıyor zaten. Bir baba gibi değil arkadaşı gibi davranıyor ona. Birlikte oyun oynamalarını göreceksin. Bir kez bile sıkılmadı oğlunun istekleri karşısında. Deniz'in de hoşuna gidiyor tabii... Ama şimdilik... Büyüdüğünde, uçarı bir arkadaş değil, gerçek bir baba isteyecek."

İlgiyle dinlemesine rağmen anlayamıyordu Tobias.

"Yani sorumsuz biri mi?"

Sıkıntıyla güldü Yıldız.

"Karmaşık, değil mi? Evet, ben de Franz'ı anlayana kadar epeyce ter döktüm. Belki de beni ona çeken, bu anlaşılmaz haliydi. Ama sonra gerçek bütün çıplaklığıyla beliriverdi karşımda. Duygu yaşı on yedi olan bir adamla evlenmiştim. Hayatı asla ciddiye almayan, almak istemeyen biriyle. Vur patlasın çal oynasın yaşayan biriyle. Annesi hayatı onun için kolaylaştırdığından sorunlarla karşılaştığında ne yapacağını bilemeyen biriydi Franz. Sorunlarla karşılaşmak istemeyen, sorun çıkınca hemen arazi olan biri, yetişkin gibi görünen ama asla büyümeyen, aklı havada, hep bir delikanlı gibi yaşamak isteyen biri..."

Bu kez Tobias güldü.

"Kim hep delikanlı gibi yaşamak istemez ki?"

"Ama o zaman evlenmeyeceksin, çocuk yapmayacaksın, kendi başına keyfince yaşayacaksın." Sesi gerginleşmişti Yıldız'ın. "Tabii bende de var kabahat, böyle bir adamla niye evlenirsin? Hadi evlendin, niye çocuk yaparsın? Ama dünyanın en büyük yanılsamasıdır aşk. Bak aşk diyorum hâlâ." Yine sinirlenir gibi oldu. "Bir de tekrar birlikte yaşayalım diyor. Adam neler olduğunun farkında bile değil..."

Franz'ın nasıl biri olduğunu gerçekten merak etmeye başlamıştı Tobias.

"Peki, işinde nasıl? Narkotikte müdürdü değil mi?"

Kararlılıkla başını salladı Yıldız.

"İşinde müthiş, çok iyi bir polistir. Gerçekten çok iyidir. Böyle uçarı bir adamın bu kadar başarılı olması beni hep şaşırtmıştır. İş dendi mi akan sular durur. Bildiğin havai Franz gider, yerine disiplinli bir adam gelir. Belki işi de bir tür oyun gibi gördüğündendir. Bu özelliğini hâlâ çözebilmiş değilim. Çözmeye de hiç niyetim yok... İyi bir polis olabilir ama asla birlikte yaşanacak bir adam değil. Üzücü olan, beni hâlâ seviyor olması..."

Yıldız'ın kederlendiğini hisseden Tobias, teselli etmek istedi ama beceremedi, laf olsun diye, "Belki de kültür farkıdır" diye mırıldandı. "O nedenle anlaşamadınız."

İronik bir gülümseme belirdi Yıldız'ın öfkeli yüzünde.

"Hayır, kültür farkı değil. Ben ondan daha çok Alman'ım birçok konuda. Önceden düşünürüm, plan yaparım, hayatın her alanında disiplinliyim. Hayır, kültür farkı değil, adamın ruhu çocuk..."

Çözümsüz bir meseleyle karşı karşıya olduğunu anlayan Tobias sonunda sustu.

"Neyse, dertlerimle kafanı ütülediğim için tekrar özür dilerim" dedi Yıldız. "Biz işimize bakalım. En son, Cemal'in ailesini boş bırakmayalım diyordun, değil mi?"

Ne dediğinden tam olarak emin değildi Tobias.

"Maktulün davranışında bir tutarsızlık var diyordum. Acaba aile içinde bilmediğimiz başka meseleler de mi var?"

Kendisinin de kuşkulandığı konuları dile getiriyordu yardımcısı ama Yıldız ketumluğunu sürdürmekten yanaydı.

"Ne tür meseleler? Miras filan gibi mi?"

"O da olabilir" dedi Passat'ın direksiyonunu dar bir sokağa çeviren yardımcısı. "Baksana dedesinin kardeşleriyle kavga etmişler, bir de çocuk ölmüş. Ama ben, Zeus Altarı'yla alakalı bir konudan şüpheleniyorum. Ne dersen, söyleyemem." Sustu, aklına şimdi gelmiş gibi döndü. "Belki bir define, yahut kıymetli bir antika parça..."

İşte bunu hiç düşünmemişti Yıldız, ama son derece düzgün akıl yürütüyordu yardımcısı. Ölmez Ailesi yüz yıldır Pergamon'da çalışmıştı. Belki büyükbabalardan biri önemli bir tarihi eser bulmuş, arkeologlardan kaçırarak onu kendisine ayırmıştı. Belki o eseri satarak şu iki tatlıcı dükkânını açmışlardı. Öyle ya Berlin'de iki ayrı dükkân açmak hiç de kolay değildi. Bunu bilen Cemal, tanrılara akrabalarının yüzünü resmederek aileye bir mesaj veriyor olabilirdi. Belki de cinayet bu nedenle işlenmişti. Gammazlık yapmaya eğilimli 'hain oğlu' susturmak için... Fakat sonuçta bunların hepsi varsayımdı, akıl yürütmeydi. Oysa ellerinde, Cemal'i öldürmek için yeterli nedenleri ve istekleri olan Neo Naziler vardı. Öncelikle bu makul şüphelilere yoğunlaşmaları gerekiyordu. Elbette öteki ihtimalleri göz ardı etmeden. O yüzden daha esnek konuştu yardımcısıyla.

"Merak etme Toby, bütün ihtimalleri gözden geçireceğiz, gerekirse bütün kapıları çalacağız, bütün odalara bakacağız, herkesle konuşacağız. Ama öncelikle şu Haluk'u bir dinleyelim." Sokağın sonundaki binalara baktı. "Sahi ne kadar kaldı Alman Arkeoloji Enstitüsü'ne, yaklaştık mı?"

Başıyla ilerde bir yerleri gösterdi yardımcısı.

"Çok kalmadı, birazdan önünde oluruz binanın."

Haluk ne Cemal'e ne de Kerem'e benziyordu. Metal çerçeveli gözlüklerinin ardından bakan yeşil gözlerinde yabanıl bir ifade vardı. Kartal gagasını andıran sivri burnu, ince dudaklarının üzerine sertçe iniyordu. Kavgalı oldukları akrabalarıyla ortak yanı boyu ve yapılı bedeniydi. Son derece soğuk bir tavırla karşılamıştı bizimkileri. Cemal'in ölümünü duymuştu ama hiç de etkilenmiş görünmüyordu.

"Çok yakın değildik" diye gönülsüzce anlatmaya başladı. "İki yıl önce beni buldu. Zeus Altarı'yla ilgili bir resim sergisi açmak istiyordu. Aslında ilginç bir fikirdi. O dönem hakkında bilgilere ihtiyacı varmış. Ben de yardım ettim..."

Haluk konuşurken, Yıldız, masanın arkasındaki duvarı olduğu gibi kaplayan renkli resme bakıyordu. Üç yıl önce Franz ve Deniz'le birlikte Türkiye'ye gittiklerinde, bugünkü yıkılmış halini görmüştü Pergamon'un. Oysa şimdi resimde en tepedeki Traianus Tapınağı, biraz önündeki Athena Tapınağı, onun arkasında, antik dünyanın ikinci büyük kütüphanesi, belki de o güne kadar yapılmış en dik tiyatro, hemen yanında Dionysos Tapınağı, aşağıda olanca görkemiyle Zeus Altarı. Altarın önünde kümeleşmiş o çağın insanları, dış ve iç duvarların üzerindeki frizlerde birbirleriyle kıyasıya savaşan tanrılar ve devler, basamaklarda kurban edilen hayvanların kanları, üst katta yer alan sunakta yakılan ateş. Haluk'u dinlerken, o günlerde yaşamak nasıl olurdu diye düşünmekten kendini alamadı.

"Cemal'in ailesi, ağabeyinizin ölümüne neden olmuş, ona rağmen yardım ettiniz öyle mi?"

Tobias'ın sesi en az Haluk'un kadar soğuktu.

Oturduğu koltukta hafifçe öne eğildi arkeolog, dirseklerini masaya koydu.

"Evet, saçma sapan bir kavga sırasında ölmüş İhsan ağabeyim. Ben küçüktüm, ama kasıt filan yokmuş, arbede sırasında bir araba çarpmış." Sağ eliyle çenesini kaşıdı. "Kasıt olsaydı hukuk verirdi cezasını. Yani olan olmuş. O konuda yapılacak bir şey yok. Cemal de son derece nazikti. Üstelik projesi Pergamon Müzesi'nin tanıtımına yarayacaktı, yardım etmekte bir sakınca görmedim." Gözlüklerinin ardından polisleri süzdü. "Yardım etmemem mi gerekiyordu?"

Sinirlenmemişti, son derece sakin bir tavırla, benden kuşku duymanız çok saçma demeye çalışıyordu. Arkeoloğun sorusunu duymazlıktan geldi Tobias.

"Peki aileniz nasıl karşıladı bu tavrınızı? Özellikle de babanız... Neydi adı?"

"Davut" diye sıkıntıyla hatırlattı Haluk. "Davut Ölmez... Onlara söylemedim. Hiç gerek yoktu. Söylesem de anlamazlardı zaten..."

Boş atıp dolu tutmak istedi Yıldız.

"Ama öğrendiler, değil mi? Kızdılar mı size?"

"Birileri Cemal'le birlikte görmüş bizi. Özellikle annem çok üzüldü. 'Ağabeyinin katilleriyle nasıl görüşürsün?' diye azarladı. 'Kaza olmuş' dedim. 'Ne kazası, Hüseyin denen it, elinde bıçakla, kamyonun önüne itti İhsan'ı. Onların hepsi katil' diye çıkıştı babam. Olayın nasıl olduğunu bilmiyordum ama Cemal'in cinayet işleyeceğini sanmıyorum. Öyle bir insan değildi. Ama aileme karşı çıkacak halim de yoktu. En sevdikleri çocuklarını kaybetmişler. Onları kırmamak için Cemal'le görüşmeyi kestim. İki yıldır da görüşmüyorum."

Bir ipucu yakalamış olabilirlerdi.

"En çok İhsan'ı mı severdi babanız?" diye eşeledi Tobias.

Buruk gülümsedi.

"Evet, en çok ağabeyimi severdi." Bir an düşündü. "İhsan ağabeyim öldükten sonra bu sevgi iyice saplantı halini aldı tabii. Bir ölüyle yarışamazdım. Yarışmadım da zaten..."

Haluk o kadar kendinden emin konuşuyordu ki, Yıldız sormakta sakınca görmedi.

"Oğlunu bu kadar çok seven babanız intikam almak istemedi mi?"

Arkeoloğun yüzündeki sakin ifade anında değişti, ellerini masanın üzerinden çekti, oturduğu koltukta doğruldu.

"Ne biçim bir soru bu?" Sesi hayli yüksek çıkmıştı. "Babamı cinayetle mi suçluyorsunuz? Bilgi almak istediğinizi söylediniz ama ailemi didikliyorsunuz. Belki de benim katil olduğumu düşünüyorsunuz. Öyle mi? Eğer öyleyse söyleyin de, avukatımı çağırayım."

Özür dilercesine baktı Yıldız

"Hiç gerek yok Bay Ölmez. Sanırım kendimizi doğru ifade edemedik. Hayır, sizi suçlamıyoruz. Gerçekten de yardım istiyoruz."

Haluk iç geçirerek yeniden koltuğuna çöktü.

"Evet, yardımınıza ihtiyacımız var."

Ama yatışmamıştı arkeolog.

"Bütün bunları kim anlattı size?" Yanıt alamayınca tahminde bulundu. "Kerem denen o ruh hastası, değil mi? Bizi suçlayacağına, kendi manyaklığını anlatsaymış. Evet, bu Kerem denen adam bir ara kendisini Kronos zannetmişti."

Yıldız ve Tobias birbirlerine baktılar, belki de Cemal babasının bu hastalığını bildiği için eskizlerde Kronos'u ona benzetmişti. Polislerin ilgisinin arttığını fark eden arkeolog, öfkeyle sürdürdü sözlerini.

"Evet, evet, Zeus'un babası olan Kronos'tan bahsediyorum. Kerem gerçekten de aklını kaçırmış. Altı ay hastanede yatmış. O zamanlar bizimkilerle araları iyiymiş. Bizzat babam ilgilenmiş onunla. Her hafta ziyarete gidermiş. 'Hoş geldin Okeanos' diye karşılarmış babamı. 'Hoş geldin kardeşim. Biz hepimiz ölümsüzüz. Pergamonlu değil miyiz? Pergamon da titanların ve tanrıların dağıdır' dermiş."

Eğer bunlar doğruysa vaka başka bir içerik kazanabilirdi.

"Ama hiç de hasta gibi görünmüyordu" diye söylendi Yıldız. "Son derece mantıklı konuşuyordu."

"İlaç alıyor çünkü. Eğer almazsa yeniden eline bir asa geçirip 'Ben Zeus'un babası Kronosum' diye dolaşabilir ortalıkta. Düşünün adamın kendisi bu haldeyken, bir de utanmadan benim ailem hakkında atıp tutuyor."

Kesinlikle incelenmesi gereken bir meseleydi ama arkeologdan öğrenecekleri başka konular vardı.

"Kerem Ölmez hakkında verdiğiniz bilgi çok işimize yarayacak" diyerek Haluk'un gönlünü almak istedi Yıldız. "Hiç kuşkunuz olmasın, bu meselenin üzerine gideceğiz. Ama öncelikle Cemal hakkında konuşmak istiyoruz. Evet, sizin de tanıdığınız ve akrabanız olan bir adam hunharca öldürüldü. Kalbi söküldü ve Zeus'a adak olarak sunuldu."

Sözlerini sürdürürken gözlerini arkeoloğun yüzüne dikmişti Yıldız, beklediği tepki gecikmedi.

"Ne? Kalbi Zeus'a adak olarak mı sunuldu?" diye kesti karşısındaki adam. Yeşil gözleri iri iri açılmıştı. "Ne diyorsunuz siz? Şaka mı bu?"

Yıldız oturduğu koltukta geriye yaslandı.

"Ne yazık ki şaka değil. Kuzeniniz evinde, göğsü parçalanmış, kalbi çıkartılarak eline verilmiş olarak bulundu. Önüne yatırıldığı duvarda, Zeus'un bir resmi vardı. Cinayet mahalli öyle düzenlenmişti ki, sanki Cemal, kendi kalbini Olympos'un baştanrısına sunuyor gibiydi. Siz daha iyi bilirsiniz, Antik Yunan'da tanrılara insan kurban ediliyor muydu?"

Az önceki gerginliğinden kurtulamamışken yeni bir şokla allak bulak olan Haluk, zihnini toparlamaya çalıştı.

"Iphigenia" diye mırıldandı sonunda. "Kral Agamemnon, kızı Iphigenia'yı Tanrıça Artemis'e kurban etmek istemişti..."

Yıldız ne kralın ne de kızının adını duymuştu, ama Tobias, "Şu filmdeki kral mı?" diye hiç beklenmedik şekilde Agamemnon'u tanıdı. "*Truva* filmindeki iki kardeşten biri?"

Küçümseyen bir bakış fırlattı Haluk.

"Evet, Miken kralı Agamemnon ile kardeşi Sparta kralı Menelaos. Ama o filmde anlatılan her şey doğru değil. Tarih öğrenmek istiyorsanız, bilim adamlarının çalışmalarını okumalısınız. Sanatçıların tutkuları gerçekleri çarpıtabilir."

Arkeoloğun mağrur konuşmasına aldırmadı Tobias.

"Menelaos'un karısı değil miydi Helen? Hani şu Troya şehrine kaçırılan kadın."

"Kaçırılmadı" diye düzeltti Haluk. "İsteyerek kaçtı, çünkü Troya prensi Paris'e âşık olmuştu..."

Konunun dağılması Yıldız'ı rahatsız etti.

"Tanrılara insan kurban etmekten bahsediyorduk" diye araya girdi arkeoloğa bakarak. "Agamemnon'un kızını anlatıyordunuz."

"Evet, talihsiz Iphigenia. Babası Agamemnon bir avda Artemis'in kutsal geyiğini vurmuştu. Bu yüzden Artemis, krala rüzgârları yasaklamıştı. Gemileri öylece kalakalmıştı denizde. Oysa kazanmaları gereken bir savaş vardı. Agamemnon, tanrıçanın yasağı kaldırması için öz kızını adak olarak sundu. Ama kalbini çıkarmadı, zavallı Iphigenia'nın boğazını kesmek istedi. Fakat Tanrıça Artemis kıza acıdı ve gökyüzünden bir geyik gönderdi. Böylece geyik adak oldu, Iphigenia da Artemis tapınağında rahibe olarak yaşamını sürdürdü." Yeşil gözlerinde bir soru belirdi. "Fakat Iphigenia bir bakireydi..."

"Yani?" diye anlamaya çalıştı Yıldız.

"Yanisi bu hikâyede olduğu gibi tanrılara insan kurban edildiğinde genellikle bu bir bakire olurdu, yahut genç bir delikanlı. Cemal bu özellikleri taşımıyordu."

Yıldız bunu anlamıştı zaten ama başka bir ayrıntıya takılmıştı.

"Hikâye dediniz, yani mitoloji, peki gerçekten de insanlar Yunan tanrılarına kurban edildi mi?"

Hiç tereddütsüz onayladı arkeolog.

"Elbette edildi. Girit'te bir tapınakta yapılan kazılarda kurban edilmiş hayvanların yanında insan iskeletlerine de rastlandı. Kemiklerdeki darbeler, kurban ritüeline göre öldürüldüklerini gösteriyordu. Çünkü Girit deprem bölgesi. O çağlarda insanlar depremin nedeninin tanrıların öfkesi olduğuna inanıyorlardı. Tanrılara kıymetli adaklar sunarlarsa, bu yıkımlardan kurtulacaklarını düşünüyorlardı. Kentin en güzel bakirelerini ya da en güzel erkek çocuklarını tanrılar için öldürüyorlardı." Yüzüne büyük bir ciddiyet yerleşti. "Cemal'i gerçekten de Zeus'a mı kurban etmişler?"

"Öyle görünüyor" diye mırıldandı Yıldız. "Belki de katil ya da katiller öyle düşünmemizi istiyor, ama ne olup bittiğini tam olarak bilemiyoruz. Sizin de söylediğiniz gibi bazı tutarsızlıklar var." Şimdi aklına gelmiş gibi toparlandı. "Peki Zeus Altarı'nda da insan kurban edildi mi?"

Başını salladı Haluk.

"Hayır, hiç zannetmiyorum, kazılarda bu yönde bir bulguya rastlamadık."

Deminden beri arkeoloğun açıkça küçümsemesine maruz kalan Tobias, "Belki sonra bulursunuz" diye cüretkâr bir girişimde bulundu. "Kral Agamemnon bile kızının boğazına bıçağı dayamaktan çekinmemiş. Öyle değil mi, şu anda bulgu yok diye, kesinlikle insan kurban edilmemiştir diyebilir miyiz?"

Haluk ne saçmalıyorsun dercesine bakıyordu.

"Diyebiliriz Bay Becker, Troya Savaşı ile Zeus Altarı'nın yapılmasının arasında bin küsur yıl var. Altarda Zeus'a adak olarak hayvanlar, en iyi şaraplar ve kıymetli olan ne varsa hepsi sunuldu. Bunların kanıtları var ama insan kurban edildiğine dair bulgu yok."

Tobias ikna olmamıştı, arkeolog bunu fark etti.

"Anlamadınız, o zaman şöyle söyleyeyim, siz kanıt, tanık olmadan bir insanı cinayetle suçlayabilir misiniz? Hadi suçladınız, onu öylece hapse yollayabilir misiniz? Elbette hayır, elinizde kanıt olması gerekir. Biz de elimizde kanıt olmadan geçmişte şunlar yaşanmıştır diyemeyiz. Zeus Altarı'nda insan kurban edildiğine dair bir buluntu yok. Zaten Zeus Altarı'nda insan kurban etmek, tapınağın yapılış felsefesine ters düşer."

Sahici bir merakla atıldı Yıldız.

"Neden? Neden ters düşsün? Sonuçta orası da bir sunak

değil mi? Bildiğim kadarıyla Zeus da öyle merhametli bir tanrı değilmiş."

Bütün bunları size nasıl anlatacağım dercesine sıkıntıyla ofladı arkeolog. Yüzüne tatlı bir gülümseme yerleştiren başkomiser, "Lütfen Bay Ölmez" dedi yumuşak bir sesle. "Söyleyecekleriniz gerçekten çok önemli. Küçücük bir ayrıntı bile bizi katile götürebilir."

Kolundaki saate bir göz attı Haluk.

"On beş dakika sonra alt kattaki salonda bir sunumum var. Gereksiz yere sözümü kesmezseniz anlatırım."

Arkeolog şımarıkça davranıyordu, Tobias ona haddini bildirmek için yanıp tutuşuyordu, ama Yıldız bunu istemiyordu. İhtiyaç duyduklarında onu arayabilmeliydiler. Yardımcısına sakın sesini çıkarma diye bir ikaz bakışı attıktan sonra Haluk'a döndü.

"Buyurun, sizi dinliyoruz."

Polislere karşı kazandığı zaferin farkında olan arkeolog daha fazla nazlanmadı.

"Pergamon kentinin geçmişi çok eskilere uzanır. Ama yıldızı Büyük İskender döneminde parlamaya başladı. Bundan iki bin üç yüz yıl öncesindeki Anadolu'dan bahsediyorum. Büyük İskender genç yaşta ölünce, hâkimiyet alanları da komutanları arasında bölüşülmüştü. Lysimakhos da onun gözü kara komutanlarından biriydi. Yıllar süren savaşlardan elde ettiği 9000 talentlik ganimeti Pergamon'da korumaya aldı. Çünkü Pergamon ele geçirilmesi son derece güç bir tepenin üzerine kurulmuş sağlam bir kaleydi. Başına da sadık adamlarından hadım Philetairos'u dikti. 9000 talent büyük paraydı, bugün 225 ton gümüşe denk geliyor. Yani o zaman için de, bugün için de hatırı sayılır bir servet. En namuslu kişileri bile yoldan çıkartacak kadar devasa bir hazine. Fakat Philetairos dürüst bir adamdı, asla emanete hıyanet etmezdi. Lakin o dönemin Anadolusu son derece karışıktı, savaşların, isyanların, yağmaların ardı arkası kesilmiyordu. Nitekim İskender'in komutanı Lysimakhos o savaşlardan birinde öldürüldü. Böylece Pergamon Valisi ve şehir büyük bir servetin sahibi oldu. İşte o servet, antik Pergamon'u sadece Anadolu'nun değil antik dünyanın parlak kentlerinden biri haline getirecekti."

Yıldız'ın bakışları yeniden arkadaki Pergamon şehrinin resmine kaymıştı.

"Bütün bu saraylar, tapınaklar, kütüphaneler o parayla mı yapıldı?" diye mırıldandı.

Naif bir gülümseme belirdi Haluk'un ince dudaklarında.

"Hayır, bunların bir kısmı Hellenistik dönemde, bir kısmı Roma döneminde yapıldı." Başını çevirdi, şehrin en görkemli yerinde dikilen beyaz mermer sütunlu binayı gösterdi. "Mesela Traianus Tapınağı, Roma döneminde yapılmıştı." Parmakları sağa kaydı, Athena Tapınağı'nı ve kütüphaneyi geçti, biraz aşağıya indi, Zeus Altarı'nın üzerinde durdu. "Altar ise tamamıyla Hellenistik döneme aittir ve baştanrıya adanmıştır."

Hikâye Tobias'ı da sarmaya başlamıştı.

"Şu hazineyi alan adam mı yaptırmış?"

Bu kez içten bir ifadeyle baktı Haluk.

"Hayır, Zeus Altarı Philetairos'tan yüz küsur yıl sonra yapıldı. Dediğim gibi Philetairos hadımdı, Pergamon'u yeğeni I. Eumenes'e bıraktı. I. Eumenes 22 yıl kral oldu. Onun ardından kuzeni I. Attalos hüküm sürdü. Sunağı yaptıran, işte bu Attalos'un oğlu II. Eumenes'ti. Tam tarihi bilinmiyor ama MÖ 197-159 yılları arasında yapıldığı kesin... Çünkü II. Eumenes o tarihlerde hüküm sürdü. Çok önemli bir kraldı, zekiydi, ileri görüşlüydü, cesurdu. Ama çok önemli bir niteliği daha vardı. Sanatçılara, bilim insanlarına önem verirdi. Mesela ünlü ozan Likides'i bütün seferlerinde yanında götürürdü. Ressam Pitias ve hekim Menandros yakın arkadaşlarıydı. Pergamon Kütüphanesi, onun döneminde İskenderiye Kütüphanesi'yle yarışacak ölçüde zenginleşmişti. Ve elbette dünyanın sekizinci harikası Zeus Altarı'nı yaptırmak da bu büyük krala nasip olacaktı."

Konu yine dağılıyordu, Yıldız ilk soruya döndü.

"Zeus Altarı'nın yapılış felsefesine aykırı demiştiniz" diye hatırlattı.

Soruya sevinmişti Haluk, saatine şöyle bir göz attıktan sonra,

"Evet, onu anlatıyordum" diyerek sürdürdü. "II. Eumenes, altarı, kendisinden önceki Pergamon kralı olan babası I. Attalos'un Galatları yenmesi onuruna yaptırmıştı. Galatlar barbar bir kavimdi. Acımasızlardı, ülkeden ülkeye seferler düzenliyor, kılıç gücüyle aldıkları vergilerle, daha kaba bir deyimle haraçlarla yaşıyorlardı. Anadolu'daki birçok krallık gibi Pergamon Krallığı'na da musallat olmuşlardı. Ama I. Attalos onları ağır bir yenilgiye uğrattı.

İşte II. Eumenes Zeus Altarı'nı babasının bu büyük zaferini kalıcılaştırmak için inşa ettirdi. Zeus Altarı'nın büyük frizlerindeki heykellerin anlattığı hikâye de aslında imgesel olarak bununla alakalıdır. Tanrılarla, Devlerin Savaşı. Olymposlu tanrılar, uygarlığı temsil ediyorlardı, devler ise barbarlığı... Kral bu muhteşem anıtı yaptırarak dünyaya şunu söylüyordu: 'Altardaki tanrılar Pergamonlulardır, devler ise Galatlar. Biz kötülerle savaştık ve iyiliği koruduk. Biz vicdansızlarla savaştık ve şefkati koruduk. Biz cahillerle savaştık ve kültürü koruduk.' Tanrılara insan kurban etmek, bu kanlı ritüel, acımasız Galatların ya da ilkel kavimlerin tapınma biçimi olabilir, ama asla uygar Pergamonluların değil. O yüzden Zeus Altarı'nda insan kurban edilmemiştir. Pergamon yüzyıllarca, Atina'ya meydan okurcasına kültür ve sanatın merkezi olmayı sürdürmüştür. Kimse de şehre kara çalmaya cüret edememiştir, ancak Hıristiyanlığın ilk yıllarında, Aziz Yuhanna, İncil'deki vahiy bölümünde 'Şeytanın Tahtı'nın Pergamon'da bulunduğundan söz eder." Haluk yeniden arkadaki resme döndü. "Altar gerçekten de tahta benziyor. Devasa bir tahta, ama şeytanın değil, Zeus'un tahtı. Yeni dinini yaymakta olan Aziz Yuhanna'nın Zeus'u şeytan diye tanımlaması anlaşılabilir, fakat tümüyle yanlıştır. Hıristiyanlıktan kaynaklanan saçma bir bakış açısıdır. Çünkü Zeus, çok tanrılı dinlerden tek tanrılı dinlere geçiş için bir köprüdür aslında. Günümüz inancındaki tanrının ilk halidir... Kudretli, acımasız, kendince adil."

Haluk'un sözleri cep telefonunun ziliyle kesildi. Hayır, arkeoloğun değil, Yıldız'ın telefonuydu çalan. Müdür Markus'un numarası belirmişti ekranda. Önemli olabilirdi. Mahcup gülümsedi başkomiser.

"Pardon, buna bakmam lazım."

"Tabii" dedi Haluk anlayışla. "Zaten benim de toparlanmam gerekiyor. Az sonra sunumum başlayacak."

Aceleyle açtı telefonu Yıldız.

"Alo, buyurun Müdürüm!"

"Alo" dedi Markus'un gergin sesi. "Alo Yıldız, bir cinayet daha işlendi. Orhan Ölmez'in cesedi bulundu."

Bir an kavrayamadı Yıldız. Neden bahsediyordu?

"Cemal'in dedesi, kayıptı ya, cesedini bulmuşlar..."

Jeton düştü sonunda. Alzheimer olan yaşlı adamdan söz ediyordu. Aynı aileden ikinci kişi öldürülüyordu. Üstelik ilk kurbanın çok sevdiği dedesi.

"Nasıl?" diye sordu yüksek sesle. "Nasıl ölmüş?"

"Ayrıntısını bilmiyorum, Olay Yeri İnceleme yola çıktı. Siz de derhal oraya intikal edin."

Uzatmanın manası yoktu.

"Tamam, ceset nerede?"

"Şeytan Tepesi'nde." Sesinde tuhaf bir ürperti vardı. "Evet, nedendir bilinmez ama yaşlı adamı öldürüp Şeytan Tepesi'ne bırakmışlar..."

6

"Baba olmayı beceremeyenler, tanrı olmayı da beceremezler"

Titanlar bilge değildi; onları bir sürü gibi güden kralları dedem de, babam da bilge değildi. Onların ardı sıra gelen biz tanrılar da bilge değiliz. Evet, her tanrı her şeyi bilemez. İçimizden çok azı bu mertebeye ulaşır. Bilgelik yaşanılmış olanı anlamakla başlar, ki zaten geçmişi bilmeyen bugünü kavrayamaz. O yüzden kâhinler gelecekten çok geçmişte neler olduğuna bakarlar. Geçmiş, geleceği içinde saklayan sırlarla dolu bir aynadır. Eğer o aynaya yeterince bakarsan zamanın sırrını da görürsün, hayatın manasını da. Ve elbette çocuklar aynaya baktıklarında kendileriyle değil babalarıyla karşılaşırlar. Kendilerini gördüklerini sanmalarına rağmen o saydamlıkta duran babalarıdır aslında. Zaman aktıkça farkına varacaklardır bu hakikatin. Babalarımız, unuttuğumuzu zannettiğimiz ama hiçbir zaman silinmeyecek buruk bir anı olarak hep yaşayacaktır zihnimizde. Onlar kaşımızda gözümüzde, boyumuzda bosumuzda, aklımızda ve yüreğimizdedir. Kudretleri güç verir bize, şefkatleri yüreğimizi yumuşatır, zalimlikleri korkak yapar bizi ya da acımasız, cesaretleri ruhumuzu yüceltir, ödleklikleri küçültür. Velhasıl iyilik ve kötülük, bencillik ve fedakârlık, ne kadar karşıtlık varsa ruhumuzda, hangisinin galip geleceği babamızın şahsiyetiyle alakalıdır. Ve ister titan olsun ister dev, ister tanrı olsun ister insan, fark etmez, baba kötüyse, korkaksa, sevgisizse, şefkatten yoksunsa, bir çırpıda çıkarıveriyorsa evlatlarını gözden, hiç iyilik beklemeyin o çocuklardan.

Tanrıların kralı olarak bunu bilir, bunu söylerim. Çünkü bunu yaşadım, babam Kronos da yaşadı. Ama korku bazen kör ediyor hem aklı hem yüreği. Kınadıklarımıza dönüştürüyor bizi, zorlu savaşlarda yendiklerimize, hayatımızı cehenneme çeviren seleflerimize. Doğmuş ve doğacak çocuklarıma ant olsun ki, bu hususta asla yalan söylemeyeceğim. Mavi gökyüzüne, yeşil denize ve kırmızı toprağa ant olsun ki, Olympos'un en yüce tahtında oturan saklamayacaktır hiçbir zaman hakikati. Evet, herkes biliyor, ben de yaptım aynı hatayı, babam gibi, dedem gibi ben de akılsızca hareket ettim, zalimce davrandım zaman zaman. Hatta bu yüzden, ilk çocuğumun, ilk gözbebeğimin, ilk kızımın doğumuna engel olacaktım neredeyse.

İnkâra gelinmez, ben bir erkeğim; hep sevdim dişileri, titan olsun, tanrı olsun, insan olsun büyük zevk aldım onların güzelliklerini seyretmekten, saçlarına dokunmaktan, yanaklarını koklamaktan, dudaklarının lezzetini tatmaktan, o tatlı fısıltılarını dinlemekten. Ve elbette her iyi sevişmenin bir de ödülü vardır tanrılardan gelen: Bebek, yeni bir can, hayatın devamı...

İlk aşkım, ilk eşim, ilk göz ağrım Metis'ti. Okeanos ile Tethys'in kızlarıydı. Babası ve annesi damar damar sardıkları için her yanı, akmadıkları ova, vadi, dağ bırakmadıkları için yeryüzünde, ne yaşanıyorsa hepsinin tanığı olmuştu gönlümün yoldaşı bu tanrıça. Sözleri kıymetliydi, davranışları hikmetli, bedeni görkemli. Bir tanrı bir tanrıçayı nasıl severse öyle seviyordum Metis'i. Ve o da sadık bir tanrıça gibi bağlıydı bana. Ve işin içinden çıkamadığımda akıl verirdi, karanlık gecelerde kaybolduğumda hep yol gösterirdi. Öfkemi zekâyla dengelediysem, gücümü adaletle sınırladıysam onun yüzü suyu hürmetinedir. Baştan beri hep yanımdaydı. Babam Kronos'u yendiğimde midesinden kardeşlerimi kurtarmak için bulantı iksirini bana veren de, ilk evladımı, canımın canı Athena'yı armağan eden de Metis'ti.

Çok gençtim, tecrübesizdim ve yüreğim korkularla doluydu. Titanları yenmiştim ama çok düşmanım vardı. Kara gözlü çocuğun söylediklerini hatırladım. "İnsanlara dikkat et Zeus" demişti. "Onlar yeryüzünün en güvenilmez mahluklarıdır." Sadece insanlar mı, benimle aynı soydan gelenlerin de gözü tahtımdaydı. Tartaros'a kapattıklarım, duvarları zorlamayı sürdürüyorlardı yerin yedi kat dibinde, tunçtan kapıları omuzlarıyla itiyorlardı. Yeniden yeryüzüne çıkmak, tacımı almak için çabalıyorlardı. Uğursuz seslerini, homurdanmalarını ta Olympos'tan duyuyordum. İşte o sebepten hata yaptım. Babam Kronos gibi ben de korkuya kapıldım. Benden doğanların beni yok edeceğini sandım. Dedem Uranos'un lafına kandım. O bana dedi ki:

"Uyanık ol Zeus. Herkesin gözü tahtında. Uyanık ol Zeus, bir kızın olacak Metis'ten, ardından bir de oğlun. Sen nasıl indirdiysen babanı tahtından, nasıl aldıysan tacını başından, baban Kronos nasıl indirdiyse beni tahtımdan, nasıl aldıysa tacımı başımdan, bu çocuk da aynısını yapacak sana. Sevmesen de bunu, babanın çocuklarına yaptığını yapmalısın. İşi şansa bırakmamalısın, iyi ya da kötü bütün ihtimalleri kaldırmalısın ortadan. O yüzden hamile karını, biricik aşkını, karnındaki bebekle birlikte yutmalısın. Metis ki, dişi titanların en akıllısıdır, en basiretli, en bilgesidir. Evet, sana âşıktır delicesine, sana bağlıdır bir kul tanrıya nasıl bağlıysa, ama evladı söz konusu olursa, hiç kuşkun olmasın, o da annen gibi davranacaktır. Kocasının değil çocuğunun yanında yer alacaktır."

Böyle dedi ve aklımı çeldi, böyle dedi ve yüreğimi kuşkularla doldurdu. Ve ben tecrübesiz Zeus ve ben akılsız Zeus, uydum onun sözlerine. Ve canımın içi sevgilim, biricik aşkım Metis'i güzel sözlerle kandırıp indirdim mideme. Tanrıların kralı da olsan dur diyemiyorsun bazen kadere. Nitekim bu çirkin hatamın ardından korkunç bir baş ağrısı tuttu beni. Ne oldu demeye kalmadan bir de yumru belirdi alnımın ortasında. Öyle acı veriyordu ki, katlanamıyordum. Ama tuttum kendimi, böyle görkemli olurmuş tanrıların hastalığı diyerek dayanmaya çalıştım. Ölüm yoktu ya ucunda, nasıl olsa geçer diye kendimi avuttum. Fakat azalmak şöyle dursun, yumru büyüdükçe ağrı da çoğaldı. Dayanılmaz bir hal aldı. Çağırdım sonunda bizim demirci tanrıyı. Dedim ki:

"Gel Hephaistos, gel! Al ve gel en keskin baltanı. Vur şu alnıma."

Çekindi garibim. Dedi ki:

"Yapamam yüce Zeus, bugün vur alnıma dersin, yarın niye vurdun diye kaldırıp atarsın beni Olympos'tan aşağıya."

Dedim ki:

"Yapmam! Yapmam uğursuz topal. Sana söz, tanrı sözü, yapmam. Getir şu keskin baltanı, vur alnıma."

Zeus'a kim karşı gelmiş ki, bu demirci ustası karşı gelsin, çaresiz uydu emrime. Ve vurunca keskin baltasını iki kaşımın ortasına, anında kesildi beynimi sarsan acı. Derinden bir iç çektim ve şükrettim benden başka kutsal olan ne varsa. "Oh!" dedim ve açtım gözlerimi. Bir de ne göreyim, karşımda filiz gibi bir kız. Mavi gözleri, durgun yüzü ve elinde mızrağıyla öylece gülümsemekte. O zaman fark ettim yaptığım hatayı ve sevgiyle bağrıma bastım evladımı. Ve fısıldadım kulağına. Dedim ki:

"Hoş geldin kızım, hoş geldin..."

Ve Athena adını verdim ona. Ve bir kez daha fısıldadım kulağına, şefkatle ve merhametle.

"Hoş geldin Athena, hoş geldin kızım tanrılar dünyasına."

Derin derin içime çektim kokusunu. İnkâr etmiyorum en sevdiğim çocuğumdur Athena. Gözümden bile sakındığım, güzelliğiyle, cesaretiyle, zekâsıyla her zaman gurur duyduğum. Akıl aldım ondan daraldığımda, fikrini sordum en çetin meselelerle karşılaştığımda. Ama hiç şımartmadım onu. Öteki tanrılarla bir tuttum. Kayırsam da kimi zaman, adalet terazisini bozmadım.

Misal, ağabeyim yüce Poseidon ile kapıştıkları zaman Attika Yarımadası yüzünden. Yarıştıkları zaman kıran kırana kim sahip olacak diye o güzel şehre. Asla tek başıma karar vermedim. Topladım tanrıları huzura ve seslendim biri kardeşim, diğeri kızım olan iki yarışmacıya. Dedim ki:

"Madem insanların yaptığı bu şehri istiyorsunuz, o zaman yararlı armağanlar vermelisiniz orada yaşayanlara. Ki, o şehri hak edesiniz. Gösterin marifetlerinizi bu tanrısal kurula, onlar karar versin bu şehrin tanrısının kim olacağına."

Poseidon ve Athena, ikisi de makul buldu önerimi ve birbiri ardına sıralamaya başladılar tanrısal marifetlerini. Önce kudretli ağabeyim Poseidon çıktı ortaya. Elinde muhteşem yabasıyla, adeta meydan okuyarak dikildi kurulun karşısına. Yüzümüze bile bakmadan, kendinden emin bir el hareketiyle güzel mi güzel, güçlü mü güçlü, hızlı mı hızlı bir at sundu bizlere. Ben dahil bütün tanrıların aklı gitti o güzelim yaratığa. O atla bütün savaşları kazanabilirdiniz, bütün yarışlarda galip gelebilirdiniz ve haklı olarak övünebilirdiniz bu mahluk benim diye. Ve at arka ayaklarının üzerinde zafer kazanmış bir komutan gibi şahlanırken güneşe karşı, eyvah dedim içimden, "Bizim Athena, kaybetti şimdiden." Ne yalan söyleyeyim üzüldüm kızım için. Yine de heyecanla beklemeye başladım gök gözlü tanrıçanın göstereceği marifeti.

Athena, kudretli amcası gibi öyle afra tafrayla çıkmadı kurulun önüne, sakince geldi ortaya. Ne kalkanı vardı elinde ne de mızrağı. İki avcunun arasında yeşil bir fide tutuyordu sadece. Usulca gülümsedi hepimize. Dedi ki:

"Kudretli amcam Poseidon'un atına bayıldım ben de. Güzel hayvan gerçekten, belli ki güçlü de, belli ki savaşlarda çok işe yarar. Zaferden zafere koşturur insanı, barış zamanı da saygınlık getirir üzerine binene. Kral olsun yahut köle her kişi bu hayvanın sahibi olmak ister. Ama herkese nasip olmaz bu güzelliğe binmek. Zenginlik gerekir, soylu, varlıklı olmak. Zafer getirmesi için de savaş gerekir. Yani ölüm, yani yıkım, yani acı. Ben de sevdim bu atı, ama daha yararlı bir şey lazım insanlara, hem de çocuğundan yaşlısına, kadınından erkeğine, varsılından yoksuluna. Hem barışı hatırlatacak, hem barışı çağrıştıracak hem de barışı anıştıracak. Yiyecek olacak ki karın doyursun, ağaç olacak ki gölgesinde uyunsun, üstelik yüzyıllarca sürsün ömrü. Ve insanlar yaşadıkça ölmez ağacı densin adına ve kutsal taneler dökülsün dallarından."

Böyle dedi ve elindeki fideyi Olympos'un bereketli toprağına dikti. Bir anda kocaman bir ağaç belirdi sarayın bahçesinde, yapraklarında yeşilin binbir tonu, dallarında besili taneleri. Ve bu ağaca zeytin dedi. Ne kadar tanrı varsa huzurda, elbette Poseidon dışında, hatta insanların düşmanı Ares'in bile hem aklını hem kalbini çeldi. Poseidon'dan başka ellerin hepsi kızım için yükseldi. İşte o kadim şehir böylece Athena'ya ait oldu. Ve o şehrindeki insanlar en yüksek tepeye kızım için kocaman bir tapınak kurdular. Ve ben kızıma bakarken, gözyaşlarımı tutamadım. Ve bir kez daha bela okudum dedem Uranos'a ve oğlu Kronos'a, baba olmayı başaramadıkları için. Ve en sert mermere, derin harflerle kazıdım o kesin hakikati. Baba olmayı beceremeyenler tanrı olmayı da beceremezler. Ve onlar her türlü vahşeti ve aşağılanmayı hak ederler.

Altıncı Bölüm

Yaz rüzgârı taze ot kokuları getiriyordu bir yerlerden. Uzun boylu ağaçlar kendi lisanlarınca bir gizemi fısıldar gibi usulca eğiliyordu mavi gökyüzünün altında. Ama koku yoğunlaştı, ağırlaştı, bozulmaya başladı. Güneşte kavrulmuş bir çiçek mi, suda eriyen yapraklar mı, hayır, daha da kötüydü, çürümüş etin mide bulandıran kokusu. Hayatı sona ermiş bir canlıdan geriye kalanların toprağa karışmadan önceki halinin kokusu. Suratını buruşturan Tobias'ın "Yaklaştık galiba" demesinin ardından Olay Yeri İnceleme komiserinin sesi duyuldu ağaçların arasından.

"Korkunç! Korkunç bir şey bu! Hiç kimse bu kadar aşağılanmayı hak etmez. Hiç kimseye bu yapılmaz. Vahşice parçalamışlar zavallıyı!" Ağaçların seyrekleştiği açıklıkta derin bir çukurun başında duruyordu Kurt. "Hayır, insan olan bunu yapamaz. İstese de yapamaz, kimse bu kadar vicdansız olamaz."

Yıldız'a bakarak tuhaf bir sesle mırıldandı Tobias:

"Ne olmuş Kurt'a böyle? Tepesinin tası atmış... Onu ilk kez böyle görüyorum Şef."

Şef de onu ilk kez böyle görüyordu. Adımlarını hızlandırdı, birkaç metre sonra çukurun başındaydı. Kurban atıldığı çukurdan çıkarılmış, öylece bırakılmıştı yeşil çimenlerin üzerine. Ceset çırılçıplaktı ve çelimsiz gövdesi tümüyle çamura bulanmıştı. Nedense sadece yüzü temiz kalmıştı. Gözlerini kısarak seçmeye çalıştı Yıldız. İlk o zaman fark etti, yaşlı adamın bacaklarının arasında, cinsel organının olması gereken yerdeki kanlı boşluğu. Aklına Kerem geldi, bedeni parçalanmış kurbanın kendini Kronos zanneden oğlu. Kronos da babası Uranos'un cinsel organını kesmemiş miydi? Ne yani, bu canavarlığı yapan ihtiyarın öz oğlu muydu? Eğer öyleyse, Cemal'i de o öldürmüş demekti, hem babasını hem oğlunu mu? Adam gerçekten de akıl hastasıysa neden olmasın? Ama Kerem'in hasta olduğunu sadece Haluk'tan duymuşlardı. Ya arkeolog yalan söylüyorsa? Niye söylesin? Niye olacak, düşmanları olduğu için. Belki de katil Haluk'tur. Zihninden bunlar geçerken birkaç adım daha yaklaştı cesede, koku dayanılmaz bir hal almıştı. Kurbanın yüzünü yakından görmek istiyordu. Kurt da onu fark etmişti.

"Gel Yıldız, gel! Korkunç! Hiç böyle bir şey görmedim hayatımda. Hunharca kesmişler zavallıyı! Hem de ölümün eşiğindeki bir adamı..."

Dikkati dağılan Yıldız, Olay Yeri İnceleme komiserinin hezeyanlarını dinleyecek halde değildi, sağ elinin işaret parmağını havaya kaldırdı.

"Bir saniye Kurt..."

Cesedin başına gelince dizlerinin üzerine çöktü, adamın balmumu rengindeki, acıyla çarpılmış yüzüne baktı. İlk aklına gelen düşünce, oğluna, Kerem'e ne kadar benzediğiydi. Yer yer çamur bulaşan dalgalı saçları daha beyazdı, alnındaki çizgileri biraz daha derindi, gözleri de daha açık renkti, kahverengi, nerdeyse ela.

"Kurban ölmeden önce kesmişler organını." Daha fazla suskun kalamamıştı Kurt. "Onunla da yetinmemişler bütün kanını çekmişler zavallının. Ne kadar solgun görüyor musun? Yüzündeki şu acıya bak... Eminim, yaşlı adam sağdı kesilirken..."

Mümkündü, belki de öz oğlunu elinde bıçakla karşısında görünce dehşete kapılmıştı. Tabii oğlunu tanıdıysa, unutmamak gerekirdi ki kurban alzheimerdı. Bakışları cesedin bacaklarının arasına kaydı yeniden. Çamurla karışmış kanlı bir yara... Dehşetten çok keder duydu. İnsan bedeninin toprakta eriyişi, ama bundan önce bir erkeğin iktidarını sonsuza kadar kaybedişi. Binlerce yıl önce verilmiş büyük bir ceza. Evet, bir kadın olmasına rağmen bu empatiyi kurabilmişti. Demek ki Kurt çok daha şiddetli hissetmişti bu duyguyu.

"Bir heykele benziyor" diye fısıldadı yanında dikilen Tobias. "Çamurdan yapılmış, yaşlı bir ölünün heykeline..." Yıldız'a manidar bir bakış attı. "Uranos muydu Zeus'un dedesinin adı... Evet, Uranos'un heykele dönüşmüş yaralı bedeni..."

Onun da sesinde dehşetten çok üzüntü vardı. Kurt yadırgadı meslektaşının yorumunu.

"Ama bu heykel değil, bir insan" diye çıkıştı. "Hem de katilinin, o ölmeden önce acımasızca kesmiş olduğu yaşlı bir insan. Üstelik adamın cinsel organı da kayıp. Kim bilir ne yaptı sapık herif. Sen de karşıma geçmiş bana heykelden bahsediyorsun."

Meslektaşını suçlar gibi konuşuyordu, gerçekten çok etkilenmişti bu olaydan. Oysa Cemal'in ölümü daha çarpıcıydı, daha sarsıcı. Hatırladı Yıldız, Kurt'un babası Fritz hastanedeydi, hem de uzun yıllar. Hastalığını söylemişti ama şimdi hatırlamıyordu: Muhtemelen alzheimerdı ya da parkinson. Ağır ağır ölmekte olan babası ile ceset arasında benzerlik kurmuş olmalıydı. Çöktüğü yerden başını kaldırıp Kurt'a baktı. Gergin değil, kaygılıydı, derin bir endişe duyuyordu, nerdeyse paniğe kapılacaktı. Olay Yeri İnceleme'nin başındaki birinin vakayı bu kadar şahsileştirmesi hiç iyi değildi. Hâlâ umutsuzca konuşmayı sürdürüyordu beyaz tulumun içindeki komiser.

"Çok tehlikeli bir katil var karşımızda Yıldız. Bir önceki kurbanı öldüren kişiyle bu vahşeti yapan canavar aynı şahıs. Korkarım devam edecek, hiç durmayacak..."

Varsayımda bulunmasına değil de tavrındaki kötümserliğine bozulmuştu Tobias.

"Bunu söylemek için erken Kurt. Otopsi sonuçlarını beklemekte yarar var."

Konuşmak yerine döndü, Yıldız'ın arkasındaki bir yeri gösterdi Kurt.

"Erken mi? Ya şuna ne diyeceksin?"

Kurt'un işaret ettiği yöne baktılar. Gümrah bir kestane ağacının koyu kahverengi gövdesinden başka bir şey yoktu önlerinde.

"Ne? Neden bahsediyorsun Kurt?" diye şaşkınlıkla söylendi Yıldız. "Ne var ağacın gövdesinde?"

Anlaşılmamanın verdiği gerginlikle sesini iyice yükseltti Olay Yeri İnceleme'nin komiseri.

"Ağacın gövdesinden değil, önündeki kartaldan bahsediyorum. Görmüyor musunuz? Bak, bakın, işte orada, ağacın çatallandığı yerin hemen altında."

Dikkatle bakınca gördü Yıldız. Yere saplanmış metal bir asa duruyordu ilerde. Oraya doğru yürüdü. Yaklaşınca gördü kuşu. Asanın tutamacında ahşaptan oyulmuş bir kartal vardı. Yırtıcı kuş, karşıdan bakana göre başını sağa çevirmiş, sol gözüyle etrafı süzüyordu. Kestanenin gövdesi gibi koyu renk olduğundan hemen seçememişlerdi. Cemal'in evindeki resmi hatırladı Yıldız; Zeus'un tuttuğu asanın tepesinden keskin gözlerle onları süzen kartalı. Pek şaşırmadı aslında, Cemal'in dedesinin öldürüldüğünü duyduğunda iki cinayetin bağlantılı olduğunu fark etmişti.

"Gördünüz değil mi?" diyen Kurt'un sesiyle dağıldı düşünceleri. "Anladınız mı şimdi, bu işin ne kadar büyüyeceğini?" Yıldız'a yaklaştı, gözleri panik içinde kıpırdıyordu. "Önlem almalıyız, teşkilatı alarma geçirmek lazım."

Üzüldü Kurt'un durumuna Yıldız. Şefkatle baktı meslektaşına, sakin bir ses tonuyla yatıştırmaya çalıştı.

"Merak etme Kurti, gereken her şeyi yapacağız. Asla başaramayacaklar, onlara engel olacağız. Hadi şimdi işimize bakalım. Bulacağın her ipucu bizim için çok önemli."

İkna olmadı beyaz tulumların içindeki komiser, hatta hayal kırıklığına uğradı. Yıldız'ın onu geçiştirdiğini düşünüyordu ama daha fazla da üstelemedi, içinden bir şeyler söyleyerek, yeşil otların üzerinde hızla çürümekte olan cesede döndü.

Yıldız da hemen unuttu onu. Aklını karıştıran çok daha

önemli bir konu vardı. Yanılmış olabilir miydi? Aynı ailenin fertleri ardı ardına öldürülüyordu. Bu kökleri yıllar önceye dayanan aile içi kavganın bir devamı mıydı yoksa? Cinayetlerin Nazilerle hiç alakası yok muydu? Kuzenlerden biri, yıllar önce kavgada ölen İhsan'ın intikamını mı alıyordu? Hiç de yabana atılacak bir ihtimal değildi bu. Her iki cinayet mahalline de bırakılan simgeler Nazilerle değil mitolojiyle alakalıydı. Hatta doğrudan Zeus'la. Üstelik bunları yapabilecek biri de vardı: Haluk.

"Bu ahşap kuş, evde gördüğümüz kartaldan farklı." Tobias'ın sözleri Yıldız'ın düşüncelerini dağıttı. "O doğrudan bize bakıyordu, bunun başı sağa dönük."

Sonunda şimşek çaktı Yıldız'da. Aceleyle akıllı telefonunu çıkardı, birkaç kez ekrana dokundu, bir şeyler yazdı. Çıkan şekle baktı, sonra heyecanla Tobias'a uzattı.

"Bak, bu da Nazilerin Kartalı."

Şefin uzattığı telefonun ekranına baktı Tobias. Asanın üzerindeki gibi bir heykel değil, bir resimdi bu. Tuhaf bir şekilde Alman Polis Teşkilatı'nın simgesi olan kartala da benziyordu. Ama bu kartalın belirgin bir farkı vardı: Pençelerinin altında sımsıkı tuttuğu gamalı haç.

"Haklısın Şef, partinin kartalı bu" diye onayladı. "Ama alttaki gamalı haç olmasa, bizim teşkilatın amblemi de aynı. Hatta Alman devletinin simgesi de aynı."

Kesin bir tavırla başını salladı Yıldız.

"Hayır Toby, aynı değil. Bak, önemli bir fark var. Teşkilatın ve devletin armasındaki kartal sola bakıyor." Metal asanın ucunu gösterdi. "Bu ise senin de fark ettiğin gibi sağa bakıyor. Tabii bize göre sağa..." İnce parmaklarıyla ardı ardına telefonunun ekranına dokundu yeniden. "Bak, bu da Cemal'in çizdiği Zeus Heykeli'ndeki kartal..." İri kuş ekranda küçük kalıyordu, ayrıntıları seçmek zor oluyordu. Resmi büyüttü, kartal ekranı kapladı.

"Gördün mü? Zeus'un kartalı işte bu." Ağacın önünde duran asanın tepesindeki vahşi kuşu gösterdi. "Bu ise Nazilerin kartalı..."

Tobias ne diyeceğini bilemeden öylece kalmıştı. Yıldız da yanıt beklemiyordu zaten, telefonunu cebine attı, toprağa gömülü asaya doğru yürüdü. Yaklaşınca diz çöktü. Asanın ve kuşun üzerinde gamalı haç yahut başka bir Nazi sembolü aramaya başladı. O kadar yaklaşmıştı ki, rüzgârda uçuşan saçları kartalın kanatlarına değiyordu.

"Hop, hop, o kadar yaklaşmayın" diye uyardı Kurt. "Delilleri bozacaksınız." Sesi gerektiğinden yüksek çıkmıştı. Belli ki az önceki konuşmanın etkisindeydi. Çocuk gibi azarlanmak Yıldız'ın da sinirleri bozdu.

"Tamam, tamam Kurt, anladık. Delillere dokunan yok, inceliyoruz sadece..."

Yıllardır tanıdığı başkomiser ilk kez böyle haşlıyordu onu.

"Yok, yok, yani ben" diye geriledi önce, ama sonra haklı olmanın verdiği güvenle toparladı. "Cinayet mahalline basıyorsunuz Yıldız. Katilin izlerini bozmuş bile olabilirsiniz. Rica ediyorum, burayı boşaltın, bizim işimiz bitince bakarsınız. Lütfen..." Sesi giderek daha kararlı çıkıyordu. "Zaten kurbanı bulan iki şahıs sizi bekliyor."

Ortamı daha fazla germenin anlamı yoktu, ayağa kalktı Yıldız.

"Peki, peki Kurt, gidiyoruz. Nerede dedin bu şahıslar?"

Beyaz başlığının içinde görünmeyen çenesiyle aşağısını gösterdi.

"Bizim minibüsün oradalar. Bir kızla bir oğlan. Galiba sevgililer..."

Yıldız hadi dercesine bir bakış attı Tobias'a. Ama hiç acele etmedi yardımcısı, cep telefonuyla önce kartal başlı asanın, ardından yerdeki maktulün fotoğraflarını çekti. Neden sonra iri gövdesini güçlü ayaklarının üzerinde sürükleyerek ağır ağır çıktı cinayet mahallinden. Cesedin başında durmuş hâlâ ters ters onlara bakan Kurt'a aldırmadan Yıldız'ın peşi sıra yürümeye başladı. Bir süre hiç konuşmadan, ahşapla desteklenmiş merdivenlerden indiler. Her adımda ceset kokusundan biraz daha uzaklaşıyorlardı. Merdivenlerin ortasına geldiklerinde, nedense ıslıkla bir şarkı tutturdu Tobias. Bu melodiyi daha önce duymuştu Yıldız ama hatırlayamadı.

"Hangi şarkıydı bu?"

Elini cebine sokup sigara paketini çıkartırken açıkladı yardımcısı.

"'Black Sabbath'... Geçen gece Alex'in grubu çalıyordu ya. Hani şu tuhaf tiyatroda dinlemiştik. Tartaros muydu neydi adı..."

"Ateşten gözleri olan iri kara bir siluet" diye mırıldandı Yıldız. "İnsanlara isteklerini söylüyor / şeytan orda duruyor ve gülümsüyor..."

Hayranlıkla baktı.

"Bravo Şef, evet, tam olarak böyle söylüyordu. 'Şeytan orda duruyor ve gülümsüyor.'"

Güneşin altında kendi kendine söylendi Yıldız.

"Yok, yok o kadarı da rastlantı olur artık."

Yardımcısı meraklı gözlerini ona dikmişti. Paketten bir sigara çekerken sordu:

"Neymiş o rastlantı?"

Etrafa bakındı şef.

"Bulunduğumuz yer Toby. Burası Şeytan Tepesi, sen ıslıkla bir şarkı çalıyorsun, şarkının sözlerinde 'Şeytan orada duruyor ve gülümsüyor' diyor..." Durdu, gizemli bir bakış attı. "Yoksa bu cinayetlerde senin mi parmağın var?"

Kocaman bir kahkaha koyuverdi Tobias.

"Evet, asıl katil benim. İçimdeki vahşi metalci, bu zavallı insanları öldür dedi. Ben de ilginçlik olsun diye mitolojiyle süsleyerek işliyorum cinayetlerimi... Meslekte edindiğim tecrübe de çok yardım ediyor bana..." Neşesi sönmeye başlamıştı. "Rastlantı filan değil Şef, bilinçli olarak o şarkıyı çalıyordum, burada, Şeytan Tepesi'nde olduğumuz için..." Ciddileşti, ağaçlarla kaplı engebeli araziye baktı. "Katilin, kurbanını buraya bırakması da rastlantı değil elbette. Bize bir mesaj verdiği açık. Haluk'un sözlerini hatırlasana. Şu Zeus Altarı hakkında söylediklerini. Hani İncil'de 'Şeytanın Tahtı' diye geçiyormuş ya."

Çok önemli bir bağlantıdan söz ediyordu.

"Altar gerçekten de tahta benziyor" diye mırıldandı Yıldız. "Mermerden yapılma devasa bir taht. Katil kurbanını buraya bırakarak Zeus Altarı'na gönderme mi yapıyor diyorsun?"

Az önceki neşeli halinden eser kalmamıştı Tobias'ın.

"Bilmiyorum Şef, bildiğim buranın Nazilerle hiçbir ilgisinin olmadığı. Tabii şu kartal saplı asayı saymazsak."

Yıldız şaşkınlıkla bakıyordu yardımcısına.

"Şaka mı yapıyorsun Toby? Bu tepe Nazilerin eseri."

Altdudağı hafifçe sarkmıştı iri polisin. Yardımcısının ne diyeceğini beklemeden sürdürdü başkomiser.

"Berlin dümdüz bir arazinin üzerine kurulmuş. Hatta eskiden kocaman bir bataklıkmış. Evet, Toby, bu tepe insan eliyle yapıldı."

Önemli bir ayrıntıyı mı atladım diye düşünen Tobias, izah etmeye çalıştı.

"Biliyorum, savaşta yıkılmış evlerin molozları buraya dökülmüş. Bütün şehrin yıkıntısı burada toplanmış. Yani bu tepenin oluşmasına savaştaki bombalamalar neden olmuş."

Rüzgârda dağılan saçlarını aceleyle toparladı başkomiser.

"Eee, bu şehrin bombalanmasına kimler neden oldu?"

"Elbette Naziler..." Anlamaya çalışırcasına baktı. "Asanın başındaki Nazi kartalı, cesedin buraya bırakılması, tehdit mektubu... Yani bu cinayeti de Naziler mi işledi diyorsun Şef? İyi de zanlılar içeride."

Alaycı bir ifade belirdi Yıldız'ın ela gözlerinde.

"Dün gece iyi uyumadın mı Toby?"

Canı sıkılmıştı yardımcısının.

"Niye öyle diyorsun Şef, benim uyumamla bunun ne alakası var?"

Hiç geri adım atmadı başkomiser.

"Çok alakası var, uykunu alsaydın, az önce gördüğümüz kurbanın birkaç gün önce öldürüldüğünü atlamazdın. Ceset bozulmaya başlamış. Anlasana, ilk kurban, Cemal değil, bu zavallı ihtiyardı."

Mahcup bir tavırla gülümsedi Tobias.

"Haklısın Şef... Uykusuzluktan değil, o kadar karışık bir vaka ki bu, insan ne düşüneceğini bilemiyor."

Kuşkuyla süzdü yardımcısını. Ne oluyordu bu adama böyle? Ama daha fazla üstüne gitmedi. Sadece kendi fikrini bir kez daha yüksek sesle yinelemek gereği duydu.

"Nazilere odaklanmamız gerek. Evet, bence bu işi onlar yaptı. Bak göreceksin, o tehdit mektubunun üzerinden de Otto denen hergelenin parmak izi çıkacak. Korkarım, Kurt'un söylediği gibi olacak, bu cinayetler durmayacak..."

Tobias yanıt vermek yerine sigarasını yaktı, dumanını hırsla savurdu. Kül rengi küçük bulutçuklar Yıldız'ın gözlerini acıttı ama bu defa şikâyet etmedi. Aklı hâlâ söylediklerindeydi. Sözlerinin doğruluğundan eminmiş gibi görünse de biliyordu ki bu varsayımda eksik bir şeyler vardı. Ellerindeki bütün bulgulara rağmen cinayetlerin Nazilerin işi olduğunu henüz kanıtlayamamışlardı. Evet, Naziler hâlâ baş şüpheliydiler. Evet, geçmişte bunlardan çok daha korkunç cinayetler işlemişlerdi, şüphesiz yine işlerlerdi. Ama cinayetlerin bu kadar sofistike olmasıyla, ellerindeki Neo Nazilerin beceriksiz adamlar olması arasında bir çelişki yok muydu? Üstelik Kerem'in bir zamanlar kendini Kronos zannettiği için hastaneye yatırılması, ardından bugün babası Orhan Ölmez'in cinsel organının kesilerek ölü bulunması. Bu iki olay arasındaki bağlantı hiç de yabana atılacak gibi değildi. Eğer bu işi Naziler yaptıysa, mitolojiyi iyi biliyor ve Ölmez Ailesi'ni çok iyi tanıyor olmalıydılar. Ama bu kadar zahmete ne gerek vardı? Ölmez Ailesi'ni ortadan kaldıracaklarsa evlerine girer öldürürlerdi ya da daha önce yaptıkları gibi hepsini yakarlardı. Belki de ailenin başka bir sırrı vardı. Öyle ya, ırkçılar, kurban olarak neden başka insanları değil de, bu aileyi seçmişti? Arkeolog Haluk'un bahsettiği 9000 talentlik savaş ganimetini hatırladı. Sebep o hazine olmasındı? Saçmaladığını fark etti. Aptal bir defineci gibi düşünüyordu. İki bin küsur yıl önceki paradan günümüze kuruş kalması bile mucizeydi. Elbette Naziler de bunu bilirdi. Ama mutlaka bir bağlantı olmalıydı. Onu bulurlarsa cinayetlerdeki gizem de çözülürdü.

Düşünmeye ihtiyacı vardı, daha çok düşünmeye... Bütün ihtimalleri yan yana koyup kıyaslama yapmaya. Ama ne zaman? Sahadaki olaylara çok fazla kaptırmıştı kendini. Zanlıdan zanlıya savrulup duruyorlardı. Hayır, acilen zaman ayırmalıydı, sakince düşünmesi gerekiyordu. En karmaşık vakalar katili takip ederken değil, bütün ayrıntılar tek tek incelenerek çözülürdü. Sessizce sigarasını tüttürmekte olan Tobias'a bakarak, "Sakin ol Yıldız" diye telkinde bulundu kendine, "Sakin ol, resmin tümünü görmen için düşünmen lazım. Olayların seni etkilemesine izin verme!"

Olay Yeri İnceleme minibüsünün yanındaki bankta oturuyorlardı. Salkımsöğüdün uzun dalları neredeyse omuzlarına dokunacaktı. Uzaktan hoş bir görüntüleri vardı. Ama yaklaştığınızda sıkıntıdan patlamak üzere olduklarını fark edebilirdiniz. Ayaklarının dibinde beyaz gövdesi sarı beneklerle kaplı bir Setter, toprağa uzanmış sabırsızca kuyruğunu sallıyordu. Tanımadığı iki kişinin yaklaştığını görür görmez fırlayıp havlamaya başladı. Sevgililerden erkek olanı köpeğin havladığı yöne baktı, bizimkileri görünce biraz telaşlandı.

"Hayır, hayır Diana, otur, otur çabuk!"

Köpek, genç adamı iplemedi, aksine sesini yükselterek ama özellikle Tobias'a bakarak havlamayı sürdürdü. Sahibi oturduğu banktan kalktı, işaret parmağını sallayarak kimin patron olduğunu hatırlatmak istercesine daha otoriter bir sesle emretti. "Otur! Otur diyorum Diana!"

Sahibi ayağa kalkınca, köpek, iri gözlerini ardına kadar açarak bekledi.

"Kime diyorum Diana? Çabuk otur. Sus ve otur!"

İstemeye istemeye eski yerine çöktü Diana ama kanlanmış gözleri hâlâ yaklaşmakta olan iri adamın üzerindeydi. Oturduğu yerden birkaç kez daha havladı ama sahibi hevesini kırmıştı, sesi artık cılız çıkıyordu.

"Senden hoşlanmadı" diye takıldı Yıldız yardımcısına. "Saldırmasın sonra..."

Amirinin şakasını ciddiye aldı Tobias.

"Biliyorum, hiç sevmez beni köpekler."

Konuşmalarını duyan genç adam.

"Merak etmeyin, saldırgan değildir" diye seslendi. "Sıkıldı, gidelim diyor. O yüzden havladı..."

Hiç emin değildi Tobias.

"Ya sıkıldığı için saldırırsa?"

Yıldız alaycı bir ifadeyle baktı yardımcısına.

"Hadi Toby, gerçekten de korkuyor musun bu tatlı şeyden?" Adımlarını hızlandırarak köpeğe yaklaştı. "Merhaba Diana. Ne yapıyorsun kızım?"

Önce Yıldız'ı şöyle bir süzdü Diana, sonra fazla laubali olmadan kuyruğunu dostça sallamaya başladı. Yıldız da yanına çömeldi, hayvanın başını usulcacık okşadı.

"Ne güzel şeysin sen..." Ayakta dikilen sahibine döndü. "Çok genç, değil mi?"

Köpeğiyle ilgilenilmesine rağmen memnun olmadı adam. "İki yaşında, ama sıkıldı, saatlerdir polisleri bekliyoruz..."

Diana'yı sevmeyi bırakıp doğruldu Yıldız, genç sevgililere baktı. Temiz yüzlü çocuklardı; oğlanın açık kumral saçları alnını olduğu gibi örtüyordu. Yaşadığı bıkkınlık bile deniz mavisi gözlerindeki canlılığı gölgeleyememişti. Kızın yüzü çillerle doluydu, küçücük bir burun, geniş bir ağız, bezgin bakan yosun yeşili gözler...

"Merhaba, kusura bakmayın, geciktik. Beklediğiniz polisler biziz."

Cesedi bulan sevgililerin yüzü ilk kez ışıdı.

"Nihayet" diye doğruldu oturduğu banktan genç kız. "Ne kadar uzun sürdü gelmeniz. Saatlerdir buradayız."

Mahcup bir gülümseme belirdi Yıldız'ın dudaklarında. "Aslında haberi alır almaz yola çıktık ama burası merkeze uzak, ancak gelebildik. Neyse, artık buradayız işte. Merak etmeyin, çok sürmeyecek işimiz. Sorularımızı yanıtlar yanıtlamaz sizi yollayacağız... Ha, bu arada ben Başkomiser Yıldız Karasu, Berlin cinayet masasından. Meslektaşım da..." Başını çevirince yardımcısının hâlâ çekingen bir tavırla uzakta dikilmekte olduğunu gördü. Dayanamayıp güldü. "Tobias hadi ama, bu köpekçik sana zarar vermez."

Hiç emin değildi Tobias, ama daha fazla direnmeyi kendine yediremedi. Temkinli adımlarla yaklaştı

"Tamam, tamam Şef, geldim."

Eğlenceli bir tavırla sözlerini sürdürdü Yıldız.

"Evet, meslektaşım da Komiser Tobias Becker." Cebinden küçük bir not defteri ve tükenmez kalem çıkardı. "Rica etsem isimlerinizi söyler misiniz?"

"Ben Martin" dedi erkek olanı. "Martin Hitzfeld. Kız arkadaşımın ismi de Hanna..." Anımsayamadı, deniz mavisi gözleri gölgeleniyordu ki, Hanna yardımına yetişti.

"Wuttke." Aldırma dercesine elini sevgilisinin omzuna koymuştu. "Ben Hanna Wuttke..."

İsimleri yazdıktan sonra başını kaldırdı Yıldız.

"Teşekkürler. Sanırım köpeğinizi gezdirmeye gelmiştiniz buraya."

Rahatlayan Martin'in yüzüne tatlı bir ifade yayılmıştı.

"Evet, Diana bayılıyor buraya." Kulağını açmış, sabırsızlıkla hadi gidelim komutunu bekleyen köpeğine bakarak gülümsedi. "Şehirde istediği gibi koşturamıyor zavallı. Evimizin yanındaki park da pek büyük değil. Haftada en az iki kez buraya geliyoruz, bazen üç. Hem Diana gönlünce koşturup öteki köpeklerle oynaşıyor hem de biz biraz nefes almış oluyoruz."

"En son ne zaman gelmiştiniz buraya?" Korkusunu tümüyle yenemese de Martin'i kendine siper alarak biraz daha yaklaşan Tobias'tan gelmişti soru. "Bundan önce diyorum."

Hatırlayamamıştı genç adam, sevgilisine baktı.

"Üç gün önceydi galiba..."

"Hayır, dört gün önceydi..." diye düzeltti kız. "Hatırlasana, öğleden sonra sınavın vardı, bir gün aksatmıştık..."

Usulca başını salladı delikanlı.

"Evet, evet dört gün önce gelmiştik."

Bir gözü yere uzanmış Diana'da olan Tobias asıl öğrenmek istediği konuya gelmişti.

"Dikkatinizi çeken birileri ya da kuşku uyandıracak bir şeyler gördünüz mü?"

Anlamamıştı gençler.

"Nasıl kuşku uyandıracak birileri?" diye mırıldandı Hanna.

Bakışlarıyla etrafı taradı iri polis, sonra gelip kızın gözlerinin içinde durdu.

"Burada görmediğiniz tipte birileri. Mesela dazlaklar, Neo Nazi özentisi tipler... Yahut kılık kıyafeti, yürüyüşü, davranışı farklı olan şahıslar..."

"Yok" dedi Hanna, geniş ağzı için biraz ince kalan altdudağını sarkıtarak. "Öyle birilerine rastlamadık..." Bu kez o sevgilisinden destek istedi. "Yanılıyor muyum? Öyle değil mi Martin?"

Kendinden emin bir tavırla baktı genç adam.

"Yanılmıyorsun canım, öyle birilerini görmedik." Polise döndü. "Aslında biz insanları izlemeyi severiz. Yanlış anlamayın, kimseyi rahatsız etmeyiz. Ama insanlara bakıp onlar hakkında tahminde bulunmaktan, onlarla ilgili sohbet etmekten hoşlanırız." Gurura benzer bir ışıltı geçti gözlerinin maviliklerinden. "İkimiz de psikoloji okuyoruz. Size anlamsız gelebilir ama insanları gözlemleyerek karakter tahlilleri yapmaya çalışıyoruz. Yani tuhaf birileri olsaydı mutlaka dikkatimizi çekerdi. Burası oldukça huzurlu bir yer. Niye Şeytan Tepesi dediklerini de anlayabilmiş değiliz zaten."

"Şeytanın eseri olduğu için" diye mırıldandı acı bir sesle Yıldız. "Savaşın yarattığı acı hatıraların mezarı olduğu için. Burada sadece moloz yığınları yok. Bir zamanlar Berlinlilerin yaşadığı evler, okullar, fabrikalar, tiyatrolar, sinemalar, kafeler var. Yani bir şehri şehir yapan şeyler. Yapmayın çocuklar, bu güzel ağaçların, yeşil çimenlerin altında bombalanmış bir şehrin yıkıntıları yatıyor."

Hanna sanki ilk kez görüyormuş gibi bakıyordu etrafına, farkına varmadan sevgilisinin kolunu tutmuştu. Ama Martin o kadar da etkilenmiş görünmüyordu.

"Neyse" diye sürdürdü sözlerini. "Bahsettiğiniz olaylar yıllar önce olmuş. Şimdi millet dinlenmeye geliyor buraya. Siz de görmüşsünüzdür, piknik yapanlar, köpeklerini gezdirenler, öpüşmek için sakin bir köşe arayan sevgililer... Yemyeşil ağaçlar, temiz hava, kuş sesleri... Gördüğünüz gibi son derece sakin bir yer burası..." Sustu. Yukarıda yatan yaşlı adamın cesedini hatırlamış olacak ki, "Yani genellikle sakin" diye düzeltti.

Uzatmanın âlemi yoktu, doğrudan sordu Yıldız.

"Cesedi siz bulmuşsunuz değil mi?"

Hanna sevgilisine baktı.

"Martin buldu, daha doğrusu Diana'yla birlikte buldular... Ben bakamadım, cesedin yanına bile gidemedim. Ölülerden korkarım, çok korkarım. Büyükbabam öldüğünde bile bakamadım... Oysa annem ne kadar da zorlamıştı... Üstelik çok severdim büyükbabamı."

Konunun dağılmasına izin vermedi Yıldız, genç adama döndü.

"Cesedi nasıl bulduğunuzu anlatır mısınız?"

Sevgilisinin sözünün kesilmesinden pek hoşlanmamıştı Martin ama baktı ki Hanna umursamıyor, o da soruyu yanıtlamakta bir sakınca görmedi.

"Aslında Diana buldu." Bakışları ayaklarının dibindeki köpeğe kaymıştı yine. Gurur mu duyuyordu, yoksa başlarını belaya soktuğu için ona kızıyor muydu anlamak zordu. "Buraya geldi mi çılgına dönüyor Diana. Tutabilene aşk olsun. Hopluyor, zıplıyor, istediği gibi koşturuyor." İkinci kez adının seslendirildiğini duyan köpek başını kaldırıp sahibine bakmaya başlamıştı. Yoksa gidiyorlar mıydı? Hayır, henüz değil dercesine, eğilip Diana'nın başına dokundu Martin. "Çok akıllıdır Diana, asla kaybolmaz, tepeye çıkar iner, ağaçların arasında koşturur, çukurların üzerinden atlar ama sonunda mutlaka yanımıza gelir. Uzun süre ayrılamaz bizden. Fakat bu kez gelmedi, kaygılanmaya başladık tabii. Bir ara yukarıda bir yerlerde ağaçların arasına daldığını gördüm. Neden sonra havlamalarını duyduk, aldırmadık, öteki köpeklerle oynuyordur diye düşündük. Derken, koşarak yanımıza geldi, yerinde duramıyordu; hayır, neşeli değil heyecanlıydı. Havlayarak bir şeyler anlatmaya çalışıyordu. Yine aldırmadık, fakat genlerinde avcılık var ya, pantolonumdan tutup sürüklemeye başladı. Evet, açıkça bir yere götürmek istiyordu bizi. Görmemiz için bu kadar ısrar ettiği şey neydi, biz de merak etmeye başladık. Sonunda isteğine uyduk, onu takip ettik. Birlikte yukarılara tırmandık. Sabırsızca önümüzde koşuyor, sonra yanımıza geliyor, adeta çabuk olun diyordu. Ağaçların arasında ilerlerken iğrenç bir koku çarptı burnumuza. Bir hayvan ölmüş diye düşündük. Bir karga, bir kirpi, belki bir tavşan. Göreceğimiz manzara hoş olmayabilirdi. Hanna, 'Dönsek mi?' dedi. Vazgeçtik, geri dönmek istedik. Diana'yı çağırdım, aldırmadı. En otoriter tavrımı takındım, hayır itaat etmiyordu. Çıldırmış gibiydi. Onu ilk kez böyle görüyordum. Sözlerime aldırmadan yine ağaçların arasında kayboldu. Sinirlenmiştim, Hanna'ya beklemesini söyleyip peşi sıra ilerledim. Yürüdükçe o iğrenç koku artıyordu, sonunda gördüm Diana'yı. Küçük bir açıklıkta, bir çukurun başında duruyordu. Yaklaştıkça koku dayanılmaz hal aldı, derken çukurun içinde bir yüz görür gibi oldum. Emin olamadım, yaklaştım. Yanılmamıştım bu bir insan yüzüydü, yaşlı bir adamın yüzü. Üzeri yapraklarla kapatılmıştı. Yeni değildi, çünkü yapraklar solmaya başlamıştı. Üstelik rüzgâr bazılarını uçurmuş yüz ortaya çıkmıştı. Çukurun başına gidince daha iyi gördüm. Boynuna kadar gömmüşlerdi adamcağızı, sadece başı dışarıda bırakılmıştı. Hiçbir şeye dokunmadan, köpeğimi aldım, Hanna'ya döndüm ve sonra sizi aradık işte. Hepsi bu."

Yıldız ekleyecek bir şeyiniz var mı dercesine bakışlarını Hanna'ya çevirdi.

"Aynen Martin'in söylediği gibi oldu" dedi genç kız.. Gözleri nemlenmişti, konuştukça durumun korkunçluğunu daha iyi anlıyor olmalıydı.

"Peki, çukurun yakınlarındaki asa?" diye hatırlattı Yıldız.

Boş gözlerle bakıyordu genç adam.

"Ne asası? Hayır, öyle bir şey görmedim." Suçluluk hissediyor gibiydi. "Yani, şoka uğramıştım tabii. Asa varsa da görmedim. Belki başka ayrıntılar da vardı ama fark edecek halde değildim. Hayatımda ilk kez böyle bir şeyle karşılaşıyorum."

Anlayışla bakıyordu Yıldız.

"Ama sormak zorundayım. Çukurun çevresinde, tutamacında kartal olan bir asa vardı. Fark etmediniz mi?"

Bir an düşündü ama aynı sözleri yineledi.

"Yok, öyle bir şey görmedim..."

Yıldız elindeki not defterine bir şeyler karalarken Hanna saçma bir soru sordu.

"Bu bir cinayet mi? Adamı öldürmüşler mi?

Sesi titriyordu genç kızın. Yıldız umursamadı, kızın sevgilisine baktı.

"Siz ne diyorsunuz Martin? Adamı öldürmüşler mi?"

Deniz mavisi gözlerinin ışıltısı solmaya başladı.

"Öldürmüşlerdir herhalde. Yani başka nasıl olacak ki. Gerçi sadece cesedin yüzünü gördüm. Acı çeken yaşlı bir adam. Öldürdüler mi yoksa eceliyle mi öldü bilmiyorum. Ama birilerinin gömdüğü kesin." Emin olamadı. "Adamın kendini gömecek hali yok ya. Belli ki birileri gömmüş. Adam eceliyle ölse onu niye buraya gömsünler?"

İyi akıl yürütüyordu genç adam, Yıldız uzatmadı.

"Peki, bugün, yani birkaç saat önce, dikkatinizi çeken bir şey oldu mu? Tobias'ın söylediği gibi burada görmeye alışık olmadığınız tipte birileri var mıydı?"

Martin'in sinirleri bozulmaya başlamıştı.

"Görmediğimizi söyledik ya!"

Sabırla açıkladı Yıldız.

"Dört gün önce geldiğinizde kimseyi görmediğinizi söylediniz. Ben bugünden söz ediyorum. Cesedi bulmadan önce gördüklerinizden..."

Genç sevgililerin ikisi de aynı anda başlarını salladılar ama Martin yanıtladı.

"Hayır, her şey normal görünüyordu. Ne dazlaklara rastladık ne de Neo Nazilere."

Sesi gerginleşmişti. Sevgilisinin hali Hanna'yı da etkilemişti.

"Yoksa Neo Naziler mi öldürmüş adamı?"

Çilli yüzü allak bullak olmuştu kızın. İç geçirdi Yıldız.

"Bilmiyoruz Hanna, biz de onu öğrenmeye çalışıyoruz. O yüzden böyle kılı kırk yarıyoruz." Bakışları köpeğe kaydı. "Keşke Diana konuşabilseydi. Eminim işimize yarayacak çok şey söylerdi." Başını kaldırdı. "Peki arkadaşlar, bizim sorularımız bu kadar, sizin söylemek istediğiniz bir şeyler varsa..."

Rahatlamıştı Martin.

"Bildiğimiz ne varsa anlattık..." Kıza baktı. "Öyle değil mi aşkım?"

Sessizce başını salladı Hanna.

"Tamam o zaman gidebilirsiniz..."

"Dur, dur Şef" diyerek araya girdi Tobias. "Bir ayrıntı daha vardı. Şu minibüs meselesi..." Gençlere baktı. "Siyah bir minibüs gördünüz mü buralarda? Kobalt siyahı bir minibüs... Dört gün önce ya da bugün..."

Kararlılıkla yanıtladı Martin.

"Hayır, minibüs filan görmedik. Ya da dikkatimizi çekmedi..."

Sessizleşen Hanna'nın yeşil gözleri yola dikilmişti.

"Kobalt siyahı dediğiniz şöyle bir minibüs müydü?" diye mırıldandı. Aynı anda Diana da doğrulmuş yola doğru havlamaya başlamıştı. Dördü de Diana'nın havladığı yöne baktılar. Gerçekten de siyah renk bir minibüs onlara yaklaşıyordu. Bir anlık şaşkınlıktan sonra Yıldız ve Tobias birbirine bakarak toparlandılar, iki genç tanık ise korkuyla kalakalmışlardı oldukları yerde. Gözlerini yaklaşmakta olan minibüsten ayırmayan Yıldız "Buradan gitseniz iyi olacak çocuklar" dedi kaygılı bir sesle. "Derhal, hadi hemen uzaklaşın buradan."

Hiç itiraz etmedi gençler.

"Tamam, tamam gidiyoruz" dedi panikleyen Martin. "Hadi Diana, hadi kızım gidiyoruz."

Ama minibüse doğru havlamayı sürdüren Diana oradan ayrılmak istemiyordu. Aceleyle tasmayı boynuna geçiren Martin, köpeğini sürükleyerek götürmek zorunda kaldı. Yıldız'la Tobias ise oldukları yerde durmuş, ellerini silahlarına yakın tutarak minibüsün yaklaşmasını bekliyorlardı. Güneş ters yönden vurduğu için ön koltukta oturanları göremiyorlardı. Yaklaştıkça yavaşladı minibüs, sonra usulca gelip önlerinde durdu. Kapısı açılan araçtan aceleyle iki adam indi. İlk ineni görür görmez tanıdı Yıldız. Bu telaşlı adam, yukarıda cansız yatan yaşlı adamın oğlu Kerem Ölmez'den başkası değildi.

"Neden böyle çıplak?" dedi olay yeri bozulmasın diye çekilen sarı bandın önünde dikilen Hüseyin. Cesedi tümüyle göremiyordu, ama giysilerinin olmadığını fark etmişti. "Ölüye saygısızlık bu. Üzerini örtmemiz lazım." Sırtındaki montu çıkarmış, Olay Yeri İnceleme'nin bandını geçmeye çalışıyordu ki, yüksek sesle uyardı Kurt.

"Hayır! Dur! Durun! Sakın yaklaşmayın. Cinayet mahallini bozuyorsunuz..."

Bir an hareketsiz kaldı öfkeli torun, ama çok sürmedi.

"Şu kokuya bak ya! Zavallı dedem nefret ederdi kötü kokulardan" diye dövünmeye başladı. "Güzel kokmayı çok severdi. Bergama'dan getirdiği kokuyu sürünürdü hep."

Kerem'in de gözleri nemlenmişti, kederle başını salladı.

"Araplı Ovası'nın tütününden yapılma esans. Sadece onu kullanırdı. Ah be baba, ah, hangi şerefsiz yaptı sana bunu?"

Yıldız biliyordu tütün esansını, oldukça ağır bir kokusu vardı. Tobias ise hiçbir şey anlamadan dinliyordu konuşulanları. Hüseyin'in dövünmesi çok sürmedi, maktulün başında duran tuhaf kıyafetli polise baktı.

"Daha ne kadar böyle kalacak dedem?"

Hiç ödün vermedi Kurt.

"İşimiz bitene kadar. Zamanı gelince biz örteceğiz üzerini. Bekleyin biraz..."

Kara gözleri öfkeyle ışıldayan Hüseyin'in bekleyecek hali yoktu, ama Kerem, kolundan yakaladı oğlunu. Yıldız da hareketlenen Tobias'ı durdurmuştu, Hüseyin'i babasının yatıştırması daha uygun olurdu.

"Tamam evladım" dedi Kerem, acılı ama sakin bir sesle. "Tamam. Bırak polisler işini yapsınlar. Gel birer sigara yakalım."

Öfkeyle çekti kolunu Hüseyin.

"Bırak baba ya, dedem böyle çırılçıplak yatıyor gözümüzün önünde. Biz de gidip sigara mı tüttüreceğiz?"

Orta yaşı çoktan geçmişti Hüseyin, merdivenleri tırmanırken onu nefes nefese bırakan göbeğini saymazsak dinç görünüyordu. Babasından daha kısaydı ama o da iri yapılıydı. Yıldız ve Tobias'la karşılaştıklarından beri nerdeyse hiç konuşmamıştı. Gerçi babası Kerem de aşağıda pek bir şey anlatmamıştı. Sadece siyah minibüsün Bergama Baklavacısı için alındığını söylemişti. Zaten aracın yan tarafında da dükkânın ismi ve logosu bulunuyordu. Üzerinde şirket ismi olan bir araçla kimse cinayet işlemeye gitmezdi. Yine de minibüs gördüğünü söyleyen Peyman'a sormakta yarar var diye düşünerek konuyu şimdilik kapatmıştı Yıldız. Ölmez Ailesi'nin iki erkeği de bir an önce kurbanı görmek istemişti. Görünce de şoka uğramışlardı tabii.

Yeniden Olay Yeri İnceleme'nin çektiği banda yaklaştı Hüseyin. Sağ elini beline dayayarak tehdit edercesine baktı Kurt'a.

"Daha ne kadar sürer bu?"

Kurt umursamadı, başkomisere döndü.

"Rahat çalışamıyoruz Bayan Karasu, lütfen müdahale eder misiniz? Lütfen şu adamları alıp götür müsünüz buradan?"

Yıldız'ın yaklaşmasına fırsat vermeden, "Hiçbir yere gitmiyoruz" diye gürledi öfkeli torun. "Dedemi koruyamadınız, şimdi de cenazesini mi göstermiyorsunuz?"

Üniformalı iki polisle birlikte Yıldız ve Tobias yetişmeseydi sarı bandı hızla geçerek, Kurt'a saldırması işten bile değildi. Üniformalı polislere, başıyla geride durun işareti yapan Tobias, heybetli gövdesiyle Hüseyin'in önüne geçti.

"Yapmayın Bay Ölmez" dedi sakin ama kararlı bir sesle. "Böyle davranarak işi zorlaştırıyorsunuz. Bırakalım arkadaşlarımız görevlerini yapsınlar. O zaman çok daha çabuk örteriz dedenizin üzerini."

Önüne çıkan polise düşmanca bakıyordu Hüseyin.

"Bana akıl vereceğine git, dedemin katillerini yakala. Ama yapmazsınız değil mi? Çünkü o Nazilerle birlikte çalışıyorsunuz."

Şaşırmıştı Tobias, ne diyeceğini bilemedi ama anında yetişti Yıldız.

"Hangi Naziler?" Tobias'ın önüne geçmişti, kederli torunun karşısına dikildi. "Neden bahsediyorsunuz Hüseyin Bey?"

Bey lafını Türkçe söylemişti. Hiç etkilenmedi adam.

"Sanki anlatsam yakalayacaksınız..."

Yıldız meydan okurcasına baktı.

"Elbette yakalayacağız. Bizim işimiz bu. Buradaki çalışmayı engelleyeceğinize bildiklerinizi anlatırsanız, daha kolay yakalarız."

Otoriter ama kendinden emin bir sesle konuşuyordu.

"Bir şeyi engellediğim yok" diye isyan etti Hüseyin. "Koruyamadığınız dedeme biraz saygı gösterin diyorum sadece..."

Öfkesi sanki azalmıştı, Yıldız da farkındaydı bunun. Konuyla alakadar olduğunu hissettirmek için sesine merak yüklü bir tını yerleştirerek sordu:

"Dedeniz tehdit altında mıydı? Bu cinayetlerde gerçekten de Neo Nazilerin parmağı mı var?"

Hüseyin kara gözlerini Yıldız'a dikmiş, anlamaya çalışıyordu. Bu kadın samimi miydi, yoksa öyle mi görünmek istiyordu?

"Var" dedi nihayet. Ama sesi hâlâ kuşku doluydu. "Bütün bu saldırıların arkasında Kör Rudolf var... Adam kan davası güdüyor yirmi üç yıldır."

Şaşkınlıkla tekrarladı Yıldız.

"Yirmi üç yıldır? Ne olmuştu ki yirmi üç yıl önce?"

Sanki o günleri yaşıyormuş gibi gözleri gururla canlandı Hüseyin'in.

"Ne olacak? Neo Nazileri paketleyip atmıştık Kreuzberg'den. Ben 36 Boys'un üyesiydim. Hapiste yattım bu yüzden."

Yıllar önce yaşanan çete kavgalarını anımsar gibi oldu Yıldız. Ama ayrıntıları bilmiyordu. Ne olursa olsun, Hüseyin'in anlatacakları gerçekten çok ilginçti. Belki de cinayetlerle Naziler arasında bir türlü kuramadığı bağlantıyı anlatacaktı Ölmez Ailesi'nin büyük oğlu. Hiç beklemediği anda gelen belki de bu hazine değerindeki açıklamaları aceleye getirmek istemedi.

"Bir dakika, bir dakika Bay Ölmez. Anlatacaklarınız bizim için çok değerli. Gelin şöyle geçelim... Bakın, şu ilerdeki ağacın altı gayet uygun. Orada anlatırsınız bildiklerinizi. Hiçbir ayrıntıyı atlamak istemiyorum. Hem biz konuşurken Olay Yeri İnceleme de işini bitirmiş olur..."

Hüseyin ikna olmuş değildi, bakışları uzakta çimenlerin üzerinde yatan dedesine kaymıştı yine. Üzgün olduğunu hissettiren bir tonla açıkladı Yıldız.

"Sizi oraya sokamayız. Burada beklemenizin hiçbir yararı yok. Ama dedenizin katili olduğunu söylediğiniz şu Rudolf denen adamla ilgili bilgi verirseniz, onu derhal soruşturmaya başlarız."

Hâlâ güvensiz gözlerle bakıyordu Hüseyin, oğlunu çok iyi tanıyan Kerem de katıldı konuşmaya.

"Bayan Karasu haklı oğlum, Rudolf'la olan meseleyi anlatmamız lazım..."

Sonunda teslim oldu Hüseyin.

"Tamam o zaman, sen öyle diyorsan..." Yine de polisleri iğnelemekten alıkoyamadı kendini. "Kaç kez anlattık bir önlem almadılar ama... Neyse sırf senin hatırın için bir kez daha anlatalım baba..."

Dördü de ilerdeki devasa meşe ağacına yöneldiler. Ölmez Ailesi'nin iki ferdi yan yana yürüyordu. İki polis birkaç adım geriden takip ediyordu onları. Kerem'in Bergama Baklavacısı'nda gösterdiği adamı gözlerinin önüne getirmeye çalıştı Yıldız. Pergamon kazılarına ilk kazmayı vuran Carl Humann'ın işçilerinden Pehlivan'ı. Bu baba ve iki oğlu gibi heybetli bir adam olduğu fotoğraftan bile anlaşılıyordu. Az ötede yatan Orhan dede de Cemal de öyle ufak tefek adamlar sayılmazlardı. Aynı gen devam etmiş diye geçirdi içinden. Onun aklından bunlar geçerken, Kerem de adımlarını yavaşlatarak polislerin yanına gelmesini beklemişti. Hüseyin birkaç adım önde yürümeyi sürdürüyordu.

"Oğlumun kusuruna bakmayın Bayan Karasu" dedi mahcup bir tavırla. "Dedesini öyle görünce..."

Daha kötüleriyle de karşılaşmıştı Yıldız.

"Önemli değil. Anlaşılır bir durum. Yalnız, siz neden bu Rudolf denen adamdan bahsetmediniz? Eğer babanızın öldürülmesiyle bir alakası varsa, belki oğlunuzun katledilmesinden de o sorumludur."

Geniş omuzlarını geri attı Kerem.

"Hiç aklıma gelmedi... Aslında anlatmalıydım, çünkü Cemal de Hüseyin'le birlikte Nazilerle kavga etmişti. Üstelik şu Kör Rudolf denen adamla. Hatta orada yaralanmıştı da..."

Kerem konuşurken, yan gözle onu izliyordu Yıldız. Daha önce Naziler konusunu açmayan adam şimdi onları suçluyordu.

"Önemli bir yara değildi." Hüseyin'di önden laf atan. Demek ki kulağı geride konuşulanları dinliyordu. Durdu, kafilenin yanına gelmesini bekledi. "Rudolf ve yanındaki itin durumu daha feciydi. Sandalyeyi kaptığı gibi dalmıştı aralarına Cemal." Yeniden yürümeye başlamışlardı, öfkeli torun, başkomisere bakarak anlatmayı sürdürdü. "Ben söyleyeyim size, Cemal'in ölümünde de kesin onun parmağı vardır. Çünkü doğrudan Kör Rudolf'un kellesine indirmişti Cemal sandalyeyi. Herifin kafası kalındır ama ters yerine gelmişti, on sekiz dikiş attılar pezevengin kel kafasına."

Tobias küfürlü konuşmaması için uyaracaktı, Yıldız bakışlarıyla, boş ver dedi. Yanında yürüyen Hüseyin'e döndü yeniden.

"Yirmi üç yıl önce mi olmuştu bahsettiğiniz olay?"

"Yok, o değil, bu on yıl önce olmuştu. Gerçi yüz yıl geçse de unutmaz o şerefsiz. Ve asla affetmez. Yirmi üç yıldır beni unutmadı intikamını almadan da durmayacak."

Deminden beri suskunluğunu koruyan Tobias.

"Kim bu Kör Rudolf ya?" diye atıldı. "Kör bir adam nasıl kavga ediyor sizinle?"

Az önceki gurur dolu ifade yeniden belirdi Hüseyin'in öfkeden ışıl ışıl yanan yüzünde.

"Rudolf çok iyi kavga eder. Dediklerine göre Putin eğitmiş onları..."

Hayretle baktı Tobias.

"Putin? Rusya Devlet Başkanı Putin mi?"

Büyük bir güvenle tekrarladı Hüseyin.

"Evet, Vladimir Putin. Eskiden KGB'de çalışıyormuş... İşte o zamanlar KGB, Nazileri eğitmiş..." İki polisin de inanmayan gözlerle baktığını görünce, ısrarla tekrarladı. "Vallahi diyorum ya, bu tarafta, yani Batı'da karışıklık çıkarmak için KGB, Doğu'daki Nazileri eğitmiş. Putin de bizzat işin içindeymiş. Kafadan uydurmuyorum. Girip bakın Google'a görürsünüz. Kitap bile var bu konuda. Putin aynı zamanda Stasi üyesiymiş. *Bild* gazetesinde okudum... Kimliğinin fotoğrafını basmışlardı. İşte bu Rudolf ve arkadaşlarını eğitmişler orada. Adamı sokak dövüşçüsü olarak yetiştirmişler. Tek başına üç kişiyi halleder."

Hiç ikna olmamıştı Tobias.

"Kör haliyle mi?"

"Sadece sol gözü kör. Sağ gözüyle senden benden daha iyi görür. Adamın lakabı kör. Daha önce iki gözü de sağlamdı. Gerçek ismi Rudolf Winkelmann. Ama bize çattı. Belasını buldu." İki polisin de hayretler içinde baktığını görünce, sakince açıkladı. "Evet, sol gözünü ben çıkardım..."

Birden bir suskunluk çöktü aralarına. Psikopat mı yoksa kendini savunan bir kurban mı vardı karşılarında? Tobias da Yıldız da ne diyeceklerini bilemediler. Ayaklarının altında ezilen çimenlerin çıkardığı sesler duyuluyordu şimdi sadece, bir de meşe ağacının dallarının arasından dişisine kur yapan bir bülbülün içli şarkısı. Sessizliği Tobias bozdu sonunda.

"Mesele neydi peki? Niye kör ettiniz Rudolf'un gözünü?"

En küçük bir pişmanlık belirtisi göstermedi Hüseyin.

"Gözünü çıkarmasaydım o benim kalbimi çıkaracaktı. Elindeki kasatura öyle keskindi ki, göğsümün sol tarafını lime lime etmişti..."

"On beş gün hastanede yattı" diye destekledi onu babası. "Ölecek zannettik."

Kerem'in sözleri erkeklik gururuna dokunmuş olacak ki "Ama Rudolf da bir ay çıkamadı hastaneden" diye atıldı Hüseyin. Birbiriyle sidik yarıştıran delikanlılar gibi konuşuyordu koca adam. "O da ölümden döndü. Hiç acımıyorum şerefsize, keşke ölseydi. Böyle insanların yaşamaması lazım. Bak işte hâlâ bırakmıyor peşimizi. Ya ben ya o ölene kadar da bırakmayacak..."

Çok iddialı konuşuyordu.

"Biraz abartmıyor musunuz?" diye tepki gösterdi Tobias.

"Ne abartması! Anlamıyor musunuz? Adam katilin teki, kalbimi çıkaracaktı diyorum ya?"

"Kalbimi çıkaracaktı"yı ikinci kez söylüyordu. Bu, öylesine söylenmiş iki sözcük müydü yoksa bilinçli olarak, onları Rudolf'a mı yönlendirmek istiyordu? Ama niyeti ne olursa olsun, böyle bölük pörçük anlatılması kafalarını karıştırıyordu.

"Böyle olmayacak" diye araya girdi Yıldız. "En başından anlatır mısınız şu meseleyi? Ne düşmanlığı vardı bu Rudolf'un size? Ya da sizin ona? Niye böyle kanlı bıçaklı oldunuz?"

Sıkıntıyla soludu Hüseyin.

"Tamam, tamam, anlatacağım." Sırtını meşe ağacının geniş gövdesine yasladı. "Bizim Rudolf'la husumetimiz çok eskilere dayanır. O zamanlar Kreuzberg'de oturuyorduk. Semt şimdiki gibi gelişmiş değildi. Savaştan kalma bir evde yaşıyorduk. Tuvaletler koridorlarda bulunuyordu, komşularımızla ortak kullanıyorduk. Bugünkü gibi, sanatçılar, marjinal gruplar filan hak getire. Ucuz diye Kreuzberg'e yerleşen göçmen işçilerle doluydu her yer. Hem annemiz, hem babamız çalışıyordu. Bizimle ilgilenecek halleri yoktu yani. Anlayacağınız sahipsiz çocuklardık. Güya okula gidiyorduk ama öylesine. Zaten Alman öğretmenlerin çoğu da başarısız olacağımıza inanıyordu. O gözle bakıyorlardı yani bize. Haksızlık etmek istemem ama Türk öğrencilerle layıkıyla ilgilenen çok az öğretmen vardı. Elbette biz de başarılı değildik. Eve dönünce de çantaları fırlatıp sokağa atıyorduk kendimizi. İşte o yıllarda Naziler bize sataşmaya başladılar. Evet, şimdi solcuların cenneti olan Kreuzberg'de o zamanlar Naziler vardı. Hakiki bir tehditti adamlar. Bizi sokakta sıkıştırıyor, taciz ediyor, hatta evire çevire dövüyorlardı. Sopa yemekten bıkmıştık. Bunun üzerine biz de kendi çetemizi kurduk. Adımızı da Kreuzberg'in posta kodu olan 36'dan aldık. Demin söylediğim gibi 36 Boys..."

Şimdi hatırlamıştı Yıldız. Babası da bahsetmişti bu hikâyeden. Kendini korumak isteyen gençlerin oluşturduğu anti-faşist bir savunma grubu.

"Çoğumuz göçmen işçilerin çocuklarıydık" diye anlatmayı sürdürdü Hüseyin. "Ama Almanlar da vardı aramızda. Çok sıkı adamlardı. Onlar politik insanlardı. Ne yaptıklarını çok iyi biliyorlardı. Bugünkü işgal evlerini kuranlar da onlardır. Bizim politik bir tarafımız yoktu, kendimizi savunmak istiyorduk sadece. Böylece bizi sokaklarda kovalayan, taciz eden, döven Nazilere karşılık vermeye başladık. İşte o faşist çetelerin başındakilerden biri de bu Rudolf denen herifti. Dediğim gibi çok iyi dövüşür, çok iyi bıçak kullanırdı. Kimse onunla karşı karşıya gelmek istemezdi. Her ne kadar dövüş eğitimi alıyorsak da bizimki amatörceydi. Ama Rudolf fırtına gibi esiyordu sokaklarda.

Neyse, önceleri kavgalarda Naziler galip gelirken, sonra biz kazanmaya başladık. Dövüle dövüle dövmeyi öğreniyorduk yani. Giderek bizden korkmaya başladılar. Önceleri biz tek başımıza sokağa çıkamazken, artık onlar tek başlarına dolaşamıyorlardı. Gördüğümüz yerde biniyorduk tepelerine. Ama bazen de onlar biniyordu bizim tepemize. O gün de öyle olmuştu işte. İki arkadaşımla Aziz Michael Kilisesi'nin önünden geçiyorduk. Yağmur yağmıştı, her yer çamur içindeydi. Birden bu Rudolf'la iki kişi üzerimize saldırdı. Ne hakaret ne küfür, hiçbir şey söylemeden sille tokat daldılar bize. Biz de üç kişiyiz ama Rudolf denen herif üçümüzü de katlar. Allah'tan arkadaşlarım cesur çocuklardı. Hiçbiri kaçmadı, fakat bendeki şansa bakar mısın, Rudolf'la karşı karşıya kaldım. Yapacak bir şey yoktu, kendimi savunmaya başladıysam da boşuna, adam evire çevire dövüyor beni. Ben de vurmaya çalışıyorum ama hep ıskalıyorum. Ben ıskaladıkça rakibimin kendine güveni artıyor. Nitekim son bir darbeyle beni yere sermek için Rudolf biraz geriye çekildi, göğsüme tekme atmak için hızlanarak üzerime geldi. Fakat yerin ıslak olduğunu hesaba katmamıştı, ayağı kaydı ve sırtüstü yıkıldı. Ben de hemen çöktüm başına, tokat, yumruk, Allah ne verdiyse giriştim. Elim de ağırdır, bir güzel benzettim bunu. Ama herif pire gibi çevik, ilk şaşkınlığını atlatır atlatmaz, kurtuldu elimden, fırlayıp geçti karşıma. 'Şimdi canına okudum pis Türk' diyerek belinden bir kasatura çıkardı. Evet, askerlerin kullandığı bıçaklardan söz ediyorum. Biz de boş gezmiyoruz. Belimde, Trabzonlu bir arkadaşımın Sürmene'den getirdiği keskin bir bıçak var, ben de onu çektim. Kilisenin bahçesinde iki adam, ellerimizde bıçaklar birbirimizi kollamaya başladık. Güya eşitiymiş gibi Rudolf'un karşısında dikiliyorum ama içten içe de çok korkuyorum. Adam gerçek bir dövüş ustası, kazanma şansım hiç yok. Elbette o da durumun farkında, kendinden emin pis pis gülüyor, moralimi bozmak için arada bir kasaturayı bir elinden ötekine geçiriyor. Arkadaşlarım gelse de beni kurtarsa diyorum ama ne gezer! Ne gelen var ne giden. Rahmetli Orhan dedem, 'Kimseden korkma oğlum' diye öğütlerdi bize. 'Erkek adam sopa da yer sopa da atar. Ama asla korkak biri olma. Kavgayı bırakıp kaçma.' Ben de baktım, bu kavgayı kazanma şansım yok. Adam önünde sonunda vuracak beni. Küçük yaralarla atlatırsak iyi ama yapacak bir şey de yok. Tamam dedim o zaman, kaderimizde ne varsa, olsun madem. Bıçağımı kavradım, ayağımı sımsıkı bastım yere. 'Gel lan şerefsiz' diye bağırdım Türkçe. 'Gel bakalım ırkçı pezevenk.' Meğersem o kadar Türkçe biliyormuş herif. İyice öfkelendi. Daha fazla beklemeden, 'Sensin pezevenk' diyerek atladı üzerime. Biraz geç kalsam, gırtlağımı delip geçecekti kasaturası, tam zamanında sağa çekildim, yine de kurtulamadım, sol göğsümde keskin bir acı hissettim. Baktım, kesilen gömleğimden kan fışkırıyor. 'Seni geberteceğim pis kanake' diye uludu Rudolf. Rakibinizin gözünü korkutmak için önce siz saldırın diye bir laf duymuştum. Biraz da ne yapacağımı bilemediğim için öylesine atıldım üzerine. Elbette kolayca çekildi Rudolf önümden. Savurduğum bıçak boşluğu biçti, üstelik dengem bozulmuştu, düşecek gibi oldum. Bunu fırsat bilen Rudolf, derin bir kesik daha attı göğsüme. Vücudumun üst tarafı kan içinde kalmıştı. Görünüşüm o kadar korkutucuydu ki, iki arkadaşım ve öteki iki Neo Nazi kavgayı bırakmış, dehşet içinde bizi izliyorlardı. Yanındaki adamlarından biri korkmaya başladı. 'Onu öldürüyorsun Rudolf!' diye uyardı. 'Bu kadar yeter, hadi gidelim!' Hayır, dişine kan bulaşmış kurt gibiydi Rudolf. Kasaturayı tutmayan elini, boş versene gibilerden salladı. İşimi bitirmeden beni bırakmayacaktı. Öteki iki arkadaşım da sanki şoka uğramış hiçbir şey yapamadan öylece kalakalmışlardı oldukları yerde. Bir ara gözlerim kararır gibi oldu, kan kaybediyordum, hem de çok kan kaybediyordum. Sallandığımı fark etmiş olacak ki, tam zamanı diyerek yeniden atladı üzerime, ama bir mucize oldu. Rudolf'un ayağı bir kez daha kaydı, düşmemek için sağ dizini yere koydu. Başı tam belimin hizasına gelmişti, işte o zaman fırsatı kaçırmadım, elimdeki bıçağı suratına doğru savurdum. Aslında isabet ettirebileceğimden emin değildim, çünkü doğru dürüst göremiyordum bile, fakat o sırada Rudolf da doğrulmuştu. Yani hem benim hamlem, hem onun ayağa fırlamak için hızla yukarı doğru hareket etmesi, elimdeki Sürmene bıçağının sol gözü dahil suratının yarısını derin bir şekilde kesmesine neden oldu. 'Ah!' diye inledi. Kasaturayı bırakmış, iki eliyle sol gözünü tutuyordu. İşte o günden sonra Kör Rudolf olarak anılmaya başlandı."

Anlatılanları dinleyen Tobias soğukkanlılığını yitirmişti, merakla sordu:

"Sonra ne oldu? Arkadaşları saldırmadı mı size?"

"Saldırmadı, şaşkınlık içindeydiler. Yenilmez sandıkları liderleri kanlar içinde kalmıştı. İlk şoku atlatınca da Rudolf'u hızla bir hastaneye yetiştirmek istediler. Ben de çok dayanamadım zaten, bayılmışım. Gözümü açtığımda hastanedeydim, tabii polisler de gelmişti. İyileşince yargılandık, ben iki yıl, o dokuz ay hapiste kaldı. Ama hapisten çıkar çıkmaz ailemi tehdit etmeye başladı..."

Sessizce oğlunu dinleyen Kerem de onayladı.

"O zamanlar baklava dükkânlarımız yok. Ben Mısır Uygarlıkları Müzesi'nde bekçi olarak çalışıyorum. Bu Rudolf ve adamları bir kez yolumu kesti, sokak kalabalıktı, saldırmaya cesaret edemediler. 'Evinizi kundaklayacağız, hepinizi yakacağız' diye tehdit ettiler. Polise haber verdim. Gözaltına aldılar, çok sürmedi, serbest bıraktılar. İki kere de evimizi kundaklamaya kalktılar ama ikisinde de başarılı olamadılar. Camlarımız kırıldı hepsi o kadar. Sonra 36 Boys'tan çocuklar bizim evin önünde nöbet beklemeye başladı. Naziler korktu, çekildi. Hüseyin hapisten çıkınca da doğrudan onu hedef aldılar..."

Öfkeyle araya girdi Hüseyin.

"Aslında o kavgada gırtlağını da kesmem lazımdı o Nazi köpeğinin. Benim pozisyonumda Rudolf olsaydı, hiç tereddüt etmezdi. Zaten yapacaktı, beni o kilisenin bahçesinde öldürecekti. Ama ben yapamadım." Gözlerinden vahşi bir parıltı geçti. "Keşke yapsaydım. Şimdi dedem sağ olurdu."

Cemal'in adını anmaması polislerin dikkatinden kaçmamıştı. Hüseyin'in şiddete meyilli olduğunu fark etmişti Yıldız, ama anlatılanları memnuniyetle dinliyordu. Eğer bu adamın söyledikleri gerçekse her iki cinayeti de Nazilerin işlemiş olma ihtimali çok güçleniyordu, yine de acele etmemek lazımdı, hâlâ karanlık noktalar vardı.

"Peki, şu Cemal'le olan kavga? O ne zaman oldu?" diye sordu. "Cemal'in sizi Rudolf'tan kurtardığı kavgadan bahsediyorum. Sandalyeyle başına vurdu dediniz ya."

"Ha evet... O söylediğim gibi başka kavgaydı. Bundan on sene önceydi, Kreuzberg'deki dükkânı yeni açmıştık..." Durdu, derinden bir iç geçirdi. "Ölünün arkasından konuşulmaz ama, Cemal'in ne mal olduğunu bilmiyoruz o sıralar. Bizimle yaşıyor yani. Bir bilgisayar şirketinde çalışıyor Potsdamer Meydanı'nda... Bizim dükkân cumartesi de açık, arada yardım ediyor bana. İşte o cumartesilerden birinde Rudolf yanında iri kıyım bir dazlakla dükkânı bastı. Evet, gündüz gözüne, düpedüz bastı herif bizim Bergama Baklavacısı'nı. Cemal henüz gelmemişti, ben yalnızdım. İkisi üzerime çullandılar, ikisinin de ellerinde çelik muştalar, yer misin yemez misin, acımasızca vurmaya başladılar. Bir anda ağzım yüzüm kan içinde kaldı, vitrin paramparça oldu, tepsilerdeki tatlılar ortalığa saçıldı. Esnaf başımıza toplandı ama konuyu bilmediklerinden araya da giremiyorlar. İşte o zaman, nereden, nasıl geldiğini görmedim ama elinde metal ayaklı bir sandalyeyle Cemal fırlayıverdi ortalığa. Rudolf'un kendini savunmasına bile fırsat vermeden indirdi sandalyeyi kafasına. Rudolf üzerimden çekilince, ben de öteki çakalı aldım altıma. Pos makinesiyle darmadağın ettim suratını. O sırada Cemal de Rudolf'u dükkânın köşesine sıkıştırmış, kafasına kafasına indiriyordu elindeki sandalyeyi. En son Rudolf'u yere, kendi kanının içine yığılırken gördüm. Zor yetiştirdiler puştu hastaneye. On sekiz dikiş atmışlar kafasına. Bu kez ceza da almadık, nefsi müdafaa..."

"Bayan Karasu, Bayan Karasu!" diyen paniklemiş bir sesle bölündü konuşma. "Diana bir şey buldu..."

Sesin geldiği yöne dönünce, az önce sorguladıkları Martin'i gördü Yıldız. Elindeki poşeti, sanki içinde iğrenç bir şey varmış gibi uzak tutuyordu kendisinden.

"Galiba, cesedin bir parçası..." Yüzünü ekşitti. "Tam bilemiyorum ama galiba erkeklik uzvu..."

Hemen önünde Diana takdir bekleyen bir tavırla durmuş, dili dışarda Yıldız'a bakıyordu.

"Nasıl yani" diye güçlükle mırıldandı Kerem. "Babamın... Yani şey... Babamın cinsel uzvunu mu kesmişler?"

Omuzları çökmüş, gözleri yuvalarından dışarı uğramıştı; zavallı ihtiyarın cinsel organından kalan kanlı et parçasını bir delil torbasına koyduktan sonra uzaklaşan, kısa boylu Olay Yeri İnceleme polisinin arkasından çaresizce bakıyordu. Üzüldü adamın haline Yıldız.

"Size daha sonra söylemeyi uygun görmüştüm. Ama olmadı. Evet, ne yazık ki babanızı vahşice kesmişler." Sustu, artık vakti geldiğine karar vermiş olacak ki, "Tıpkı Kronos'un, babası Uranos'u kestiği gibi" dedi manidar bir sesle. "Aynı acımasız yöntemle..."

Kronos'tan bahsederken gözlerini karşısındaki adamın yüzüne dikmişti, en küçük bir mimiğini bile kaçırmamak için ilgiyle izliyordu. Kerem'in renginin attığını, nefes almakta zorluk çektiğini fark etti ama asıl tepki, oğlu Hüseyin'den geldi.

"Kronos'u ne karıştırıyorsunuz? Anlattık ya, bu işin arkasında Rudolf var. Adam yıllardır biriktirdiği kinini kusuyor işte. Hepimizden intikam alıyor."

Sükûnetini bozmadan baktı Yıldız.

"Rudolf'un mitolojiyle bir alakası var mıydı?"

Suratı karıştı Hüseyin'in ama hemen o saldırgan tavrına büründü.

"Niye soruyorsun ki bu soruları? Adam eli kanlı katilin teki. İflah olmaz bir yabancı düşmanı. Nazilerin elebaşısı. Mitolojiyle alakası olsa ne olur, olmasa ne olur? Dedemin katili işte."

Konuşurken pervasızca ellerini sağa sola savurup duruyordu. Elbette hiç tınmadı başkomiser. Aynı soğuk, aynı uzak sesle sordu:

"Neden mitolojik sembolleri kullanıyor?"

"Ne?"

Sabırla izah etmeye çalıştı Yıldız.

"Bakın Bay Ölmez, katil hem kardeşinizi hem de dedenizi öldürürken mitolojik semboller kullandı. Antik Yunan kültürüne göndermeler yapıyor. Cemal sanki Zeus'a kurban edilmiş gibiydi, dedeniz ise Uranos gibi saldırıya uğradı. Kör Rudolf dediğiniz adamın bunları yapabilmesi için mitolojik bilgiye sahip olması gerekir. Ama böyle bir zahmete girmesi için ailenizin geçmişinden de haberdar olması gerekir..."

Hüseyin ya anlamıyordu ya da anlamak istemiyordu.

"Ne varmış aile geçmişimizde?" diye gözlerini devirerek baktı. "Kimse ailemize dil uzatamaz."

Rüzgâr yine Yıldız'ın saçlarını karıştırmıştı, sert bir hareketle alnına düşen telleri geriye attı.

"Ailenize dil uzatan yok, sadece babanızın daha önce anlattıklarından yola çıkarak, dedelerinizin daha kazının ilk gününden itibaren Pergamon'da çalıştıklarını söylüyorum. Katil her iki cinayette de ailenizin bu geçmişine atıfta bulunuyor. Bunu yaparken de antik Pergamon'daki dinsel ritüelleri kullanıyor. Eğer bu cinayetleri gerçekten de Rudolf denen adam işliyorsa, hem mitolojiyi hem de ailenizin geçmişini çok iyi bilmesi gerekir diyorum."

Hüseyin yine diklenmeye hazırlanıyordu ki,

"Bayan Karasu yanlış bir şey söylemiyor evladım" diyerek Kerem araya girdi. Süngüsü iyice düşmüş gibiydi. "Belki de Rudolf gerçekten arkeolojiyle alakalı biridir. Yahut bizim geçmişimizi bildiği için özellikle öğrenmiştir. Sen demiyor musun, 'Adam, kendisine yapılanı asla unutmaz' diye."

Güya Yıldız'a hak verirmiş gibi görünüyordu ama aslında dikkatleri kendi üzerinden kör Nazi'ye kaydırıyordu. Başkomisere çevirdi bakışlarını.

"Öyle değil mi, Rudolf kafayı bize taktıysa, hakkımızda her türlü bilgiye de ulaşmıştır."

Kerem'in oyununa katılırmış gibi yaptı Yıldız.

"Mümkün tabii, eğer Ölmez Ailesi'ni tümüyle ortadan kaldırmak niyetindeyse, sizi çok iyi etüt etmiş olması gerekir. Büyük büyük dedenizden bu yana Pergamon'la ilgili olduğunuzu öğrenince de cinayetlerine böyle bir gizem katmak istemiş olabilir. Rudolf'la konuşurken elbette bunları da soracağız, araştıracağız."

Baba rahatlamaya başlamıştı, fakat başkomiser ağzındaki baklayı çıkarmakta gecikmedi.

"Ama daha önce öğrenmem gereken bir konu var." Konuşmasını yavaşlatmıştı. "Sizin hakkınızda önemli bir bilgiye ulaştık. Önemli diyorum, çünkü babanızın öldürülme şekliyle alakalı bir durum söz konusu."

Kerem'in kömür karası gözlerinde endişe dolu bir ifade belirdi.

"Neymiş?" derken içinde kabaran endişeyi gizlemeye çalıştı. "Elimden gelen her türlü yardımı yapmaya hazırım."

Merakla sordu Yıldız.

"Yıllar önce hastanede psikiyatri tedavisi görmüşsünüz. Kendinizi Kronos zannediyormuşsunuz. Altı ay kadar hastanede kalmışsınız..." Konuşma uzadıkça Kerem'in yüzü kararıyordu. "Ailenizin tanrılar sülalesinden geldiğini söylüyormuşsunuz. Kavgalı olduğunuz kuzeniniz Davut'a, Okeanos diye sesleniyormuşsunuz..."

"Saçmalık" diye homurdandı Hüseyin. "Saçmalıyorsunuz. Anlaşıldı, Naziler yerine suçu bize yıkacaksınız yine. Yazık bir de Türk olacaksınız..." Ellerini kollarını sallayarak konuşuyordu. "Ama paranızı onlar veriyor değil mi? Sizi satın aldılar değil mi? Alman derin devleti için çalışıyorsunuz."

Yıldız'a tehlikeli bir şekilde yaklaşmıştı. Tobias araya girdi.

"Uzak dur! Daha fazla yaklaşma!"

"Ne diyorsun sen be!" diyerek zebella gibi önünde dikilen polisin üzerine yürüdü Hüseyin. "Hem dedemizi öldürenlere göz yumuyorsunuz hem de bizi mi tehdit ediyorsunuz?"

Komiser sakince başını salladı.

"Sana, uzak dur dedim."

İki adam nefretle birbirlerine baktılar. Gerginlik son haddine varmıştı. Kerem oğlunu kolundan çekmese yumruklar konuşacaktı.

"Bırak Hüseyin! Bırak evladım ne yapıyorsun ya?"

Duraksadı öfkeli oğul ama hemen vazgeçmedi. Pis pis baktı iri komisere.

"Bunun hesabını vereceksin."

Hiç kızmadı Tobias.

"Olur, ne zaman istersen" diye mırıldandı alaycı bir sesle. "Ama Şef'e bir metreden fazla yaklaşırsan, boynunu kırarım." Sustu, hadi dene bakalım dercesine baktı. Hüseyin sessiz kalınca, Kerem'e döndü. "Lütfen oğlunuza sahip çıkın! Yoksa hem sizin hem de onun için iyi olmaz."

Zor durumda kalan Kerem, çaresizce söylendi.

"Sakin ol Hüseyin! Sakin ol evladım, böyle yaparak bir şey elde edemeyiz."

"Ne elde edeceğiz ki baba." Tiksinir gibi baktı. "Bunlar ne Cemal'in katilini bulur ne de dedemin."

Ellerini göğsünde kavuşturmuş rakibinin hareketlerini tartan Tobias manidar bir sesle sordu:

"Ne zamandır kardeşini umursuyorsun? Elinden gelse, sen öldürecekmişsin Cemal'i."

Hüseyin yeniden Tobias'ın üzerine yürüyecek oldu ama babası tuttu kolundan.

"Yeter, yeter artık Hüseyin. Bırak polisler işlerini yapsın. Sen de git sigaranı iç. Ben de rahat rahat konuşayım memurlarla."

Ama Hüseyin'in olanları idrak edecek hali yoktu.

"Ne konuşması baba ya! Bunlar kararını çoktan vermiş. Anlamadın mı, suçu bize yıkmaya çalışıyorlar."

Artık dayanamadı Yıldız.

"Gerçekten yeter ama! Ne biçim adamsın sen be! Aklını

başını topla, 36 Boys günleri bitti. Biz Nazi değiliz, kardeşinin ve dedenin katilini bulmaya çalışan polisleriz. İnanmıyorsan senin bileceğin iş. Ama hiçbir yere gidemezsin. Sigara içmek filan da yok, biz babanla konuşurken bekleyeceksin şurada. Zorluk çıkartırsan gözaltına alırım seni. Hem seni, hem babanı... Hareketlerine çekidüzen ver!"

Hüseyin'in sesi çıkmadı bu kez ama Kerem "Hiç gerek yok Bayan Karasu" diye yine uzlaşmaya çalıştı. "Hiç gerek yok, ben ve oğlum bütün sorularınızı yanıtlamaya hazırız."

Sana değil ona söyledim dercesine hâlâ sinirli oğula bakıyordu başkomiser. Hüseyin bakışlarını kaçırmış, gergin bir şekilde başını öne eğmişti. Bunu fırsat bilen Kerem, belki ortam yumuşar diye hemen soruyu yanıtlamaya başladı.

"Haklısınız, ben öyle bir hastalığa tutuldum. Evet, bir tür psikolojik rahatsızlık. Grandiyöz paranoya diyorlar. Megalomaninin son aşamasıymış. Kendini ünlü biri, büyük bir devlet adamı, giderek peygamber, mehdi sanma hali. Evet, size komik ya da inanılmaz gelebilir ama böyle bir hastalık var. İnsan bunalınca depreşiyor. O yıllarda ben de çok bunalmıştım."

Hüseyin sessiz kalmayı sürdürüyordu, cebinden sigara paketini çıkarıp içinden bir tane aldı. Elbette Yıldız'ın gözünden kaçmamıştı bu hareket ama karışmadı.

"Hangi yıllarda?" diye bütün ilgisini Kerem'e verdi. "Tam olarak ne zaman çıktı bu hastalık?"

"Cemal'in doğumundan sekiz yıl sonra... Cemal kırk yaşındaydı." Aklından hesaplamaya çalıştı. "Yani bundan otuz iki yıl önce. Evet, o kadar uzun zaman geçti. O günlerde aklım karışmıştı. Kim olduğumu unutmuştum. Aslında unutmak değil de..." Anlatmakta zorlanıyordu. "Kaçmak gibi bir şey. Evet, hakikatlerden kaçmak... O sıralar biraz sıkıntılarımız vardı. Hüseyin on beş yaşındaydı, Cemal daha küçük... Türkiye'yi özlüyordum. Bergama'yı, yukarıdaki Akropolü. O kadar farklı ki Berlin'den. Buraya gelene kadar çocukluğum orada geçmişti. Pergamon'u özlediğim için Doğu Berlin'e geçiyordum. Evet, sosyalizm zamanından söz ediyorum.

Her hafta sonu Pergamon Müzesi'ni ziyaret ediyordum. Müzede gezerken kendimi evimde gibi hissediyordum. Çünkü bütün o mermerler, basamaklar, heykeller, hepsi benim şehrimdendi. Sadece Pergamon Müzesi'nde sıkıntılarımdan kurtuluyordum. Ve bir sabah uyandığımda kendimi Kronos gibi hissettim. İnanılmaz, değil mi? Ama gerçek. Berlin'de Mısır Medeniyetleri Müzesi'nde çalışan o genç adam gitmiş, yerine babasını tahtından indiren o güçlü titan gelmişti." Utanmış gibiydi, derinden iç geçirdi. "Soyaçekimde varmış bu hastalıkta... Sıkıntı olunca çıkarmış ortaya..."

Bu önemli ayrıntıyı atlamadı Yıldız,

"Alzheimer mı? Babanızın hastalığı gibi mi?"

Üzüntüyle mırıldandı Kerem.

"Hayır, babamın hastalığı değil bu. Büyük, büyük dedemiz Pehlivan'ın hastalığı. Hani fotoğrafını göstermiştim size ya. Pergamon Kazısı'nı başlatan Carl Humann'ın yol işçilerinden..."

Önce Tobias hatırladı.

"Alman Pehlivan..."

Gülümser gibi oldu Kerem.

"Evet, Bay Becker, Alman Pehlivan. Çok iyi bir işçi olduğundan bahsetmiştim ama nasıl öldüğünü anlatmadım. Aslında son derece normal, hatta sessiz, sadece işine bakan, çalışkan bir adammış. Zamanla çok konuşmaya, herkese akıl vermeye, her şeyi en iyi kendisinin bildiğini iddia etmeye başlamış. Ve bir gün Zöhre nineme, yani karısına, 'Sana bir sır vereceğim, ben Zeus'un abisiyim, adım da Pehlivan değil Poseidon' demiş. Kadıncağız ne yapacağını bilememiş. Düşünün 1890'ların sonundan bahsediyoruz. Manisa'ya hocaya götürmüşler, içine cin girdi diye okuyup üfletmişler. Elbette hiçbir yararı olmamış. Çare bulamayınca, ne yapsınlar onun bu halini hoş görmeye başlamışlar, çünkü kimseye zarar vermiyormuş. Fakat zamanla köyün muhtarına düşman olmuş, 'Sen devlerin başındaki adamsın, sen bizim Zeus'un düşmanısın" demeye başlamış. Bir gün saban yabasını kaptığı gibi saldırmış muhtarın üzerine, zavallı adam canını zor kurtarmış. Kimse cesaret edip İzmir'deki akıl hastanesine de götüremediğinden kendi haline bırakmışlar. Bergama'nın içinden geçen Selinos Çayı o zamanlar sık sık taşarmış. Bu taşkınlarda en çok derenin kenarındaki Yahudi Mahallesi zarar görürmüş. O yıl yağış çok olmuş, Selinos Çayı yine bendini yıkıp yatağından çıkmış, Yahudi hemşerilerimizin evlerine girmiş, önüne ne çıkarsa sürüklemeye başlamış. Evlerinden çıkmakta geç kalan genç bir anneyle iki küçük oğlu da sel sularına kapılmış. Bunu gören Pehlivan dede, komşularının yardımına koşmuş. Suda sürüklenen iki çocuğu kurtarmış ama genç kadını bulamamış. Bu arada dağlardan gelen sularla taşkın iyice artmış. 'Gitme Pehlivan, artık iş işten geçti, kadıncağız boğuldu' demişler. Aldırmamış, 'Ben Poseidon'um, bana bir şey olmaz' diyerek yeniden çamurlu sulara dalmış. Dalış o dalış, bir daha da çıkmamış. Sular durulunca, hem kadının hem de dedemin cesedini bağda bir incir ağacının altında bulmuşlar. Pehlivan dedem, zavallı kadını elinden tutuyormuş. Demek ki selde komşusunu yakalamayı başarmış ama azgın sulara karşı gelememiş.

Evet, bu acı hikâye yüz küsur yıl önce olmuş. Sonrasında ailemizde kimsede çıkmamış bu hastalık ama bize kısmetmiş. Allah'tan zamanında müdahale edildi kötü olaylar olmadan atlattım. Sizin de söylediğiniz gibi altı ay hastanede tedavi gördüm, iyileştim." Samimi bir ifade belirdi yorgun yüzünde. "Bakın, aradan otuz iki yıl geçti, şükür bir daha hiç öyle hissetmedim, hiç aklım karışmadı, hiç öyle hezeyanlara kapılmadım."

Etkilenmişti Yıldız. Adamın kara gözlerindeki ıslaklık, yüzündeki mimikler, ses tonundaki titreme, o mağlup olmuş beden hareketleri. Galiba Kerem doğru söylüyordu. Ama ya yalanı Kronos söylüyorsa, ya Kerem iyileşmediyse?

"Rüyalar görüyor musunuz Bay Ölmez?" Soru Tobias'tan gelmişti. O da Kerem'in iyileşmemiş olma ihtimali üzerinde duruyordu. "Pergamon'la ilgili rüyalar... O kadar ilginç bir hikâye anlattınız ki bize. Rüya gibi, daha doğrusu korkunç bir kâbus..."

İrkilmişti Kerem.

"Görüyorum" dedi sonunda kırık dökük bir sesle. "Her gece değil ama çok yorulduğumda, gündelik hayatta çok sıkıldığımda, sorunları çözemeyip sıkıştığımda hep aynı rüyayı görüyorum. Bir savaş canlanıyor gözlerimin önünde. Gerçek hayatta hiç katılmadığım ama çok iyi bildiğim bir savaş: 'Tanrılarla Devlerin Savaşı.' Zeus Altarı'nın büyük duvarlarında yer alan frizlerdeki kanlı kapışma. Rüyamda kendimi o savaşın içinde buluyorum. Tanrılara karşı mücadele eden üç dev çevirmiş etrafımı. Anneleri Gaia'dan güç alıyorlar. Ne yaparsam yapayım onları öldüremiyorum. Elimde kılıcımla, boğazlarını kessem, gövdelerini parçalasam, ellerini ayaklarını lime lime etsem de işe yaramıyor. Her defasında Toprak Ana iyileştiriyor onları, eskisinden daha güçlü olarak çıkıyorlar karşıma. Dövüşmeye devam ediyorum, işte o anda, Gaia, devlere karşı savaşan Zeus'u gösteriyor. 'Sen, benim oğullarımla başa çıkamazsın Kronos, oğlundan ve torunundan yardım istemelisin.' O kadar çaresizim ki, hepimizin anası Gaia'nın sözlerine uyuyorum. Gözlerimi, yukarıda oğlu Herakles'le omuz omuza devlere karşı dövüşen Zeus'a dikiyorum. 'Bana yardım et' diye bağırmak istiyorum, 'Beni bu devlerden kurtar' diye haykırmak istiyorum, ağzımı açıyorum ama seslenemiyorum. Çaresizce görünümleri insan, ayakları yılan üç devin ağır ağır beni boğmasını bekliyorum."

Adam gerçekten de samimi görünüyordu ama kendini mitolojideki baştitan sanan birinin samimiyetine ne kadar güvenilebilirdi? Tümüyle iyileştiğinden emin olmak istiyordu Yıldız.

"Hâlâ ilaç kullanıyor musunuz Bay Ölmez? Tedaviniz devam ediyor mu?" diye sordu.

Kendi hastalığıyla çoktan barışmıştı Kerem.

"Evet kullanıyorum, ölene kadar da kullanmak zorundayım." Bakışlarını babasının çıplak bedeninin yattığı yöne çevirdi. "Ama ne babamı ne de oğlumu öldürecek kadar aklımı kaybetmedim."

7

"Dionysos her zaman akıldan çok yüreğe yakındır"

Ve sormadan, bilmeden, düşünmeden beni kınayanlar ve beni, ulu Zeus'u, tanrıların tanrısını, olanların ve olacakların karar vericisini, yerin ve göğün sahibini, dişi titanlarla, tanrıçalarla, kadınlarla yaşadığım aşkları bahane ederek kutsal işleri savsaklamakla suçlayanlar. Onlar ki derin düşünmekten yoksundur, onlar ki geleceği görmekten âcizdir, onlar ki benim yüce amacımı kavrayamayanlardır. Oysa aldığım her nefesin, attığım her adımın, verdiğim her kararın bir anlamı vardır. Dünyayı yönetmek bir düzenleme işidir. Yerin ve göğün hâkimi olduğum elbette tartışılmaz, ancak bu hükümranlıkta kardeşlerimin ve çocuklarımın da katkısı vardır. Her tanrı sorumluluk sahibidir, hepsinin ayrı işleri, ayrı misyonları vardır. Hiçbir tanrı dünyayı tek başına yönetemez. Ne kadar kudretli olursa olsun bütün yükü tek başına taşıyamaz. O yüzden yendiğim düşmanlarıma bile sorumluluk vermekten çekinmem.

Misal; Iapetos ile Klymene'nin oğlu, asi Prometheus'un kardeşi Atlas, onlardan biridir. O Atlas ki, kardeşlerinin en güçlüsüydü, en gözü karası, en fedakârı. Titanlarla savaşımızda bize karşı kahramanca dövüştü. Ve ben bulutları devşiren Zeus, bu yiğit düşmanımı gökyüzünü taşımakla görevlendirdim. Çünkü gökle yer birbirilerine karışmamalı, uyum bozulmamalıydı. Ve o mavi boşluk sanıldığından daha ağırdı. Ve her geçen gün daha da ağırlaşmaktaydı. Ve güçlü Atlas çektiği onca acıya rağmen bu büyük yükü taşımaktan geri durmadı. Ne bacakları titredi, ne beli büküldü, tıpkı öteki titanlar, tanrılar, kahramanlar ve insanlar gibi sonuna kadar buyruklarıma uydu. Çünkü kutsal düzen bunu gerektirmekteydi. Atlas ki uzak akrabadır benim için. Elbette kardeşlerime ve çocuklarıma daha çok güvenirim titanlardan. Bu yüzden çok daha fazla tanrıya, tanrıçaya, yarı tanrıya ve kahramana ihtiyacım vardır. Ki bu hakikat bana rüyamda söylenmişti. Evet, biz tanrılar da rüya görürüz, onların bazıları zihnimize yapışır kalır, fırsat buldukça yeniden canlanır, aklımızın saydam toprağında boy verir. İşte beni uyaran, yaklaşan tehdide karşı çoğalmam gerektiğini anlatan o kara gözlü çocuğun olduğu rüyalardan ikincisiydi. Bu kez Olympos'taki tanrılar meclisinin tam ortasında duruyordu. Ne Hera ne öteki ölümsüzler vardı, sadece ikimizdik. Elinde babam Kronos'un asasını tutuyordu. Elindeki asayı gösterdi ve dedi ki:

"Tanrılar yalnızdır yüce Zeus. Kudretleri ve zayıflıkları bu yalnızlıklarından gelir. Güçlüyken yalnızlık iyidir, ama zayıflarsan iktidarını kaybetmene sebep olur." Elindeki asayı cüretkârca yere fırlattı. Altından asa mermer zemine çarparak ayaklarımın dibine kadar geldi.

Dedi ki: "Babanız Kronos'a öyle oldu. Sizinle dövüşürken onu savunacak kimsesi yoktu, korkutucu yalnızlığı, utanç verici hezimetine sebep oldu. Siz de yalnızsınız yüce Zeus. Siz de utanç verici bir yenilgiyle tahtınızı kaybedebilirsiniz. Eğer hezimete uğramak istemiyorsanız kendi soyunuzdan, kendi kanınızdan olanları çoğaltmalısınız. Ve onları sevmelisiniz, sizi sevmelerini sağlamalısınız."

İşte bu ikinci rüyadan sonra o esrarengiz çocuğun öğüdüne uydum. Dişi titanlarla, tanrıçalarla sevişmeyi sürdürdüm. Evet, bilge Metis'le, ışıltılı Themis'le, güzeller güzeli Eurynome'yle, bereket saçan Demeter'le, ipek saçlı Mnemosyne'yle, tatlı Leto'yla, iri gözlü Hera'yla, su gibi berrak Maia'yla, masum Semele'yle, erdemli Alkmene'yle, istekli Danae'yle ve daha başka dişilerle yatağa bu yüzden girdim. Onlarla sevişmekten haz almadığımı söyleyecek değilim. Nasıl ki hepimiz Gaia anamız ile Uranos babamızın tutkusundan var olduysak, ben de aşkı, hazzı ve sevişmeyi her duygunun üstünde tuttum.

Unutulmasın ki Olympos'taki ve yeryüzündeki bütün tanrılar, titanlar ve insanlar hepimiz doğanın ve aşkın çocuklarıyız. Evet, aynı karında yattığım kardeşlerim ve benden doğanlar da benim gibidir. Tek farkla: Ben bütün tanrısal kudreti kendimde toplarım, ötekiler ise sadece birkaçını. Misal, aklın ve sanatın tanrısı Apollon ile kardeşi sezginin ve sanatın tanrısı Dionysos böyledir. Evet ikisi de sanatın tanrısıdır. Ama Apollon düşleri aklıyla yorumlar, görüneni sanata dönüştürür; Dionysos ise ilhamını gizemden alır, tekinsiz olanın peşindedir. Apollon ışıl ışıldır, her düşünceyi, her duyguyu aydınlatır. Dionysos karanlıklarda gezinmeyi sever, düşüncenin arka bahçelerinde saklanır, duyguların en mahremini yaşar, günahın ne kadar lezzetli olduğunu söylemekten çekinmez. Çünkü Dionysos, çocuklarımın en tuhafı, en asi olanı, en uyumsuzudur. O kadar cüretkârdır ki, şerrimden korkmasa, tanrılara ve tanrıçalara sağlıklı içeceğimiz nektar yerine aklı karıştıran, yüreği kışkırtan, bedeni azdıran şarabı sunar.

Dionysos'un doğumu da kendisi gibi sıra dışı olmuştu. Tutkulu Semele'yle o ışıltılı yaz geceleri boyunca süren sevişmelerimizin mahsulüydü bu haylaz çocuk. O yıldızlı karanlığın altında sevmiştim Thebai'nin kibar prensesi Semele'yi. Bitmek bilmez hoş kokulu geceler boyunca, ipekten bir yorgan gibi sarılıp ılık rüzgâra, yan yana uzanıp serin toprağın üzerine kendi ateşimizle ısıtmıştık bedenlerimizi. Ah Semele, ah güzel Semele, Kadmos ile Harmonia'nın kızı. En az annesi kadar uysal, en az annesi kadar uyumlu Semele. Ona bakarken karlı dağları, engin denizleri, bereketli ovaları, sonsuz gökyüzünü görür gibi olurdum. O kadar çekiciydi ki, daha ilk görüşte aklımı başımdan almıştı.

Ona bir ölümlü olarak göründüm önce, bir insan olarak kalbini çaldım ama bir tanrı gibi sevdim. Bütün kalbim, bütün aklım ve bütün bedenimle. Ve elbette başımın belası Hera öğrendi bu büyük aşkı. Öğrendi Semele'nin altı aylık hamile olduğunu. Ve sinsice bir tezgâh kurdu. Acımasız ve korkunç bir tezgâh. Masum Semele'nin aklını çeldi. Dost gibi çıktı karşısına ve ona dedi ki:

"Mademki sevdiğin kişi tanrıların tanrısı Zeus'tur. Mademki o gökyüzünün ve yeryüzünün aşkı en iyi bilen erkeğidir. Mademki seni çok sevmektedir. Neden karısı Hera'ya göründüğü gibi tanrı olarak değil de bir ölümlü olarak çıkıyor karşına? Söyle, kalkanlı Zeus'a, sevdalı Zeus olarak görünsün sana."

İnandı bu sözlere Semele. Ve uzun sevişmelerimizin sonunda yalvarmaya başladı bana. Dedi ki:

"Ey bulutları devşiren Zeus, ey yeryüzünün ve gökyüzünün en kudretli erkeği, ey biricik sevgilim, neden tanrı olarak görünmüyorsun bana?"

Bunun olamayacağını anlatmaya çalışsam da bir türlü ikna olmadı saf sevgilim. Daha da kötüsü beni de inandırdı hülyalarına. Tanrı da olsan, aşk deyince akıl işe yaramıyordu işte. Üstelik isteklerini yerine getireceğime dair söz vermiştim Semele'ye. Ve sonunda dayanamayıp ısrarlarına bütün görkemimle çıktım karşısına. Ama bir tavuskuşu değildim ki ben, tüylerimin renkleriyle dişimin aklını başından alayım, bir tanrıydım. Tanrıların en güçlüsü, en korkutucusu. Böyle olunca gökler gürlemeye, şimşekler çakmaya, yıldırımlar yağmaya başladı. Zavallı sevgilim Semele daha ne olduğunu anlayamadan avuçlarımdan kayan bir yıldırımın çarpmasıyla gözümün önünde can verdi. Güzel Semele ölmüştü ama hiç değilse doğmamış çocuğumu kurtarmak istedim. Dionysos'u annesinin rahminden alıp baldırıma gömdüm. Hızla Olympos'a yükseldim. Bebek baldırımda büyüdü, gelişti, hazır oldu. Vakti gelince de dünyaya gözlerini açtı. Onu ağabeyi Hermes'e teslim ettim ki, Hera'nın gazabından korusun. Verdiğim vazifeyi layıkıyla yaptı benim sadık evladım Hermes. Ve küçük kardeşi Dionysos'u doğanın yaratıkları Nympheler'e verdi. Nympheler, küçük oğluma kendi çocukları gibi baktılar; beslediler, korudular eğittiler. Böylece Dionysos doğanın gizemlerini, mucizelerini ve karanlık marifetlerini öğrendi.

Fakat başına kara bir bulut gibi çöreklenen bir bela vardı. Benim kıskanç karım Hera. Olympos'un kraliçesi bu beklenmedik çocuğun peşini asla bırakmadı. Belki Dionysos ölümlü bir kahraman olarak kalsaydı, şeytan karım, bu kanlı nefreti sürdürmeyecekti. Ne ki Dionysos, Semele gibi bir ölümlünün rahminde döllenmesine rağmen, benden doğmuş ve bir tanrıya dönüşmüştü. Yani Semele'yi öldürüp bana acı çektirmek için hazırladığı kanlı entrika, sonunda Hera'yı vurmuştu. Bu durum Olympos'un sahibesini daha da öfkelendirmiş, Dionysos'u yok etmek için titanları göndermişti.

Alçak titanlar, büyülü bir ayna ile evladımı bir koruluğa çektiler. O ıssızlıkta küçücük çocuğu acımasızca parçalara ayırdılar, kalbini de bir kovukta sakladılar. Bu vahşeti haber aldığımda çok geçti, elbette katillerine hak ettikleri cezayı verdim. Zeus'un oğluna dokunmakla ne kadar büyük bir hata yaptıklarını onlara öğrettim. Gökyüzünün ateşiyle hepsini diri diri yaktım. Ama oğlumun bedeni ortada yoktu. Ne yapacağım diye dövünürken, toprak anamız Gaia hem bana hem torununa acıdı. Ve oğlumun kalbinin konulduğu kovuğun yerini söyledi. Akıllı kızım Athena derhal küçük kardeşinin kalbini buldu, öteki parçalarıyla birleştirdi, böylece Dionysos yeniden yaşamaya başladı.

Bu üçüncü doğuşuydu oğlumun. İlki Semele'nin rahminden, ikincisi benim baldırımdan, üçüncüsü de kendi kalbinden. O nedenledir ki, Dionysos, her zaman akıldan çok yüreğe yakındır, mantıktan çok gönülle alakalıdır, iradeden çok isteğe bağlıdır.

Ama kindar karım, elbette kanlı amacından vazgeçmeyecekti. Onun gazabından korumak için Dionysos'u sonsuz denizlerin ötesine yolladım, yeryüzünün çatısı karlı dağlarının gerisine. Ve hiçbir Olymposlunun görmediği yerleri gördü Dionysos. Doğayı zaten çocukluğundan biliyordu, toprak, ağaçlar, bitkiler, vahşi hayvanlar arasında büyümüştü, şimdi de insanların arasına girmişti işte. Bir tanrı gibi değil, ölümlülere benzeyen sıradan biri olarak yaşamaya başladı. Aptal insanlar ilk başta anlamadılar onun kutsal bir varlık olduğunu, fakat hadlerini aştıklarında Dionysos, babasının oğlu olduğunu gösterdi. Saygısızlıklarının bedelini canlarıyla ödetti onlara. Ama aynı zamanda sevdi insanları, tıpkı benim sevdiğim gibi. Zorluklara katlanmaları için üzüm asmasını armağan etti onlara ve şarabı. Çünkü ölümlüler için dünyanın katlanılmaz bir yer olduğunu biliyordu, acılar içinde yaşamamalarını, sürekli sıkıntı içinde kıvranmamalarını, günlerini sadece dert çekerek geçirmemelerini istiyordu. Ve onlara dedi ki:

"Şarap için ey insanlar! Şarap için ve aklınızdan sıyrılın, tanrı, kral, baba, hepsini boş verin, yasaklara kulak asmayın, yüreğinizin ve bedeninizin sesini dinleyin, kendiniz olun, kendiniz gibi yaşayın. Şarap için ey insanlar, ne tanrılardan korkun ne kendinize acıyın, aşk, şiir, müzik, dans sizi bekliyor. Şarap için, dans ederek, şarkı söyleyerek, sevişerek doğaya dönün..."

Ve kadınlar, erkekler, krallar, kraliçeler, prensler, prensesler, hatta kâhinler kulak verdi onun çağrısına. Saraylarda, konaklarda, meydanlarda sokaklarda, uçsuz bucaksız kırlarda, uzun nehir kıyılarında, dağların eteklerinde insanlar şarkı söyleyerek, dans ederek, sevişerek kendilerinden geçtiler. Müziğin, dansın, şarabın ve aşkın etkisiyle bambaşka bir ayin gerçekleştirdiler. Böylece eğlenmenin yeni bir halini keşfettiler, evet Dionysos onlara tıpkı asma dalı gibi, tıpkı asmanın üzümü, üzümün suyu gibi tiyatroyu da armağan etti. Hem eğlensinler, hem öğrensinler, hem birlikte gülsünler diye. Ve Dionysos'a inananlar daha da derinden bağlandı bu esrik tanrıya.

Ama herkes aynı coşkuyla karşılamadı benim aykırı evladımın alışılmadık fikirlerini. Başta iblis yürekli Hera olmak üzere kimi tanrıça ve tanrılar, tahtı sallanan krallar, zorba kocalar, sevgisiz babalar öldüresiye nefret ettiler ondan. Öfke duydular, lanetler yağdırdılar, sürdüler, yok etmek istediler ama hiçbir zaman yılmadı benim isyankâr oğlum. Çünkü o da babası gibi inatçıydı, kararlıydı, gözü pekti. Ölümlüler arasında geçirdiği yıllar; ihanetler, tuzaklar, kumpaslar onu olgunlaştırdı. Tanrısal yetenekleri, yarattığı mucizeler, hem ölümlülerin, hem ölümsüzlerin takdirini topladı. Ve bileğinin gücüyle Olympos'taki tanrıların arasında yer almaya hak kazandı. Ve ben bu esrik, bu gizemli, bu haylaz evladımı en az öteki çocuklarım kadar sevdim. Ve ona her baktığımda kendimden, öteki tanrılardan ve ölümlülerden bir parça gördüm. Çünkü Dionysos, dünyanın kutsal bir yansıması olan Olympos'ta tanrılara, titanlara ve insanlara hayatın öteki yüzünü gösteriyordu. Çünkü o, üç kez doğandı; çünkü o, ölümü üç kez yenendi; çünkü o, ölümsüzlüğü hak edendi.

Yedinci Bölüm

Kalemle çizilmiş gibi dümdüz uzanan cadde boyunca yan yana sıralanan sevimli evlerin sonunda, devasa çam ağaçlarının ardına gizlenmiş iki katlı bir villadaydı Peter Schimmel'in Der Blitz şirketi. Yıldız'ın kullandığı Passat, geniş bahçe kapısından içeri girdiğinde, vakit ikindiyi bulmuştu. Aslında Kerem ve oğlunun ifadelerini almak için merkeze götürmeyi düşünüyordu Yıldız. Peter'e uğramayı yarına ertelemeyi bile geçirmişti aklından, fakat Tobias "O tehdit mektubunu almalıyız Şef" diye ısrar edince, Ölmez Ailesi'nin içinde bulunduğu üzücü durumu da göz önünde bulundurarak, arabanın direksiyonunu Der Blitz'in Charlottenburg'daki merkezine çevirmişti. Kerem'in açıklamalarını samimi bulmuştu. Ölmez Ailesi'ne dair şüpheleri tümüyle sona ermese de Neo Naziler hâlâ ilk sırada yer alıyordu. Özellikle Hüseyin'in anlattıklarından sonra, şu Kör Rudolf denen adamın kapısını çalmak kaçınılmaz hale gelmişti. Belki de Otto denen o Nazi'yle adamlarını yöneten de bu Rudolf'tu.

Passat'ı villanın bahçesine park ettikten sonra toprak zeminli bahçeden geçerek mermer basamaklardan oluşan enli merdivene yöneldiler. Merdivenin bitimindeki iki kanatlı ferah kapıdan girince duvarı olduğu gibi kaplayan devasa bir tablo karşıladı onları. Parlak bir griye bürünmüştü şehir, Brandenburg Kapısı yağmurlar içindeydi, ağaçların, binaların, gökyüzünün renkleri solgundu, ama arkalarda bir yerlerde yorgun bir güneş inatla resmi aydınlatmaya çalışıyordu.

"Burada ressamın imzası var." Tablonun sol alt köşesine bakıyordu Tobias... "Ama harfler o kadar kargacık burgacık ki okunmuyor."

"Angel... Angel yazıyor orada." Başlarını çevirince Peter'le karşılaştılar. Yine tepeden tırnağa karalar içindeydi: Kısa kollu siyah bir tişört giymişti, altında siyah bir keten pantolon, siyah ayakkabılar. "Ablamın tablolarından biri. Adı 'Işığın Ölümü.' En sevdiği resmiydi. Başkasına gitmesine gönlüm razı olmadı." Yüzüne sımsıcak bir gülümseme yerleştirerek bozdu aralarına çöken belli belirsiz hüznü. "Merhaba, hoş geldiniz." Konuklarının elini sıktıktan sonra binayı işaret ederek, "Evet, bizim mütevazı şirketimizin merkezi burası işte."

"Güzelmiş" diye mırıldandı Tobias, binanın yüksek tavanlarını hayranlıkla izlerken. "Hep bu semtte oturmak istemişimdir. Hatta birkaç kez kiralık ev de baktım ancak olmadı..."

Anlayışla baktı Peter.

"*Kismet* Bay Becker, belki zamanını bekliyordur, o gün gelince sizin de burada bir eviniz olur." Yıldız'a çevirdi bakışlarını. "Doğru söyledim değil mi? *Kismet* diyor Türkler."

Ciddiyetini bozmadı Yıldız.

"Evet, öyle derler. Siz nereden biliyorsunuz Bay Schimmel?"

Kederle baktı Peter.

"Cemal çok sık kullanırdı. *'Kismet değilmiş'* derdi." Türkçe söylemeye çalışmıştı Peter cümleyi.

Dayanamayıp güldü Yıldız.

"Kismet değil, kısmet."

Yanakları kızardı Peter'in.

"Kusura bakmayın, Türkçe, biz Almanlar için zor bir dil... Yapısı bize göre ters. Ama sadece dil değil, sizin düşünce tarzınız da çok farklı. Şu *kismet*, Türklerle, Almanların mantıklarının ne kadar farklı olduğunu çok iyi anlatan bir sözcük. Siz, bize göre daha kadercisiniz. Yanlış anlamayın, olumsuz bir şey olarak görmüyorum bunu. İyi tarafları da var, kötü tarafları da..."

Canı sıkılmaya başlamıştı Yıldız'ın, daha fazla dayanamadı bu anlamsız muhabbete.

"Ben Alman vatandaşıyım Bay Schimmel. Berlin'de doğdum, Alman okullarında eğitim gördüm, tatil için yurtdışına gittiklerimi saymazsak hep bu ülkede yaşadım. Siz derken, sanırım yanlış tanımlamada bulundunuz."

Baltayı taşa vurduğunu fark eden Peter, yardım istercesine Tobias'a baktı. Hiç oralı olmadı komiser. İş başa düşmüştü.

"Sanırım yanlış ifade ettim. Ben kökeninizden söz ediyordum. Kültür farkından... Örneğin benim kökenim de Doğu Almanya. Doğu Berlin'de doğdum, o kültürle büyüdüm. Bununla da gurur duyuyorum, ama Batılı bir Alman'dan farklı olduğumu da biliyorum."

Altta kalmaya hiç niyeti yoktu başkomiserin.

"Ben de Türk kökenli olmakla gurur duyuyorum. Ama her fırsatta kökenimden bahsedilmesinden hiç hoşlanmıyorum." Peter savunmasını sürdürecekti ki izin vermedi Yıldız. "Neyse Bay Schimmel, biz işimize bakalım."

"Tabii" diyerek toparlandı şirketin sahibi. "Buyurun, odama geçelim, bir kahve içelim."

Kararlılıkla başını salladı Yıldız.

"Önce Cemal'in odasına gidebilir miyiz?"

Ardı ardına ters davranışlarla karşı karşıya kalmak canını sıkmıştı Peter'in ama nezaketi elden bırakmadı.

"Tabii, Bayan Karasu, nasıl isterseniz." Ama sesi biraz boğuk çıkıyordu. Sağ tarafı gösterdi. "Buyurun şu taraftan..." Rüzgâr değirmenlerinin, güneş panellerinin, denizlerden dalga enerjisi elde eden sistemlerin, nehirlerden hidrolik enerji toplayan barajların, yeraltı sularından jeotermal enerji derleyen santrallerin fotoğraflarının yer aldığı aydınlık koridor boyunca ilerlemeye başladılar. İki polisin de gözleri, son derece profesyonelce çekilmiş fotoğrafları tarıyordu.

"Bu fotoğraflardaki tesislerin hepsi size mi ait Bay Schimmel?" diye sordu Tobias hayranlıkla. Şirket sahibi buruk gülümsedi.

"Bir kısmı bize ait. Bazılarında ise ortaklığımız var." Dalgınlaştı. "Büyük sermaye grupları yenilenebilir enerjiye yatırım yapıyor şu sıralar. Rekabet arttı. Büyük şirketlerle çekişiyoruz."

Sanki bu işten çok anlarmış gibi, ilgiyle sürdürdü muhabbeti Tobias.

"Yani zorluyorlar mı sizi?"

İç geçirdi Peter.

"Der Blitz'i satın almak istiyorlar." Tobias'ı tepeden tırnağa şöyle bir süzdü. "Siz de Doğu Berlinlisiniz. Bilirsiniz, Batı'da bizim işimiz zordur. Nefes aldırmazlar size. Her türlü güçlüğü çıkarırlar... Neyse, şirket sorunlarıyla sizi meşgul etmeyeyim şimdi. Geldik zaten. Evet, Cemal'in odası burası" diye önlerindeki kapıyı gösterdi. "Doğayı çok severdi Cemal. Onu işe aldığım gün, şaka yollu, bahçeye bakan oda isterim demişti." Uzandı, kapıyı açtı, yana çekildi. "Buyurun, geçin..." Bahçedeki ladin ağaçlarından birinin dallarının penceresine kadar uzandığı, sevimli bir oda serildi gözlerinin önüne. Enerji şirketinin ruhuna uygun olarak son derece modern tarzda döşenmişti içerisi. Metal masanın üzerinde kocaman bir bilgisayar duruyordu, solda üst üste dizilmiş kâğıtlar, ortada kitaplar, sağda dünyayı sırtlamış Atlas'ın metalden yapılmış küçük heykelciği. Masanın arkasındaki duvarda üzeri notlarla dolu mantar bir pano vardı. Panonun sağ yanı olduğu gibi bir eskizle kaplanmıştı. Eskizde, tepenin üzerine kurulmuş antik bir kent vardı. Zeus Altarı'nı tanımakta gecikmedi Yıldız. Elbette Pergamon'du. Kentin kapılarının önünde siyah saçlı, boylu boslu genç bir adam, elinde üç uçlu yabasıyla dünyaya meydan okurcasına bakıyordu. Tanrılardan biri olmalıydı.

"Bu Zeus mu?" diye sordu Tobias.

İşadamı doğal bir tavırla açıkladı.

"Hayır, Zeus değil, ağabeyi Poseidon."

Sanki tanıyabilirlermiş gibi resimdeki adamın yüzünü incelemeye başladı iki polis. Ama Poseidon'un yüzünün kime ait olduğunu çıkaramadılar. Sıkıntıyla homurdandı Tobias:

"Bu adam, aileden biri değil galiba."

Sakin bir tavırla açıkladı şirket sahibi.

"Aileden biri, Cemal'in büyükbabalarından Pehlivan Efendi. Adamcağız, kendini Poseidon sanıyormuş."

Az önce duydukları trajik hikâyeden bahsediyordu. Demek, Selinos Çayı'nda boğulan büyükbaba buydu.

"Neden?" diye mırıldandı Yıldız. "Neden bu tuhaf benzetmeleri yapıyordu?"

Dikildiği yerde düşünceli bir tavırla başını salladı Peter.

"Tuhaf, en isabetli kelimeyi buldunuz Bayan Karasu, gerçekten yaptığı iş tuhaftı. Hatta ürkütücü. Ben de yadırgamıştım. Cemal'e sorduğumda, şöyle açıkladı:

'Babamın dükkânında bir fotoğraf var. 1878 yılında çekilmiş. Pergamon kazılarına başlandığı yıl. Kazıları başlatan Carl Humann'la birlikte on dört işçi var fotoğrafta. İşte o işçilerden biri benim büyük dedelerimden Pehlivan Efendi'ymiş. Hatta lakabı da Alman Pehlivan'mış. Küçük bir çocukken, Pergamon'a gitmeden önce görmüştüm o fotoğrafı. Sonra Bergama'ya gittik, yukarıya antik şehre çıktık. Babam da dedem ve büyük dedelerim gibi yürekten bağlıydı bu antik şehre. Belki hayatım boyunca yirmi otuz kez antik şehre gitmiş olmama rağmen, ne zaman Pergamon denilse büyük dedemiz Pehlivan Efendi'nin Carl Humann'la kazı başlangıcında çektirdiği o fotoğraf canlanır gözümde. İster Pergamon antik kenti olsun, ister Zeus Altarı'ndaki tanrıların yüzleri, çok etkiliyor beni. Çünkü ailemin erkeklerinin büyük çoğunluğu Pergamon'da çalıştılar, bir anlamda oradaki mitolojik karakterlere hizmet ettiler. O nedenle, projemde yer alacak bütün tanrı, titan ve kahramanlara Ölmez Ailesi'nin bireylerinin suretini vereceğim. Yani Olymposluları Ölmez'leştireceğim. Ya da Ölmez Ailesi'ni Olymposlulaştıracağım.' Bayılırdı böyle kelime oyunlarına. Bunları anlatırken yüzünü görmeliydiniz. Nasıl inançlı, nasıl tutkulu, nasıl büyük bir heyecanla konuşurdu anlatamam. Nitekim söylediğini de yapmaya başlamıştı. Bence çok da ilginç bir çalışma ortaya çıkacaktı, ama olmadı. Kader mi, şanssızlık mı adına ne dersek diyelim, engel oldu işte bu yetenekli adama."

"Siz bu açıklamaya inandınız mı?"

Deminden beri gözlerini kısarak Peter'in sözlerini anlamaya çalışan Yıldız'dan gelmişti bu manidar soru. Açıkçası biraz da küçümser bir tonda sorulmuştu. Der Blitz'in sahibi ne kastettiğini anlamadı.

"Elbette inandım. Niye inanmayayım? Belli ki Pehlivan Efendi'nin hastalığı, kaç kuşak sonra torunlarından Cemal'i esinlemiş. O da aile bireylerinin yüzlerini, Zeus Altarı'nda yer alan heykellerdeki tanrılara, titanlara vermek istemiş." Karşı taraftan bir tepki gelmeyince üsteledi. "İnanmamam mı gerekiyordu yoksa?" Gergin ışıltıların dolaştığı kara gözlerini Yıldız'a dikmişti. "Benden bir şey mi saklıyorsunuz? Cemal hakkında bilmediğim ayrıntılar mı var?"

Sesi oldukça gergin çıkıyordu, şefin fevri davranıp adamı tersleyeceğini düşünen Tobias araya girerek konuyu değiştirmeyi denedi.

"Her sene gider miydi Pergamon'a?"

İşe yaramıştı polisin çabası. Kara gözleri yumuşadı Peter'in.

"Giderdi, bazen yılda iki kere. Hatta geçen yıl beni de götürmüştü. Gerçekten etkileyici bir yer."

Yıldız dayanamayıp sordu:

"Epeyce yakınmışsınız. Sizin yüzünüzü de tanrılardan birine verecek miydi?"

Sesinde kinaye vardı. Der Blitz'in patronu rahatsız oldu.

"Hayır, elbette vermeyecekti. Ben Ölmez Ailesi'nin ferdi değilim ki!"

Adamın damarına basmayı sürdürdü Yıldız.

"Ama sıra dışı bir patronsunuz...."

"Patronu değil, dostu" diyerek kestirip attı. "Bu şirket için tanışmıştık ama sonra arkadaş olduk. Cemal dostumdu benim. Aramızdaki ilişki işle sınırlı değildi." Sesi yüksek çıkmıştı. Artık sıkıldım sizden havasındaydı. Yıldız'a baktı yeniden. "Ama sizin sandığınız gibi bir aşk ilişkisi değildi.

Kardeşim gibi severdim onu." Derin bir soluk aldı. Başıyla panodaki eskizi gösterdi. "Eğer Cemal'i yeterince tanıyorsam bu proje konusunda yalan söylememiştir. Söylemesi için de bir neden yoktu zaten."

Peter'in gerildiğini anlayan Yıldız, "Size katılıyorum" diyerek alttan aldı. "Haklısınız, Cemal'in gerçeği saklaması için bir neden yok. Ama takdir edersiniz ki biz de bütün ihtimalleri değerlendirmek zorundayız." Gözleri odayı taradı. "Sahi şu tehdit mektubu nerede?"

Bir an duraksadı Peter, kendini yatıştırmak istercesine başını salladı, sonra çevik bir hareketle masanın arkasına geçip alt çekmecelerden birini açtı. Elini çekmecenin içine uzatıyordu ki "Bir dakika lütfen" diye uyardı Yıldız. "Siz dokunmayın, biz alalım."

Bunları söylerken elini deri ceketinin iç cebine sokmuş, plastik bir eldiven çıkarmıştı bile. Polislere kibarca davrandığı halde pek de anlayışlı bir tavırla karşılaşmayan Peter, geri çekilmiş, yadırgayan gözlerle izliyordu bu titiz çalışmayı. Elbette Yıldız'ın dikkatinden kaçmadı bu hiç de dostça olmayan bakışlar. İzah etme gereği duydu.

"Telefonda da söylediğim gibi mektubu yollayanların parmak izlerini bozmamamız gerek Bay Schimmel. Parmak izi yargıçların en sevdiği kanıtlardandır. Kanıt bozulursa, ne soruşturulacak bir cinayet kalır ortalıkta ne de bulunacak bir katil."

Masanın arkasına geçti, yana çekilerek çekmecenin önünü boşaltan şirket sahibine minnettar bir gülümsemeyle karşılık verdi. Eğildi çekmeceye baktı. İçeride sarı bir zarf duruyordu.

"Bu mu?"

"Evet, evrakların üstündeki... Okuduktan sonra zarfın içine koydum yeniden."

Yıldız eldiven geçirdiği sağ elinin işaret ve başparmağını kullanarak aldı zarfı. Kapağını açtı, yine iki parmağını kullanarak içindeki açık sarı renkteki kâğıdı çıkardı. Yüksek sesle okudu:

"Aşağılık Türk, yaptıklarınız yanınıza kâr kalmayacak. Hepsinin hesabını vereceksiniz. Saygısızlığınızın bedelini kanınızla ödeyeceksiniz. Hazır olun. Yakında, çok yakında..." Bir kez de sessizce içinden okudu, başını kaldırdı. "Evet, imza olarak da gamalı haç kullanmışlar."

Peter'in gerginliği endişeye dönüşmüştü.

"Parmak izi bırakmışlar mıdır?"

Kâğıdı yeniden zarfa koyarken yanıtladı Yıldız.

"Umarım bırakmışlardır. O zaman işimiz çok kolaylaşır."

Zarfı plastik delil poşetine yerleştirdikten sonra cebine koyup Peter'e gülümsedi.

"Teşekkür ederiz Bay Schimmel, çok yardımınız dokundu."

Tanıştıkları andan bu yana o kadar mesafeli durmuştu ki, Peter nasıl hareket edeceğini bilemedi. Temkinli davrandı.

"Buyurun, odama geçelim isterseniz, size kahve ikram edeyim."

Anında o eski resmi haline geri döndü Yıldız.

"O kadar vaktimiz yok, şu mektubu bir an önce kriminal laboratuvara yetiştirmeliyiz. Ama gitmeden önce odaya göz atmak istiyoruz."

Bu polislere samimi davranmanın doğru bir yöntem olmadığını anlamıştı artık Peter.

"Tabii, buyurun. Sizi yalnız bırakayım o zaman..."

Şirket sahibi kapıya yönelecekti ki,

"Gitmeyin lütfen" diye onu durdurdu Yıldız. "Eğer vaktiniz varsa birkaç dakika yanımızda kalın."

Çok da memnun olmamıştı Peter ama kabalaşmak istemiyordu.

"Tamam" dedi bıkkın bir sesle, sırtını pencerenin pervazına yaslayarak. "Siz öyle istiyorsanız."

Eğilip yeniden çekmeceyi karıştırırken sordu Yıldız.

"Cemal'i en son ne zaman görmüştünüz?"

Bu sorunun pek hayra alamet olmadığını anlayan Peter, ters ters baktı.

"Öldüğü gün. Onu evine ben götürmüştüm."

Çekmeceyi karıştırmayı bırakıp doğruldu başkomiser. "Evine götürdünüz? Niye, arabası mı bozuktu?"

Sesindeki kuşkuyu saklamaya gerek duymamıştı Yıldız.

"Arabası yoktu Cemal'in" dedi Peter kayıtsız, adeta meydan okuyan bir sesle. "Hiç olmamış. Sevmezdi arabaları. İşe bisikletle gider gelirdi. O gün bisikletinin tekerleği patlamıştı, 'Bir saat kadar beklersen seni bırakırım" dedim. Zaten daha önce de defalarca bırakmıştım evine. Ama işim uzun sürdü, iki saat sonra çıkabildik. Cemal de sabırsızlanmadı." Panodaki eskizi gösterdi. "Poseidon'un resmine kaptırmıştı kendini. Hadi gidelim demesem, belki de saatlerce kalırdı masa başında."

"Güvenlik kameranız var değil mi?" Damdan düşer gibi sormuştu Tobias. Masanın üzerindeki evrakları karıştırmayı bırakmış, o da Yıldız gibi gözlerini şirketin patronuna dikmişti. Önce anlamadı Peter.

"Var" dedi içten bir sesle. "Geçen yıl hırsızlıklar olmuştu bu mahallede..." Sustu, hayal kırıklığı içinde polislere baktı. "Yoksa benden mi şüpheleniyorsunuz?"

"Şüphe demeyelim Bay Schimmel, söyledikleriniz çok önemli. Maktulün öldürülmeden önce neler yaptığını belirlemeye çalışıyoruz."

Elbette ikna olmadı şirket sahibi.

"Merak etmeyin, kameramız var, son bir aydır yapılan bütün kayıtlar elimizde. İsterseniz hemen izleyebilirsiniz."

Sesindeki alınganlık fark edilmeyecek gibi değildi. Böyle hissetmesine kendi de şaşırarak adama karşı suçluluk duydu Yıldız.

"Lütfen yanlış anlamayın Bay Schimmel, sizi suçladığımız filan yok." Birkaç şey daha söyleyecekti ama cep telefonunun çalan zili izin vermedi.

"Alo buyurun?"

"Alo" dedi bir erkek sesi. "Bayan Karasu, siz misiniz?

Telaşlı bir hali vardı telefonun öteki ucundaki kişinin.

"Benim, siz kimsiniz?"

Heyecanla açıkladı adam.

"Ben Alex, Cemal'in sevgilisi, hatırladınız mı?"

"Elbette hatırladım. Evet, buyurun, sizi dinliyorum, kötü bir şey mi oldu?"

"Yok, yok, kötü değil, ama konuşmamız lazım. Önemli olabilir."

Meraklanmıştı Yıldız, sabredemedi.

"Cemal'in katiliyle mi ilgili?"

"Olabilir, Cemal telesekreterime mesaj bırakmış... Ben şu anda Leipzig'de tren istasyonundayım. Aklıma takıldı, telefonumu aradım, Cemal'in mesajını dinledim. Ama hatlarda sorun var, tam anlayamadım. Mesaj Cemal öldürülmeden birkaç saat önce bırakılmış. Önemli olabilir diye düşünüyorum. Akşam Berlin'de olacağım. Şimdiden haber vereyim dedim..."

Muhtemelen kavga ettiği sevgilisiyle barışmak için aramıştı Cemal, belki Alex de mesajı dinlemişti, ama kendini temize çıkartmak için bilmiyormuş gibi davranıyordu. Fakat her durumda mesajı dinlemekte yarar vardı.

"Tamam, siz mesajı dinleyin, sonra telefonlaşalım, gerekirse buluşuruz. Olur mu?"

"Anlaştık." Sessiz kaldı Alex. "Bu işlerden pek anlamam. Ne dersiniz fazla mı heyecan yaptım yoksa?"

"Yok, doğru olanı yaptınız. Telefonunuzu bekleyeceğim. Haber verdiğiniz için teşekkürler."

Telefonu kapatırken Tobias'ın bakışlarını üzerinde hissetti, başıyla sonra konuşuruz işareti yaparak Peter'e döndü.

"Evet, ne diyorduk... Bizimle işbirliği yaptığınızın da farkındayız. Lütfen kişisel bir mesele olarak görmeyin. Ama siz de dahil herkesin, maktulle ilişkisini araştırmak zorundayız. Bu vaka giderek daha karmaşık bir hal alıyor. Ne yazık ki Cemal'in dedesi Orhan Ölmez de katledildi."

Peter irkildi.

"Ne! Şu alzheimer olan ihtiyarcık mı?" Kederden çok isyan vardı sesinde. "O adamcağızın kime ne zararı olabilir ki?"

"Tanıyor muydunuz?" diye atıldı Tobias.

"Hiç karşılaşmadık, ama Cemal videosunu çekmişti. Onu izlemiştim. Kendini Türkiye'de zannediyordu. Çocukluğuna geri dönmüştü sanki. Almanca konuşmayı unutmuş, herkesle Türkçe konuşuyordu. Çok sevimli bir adamdı, yazık, çok yazık." Durumun ciddiyetini kavramıştı. "Yani birileri Ölmez Ailesi'nin fertlerini tek tek ortadan mı kaldırıyor?" Yanıt gelmeyince, sordu: "Yoksa Naziler mi?"

"Anlayacağız Bay Schimmel" dedi Yıldız, kararlı bir sesle. "Umuyorum ki çok yakında anlayacağız."

Ortalık kararırken rüzgâr kesilmiş, ağırlaşan havayla birlikte yine ıhlamur kokusu basmıştı polis merkezini. Bu koku, Yıldız'ı sakinleştiriyordu ama Markus'ta aynı etkiyi gösterdiği pek söylenemezdi. Sahadan dönen meslektaşlarının anlattıkları hiç hoşuna gitmemişti. Kravatını gevşetmiş, gömleğinin üstten iki düğmesini açmıştı.

"Bu hastalık meselesi de nereden çıktı şimdi? İlk karşılaştığınızda niye söylememiş bunu Kerem denen herif!"

Üzerinde kurbanların ve zanlıların isimlerinin ve fotoğraflarının bulunduğu devasa panonun önünde, gergin bir tavırla dikilen müdürlerini sakince dinliyorlardı.

"Belki sormadığımız içindir." Yıldız'dan gelmişti yanıt. "Belki de gizlemek için. Şu anda kestirmek zor. Ama hastalık genlerinde varmış. Demin anlattığım gibi büyük dedeleri Poseidon zannediyormuş kendini."

Baş zanlı olarak Nazileri gören, üstlerinin de desteğiyle, tümüyle onları yakalamaya yoğunlaşan Markus, birdenbire güçlenen bu yeni ihtimalle işin uzayacağını fark etmiş, o nedenle de canı sıkılmaya başlamıştı.

"Evet, evet anlattın" dedi sabırsızca. Gözlüklerinin ardındaki yeşil gözleri telaşla kıpırdanıyordu. "Bu hastalık bu kadar güçlüyse, yani insan beynini bu kadar etkiliyorsa, Kerem kendini Kronos zannederek hem babasını hem de oğlunu öldürebilir diyorsunuz."

Yıldız buraya gelirken bütün varsayımları defalarca aklından geçirmiş, yolda da konu üzerine Tobias'la epeyce konuşmuştu.

"Demiyoruz, elbette böyle bir ihtimal var. Hem de küçümsenmeyecek bir ihtimal, fakat Kerem son derece mantıklı görünüyordu. Hiç de psikolojik rahatsızlığı olan birine benzemiyordu. Oğlu Hüseyin'i kontrol etmekte daha fazla zorlandık." Çöktüğü iskemlede öylece kalan yardımcısına baktı. "Sen ne düşünüyorsun Toby?"

Günün yorgunluğu yüzüne yansıyan iri polis, toparlanır gibi oldu.

"Aynı fikirdeyim, ayrıca son derece samimiydi adam. Bilmiyorum, belki sakladığı konular olabilir ama hastalık meselesinde söyledikleri inandırıcı geldi bana. Tabii rol yapmıyorsa..."

Meslektaşlarının söyledikleri Markus'u yatıştırmaya yetmedi. En kısa zamanda bu soruşturmayı sonuçlandırarak, üstlerinin takdir ve övgülerini almaya hazırlamıştı kendini.

"İyi de arkadaşlar, bu durumda biz ne yapacağız?" Sesi giderek sertleşiyordu. Tahtada en üst sırada yer alan Cemal ile Orhan'ın fotoğraflarını işaret etti. "İki cinayet işlendi, belki üçüncüsü de gelecek..." Gözleri sağ köşedeki Otto Fischer'in fotoğrafına kaydı. Sonra döndü, adeta yardım istercesine meslektaşlarına baktı. "Peki hâlâ baş zanlılarımız Naziler diyebiliyor muyuz? Yoksa vazgeçtik mi bu ihtimalden?"

Yanıt vermek için hiç acele etmedi Yıldız.

"Cemal'e gönderilen tehdit mektubunu kriminal laboratuvara teslim ettim, yakında sonuçlar gelir. Eğer üzerinde Otto'nun ve arkadaşlarının parmak izlerini bulursak, karar vermemiz kolaylaşır. Şu Rudolf Winkelmann'ı da unutmayalım. Bir de Rudolf ile Otto'nun bağlantısını tespit edebilirsek, o zaman cinayetlerin failleri kesinlikle Naziler diyebiliriz."

Yıldız'ın tereddütlü konuşması, Markus'un yeşil gözlerini koyulaştırmıştı.

"O zaman diyebiliriz tabii, ama bu mitoloji meselesinin soruşturmaya bir tuhaflık kattığının farkındasınız değil mi? Kerem'in kendini Kronos zannetmesi ise iyice karıştırdı ortalığı. Tam tüy dikti herif. Ya aileden birileri işliyorsa cinayetleri? Bu işin içinden nasıl çıkacağız?"

Müdürün bozguna uğramış hali harekete geçirdi Tobias'ı.

"Haklısınız. Bence iki ihtimal de oldukça kuvvetli. Bu işi pekâlâ aileden biri yapmış olabilir. Çünkü Nazilerle cinayet mahallindeki mitolojik unsurlar arasında hâlâ bağ kuramadık."

Gergin bir tavırla başını salladı Markus.

"Zaten bu yüzden kafam karışıyor ya. Bu cinayetler aklını Zeus'la bozmuş bir psikopatın işi olsaydı, vakayı çözmek çok kolay olurdu. Yahut yabancıları korkutmak isteyen ırkçı manyakların yaptığından emin olsaydık, pek zorlanmazdık. Ama şu anda ne düşüneceğimi bilemiyorum."

Oturduğu yerden usulca kalktı Yıldız, tahtanın önüne geldi.

"Aslında iki değil dört ihtimal var" diyerek belirsizliği iyice karmaşıklaştırdı. Tahtaya iliştirilmiş fotoğraflar arasında önce bateristin, sonra da arkeoloğunkini gösterdi. "Naziler, Ölmez Ailesi derken, Cemal'in sevgilisi Alexander Werner ile kuzeni Haluk Ölmez'i unutmayalım. Alex suçu üzerinden atmak istiyor. Bugün beni aradı. Güya bize yardımcı olacakmış, Cemal onun telesekreterine mesaj bırakmış. Bu akşam yeniden arayacak, bakalım neler yumurtlayacak? Alex'in de Cemal'i öldürmesi için yeterli nedeni var."

Markus'un da bakışları bateristin fotoğrafına takılmıştı.

"İyi de, Alex kendisine hiçbir zararı olmayan yaşlı bir adamı niye öldürsün? Öyle değil mi? Üstelik ilk kurbanın Orhan Ölmez olduğunu düşünürsek, bateristin bunu yapması çok saçma değil mi?"

Yıldız'ın bakışları da hâlâ Alex'in vakitsiz yıpranmış suratındaydı.

"Evet, saçma görünüyor, ama tutkusunun esiri olmuş insanların, karşısındakine zarar vermek için yapmayacağı kötülük yoktur. Kendisini terk eden kadının çocuğunu öldürenler mi dersin? Boşanmak isteyen karısının annesini babasını hunharca katledenler mi dersin? Orhan dede, Cemal'in ailede en çok sevdiği kişiydi. Alex'in psikolojisini tam olarak bilmiyoruz, ancak şiddete başvurmaktan çekinmeyen biri olduğunu biliyoruz. Kendisini terk eden Cemal'den intikam almak için yapmış olamaz mı? Cemal'in başka bir sevgili bulmuş olabileceğini bizzat kendisi söylemişti. İhanet eden sevgilisine acı çektirmek istemiş olamaz mı?"

"Cemal'i niye öldürdü o zaman?"

Son derece mantıklıydı Markus'un sorusu.

"Belki Cemal, Alex'in dedesini öldürdüğünü öğrendi. Belki de acı çektirmek için bizzat Alex söyledi bunu ona. Sonra sevgilisini de ortadan kaldırarak bu işi kökten halletmeye karar verdi."

Sorulara inandırıcı yanıtlar vermeye çalışmasına rağmen, Yıldız'ın sesi kararlılıktan yoksundu. Tobias da farkındaydı bunun.

"Bence Haluk'un katil olması, Alex'ten daha büyük ihtimal" diye yeniden katıldı tartışmaya. "Arkeoloğun Cemal'i öldürmek için bateristten daha güçlü nedenleri var. Üstelik mitolojiyi de, Zeus Altarı'nın hikâyesini de çok iyi biliyor. Yani Olymposlu tanrılar üzerinden bir mesaj verilecekse bunu Haluk'tan daha iyi kimse yapamaz. Bir süredir Cemal'le de irtibatları yokmuş. 'Ailem üzülmesin diye görüşmeyi kestim' diyor ama gerçek öyle mi bakalım?"

Yıldız bu düşünceye kısmen katılıyordu.

"Olabilir tabii..." dedi uzlaşmacı bir tavırla... "Haluk'u göz ardı etmeyelim. Ama öteki iki kişinin üzerine yoğunlaşmak daha doğru geliyor bana."

Tobias da katıldı başkomiserin görüşüne.

"Haklısın Şef, şu anda dört farklı zanlı var elimizde, ancak bence mercek altına almamız gereken şahıslar, Haluk Ölmez ile Rudolf Winkelmann. Bir an önce şu Winkelmann ile konuşsak iyi olur." Az önce sabıka dosyasından bulup panoya yapıştırdıkları fotoğrafı gösterdi. Rudolf Winkelmann'ın yüzünün sol tarafındaki yara izi belli belirsiz göze çarpıyor, fotoğraf çok iyi çekilmemiş olmasına rağmen sol gözünün cam olduğu ilk bakışta fark ediliyordu.

"Evet" diyerek başını salladı Yıldız. "Bir an önce Winkelmann ile konuşmamız lazım. Açıkçası ben, bu cinayetleri Nazilerin işlediğini düşünüyorum hâlâ. Tobias'ın söylediği gibi, her ne kadar Pergamon ile Naziler arasında bire bir bağlantı bulamasak da, bugünkü cinayet mahalline bırakılan kartal, çok açık bir imza. Ayrıca Haluk'un sözlerini hatırlasana Toby. İncil'deki 'Vahiy' bölümünde Zeus Altarı'ndan 'Şeytanın Tahtı' diye bahsediliyormuş. Bence mitolojik sembolleri kullananlar bizzat Naziler. Cemal'in Otto'yla kavgasını biliyoruz, bugün Rudolf Winkelmann'ın Ölmez Ailesi'ne olan düşmanlığını da öğrendik. Belki de Otto ve arkadaşlarının Cemal'le yaptığı sokak kavgası da rastlantı değildi. Belki onları Cemal'e yönlendiren kişi de bizzat Rudolf Winkermann'dı. Adam, Ölmez Ailesi'nden alacağı intikamı mitolojik fantezilerle süslemek istedi. Yani, elimizdeki kanıtlara, maktullerin düşmanlarına baktığımızda da oklar hâlâ Nazileri gösteriyor."

Markus da öyle olmasını umuyordu, hatta bunu bütün gönlüyle diliyordu ama emin olmaları gerekti.

"Bugün olay yerine bırakılan asanın ucundaki kartal gerçekten de Nazilerin simgesi miydi? Katil, Zeus'un simgesi olarak koymasın?"

Son derece kendinden emindi Yıldız.

"Karşımızdaki katil ya da katiller iki cinayet işlediler. İkisinde de titiz çalıştılar. Cinayet işleyiş biçimleri, seçtikleri semboller son derece bilinçli olarak tespit edilmişti. Adamlar, kendilerinin gayet net olarak anlaşılmasını istiyorlar."

Yeşil gözleri yeniden umutla ışıldadı Markus'un.

"Albert Speer diye biri var. Nazilerin ulusal mimarı. Önemli görevlerde bulunmuş biri."

Ses tonunun geriliminden önemli bir konudan bahsedeceğini anlamıştı Yıldız. Yoksa Markus, dişe dokunur bir ipucu mu bulmuştu Naziler hakkında?

"Evet, duymuştum Albert Speer'i... Hitler'in çok güvendiği biriymiş, değil mi?"

"En yakınlarından biriymiş... İşte bu Albert Speer, bugün Orhan Ölmez'in cesedinin bulunduğu Şeytan Tepesi'nin olduğu yerde bir Askeri Akademi yapımına girişmiş. Bu okulda mucizevi silahlar yapabilecek teknik adamlar eğitilecekmiş. Aslında fakülte binası, Nazilerin İkinci Dünya Savaşı'nı kazanmaları halinde, dünyanın başkenti olarak tasarlanan Germania'nın bir kompleksi olarak düşünülmüş. Evet, eğer Naziler savaşı kazansalarmış, Berlin'i yeniden tasarlayarak Germania adını vereceklermiş. Ve yeryüzünü bu şehirden yöneteceklermiş. İşte bu fakülte o efsanevi kentin bir parçası olarak yapılmış. Yüzde seksen oranında da tamamlanmış. Naziler yenilince, bina öylece kalmış. Berlin'i işgal eden devletler buraya talip olmuşlar, ama nasıl kullanacaklarını bilememişler. İmha etmek istemişler ancak Albert Speer o kadar sağlam bir bina yapmış ki patlayıcılar işe yaramamış. Bunun üzerine Berlin'de bombalanmış olan binaların molozlarını, Nazi Akademisi'nin üzerine dökmüşler. Tam kırk milyon ton moloz dökülmüş üzerine. Ve böylece Berlin'in en yüksek noktası olan Şeytan Tepesi ortaya çıkmış." Yıldız'a bakarak sürdürdü sözlerini. "Yani, sadece kurbanın yanına bırakılan o kartal başlı asa değil, aynı zamanda yarıda kalan bu bina da Naziler için bir semboldü."

Markus da Nazilere yoğunlaşmıştı. Aslında Yıldız'ın bu durumdan memnun olması gerekirdi. Daha birkaç gün önce cinayetin üstünün örtülmesinden, Nazilerin korunmasından endişe ediyordu. Bu kaygısında hiç de haksız sayılmazdı, ırkçıların daha önce işlemiş oldukları cinayetlerin soruşturulmasında ne Alman devleti ne de polis teşkilatı iyi bir sınav verebilmişti. Ama bu kez korktuğu gibi olmamış, aksine, emniyetteki ırkçılık karşıtları bu kez daha cesur ve şeffaf davranmışlardı. Fakat nedense içinde bir kuşku vardı. Kafasını karıştıran içten içe onu huzursuz eden bir kuşku. Belki de yanılıyordu, çünkü Tobias da, Markus da yıllarını bu mesleğe adamış, en az onun kadar becerikli polislerdi. Durduk yere birilerini suçlamazlardı, üstelik bu ülkede Nazilerle uğraşmak hâlâ çok riskliydi. Söyledikleri de son derece mantıklıydı, ama içinde gitgide büyüyen, kendisinin de tam olarak çözemediği bu kuşku aklını karıştırıyor, ne düşüneceğini bilemiyordu. Yeterli kanıtlara ulaşmadan da bu kafa karışıklığından asla kurtulamayacaktı. Fakat yaşadığı bu akıl tutulmasını meslektaşlarıyla paylaşmayı hiç düşünmüyordu. Morali kolayca bozulabilen Markus'u tedirgin etmenin manası yoktu. O yüzden, yorgun yüzüne kararlı bir ifade yerleştirerek,

"Haklısın Markus" dedi kendinden emin bir sesle. "Öncelikle Nazilere yoğunlaşmak lazım. Yarın ilk iş, şu Rudolf'la konuşmalı..."

Toplantıdan somut karar çıkması müdürün endişelerini bir ölçüde gidermişti.

"Evet arkadaşlar" dedi hevesle. "Evet, gidip şu adamla konuşun. Doğrudan mekânına gidin, sorgudan çok bilgi almaya gelmişsiniz gibi. Yanlış anlamayın, kimseden çekindiğim yok, ama adamı uyandırmayalım. Az önce Rudolf Winkelmann'ın dosyasına şöyle bir göz attım. Geçmişi gerçekten karanlık, fakat son beş yıldır trafik cezası bile almamış. Berlin'in doğusunda büyük bir spor kompleksi kurmuş. Belki de artık bırakmıştır bu işleri. Adamın herhangi bir suç örgütünde olduğuna dair bir kayıt bulunmuyor elimizde."

Buna hiç katılmıyordu Yıldız.

"Belki de bu durumun kendisi çok iyi bir kanıttır" diye itiraz etti. "Eğer Naziler arasında önemli bir yere geldiyse, artık olur olmaz kavgalarla kendisini deşifre etmek yerine, gizlendiği köşeden sinsice örgütünü yönetiyordur. Kanlı işlerini görsünler diye Otto ve arkadaşları gibi piyonları kullanıyordur."

Markus kurnazca gülümsedi.

"İşte bunu ispat edebilirsek, büyük mesafe katederiz." Meslektaşlarına minnetle baktı. "Yarın, şu tek gözlü Nazi'yle bir konuşun bakalım, ne anlatacak? Ben de istihbaratçılarla bağlantı kuracağım. Adam hakkında daha derin bir araştırma yapılması için."

"Sadece patates yiyorsun Denizcim, kuşkonmazdan da ye. Bak sosuna batırınca çok lezzetli oluyor."

Masayı balkona kurmuştu Yaman. Kızı için kuşkonmaz pişirmişti. Karısı ölmeden önce de yemek yapardı, hem de çok lezzetli yapardı. Hapishanede kıdemli mahkûm bir kabadayıdan öğrenmişti. Pastırmalı kurufasulyesi efsaneydi, parmaklarınızı yerdiniz. Elbette akşam için yapılırdı bu leziz yemekler. Oysa Almanya'da akşam yemekleri çoğunlukla, ekmeğin üzerine biraz tereyağı sürülüp biraz peynir ya da salam eklenerek yapılan, *Abendbrot* denen atıştırmalıkla geçiştirilirdi. Ama Türkiye'den gelen bu küçük aile hiçbir zaman *Abendbrot* ile yetinmemişti. Nilüfer'in vakitsiz ölümünden sonra da Yaman bu sağlıklı geleneği sürdürmüş, mümkün olduğunca, küçük kızını akşam sofrasında tatsız bir sandviçe mahkûm etmemişti. Tabii Yıldız büyüyüp akşam yemeklerine gelmeyinceye kadar. Ama onun için de babasının yaptığı yemekler vazgeçilmezdi. Özellikle de zamanı gelip beyaz kuşkonmazlar pazara çıkınca. Bayılırdı Yıldız bu sebzeye, gel gör ki Deniz hiç hoşlanmıyordu kuşkonmazdan.

"Neden köfte yapmıyorsun dede?" diye mızıklandı aksansız bir Almancayla. "Senin köftelerin daha güzel oluyor."

Bir kahkaha patlattı Yaman.

"Hakikaten politikacı olacak bu oğlan. Kuşkonmaz sevmem demiyor da köftelerin çok güzel diyor."

Yıldız da kendini tutamayıp güldü. Evin en sevdiği yeri bu balkondu. Gerek tek başına, gerek oğluyla gerekse böyle bütün aile oturduklarında büyük bir mutluluk duyardı. Bu da o anlardan biriydi işte. Hafif bir rüzgâr çıkmıştı, hoş bir esinti içinde yüzüyordu ağaçlar, gün boyu güneşte yanan topraktan yükselen otların kokusu içini açıyordu. Derin bir huzur hissetti Yıldız. Sabahtan beri yaşadıkları koşturmaca, Şeytan Tepesi'nde buldukları ceset, Ölmez Ailesi'nin ürkütücü serüveni, Nazilerin vahşi entrikaları, hepsi geride kalmıştı. Oğluna ve babasına baktı. Hayat buydu işte. Önündeki rakı kadehini aldı, gülümseyerek kaldırdı.

"Size içiyorum, hayatımın en önemli iki erkeğine."

Babası da kaldırdı rakı kadehini, Deniz durur mu, o da elma suyu dolu bardağını değdirdi annesininkine.

"Şerefe!" diye bağırdı Türkçe olarak. "Şerefeeee!"

Yaman derhal destekledi torununu.

"Şerefe, Denizcim, sana ve annene."

Baba kız birer yudum aldılar, ama Deniz bardağın dibini görünceye kadar bırakmadı meyve suyunu.

"Nasıl yiyeceksin şimdi kuşkonmazını?" diye homurdandı annesi. "Bak biri olduğu gibi tabağında duruyor."

Kara gözlerini yardım istercesine dedesine dikti.

"Ama ben doydum."

Kızıyla torununun arasına girmek istemediği için hiç oralı olmadı Yaman, bu kez aynı yalvaran gözlerle Yıldız'a baktı Deniz.

"Anneciğim bunu yemesem olur mu?"

Aslında bu tür yakınmalara göz yummazdı Yıldız, tabağa ne konulursa yenmeliydi, fakat bu akşam kendinden kurtulmuş gibiydi. Yine de tümüyle teslim olmadı.

"O zaman şöyle yapalım, o kuşkonmazın yarısını yiyeceksin, sonra da odana geçip yarınki ödevlerini yapacaksın. Anlaştık mı?"

Deniz'in pürüzsüz yüzüne bir gülümseme yayılsa da pazarlığı sürdürmekten geri durmadı.

"Tamam, anlaştık, ama dersim bitince de dedem bir masal anlatacak. Türk masalı..."

Kızının itiraz etmesine izin vermeden atıldı Yaman.

"Elbette anlatacağım, hem de padişahlı vezirli..."

"Develer de olsun ama..."

"Tamam" diyerek sağ elini havaya kaldırdı dedesi. "Hem de kırk develi bir kervan olacak."

İstediklerini elde eden Deniz, annesinin fikir değiştirmesinden korktuğu için kuşkonmazın yarısını aceleyle yedi, ardından iskemlesinden atlayıp koşar adım gitti odasına. İkisi de arkasından baktılar.

"Biraz disipline olması lazım" diye mırıldandı Yıldız. "Şu aralar iyice boşladı derslerini."

Torununa kıyamadı Yaman.

"Bıktırmamak lazım, yoksa iyice soğur okuldan."

Çatalını tabağındaki peynire uzatmıştı Yıldız.

"Yok, bıkmaz, disiplinli olmayı seviyor aslında."

Alaycı bir gülümseme belirdi Yaman'ın yüzünde.

"E, ne de olsa babası Alman."

Çatalındaki peyniri ağzına atmadan, boş versene der gibilerden baktı kızı.

"Valla, annesini babasını tanımasam Franz'ın Alman olduğundan bile şüphe duyarım. Hayatımda tanıdığım en rahat adam."

O gür kahkahalarından birini daha koyuverdi Yaman.

"Hiç şikâyet etme, sen seçtin."

Yıldız ağzındaki peyniri çiğnedikten sonra,

"Öyle" dedi, hatasını kabul eden birinin rahatlığı içinde. "Ben seçtim, sonra da ben gönderdim." Yeniden kadehine uzandı. "Huzura ve özgürlüğe..."

Yaman da yeniden kaldırdı İstanbul'dan özel olarak getirdiği rakı kadehini.

"Senin mutluluğuna kızım, senin ve Deniz'in mutluluğuna." İçkisini yudumladıktan sonra Yıldız'ın yüzünü buruşturduğunu gördü. "Bunu yapma işte. Acı çekiyor gibisin."

Mahcup olmuştu Yıldız.

"Acı çekmiyorum da biraz sert geliyor bana."

"Hatırlarsan annen susuz içerdi. Su tadını bozuyormuş..."

"Bilmez miyim? Belki de onun yüzünden buruşturuyorum yüzümü. Çünkü anneme uyup ilk rakımı susuz içmiştim." Hüzünle baktı babasına. "Senin tavsiyenle su katmıştım. Ondan sonra biraz sevmeye başladım rakıyı. Ama itiraf etmeliyim ki, şarabı da birayı da daha çok seviyorum rakıdan."

Kadehindeki beyaz sıvıya baktı Yaman.

"Rakı bizim kültürümüz kızım. Sadece içki değil, bir yaşam biçimi. Ama nerede, nasıl, neyle ve kiminle içildiği önemlidir. Rakıyı çıkartırsan ne sohbet kalır, ne muhabbet."

Muzipçe gülümsedi kızı, anında soktu lafı.

"Ne ülkeyi kurtarabiliriz ne de dünyayı!"

Kızının imasını anlamıştı.

"Kesinlikle, ne kahramanlar tanıdım o masalarda destanlar yazan, ama eylem alanlarında arazi olan." Yeniden kadehine uzandı, Yıldız sağ elini göğsüne koyarak başını iki yana salladı.

"Benden bu kadar, sana afiyet olsun."

Yine de kadehini kaldırdı Yaman:

"Hayata evladım, seni ve Deniz'i bana veren hayata."

Yaşlanıyordu babası, bu yıl fark etmişti Yıldız, hızla yaşlanıyordu. Ama şimdi bunu düşünmek istemiyordu, bu gece olmazdı. Bu kaygıyı zihninden kovmak istercesine sordu:

"Nasıl geçti günün baba?"

Yanıt yerine oturduğu iskemleden kalktı Yaman.

"Senin için araştırma yaptım" dedi göz kırparak. "Bütün gün Şehir Kütüphanesi'ndeydim. Kütüphane gerçekten müthiş. Ama daha önemlisi, dün konuştuğumuz konuyla ilgili önemli bir bilgiye ulaştım." Yıldız'ın pürüzsüz alnı kırışmıştı.

"Pergamon Sunağı'ndan bahsediyorum. Anıtın Nazilerle bağlantısından." Heyecanlanmıştı. "Dur, dur, hepsini anlatacağım, notlarımı alıp geliyorum."

Aceleyle odaya daldı. Yıldız tatlı bir şaşkınlıkla izliyordu babasının telaşını. Çok sürmedi, elinde yeşil kaplı bir defterle geri döndü Yaman.

"Evet, hepsi burada" diyerek yeniden iskemlesine kuruldu. Rakı bardağını ve tabağını azıcık yana itti, defteri açtı. Yakın gözlüğünü burnunun ucuna yerleştirdi. "Dün akşam Nazilerle mitolojinin alakasını soruyordun ya, önemli bağlantılar buldum." Anlatırken bir yandan da önündeki deftere bakıyordu. "Hah, işte burada. Şimdi Yıldızcım, Almanya'da arkeoloji merakı Nazilerden çok daha öncesine uzanıyor." Başını kaldırıp kızının yüzüne baktı. "Sadece Almanlar değil, 19. yüzyılda gelişmeye başlayan İngiltere, Fransa gibi Batılı ülkeler de kendilerine bir köken aramaya başlamışlar. 'Bugün güçlü birer devletiz ama geçmişte de derin ve soylu köklerimiz vardı' demek istiyorlarmış. Önce Büyük İskender'e sahip çıkmışlar, Hellenistik kültüre, elbette ardından Roma İmparatorluğu'na. Birbirinin devamı olan bu iki büyük kültürü kendi uygarlıklarına zemin yapmak istemişler. Bu yüzden İtalya'da, Yunanistan'da, Anadolu'da, Mezopotamya'da ve Kuzey Afrika'da kazılara başlamışlar. Çünkü söz konusu bölgeye hâkim olan Akdeniz kültürü, her dönem uygarlığın temeli olmuş. Felsefesiyle, siyasetiyle, sanatıyla günümüz dünyasını şekillendirmiş. O yüzden Almanlar daha 1829'da Roma'da bir Arkeoloji Enstitüsü kurmuşlar, 1859'da çalışmalarını genişleterek Prusya Devlet Enstitüsü'nü oluşturmuşlar. Bu önemli kurum, 1871 yılından itibaren Alman İmparatorluk Arkeoloji Enstitüsü'ne dönüşmüş ve 1874'ten beri de Berlin'de Alman Arkeoloji Enstitüsü olarak faaliyetlerini sürdürmüş."

Önceleri babasının tam olarak ne anlatmak istediğini kestiremeyen Yıldız, son cümleyle birlikte canlanmıştı.

"Evet, bugün oradaydık." Adeta kendi kendine konuşur gibi mırıldandı. "Demek tarihi o kadar eskilere dayanıyormuş ha..."

Anlattıklarının uyandırdığı ilgiden memnun olan Yaman, hevesle sürdürdü sözlerini.

"Evet, ama sadece Berlin'de değil. İstanbul, Atina, Kahire, Frankfurt ve Madrid'de de şubeleri var bu enstitünün. Yani Avrupalılar arkeolojinin önemini çok önceden keşfetmişler. İngilizler, British Museum'u 1759'da açmışlar, Fransızların Louvre Müzesi ise otuz dört yıl sonra, 1793'te hizmete girmiş. Bize gelince, Fransızlardan nerdeyse yüz yıl sonra, 1891 yılında İstanbul Arkeoloji Müzesi'ni kurmuşuz..." Konuyu dağıttığını düşünerek gözlüklerinin üzerinden kızına bir bakış attı. "Tamam daha fazla uzatmayacağım, Zeus Altarı'na geliyorum. Bizim Pergamon'daki kazılar 9 Eylül 1878'de başlamış."

"Biliyorum" dedi dirseklerini yemek masasına dayayan Yıldız. "Kazı ekibinin başında da Carl Humann diye bir Alman varmış."

Hayranlıkla baktı kızına.

"Sana bilim insanı olmalısın derken boş konuşmuyormuşum demek ki. Bak hemen aklına kazımışsın bilgiyi. Evet, Carl Humann'ın girişimiyle başlamış her şey. Alman Arkeoloji Enstitüsü'yle bağlantıyı da Humann kurmuş. Ama Zeus Altarı'nın gerçek bir hazine olduğunu fark eden, elbette Alman Arkeoloji Enstitüsü. Bizim Osmanlı ayakta uyurken, adamlar antik dünyanın sekizinci harikası olan Zeus Altarı'ndan haberdarmış. Çünkü birçok antik metinde Zeus Altarı'nın görkeminden bahsediliyormuş. Humann'ın bulduğu eserlerin Zeus Altarı'na ait frizler olduğunu anlar anlamaz, kolları sıvamışlar. O kadar hızlı hareket etmişler ki, bir yıl sonra..." Yine defterdeki notlarına kaydı gözleri. "Evet, tam bir yıl sonra, yani 1879'un Eylül ayında Zeus Altarı'ndan iki yüz parçanın taşınmasını tamamlamışlar. 28 Kasım 1879'da ise eserlerin bazıları Berlin'de tarihçilere, arkeologlara, sanatçılara ve basına gösterilmiş."

Merakla atıldı Yıldız:

"Bugünkü Pergamon Müzesi'nde mi?"

Burnunun üzerine düşen gözlüklerini çıkardı Yaman.

"Hayır, müze filan yok henüz. Pergamon Müzesi'nin yapımına 1910'da başlamışlar. Alman Arkeoloji Enstitüsü'nün yetkilileri yıllarca dayanacak, daha da önemlisi Zeus Altarı'nın görkemine uygun bir müze yapımına girişmişler. Biraz uzun sürmüş. Çünkü araya I. Dünya Savaşı girmiş. Ardından o ağır yenilgi. Neyse, sonunda bugünkü müze binası 1930 yılında tamamlanmış ve halka açılmış." Sağ elinin işaret parmağını usulca havaya kaldırdı. "1930 yılı çok önemli. Çünkü Nazi bağlantısı tam da burada devreye giriyor. 1930 yılının Eylül ayında yapılan seçimlerde Nasyonal Sosyalist Alman İşçi Partisi büyük bir oy patlaması yaparak Sosyal Demokrat Parti'nin ardından ikinci olmuş. Elbette Thyssen, Krupp, Siemens ve diğer Alman kapitalistlerinin büyük desteğiyle. Çünkü bu şirketler kendi çıkarlarını Hitler'in iktidarında görmeye başlamışlar. Ama Naziler henüz iktidarda değil tabii."

Babasının hep yaptığı gibi yine konuyu siyasete bağladığını düşünen Yıldız'ın dikkati dağılır gibi oldu. Hiç çekinmeden sordu:

"İyi de babacım, bunun Zeus Altarı'yla ne alakası var?"

"Çok alakası var" dedi Yaman sakin ama kendinden emin bir ses tonuyla. "Düşün, 1930'da müze açılıyor, sadece Berlin için değil bütün Almanya için önemli bir olay. Aynı tarihlerde Naziler iktidara yürüyüşlerini hızlandırıyorlar. Zaten üç yıl sonra da iktidar oluyorlar. Megaloman bir lider olan Hitler, mega projelerini hayata geçirmek istiyor. Ve Nazilerin ulusal mimarı Albert Speer'i çağırıyor."

Albert Speer adını duyan Yıldız,

"Germania'dan mı bahsediyorsun?" diye sözünü kesti babasının. "Şu dünyanın bin yıl boyunca yönetileceği Nazi başkentinden."

Yüzü karıştı Yaman'ın.

"Hayır, hayır, Germania değil. O şehir hayalini biliyorum. Ben, Zeus Altarı'ndan bahsediyorum. Daha doğrusu bizim sunaktan etkilenerek yapılan Zeppelin Tribünü'nden. Evet, Bizim Bergama'dan getirdikleri Zeus Altarı'nı model alan Naziler, devasa bir gösteri alanı yapmışlar."

Duyduklarına inanamıyordu Yıldız, heyecanla toparladı.

"Nasıl yani, Naziler Pergamon Sunağı'ndan etkilenerek bir stadyum mu yapmışlar?"

Söylediklerinin doğruluğundan emin birinin kararlılığıyla bakıyordu Yaman.

"Evet, Nürnberg'de... Stadyumun siparişini bizzat Hitler vermiş. Albert Speer de Pergamon Sunağı'nı model alarak

Zeppelin Tribünü'nü yapmış. Fotoğraflarını da gördüm. Gerçekten de Zeus Altarı'nın mimarisinden büyük esintiler taşıyor Zeppelin Tribünü."

Boğazı kurumuştu Yıldız'ın, yeniden rakısına uzandı. Bir dikişte bitirdi. İşittikleri moralini yerine getirmişti ama hâlâ Neo Nazilerin Cemal'i neden o şekilde öldürdüklerini anlayabilmiş değildi.

"Demek ki Naziler de etkilenmişler Zeus Altarı'ndan" diye mırıldandı dudaklarını yaladıktan sonra. "Ama herhalde orada hiç kimseyi öldürmediler, değil mi?"

Anlamıyorsun dercesine başını salladı Yaman.

"Hiç kimseyi mi? Ne diyorsun kızım, adamlar Yahudi halkını ortadan kaldırma kararını Nürnberg'de aldılar. Ve Hitler 150 projektörle aydınlatılan o stadyumda, tıpkı Antik Yunan'ın Baştanrısı Zeus gibi ilahi bir edayla ortaya çıktı. Yüzbinlerce sadık hayranına ırkçılık nefretini aşıladı. *Holokost*'tan bahsediyorum Yıldız. *Holokost*, Yunanca bir kelime. Anlamı, 'ateşte yakılmış kurbanlar' demek. Yani Zeus'a, Poseidon'a, Athena'ya, Apollon'a sunulan kurbanlar... Yakılmış hayvanlar, belki de insanlar. Evet, Zeppelin Tribünü bir stadyum değildi, gerçek bir sunaktı. İnsan kurban edilen vahşi ve kanlı bir sunak. Ve Hitler o sunakta yaptığı konuşmalarda, yaşlı genç, kadın erkek, çoluk çocuk demeden altı milyon Yahudi'yi kurban edecek süreci başlatmış oldu."

Ürperdi; o tuhaf müzik, serin bir rüzgârla birlikte dolaşıyordu bütün bedeninde. Tanımadığı bir ezgiydi bu, uğultuyla karışmış bir haykırış, güçlü bir isyan çığlığı. Söz yoktu, sadece tanımadığı çalgılardan yükselen güçlü bir müzik. O zaman fark etti açık havada olduğunu, rüzgârın da, uğultunun da, haykırışın da nedeni buydu. Belki bulutların üstündeydi, belki bir tepenin zirvesinde, belki de karlı bir dağın doruklarında. Okyanusları, kara parçalarını, denizleri, ovaları, gölleri, ırmakları, dağları, vadileri, ormanları, çölleri, yani bütün yerküreyi görmesini sağlayacak kadar yüksek bir dağdı. Mermer merdivenlerden birine oturmuş, ayaklarının altındaki dünyaya bakıyordu. Daha önce de yaşamıştı bu duyguyu. Duyguyu değil, bu anı, ama o zaman yeryüzü yoktu ayaklarının altında, on bir mermer basamak vardı sadece, şimdi oturduğu on ikinci basamağa tıpatıp benzeyen. Sağa bakınca renkli frizleri gördü; kıran kırana bir savaşı anlatan, usta heykeltıraşların elinden çıkma kabartmalar. Yılan bacaklı, iri kafalı, muhteşem bedenli devler ve Olympos'un gerçek sahipleri, kudretli tanrılar, görkemli tanrıçalar... Ve bu muhteşem mahlukların kanlı kavgası. Birbirine çarpan keskin kılıçların şakırtısı çınladı kulaklarında, ete gömülen çeliğin sesini duydu, başları gövdelerinden ayrılan devlerin çığlığı kapladı ortalığı.

"Altar" diye dehşet içinde mırıldandı Yıldız: "Zeus Altarı..."

"Hayır" dedi yeri göğü inleten bir ses. "Burası Pergamon'daki sunak değil, burası gökyüzündeki sarayım."

Konuşmayla birlikte müzik kesildi. Başını çevirince, mermer sütunların desteklediği sundurmanın ucunda gagası ateşten al, bedeni kapkara, kanatları kocaman bir kartal gördü. Az sonra parçalayacağı avına bakar gibi keskin gözlerini ona dikmişti yırtıcı kuş.

"Burası on iki tanrının kutsal mekânı. Burası siz ölümlülerin kaderinin yazıldığı göksel ev. Burası cesaretin, adaletin, kudretin tapınağı, asaletin sarayı."

Hayretler içinde kalmıştı Yıldız. Konuşan kartaldı. Kötü bir şaka gibiydi, ancak gerçekti. En küçük bir şüphe bile duymadı Yıldız. İnandı gördüğüne, işittiğine, hissettiğine. İnandıkça da şaşkınlığı arttı.

"Şaşırma ey fani!" diye gürledi kuşların en kudretlisi. "Senin küçük beynin bunları anlamasa da bir tanrı istediği canlının cismine rahatlıkla bürünebilir. Kartal yahut boğa ya da insan veya kuğu. Kime istersem ona dönüşürüm, nasıl istersem öyle görünürüm, ne istersem o olurum."

Kocaman kanatlarını açtı, üzerine doğru süzüldü. Başını kollarının arasına alarak iki büklüm oldu Yıldız. Elinden gelen başka da bir şey yoktu. Ama buna gerek kalmadı. Yırtıcının ne sivri tırnakları geçti omzuna, ne keskin gagası parçaladı boynunu. Sadece rüzgârını hissetti dev kuşun. Kartal ona zarar vermeden, bir üst basamağa konmuştu. Konarken de görüntüsü değişivermiş, o devasa kuş kukuletalı pelerin giyen bir insan görünümüne dönüşmüştü. Sağ elinde Zafer Tanrıçası Nike duruyordu, sol elinde bir asa vardı. Kukuletanın örtmediği yerlerde, kıymetli taşlarla süslenmiş, bileklere kadar inen fildişi rengi bir giysi görülüyordu, ayaklarına ise altın sandaletler geçirmişti. Yıldız dehşet içinde kaldı.

"Cemal'in çizdiği resim... Sen, sen Zeus'sun. Ama, bu nasıl olabilir?"

"Tanrılar için imkânsız yoktur" diye yineledi siyah kukuletanın altındaki antik tanrı. "Sizin dünyanızdaki yasaklar burada işlemez, sizin için konulmuş sınırlar bizi engellemez, sizin uymak zorunda olduğunuz kurallar bizi bağlamaz. Çünkü onların hepsini biz koyduk, sınırları biz çizdik, kuralları biz oluşturduk. Ama siz bunu anlayamazsınız. Çünkü aklınız sığ, duygularınız güdük, ruhunuz zayıftır."

Asasıyla sarayı çevreleyen bulutları gösterdi.

"Bak ey ölümlü, yakında eriyip toprağa karışacak o kifayetsiz gözlerinle iyi bak!"

Duvardaki kabartmalar yok oluvermişti. Işıklarla, bulutların oynaşmasından ortaya çıkan rengârenk bir sonsuzluk belirmişti gözlerinin önünde. Yıldız daha neler olup bittiğini anlayamadan, kukuletalı adam usulca döndü.

"Kusursuz değil mi?" Sesi hayranlık doluydu. "Muhteşem, harikulade, mükemmel, değil mi? Sizin gibilerin hiçbir zaman erişemeyeceği bir saflık. Hiçbir zaman elde edemeyeceği bir güzellik, hiçbir zaman ulaşamayacağı bir kutsallık." Küçümseyen bir tavırla başını salladı. "Evet, hiçbir zaman yaşayamayacaksınız bu mucizeyi. Çünkü korkaksınız, ikiyüzlüsünüz, tembelsiniz, damarlarınızda dolaşan o kirli kan hep en alt seviyede tutacak sizi. Zihninizi kolayca ele geçiren hayvani arzular hep çirkinleştirecek davranışlarınızı. Bir avuç toprak için, bir parça et için, bir kadeh şarap için yaptığınız onursuzluklar, paslanmış bir demir gibi çürütecek iradenizi. Hiçbir zaman kötülüğe karşı çıkamayacaksınız, zorbalığa hayır diyemeyeceksiniz, haksızın gırtlağına sarılamayacaksınız.

Ama tanrılar farklıdır. Çünkü biz görkemli titanların soyundan geliyoruz. İlk yaratılanların kudretli kanından. Ama kudretten çok asalete inanırız, soyluluğa ve adalete. O yüzden babam Kronos, kutsal adaleti çiğneyen babası Uranos'un son verdi hükümranlığına. Erkekliğini keskin bir orakla koparıp attı sulara. Böylece rahat bir nefes aldı yeryüzü, sevgi ve barış egemen oldu her yana. Ama çok sürmedi, tahta geçen babam Kronos günbegün daha çok benzemeye başladı babasına. Uranos'un başına gelenler, kendi başına da gelecek diye başladı evlatlarını teker teker yemeye. Erkek kardeşlerimi ve kız kardeşlerimi kendi midesinde hapsetti. Ve büyükannem Gaia ile annem Rheia dayanamadılar bu vahşete. Daha çıkmadan anamın karnından, bir kurtarıcı olarak yetiştirdiler beni. Daha gün ışığıyla kamaşmadan gözlerim, eğittiler aklımı ve bedenimi."

Öfkeyle ellerini yana açtı kudretli tanrı. Asasının ucu ak bir buluta değince her yanı zifiri bir karanlık bastı. Boşlukta kızıl dağlara benzeyen devasa dumanlar birbirine girdi, turuncu şimşekler ardı ardına patladı, lacivert yıldırımlar akmaya başladı alacakaranlıkta.

"Evet, rüzgâr eken babam, fırtına biçecekti. Ve zorlu ama adil bir kavgada yendim Kronos'u. Onun babasına yaptığı gibi tuzağa düşürmedim, cesurca çıktım karşısına. Ve getirdim sırtını yere, vurdum kafasını mermere. Gösterdim dost düşman herkese, gerçek kralın kim olduğunu. Çünkü dedem Uranos da babam Kronos da gerçek krallar değillerdi. Bedenleri kusurlu, ruhları sakattı. Biri kibrine yenilmişti, öteki korkusuna. Her ikisi de açgözlüydü. Zekâları yontulmamıştı, zarafetten yoksundu duyguları, kaba ve ölçüsüzdü davranışları. O yüzden tahtta kalamadılar, o yüzden titanların, devlerin, tanrıların ve tüm mahlukatın çobanı olamadılar. Ve işte o yüzden hayat, Zeus'u çıkardı karşılarına. Çünkü ben hem cesur, hem soyluydum, bedenen güçlü, ruhen sağlıklıydım. Kurtardım erkek kardeşlerimi ve kız kardeşlerimi, hem sevdim, hem saygı duydum hem de korudum onları. Sarayımda yer verdim, taht bağışladım, ortak ettim iktidarıma. Çünkü benimle aynı kutsal kandan, aynı kudretli ırktandılar. Ne gelişmemiş titanlara ne de ilkel devlere benziyorlardı. Onlar doğuştan soyluydular. Onlarla kuracağım çağda soyluluk hâkim olacaktı. Zekâ, çalışkanlık, erdem, cesaret ve güzellik üzerinde yükselecekti uygarlığımız. Benzeri görülmemiş bir hayat başlayacaktı canlıların olduğu her yerde. Ama önce ne yaptıklarını bilmeyen titanları yenmeliydim ve haddini aşan devlere hadlerini bildirmeliydim.

Saflık gerekiyordu bize, bedenin, kanın ve ruhun saflığı. Kendimize dönmeliydik, en masum halimize, en vahşi halimize, en güçlü halimize. Gereksiz merhametten, anlamsız vicdandan, yararı olmayan şefkatten kurtulmalıydık. İdealimizin keskin kılıcıyla kesip atmalıydık bize engel olan ne varsa. Ne başkasına acıyacak kadar kibirli, ne hataları bağışlayacak kadar şahsiyetsiz ne de âcizlere yardım edecek kadar çaresiz olmaya hakkımız vardı. Âcizlere yardım etmek, doğaya kötülüktü. Güçsüzleri kendi haline bırakmalıydık, ayakta duramayanlar düşmeliydi, direnemeyenler yok olmalıydı, korkaklar imha edilmeliydi. Tembellerin hayatı yavaşlatmasına daha fazla izin veremezdik. Gerektiği kadar acımasız olmalıydık, gerektiği kadar kararlı, gerektiği kadar inatçı. Ve çelikten pençelerimizle parçalayıp düşmanlarımızın göğüs kafesini, çekip çıkartmalıydık sefil yüreklerini..."

Yüzü görünmeyen tanrının sesi vahşileşmişti, adeta kin kusuyordu. Yıldız o anda fark etti değişimi: Kukuletanın altındaki kıymetli taşlarla süslü kemik rengi elbise hâki asker pantolonuna, ayaklarındaki altın sandaletler ise konçlu çizmelere dönüşmüştü. Pantolonun kemer tokasının olduğu yerde parlak metalden yapılma bir şekil, çakan şimşeklerin ışığında yanıp sönüyordu. Gözlerini kısarak bakınca anladı ne olduğunu. Bu Nazilerin gamalı haçıydı. Sanki görüntüyü desteklemek ister gibi haykırdı mermer merdivenlerin üzerindeki kara pelerinli adam.

"Yeni bir dünya kuracaktım, ari ırktan oluşan. Yüksek karakterli, sağlıklı, zeki, cesur insanlardan oluşan sağlam bir toplum. Üst insanların medeniyeti. Karanlık çağlar geride kalacaktı. Zayıflığı, çirkinliği, aptallığı, tembelliği ve sakatlığı tümüyle silecektim yeryüzünden. Ve bunların simgesi olan bütün âciz yaratıkları yok edecektim."

Kapüşonun altında kalan karanlık yüzün kendisine çevrildiğini fark etti Yıldız. Görmese de, onun delici bakışlarını üzerinde hissediyordu. Zaten karşısındakinin niyetini gizlemek gibi bir amacı da yoktu. Elinde tuttuğu asayı, tehdit edercesine Yıldız'a çevirdi. "Evet, senden bahsediyorum kadın. Senden ve senin o Asyalı rezil ırkından. Hayatı yozlaştırmaktan başka bir işe yaramayan zararlı varlığınızdan. Cahilliğinizden, korkaklığınızdan, yalancılığınızdan, sahtekârlığınızdan, çirkefliğinizden, düzenbazlığınızdan kendinize bile itiraf edemediğiniz o yapış yapış aşağılık duygunuzdan."

Sonunun geldiğini düşündü Yıldız. Belli ki bu törensel konuşma kanlı bir final ile noktalanacaktı. Sadece adamın ses tonunu duymak bile yeterliydi ölümün yaklaştığını anlamak için. Bunu bilmesine rağmen kılını bile kıpırdatamıyordu. Elbette direnmek, karşı koymak, kendini savunmak istiyordu, fakat yapamıyordu. Ve adam sözlerinin şehvetine kapılmış konuşmasını sürdürüyordu.

"Ve yeniden doğuştan söz ediyorum, sizin gibi eziklerin değil, asil kandan gelenlerin kuracağı yepyeni bir toplumdan. Sizin gibi kusurlu doğanları yeryüzünden silecek o görkemli temizlik anından. O çirkin bedeninden süzülen zayıf ruhunun acıyla yok olacağı andan. Biraz sonra kanla kutsanacak olan o muhteşem ayinden."

Böyle söyleyerek elindeki asayı bir mızrak gibi havaya kaldırdı. Hiç kuşku yok ki, bütün gücüyle Yıldız'a saplayacaktı, belki de kalbini delip geçecekti. Zamanı kalmamıştı, ne yapacaksa şimdi yapmalıydı. Bütün gücünü, bütün iradesini topladı Yıldız. Asanın sivri ucundan yansıyan şimşekler gözünü alırken, ayağa fırlamak, gizemli düşmanının gırtlağına sarılmak istedi, ama yapamadı. Yalnızca bir "Ah!" sesi çıktı ağzından. Sadece kendisinin duyabildiği cılız bir "Ah!"

"Yıldız! Yıldız, kızım..."

Gözünü açtığında başucunda babasını gördü.

"Yıldız iyi misin? Kan ter içinde kalmışsın."

Soluk soluğa doğruldu yatağında. Telaşla sağa sola bakındı, odasında olduğunu anlayınca rahatladı.

"İyiyim, iyiyim. Rüya gördüm, kötü bir rüya..." Özür dilercesine Yaman'a baktı. "Çığlık attım, değil mi? İyi ki Deniz uyanmamış."

"Yok, çığlık atmadın, ama telefon çaldı." Elinde telsiz telefonu tutuyordu. "Tobias arıyor, o yüzden geldim yanına."

Nefesi biraz düzelmişti Yıldız'ın.

"Niye cep telefonumdan aramamış ki?" diye mırıldandı şaşkınlıkla.

Mobil telefonu uzattı babası.

"Aramış ama cevap vermemişsin."

Hatırladı Yıldız, Deniz'i uyuturken cep telefonunun sesini kısmıştı, öylece kalmıştı demek. Aldı telsiz telefonu.

"Alo Toby? Hayrola?"

"Alex" dedi yorgun bir sesle yardımcısı. "Alex'i öldürmüşler Şef."

8

"İster baba olsun, ister kral, isterse baştanrı, asla adaletten ayrılmamalı"

Elbette baba olmak tanrı olmaya benzer. Nasıl ki, bir baba evlatlarının sorumluluğunu üstlenmişse bir tanrı da bütün canlıların sorumluluğunu üstlenir. Ki, tüm canlılar, bir tutam ottan görkemli ağaçlara; bir kelebekten göklerin sahibi kartallara; minicik karıncalardan korkunç görünümlü devlere; ölümlü insanlardan Olympos'taki kudretli tanrılara kadar hükmedilmeyi beklerler. Ben Baştanrı Zeus, eğer ellerimi onların üzerinden çekersem yeryüzünde ve gökyüzünde yeniden kaos başlar. Ben kutsal düzenin temsilcisiyim. Sözlerim yasanın kendisi, yaşamın güvencesi, varlığın koruyucusudur. Eğer benim sözüm yere düşerse, eğer benim kartalım gökyüzünde süzülmezse, eğer benim şimşeklerim gürlemez, yıldırımlarım çakmaz, yağmurlarım yağmazsa, dünya kuru bir yaprak gibi savrulur boşlukta. O yüzden hükmettiklerine sadece sevgi gösteren bir tanrı noksandır benim gözümde. Çünkü hayat, sevgiden çok daha büyüktür, çok daha derin, çok daha karmaşık.

Elbette sevgi gereklidir; şefkat, merhamet, hoşgörü elbette gereklidir, ama yeterli değildir. Rüyamda bana görünen o kara gözlü çocuğun söylediği gibi: "Sevginin de şefkatin de fazlası yoldan çıkartır." İster tanrı olsun, ister kral isterse baba, hükmettiklerine sadece bu duygularla davrananların kaderi, hükmettikleri tarafından küçümsenmektir. Sorumluluk demek, kimi zaman acımasız olmak demektir. Verilecek ceza ölüm olsa bile gözünü kırpmadan uygulamayı gerektirir. Bunu yapacak cesareti olmayanlar, bunu yapacak iradeye sahip bulunmayanlar, hakiki sevgiyi de hiçbir zaman tadamazlar. Ki onların ne titanlar, ne devler, ne tanrılar ne de insanlar arasında yeri vardır.

Ne mutlu bana, hiçbir zaman o korkaklardan olmadım. Günahı, hatayı ve ihaneti asla bağışlamadım. Bunu yapanlar en sevdiklerim olsa bile, kendi kanımdan gelseler bile asla göz yummadım. Ki Apollon onlardan biridir. Şiirin, müziğin efendisi, ışığın tanrısıdır. Onunla her konuyu konuşurdum, sırlarımı paylaşırdım. Onu bile acıya boğmak pahasına vazgeçemedim doğru olanı yapmaktan.

O Apollon ki öz oğlumdu. Güzeller güzeli Leto'nun doğurduğu altın çelenkli kızım Artemis'in ikiziydi. Ve büyük güçlüklerle gelmişti dünyaya. Çünkü biricik karım, evlilik ve aile tanrıçası Hera, öğrenmişti yasak aşkımızı ve doğmasını istemiyordu bu altın çocukların. Her zamanki gibi bütün edepsizliğiyle ayağa kaldırdı Olympos'u. Bir velvele, bir bağrış, bir haykırış birbirine kattı sarayı. Tanrı ve tanrıçalar huyunu bildikleri için hiç aldırmadılar ona. Kimsenin umursamadığını görünce iyice küplere bindi kıskanç tanrıça. Ve Leto'nun yeryüzünde doğum yapmasını yasakladı. Bununla da yetinmedi, doğum tanrıçası Eileithyia'yı kapattı odasına. Biliyordu ki Eileithyia olmadan doğum da olmazdı.

Günler geçiyordu, Leto'nun karnı burnundaydı. Günler geçiyordu, Leto'nun sancıları başlamıştı; günler geçiyordu ikizlerim yeryüzüne ayak basmak için sabırsızlanıyorlardı. Ama hâlâ çocuklarımı doğuracak bir yer bulunamamıştı. Herkes Hera'nın lanetinden korkuyordu. Sonunda yüzer bir ada olan Delos kucak açtı bahtsız sevgilime. Üzerinde sadece bir palmiye ağacı olan kurak bir adaydı burası. Leto karnında taşıdığı iki kutsal yüküyle uzandı bu palmiyenin gölgesine. Başta akıllı kızım Athena olmak üzere tekmil Olymposlu dişiler Leto'nun başındaydı, ama doğum tanrıçası hâlâ tutsaktı Hera'nın elinde. Ve olur vermeden baştanrıça bu işe, evlatlarımın merhaba demesi imkânsızdı bize. Baktık olacak gibi değil, sonunda İris'i gönderdik ricacı olarak Hera'ya. Önce ayaklarını yere vurup "Hayır" diye gürledi bizim dişi iblis. "Zinhar olmaz bu iş." Ama dokuz arşın boyundaki seçme kehribar ve saf altından yapılma o ışıltılı kolyeyi görünce yumuşadı kalbi. Öfkesi nasıl güçlüyse tanrıların kraliçesinin, böyle güzel hediyelere olan zaafı da o kadar büyüktü. Hera'nın elinden kurtulunca doğum tanrıçası Eileithyia, yetişti Delos Adası'ndaki palmiyenin altında sancılar içinde kıvranan Leto'ya.

İşte o palmiyenin altında Leto önce Artemis'i doğurdu. Sonra doğmuş kızının da yardımıyla oğlum Apollon'u dünyaya getirdi. Bu güzel iş olurken, emir verdim kutsal kuğulara adanın üzerinde uçmaları için, çünkü hiç güvenmiyordum Hera'ya.

Kadere bin şükür olsun ki, tatlı Artemis ile uzun lüleli Apollon kazasız belasız indiler dünyaya, büyük bir coşkuyla katıldılar biz Olymposlu tanrıların arasına. İstemeyerek de olsa Hera kabul etti sonunda bu iki güzel çocuğu. Ve ben onları bağrıma bastım, çektim kokularını ciğerlerime. Canımın canı bildim, kanımın kanı. Ve gökyüzü ve denizler ve toprak şahittir ki, hep korudum onları, tıpkı öteki çocuklarımı koruduğum gibi. Hep el üstünde tuttum ikisini. Ama itiraf etmeliyim ki Apollon daha öndeydi, aklıyla, duygusuyla ve yeteneğiyle. Bilinmezi bilirdi, gelmekte olanı sezerdi; zaman karanlık bir kuyu değil, ışıklı bir tüneldi onun için, geleceğe gider gelirdi. Dişi titanlardan, tanrıçalardan ve kadınlardan olan evlatlarımın içinde en sevdiğim değilse bile en sevdiklerimden biriydi.

Ama gün geldi babalık sevgim ile tanrılık sorumluluğum çatıştı. Çünkü, gözbebeğim Apollon'un gözbebeği oğullarından Asklepios kutsal yasayı çiğnedi. Oysa çok akıllı bir çocuktu torunum Asklepios. Hastaları sağaltmada mahir, yaraları sarmada becerikliydi, insanların ömrüne ömür katardı. Genç yaşta tıp ilminin bütün sırlarına vâkıf olmuştu.

Epidaurus'ta, Atina'da, Kos'ta ve Pergamon'da şifa dağıtan tapınaklar açılmıştı Asklepion adıyla. Bununla yetinseydi, dedesi ve tanrısı Zeus'un da onayıyla ölümlülere sadece şifa dağıtmaya razı olsaydı, kader bizi bu çetin sınava sokmayacaktı. Ama insanların en kötü özelliklerinden biri nerede duracaklarını bilmemeleridir. Ne kadar verirsen ver, doymaz aç gözleri; ne paraya, ne pula, ne şana, ne şöhrete ne de aşka. Asklepios'un ruhu da damarlarında dolaşan annesinin kanıyla bozulmuştu. Ünlü bir hekim, saygın biriyken, tıpkı sapkın Prometheus gibi tanrılara karşı geleceği tuttu. İnsanlara şifa vermek ona yetmedi, onları ölümsüz kılmayı istedi. Oysa ölümsüzlük sadece biz tanrılara özgüdür. İnsan denen o zayıf, âciz, kararsız, bencil, açgözlü varlığı ölümden kurtarmak ne titan, ne dev, ne tanrı, ne de kral, kimsenin haddi değildir. Işığın ve sanatın tanrısı, benim güzel oğlum Apollon'un akıllı oğlu Asklepios da biliyordu bunu. Ama hırsına gem vuramadı, tutkusunu dizginleyemedi, belki de insan denen o ikiyüzlü mahlukun yalancı övgülerine kandı. Ve yılan başlı Medusa'nın sağ tarafındaki damarlarından aldığı kanla bu sapkın hayalini gerçekleştirdi. Ardı ardına ölmüşleri diriltmeye başladı. İki hafta önce savaş meydanında kafası kesilenler, Pergamon sokaklarında sağlık ve neşe içinde dolaşırken görüldü. Ölümün olmadığını anlayan insanlar azgınlığa kapıldılar. "Artık tanrılara ihtiyacımız yok" dediler. Tapınaklara gitmeyi, bize kurbanlar kesmeyi bıraktılar.

Evet, Apollon'un sevgili oğlu, benim tatlı torunum Asklepios, kutsal yasayı çiğnedi, dünyanın düzenini bozdu. Ve elbette titanların, devlerin, tanrıların ve insanların kralı olarak sessiz kalamazdım. İster oğlum olsun, ister kızım, ister torunum, kutsal yasayı yıkan en büyük cezaya çarptırılmalıydı. Bizzat benim elimden. Öyle de oldu. Ateşle oynayan bu haddini bilmez çocuğu, göklerden gelen ateşle cezalandırdım. Kurduğu şifa merkezinin bahçesinde onu yıldırımlarımla yakarak öldürdüm.

Acıyla kıvrandı oğlunun ölümünü haber alan oğlum Apollon, sanki yıldırımlar onun başına yağmış gibi öfkeyle haykırdı. Elinden gelse, oğlu için benim canımı almaktan çekinmezdi. Gözlerinde okudum bunu, boğazından yükselen haykırıştan anladım, ama ışığın tanrısı, hiç aptal değildi. Üstelik babasının kendini hâlâ sevdiğini çok iyi biliyordu, Olympos'un kralına karşı gelinmeyeceğinin farkındaydı. Ama kabaran öfkesini de yatıştırması gerekiyordu, yüreğindeki kini birilerine yöneltmesi lazımdı. O da tuttu yıldırımları yaratan Kyklopsları yok etti. Halbuki o zavallıların hiçbir suçu yoktu. Ki, Kyklopslar olmasaydı titanları yenemezdik. Apollon'un yaptığı bağışlanır iş değildi.

Duyduğumda aşağıda olan biteni, Olympos'taki tahtımdan fırladığım gibi yeryüzüne inip Apollon'u yakaladım. En az ben de onun kadar öfkeliydim, tıpkı babama yaptığım gibi onu da omuzlarından tutup Tartaros'a atacaktım ki, ay ışığım, kalbimin güzel dişisi Leto engel oldu bana. Tatlı sesi, yumuşak dokunuşu, içime işleyen bakışlarıyla hafifletti öfkemi. Ama Apollon karşı gelmişti bana, o yüzden cezasız kalamazdı. Ve öğrensin diye kutsal yasaya saygıyı, Kral Admetos'a köle olarak verdim onu. En az bir yıl emrinde çalışacaktı bir ölümlünün. Ve uysal davranmazsa daha da uzayacaktı hükümlülüğü ve eğer isyan ederse kaderine daha da ağırlaşacaktı cezası.

Dediğim gibi sevgi, şefkat, merhamet ve hoşgörü gereklidir ama bir tanrı ya da kral yahut baba sadece bu duygularla yönetemez. Sorumluluk kimi zaman acımasız olmayı gerektirir, zalimliği ve cezalandırmayı. O ceza ölüm olsa bile gözünü kırpmadan uygulamayı. Ama ister baba olsun, ister kral, isterse baştanrı, asla adaletten ayrılmamalı. Akrabalarını kayırmamalı, yasa neyse uymalı, düzen için gerekirse oğlunun, kızının, torununun canını almalı. Çünkü yasa yoksa taht da yoktur, yasa yoksa taç da yoktur, yasa yoksa saray da yoktur...

Sekizinci Bölüm

Kanalın önünde buluştuklarında haziran güneşi, Treptow'un ıssız sokaklarını yeni yeni ısıtmaya başlamıştı. Yapraklarında hâlâ gecenin nemini taşıyan geniş yapraklı ağaçların altında, gözlerini dingin suya dikmiş sessizce sigarasını içiyordu Tobias. Elindeki Brezel'i çiğneyerek gelen şefini görünce toparlandı.

"Tütüyorsun yine Toby" diye takıldı Yıldız. "Sabah sabah ne tat alıyorsun şu zıkkımdan?"

Hiç oralı olmadı.

"Sana da Günaydın Şef!" diye mırıldandı manidar bir sesle, sonra sigarasını tuttuğu eliyle kanalı gösterdi. "Şunlara bak, ne güzel yüzüyorlar."

Yaklaşınca koyu yeşil, adeta kahverengiye dönüşmüş suların üzerinde usulca süzülen bembeyaz iki kuğu gördü Yıldız. Belki yiyecek atar umuduyla gözlerini Tobias'a dikmiş, önünden ayrılmıyorlardı.

"Keşke yanımızda şunlara atacak ekmek filan olsaydı."

Yufka yürekli polis, gerçekten üzülmüştü kuğuların haline.

"Al işte, gelirken bizim köşedeki fırından almıştım" diyerek Türkler arasında Alman simidi diye nam salan Brezel'in kalan parçasını Tobias'a uzattı: "Al besle kuğularını."

Çocuk gibi sevindi Tobias, sigarasını dudaklarının arasına yerleştirip aldı şefin uzattığı Brezel'i. Ama asıl mutlu olan kuğulardı, anında yalayıp yuttular suya atılan pişmiş hamur parçalarını. Sigarasından son nefesi çekmeden önce başıyla kanalın hemen karşısındaki çirkin binayı gösterdi Tobias.

"Baterist bu evin terasında oturuyor. Çıkalım mı?"

Yanıt vermek yerine doğrudan apartmana yöneldi Yıldız.

"Sen ne zaman geldin?"

Büyük bir keyifle ciğerlerine çektiği dumanı dışarı salarken Yıldız'ın peşi sıra yürümeye başladı.

"Yeni geldim, seni bekledim, birlikte çıkarız diye. Yukarıda ilk çağrılan ekip var. Olay Yeri İnceleme de yoldaymış." Ayakkabısının tabanında söndürdüğü izmariti binanın girişindeki çöp bidonuna attı. "Kurti gelmeden işimizi bitirsek iyi olur. Yoksa yine iki ayağımızı bir pabuca sokar."

Haklıydı, aceleyle merdivenleri tırmanmaya başladılar. Binanın ana kapısındaki zillerin en üsttekine bastı Tobias. Kapının açılmasını beklerken, kilidi kontrol ettiler, hiç zorlanmamıştı. Belli ki katil kolayca girmişti içeriye. Belki de bizzat maktul açmıştı kapıyı ona.

"Alex seni aramadı mı Şef? Dün telefonda arayacağını söylemişti ya."

Yıldız'ın atladığı konudan bahsediyordu. Ne yazık ki bateristin, 'Cemal telesekreterime mesaj bırakmış' sözlerini pek ciddiye almamıştı şefi.

"Yok, aramadı" dedi açılan kilidin metalik sesi sabah sessizliğini bozarken. "Ben de onu aramadım. İtiraf etmem gerekirse Alex'in sözlerini ciddiye almamıştım. Ama yanılmışım."

Hemen tepki vermedi Tobias, ağır kapıyı elleriyle itti, sonra yana çekildi.

"Ben de önemsememiştim Şef. Pek önemsenecek bir adam değildi çünkü."

İçeri süzülen Yıldız,

"Ama katil bizim gibi düşünmüyormuş anlaşılan" diye pişmanlıkla mırıldandı. "Baksana Alex'i ortadan kaldırmakta hiç tereddüt etmemiş."

Başkomiserin ardından Tobias da geçmişti kapıdan.

"Yani, baterist, sana anlatacakları yüzünden mi öldürüldü diyorsun?"

Boynunu hafifçe içeri çekti Yıldız.

"Emin olmak zor Toby belki de baştan beri katilin listesindeydi. Belki Cemal'in telesekreterine bıraktığı mesajda katille ilgili ipuçları vardı."

"Peki katil, bu bilgiden nasıl haberdar oldu?"

"Bilmiyorum. Belki Alex söylemiştir. Benim yerime katili aramıştır."

Gri gözleri canlanmıştı yardımcısının.

"Şantaj mı yaptı diyorsun?"

Varsayımlarda bulunmaktan yorulmuştu Yıldız.

"Her şey mümkün, şu telesekretere bir bakalım, anlarız."

Asansöre yönelirken belli belirsiz sesler çalındı kulaklarına, bina sakinleri uyanmaya başlamıştı.

"Cesedi kim bulmuş?"

"Bizimkiler bulmuş" dedi Tobias alçak bir sesle. "Gece devriyesindekiler. Alt katındaki komşular, müzik sesinden rahatsız olmuşlar. Her zaman gürültü yaparmış Alex. Şirret bir adam olduğu için insanlar bulaşmaya çekiniyorlarmış. Ancak müzik sabahın beşine kadar sürünce polisi aramak zorunda kalmışlar. Gelen ekip kapıyı aralık bulmuş, içeri girince de cesetle karşılaşmışlar. Aynı Cemal'in evinde olduğu gibi."

Asansörün çağrı düğmesine bastı Yıldız.

"Yine Zeus'la ilgili bir müzik mi acaba?"

"O kadarını bilmiyorum, ama bütün apartmanı inlettiğine göre tuhaf bir durumla karşılaşacağımız kesin."

Hızla yukarı çıkan asansörden indiklerinde, üniformalı, temiz yüzlü bir polis karşıladı onları. İri gözlerindeki dehşetin izleri henüz silinmemişti.

"İçerde" diye mırıldandı yutkunarak. "Ama sizi uyarıyorum, görüntü korkunç."

Cesedi görünce kusmuştur bu diye geçirdi aklından Yıldız, yardımcısı ise genç polisin omzuna vurdu usulca.

"Tamam, teşekkürler."

Dairenin ahşap kapısında dikilen orta boylu, burnu bir boksörünki gibi yamuk olan polis daha sakin görünüyordu.

"Becker mi?" diye sordu. Böylesine kalıplı birinden bu kadar cılız bir ses çıkması şaşırtıcıydı. "Telefonda sizinle konuştuk, değil mi?"

Usulca başını salladı Tobias.

"Benimle konuştun, nedir vaziyet?"

Suratını buruşturdu polis.

"Berbat, gerçekten berbat. Ama söylediğiniz gibi hiçbir şeye dokunmadık, sadece müziğin sesini kıstım. Çünkü komşular delirmek üzereydi. Zaten müzik de dayanılır gibi değildi." Bir an içeri baktı. "Maktulün durumu ise felaket. Katil, adamın suratını parçalamış. Çok fazla kan var, tam anlayamadım, galiba derisini yüzmüş." Yana çekildi. "En iyisi gözlerinizle görün."

İki erkeğin arasından geçerek içeri girdi Yıldız. Kapıdan adımını atar atmaz yine o tanıdık koku çarptı burnuna. Yamuk burunlu polis hiçbir açıklama yapmamış olsaydı da bu kokuyu duyunca anlardı cinayet mahallinde neyle karşılaşacaklarını. Küçük bir sofa vardı önünde, sağ duvara kahverengi ahşaptan genişçe bir raf monte edilmişti. Rafın üzerinde gri renkli bir ev telefonu duruyordu. Deri ceketinin cebinden çıkardığı plastik eldivenleri giydi. Telefonun altındaki telesekretere yaklaştı. "Mesaj oku" tuşuna bastı. Hiçbir karşılık alamadı. Başını kaldırdı, Tobias'la göz göze geldiler.

"Mesaj silinmiş" diye mırıldandı. "Senin şantaj varsayımın doğru galiba."

Koridorda ne yaptıklarını merak eden yamuk burunlu polis seslendi arkalarından.

"Karşıda... Karşıya gitmelisiniz, salonda, kapının arkasında..."

Yaklaştıkça koku iyice artmaya başladı. Kapının önüne gelince bir an durdu Yıldız, yeri, ahşabı, camı inceledi, dikkat çekici bir şey yoktu. İşaret parmağıyla kapıyı itti, aydınlık ve geniş bir salon belirdi karşılarında. Birkaç adım attı, işte o zaman gördü kurbanı. Tıpkı Cemal gibi duvarın önünde bir kan gölünün içinde sırtüstü yatıyordu. Ama yüzünün olması gereken yerde sadece pelteleşmiş kanlı bir et parçası vardı. Birkaç adım daha attı, o zaman vahşeti daha iyi anladı. Yüz öylesine parçalanmıştı ki, Alex olduğunu anlamak mümkün değildi.

"Gerçekten de derisini yüzmüş" diye fısıldadı ürkü dolu bir sesle Tobias. "Domuz gibi kesmiş adamı."

Son sözlerini duymamıştı bile Yıldız. Bakışları büyük bir dikkatle Alex'in cansız bedenini tarıyordu. Hayır, Cemal gibi kalbi sökülüp ellerine verilmemişti. Ama göğsünün sol tarafına, tam kalbinin üzerine kocaman bir kasatura saplanmıştı. Birkaç adım daha atınca kasaturanın sapındaki gamalı haçı da gördü. Bu, Cemal'in kavga sırasında Otto'dan aldığı bıçak olabilirdi. Eğer öyleyse, katil onlara cömert davranıyor demekti. Ama neden? Belki de adamın artık bıçakla işi bitmişti. Bundan sonraki cinayetlerinde belki de ateşli silahlar kullanacaktı. Belki tabanca, yahut otomatik tüfek, belki patlayıcı. Tobias'ın tiz sesi kesti düşüncesini.

"Peki bu resim ne?"

Başını kaldırınca, duvarda çizgiler ve renklerle karşılaştı. Kafasında iki boynuzu ve iri kulakları olmasına rağmen, gövdesinin üst kısmı insana benzeyen, alt kısmı ise iri bir keçiyi andıran bir yaratık ağaca yaslanmış flüt çalıyordu.

"Nasıl ya, şeytan flüt mü çalıyor?" diye bir kez daha söylendi yardımcısı. Dehşet içindeki gözleri yaratığın boynuzlarına, arkasındaki kuyruğuna, tüylü bacaklarına takılmıştı.

"Şeytan değil" diye düzeltti Yıldız. "Satir bu, bir satir."

"Satir de ne demek?"

Yardımcısının sözlerini duymazlıktan geldi, çünkü bütün dikkatini resme vermişti.

"Alex değil mi bu?" Birkaç adım attı. "Ha, ne dersin Toby, yüzü bateriste benzemiyor mu?"

"Evet, hem de çok benziyor... O zaman bu resmi de Cemal mi çizmiş?"

"Öyle olmalı. Bak, bak resmin altında da bir yazı var." Tobias da duvara yaklaştı.

"Tanrılara meydan okuyanlar, sonuçlarına da katlanırlar." Eğildi, kontrol etti. "Bu yazı yeni yazılmış Şef. Cinayet işlendikten sonra."

Aslında hiç şaşırmamıştı Yıldız, elbette katil ritüellerini sürdürecekti. Ama Orhan Ölmez cinayetinde yazı yoktu. Yoksa vardı da onlar mı görememişti? Şeytan Tepesi'ndeki cinayet mahallini gözlerinin önüne getirdi. Hayır, olsa mutlaka fark ederlerdi. Aynı katilin işlediği üç cinayetin son ikisinde görülen ritüel, neden ilkinde yoktu? Bu önemli bir farklılıktı. Mutlaka yanıtı bulunması gereken bir ayrıntı. Ama şimdi değil, hızla kovdu bu düşünceleri kafasından, bütün ilgisini duvardaki resme verdi. Alex olarak çizilmiş satir, kendinden geçmişçesine üflüyordu flütü. Yüzündeki çirkinlik, müzik aletini çalarken derin bir huzurla perdeleniyor, yaratık adeta güzelleşiyordu. Sırtını bir çam ağacına vermişti, arkasında başka figürler de vardı. Elinde lir tutan boylu boslu, yakışıklı bir adamı fark etti Yıldız. Uzun siyah saçlarının buklelerinde yer yer mavi ışıklar yanıyordu. O kadar görkemli bir duruşu, o kadar kendinden emin bir hali vardı ki, bu bir tanrı olmalı diye düşündü. "Tanrılara meydan okuyanlar, sonuçlarına katlanırlar" diye mırıldandı içinden. Yazıda bahsedilen tanrı bu muydu? Onun biraz gerisinde sanki bir heyeti oluşturan on kişilik bir topluluk vardı. Dokuzu kadındı, topluluğun tek erkek üyesinin başında taç vardı, ama tuhaf olan bir eşeğinkini andıran uzun ve dik kulaklarıydı. Hatırlamaya çalıştı, bulamadı.

"Neydi şu eşek kulaklı kralın adı?" diye seslendi yardımcısına. "Hani tanrıların gazabına uğramıştı."

Cesedi incelemeye başlayan Tobias hazırlıksız yakalandı.

"Ne? Ne dedin Şef?

Başıyla yardımcısının cebini gösterdi.

"Şu akıllı telefonuna bir sorsana Toby, eşek kulaklı kral kimmiş?"

Yine anlamamıştı yardımcısı ama söyleneni yapmaktan geri durmadı. Cep telefonunu çıkardı, Google'a girdi. Arama bölümüne "Eşek Kulaklı Kral" yazdı. Anında cevabını aldı. "Eşek Kulaklı Kral Midas."

"Midas" diye mırıldandı. "Kralın adı Midas'mış." Hâlâ resimdeki ayrıntıların farkında olmadığı için şaşkınca sordu. "Ne oldu ki? Ne alakası var?"

Duvardaki kralı işaret etti Yıldız.

"Resme bakarsan, Cemal'in bir efsane anlattığını görürsün. Belki de mitolojik bir hikâye." Ela gözlerinden belli belirsiz bir ışık geçti. "Şu Kral Midas hakkında yazılanları bir okusana..."

Resimdeki kralı görmüştü Tobias ama Yıldız'ın nereye varmak istediğini anlayamıyordu. Gönülsüzce cep telefonuna döndü.

"Tamam okuyorum: 'Midas, Frigya kralıdır. Hakkında birçok efsane üretilmiştir. En çok bilinen efsanelerden biri de Apollon tarafından cezalandırılmasıdır. Bir müzik yarışmasında tanrıyı kızdırınca, kulakları eşeklerinki gibi uzatılmış ve biçimsiz bir hal almıştır.'"

"Apollon" diye söylendi Yıldız, resimdeki adama bakarak. "Evet, Apollon ya, lir çalan tanrı."

Bakışları hâlâ telefonun ekranında olan Tobias "Dur, dur Şef, burada bir resim var" diye mırıldandı. Sonunda o da heyecanlanmıştı. "Derisi yüzülen bir..." Hatırlayamadı. "Neydi şu duvardaki teke ayaklı herifin adı?"

"Satir" diyerek yaklaştı Yıldız. "Ne var resimde?"

"Şu yakışıklı tanrı, senin satirin derisini yüzüyor." Yanına gelen şefe cep telefonundaki resmi gösterdi. "Bak, görüyor musun? Tekeyi ağaca asmış, ince ince doğruyor."

Resim küçüktü, biraz da karanlıktı ama çam ağacına asılan satir, elindeki bıçakla derisini yüzen Apollon bütün netliğiyle seçiliyordu.

"Evet, yine mitolojik bir hikâyeye gönderme yapmış katil" diye mırıldandı Yıldız. "Okumaya devam etsene, neymiş şu hikâye, anlayalım bakalım."

Başıyla ekranı gösterdi.

"Biraz uzun ama..."

"Olsun, hikâyeyi bilmeden, katilin amacını anlayamayız. Hadi, oku şunu..."

Telefonunu biraz daha gözlerine yaklaştırdı Tobias.

"Tamam devam ediyorum: 'Frigya kralı Midas'ın kulakları, Apollon tarafından bir eşeğinki gibi uzatılır, acayip bir hale getirilir. Bu, utanç verici ceza, ağır bir bedel olarak görülebilir, ama aynı yarışmada Apollon'un rakibi olan Marsyas'ın başına gelenlerle kıyaslandığında oldukça hafif bir kefaret sayılır. Evet, bu hikâyenin merkezinde, aslında Marsyas adındaki satir vardır. İşi gücü doğada gezmek, yemek, içmek, eğlenmek, orman perilerini kovalamak olan Marsyas bir gün ormanda bir flüt bulur. Hiç düşünmeden flütü alır ve çalmaya başlar. Flüt o kadar güzel ezgiler yaymaktadır ki, Marsyas bu müziğe adeta âşık olur. Ve bu sihirli sesleri çıkaran müzik aletini kimin yaptığını, sonra neden kaldırıp attığını düşünmeden sahiplenir. Çünkü böyle ince işleri düşünmek ona göre değildir. Marsyas için önemli olan sadece eğlence ve aşktır.

Oysa ormana atılan bu flütü Zeus'un başka bir çocuğu, tanrıça Athena yapmıştır. Hem de bir erkek geyiğin kemiğinden. Ve kendi elinden çıkma bu büyülü enstrümanı yaptıktan sonra bir gece Olymposlulara bir müzik ziyafeti verir. Başta Zeus olmak üzere tüm tanrı ve tanrıçalar ziyadesiyle memnun kalırlar bu dinletiden. Ancak Athena'nın ezeli rakibeleri Hera ve Aphrodite burun kıvırırlar, 'Flütü çalarken çok çirkinleşiyorsun, çok komik görünüyorsun' diye onu aşağılarlar. Bu iki tanrıçaya inanmayan Athena, sessizce Olympos'tan iner, Frigya ülkesinde durgun ve temiz bir gölde flütünü çalarak kendi yansımasına bakar. Gerçekten de yanaklarının şiştiğini ve komik göründüğünü fark edince flütü atar. Bununla da yetinmez, flüte de, onu bulup çalacak olana da sonsuz bir lanet okur.

İşte Marsyas'ın farkında olmadığı lanetli hakikat budur. Gerçi farkında olsa da Marsyas yine bu flütü almaktan ve çalmaktan vazgeçmezdi. Çünkü bir satir için müzik, dans, sevişme, eğlence yoksa hayat da yoktur. Nitekim flütünü ormanın her yerinde çalmaya koyulan çirkin satir, hayvan olsun, peri olsun, insan olsun müzikten etkilenen herkesin dikkatini çekmeye başlar. Sihirli flüt etrafına birbirinden güzel ezgiler yaydıkça, Marsyas'ın ünü de şanı da artar, adı büyücü müzisyen olarak anılır. O kadar çok takdir görür, o kadar iltifat toplar ki, zaten pek de yerinde olmayan aklını kontrol edemez hale gelir. Kapıldığı o şişmiş gururla, soyluların verdiği ziyafetlerde, kralların huzurunda, hatta halkın arasında, 'Ben dünyanın en iyi müzisyeniyim. Apollon'un lirinden çıkan ezgiler bile benimkilerin yanında sönük kalır' diye atıp tutmaya başlar. Elbette bu haddini aşan sözler, müziğin ve ışığın tanrısının kulağına gitmekte gecikmez. Bu kendini bilmezin davranışlarına sinirlenen Apollon bir yarışma düzenlenmesini emreder. Olacakları göremeyen cahil Marsyas da büyük bir kibirle bu yarışmaya katılmayı kabul eder. Derhal bir jüri oluşturulur. Jüride Zeus'un güzel kızları dokuz Mousa ve Kral Midas yer almaktadır. Sonunda yarışma anı gelir çatar. İki yetenekli müzisyen de sırayla becerilerini göstermeye başlarlar. Önce Marsyas flütüyle, sonra Apollon liriyle birbirinden güzel ezgiler sunarlar dinleyenlere. Sonunda jürinin karar anı gelir. Dokuz güzel kız, Apollon'u seçer, fakat Kral Midas, 'Taraf tutuyorsunuz, çünkü hepiniz Zeus'un çocuklarısınız, birbirinizi kolluyorsunuz' diyerek itiraz eder bu karara. Apollon çok sinirlenir ama belli etmez. 'Peki o zaman, bir önerim var, ikimiz de ters çevirip çalalım müzik aletlerimizi' der. Aslında Marsyas'ın bu teklifi reddetmesi gerekir, ama gerçekleri göremeyen satir, 'Olur ey yüce Apollon. Ben, sizi öyle de yenerim, böyle de' diyerek kabul eder teklifi. Apollon lirini ters çevirir ve en az doğru halindeki kadar güzel ezgiler çalar, ancak Marsyas flütü ters çevirince elbette ses çıkmaz.

Böylece yarışmayı kazanan Apollon önce Midas'a, 'Sen yeterince iyi duyamıyorsun, belki büyütürsem daha iyi işitirsin' diyerek kralın kulaklarını eşek kulağına çevirir. Sonra öfkeli gözlerini Marsyas'a diker. 'Tanrılara meydan okuyanlar, sonuçlarına katlanırlar' diyerek satiri bir çam ağacına bağlar ve diri diri derisini yüzer.'

Vay canına, Yunan tanrıları da en az insanlar kadar zalimmiş" diye homurdandı, okumayı bitiren Tobias.

"Çünkü onları, insanlar yarattı" diye yorumladı Yıldız. "Kendi içlerinde ne kadar vahşet, ne kadar zalimlik varsa hepsini onlara yüklediler. Neyse, soruşturmaya dönersek, durum anlaşılıyor. Katil kendini Apollon'un yerine koymuş, Alex'i de Marsyas yapmış."

Elindeki telefonu cebine koymakta hiç de aceleci davranmayan Tobias, aklındaki çelişkiyi dile getirmekten de geri durmadı.

"O benzetmeyi katilden önce Cemal yapmış Şef. Flütü çalan satire bateristin yüzünü çizen o." Bakışları yerde yatan cesede kaydı. "Ayrıca bu zavallı adamcağız flüt değil bateri çalıyordu. Sahi ya, komşuları rahatsız eden şu müziği bir de biz dinlesek." Bakışları salonu taradı, aradığını bulmakta gecikmedi. Köşedeki ahşap masanın yanında bir müzikçalar duruyordu. Yaklaştı, play tuşuna bastı. Ve ortalığı korkunç bir ses kapladı. Yıldız bu kakofoniye on on beş saniye dayanabildi.

"Kapat, kapat şunu! Bu ne ya?"

Tobias'ın gri gözleri canlandı.

"'Raining Blood'" diye mırıldandı. "Slayer grubunun gözde şarkılarından biri. Flütle *cover* yapılmış. Ama olmamış, gerçekten olmamış, berbat!"

"Sanırım *cover*ı yapan da bu zavallı adam." Sağ duvara asılı flütü gösteriyordu Yıldız. "Senin baterist sadece davul çalmıyormuş anlaşılan."

Bu ihtimali saçma buldu Tobias.

"Nasıl yani, katil bunun için mi derisini yüzdü Alex'in? Şarkıyı berbat ettiği için mi?"

Aklındaki öteki ihtimalleri kovmak istercesine başını salladı Yıldız.

"Zannetmem, bu vahşetin müzikle bir ilgisi yok." Eliyle cesedin kalbine saplanmış kasaturayı gösterdi. Daha doğrusu kasaturanın kabzasına işlenmiş gamalı haçı. "Bununla ilgisi var. Bu cinayetlerle bir dehşet dalgası yaratmak istiyorlar. Günlerce televizyonlarda konuşulacak, gazetelerde yazılacak bir terör fırtınası. Almanya'daki tüm göçmenleri sindirecek bir korku ortamı." Yardımcısına döndü. "Şu şarkının sözlerini hatırlıyor musun?"

Emin olamadı Tobias.

"Yanlış bir şey söylemeyeyim şimdi. Dur, hemen hallederim Şef." Telefonunun ekranına dokunmaya başladı. YouTube'u buldu. Yazdı, dokundu, yeniden yazdı. Önce enstrümanların sert ezgileri doldurdu geniş salonu, ardından şarkıcının sesi duyuldu. Tehdit dolu bir lirikti ama Yıldız'ı en çok şu sözler etkiledi:

Kan yağıyor paramparça gökyüzünden / Korkuları kanatıyor / Beni yeniden yaratıyor / Şimdi kanla hükmedeceğim.

Kaç gündür erteledikleri ziyareti daha fazla geciktirmek artık soruşturmaya zarar verecekti. Treptow'daki eski binanın çatısındaki dağınık evi, içinde ölü sahibiyle birlikte Olay Yeri İnceleme'nin gergin komiseri Kurt'a teslim eder etmez, doğruca Neukölln'e hareket ettiler. Bu tuhaf cinayetler silsilesinde, katilin mitolojiye göre hareket ettiğinden artık kesinlikle emindiler. Nedenini tam olarak çözemeseler de bu kanlı süreci Pergamon Altarı'ndaki heykellerin resimlerini yapma sevdasına düşen Cemal'in başlattığını biliyorlardı. Belki de mitolojiyle Naziler arasındaki bağı gösteren daha somut kanıtlar da Cemal'in evinde, atölyedeki o tuhaf eskizlerde gizliydi. Her ne kadar Alex'in kalbine saplanmış, kabzasında gamalı haç olan kasatura, Nazileri suçlamak için yeni bir kanıt oluştursa da hâlâ fazlasına ihtiyaçları vardı.

Cemal'in oturduğu binanın önüne geldiklerinde güneş epeyce yükselmişti. Eve girmeden, sıkı çitlerin arasından bahçeye bir göz attılar; yaşlı bir akasya ile sağlıklı bir kavak ağacının altındaki kurumuş otların üzerine gelişigüzel atılmış iki metal iskemle, ahşap bir masa ve bir düzineye yakın boya kutusu Cemal'in burayla pek de ilgilenmediğini gösteriyordu. Bahçeyi incelerken Tobias sigara yakmak için paketi çıkardı.

"Sonra içersin" diye uyardı Yıldız. "Vakit kaybetmeden içeri geçelim."

Sesi o kadar kararlıydı ki, itiraz edecek cesareti bulamadı yardımcısı. Berlin Emniyet Teşkilatı'nın dairenin kapısına çektiği bandın altından geçerek girdiler içeriye. Ağır bir koku çarptı Yıldız'ın burnuna. Hayır, kurumuş kan değil, kapalı kalmış evdeki eşyaların boyayla karışmış kokusu. Önce

Cemal'in cesedini buldukları odaya girdiler. Kapıdan girer girmez, duvarın önünde iyice kararmış kan lekesi çarptı Yıldız'ın gözüne, başını kaldırınca da Zeus'un görkemli resmiyle karşılaştı. Pencereden yansıyan ışık, doğrudan baştanrının yüzüne vuruyordu. Altın rengi saç ve sakalları güneşte pırıl pırıl yanıyor, gün ışığında resim daha da görkemli görünüyordu. Cemal resmi öyle bir açıdan çizmişti ki, nereye geçerlerse geçsinler, Baştanrı'nın tehdit dolu kara gözleri onları bir an bile yalnız bırakmıyordu.

"Gerçekten de Cemal kendini çizmiş" diye mırıldandı Tobias. "Çok anlamam bu işlerden ama iyi de benzetmiş! Nasıl da fark edemedik o gece!"

Elbette duymuştu Tobias'ın sözlerini ama Yıldız'ın bakışları katilin yazdığı cümleye takılmıştı. Resmin altındaki satırlara yaklaştı.

"Sözümün dışına çıkanlar, lanetler içinde kalacak, ateşler içinde yanacak, acılar içinde kıvranacaktır." Tane tane, her sözcüğün üzerine basarak yüksek sesle okumuştu. Biraz düşününce katilin yazdığı sözcüklerle yaşananlar arasındaki çelişkiyi kavradı. Kendi kendine söylendi: "Nasıl yani, Cemal Zeus'un sözünün dışına mı çıkmış?"

Kurt'un bilgisayar dahil bütün malzemeleri merkeze götürmüş olmasına rağmen, Tobias bir kez daha masanın üzerini gözden geçiriyordu. Yıldız'ın soruyu kendisine sorduğunu zannetti. Sıkıntıyla gülerek omuz silkti:

"Evet, saçma değil mi Şef! Zeus Cemal'se, kendi sözünün dışına mı çıkmış oluyor? Ve bu yüzden kendisi tarafından mı öldürülüyor?"

Tobias'ın söz oyunlarıyla tekrarladığı paradoks, bambaşka bir ihtimali çağrıştırdı Yıldız'ın zihninde.

"Ya kendini gerçekten Baştanrı zanneden başka biri varsa? O şahıs, Cemal'in bu projesinden rahatsızlık duyduysa? Özellikle de ressamın kendini Zeus suretinde çizmesinden."

Boş bilgisayar masasını bırakıp şefe yaklaştı Tobias.

"Hüseyin'den mi bahsediyorsun?"

Aslında somut birini düşünmemişti Yıldız ama yardımcısının tahmini mantıklıydı.

"Doğru, bundan rahatsızlık duyacak kişilerden biri de Hüseyin. Babaları Kerem, kendini Kronos sandığına göre, elbette Zeus onun oğullarından biri olmalı. Cemal öyle olduğunu düşünmese de projesi gereği Zeus'un resmine yüzünü veriyor. Eğer Hüseyin kendini gerçekten Zeus zannediyorsa, zaten pek de hoşlanmadığı kardeşini öldürmekte tereddüt etmeyebilir. Ama dedesini niye öldürdü o zaman? Öyle ya, mitolojiye göre, Uranos'u tahtından eden, onun iktidarını elinden alan Zeus değil, Kronos'tu. Kerem'in hastalığını da sayarsak, Orhan Ölmez'i kendi oğlu katletmeliydi, torunu Hüseyin değil. Üstelik aynı kronolojinin mantığına göre Hüseyin, babası Kronos'u da alt etmeliydi. Oysa gördün, ikisinin arası gayet iyiydi."

Tobias da aynı çözümsüzlük içinde bocalıyordu:

"Ve Alex'i öldürmesinin de hiçbir anlamı yok."

Katilin birkaç saat önce işlediği yeni cinayet için yazdığı yeni sözcükleri hatırlamaya çalıştı. Tam çıkaramadı.

"Ne yazıyordu Alex'in cesedinin yanında?"

"Tanrılara meydan okuyanlar, sonuçlarına da katlanırlar" diye kelimesi kelimesine mırıldandı Tobias. "O yazıda da tanrılardan gelen bir tehdit var. Ama söylediğin gibi Şef, kronolojiye uymuyor."

Bulundukları odadan ayrılmaya hazırlanan Yıldız "Bateristin öldürülmesinin kronolojiyle hiçbir alakası yok" dedi kendinden emin bir tavırla. "Muhtemelen Alex, katilin kimliği hakkında önemli bir bilgiye ulaştı. Cemal'in, telesekreterine bıraktığı mesajda, büyük ihtimalle katilin kimliğiyle ilgili bir ipucu vardı. Katil bir şekilde bunu öğrendi, belki de bizzat Alex söyledi. Elbette böylece ölüm fermanını imzalamış oldu. Alex'i ortadan kaldıran katil, bizi yanıltmak için öteki cinayetler gibi mitolojik bir sahne hazırladı. Zaten evde dekor da mevcuttu. Alex'i daha önce Cemal'in çizdiği resmin önünde öldürdü, duvara da o sözcükleri yazdı." Odaya son kez göz attı. "Gel, şu atölyeye geçelim, eskizleri bir inceleyelim bakalım."

Koridora çıkan şefin peşinden yürüyen Tobias "Peki Naziler bu senaryonun neresinde yer alıyor?" diye sordu.

Yıldız aniden durdu, yardımcısına döndü.

"Orası epeyce karışık, aslında tam olarak çözebilmiş değilim, ama bir açıklaması var. Naziler 'Yahudi Sorunu İçin Kesin Çözüm' dedikleri holokost kararının tohumlarını 1935 yılında Nürnberg'de atmışlardı. Bu şehirdeki Zeppelin Tribünü, bizzat Hitler'in emriyle, Başmimar Albert Speer tarafından inşa edilmişti. Bu stadyumun bir sunaktan esinlenerek yapılması sadece Speer'in Hellenistik mimariye duyduğu hayranlıktan kaynaklanmıyordu. Zeppelin Tribünü, gerçekte bir stadyum değil bir sunaktı, Yahudilerin kanının Nazizm'e sunulduğu bir sunak. Günümüzde ise Naziler için acilen yok edilmesi gereken halk artık Yahudiler değil, göçmenler. Elbette anti-semitizmden vazgeçmiş değiller, ama artık Almanya'da Yahudi nüfus yok denecek kadar az, oysa göçmenler, özellikle de Türkler her yerde. Yani artık Nazilerin yeni kurbanları Türkler ve öteki göçmenler. Bu olayda öldürülen kişileri de Nazilerin yüksek ırksal idealleri için sunulan birer kurban olarak görmek lazım. Henüz sonuca ulaşmadıkları için resmin tümünü göremiyoruz ama bence amaçları bu. Cinayetlerin işlenişinde kronolojik sapmaların olması da bu yüzden."

Karmaşıktı ama mantıksız değildi, eksik olan parçayı da Tobias tamamladı:

"Nazilerin başında Rudolf denilen adam varsa, ilk hedef olarak da bir gözünü kör eden ezeli düşmanı Hüseyin'in ailesinden başladı diyorsun."

Usulca başını salladı şef.

"Kesinlikle, ama cinayetlerin arkasında kendini Zeus zanneden bir manyağın bulunmadığından da emin olmamız gerekiyor." Yıldız'ın ela gözleri kuşku bulutlarıyla gölgelenmişti. "Evet Toby, hâlâ böyle bir ihtimal var. O yüzden Cemal'in projesini tam olarak anlamamız lazım. Aynı zamanda aileden bu projeye karşı çıkanlar var mı, onu da tespit etmeliyiz." Yürümeye başlamadan önce gülümsedi. "Yani Baştanrı Zeus'la işimiz henüz bitmedi."

Yıldız yürürken yardımcısı da adımlarını hızlandırmıştı.

"Peki Zeus'a ne oldu Şef? Mitolojide diyorum, onu da oğullarından biri mi alt etti?"

Hiç düşünmemişti Yıldız.

"Zannetmem. Ama Zeus'un Roma İmparatorluğu'nda Jüpiter adını aldığını biliyorum. Aynı tanrı ama ismi değişik, sonra da Roma İmparatorluğu Hıristiyanlığı kabul etti. Sonra dediğime bakma, bir günde olmadı bunlar, yüzlerce yıl sürdü. Böylece Jüpiter'in yerini tanrı, oğul İsa ve kutsal ruh aldı."

Alay mı ediyor diye baktı Tobias, hayır, şef son derece ciddiydi. Yardımcısının bakışını fark etmişti Yıldız.

"Dini inancın var mı Toby?"

Hemen yanıt veremedi yardımcısı.

"Vicdanım var" dedi saniyeler sonra. "Aslında babamın cevabıydı bu, ona ateist olup olmadığını soranlara böyle söylerdi. Yıllar sonra ben de onunla aynı fikre geldim işte. Ama bu konuda samimiyim, bence de neye inandığın değil, ne kadar vicdanlı olduğun önemli."

Kaçamak bir yanıttı ama yardımcısının rahatsız olduğunu anlayan Yıldız uzatmadı.

"Kesinlikle haklısın. Benim de niyetim herhangi bir dini küçümsemek değildi zaten. Gerçekten de Zeus ya da yeni adıyla Jüpiter, sanırım Hıristiyanlıktan önceki son güçlü pagan tanrıydı."

Rahat bir gülümseme belirdi yardımcısının dudaklarında.

"O zaman son pagan tanrının anlatıldığı atölyeye geçelim."

Atölyenin ahşap kapısını açınca, artık alışmaya başladıkları boya ve tiner kokusu karşıladı yine onları. Güneş, bahçeye bakan kapı ve geniş pencerelerden içeri sızmaya çalışıyor ama kalın perdeler izin vermiyordu. Tobias ağır adımlarla pencerelere yaklaştı, perdeleri çekti. Aydınlandı içerisi. Gün ışığında atölye çok daha büyük göründü Yıldız'ın gözüne. Ortadaki kocaman masanın üzerinde kat kat kartonlar, duvarlara gelişigüzel yapıştırılmış eskizler, köşede boya kutuları, resim malzemeleri... Pencerenin karşısında, duvarın önündeki büyükçe şövaleyi gördü yine. Üzerinde çizilmiş, ama boyası tamamlanmamış bir adamın resmi vardı. Uzaktan kim olduğu seçilmiyordu. İlk geldiklerinde olduğu gibi yine karşı duvarda yan yana yapıştırılmış üç eskizi fark etti sonra. Üç sakallı adam... Tanıyamadı ama tahmin edebiliyordu. Yaklaştı, gözlerini kısarak baktı. Evet, düşündüğü gibiydi: Dede, baba ve torun. Uranos, Kronos ve Zeus. Yani Orhan, Kerem ve Cemal.

"Burada daha açık anlatmış" diye söylendi Tobias. "Hüseyin'in yerinde olsam ben de kıskanırdım. Ben en büyük erkek çocuğum, oysa küçük kardeşim kendini Zeus ilan ediyor."

Alaycı bir bakış attı yardımcısına Yıldız:

"Ama Zeus, en küçük oğuldu."

Resimdeki insan yüzlü Yunan tanrılarına daha dikkatli baktı Tobias.

"Hımm, o zaman işler değişir ama yine de bozulurdum." Duvardaki öteki eskizleri taramaya başladı kısık gözleri. "Sahi Hüseyin nerede? Onu hangi tanrı olarak çizdi acaba?"

Yıldız da merak etmişti ama duvardaki eskizlere değil, şövaledeki resme yöneldi. Önde yine güçlü kuvvetli bir adam vardı. O da tanrılardan biri olmalıydı. Arkada ise Zeus Altarı, Athena Tapınağı ve Dionysos Tapınağı, dik tiyatrosuyla yine Pergamon kenti. Adamın yüzüne yakından bakınca tanıdı; Haluk'tu. Şaşırtıcı değildi aslında, Haluk da Ölmez Ailesi'nin bir üyesiydi. Yıldız'ın merak ettiği konu, Cemal'in, kuzeni Haluk'un yüzünü verdiği bu şahıs kimdi acaba? Belki bir not, bir yazı bulurum umuduyla resmin her yanını inceledi ama kâğıttaki çizimden başka bir şey bulamadı.

"Bak burada kim var?" diye seslendi yardımcısına. "Gel, gel Arkeolog Haluk'un binlerce yıl önceki modeliyle tanıştırayım seni."

İncelediği eskizleri bırakıp şefin önünde durduğu şövaledeki resme baktı Tobias.

"Evet, bizim arkeolog bu ya. Bire bir çizmiş adamı. Haluk nasıl karşıladı bu durumu acaba?"

"Bilmiyorum ki, asıl önemli olan Haluk'un yüzünü kime verdiği. Ne dersin, kim bu tanrı? Var mı bir fikrin?"

Ellerini yana açtı Tobias.

"Tam adamına sordun. Nereden bileyim Şef. Google'a sor diyorsan sorayım ama resimdeki elemanın belirgin bir özelliği yok ki. En iyisi Haluk'un kendisine sormak."

Yıldız'ın ela gözleri yardımcısının yüzünde sabitlendi.

"Ya kendisini Zeus sanan kişi Haluk'sa?" Resme döndü. "Belli ki bu mitolojik şahsiyet, Zeus değil. Hüseyin için düşündüğümüz ihtimal Haluk için de geçerli. Ya Cemal'in onu Zeus olarak çizmemesine bozulduysa? Zaten kibirli herifin teki." Yine ne diyeceğini bilemedi yardımcısı. Yıldız varsayımını sürdürdü. "Öyle değil mi Toby? Şu kendini Poseidon zannederek Selinos Çayı'nda boğulan Pehlivan Efendi, hani lakabı Alman olan yol işçisi, hepsinin büyükbabasıydı. Yani Kerem'in hastalığı kalıtımsalsa Haluk'ta da görülebilir."

Tobias'ın kül rengi gözleri aydınlanır gibi oldu.

"O zaman Naziler ihtimal dışında kalır."

Yardımcısının ses tonu bir tuhaftı. Bu ihtimale sevinmiş miydi, üzülmüş müydü anlayamadı Yıldız. Aldırmayacaktı ama sormadan edemedi.

"Peki senin tahminin nedir?"

Anında toparlandı Tobias.

"Bilmiyorum Şef, bu elimizdekilerle varsayımda bulunmak zor."

Uzatmadı Yıldız.

"Neyse, etrafı incelemeyi sürdürelim" diyerek şövaledeki resme döndü yeniden. Resimdeki adam yarı çıplaktı, ne elinde kılıç kalkan, ne başında bir taç ya da bir tolga ne de ayaklarında çizme vardı. Gerçekten kimdi bu şahsiyet? Şövalenin arkasındaki duvara baktı, birtakım çizimler vardı.

Görmek için yaklaşırken "Buldum, buldum Şef" diye bağıran Tobias'ın sesiyle irkildi. "Hüseyin'i buldum."

Yan duvardaki eskizi gösteriyordu.

"Baksana şuna, tam Hüseyin, bir elinde mızrak, bir elinde kalkan, başında miğfer, gözleri ateş saçıyor."

Yardımcısının gösterdiği resme yaklaşan Yıldız da görür görmez tanıdı Hüseyin'in yüzünü. Elbette eskizdeki tanrı kadar şahane bir vücudu yoktu ama miğferin altındaki suratı bire bir aynıydı.

"Ares" diye mırıldandı. "Savaş Tanrısı Ares olarak çizmiş ağabeyinin yüzünü." Güldü. "Eh, ne diyelim, doğru seçim yapmış." Bakışları yandaki eskizlere kaydı, görkemli bedenleriyle tanrı ve tanrıçalar, belki de titanlar, canlarını dişlerine takmış, devlerle savaşmayı sürdürüyordu. Ama iki polis de aile bireylerini iyi tanımadıkları için, kim kimdir seçemiyorlardı.

"Bir dakika, bir dakika Şef, şu, baklavacıda karşılaştığımız genç değil mi?"

Tobias'ın gösterdiği çizime baktı Yıldız. Kanatlı bir bere geçirmişti tanrı kıvırcık saçlarına, elindeki asanın üzerine iki yılan sarılmıştı, sürüngenlerin başlarının üstünde ise bir kartal yer alıyordu.

"Evet, evet ona benziyor" diye mırıldandı Yıldız. "Alper'di galiba ismi." Gözlerini kısarak eskize yaklaştı. "Peki, kime vermiş delikanlının yüzünü?"

Tobias hemen cebinden telefonunu çıkardı. "Kanatlı Beresi Olan Yunan Tanrısı" diye yazdı, anında cevap geldi. "Hermes. Zeus ile Maia'nın oğlu. Tüccarların, hırsızların, kumarbazların tanrısı. Tanrıların habercisi..." Okumayı bitirince başını salladı. "Gerçekten de bütün akrabalarının yüzünü tanrılara vermiş Cemal. Nasıl bir kafa bu ya?" İçinden çıkılmaz bir probleme bakar gibi duvardaki eskizlere baktı. "Bu aile sıkıntılı Şef, bence hepsi kafayı yemiş. Şu Pergamon hepsini çıldırtmış bunların."

Yıldız'ın yüzünde manidar bir ifade belirdi:

"Ondan emin değilim Toby. Belli ki bir şehir çok etkilemiş onları. Ama binlerce yıl önceki Pergamon mu yoksa şu an içinde yaşadığımız Berlin mi, işte ondan emin değilim."

Sözlerini bitirmişti ki telefonu çalmaya başladı. Arayan müdürleriydi.

"Alo Yıldız... Müsait misin?"

"Merhaba Markus, seni dinliyorum."

"Haberler çok iyi. Tehdit mektubunun üzerinde Otto'nun parmak izlerini bulduk."

"Şahane" diye söylendi Yıldız. "Arkadaşlarının da parmak izleri var mı?"

"Ondan daha iyisi var. Anayasayı Koruma Teşkilatı'ndan Otto Fischer ile Rudolf Winkelmann hakkında ayrıntılı bir istihbarat raporu geldi. Adamlar önceden tanışıyorlarmış. İstihbaratçılar birçok eylemde birlikte fotoğraflarını çekmiş."

Şaşırmıştı Yıldız.

"Vay be... Anayasayı Koruma Teşkilatı, Nazileri ele veriyor ha..."

"NSU cinayetlerinden sonra politika değiştirdiler. Her neyse, üzümünü ye bağını sorma. Bundan sonra da istediğimiz her türlü bilgiyi verecekler. En azından öyle söylediler."

"Müthiş! Çok güzel haberler bunlar. Biz de Cemal'in evindeyiz, seninki kadar önemli değil ama katilin ritüelini anlamamızı sağlayacak bilgilere ulaştık."

"Tobias yanında mı? Evet ya da hayır de."

Markus'un sesi değişmişti. Kısa bir duraksamadan sonra, "Evet" dedi Yıldız. "Neden?"

"Birtakım gelişmeler var. Merkeze döndüğünde konuşuruz. Ama odama tek başına gel..."

Kafası allak bullak olmuştu Yıldız'ın, elbette belli etmedi.

"Tamam Markus, işimiz bitince merkeze döneceğiz."

Hemen karşı çıktı müdürü.

"Hayır, hayır, önce Germania'ya gitmelisiniz. Rudolf Winkelmann'la konuşmaya..."

Duyduğu sözcükten emin olamadı Yıldız.

"Germania mı?"

"Evet, evet, Almanya anlamına gelir."

"Ne anlama geldiğini biliyorum. Neresi bu Germania? Kitapçı filan mı?"

Gülmeye başladı Markus.

"Yok canım, ne kitapçısı, spor kulübü... Almanya'nın antik ismini spor kulübüne vermiş... Köpenick'te bir yer. Adresi ve Otto ile Rudolf'un fotoğraflarını telefonuna yolluyorum. Gidip şu adamı görün. Ne anlatıyor bir dinleyin. Özellikle senin izlenimin çok önemli. Gerekirse gözaltına alırız."

Alman Demokratik Cumhuriyet'i yıkıldıktan sonra nerdeyse bedava fiyatına satılan bir demir döküm fabrikasının arsasına yapılmıştı Germania Spor Kulübü. Orta büyüklükte bir tesis olmasına rağmen son derece modern spor ekipmanlarına sahipti. Rudolf Winkelmann'ın ikinci kattaki odasına yürürken, küçük bir buz pisti bile gözüne çarpmıştı Yıldız'ın.

Hiç de zihninde canlandırdığı gibi biri değildi Rudolf Winkelmann. Merkezde gördükleri fotoğrafından daha genç gösteriyordu. Hüseyin'in anlattığı kanlı kavgayı dinlediğinde yüzü parçalanmış, hilkat garibesi, sert biriyle karşılaşacağını sanmıştı Yıldız. Oysa yakışıklı, orta yaşı çoktan geçmiş olmasına rağmen oldukça formda bir adam çıkmıştı karşılarına. Yıllar önceki kavgada kör olan sol gözünün yerine son derece başarılı bir protez konulmuştu. Sağ gözündeki o canlı mavilik olmasa, sol gözün cam olduğu fark edilmezdi bile. Sol kaşının üzerindeki yara izi de öyle ustalıkla kapatılmıştı ki, belli belirsiz bir çizgi kalmıştı sadece. Dostça karşılamıştı bizimkileri.

"Alman devletinin polislerine kapımız her zaman açıktır" diyerek elini uzatmıştı. Yıldız'a bakarak söylenmiş bu sözlerin altında bir ima olsa da ne küçümseyici bir bakış atmış ne de ters bir davranışta bulunmuştu. Gayet nazik bir tavırla, yönetim odasında ahşap masasının önündeki deri koltuklara davet etmişti onları. Göz renkleri aynı, saç kesimleri aynı, giysileri aynı iki korumasına da dışarıda beklemelerini emretmişti. Deri koltuğunun arkasındaki duvara çizilmiş sağ tarafa bakan devasa kartal resmini saymazsak, Nazileri çağrıştıran hiçbir sembol de göze çarpmıyordu.

"Kahve içer misiniz?" diye sordu samimi görünmeye çalışarak. "Kolombiya'dan kendimiz getirtiyoruz, kendimiz kavuruyoruz... Naçizane, ben kahve tiryakisiyim de..." Manidar bir gülümsemeyle baktı başkomisere. "Ama belki de siz Türk kahvesi tercih ederdiniz. Gerçi Yunanlar da bizim kahvemiz diyor ya. Neyse, zaten o kahveden bizde yok."

İşte başladık diye geçirdi içinden Yıldız ama onun kadar samimi görünmeye çalışarak gülümsedi.

"Teşekkür ederiz, görev sırasında içmiyoruz." Gözlerini, adamın iri kafasının arkasında kalan kartal çiziminin üzerindeki yazıya dikti. "Germania Spor Kulübü" diye okudu, sonra bakışlarını aşağıya, Rudolf'a indirdi. "Germania derken neyi kastediyorsunuz?"

Polisin amacından habersiz olan Rudolf nasıl bilmezsiniz dercesine bakıyordu.

"Almanya'yı kastediyor. Okulda öğretmiş olmaları lazım. Yunancadan geliyor."

Anında yapıştırdı cevabı Yıldız:

"Anlamını biliyorum Bay Winkelmann. Merak ettiğim, kulübünüzün ismi ile, Albert Speer'in inşa edeceği Nazilerin bin yıllık başkenti Germania arasındaki bağ."

Karşısındaki kadının hiç de boş biri olmadığını anlamıştı, zoraki gülümsedi.

"Ben de nasıl olur da Germania'nın anlamını bilmezsiniz diye düşünmüştüm. Evet, sorunuza gelince, aslında kulübün adını Teutonia koymayı düşünmüştüm. Teutonia da Almanya demek ama Latince... Şahsen Latinceyi tercih ederim ama arkadaşlar Germania'yı istediler. Yunancaya hayran oldukları için değil, yıllar önce ortaya atılan o ideali yaşatmak için. Ama bu idealin Albert Speer ile çok alakası yok. Speer o kadar geniş bir vizyona sahip değildi."

"Fikir, Adolf Hitler'indi, değil mi?"

Hiç çekinmedi Rudolf.

"Evet, onundu. Şimdilerde, biz Almanlarda gönüllü unutkanlık diye bir alışkanlık oluştu. Tarihi konuşmaktan çekiniyor insanlar. Geçmişten utanç duyuyorlar. Ben onlardan değilim. Yaşananlara cesaretle bakmaktan yanayım. Adolf Hitler'i eleştirebilirsiniz ama müthiş bir vizyoner olduğunu kabul etmek zorundasınız." Yıldız'ın itiraz edeceğini düşünerek bir an sustu, tepki gelmeyince sürdürdü. "Evet, elbette, Germania adında bir dünya başkenti yaratmak fikri Hitler'e aitti. Başmimar Albert Speer ise sadece kendine verilen emri yerine getiriyordu, Alman ulusunun bin yıllık geleceği için bu fikri yaşama geçirmeye çalışıyordu. Haksızlık olmasın, Speer kötü bir mimardı demiyorum, şahsen tamamlanmış eserlerini –ki çok azdır– ben de severim..."

Bu fırsatı kaçırmadı Yıldız.

"Zeppelin Tribünü'nü de sever misiniz? Pergamon Altarı'ndan esinlenerek yapılmış..."

Muzip bir ifade belirdi adamın yüzünde.

"Pergamon Müzesi'ndeki Zeus Sunağı'ndan diyelim. Evet, Speer sunağın duvarlarındaki Tanrılarla Devlerin Savaşı'nı gördüğünde, bunun aşağı ırkla üstün insan arasındaki mücadele olduğunu hemen anlamıştı. Bence onu esinleyen de o frizlerdeki heykeller oldu. Böylece Nürnberg'deki o muhteşem tribünü yarattı. Ne yazık ki bugün yıkılmış durumda. Ama kim ne derse desin, bence hâlâ Speer'in başyapıtı Zeppelin Tribünü'dür. Tanrılara yakışan bir görkeme sahiptir."

Tartışma Yıldız'ın istediği rotada ilerliyordu.

"Tanrılara yakışan dediniz, Antik Yunan tanrıları sizi de etkiliyor mu?"

Lafın nereye varacağından habersiz olan Rudolf, sakıncalı düşüncelerini özgürce açıklıyor olmanın verdiği cesaretle, "Elbette etkiliyor" diye onayladı. "Sadece Antik Yunan değil, Roma İmparatorluğu da beni çok etkiler. İnsanoğlunun yarattığı en muhteşem uygarlık."

"O zaman kulübünüzün adının Yunancadan seçilmesinde bunun da katkısı var."

İlk kez kuşku duydu Rudolf, bu Türk başkomiser neden tarihi kurcalıyordu acaba? Ama düşüncelerini gizlemeyi başardı.

"Aslında hiç o yanını düşünmemiştim, bu ismi seçerken bilinçaltım harekete geçmiş olabilir. Fakat, kulübümüzün adını Germania koymamızın ana nedeni, Alman ulusuna duyduğumuz büyük sevgi, sarsılmaz inanç ve derin saygıdır. Düşünün, yeryüzünde hangi ulus bin yıllık bir planlama yapabilir?" Parmaklarını birbirine geçirerek çenesinin altında birleştirirken, buz gibi bir gülümseme belirdi dudaklarında. "Biz Almanların en büyük özelliği budur zaten, planlamak. Bin yıl belki abartılı gelebilir, ama uzun vadeli amaçlar için bu kesinlikle gereklidir. Tarihin akışını kontrol etmek istiyorsanız bin yıllık, hatta daha da uzun vadeli planlar yapmak zorundasınız."

Tobias çöktüğü deri koltukta kıpırtısızca oturuyordu, adamı mı gözlüyordu, anlatılanları mı düşünüyordu kestirmek zordu. Yıldız, mekânın sahibiyle tartışmayı sürdürdü.

"Ama o plan Alman ulusunun değil bir partinin planıydı. Daha doğrusu bir liderin. Üstelik felaketle sonuçlandı. Çünkü savaşı kazanma ihtimali üzerine oturtulmuştu. Öyle değil mi Bay Winkelmann?" Rudolf bunu kendisine yöneltilmiş bir soru zannederek izaha kalkışacaktı ki, başkomiser izin vermedi. "Almanların tüm barışçıl planları başarıya ulaştı. Barış dönemlerinde imkânsız gerçekleştirildi, yıkılmış bir ülke yeniden ayağa kaldırıldı. Avrupa'nın en güçlü devleti haline geldi. Oysa ne zaman savaşa girilse kaybedildi. Ve savaşı kazanma ihtimali üzerine kurulmuş bütün planlar yenilgiyle sonuçlandı. Bırakın bir yeryüzü başkenti kurmayı, bağımsızlığını bile kaybetti. Bin yıl sürecek Germania hayalleri bombalanmış bir şehrin molozlarının altında kaldı."

Rudolf'un sağ gözündeki ışık gölgelenir gibi oldu. İtiraz edeceğini sandı Yıldız. Ama adam konudan sapmadı.

"Şeytan Tepesi'nden bahsediyorsunuz. Aslında o mekân, tıpkı Zeppelin gibi görkemli bir anıta dönüştürülmeli. Küllerinden yeniden doğan Berlin'in anlatıldığı bir anıta. Şahsi fikrim oranın mutlaka temizlenmesi gerektiğidir. Ne pahasına olursa olsun, yıkıntılar kaldırılmalı, molozlar toplanmalı, altındaki akademi ortaya çıkarılmalıdır." Manidar bir gülümseme belirdi gergin dudaklarında. "Kim bilir belki tüm o pislik temizlendiğinde eski hayaller yeniden uyanır, rafa kalkmış planlar yeniden yürürlüğe girer. Muharebelerde yenilmek önemli değil Bayan Karasu, önemli olan savaşı kazanmaktır. Yüz yıl, insanlık için nedir ki, önemli olan önümüzdeki binlerce yılı kaybetmemek." Polislerin ağzının payını verdiğine göre yeniden konuksever mekân sahibi rolünü oynamaya dönebilirdi. Gülümsemeyi denedi, sesindeki gerginliği engellemeye çalıştı ama başaramadı, artık kartlar dağıtılmıştı, o da açık oynamayı seçti. "Evet, sanırım tarih konuşmaya gelmediniz. Nasıl yardımcı olabilirim size?"

Aslında Yıldız'ın da istediği buydu.

"Otto'yu tanıyor musunuz?" diye her zamanki gibi bodoslamadan daldı. "Otto Fischer? Neukölln'de bar işletiyor."

Yanıtlamadan önce, gözkapaklarını usulca kırptı Rudolf, masanın üzerine eğildi, sümenin üzerinde duran kurşunkalemi aldı,

"Tanımıyorum" dedi kupkuru bir sesle. Duyduğu ismi önündeki not defterine yazarken sordu: "Kim bu Otto Fischer?"

Soğuk savaş başlamıştı, Yıldız da duygularını kontrol altına almalıydı.

"Bir cinayet zanlısı, belki iki cinayetle daha bağlantısı olabilir."

Küstah bir ifade belirdi Rudolf'un sağ gözünde, kalemi not defterinin üzerine bırakarak geri yaslandı.

"Tehlikeli biri desenize. Bu adamın benimle ne ilgisi var?"

Cevap vermek yerine cep telefonunu çıkarttı Yıldız, fotoğraflar bölümünden, az önce müdürün yolladığı kareleri buldu, masanın üzerinden uzattı.

"Birçok gösteride birlikteymişsiniz. Aynı anda gözaltına alınmışsınız, birlikte salıverilmişsiniz, bu spor kulübünün minibüsüne binerken çekilmiş fotoğraflarınız da var." Rudolf telefonu almak yerine şöyle bir göz atmayı tercih etti ama ısrar etti Yıldız. "Alın, alın, bakın, minibüsün üzerindeki 'Germania Spor Kulübü' yazısı, simgeniz olan kartal son derece net görünüyor. Öteki fotoğraflara da göz atın lütfen. Siz hep başroldesiniz, yardımcı oyuncu da tanımadığınızı söylediğiniz Otto Fischer." Manidar bir ifadeyle baktı Rudolf'a. "Sahi Bay Winkelmann, tanımadığınız birini neden minibüsünüze aldınız?"

Hayır, ne bir bozgun vardı gedikli Neo Nazi'nin yüzünde ne de panik.

"O gösteri sırasında ortalık karışıktı, çok karışık. Demokratik tepkimizi gösteriyorduk. Çok insan vardı. Belki adam bizimkilerden yardım istemiştir, belki çalışanlarımdan birinin arkadaşıdır. Hatırlamıyorum, ama Otto denen bu adamı kesinlikle tanımıyorum."

Araya girdi Tobias:

"Peki ya o sizi hatırlıyorsa?"

En küçük bir endişeye bile kapılmadı Rudolf, protez gözü kadar iyi yapılmamış olduğundan ağzına büyük gelen dişlerini göstererek sırıttı.

"Olabilir, ben bazen unutuyorum. Göstermediğime bakmayın, elli yaşında olacağım yakında. Hafıza sorunlarım var. Doktorumun tavsiyesiyle ilaç alıyorum ama her zaman işe yaramıyor işte." Yıldız'a döndü, adeta küstah bir tavırla sordu. "Sahi, kimi öldürmüş bu barcı Otto?"

Yalan söylediği yetmezmiş gibi bir de inisiyatifi ele almaya çalışıyordu, Yıldız buna izin veremezdi.

"Hüseyin'i tanıyor musunuz? Hüseyin Ölmez'i?"

Bir anlığına şoka uğradı Rudolf, ama sadece bir anlığına, sonra o müthiş kendine güveni geri geldi.

"Tanımam mı gerekiyor?" Artık sesini kontrol edemiyordu. "Üstünüze alınmayın Bayan Karasu ama Türklerle konuşmaktan pek hazzetmem."

En küçük bir alınganlık belirtisi bile göstermedi Yıldız.

"Konuşmamışsınız zaten. Tek kelime etmeden üzerine saldırmışsınız."

Rudolf ardı ardına yutkundu, boğazını temizledi.

"Ha şu olaydan bahsediyorsunuz... Kreuzberg'deki 36 Boys adlı çeteden. Biz değil, onlar saldırmıştı. İki kişiydik, onlar daha kalabalıktı. Kaç yıl geçti üzerinden, adamın adını unutmuşum işte."

"Yirmi üç yıl" diye hatırlattı Yıldız. "Hüseyin Ölmez'i unuttuğunuzu da zannetmiyorum Bay Winkelmann. O kavgada sol gözünüzü kaybetmişsiniz. Sol gözünün kör olmasına neden olan birini kimse unutmaz. Siz asla unutmazsınız." Adeta eğlenceli bir tavırla adamın protezini işaret etti. "Bu arada cerrahınızın çok becerikli olduğunu da söylemeliyim, iyi toparlamış yüzünüzü."

Rudolf'un sağ gözü öfkeyle kısılmıştı.

"İnsanların kusurlarıyla alay etmek hoş değil." Nefretle çıkmıştı sözcükler ağzından. "Bir kadına hiç yakışmıyor."

"Polise yalan söylemek de devletine, ulusuna bağlı olduğunu söyleyen birine hiç yakışmıyor. Niye Otto Fischer'i tanıdığınızı inkâr ediyorsunuz? Neden Hüseyin Ölmez'i bilmezlikten geliyorsunuz?"

Yıldız konuşurken, Rudolf yeniden kendinden emin işadamına dönüşmüştü.

"Hiçbir şeyi inkâr ettiğim yok, Otto Fischer denen adamı gerçekten tanımıyorum, Hüseyin Ölmez denen adamı da unutmuşum. Yirmi üç yıl geçmiş aradan. Bakın, benim politik görüşlerim sır değil. Ben Alman ulusunun âşığıyım, bu halkın geleceği için her şeyimi feda ederim. İtiraf edeyim ki, gençken biraz daha heyecanlıydım, biraz daha pervasızdım. Bazı nahoş olaylara, bugün onaylamayacağım bazı kavgalara karışmış olabilirim. Ama bunun bedelini de ödedim. Artık yaşını başını almış, iş güç sahibi olmuş biri olarak, ideallerimi yasal siyasi partiler üzerinden gerçekleştirmeye çalışıyorum."

Alaycı bir ifade takındı Yıldız.

"Yani Nasyonal Sosyalist Yeraltı örgütüyle bir ilgim yok diyorsunuz ya da Combat 18 gibi oluşumlarla..."

İftiraya uğramış gibi masumca boynunu büktü.

"Daha neler Bayan Karasu! Nasyonal Sosyalist Yeraltı Örgütü, Combat 18 gibi teröristler davaya zarar veriyor.

Bakın, bugün bizim ideallerimiz geniş kitlelere ulaşıyor. Almanlar her geçen gün ulusal değerlerine daha çok sahip çıkıyorlar. Alman halkının öz değerlerini savunan partiler başarıdan başarıya ulaşıyor."

Yıldız'ın böyle bir tartışmaya girmemesi gerekiyordu ama kendini tutamadı.

"Yabancı düşmanlığı yaparak..."

Derhal itiraz etti Rudolf.

"Ben öyle düşünmüyorum. Aslında sizinkiler de burada mutlu değiller, ülkelerine dönmek istiyorlar. Burada yaşıyorsunuz ama aklınız ve kalbiniz Türkiye'de. Almanya'daki siyasetten çok Türkiye'dekiyle ilgilisiniz. Sakıncası yoksa söyler misiniz Bayan Karasu, Türkiye'deki son seçimlerde hangi partiye oy verdiniz?"

"Hiçbir partiye oy vermedim" diye kestirip attı Yıldız. "Ben Alman vatandaşıyım, Türkiye'deki seçimlerde oy kullanmıyorum. Kullananlar var ama ben ahlaki bulmuyorum."

İnanmadı Rudolf.

"Şaka yapıyorsunuz! Benim tanıdığım Türkler, ülkelerindeki seçimler için birbirini yiyorlar. Türkiye'deki partiler bunun için Almanya'da milyonlarca euro harcıyor. Tuhaf olan, sizinkilerin Almanya'da solcu, yeşil, liberal gibi partilere oy verirken, Türkiye'de muhafazakârları destekliyor olmaları. Neyse, şunu demek istiyorum: Alman ulusunun değerlerini savunan bizler, aslında sizlerin de mutlu olmanızı istiyoruz. Burada mutlu değilsiniz. Her insan kendi ülkesinde mutlu olur. Siz Türkler mesela, yıllardır bizim dostumuzdunuz. Geçen yüzyıl birlikte savaştık, birlikte kan döktük, yendik, yenildik. Yani silah arkadaşıyız, yani dostluğumuzun çok sağlam temelleri de var. Ama ne zaman ki buraya geldiniz, işler bozuldu."

Sinirli sinirli güldü Yıldız.

"İyi de o insanlar zorla gelmediler ki buraya. Göçmen işçileri dönemin Alman hükümeti çağırdı. Ülkede işgücü açığı vardı. Onlar da geldiler, savaş yaralarını sarmada Alman halkına önemli bir destek verdiler. Bunu herkes biliyor..."

Sağ elinin serçe parmağındaki mavi taşlı yüzükle oynamaya başlayan Rudolf "Tamam, kabul ediyorum" dedi başkomiserin yüzüne bakmadan. "Evet, öyle oldu. Ama ülkelerine geri döneceklerdi, planlama bunun üzerine yapılmıştı. Sizinkiler de öyle düşünüyorlardı. Kazandıkları markları çantalarına doldurup ülkelerine gitmek, orada iş kurmak, ev sahibi olmak, tarla satın almak. Ne olduysa artık, dönmediler. Ne döndüler ne de uyum sağladılar. Kendinizi örnek göstermeyin, siz farklısınız. Alman vatandaşıyım diyorsunuz, kusursuz bir Almancayla konuşuyorsunuz. Belli ki iyi de bir polissiniz, mesleğinizi başarıyla yapıyorsunuz ama Türkiyelilerin yüzde kaçı sizin gibi? Büyük çoğunluğu Almanya'ya uyum sağlayamadı. Hakikat bu. Kendilerini Almanya'dan çok Türkiye'ye ait hissediyorlar. Yıllardır Almanca öğrenmeden yaşayanlar var bu şehirde. Bırakın Berlin'den başka bir şehre gitmeyi, oturduğu semtten başka bir semte gitmeyenler var."

Söyledikleri doğruydu ama Yıldız'ın buna verecek sağlam bir yanıtı vardı.

"Kimin suçu bu? Hiç bilmedikleri bir kültürün ortasına düşen, çoğu Türkiye'nin kırsalından gelmiş göçmenlerin mi, yoksa onları eğitmek yerine bir an önce ülkeden sepetlemeye çalışan hükümetlerin mi?"

Pişkin pişkin sırıttı Rudolf.

"Bakın size bir olay anlatayım, Sosyal Demokrat Parti'nin yerel yöneticilerinden bir arkadaşım vardı. Jochen... Jochen Reuther... Çocukluktan beri tanışırız. Göçmen haklarının fanatik bir savunucusuydu. Açıkça göçmenlerden yana ayrımcılık yapardı, bunun da gerekli olduğunu savunurdu. Ama bir gün, banyosundaki boru patladı, zavallı Jochen'in evine kan yağdı. Niye biliyor musunuz? Çünkü üst kattaki Müslüman komşusu kurban bayramında banyosunda koyun kesmişti. Pıhtılaşan kan boruları tıkamış, bir noktada patlamıştı. O günden sonra bizim Jochen'in görüşleri değişmeye başladı. Bu iki toplumun bir arada yaşayamayacağını anladı. Almanlar için de göçmenler için de en iyi çözüm, herkesin ülkesinde yaşaması."

Karşısındaki adamın böylesine insanlık dışı bir düşünceyi bu kadar doğal bir tavırla anlatmasını şaşkınlıkla izliyordu Yıldız. "En korkuncu sıradan faşizmdir" derdi babası. "Faşist düşüncenin sıradan hakikatler olarak sıralanması, buna inanılması, bunun savunulması..." Daha kötüsü Rudolf gibilerin bugün bunu açıkça savunacak cesareti buluyor olmasıydı. Sinirlenmeye başladığını hissediyordu. Bu hiç iyi değildi, konuyu kapatmalıydı ama yapamadı.

"Yani altmış yıl önce buraya gelen insanlar, onların burada doğan çocukları, hepsi tası tarağı toplayıp Türkiye'ye dönsün diyorsunuz. Altmış yıllık emeği, çabayı, yerleşimi, yani altmış yıllık hayatı bir anda silerek, öyle mi?"

İnançla başını salladı adam.

"Elbette haklarınızı alarak..."

Bu konuşmaları uygunsuz bulan Tobias kıpırdanmaya başlamıştı, Rudolf'un dikkatinden kaçmadı bu durum.

"Örneğin siz Bay Becker. Siz de benim gibi Doğu'dansınız. Hiç inkâr etmeyin, her halinizden belli. Akrabalarınızın, arkadaşlarınızın çoğu işsiz. Evet, ne yazık ki Doğu ile Batı arasındaki fark henüz kapanmadı. Ne yazık ki komünizmin açtığı hasar hâlâ giderilemedi. Neden devletimiz göçmenlere harcadığı zenginliği, enerjiyi, çabayı, kendi halkından, kendi kanından olanlara harcamasın? O zaman Doğu ile Batı arasındaki fark da kolayca kapanır."

Sıkıntıyla baktı Tobias.

"Batı'da bunun için vergi var Bay Winkelmann. Batı'da yaşayan herkes Doğu'dakiler için para ödüyor. Ama konumuz bu değil, sizin de söylediğiniz gibi buraya tarih ya da siyaset konuşmaya gelmedik, şu Hüseyin Ölmez'le yaptığınız kavgadan bahsediyorduk."

Omuzlarını silkti adam.

"Yirmi üç yıl önceki olaylar, geçti gitti onlar. Köprülerin altından çok sular aktı. Ben artık o eski Rudolf değilim, ama Almanya da artık o sahipsiz ülke değil."

Kendini güç tutuyordu Yıldız.

"Doğru, yirmi üç yıldır köprülerin altından çok sular

aktı, Bay Winkelmann" dedi öfkesini içine gömerek. "Ama o kavganız son değildi. Bunu siz de çok iyi biliyorsunuz. Hemen ardından Hüseyin Ölmez'in babasına da saldırmışsınız. Evet, hiç öyle şaşırmış gibi bakmayın, Kerem Ölmez'in yazılı ifadesi var. Üstelik hiçbiri boş iddialar değil, olayların kayıtları ve ifadeleri arşivimizde. Emniyete çağırdığımızda, isterseniz verilmiş ifadeleri de gösteririm size. O kavgadan sonra Kerem Ölmez'in evini iki kere kundaklamaya kalkmışsınız ama başaramamışsınız..."

Suratını buruşturdu Rudolf, alnındaki yara izi belirginleşmişti.

"Ayrıntılar, ayrıntılar, zaten kabul ettim bunları, niye uzatıyorsunuz ki. Yeter, yeter artık!"

Hiç aldırmadı Yıldız.

"Keşke yetseydi ama ne yazık ki dahası da var. On yıl önce Hüseyin Ölmez'in çalıştırdığı Bergama Baklavacısı'nı basmışsınız. Hüseyin'in kardeşi Cemal de oradaymış. Sizi fena pataklamış... Orası sizi ilgilendirmez diyeceksiniz ama minibüsünüze aldığınız Otto Fischer var ya, Cemal'in öldürülmesi şüphesiyle içeride... Üstelik sizin yirmi üç yıllık düşmanınız Hüseyin'in dedesi Orhan Ölmez de birkaç gün önce bir cinayete kurban gitti. Dahası sizi fena halde pataklayan bu Cemal'in, en yakın arkadaşı da öldürüldü. Bu üç cinayette de arabanıza aldığınız Otto'nun parmağı var."

Daha fazla dayanamadı Rudolf, öfkeyle koltuğu geri iterek ayağa kalktı.

"Tamam, buraya kadar. Konuşma bitmiştir. Bir daha buraya gelmeyin. Beni suçluyorsanız gözaltına almanız gerekecek. Ama avukatım da yanımda olacak. Onunla görüşeceksiniz."

Usulca kalktı Yıldız, yardımcısı da onu izledi. Kapıya yönelmeden önce, sakince Rudolf'un gergin suratına baktı.

"Avukatınızla da görüşeceğiz Bay Winkelmann" dedi kararlı bir sesle. "Ama önce siz görüşseniz daha iyi edersiniz. Çünkü bu cinayetlerle ilişkiniz varsa, sizi kurtarması pek mümkün olamayacak."

"Rudolf'un orada pek sessizdin?"

Mayonezi bol, jambonlu baget sandviçini yemekte olan yardımcısına sormuştu Yıldız. Dönüşte Passat'ın direksiyonuna o geçmişti. Hazırlıksız yakalanan Tobias, aceleyle yuttu ağzındaki lokmayı.

"İzliyordum Şef, adamın davranışlarını izliyordum. Sen yeterince sıkıştırdın, nasıl tepki vereceğini görmek istiyordum. O tepkinin arkasındaki ruh halini anlamaya çalışıyordum."

Markus telefonda Tobias'la ilgili şüpheli ifadeler kullandığı için değil, gerçekten de yardımcısı Germania Spor Kulübü'nde her zamankinden daha fazla suskun kaldığı için sormuştu Yıldız.

"Eee, anladın mı bari Rudolf Winkelmann'ın ruh halini?"

Hiçbir ima yoktu sesinde. Ama öyle birkaç üstünkörü cevapla şefi ikna edemeyeceğini çok iyi bilen Tobias, yarısı olduğu gibi duran sandviçine hüzünle baktı. Yeme işini biraz ertelese iyi olacaktı. Kolasından kallavi bir yudum alarak ağzındaki son kırıntıları da temizledikten sonra "Tam olarak değil" diye homurdandı. "Ancak adam bana samimi geldi. Elbette Otto ve Hüseyin'i tanımıyorum derken yalan söylüyordu. Onu kastetmiyorum. Ama siyasetle ilişkisi hakkında söylediklerine inandım. Çünkü çevremde böyle çok insan var. Gençliklerinde daha pervasızlar, kolayca şiddet eylemlerine başvuruyorlar, kariyer yaptıktan sonra yatışıyorlar. Yahut daha makul ya da kabul edilebilir yöntemleri kullanmayı seçiyorlar. Üstelik adam, düşüncelerini de saklamadı. Hitler'e duyduğu hayranlığı, yabancılara beslediği nefreti olduğu gibi anlattı."

Göz ucuyla yardımcısına baktı Yıldız.

"Otto ve Hüseyin hakkında dürüst davranmamasını nasıl yorumluyorsun?"

Birinde kola şişesi, ötekinde sandviç tuttuğu ellerini usulca yana açtı.

"Hüseyin'le kavgalarını saklamasını anlarım, kendisi açısından trajik bir olay. Kanlı bir kapışma var, sonra da sürmüş, ama Otto'yu tanımadığını söylemesi ilginç tabii..."

"Ve birlikte çekilmiş fotoğraflarını göstermemize rağmen inatla inkâr etmesi" diye vurguladı Yıldız. "Ama haklısın, Rudolf samimi görünüyordu. Seçim yoluyla iktidara gelebileceklerini umuyor. Irkçı partilerin yükselişine bakarsak pek haksız da sayılmaz. O yüzden şu sıralar terör eylemlerinin amaçlarına zarar vereceğini düşünüyor olabilir." Sustu, bir an sadece yola baktı, ardından yardımcısına döndü yeniden. "Öyle söylüyoruz ama Hanau saldırısı ne zaman olmuştu? Hani şu beşi Türk, dokuz kişinin öldürüldüğü saldırı..."

Şefin düşünce hızına yetişmeye çalışıyordu Tobias.

"Geçen yıl... Kıştı. Şubat ayıydı... Evet, şubatın ortası olmalı."

Usulca başını salladı Yıldız.

"Yaklaşık bir buçuk yıl olmuş, ondan önce de ırkçı bir terörist Halle'de sinagoga saldırmıştı. Aslında sinagogda katliam yapacakmış, Yahudilerin kutsal günüymüş. İçeri giremeyince etrafı taramıştı. Orada da iki kişi yaşamını yitirmişti. Yanılmıyorsam, Halle saldırısı da Hanau saldırısından birkaç ay önce olmuştu."

Şefin nereye varmak istediğini anlamıştı Tobias.

"Yani Neo Naziler, yabancıları ülkeden atmak için hem yasal olanakları hem de şiddeti kullanmaktan çekinmezler mi diyorsun?"

"Kesinlikle" diyerek iç geçirdi Yıldız. "Ama asıl amaçları yabancıları ülkeden kovmak değil, iktidarı ele geçirmek. Yabancı düşmanlığı onlar için çok iyi bir istismar konusu. Evet, Tobias, Rudolf ve arkadaşları yasal yollardan iktidara gelebiliriz, şiddete başvurmayalım diyecek adamlar değil.

Geçmişte ideallerine ulaşmak için her şeyi göze aldılar, yine alırlar. Okumuşsundur, liderleri Hitler de öyleydi. İktidara gelinceye kadar demokrasinin bütün olanaklarını kullandı. Başa geçince de nimetlerinden yararlandığı demokrasiyi ortadan kaldırdı. Ama o süreçte bile, teröre, şiddete başvurmaktan çekinmedi. Muhalifleri ortadan kaldırmak için her türlü zorbalığı denedi." Elindeki sandviçten bir ısırık daha alsam mı almasam mı diye tereddüt eden yardımcısına döndü yeniden. "Yani bütün o samimi tavırlarına, o cüretkâr konuşmalarına rağmen Rudolf da elini kana bulamaktan çekinmez. Geçmişte yaptı, yine yapmış olabilir."

Pek kafasına yatmamıştı Tobias'ın.

"Bunların tek merkezden yönetildiğinden emin miyiz, hepsi aynı fikirde mi? Rudolf gibi adamlar artık şiddetten uzak durmayı seçerken, bir kısım Neo Nazi de şiddete başvurmak gerektiğini düşünüyor olamaz mı?"

Yardımcısının sözlerini önemsiyordu Yıldız ama kendi senaryosunu detaylandırmaktan vazgeçmedi.

"Olabilir elbette, ama Rudolf'un Otto ve adamlarını yönetebileceği de bir gerçek. Elimizdeki bulgular da bu ihtimali güçlendiriyor. Eğer bu cinayetleri Neo Naziler işliyorsa, eğer gerçekten de böyle bir terörist çete varsa, Rudolf'tan daha iyi bir yönetici düşünülemez. Geçmiş yıllardan epeyce deneyim biriktirmiş, elini kana bulamaktan çekinmeyen, soğukkanlı, güçlü, üstelik Antik Yunan kültürü hakkında da epeyce bilgiye sahip. Zeus Altarı hakkında söylediklerini hatırlasana."

O kadar sağlam nedenler sıralamıştı ki "Haklısın Şef" diye desteklemek zorunda kaldı Tobias. "Sadece Zeus Altarı değil ki, Germania hakkında söyledikleri de şüphe uyandırıyordu. Şeytan Tepesi hakkında her şeyi biliyor."

"Evet Toby, işte bu yüzden Rudolf denen o yıllanmış Nazi bozuntusu, zanlılar listemizin ilk sırasında yer almaya devam etmeli." Sözlerini bitirirken, yardımcısının deminden beri sandviçini, kolasını elinde öylece tuttuğunu fark etti. "Pardon ya, seni lafa tuttum, yesene yemeğini."

"Yok, önemli değil" demesine rağmen şefin gözlerini yeniden yola dikmesinin ardından, sandviçine yumuldu iştahlı polis. Merkeze gidene kadar da ağır ağır, tadını çıkarta çıkarta bitirdi pek de ahım şahım olmayan öğle yemeğini.

Merkeze girer girmez Kurt'un kendisini aradığı haberini aldı Yıldız. Birlikte Olay Yeri İnceleme'nin bulunduğu zemin kata indiler. Kurt masasının başında, kendini kaptırmış bir şeyler yazıyordu bilgisayarına. Bizimkilerin geldiğini fark etmemişti bile.

"Merhaba Kurti, ne yazıyorsun öyle ateşli ateşli, aşk mektubu mu yoksa?"

Başını çevirdi, gözlüklerinin üzerinden siz de nereden çıktınız dercesine iki meslektaşına baktı Kurt. Merhaba bile demeden eğildi, masasının alt çekmecesini açtı, içinden metal rengi bir taşınır bellek çıkardı, Yıldız'a uzattı.

"Burada bir video var. Bu sabahki kurbanın, Alexander Werner'in evindeki bilgisayardan aldım. İlginizi çekeceğini umuyorum."

Hiç heyecan yoktu sesinde, sadece yapması gereken işi yerine getiren birinin bıkkın konuşması. Taşınır belleği verince de bilgisayarına döndü, yeniden tuşlara dokunmaya başladı. Gülerek başını salladı Yıldız.

"Teşekkür ederiz, sana da iyi günler Kurti."

Hoşça kalın gibilerden elini bile kaldırmadı, yazdığı raporun ayrıntılarında kaybolmuştu çoktan. Elbette aldırmadı meslektaşları, ikisinin de aklı metal bellekteki videodaydı. Koridordaki otomattan birer bardak kahve alıp Yıldız'ın bilgisayarının başına geçtiler. Kolayca açıldı taşınır bellek. Altında geçen yılın tarihi yazan bir dosya çıktı karşılarına. Dosyayı açtılar. Önce bir ova belirdi gözlerinin önünde, kahverengi toprakları olan, biraz engebeli ama bereketli bir ova. Görüntünün üzerine, mor renkte, savruk harflerle yazılmış "Pergamon" başlığı düştü. Yazı kalkar kalkmaz, kamera zoom yapmaya başladı, sararmış tarlaları, tek tük ceviz ağaçlarını, bereketli üzümleriyle yeşil bağları, kurumuş bir dereyi geçerek ilerdeki yüksek tepeye odaklandı. Tepenin zirvesinde beyaz mermer sütunlar parıldıyordu. Kamera düzelince, ekranda antik bir şehrin kalıntıları göründü. Bir erkek sesi duyuldu:

"Merhaba, burası benim şehrim Pergamon."

Almanca konuşuyordu, ama daha önce duymadıkları bir sesti. Kamera yön değiştirdi, sesin sahibinin yakışıklı yüzü ortaya çıktı. İki polis de tahtta oturan Zeus resmini hatırladı. Uzun kıvırcık saçları ve sakallarıyla o resimdeki Zeus'un ta kendisiydi konuşan kişi. Evet, ekrandaki kişi, Cemal Ölmez'den başkası değildi.

"Sır değil, hayatta iki şehirle gurur duydum; onlardan biri köklerimin olduğu Bergama, yani antik dünyanın incisi Pergamon, ikincisi ise doğduğum şehir, Avrupa'nın kalbi Berlin'dir. Yeryüzünde yaşayan her insanın bu iki şehri görmesi gerekir. Zaten Pergamon'un kalbi Zeus Altarı'nı da yıllar önce söküp Berlin'e götürmüşlerdi. O yüzden, Berlin'deki dostlarımı her yıl Pergamon'a getiririm. Müze Adası'ndaki Pergamon Müzesi'nde kalbi sergilenen bu efsanevi şehrin bedeninden geriye ne kaldıysa görmeleri için." Sağa döndü. "Evet, bu yıl dört konuğum var." Kamera onun işaretiyle hareket etti ve Alex'in çopur suratı ekranda belirdi. Usulca başını sallayarak selam verdi baterist. Cemal'in sesi onun görüntüsünün üzerine düştü. "Evet, bu yılki konuklarımdan biri, sevgili hayat arkadaşım, muhteşem müzisyen, Berlin'in en yetenekli bateristi Alexander Werner." Kamera acelesi varmış gibi hızla Cemal'e döndü. Yüzünde manidar bir ifade belirmişti. "Kaç yıldır gidelim diye ısrar ederdim, sonunda Alex Efendi bizi şereflendirmeye karar verdi." Efendi sözcüğünü Türkçe söylemişti. "Evet, ayrıca yanımızda dünyalar güzeli bir hanımefendi var. Yetenekli bir sanatçı, Berlinli bir heykeltıraş. Benim tatlı arkadaşım." Kamera yine hareket etti, ekranda buğday başaklarını andıran saçları rüzgârda usulca dağılan incecik bir yüz göründü. Vahşi bir meyveyi andıran kalın dudaklar, hafif çillerle kaplı minicik bir burun, tatlı bir yumuşaklıkla bakan laciverdi mavi gözler.

"Merhaba, ben Kitty, çok heyecanlıyım. Müthiş bir gezi bu. Birazdan yukarıya, akropole gideceğiz. Pergamon Müzesi'nde defalarca ziyaret ettiğim muhteşem sunağın getirildiği şehri sonunda görebileceğim. Sokaklarında dolaşacağım, tiyatrosunun sıralarında oturacağım, yıkılmış tapınaklarının odalarında gezineceğim, orada yaşamış insanların ruhlarını hissedeceğim. Gerçekten benzersiz bir deneyim yaşayacağım. Bunun için Cemal'e ve biricik aşkım Peter'e teşekkür ederim." Kitty kameraya yaklaştı, bedeninin yarısı görüntüden çıktı, bir öpücük sesi duyuldu. Sonra güzel yüzü yeniden ekranda belirdi. "Hayatta aldığım en güzel hediyelerden biri olacak bu gezi."

Kamera Cemal'e döndü.

"Ve başka bir arkadaşım, akrabam da diyebilirim. Evet, aslında Pergamon'u benden daha çok seven biri var yanımızda. Çünkü yıllardır her yaz buradaki kazılara katılıyor. Evet, gururla takdim ediyorum. Alman Arkeoloji Enstitüsü'nün çalışkan bilim adamlarından, kuzenim Haluk Ölmez. Kendisi de benim gibi Berlin doğumlu, ama gönlü atalarının şehri Pergamon'da." Kamera Haluk'un esmer yüzünü göstermeye başlamıştı. Ölçülü bir gülümsemeyle başını salladı Berlinli arkeolog. "Merhaba, daha doğrusu hoş geldiniz, Cemal'in de söylediği gibi Berlin kadar burası da bizim şehrimiz. Ama dahası var, Pergamon benim hayatımı adadığım ideali temsil ediyor. Tepedeki Akropol, Asklepion Kutsal Şifa Merkezi, tapınaklar, saraylar, altar hepsi çok önemli. Sanki benim mahallem, caddem, sokağım, bahçem, evim... Fakat daha önemlisi Zeus Altarı... O altarda anlatılan hikâyeler... 'Tanrılarla Devlerin Savaşı'... Sanki o savaşta ben de vardım. Barbarlara karşı Olymposlularla beraber ben de savaşıyordum. Pergamon'un kurucusu Telephos'un başından geçenler sanki benim yaşam öyküm. Tekrar hoş geldiniz antik Anadolu'nun başkenti Pergamon'a."

Kamera yeniden Cemal'e dönecekken, dengesini kaybetti, sonra toparlandı ve ekranda Peter göründü. Saçları daha uzundu, hafif sakal bırakmıştı, yanık teniyle yine çok yakışıklı görünüyordu. Cemal'in sesi görüntünün üzerine düştü.

"Sarsıntı için çok özür dileriz, çünkü kamerayı ben ele geçirdim. Evet, karşınızda Der Blitz çalışanlarının benzersiz patronu, benim şahane sponsorum, sevgili dostum, Alman erkeklerinin en yakışıklısı Peter Schimmel..."

Peter düzgün dişlerini göstererek gülümsedi.

"Merhaba, bu benim Pergamon'a ilk gelişim. Buraya geldiğim için ben de çok mutluyum. Çünkü yanımda Kitty var." Elini uzattı, güzel heykeltıraş da ekrana girdi. Sağ eliyle sevgilisinin beline sarılan Peter, "Yanlış anlaşılmasın, elbette ben de Pergamon'u seviyorum, olağanüstü bir tarihi, heyecan verici bir hikâyesi var. Ama itiraf edeyim, içinde bulunduğumuz şu an, beni iki bin küsur yıllık geçmişten daha çok ilgilendiriyor. Evet, Zeus Altarı'nın üzerindeki kabartmalarda yer alan Hera, Athena, Aphrodite ve öteki tanrıçalar da muhteşem, ama ben Berlinli tanrıçam Kitty'yi hiçbirine değişmem." Dönüp sevgilisinin dudaklarına bir öpücük kondurdu, genç kadın anında karşılık verdi. Ekranda ateşli bir öpüşme başlarken, Tobias muzip bir sesle mırıldandı.

"Adam eşcinsel değilmiş Şef."

Buruk bir gülümseme belirdi Yıldız'ın dudaklarında.

"Öyle görünüyor. Kadın da çok güzelmiş." Uzandı bilgisayarın tuşlarına dokundu. Peter ile Kitty'nin ateşli öpüşmesi dondu. "Videonun başında 2020 yazıyordu, değil mi?"

Şefin nereye varmak istediğini anlamak istercesine gözlerini kısmıştı yardımcısı.

"Evet, 'Pergamon 2020' yazıyordu. Belli ki geçen yaz çekilmiş..."

"Ama Haluk bize iki yıldır Cemal'le görüşmüyorum demişti."

Anında hatırladı fil hafızalı Tobias.

"Kesinlikle öyle demişti, anne babasını üzmemek için görüşmeyi kestiğini söylemişti. Hımm, niye yalan söyledi acaba?"

Kafa yormak yerine adamdan öğrenmek daha kolay olacaktı.

"Haluk'u ara Toby, mümkünse bugün gidip konuşalım." Bir an düşündü. "Yok, yok, önce Peter'le konuşalım şu geziyi, sonra arkeoloğa gideriz."

Bocalıyordu Tobias.

"Yani Peter'i mi arayayım?"

Anlaşılmayacak ne var dercesine baktı amiri.

"İkisini de ara Toby, mümkünse bugün ikisiyle de konuşalım."

İri polis telefonunu çıkartırken Markus'un sesi duyuldu.

"Ne o romantik filmlere mi merak sardınız?"

Hemen arkalarında dikiliyordu, bakışları ekranda dudak dudağa kalmış Peter ile Kitty'ye takılmıştı.

"Yok, soruşturmayla ilgili önemli bir video bulduk" diye karşılık verdi Yıldız. "Zanlılardan birinin yalanını yakaladık."

Yüzü ışıdı Markus'un.

"Güzel, ilerliyoruz desenize. Bende de iyi haberler var. Alex'in derisini yüzen bıçakta Cemal'in DNA'sı bulundu. İki kurban da aynı silahla öldürülmüş."

"Bu gerçekten iyi haber" diye sevinçle söylendi Yıldız. "Evet, Markus, gerçekten ilerliyoruz."

Müdür daha fazla coşkuya kaptırmadı kendini.

"Biraz gelir misin?" dedi resmi bir ifadeyle. "Yarınki basın toplantısı hakkında konuşmak istiyorum seninle."

"Seninle"yi özellikle vurgulamıştı. Tobias hakkında konuşacaklarını anlamıştı Yıldız.

"Tamam geliyorum Markus." Yardımcısına baktı. "Sen şu görüşmeleri ayarla. Bugün konuşmamız çok önemli."

Markus'un peşi sıra çıktı koridora.

"Geçen yaz Pergamon'da çekilen bir videoyu izliyorduk. İki kurban da oradaymış..."

Şöyle bir baktı Markus.

"Yani katil de orada mıydı diyorsun?"

Tadı kaçtı Yıldız'ın. Olmayacak iş değildi. Ama bunu dile getirmek istemedi.

"Demiyorum, elimizde öyle bir kanıt yok. Ben hâlâ Nazilere yoğunlaşmamız gerektiğini düşünüyorum. Bu cinayetlerin arkasında Rudolf olabilir. Onu sorguya almalıyız."

Çaresiz, adeta yardım dileyen bir ifade belirdi müdürün aydınlık yüzünde.

"Çağır o zaman, ne gerekiyorsa yap Yıldız. Yeni kurbanlar olmadan çözelim şu işi."

Sonra hızlı adımlarla yürümeyi sürdürdü ama Yıldız'ın sabredecek hali yoktu. Müdürün odasına gitmeyi beklemeden yolda sordu.

"Neler oluyor Markus? Nedir şu Tobias meselesi?"

Etrafa şöyle bir göz attı müdür.

"Tobias'ın dedesi Nazi'ymiş. Ernst Becker... Bir SS subayı. 1934 yazında gerçekleşen 'Uzun Bıçaklar Gecesi'nin düzenleyicilerinden. O gece Naziler kendi içlerinde kanlı bir temizlik harekâtına giriştiler. Davalarına zararlı olmaya başladığına inandıkları SA üyelerinin üzerinde kitlesel bir terör estirdiler. O gece SA üyesi seksen beş dava arkadaşlarını katlettiler. Bu olayın sonrasında yıldızı parlayan Ernst Becker hep sadık bir SS subayı olarak kalmış. Kızılordu Berlin'e girerken, çocukları ve yaşlıları silahlandırarak sokak direnişini örgütlemeye çalışıyormuş, Brendenburg Kapısı'nın önündeki çatışmalarda Ruslar tarafından öldürülmüş."

Oysa dedesinin bir komünist olduğunu söylemişti Tobias, hem de son nefesine kadar partiye sadık kalmış inançlı bir komünist. Üstelik bu bilgiyi kullanarak, "Ne kadar çok ortak noktamız varmış seninle" demişti. Yıldız'ın düşüncelerinden habersiz, kısık sesle anlatmayı sürdürüyordu Markus.

"Aslında böyle bağlantılar olabilir. Sonuçta herkes birinin oğluydu, torunuydu. Almanya'da insanların Nazi kökeni olması doğal. Önemli olan Tobias'ın bunu gizlemesi."

Yardımcısının kendisine söylediklerini müdürle paylaşmak istemedi Yıldız.

"Peki nasıl ortaya çıktı bu bilgi? Yahut bugüne kadar nasıl gizlenmiş?"

Başını hafifçe sağa yatırdı müdür.

"Nasıl gizlendiği konusunda fikir yürütemem. Belki birileri üstünü kapattı bu bilgilerin. Sır değil, Batı'da Nazileri koruma güdüsü, daha savaş biter bitmez başlamıştı. Hep kollanıp korundular. Hem de bizzat İngiltere'nin girişimiyle, ardından ABD de katıldı bu kervana. Nazi bilim adamlarından yararlandılar, onların bilgilerini ve birikimlerini Sovyetler'e karşı kullandılar. Elbette Alman devletinde de bu yaygın bir alışkanlık haline geldi. Ama son yıllarda ırkçı eylemlerin artması, güvenlik güçlerinin içinde Nazi bağlantılarının araştırılmasını zorunlu kıldı. Evet, yukarıdan gelen bir emirle herkes inceleniyor. Bu araştırma ne kadar sağlıklı dersen, onu bilemem, fakat görülüyor ki, Tobias Becker o soruşturmaya takılmış. Yasal prosedür sürecek, Tobias da sorguya çekilecek." Pişmanlıkla başını salladı. "Aslında en başında, onu senin yanına vermeyecektim. Ama adam Türkleri tanıyordu, defalarca da ülkenize gitmiş, birazcık Türkçe de konuşuyordu, iyi anlaşırsınız dedim..."

"Ne?" Hayretle müdüre bakıyordu Yıldız. "Emin misin Markus, bana 'Türkiye'ye hiç gitmedim' dedi."

Markus da şaşırmıştı.

"Öyle mi? Oysa bana İstanbul'da yaşadıklarını anlatmıştı ballandıra ballandıra, hatta Fethiye'de İngilizlerle kavga etmişler. Sahiden 'Türkiye'ye gitmedim' mi dedi?" Başını çevirip Tobias'ı bıraktıkları odaya doğru baktı. "Niye saklamış ki bunları senden? Ne amacı olabilir?"

Deminden beri Yıldız da bunu düşünüyor ama bir yanıt bulamıyordu.

"İstersen onu görevden alabiliriz" diye sürdürdü müdür. "Sana yeni bir yardımcı veririm. Hatta kadın bir polis olabilir. Soruşturmayı öğrenene kadar biraz zorlanır ama yine de işine yarar. Karar sana kalmış."

Yıldız da ne yapacağını bilemiyordu. "Niye Toby?" diye geçiriyordu içinden, "Niye sakladın bunları benden?" Yardımcısının çocuksu yüzü, masum bakışları, içten sesi canlanıyordu zihninde. Hayır, diyordu sessizce, hayır, Toby hain olamaz. Hayır, onun kötü bir amacı yoktur. Mutlaka mantıklı bir açıklaması vardır bunların.

"Bana zaman ver Markus" diye söylendi sonunda. "Şimdilik sessiz kalalım. Sen de prosedürü biraz geciktir. Tobias hakikati bildiğimizi öğrenmesin. Bu süreçte düşünelim, hem de Tobias'ı gözlemleyelim."

Pis işti, Markus da ne diyeceğini bilemiyordu.

"Emin misin?" dedi gergin bir sesle. "Güvenmediğin biriyle çalışacaksın. Sırtını rahatça dönemeyeceğin biriyle."

Gözlerini kısarak başını salladı Yıldız.

"O kadarını bilmiyoruz. Toby, bizden bilgi saklayan bir polis sadece. Nazi olan dedesiydi. Bilinmesini istememiş olabilir. Ama Türkçe bilmediğini söylemesi, Türkiye'ye gittiğini gizlemesi tuhaf, gerçekten çok tuhaf."

9

"Sizi yok edecek olan sizi yaratandır!"

Sadece tanrılar ve kâhinler gelecekte olacakları bilebilirler. Apollon ile Delphi kâhini Rahibe Pythia öyleydiler. Ama gelecekte olacakları değiştirebilmek ancak benim gibi kudretli bir tanrının işidir. Ve öyle olaylar vardır ki, onları değiştirmek için bugünden hazırlanmak gerekir.

Babam Kronos, babası Uranos'u yendiği zaman gelecekte tahtını kaybedeceğini hiç düşünmedi. Düşünmediği için bunun tedbirini de almadı. Oysa ben nelerle karşılaşacağımı biliyordum. Titanların iktidarlarını biz tanrılara asla gönüllü olarak vermeyeceklerinden emindim. Babamın yuttuğu kardeşlerimi bu nedenle onun midesinden çıkardım. Çünkü titanları tek başıma yenemezdim. Bu savaşta tek gözlü devlerden, Brontes, Steropes ve Arges'ten gök gürültüsünü, şimşeği, yıldırımı aldım ve Briareus'u, Kottos'u ve Gyes'i saflarıma kattım. Sonuçta titanları yendim, onları ve isyancıların hepsini cezalandırdım. Ve artık gücümün doruğundayken gökyüzünde ve yeryüzünde hükümranlığımı kesinkes kabul ettirmişken, biliyordum ki toprağın altında yeni bir tehlike filizleniyordu. Biliyordum, çünkü bu tehlikeyi de rüyalarımın üçüncüsünde o kara gözlü esrarengiz çocuk anlatmıştı bana.

Kocaman bir salondaydım rüyamda. Hayır, burası Olympos Sarayı değildi. Tanıdığım hiçbir kralın sarayına da benzemiyordu. Penceresi yoktu, balkonu yoktu, terası yoktu, sadece iki küçük kapısı vardı. Salonun ortasında ise kocaman başka bir yapı duruyordu. Tanrılara adaklar kesilen o kutsal mekânlardan biri olmalıydı. Duvarlarına heykeller yapılmıştı. Sanki bir savaşı anlatıyordu heykeller. Biraz yakından bakınca kendimi seçer gibi oldum; kartallarım, şimşeklerim de yanımdaydı. Birileriyle dövüşüyordum, gür saçlı, korkunç görünümlü, üç devasa yaratıkla... Sonunda tanıdım başlarındakini: Porphyrion'du bu, ötekiler ise iki genç dev. Bir başka kabartmada Athena'yı gördüm, devlerin liderlerinden Alkyoneus'u saçlarından yakalamıştı, Gaia da oradaydı ama torununa değil, yenilmekte olan dev oğluna üzülüyordu. Evet, açıkça görülüyordu bu, Athena'nın zafer kazanmasından mutsuz olmuştu, devin kızımı alt etmesini istiyordu. Ama geniş kanatlarını vakarla açan Nike, kızım Athena'nın galibiyetini ilan ediyordu. Sonra Argoslu Hera'yı, görkemli Poseidon'u, ışıklar saçan Apollon'u ve kahraman oğlum Herakles'i gördüm. Bir an, bu titanlarla yaptığımız savaş diye düşündüm, ama ortalıkta onlardan hiçbiri yoktu. Hayır, dövüştüklerimizin hepsi devdi. Yani Gaia'nın korkunç çocuklarıydı. Çok iri mahluklardı, bedenlerinin altı yılan şeklindeydi, acımasız güçlerini anneleri topraktan alıyorlardı. Hayır, bu, bizim titanlarla yaptığımız değil, gelecekte devlerle yapacağımız savaştı. Ama heykellerin çoğu parçalandığı için kollar, gövdeler, başlar eksikti, o yüzden kim kimdir tam çıkaramıyordum.

Bakışlarımı heykellerden ayırıp salona döndüm, etrafta ne bir rahip vardı ne kesilen kurbanlar, ne yanan ateşler ne de tütsüler. Acayip kıyafetler giyinmiş, hiç bilmediğim lisanlar konuşan insanlar görüyordum sadece. Hepsinin de gözleri heykellere takılmıştı, hayranlıkla etraflarında dolaşıyorlardı. Bir kısmı da merdivenleri tırmanarak ateş yakılan sunağa çıkmaya çalışıyordu. Ben de o insanlarla birlikte merdivenlerden çıkmaya başladım. Elbette beni göremiyorlardı, çünkü onların gözlerinde bir tanrıyı seçebilecek cevher yoktu. O sırada kara gözlü esrarengiz çocuğu fark ettim. Yine babasının yanındaydı, ama bir anlığına adamın elini bırakarak bana yaklaştı. Gözlerini yüzüme dikti. Bu kez ben erken davrandım. Dedim ki:

"Sen kimsin? Nereden geliyorsun?"

Hayal kırıklığı belirdi yüzünde. Dedi ki:

"Gerçekten tanımıyor musunuz beni yüce Zeus?"

Öfkeyle mırıldandım.

"Tanımam mı gerekiyor?"

Alıngan bakışlarla süzdü beni.

"Şimdi değil ama bir gün anlayacaksınız kim olduğumu."

Ama böyle kolayca kurtulamazdı benden. Dedim ki:

"Kimsin sen? Niye böyle esrarengiz konuşuyorsun?"

Cesurca baktı. Dedi ki:

"Gelecekten geliyorum, ama geçmişte doğdum. O kadar karışık değil aslında. Bilinmezden geliyorum, ama söyleyeceklerim geleceği bilinir kılacak. Ne yazık ki müjdeli haberlerim yok yüce Zeus. Felaket yaklaşıyor. "

Sanki tanrıymışçasına kendinden emin konuşuyordu.

"Ne felaketi?" diye gürledim. "Ne saçmalıyorsun çocuk!"

Bakışları sunağın duvarlarındaki heykellere kaydı.

"Saçmalamıyorum Ulu Zeus. Bir savaşı haber vermeye geldim. Sizin için son derece tehlikeli bir tuzağı anlatmaya geldim. Evet, yüce efendimiz, gerekli tedbirleri almazsanız, yenilginizle sonuçlanacak kanlı bir çatışmayı haber vermeye geldim."

Canımı sıkmaya başlamıştı.

"Benim rızam olmadan kimse savaşa cesaret edemez. Olymposluları yenebilecek bir mahluk yaratılmadı daha."

Sanki bana acıyormuş gibi üzüntüyle baktı. Dedi ki:

"Sizi yok edecek olan sizi yaratandır. Bu defa çok güçlü bir düşmanınız var." Duvardaki Gaia'yı gösterdi. "Evet, size güç veren gücü alacak elinizden. Ama bu felaketi engelleyebilirsiniz. Öteki tanrıları yanınıza almanızdan söz etmiyorum. Bunu zaten yapmak zorundasınız. Ben bir insandan bahsediyorum. Bir ölümlünün de sizinle birlikte savaşmasından. Hem de sizin kanınızdan bir ölümlünün..." Küçük eli usulca havaya kalktı. Parmağı, duvardaki bir kabartmayı işaret etti. Kahraman Herakles'i gösteriyordu. "Ölümlü oğlunuz bu savaşa katılmazsa devleri asla yenemezsiniz."

Böyle çok bilmiş hali, kendine güvenen tavrı çileden çıkardı beni.

"Sen artık çok olmaya başladın ama" diye azarladım. "Haline bakmadan bana akıl mı veriyorsun?"

"Hayır yüce Zeus, size akıl vermek ne haddime, ben sadece olacakları söylüyorum. Beni yabancı biri olarak görmeyin. Kendi aklınız sayın, kendi düşünceniz, kendi sesiniz. Ve lütfen dinleyin! Büyük bir savaşa hazırlanıyorlar. Sizi tahtınızdan edecek korkunç bir savaşa."

Çocuk bunları söylerken sesi gitgide zayıflamaya, görüntüler silikleşmeye, salondaki renkler solmaya başlamıştı.

"Kim?" diye haykırdım. "Kim benimle savaşmaya cesaret edecek? Ha, söyle bakalım kimmiş o alçak?"

Ama çabalarım boşunaydı, sesim o büyük salonda yankılandı, duvarlardaki mermer kabartmaların kırık kol ve bacaklarına çarparak geri döndü.

"Kim? Kim benimle savaşmaya cesaret edecek?"

Kendi sesime uyandım. Gözlerimi açtığımda Hera kaygıyla bana bakıyordu.

Bu irkiltici rüyayı böyle açık seçik görünce, çocuğa sorduğum sorunun cevabı olanca berraklığıyla canlandı zihnimde. Gelecekte olacaklar geçmeye başladı gözlerimin önünden. Zaten bildiğim, ancak aklıma getirmekten korktuğum o hakikat dank etti kafama. Evet, titanlarla yaptığımız savaş sonuncu değildi, çok daha kanlı ve acımasız bir kavga bekliyordu bizi. Ama bu işin arkasında rüyamdaki çocuğun söylediği gibi Gaia mı vardı? Yoksa titanlar kendi başlarına mı isyana kalkışıyorlardı? Ondan emin değildim. Bu yüzden Toprak Ana'yla konuşmaya karar verdim.

Beni görünce şöyle bir baktı yüzüme ve dedi ki:

"Ey oğul, güçlü, kudretli, hikmetinden sual olunmayan oğul. Demek hatırladın sonunda Toprak Ana'nı. Demek aklına geldi sonunda seni tahta oturtan Gaia. Ben de artık yok sayıyorsun sanmıştım hepinizi yaratanı."

Sözleri sitem yüklüydü. Alttan aldım ve dedim ki:

"Ey Toprak Ana, ey dişilerin en yücesi, en erdemlisi, en görkemlisi. Sana sevgilerimi, sana saygılarımı, sana en güzel duygularımı sunuyorum. Hiç unutur muyum seni? Hep aklımdasın ama bilirsin zordur baştanrı olmak, tanrılara krallık, bütün canlılara çobanlık yapmak. Hep aklımdaydın, ama bir türlü rahat bırakmıyor ki beni şu insanlar. Ya bir savaş, ya bir hastalık ya da kıtlık, hep yardım istiyorlar Zeus'tan. Öküzünü yitiren köylüler bile gece gündüz düşürmüyor adımı ağzından. Ama geldim huzuruna işte. Karartma gönlünü, seni sevdiğimi bilirsin, kalbimde bambaşkadır yerin."

Hiç yumuşamadı tanrıçaların en görmüş geçirmişi. Çünkü o, tatlı sözlere değil davranışlara bakardı.

"Bilirim işin zordur, bilirim dünyayı yönetmek belaların en büyüğüdür. O yüzden bana gelmemeni anlarım, adımı anmamanı da hatta beni artık sevmemeni de anlarım, ancak adaletsizliği kabul edemem. Çünkü sen adaleti sağlamak için Zeus oldun. Bir başka Uranos'a, bir başka Kronos'a ihtiyacı yok dünyanın. Ama sen onlar gibi davranıyorsun. Haklı haksız ayırmadan çocuklarımı Tartaros'a hapsettin. Atlas'ımın sırtına koca gökyüzünü yıktın, Prometheus'un ciğerini kartalına yedirdin, evlatlarıma işkenceler ettin, hayatlarını cehenneme çevirdin. İşte buna katlanamam. Dileğim, Zeus olmadan önceki halini hatırlamandır. Dileğim, o cesur isyancıya dönüşmendir vakit geçirmeden. Dileğim, tahta oturmadan önceki o adil genç olmandır yeniden."

Toprak Ana değil de başkası olsaydı, ezer geçerdim onu, daha sözünü bitirmeden. Ama Gaia hepimizi yaratandı, ben bile bilmiyordum gücünün sınırlarını. O yüzden insanlar gibi düzenbazlığı seçtim, anlamazlığa vurdum, inkâra yöneldim. Dedim ki:

"Ey Gaia, ey annemin annesi, ey tanrıçaların en bilgesi, en yeteneklisi, en görkemlisi. İyi ki gelmişim yanına, iyi ki görmüşüm seni, iyi ki konuştun benimle. Duydum yanlışlarımı, yüzleştim noksanlıklarımla, gördüm acemi davranışlarımın yıkıcı sonuçlarını. Haklısın, dünyanın ihtiyacı yok yeni bir tirana. Şu andan sonra daha adil, daha şefkatli, daha merhametli bir Zeus olacağım. Sadece tanrıları değil, senin kanından, senin soyundan gelen herkesi eşit bir şekilde koruyacağım."

Elbette inanmadı Gaia, ama karşı da çıkmadı, sustu sadece. Hiç konuşmadan, sustu yanında kaldığım sürece. Toprak Ana'dan ayrılınca anladım rüyamdaki çocuğun doğru söylediğini. Anladım o tapınaktaki kabartmalarda gördüğüm savaşı kimin kışkırttığını. Artık şüphem yoktu, bizi yok etmeye çalışan, bizi yaratandı. Çaremiz yoktu, bu kanlı savaşta, gelmiş geçmiş en kudretli tanrıçaya, titanların ve devlerin muhteşem yaratıcısı, bizim anneannemiz Gaia'ya karşı dövüşecektik. Nasıl ki aynı yatağa girdiği, bedenini ve ruhunu paylaştığı Uranos'u tahtından indirmek için oğlunu hazırladıysa ve Kronos iktidara geçtikten sonra onu hayal kırıklığına uğratınca, annemi de yanına alarak babamı yenmem için beni kışkırttıysa, şimdi de tanrıların tanrısı Zeus'un tacını elinden almak için yerin altındaki barbarları ayaklandırmaya çalışıyordu. Bu çirkin ve ucube mahlukları aşağıladığımı söylüyor, çocuklarına kötü davrandığımı iddia ediyordu. Ki devler gerçekten de ilkel yaratıklardı, hem beden olarak, hem akıl olarak biz tanrılardan çok geriydiler. Onlar ölümün ve kötülüğün temsilcileriydiler. Yeryüzüne verebilecekleri sadece karanlık ve kaostu. Gaia da bunu biliyordu elbette. Ama gözünü iktidar hırsı bürümüştü. Ne titanlar, ne devler, ne de tanrılar umurundaydı. Toprak Anamız sadece erkeklerin gasp ettiği iktidarını geri istiyordu.

Dedem Uranos'u tahtından indirmesi bu yüzdendi, babamın krallığına son vermesinin nedeni de buydu, onun dişi iktidarı, hiç de hak etmeyen erkeklerin eline geçmişti. Artık buna bir son vermek, zamanın akışını tersine çevirmek niyetindeydi. Devler, titanlar, Olympos'taki tanrılar ve yeryüzündeki bütün canlılar yeniden emrine girsin, ana tanrıçaya tapsınlar istiyordu. Çünkü hepimizden önce o vardı. Bizden sonra da sadece o kalmalıydı. Ve bu amacına ulaşmak için beni yenmesi şarttı. Onu engelleyebilecek tek ilahi güç, gökyüzünün ve yeryüzünün efendisi, bütün canlıların tanrısı, kralların kralı, korkunç Kronosoğlu'ydu; yani en küçük torunu olan ben Zeus. O sebepten benim ve Olymposluların iktidarına sonsuza kadar son verecek kanlı bir savaşa hazırlanıyordu. Yapmam gereken sabırla, sessizce bu kanlı çatışmaya hazırlanmaktı.

Kimlere güvenebileceğimi de rüyamda görmüştüm. Gümüş yaylı Apollon, Argoslu Hera, kalkanlı Athena, tolgası ışıldayan Ares, ok saçan Artemis, üstün akıllı Hermes, Kıbrıslı Tanrıça Aphrodite, ölümlü ananın ölümsüz oğlu Dionysos, lacivert yeleli Poseidon, güzel saçlı Demeter, demircilerin en güçlüsü Hephaistos ve maharetleriyle bizi sarmalayan öteki tanrılar ve her zaman yanımda yer alan dost titanlar doğal yoldaşımdı. En kanlı çatışmalarda, en çetin vuruşmalarda bile beni terk etmezlerdi ama yaklaşmakta olan savaşı göz önüne alırsak, bu kâfi değildi. O kara gözlü esrarengiz çocuğun söylediği gibi, kudretlerini topraktan alan devleri yenmem için bir ölümlünün de bizimle birlikte savaşması gerekiyordu. Çünkü kutsal yasa öyle diyordu. Evet, devlerin can vermesi için hem bir ölümlü hem de bir tanrı tarafından öldürülmeleri gerekiyordu. İşte o ölümlü kişi, benim kanımdan gelen öz oğlum Herakles'ten başkası değildi. Herakles yanımda olmadan bu savaşı kazanamazdım.

Ancak yiğit evladım ne ruhen ne de bedenen böyle bir çatışmaya hazırdı. Olymposluların yanında dövüşebilmesi için büyük üzüntüler çekmeli, tarifsiz acılar yaşamalı, hayal kırıklıklarına uğramalı ama bütün bu zorluklara rağmen ruhunu temiz tutmalıydı. Evet, Herakles kaş gücü olarak ölümlülerin en güçlüsüydü, zalim kralları cezalandırır, insanlara zarar veren canavarları avlar, vahşi hayvanları yola getirirdi. Fakat bu yeterli değildi, akıllı Gaia'nın acımasız çocukları olan devleri de yenmeyi öğrenmeliydi. Ve bütün bunları ona öğretecek olan elbette bendim, oğluma öyle bir kader çizmeliydim ki, bir ölümlü olarak geldiği bu dünyadan ölümsüz biri olarak Olympos'taki sarayımda onurlu yerini almalıydı. Ama Herakles dahil hiç kimse bu ilahi plandan haberdar olmamalıydı. Çünkü titan, tanrı ya da insan başka biri duyarsa Gaia da öğrenirdi. Yani Herakles için iyi ya da kötü, güzel ya da çirkin ne yapacaksam, sanki başkaları yapıyormuş gibi görünmeliydi. Ve ne yazık ki bu serüvenin günah keçisi, kıskanç karım Hera olacaktı.

Dokuzuncu Bölüm

Renk vermemesi gerekiyordu, Yıldız da öyle yaptı. Merkezden ayrılıp Peter'in telefonda Tobias'a randevu verdiği Café am Neuen See'ye ulaşıncaya kadar Markus'un söylediklerinden bahsetmedi. Sadece buluşacakları bira bahçesine yaklaşırken, üzerinden geçtikleri köprünün altındaki Landwehr Kanalı'nı gösterdi.

"Rosa Luxemburg'un cansız bedenini burada suya atmışlardı biliyor musun?" Sesi dalgındı, sanki yüz küsur yıl önce, bir kış günü öldürülen o kadın devrimci yakın akrabasıymış gibi yüzünde kederli bir ifade belirmişti. Sonra yorgunca gülümsedi. "Benimki de soru, nasıl bilmezsin ki! Sen sosyalist bir ülkede doğdun. Deden, baban komünistti."

Göz ucuyla, Passat'ı kullanmakta olan yardımcısını süzüyordu, ama Tobias da onun kadar iyi bir oyuncuydu.

"Evet Şef, korkunç bir olay" dedi aynı kederli sesle. "Rosa Luxemburg'un cesedini günler sonra bulmuşlar. Dövülerek öldürüldüğü söyleniyor."

Elbette bu büyük Alman devrimcisinin trajik hikâyesini biliyordu Tobias, ama ona gerçekten saygı duyuyor muydu, işte orası belirsizdi. Aslında daha fazla üstüne gitmemesi gerekiyordu ancak kendini tutamadı Yıldız.

"İlk annemle gelmiştim buraya. Kanalın kenarında metal harflerle Rosa Luxemburg yazan bir anıt var aşağıda. Annem o yazıyı bana göstermiş, 'Bu ismi hiç unutma kızım, Rosa büyük bir kadındı. O sadece bir komünist değil, aynı zamanda bir özgürlük âşığıydı. Kendi yoldaşlarıyla çatışma pahasına hayatının sonuna kadar özgürlüğü savundu. O yüzden, militaristler yaşamasına izin vermediler.' Tam anlamasam da ne demek istediğini, Rosa Luxemburg adındaki bu kadının bir kahraman olduğunu düşünmüştüm. Daha sonra da babamla gelmiştik buraya. Annem öldükten, Demokratik Almanya yıkıldıktan sonra. Babam, kanalın sessizce akan bulanık sularına bakarak, 'Eğer 1919'da Rosa Luxemburg ve yoldaşları başarabilseydi, yani Spartakist isyan devrimle sonuçlansaydı, sosyalizm asla yıkılmazdı. Kapitalizm asla sosyalizmi yenemezdi. Çünkü bizim ideallerimizdeki toplumun altyapısı Almanya'daydı, geri kalmış Çarlık Rusyası'nda değil. Sosyalist devrim sanayisini kuramamış Rusya toplumuna büyük geldi' demişti. Ya da buna benzer bir şey işte." Sanki merak ediyormuş gibi bir heyecanla yardımcısına döndü. "Sizinkiler seni getirmedi mi buraya? Deden ya da baban?"

Tobias o kadar soğukkanlıydı ki, bakışlarını yoldan ayırmadı bile.

"Dedemi hiç görmedim, ben doğmadan ölmüş. Berlin'i Nazilerden kurtarırken. Babam bile doğru dürüst hatırlamıyor, dedem öldüğünde beş yaşındaymış. Anıta hiç gelmedim, ama Rosa Luxemburg ve kader yoldaşı Karl Liebknecht'in hikâyelerini okulda öğretmişlerdi. Muhtemelen yargısız infaza kurban gitmişler." Gülmeye başladı. "Şu hale bak Alman devletinin iki polisi oturmuş, bir kadın devrimciyi konuşuyoruz, hem de yıllar önce Alman devleti tarafından öldürülen bir lideri. Üstelik eleştirmeden, hatta överek."

Anında taşı gediğine koydu Yıldız:

"Dert ettiğin şeye bak Toby, şu anda polis teşkilatında başta Hitler olmak üzere, eski Nazileri öven o kadar çok insan var ki. Üstelik sadece onlara saygı duymuyorlar, o katillerin yarıda bıraktıkları işi tamamlamaya da çalışıyorlar. Bizim, dünya tarihine mal olmuş bir kadın hakları savunucusunu konuşmamızdan daha masum ne olabilir?"

Yüzü kıpkırmızı oldu Tobias'ın ama hemen toparladı.

"Haklısın Şef, hem devlet bu konuda hata yaptığını da kabul ediyor. Belki teşkilat içindeki Nazilerle de hesaplaşır bir gün..."

Göz göre göre yalan söylüyordu ama daha fazla üstelemedi Yıldız, görüşmeleri gereken iki adam vardı, hem kendisinin hem de yardımcısının dikkatini dağıtmak istemiyordu.

"İşe gitmemiş mi Peter?" diye değiştirdi konuyu. "Niye gölün kenarında buluşmak istedi?"

Derin bir nefes aldı Tobias.

"Café am Neuen See'de iş görüşmesi varmış. 'Söylediğim saatte gelirseniz, size zaman ayırabilirim' dedi. 'Tabii geliriz' dedim. Zaten bizim de zamanımız çok sınırlı, hemen ardından Haluk'la görüşeceğiz Pergamon Panoroması'nın kafesinde."

"Güzeeel, Peter'in ardından sıcağı sıcağına arkeologla konuşmak iyi olacak. Nasıldı Peter'in tavrı? Son görüşmemiz biraz gergindi de."

Her zamanki rahatlığıyla açıkladı yardımcısı:

"Yok, gayet samimiydi. Hiç ukalalık yapmadı, yine nazikti." Hınzır bir gülümseme yerleştirdi dudaklarına. "Seni de sordu Şef. Ben de, 'Elbette, Başkomiser Karasu da gelecek' deyince mutlu oldu."

Zevzeklik mi yapıyordu, yoksa az önce dedesiyle ilgili konuştukları konuyu tümüyle unutturmaya mı çalışıyordu, karar veremedi Yıldız, ama Peter'in kendisini sorması hoşuna gitmişti.

"Bize Haluk hakkında ipucu verirse biz de mutlu oluruz" diyerek meseleyi kapattı.

Café am Neuen See, şehrin en güzel bira bahçelerinden biriydi. Anne babasından sonra lise son sınıfta ilk göz ağrısı Volker'le gelmişti buraya, ardından eski kocası Franz'la, sonra da oğlu Deniz'le. Birkaç kez de yalnız gelmişti. Ağaçların gölgesiyle koyu bir yeşile bürünen gölün manzarasını izlemek, kuş seslerini dinlemek, insanın kendisiyle baş başa kalması için ideal bir yerdi. Fakat hafta arası gelmek lazımdı, çünkü cumartesi-pazar, iğne atsan yere düşmezdi. Gölün kenarındaki masalarda yer bulmak mümkün olmazdı. Ama bugün bira bahçesi sakindi, kayıkların bağlandığı kıyıya paralel konulmuş ahşap masalardan birinde otururken buldular Peter'i. Önündeki tablette excel dosyasında birtakım hesaplamalar yapıyordu. Bizimkiler yanına yaklaşıncaya kadar fark etmedi onları.

"Kolay gelsin Bay Schimmel."

Yıldız'ı karşısında gören Peter'in yüzü ışıdı.

"Aaa merhaba, geldiğinizi görmedim."

Adamın elindeki tableti işaret etti.

"Zor bir problem mi?"

Peter de bıkkınlıkla baktı tabletteki rakamlarla dolu tabloya.

"Galiba Der Blitz'i satacağım... Geçen bahsetmiştim, büyük şirketlerle görüşüyoruz diye. Evet, biraz sıkıntılı bir süreç... Doğu'dan gelip burada iş yapmak zor." Acı bir gülümseme belirdi yüzünde. "Duvar'ın yıkılması sadece özgürlük getirmedi, beraberinde acı ve mutsuzluk da vardı. Evet, işin o kısmı pek konuşulmuyor... Neyse, kendi meselelerimle başınızı ağrıtmayayım şimdi." Tableti kapattı. "Buyurun, buyurun, oturun lütfen. Siz de şöyle geçin Bay Becker."

Yıldız karşısına oturdu, Tobias sağ taraftaki sıraya yerleşti. Geçen defa kötü ayrılmışlardı ama şimdi onları gördüğüne sevinmiş gibiydi Peter, bir heves ayağa kalkacak gibi oldu.

"Ne alayım size, bira içer misiniz?"

Minnettarca gülümsedi Yıldız.

"Lütfen zahmet etmeyin, görev sırasında içmiyoruz."

"Ben böyle iyiyim" diye amirini destekledi Tobias, sonra mahcup bir tavırla sordu: "Ama bir sigara içsem..."

İtiraz gelmeyince paketini çıkardı, bir sigara çekip dudaklarının arasına yerleştirdi. Peter çoktan Yıldız'a dönmüştü.

"Ben de sizi arayacaktım. Cemal'in cenazesi ne olacak? Aile cenazeye sahip çıkacak mı? Bay Ölmez'den haber alamadım çünkü."

Hiç düşünmemişti Yıldız, evet, Cemal'i olmasa bile, babasını doğduğu şehre götürmek isteyebilirdi Kerem.

"Ben de bilmiyorum, görünce sorarım."

Ellerini tabletin üzerinde kavuşturdu Peter, uzun parmakları iç içe geçti.

"Çok teşekkür ederim. Bunu öğrenmek benim için önemli. Çünkü Cemal, öldüğünde Bergama'ya gömülmek istediğini söylemişti. Aile onun vasiyetini yerine getirecekse, biz karışmayalım ama cenazeye sahip çıkmayacaklarsa, Cemal'in dileğini gerçekleştirmek isterim. Gerçi birkaç gün sonra benim Londra'ya gitmem gerekecek. 'Yenilenebilir Enerji Konferası'nda konuşma yapacağım. Bu işle arkadaşları görevlendirebilirim. Cemal'i istediği yere defnedebiliriz."

Peter'in vefalı davranışına değil de Cemal'in Bergama'ya gömülmek istemesine şaşırdı Yıldız. Genellikle Almanya'da yaşamını yitiren yaşlı göçmenler memleketlerinde defnedilmek isterlerdi. Berlin'de doğan birinin babasının doğduğu topraklara gömülmek istemesi ilginçti. Cemal gerçekten de aşkla bağlı olmalıydı Pergamon'a.

"Babası yüzünden" diye söylendi Peter sanki kadının aklından geçenleri anlamış gibi. "Evet, şaşırdığınızı görüyorum Bayan Karasu ama söylediğim doğru. Cemo'nun Pergamon merakı, babasının arkeolog olma hevesi yüzünden. Kerem Ölmez, akıl sağlığını yitirecek derecede antik şehri seviyormuş. Aslında seviyormuş kelimesi eksik kalır, iflah olmaz şekilde bağlıymış şehre. Dedesinin mi ne vasiyetiymiş, arkeolog olmak istiyormuş. Berlin birleşmeden önce, Pergamon Müzesi doğudayken, küçük oğlunu elinden tutar, müzeye götürürmüş. Her hafta sonu Doğu Berlin'e geçermiş. Altarı ziyaret etmezse kötü hissedermiş."

Kendini tutamayıp söylendi Yıldız:

"Hayret! Benim duyduğum Batı Berlin'deki Türk işçileri eğlenmek, çapkınlık yapmak için Doğu'ya geçerlermiş. Bu Kerem gerçekten de tuhaf biri."

Dalgınca başını salladı Peter.

"Evet, öyleymiş. Müzeye gide gele, babasının tutkusu

oğluna geçmiş. O da Zeus Altarı'nın bağımlısı olmuş. Bütün kabartmaları ezbere bilirdi. Kabartmalardaki tanrıları, tanrıçaları, titanları, devleri, sanki Pergamon'da o heykelleri kazıda kendisi bulmuş gibi ayrıntılarıyla anlatırdı."

Yaktığı sigaradan derin bir nefes çeken Tobias, dumanları salarken sordu:

"Kuzeni Haluk gibi mi?"

Anlaması zaman aldı Peter'in.

"Hıı... Kuzeni mi? Tamam, tamam, arkeolog Haluk'tan bahsediyorsunuz. Hayır, hayır, onun gibi değil. Haluk bir bilim insanı. Pergamon üzerine çalışıyor ama onunki tutku değil, bir iş. Yani antik şehre, Zeus Altarı'na mantığıyla bağlı. Cemal'inki tümüyle duygusal bir bağlılıktı, babası gibi saplantılı bir sevgi. O kadar ki, kendisiyle ve ailesiyle Pergamon'u özdeşleştiriyordu. Geçen görüşmemizde Pergamon Altarı'ndaki tanrı ve tanrıçaların yüzünü kendi ailesinin bireyleri gibi çizeceğinden konuşmuştuk ya, işte asıl sebep bu. Pergamon Sunağı'yla o kadar özdeşleşmişti ki, kendini Zeus gibi hissetmeye başlamıştı. Delilikten değil, bir sanatçının hayal dünyasından bahsediyorum. Gerçekliği hiçbir zaman tümüyle kaybetmedi, ama kendini Zeus gibi görmek hoşuna gidiyordu. O yüzden de dedesini Uranos'a, babasını Kronos'a benzetiyordu."

Bunları biliyorlardı zaten, önemli olan Haluk'un kendini Zeus zannedip zannetmemesiydi.

"Şu Haluk nasıl biridir?" diye merak ettiği meseleyi açtı Yıldız. "Onunla tanıştınız mı?"

Kuşku dolu bir ifade belirdi Peter'in yakışıklı yüzünde.

"Yoksa ondan mı şüpheleniyorsunuz?" Yanıtı beklemeden başını yana salladı. "Zannetmem, Haluk iyi bir adam. Üstelik Cemal'i de severdi."

Manidar bir sesle yineledi Tobias:

"... severdi? Nasıl bir sevgiydi bu?"

Peter gözlerini kısarak süzdü toraman polisi.

"İma ettiğiniz gibi değil, bildiğim kadarıyla Haluk heteroseksüel. Kardeş gibiydiler. Haluk yetenekli bir arkeolog. Zaten Alman Arkeoloji Enstitüsü'nde çalışıyor, yazları Pergamon'daki kazılara katılıyor. Cemal, Zeus Altarı projesi için ondan destek istedi. Haluk da ona teknik olarak yardım ediyordu. Yunan mitolojisini anlatıyor, Olymposlu tanrılar hakkında ayrıntılı bilgiler veriyordu."

"Bu çelişkili bir durum aslında" diyerek böldü konuşmasını Yıldız. "Çünkü Haluk'un ailesiyle Cemal'in ailesi yıllardır görüşmüyorlarmış. Kan davası gibi bir mesele varmış aralarında."

Ürkerek başını geri attı Peter.

"Kan davası mı? Yani birileri mi ölmüş?"

"Evet, Cemal'in ailesiyle amcasının çocukları kavga etmiş, o sırada kazayla kuzenlerden biri ölmüş. Ölen şahıs Haluk'un ağabeyiymiş. O yüzden iki aile birbirleriyle konuşmuyormuş. Hatta silahlı saldırı filan da olmuş..."

İlk kez duyuyor gibiydi Peter, Yıldız sorma gereği duydu:

"Cemal anlatmadı mı bunları?"

"Hayır, anlatmadı." Hayal kırıklığına benzer bir ifade belirmişti yüzünde ama çok sürmedi. "Konu açılmamış demek ki... Belki de bahsetmek istemedi. Ne de olsa aile meselesi."

"Siz, bu Haluk'la sık görüşür müydünüz?" diye eşelemeyi sürdürdü Yıldız. "Onu, biraz daha anlatır mısınız?"

Elleri çenesine gitti Peter'in, bakışları ağırlaştı.

"Evet, defalarca karşılaştık. Ama nasıl bir adamdır?" Düşünmek gereği duydu. "İyi biri olduğunu söylemiştim, oldukça da zeki. Bütün Ölmez Ailesi gibi iri yapılı. Biz Almanlar için bile oldukça iri bir adam. Spor yapıyor olmalı, muhteşem bir vücuda sahip. Hatta geçen yıl bana gelmişlerdi Cemal'le birlikte. Gölde, Wannsee'de birlikte yüzmüştük. Ben de spor yaparım ama onun vücudu gerçekten çok iyiydi. 'Gladyatörlere benziyorsun' diye takılmıştım. O da hiç alttan almamış, 'Gladyatör değil, biz Pergamonluyuz, Zeus'un soyundan geliyoruz, Yunan Tanrısı desek daha uygun olur' demişti şakacı bir tavırla. Yalnız yüzü bir tuhaf. Hep kederli bir hali var. Nedenini bilemedim, galiba gözkapakları biraz düşük, belki o yüzden hep üzgün görünüyor. Tanıdığımız

Türkiyelilere benzemiyor tabii, o da Cemal gibi kültürlü biri..." Bunlar ağzından çıkar çıkmaz, yine pot kırdığını düşünmüş olacak ki, "Pardon Bayan Karasu" diye toparlamaya çalıştı. "Hiçbir azınlığı küçümsemek istemem, ama Cemal'le Haluk gerçekten farklıydı."

Yıldız takılmamıştı bile, aklı zanlıdaydı.

"Haluk'u şiddete meyilli biri olarak tanımlar mısınız? Saldırgan biri diyebilir misiniz?"

Üzerine ağır bir sorumluluk yüklenmiş gibi gerildi Peter.

"O kadar yakından tanımıyorum" dedi sıkıntıyla. "Ketum biriydi, davranışları ölçülüydü. Öfkeli yahut tehditkâr bir tavrını hatırlamıyorum... Cemal gibi o da çoğunlukla sakindi... Aslında fazla vakit geçirmedik. Buluştuğumuzda birkaç saat görüşürdük. Yemek yenirdi, sohbet edilirdi, hepsi o."

Peter'in unuttuğunu ya da söylemek istemediğini Tobias hatırlattı.

"Ama Pergamon'da birkaç gün kalmışsınız. Öyle değil mi, geçen yaz Türkiye'deymişsiniz."

Duraksadı Peter, ağır ağır başını salladı.

"Doğru, hep birlikte Pergamon'a gittik. Ama Haluk sadece bir gün bizimle kaldı. Zaten oradaki kazıya katılıyordu. Akropolü gezdirdi, Zeus Altarı'nın boş kaidelerini gösterdi, tapınakları, sarayları, tiyatroyu, gymnasiumu anlattı. Sonra Bergama'da bir esnaf lokantasında yemek ısmarladı, işte hepsi bu. Yani o kadar uzun kalmadı bizimle. Hatta bizim Kitty, akşam yemeğe kalması için ısrar etti, 'Ertesi sabah çok erken kalkmam lazım, güneş doğmadan' diyerek izin istedi."

Manidar bir ifade geçti Tobias'ın ablak suratından.

"Kitty kim?"

Yüzü gölgelendi Peter'in.

"Sevgilim... Sevgilimdi, o geziden iki ay sonra ayrıldık."

"İsterseniz anlatmayın" diyecek oldu Yıldız, ama yakışıklı işadamı sözlerini sürdürmekte sakınca görmedi.

"Yok, saklayacak bir durum yok. Kitty evlenmek, çocuk yapmak istiyordu." Gözleri hülyalanmıştı, anlamsızca güldü. "Ben istemedim. Evlilik bana göre değil." Yüzü karıştı.

"Yani evlilik belki olabilir, ama çocuk..." Kara gözlerinde derin bir keder belirmişti, belki de acı. "Ben bu dünyaya çocuk getiremem." Ellerini yana açtı. "Böyle bir sorumluluğu alamam. Zor, çok zor iş."

Hak vermese de üzüldü adamın haline Yıldız. Ama Peter'in kederi zerrece etkilememişti Tobias'ı.

"Hiç tartıştılar mı yanınızda?"

Duygusallığından sıyrılamayan Peter anlamamıştı.

"Cemal'le Haluk'tan bahsediyorum, daha önceleri ya da Türkiye gezisinde..."

Gözlerini gölün durgun sularına dikerek bir an düşündü Peter.

"Hayır, tartıştıklarına hiç tanık olmadım. Birlikteyken tatsızlık yaşadığımızı hatırlamıyorum. Cemal de uyumlu bir insandı zaten. Onu sadece bir kişi çileden çıkarıyordu, Alexander Werner..."

"Artık çıkaramaz" diye söylendi kaba bir tavırla Tobias. "Tabii öteki dünyada karşılaşmazlarsa..."

Kaşları çatıldı Peter'in.

"Ne demek istiyorsunuz?" Endişeli bakışlarını Yıldız'a çevirdi. "Alex'e bir şey mi oldu?"

Üzüntüyle baktı başkomiser.

"Ne yazık ki Alexander Werner, dün gece evinde vahşice öldürüldü. Cemal'i öldüren silahla..."

Yakışıklı yüzü dehşetle çarpıldı Peter'in.

"Ne? Ne diyorsunuz?" Elini ağzına götürdü. "O zaman... O zaman bir aşk cinayeti mi bu?"

"Olabilir" dedi Yıldız daha fazla ayrıntı vermemek için. "Bu da ihtimal dahilinde." Anlayışla baktı adama. "Herkes sizin kadar nazik olamıyor Bay Schimmel."

Passat'ı Berlin Katedrali'nin karşısındaki kaldırımın kenarına park ettiler. Lustgarten yine ana baba günüydü. Sabahtan beri dolaşmaktan ayaklarına kara sular inmiş turist grupları, etraftaki tarihi binalara biraz yorgun ama hâlâ hayranlıkla bakarak öbekler halinde bir o yana bir bu yana savruluyor, çimenlerin üzerine yarı çıplak uzanmış gençler biralarını içip batmakta olan güneşin tadını çıkarıyorlardı. İmrenerek baktı onlara Yıldız. "Haziran, ah güzel haziran" diye geçirdi içinden. Bir zamanlar o da bu parkta ayakkabılarını fırlatarak şu kızlar, şu delikanlılar gibi sere serpe uzanıp aylaklığın keyfini sürerdi. Ama o günler çok gerilerde kalmıştı. Artık o Berlin Emniyet Teşkilatı'nın asık suratlı, ciddi başkomiserlerinden biriydi. Ve her zaman çözmesi gereken bir cinayet vakası, yakalaması gereken katiller vardı. Ağırlaşan bakışlarını neşeli gençlerden yardımcısına çevirdi.

"Şuradan gidelim Toby, Altes Müzesi'nin arkasındaki köprüden geçersek daha kısa olur."

Spree Nehri'nin ikiye ayrılarak ortada bir kara parçası bıraktığı yer Müze Adası olarak adlandırılıyordu. Pergamon Müzesi de adanın en önemli binalarından biriydi ama ne yazık ki tadilattaydı, onun eksikliğini bir parça olsun gidermek için antik kenti anlatan Panorama'yı kurmuşlardı. Pergamon Panoraması'nın binası nehrin öteki yakasındaydı. O yüzden nehri geçmeleri, adadan ayrılmaları gerekiyordu. Küçük köprünün üzerindeyken çaldı Yıldız'ın telefonu. Kerem Ölmez'in sesini duyar duymaz tanıdı.

"Alo, Bayan Karasu, müsait misiniz?"

Panik içindeydi.

"Hayrola, ne oldu Bay Ölmez?"

"Konuşmamız lazım. Acilen konuşmamız lazım! Sizden başka kimseye güvenmiyorum..."

Yıldız dikkatli olmalıydı, konuştuklarını yardımcısı duymasın istiyordu.

"Anladım Bay Ölmez, buyurun sizi dinliyorum."

"Telefonda olmaz, yüz yüze konuşmalıyız. Bana uğrayamaz mısınız?"

Adeta yalvarıyordu. Aslında onunla görüşmek iyi olurdu, Yıldız'ın da soracakları vardı, ama ağırdan aldı.

"Mesele nedir?"

Sanki zaman tükeniyormuş gibi aceleyle anlatmaya çalıştı Kerem.

"Bizim Hüseyin... Tanıştınız ya, büyük oğlum, bir delilik yapacak. Telefonda anlatamıyorum. Bana uğramanız lazım ya da ben istediğiniz yere geleyim. Ama başkası olmasın..."

Tobias'ı kastediyordu.

"Tamam, hallederiz" dedi Yıldız sakin bir sesle. "Benden haber bekleyin. Sizi arayacağım."

Telefonu kapatırken, merakla kendisine bakan yardımcısına aklına ilk gelen yalanı uydurdu.

"Cenazelerle ilgili sıkıntı varmış. Ne zaman alacağız ölülerimizi diyor." Telefonu cebine koydu. "Bir aileden iki ölü çıkıyor. Zor iş Toby, çok zor iş." Başını kaldırdı, etrafa bakındı. "Hah, işte Panorama da orada. Akıllıca, Pergamon Müzesi'nin karşısına yapmışlar."

Panorama binasının kafesinde bulamadılar Haluk'u. İçeri geçtiler, iki bin yıl önceki Pergamonluların heykelleri arasında arkeoloğu aramaya başladılar. Kentin koruyucusu Athena'yı gördüler, Attalos Hanedanı'ndan bir kralın mermer büstüyle karşılaştılar. Pergamon Akropolü'nün maket çizimlerinin altında şehrin tarihinin özetlendiği bir duvara baktılar, nihayet aradıkları adamı küçük bir salonda dolaşırken buldular. Haluk duvarlardaki kabartmalara bakarak elindeki ses kayıt cihazına bir şeyler anlatıyordu. Daha salondan içeri adımlarını atar atmaz fark etti onları. Gülümsemedi bile, bu kadar işin gücün arasında bir de size vakit ayırıyorum dercesine astı suratını. İnadına gülümsedi Yıldız.

"Merhaba Bay Ölmez." Abartılı bir hayranlıkla heykelleri gösterdi. "Bunlar da Pergamon Altarı'nın frizleri mi?"

Elindeki kayıt cihazını kapatıp deri çantasına attıktan sonra, kibirli bir tavırla sordu:

"Pergamon Müzesi'ni bilir misiniz?"

Alınmadı Yıldız.

"Sizin gibi uzman değilsem de defalarca ziyaret ettim. Bergama'ya da gittim. Arkeoloji konusunda amatör bile sayılmam ama Zeus Altarı'nın hikâyesini biraz bilirim."

İlk kez gülümsedi Haluk, ama gözleri hâlâ uzak ve yabancıydı.

"Anladım. Altarı ziyaret ettiğinize göre bileceksiniz. Merdivenlerle yukarı çıkıyorsunuz ya, hani üst terasa. Asıl sunağın bulunduğu yerden bahsediyorum. Tanrılar için etlerin yakıldığı, hediyelerin sunulduğu kutsal alandan. İşte bu kabartmalar o katın iç duvarında sergileniyordu." Çoğu parçası kayıp olan frizlerden birini gösterdi. "Bakın burada Telephos bir sunak yaptırıyor. Sakın yanlış anlamayın bu sunaktan bahsetmiyoruz. Kahramanın yapımını emrettiği sunak, Pergamon Altarı değil."

İkinci kez duyuyordu bu ismi Yıldız.

"Kim bu Telephos? Bir tanrı mı?"

Acımasız zamanın, yüzünü paramparça ettiği Telephos heykelini gösterdi Haluk.

"Hayır, bir tanrı değildi, ama tanrılarla boy ölçüşecek kadar güçlü bir kahramanın oğluydu. Telephos'un babası Herakles'ti, annesi Auge. Destansı bir hikâyesi vardır. Bu frizlerde işte o anlatılıyor."

Merak etmişti başkomiser.

"Telephos'un başından geçenler neden burada anlatılıyor?"

Yıldız'ın ilgisinden memnun oldu arkeolog.

"Çünkü Pergamon'un efsanevi kurucusunun Telephos olduğuna inanılır."

Kafası karışmıştı Yıldız'ın.

"Ama geçen buluşmamızda başka birinden söz etmiştiniz. Şu hadım... Neydi adı? Philip..."

"Philetairos" diye düzeltti Haluk. "Evet, tarihsel olarak kentin başlangıcını hadım Philetairos ve onu takip eden Attaloslara bağlayabiliriz. Ama her antik şehir gibi Pergamon'un da güzel ve güçlü bir efsanesi var. İşte o efsaneye göre, henüz ortalıkta ne Büyük İskender, ne generali Lysimakhos, ne de onun hadım Philetairos'a verdiği 9000 talentlik hazine varken, Telephos'un kahramanlıkları dilden dile dolaşıyormuş. O yüzden Pergamon Altarı'nda asıl sunağın olduğu üst terasta, işte bu gördüğünüz kabartmalarla onun yaşadıklarını anlatmışlar."

Yıldız buraya niye geldiklerini unutmuş gibi ilgiyle bakıyordu duvardaki frizlere, ama geniş alnı kırıştı.

"Heykeller çok hasar görmüş, ne anlattığı anlaşılmıyor."

Gözlerindeki soğuk ifade dağıldı Haluk'un.

"Polis değil arkeolog olmalıymışsınız Bayan Karasu. Çoğu insan ilgilenmez bu anlatılarla, ama sizde tarihçi kumaşı var."

Babası gibi konuşmuştu Haluk, pek umursamadı Yıldız. Geniş adımlarla kabartmaların başladığı yere yönelen arkeoloğu izledi. Tobias ise olduğu yerde kalmış, bu muhabbetin bir an önce sonuçlanmasını ve soruşturmaya geçmeyi bekliyordu. Ama geçen görüşmenin aksine bu kez Haluk'un pek acelesi yoktu. Sakince anlatmaya başladı.

"Oldukça ilginç bir hikayedir Telephos'un başına gelenler." Gözlüklerini sol elinin işaret parmağıyla kaşlarına doğru iterek, duvardaki heykele döndü. "Bakın burada bir kayık yapılıyor, görüyor musunuz?" Önde bir kayığın başında dört marangozun şevkle çalıştığı, arkada ise üç kadının üzüntüyle başlarını öne eğdiği frizden bahsediyordu. "Gördüğünüz kayık, Telephos'un annesi Auge'yi uzak denizlere götürmek için yapılıyordu. Belki de azgın sularda boğulup ölmesi için. Kral babası Aleos, artık kızını Arkadia'da görmek istemiyordu. Çünkü kötü bir kehanetin gerçekleşmesinden korkuyordu." Yıldız'a çevirdi yeşil gözlerini. "İnsanın, cahillikten kaynaklanan gelecek korkusu. Başımıza mutlaka korkunç bir olay geleceği endişesi. Bu temel kaygılarımızdan biridir. Belki de ölümlü olduğumuzu bilmenin getirdiği bir travma. Ama hâlâ çok etkili biliyorsunuz.

Neyse, ben efsaneye döneyim. Arkadia kralı Aleos, düzenli olarak yaptığı üzere yine bir sabah tapınağa gitmişti. Kâhinlere, kendi soyunun ve ülkesinin kaderini sordu. Ne yazık ki, haberler çok kötüydü. Kâhinler ona, 'Sizin oğullarınız, kızınız Auge'den doğacak bir savaşçı tarafından öldürülecek. Yani öz torununuz, öz oğullarınızı öldürecek' dediler. Hiç çekinmeden, hiç korkmadan öylece söylediler kralın yüzüne karşı. Apollon'un kâhinlerinin sözlerini sorgulamak kimin haddine. Dehşet içinde kalmıştı Kral Aleos. Düşündü, taşındı, çözümü kızını rahibe yapmakta buldu. Böylece Auge hiç evlenmeyecek, kutsal bir dişi olduğu için kimse ona dokunmayacaktı. Bunun üzerine güzelliği dillere destan olan Auge, Tanrıça Athena'nın iffetli bir rahibesi oldu. Ama vicdansız Yunan Tanrıları kurnazlıktan hiç hoşlanmazlardı. O yüzden bir korulukta Auge ile Herakles'i karşılaştırdılar. Elbette olan oldu. Auge, yeryüzünün en güçlü erkeğinden hamile kaldı. Babası gerçeği öğrenmekte gecikmedi. Kral Aleos önce korktu, sonra büyük bir öfkeye kapıldı. Kızı bu alçaklığı ona nasıl yapardı?" Haluk yeniden duvardaki kayığı gösterdi. "İşte bu yüzden kızını bir kayığa koyarak sadık adamı Nauplios'la birlikte denizlere saldı. Ama gizli bir planı vardı. Denize açıldıklarında Nauplios, güzel Auge'yi karnında bebeğiyle birlikte öldürecekti. Gel gör ki, Nauplios yeterince sadık değildi. Nitekim Auge'nin sancıları tutunca, karaya çıktılar. Böylece Auge oğlu Telephos'u Parthenion Dağı'nda doğurdu. Nauplios da anne ve çocuğu öldürmek yerine onları tüccarlara sattı. Fakat tüccarlar bebeği istemediler, onun üzerine bebek tek başına dağa bırakıldı. Ancak tanrılar kendi kanlarından gelen bu çocuğa sahip çıktılar. Bir dişi geyik ona annelik yaptı. Sonra Herakles, oğlunu o dağlarda buldu. Telephos'un annesi Auge ise tüccarlar tarafından Mysia'ya getirildi. Mysia'da kral Teuthras onu tüccarlardan kurtardı, evladı olarak yanına alıp kendi öz kızı bildi.

Zamanla Telephos güçlü, cesur ve yetenekli bir savaşçı oldu. Annesinin başına gelenleri babasından duyduğu için onu aramaya başladı. Kâhinlerin yönlendirmesiyle Mysia'ya doğru yola çıktı. Yolculuk sırasında iki kişiyle karşılaştı. Aralarında çıkan tartışma kısa sürede kavgaya dönüştü. Ve Telephos kavgada bu iki kişiyi öldürdü. O bilmiyordu ama öldürdüğü kişiler, annesinin kardeşleri, onun öz dayılarıydı. Böylece kahinlerin söylediği kehanet yıllar sonra da olsa gerçekleşmiş, Kral Aleos'un korktuğu başına gelmişti. Bilmeden dayılarını öldüren Telephos Mysia'ya geldi. Ama krallık bir savaşın eşiğindeydi. Telephos bu savaşta Kral Teuthras'a yardım etti, savaşı kazanmalarını sağladı. Bunun üzerine Teuthras da ödül olarak onu kızıyla, yani aslında öz annesi Auge ile evlendirmek istedi. Olan bitenden haberi olmayan gelin ve damat, gerdeğe girecekken araya giren bir yılan onların ana oğul olduklarının farkına varmalarını sağladı. Böylece, Kral Oidipus'un yaşamındaki utanç verici durum ve büyük trajedi önlenmiş oldu. Telephos, annesiyle değil güzeller güzeli Hiera ile evlendi. Ve Kral Teuthras ülkesinin yarısını ona verdi. Kendi krallığını kurmak için elverişli bir yer arayan Telephos, sonunda bugünkü Pergamon'un kurulduğu tepeyi seçti. Hem zapt edilmesi güç bir tepeydi hem de bütün ovaya hâkimdi.

Bundan sonrası Telephos'un kahramanlıklarla dolu hikâyeleriyle geçti. O hikâyelerden en önemlisi, Telephos'un bir savaşta, Akhilleus'un bir darbesiyle yaralanması, sonra da yine bu Yunan kahramanın mızrağının tozuyla iyileşmesiydi. İşte bu Telephos, yani Herakles'in oğlu, Zeus'un torunu, antik Pergamon'u kuran kişidir. Buradaki en önemli figür Herakles'tir. Çünkü Tanrılarla Devler arasındaki savaşta belirleyici bir karakter olarak öne çıkacaktır. Kutsal yasaya göre tanrılar yanlarına ölümlü bir savaşçı almazlarsa savaşı kazanmaları mümkün değildir. İşte o kahraman Telephos'un babası Herakles'ti. Bu yüzden Pergamon Altarı'nı yaptıran II. Eumenes, alt kattaki duvarlara, 'Tanrılarla Devlerin Savaşı'nı anlatan frizler yerleştirirken, üst kattaki ana sunağın çevresine Telephos kabartmalarını koydurtmuştu. Böylece bütün dünyaya, 'Biz Herakles'in torunlarıyız, biz Zeus'un soyundan geliyoruz' demek istemişti."

Anında çınladı Tobias'ın sesi küçük salonda:

"Siz de buna inanıyor musunuz?" Başlarda konuşmalardan sıkılsa da hikâye derinleştikçe, anlatılan efsanenin soruşturmada önemli bir rol oynayabileceğini anlamıştı. "Sizin kökleriniz de Pergamon'a uzanıyor Bay Ölmez. Büyükbabalarınız en başından beri şehrin kazısında çalışmışlar. Siz de bu geleneği sürdürüyorsunuz. Üstelik bir işçi olarak değil, saygın bir arkeolog olarak. Pergamon sanki sizin şehriniz, Zeus Altarı sanki eviniz. Baksanıza akrabanız Kerem Ölmez kendini Kronos sanmaya başlamış, Cemal ise bütün aile bireylerinin yüzlerini altarın duvarında yer alan Olymposlu tanrılar olarak çizmiş. Bu konuda siz ne düşünüyorsunuz? Herakles'in kanından, Zeus'un soyundan geldiğinize siz de inanıyor musunuz?"

Meseleyi doğru yerden yakalamıştı yardımcısı, yine de kuşkuyla karşıladı Yıldız. Acaba Tobias bu soruyla, aileyi suçlamak, dikkati Nazilerin üzerinden uzaklaştırmak mı istiyordu? Polislerin arasındaki bu gizli gerilimden habersiz olan Haluk'un yanıtı gecikmedi.

"Böyle bir saçmalığa inanmamı mı bekliyorsunuz Bay Becker." Sessizce gülerek başını iki yana salladı. "Anlattıklarımız mitoloji, efsane, zamanı geçmiş bir inanç sistemi ama aynı zamanda insanlığın zihinsel tarihi. Bugün bizim saçma bulduğumuz bu efsanelere insanlar binlerce yıl inandılar. O tanrıları yarattılar, sonra onlar için tapınaklar yaptılar, dualar okudular, kanunlar oluşturdular, öldüler, öldürdüler. Elbette soyumun Zeus'tan geldiğine inanmıyorum, çünkü öyle bir varlık yoktu. Zeus ve Olympos'ta yaşayan akrabaları, o çağda yaşayan insanların zihinsel ürünüydü. Hiçbir zaman hakikati tümüyle kavrayamayacak olan türümüzün, korkularının, beklentilerinin, umutlarının üç bin yıl önce din biçiminde dışa vurumuydu. Aslında aynı süreç şu anda işliyor. Farklı dinler, farklı tanrılar, farklı ritüellerle. Hâlâ hakikati kavramaktan yoksun olan insan, hayat denilen bu olağanüstü mucizeyle başa çıkamayınca, kendine bir koruyucu istiyor, kaderini yazacak kudretli bir varlık, ona mutluluğu armağan edecek kutsal bir senarist. Yeryüzündeki en kıymetli olgunun hakikat olduğunu kavrayıncaya kadar da korkarım hep böyle devam edecek.

Kerem Ölmez'e gelince, daha önce de anlattım, o hasta bir adam. Evet, aklını Pergamon'la bozmuş, ciddi hasta bir adam. Cemal ise bir sanatçıydı. Zeus'a kendi yüzünü vermesi, öteki tanrıları akrabaları gibi çizmesi tümüyle sanatsal bir tercih."

Ne zamandır aklını kurcalayan soruyu dile getirdi Yıldız.

"Sizin yüzünüzü kime vermişti?"

Bir an suratı asılır gibi oldu arkeoloğun, sonra sıkıntıyla gülümsedi. Eliyle Pergamon kentinin kurucusunun heykelini gösterdi.

"Benim yüzümü ona verecekti. Bakın zaten yüzü parçalanmış zavallının."

"Görmüştük, ama kim olduğunu bilmiyorduk" diye mırıldandı Yıldız. "Cemal'in atölyesinde bir eskizde sizin yüzünüz vardı. Demek ki o kişi Telephos'muş."

Haluk'un kaşları çatıldı, Cemal'in ölmüş olduğunu unutarak, "Yapmamasını söylemiştim. Buna hakkı yoktu." Duraksadı. "Peki, ailemden başkalarını da çizmiş mi?"

Tepki göstermesine şaşırmıştı Yıldız.

"Sizin ailenizden kimseyi tanımıyoruz Bay Ölmez. Orada pek çok çizim var, ama kim kimdir, bilmemiz mümkün değil. Nedir sizi böyle rahatsız eden?"

Nasıl anlamazsınız dercesine ters ters baktı Haluk.

"Ne mi? Adam, iznimiz olmadan yüzümüzü kullanıyor. Mahremiyetimizi ihlal ediyor. Oysa açıkça uyarmıştım, benim veya ailemden herhangi bir kişinin yüzünü projende kullanamazsın demiştim."

Fırsatı kaçırmadı Yıldız.

"O yüzden mi görüşmüyordunuz?"

Öfkeyle başını salladı arkeolog.

"Evet, ben annemi babamı kızdırma pahasına ona yardım ediyordum, o ise kimseyi umursamıyordu. Varsa yoksa projesinin başarısıydı. İnsanların mahremiyeti, hassasiyeti onu ilgilendirmiyordu."

Kısa bir sessizlik oldu.

"O zaman" dedi Tobias her zamanki soğukkanlılığıyla. "Ailenizi kırmamak için Cemal'le görüşmediğiniz yalandı. Geçen buluşmamızda öyle demiştiniz de..."

Haluk'un yeşil gözleri çakmak çakmak oldu.

"Ne bu şimdi? Beni mi suçluyorsunuz?"

Sesi gerektiğinden yüksek çıkıyordu.

"Sakin olun lütfen Bay Ölmez!" diye uyardı Yıldız. "Kimsenin sizi suçladığı yok. Anlamaya çalışıyoruz. Evet, Komiser Becker'in söylediği gibi geçen görüşmemizde, anne babanızı üzmemek için Cemal'le ilişkiyi kestim demiştiniz, oysa şimdi başka bir neden öne sürüyorsunuz. Bu çelişkinin sebebini anlatır mısınız? Hiç öyle sinirlenmiş havalarına filan da girmeyin lütfen. Çok önemli bir soruşturmanın içindeyiz. Şu ana kadar üç kişi öldürüldü, devamının gelmesinden korkuyoruz..."

Haluk'un beti benzi attı.

"Üç kişi mi? Cemal'den başkaları da mı var?"

Artık gizlemenin bir manası yoktu.

"Cemal'in dedesi Orhan Ölmez ve sizin de tanıdığınız Alexander Werner. Muhtemelen hepsinin katili aynı kişi veya kişiler. Eğer sorduklarımıza doğru yanıtlar vermezseniz, büyük ihtimalle başkaları da ölecek."

Süngüsü düşmüştü Haluk'un.

"Bilmiyordum" diye mırıldandı titrek bir sesle. "Üzüldüm. Demek Orhan dedeyle Alex de öldü ha!" Aceleyle düşündü. "O zaman Cemal'e düşman olan biri işliyor cinayetleri."

Kendinden son derece emin bir tavırla onayladı Tobias.

"Ve arkeolojiyi iyi bilen biri. Üç cinayette de mitolojik göndermeler var..."

İrkilir gibi oldu arkeolog.

"Gerçekten benim katil olduğumu düşünmüyorsunuz, değil mi? Bu çok saçma olur. Niye öldüreyim ki Cemal'i?" Polislerin inanmayan gözlerle kendisini süzdüğünü fark edince açıklamaya çalıştı. "Bakın, Cemal'le neden görüşmediğim konusunda eksik bilgi vermiş olabilirim. Çünkü bu ailemi ilgilendiren bir konuydu, Pehlivan dedenin geçmişteki hastalığı beni daha da hassaslaştırıyordu. Kerem'de ortaya çıkan bu illet, bizde de görülebilirdi. Çünkü hepimiz aynı kandan geliyorduk. O yüzden, annemle babamın yüzünün tanrılara verilmesi beni ürküttü. Cemal'in bu teklifini duyduğum anda karşı çıktım, sizler dahil kimseye de anlatmak istemedim. Bilmenize hiç gerek yoktu. Ama size anlattıklarım da gerçekti, Cemal'le görüşmem ailemi üzmüştü. Onlar da bu ilişkiyi bitirmem için beni uyarmışlardı. İşte bu iki nedenden dolayı onunla görüşmeyi kestim."

"Öyle mi?" diye sordu Yıldız alaycı bir sesle. "Gerçekten kestiniz mi? Cemal'le iki yıldır görüşmüyorum demiştiniz, oysa bugün izlediğimiz bir videodan anlıyoruz ki, geçen yıl Bergama'da birlikteymişsiniz. Evet, iki değil, tam bir yıl önce yaklaşık bu zamanlar..."

Fena yakalanmıştı arkeolog, utançla başını salladı.

"Geçen yılki görüşme biraz zoraki oldu. Mecbur kaldım. Onlar geldiklerinde ben zaten Pergamon'da kazıdaydım. Cemal beni aradı, olanlar için özür diledi. 'Hatırlı misafirlerim var. Berlinli dostlarımız, onları sen de tanıyorsun. Ne olur bize bir gününü ayır, Pergamon'u gezdir. Hepsi Zeus Altarı'nın büyük hayranı. Sunağın gerçek yerini görmek, bilgi almak istiyorlar. Orayı senden daha iyi kimse anlatamaz' dedi. Ben de kıramadım. Gezdirdim onları. Alışveriş yaptılar. Kitty tanrıçaların replikalarından seçti kendine, Peter de Bergama'da üretilen parşömenlerden aldı, defter yapacakmış. Sonra hep beraber, dedemden miras kalan zeytinliğe gittiler. Şu aile arasında kavgaya sebep olan bahçe.

Orada çok eski bir sarnıç var. Cemal onu göstermek istedi misafirlerine. Tartaros'u çizerken model olarak kullanacakmış. Ben gitmedim. Kitty ve Peter'in ısrarlarına rağmen onlara katılmadım. Ki Peter gerçek bir beyefendidir. Zaten Pergamon'u gezdirmeyi biraz da ona ayıp olmasın diye kabul etmiştim. İsterseniz, Peter'le konuşun. İnanın bana, Cemal'le görüşmeyi gerçekten iki yıl önce kestim."

Dışarı çıktıklarında güneş çoktan etkisini yitirmişti ama Lustgarten hâlâ ana baba günüydü. Bu kez yolu uzattı Yıldız, nehrin dış kenarı boyunca yürüyerek Schloss Köprüsü'ne yöneldi. Tam da tahmin ettiği gibi, yardımcısı az önce gezdikleri, Yadegar Asisi'nin muhteşem Pergamon Panoraması üzerine değil de Haluk üzerine konuşmaya başladı. Evet, arkeologla sohbetleri bittiğinde, Yıldız'ın ısrarı üzerine Pergamon Panoraması'nı da gezmişlerdi. Devasa bir silindirin içine resmetmişti antik kenti, sanatçı. Silindirin ortasına konulan yüksek bir platformdan izlediler Pergamon'u. Ama Hellenistik çağ değil, Roma döneminden İmparator Hadrianus'un kente geldiği gün canlandırılmıştı. Bugün yıkık sütunları kalmış saraylar, garnizonlar ve İmparator Traianus için yapılan muhteşem mermer ibadethane, Marcus Antonius tarafından Kleopatra'ya düğün hediyesi olarak gönderilen iki yüz bin el yazmasıyla antik dünyanın ikinci büyük kütüphanesi, onun önünde şehrin tanrıçası Athena'nın Tapınağı, Dionysos'a adanmış yeryüzünün en dik tiyatrosu ve bu sıra dışı tanrı için yapılmış sevimli tapınak ve elbette bütün görkemiyle Zeus Altarı ayaktaydı. Duvarlarında "Tanrılarla Devlerin Savaşı"nı anlatan rengârenk heykeller, üst katta dumanı tüten sunak ve Zeus'a adaklar getiren Pergamonlular. Ağır ağır değişen ışıklar, solan renkler, böylece günden geceye geçen şehir, rüzgâr, hayvan, alet ve insan sesleri. Ve olanca canlılığıyla Pergamon. Platformun üst katlarına tırmanırken nefesi kesilen Tobias bile hayran kalmıştı şehre. Haluk da yalnız bırakmamıştı onları, sanki özel rehberleriymiş gibi tek tek anlatmıştı bütün yapıların hikâyesini. O yüzden panoramadan ayrılıncaya kadar arkeolog üzerine konuşma fırsatı bulamamışlardı. Ama kapıdan çıkınca "Ne oldu buna böyle?" diye söylendi Tobias. "O burnundan kıl aldırmayan ukala dümbeleği, bir anda kuzuya döndü." Yıldız'ın görüşünü açıklamasına fırsat vermeden sürdürdü. "Ne düşünüyorsun bilmiyorum ama bence, bu adam bizden bir şey saklıyor Şef. Yalanını suratına vurunca öfkelenmesi de bu yüzdendi. Belki senin daha önce söylediğin gibi, o da Pehlivan dedesinin hastalığıyla boğuşuyor. Eğer Haluk kendini Zeus olarak görüyorsa, Cemal'in onu Telephos olarak çizmesine çok bozulmuştur. Baştanrı yerine bir kahraman olmak, hem de Herakles gibi şanı binlerce yıl sürecek biri değil, sadece bir kahraman olmak... Belki de cinayetleri tetikleyen Cemal'in evinde gördüğümüz o çizim olmuştur. Haluk'un yüzünü taşıyan Telephos eskizi... Baksana, nasıl sinirlendi Cemal'in, akrabalarının yüzünü tanrılara vermesine..."

Bir çırpıda sıralamıştı bunları yardımcısı. Son derece mantıklıydı söyledikleri. Ama Haluk'un anlattıkları da gerçek olabilirdi. Cemal'in ölümünü başlarda çok önemsemese de Orhan dede ile Alex'in öldürüldüğünü duyunca, bu işin şakası olmadığını anlamış, belki katilin hedef listesinde kendi adının da yer alabileceğini düşünmüş, böylece polise yardım etmeye karar vermişti. Üstelik Pehlivan dedenin soyundan gelen herkes hasta olacak diye bir kural yoktu. Bu kadar çocuk arasında piyango zavallı Kerem'e vurmuştu işte. Fakat bu düşüncelerini yardımcısıyla paylaşmadı. Çünkü artık arkeolog kadar Tobias'a da güvenmiyordu. Belki çalışma arkadaşının boş yere günahını alıyordu. Bütün kalbiyle böyle olmasını diliyordu ama soruşturmayı tehlikeye atacak herhangi bir ihtimali de göz ardı edemezdi. O yüzden yardımcısını, Kerem'le görüşmeye götürmeyecekti.

"Olabilir Toby" diye onayladı. "Söyledikleri gerçekten tutarsız. Adam da bir tuhaf zaten... Neyse, bana kalırsa, biz yine Neo Nazilere yoğunlaşmalıyız. Elimizdeki bütün kanıtlar onları gösteriyor. "

Konunun hızla Nazilere gelmesini yadırgamıştı Tobias, anlamak istercesine baktı.

"Yani aileyi araştırmayalım mı diyorsun?"

Renk vermedi Yıldız.

"Öyle demiyorum, önceliği Nazilere verelim diyorum. Yani şu anda yaptığımız gibi." Saatine baktı. "Artık benim eve gitmem lazım" dedi aceleyle. "Babamın akşam işi varmış, Deniz'e bakmam lazım. Senden rica etsem şu Otto'yu bir daha sorgular mısın? Onunla Rudolf Winkelmann hakkında hiç konuşmadık. Elimizdeki fotoğrafları göstererek nerede, nasıl tanıştıklarını, ilişkilerinin devam edip etmediğini sorar mısın? Ama bunu hemen yapmalısın."

Yardımcısı şaşırmıştı, Otto'yu sorgulama kararına değil, Yıldız'ın erkenden eve gitmesine. İlk kez böyle bir şey yapıyordu. Daha önce de bu tür acil durumlar olmuştu ama oğluna bakacak birini hep bulmuştu. Çok zor durumda olmalı diye düşündü, yoksa gitmezdi.

"Tamam Şef, sorguya alırım Otto'yu. Merak etme sen."

Kararlılıkla tekrarladı Yıldız.

"Bugün konuşmalısın Toby. Geç saat de olabilir. Ama yarına kalmasın. Her saniyenin önemi var."

Zaman önemli diyordu ama erkenden evine gidiyordu, gerçekten tuhaftı, itiraz etmedi Tobias.

"Tamamdır Şef, hemen halledeceğim bu işi."

İkisi de susmuştu. Bir süre öylece yürüdüler. Lambalarla aydınlatılmış Schloss Köprüsü'nün üzerine geldiklerinde Yıldız başını kaldırarak, kenardaki kaidelerin üzerinde yükselen heykellere bakmaya başladı.

"Şu kadın kim biliyor musun?" Elinde kalkanı, mızrağıyla genç bir savaşçıyı koruyan tanrıça heykelini gösterdi.

"Ne bileyim... Kimmiş?"

Yardımcısının duyarsızlığına takılmadı Yıldız. Heykele hayranlıkla bakmayı sürdürdü.

"Athena, az önce panoramasını gördüğümüz Pergamon kentinin koruyucu tanrıçası." Köprünün üzerindeki öteki heykelleri gösterdi. "Bak buradaki sekiz heykelde üç farklı tanrıça var: Athena, Zafer Tanrıçası Nike ve Haberci Tanrıça İris. Hepsi de insanlara yardım ediyor. Yardım ettiklerinin hepsi de erkek ve savaşçı. Kutsal amaçlar için dövüşen kahramanlar..."

Koyu gri gözlerinde bıkkın bir ifade belirmişti Tobias'ın.

"Bu gidişle hepimiz arkeolog olacağız."

Pişkin pişkin gülümsedi Yıldız.

"Birazcık mitoloji bilgisinin kimseye zararı olmaz."

Yardımcısı yadırgayan gözlerle heykellere bakıyordu.

"Daha önce kaç kere geçtim bu köprüden, bir kez bile merak etmedim bunların kim olduğunu."

"Bana da lise yıllarında öğretmişlerdi. Berlin'de yaşamanın faydaları... Fakat itiraf etmeliyim ki, Athena'nın bu kadar çok heykeli olduğunu unutmuşum. Bu köprüde tam dört tane var." Ela gözlerinden gizemli bir ışık geçti Yıldız'ın. "Galiba yüz elli küsur yıl önce bunları yaptıranlar Athena'nın, Berlin'in de koruyucu tanrıçası olmasını istiyorlarmış."

Cevap vermedi Tobias, aklı hâlâ Yıldız'ın böyle alelacele eve gitmesindeydi. Ama cesaret edip soramıyordu da. Passat'ın yanına geldiklerinde,

"Arabayı ben alsam olur mu?" dedi Yıldız o eski dostane tavrıyla. "Biraz acelem var da. Babama yetişmeliyim. Sen taksiyle gitsen..."

Sesi o kadar kararlıydı ki, seni ben bırakayım bile diyemedi yardımcısı.

"Elbette, ben başımın çaresine bakarım. Otto'yla konuştuktan sonra da seni ararım."

Memnun gülümsedi Yıldız, ama eski samimiyeti yoktu.

"İyi olur, mutlaka ara, saat kaç olursa olsun fark etmez."

"Görüşürüz" diyerek yola doğru yürüyen Tobias'ın kalbi kırılmıştı. "Neler oluyor?" diye düşünüyordu. "Şef neden böyle davranıyor?" Ama geri dönüp soracak hali yoktu. "Öğrenirim nasılsa" diyerek caddenin karşısındaki taksiye yöneldi.

Passat'ın sürücü koltuğuna oturan Yıldız'ın umurunda değildi yardımcısının ne düşündüğü. Aklı Kerem Ölmez'in anlatacaklarındaydı. Ne oluyordu? Neden böyle apar topar çağırmıştı yanına? Nasılsa az sonra öğrenecekti. Motoru çalıştırıp arabanın gazına bastı.

Birkaç gün arayla hem babasını hem oğlunu kaybeden yaslı adamı, Bergama Baklavacısı'nın arka odasında sabırsızlıkla onu beklerken buldu. Yıldız'ı görür görmez, telaşla ayağa kalktı Kerem.

"Geldiğiniz için teşekkür ederim. Bana, sizden başkası yardım edemez. Hüseyin çılgınca bir şeyler yapacak diye korkuyorum. Onu da kaybedemem. Lütfen bir delilik yapmasına engel olun."

Türkçe konuşuyordu, üstelik o kadar hızlı anlatmıştı ki, Yıldız bazı sözcükleri güçlükle anlamıştı.

"Sakin olun Bay Ölmez" dedi otoriter bir sesle. Aradaki mesafeyi korumak için Almanca seslenmişti. "Size yardım edeceğim ama önce sakin olun." Eliyle adamın kalktığı koltuğu gösterdi. "Oturun lütfen."

Kerem uysalca itaat etti. Yıldız da geçen geldiklerinde oturduğu koltuğa yerleşti. Zavallı adamın avurtları çökmüş, elmacıkkemikleri dışarı fırlamıştı, kara gözleri alev alev yanıyordu. Ama Yıldız'ın acelesi yoktu, bir süre adamı inceledi. Hayır, Kerem numara yapmıyordu, gerçekten acı çekiyordu, daha da önemlisi kaygı içindeydi.

"Şimdi anlatın bakalım, oğlunuzun nasıl bir çılgınlık yapmasından korkuyorsunuz?"

"Rudolf'u öldürecek!" Pat diye söyleyivermişti telaşlı baba. Hâlâ Türkçe konuşuyordu. "Yani öyle zannediyorum. Eski arkadaşlarını topluyor Hüseyin. 36 Boys'tan bazı arkadaşlarını. Telefonda konuşurlarken duydum. Bunlar aynı zamanda avcı. Domuz, geyik avlıyorlar. Yani ellerinde güçlü tüfekler var."

Hüseyin'in gergin yüzünü, her an kavgaya hazır tavırlarını hatırladı. Üstelik avcıymış da. İlk kez endişelendi Yıldız.

"Şimdi nerede oğlunuz?"

Eliyle bir yerleri gösterdi.

"Rudow'da... Orada ağaçların ortasında bahçeli bir evimiz var. Şu koloni evlerden biri gibi ama biraz daha büyük. Issız, gözlerden uzak bir yer. Hüseyin oradaymış. Sabah karısıyla konuştum, dün gece eve gitmemiş. Yalnız kalmak istiyorum demiş. Bugün öğle vakti buraya geldi. 'Cenazeleri ne zaman alacağız?' diye sordu. Öylesine bir soru değildi. Sanki planlama yapıyor gibiydi. Zamanı ayarlıyordu. O sırada, arkadaşı Raif aradı. Çocukluk arkadaşı, aynı takımda futbol oynarlardı, Rummenigge Raif. Onunla konuşurken duydum, 'Ekibi toplayalım, yarın sabah tüfekleri de getir' diyordu."

Bir an Kerem'in korkusunun yersiz olabileceğini düşündü Yıldız.

"Belki ava gideceklerdir" diye akıl yürüttü. "Önceden planlanmış bir av partisidir. Cenazeleri de onun için sormuştur."

Kerem'in kırçıl kalın kaşları çatıldı, incinmiş gibi baktı.

"Ne diyorsunuz Yıldız Hanım! Dedesinin ve kardeşinin ölüsü bile soğumamışken ava gider mi Hüseyin? Kavgacıdır, fevridir ama asla böyle bir saygısızlık yapmaz oğlum."

Böyle olduğunu kendi ailesinden de çok iyi biliyordu Yıldız, Türkler için cenaze töreni çok önemliydi. Bu durumda Hüseyin'in, dedesinin ve kardeşinin katil zanlısı olarak gördüğü Rudolf'a yönelik bir saldırı hazırlığında olma ihtimali güçleniyordu. Ama Hüseyin arkadaşına "Yarın sabah" dediğine göre biraz zamanları var demekti.

"Anladım Bay Ölmez" dedi sakin bir tavırla. "Merak etmeyin, oğlunuzun bir saçmalık yapmasına izin vermeyiz."

Adam çaresizlik içinde başını salladı.

"Onunla siz konuşmalısınız, tanımadığı polisler giderse, tepki gösterebilir. Hepsini Rudolf'un arkadaşı gibi görüyor. Size saygı duyuyor. Siz konuşursanız, bu saldırıdan vazgeçer. Aksi takdirde oraya giden Alman polislere ateş edebilir. Polisler de onu vururlar."

Hüseyin'le konuşmaya yalnız gidin diyordu. Öfke kontrolü olmayan, üstelik intikam arzusuyla yanan, silahlı oğlunun yanına tek başına gitmesini öneriyordu. Çok tehlikeliydi ama Kerem'e hak vermemek de elde değildi. Polisin yapacağı bir baskın hiç istenmeyen trajik sonuçlar doğurabilirdi.

"Bana saygı duyduğunu nereden çıkardınız?"

"Geçen sizden ayrıldıktan sonra konuştuk. 'Bak, bizim insanlarımız böyle olmalı aslında. Kadını görüyor musun? Berlin Cinayet Masası'nda başkomiser olmuş' dedi. Hüseyin kimse hakkında böyle konuşmaz. Anladım ki size hem saygı duyuyor hem de hayranlık besliyor. Dedesinin ve kardeşinin katilini yakalayacağınızı söylerseniz, saçma sapan bir iş yapmaktan vazgeçer. Ne olur, kalan tek çocuğum o."

Sahiden de perişan olmuştu Kerem.

"Tamam Bay Ölmez, buradan Rudow'a gideceğim, oğlunuzla konuşacağım. Açık adresi yazar mısınız?"

Kara gözleri minnetle nemlendi adamın.

"Çok, çok teşekkür ederim Yıldız Hanım, bu iyiliğinizi nasıl ödeyeceğimi bilmiyorum" dedikten sonra masanın üzerindeki not defterine şehir dışındaki koloni evinin adresini yazmaya başladı.

"Ne kadar sürede giderim Rudow'a?"

Kalemi bırakmadan başını kaldırdı Kerem.

"Şimdi biraz trafik vardır ama en fazla kırk beş dakika sürer."

Hava çoktan kararmıştı ama zamanı vardı Yıldız'ın. Adresi yazmayı bitiren Kerem, notu uzatırken "Hüseyin'in telefonunu da yazdım" diye hatırlattı. "Belki lazım olur."

Notu aldı, deri ceketinin cebine attı Yıldız.

"Teşekkürler..." Duraksadı. "Şeyi soracaktım, defin işlerini... Ne zaman alacaksınız cenazeleri? Tören nerede olacak?"

Kerem'in yüzü gölgelendi.

"Babamın otopsisi bitince vereceklerini söylediler. Birkaç güne biter herhalde. İkisini de Bergama'ya götüreceğim."

"İsabet olur" diye destekledi Yıldız. "Cemal de Bergama'ya defnedilmek istiyormuş. Patronu söyledi."

"Biliyorum, annesine de öyle demiş."

Yine boğuk çıkmaya başlamıştı sesi.

"İyi o zaman, cenaze törenini siz yapacaksanız, söyleyeyim de Bay Schimmel Bergama'ya gelmesin."

Sinirlenir gibi oldu Kerem.

"Gelmesin tabii, babamı da oğlumu da toprağa ben vereceğim. Kendi ellerimle. Mevlitleri, duaları hepsi yapılacak. Bay Schimmel isterse konuğumuz olarak buyursun gelsin ama kendi cenazemizi kendimiz kaldırırız."

Anlamak istiyordu Yıldız.

"Aileden itiraz eden çıkmayacak mı?"

Öfkeli bir tavırla kestirip attı Kerem.

"Umurumda bile değil, Cemal, annesiyle gizli gizli görüşüyormuş zaten. Kadıncağız, tepkimizden korktuğu için söyleyemiyormuş bize. Ana yüreği işte... Yıkıldı tabii kadıncağız. Bizi suçladı. 'Oğlum sizin yüzünüzden öldü. Ne sen babalık yaptın Cemal'e ne de sen abilik' dedi. Haksız da sayılmaz." Pişmanlıkla dudakları titredi. "Hüseyin karşı çıkmasaydı ben de aldırmazdım ama tanıdınız işte. Laf dinlemez ki..." Gözlerinden yaşlar süzülmeye başladı. "Ah Cemalim, ah evladım. Nasıl kıydılar sana?"

Oğlunu gerçekten seviyormuş diye geçirdi içinden Yıldız.

"Ona mitoloji aşkını da siz aşılamışsınız" diye mırıldandı. "Her hafta sonu Doğu Berlin'e geçer, oğlunuzu Pergamon Altarı'na götürürmüşsünüz."

İrkildi Kerem, iri elleriyle gözyaşlarını kuruladı.

"Ne? Ne dediniz?"

"Cemal'i Pergamon Müzesi'ne götürürmüşsünüz diyorum. Henüz Almanya birleşmeden, müze Doğu Berlin'deyken..."

Şimdi bu da nereden çıktı dercesine baktı Kerem, bir anda yabancılaşmıştı, geriye doğru yaslandı.

"İstihbaratçılar mı söyledi?"

Artık Almanca konuşuyordu. Lisanı değiştirmesini değil, söylediklerini yadırgamıştı Yıldız.

"İstihbaratçılar mı? Ne alakası var?"

Kerem'in gözlerindeki tedirgin ifade derinleşti, bütün yüzüne yerleşti.

"Çok alakası var. O zamanlar Doğu Alman polisi şüphelenmişti benden. 'Her hafta sonu niye geliyorsun buraya?' diye sorguya çekmişlerdi. Bergamalı olduğumu, ailemin altarın çıkarılmasında büyük emeği geçtiğini anlattım. Bu müzenin benim için memleketim anlamına geldiğini, o yüzden her hafta sonu duvarı geçerek oğlumla birlikte ziyaret ettiğimi söyledim. Anlattıklarımı ilginç bulmuşlardı, davranışımı çok takdir ettiler. 'Pergamon Müzesi'ni her zaman ziyaret edebilirsin ama bize yardım etmelisin, yoksa bir daha buraya gelemezsin' dediler. Evet, açıkça casusluk yapmamı istiyorlardı. Tam sekiz saat sorguda kaldım. 'Bana izin verin, biraz düşüneyim. Bir dahaki gelişimde kararımı açıklarım' dedim. Kabul ettiler. Ama Batı'ya geçince de çilem bitmedi. Gözaltına alındığımı öğrenen Batı Berlin polisi de sorguya aldı beni. 'Senden ne istiyorlar, sana ne teklif ettiler?' diye sıkıştırdılar. Ben de olanı biteni anlattım. Beş saat de burada sorguda kaldım. Batı Berlin polisi, adamların teklifini kabul etmemi ama kendileri için çalışmamı önerdi. 'Farkına varmazlar, biz seni koruruz, on binlerce mark kazanırsın' dediler. Bir anda kendimi casuslar savaşının ortasında bulmuştum. Elbette reddettim ve Berlin birleşinceye kadar da bir daha duvarı geçmedim. O çok sevdiğim altara gitmedim. Çünkü hayatım söz konusuydu."

Elli yıldır bu şehirde yaşayan herkesin Berlin Duvarı'nın yol açtığı travmayla ilgili bir hikâyesi vardı. Batı'da yaşayan Türk erkeklerin Doğu Berlin'li kızlarla yaşadıkları imkânsız sevdaları çok işitmişti Yıldız. Duvardan kaçmaya çalışırken yakalanan insanlar, nehre düşüp askerlerin izin vermemesi yüzünden boğulan çocuklar, anne ya da baba Batı'ya geçtiği için bölünen aileler. Ama ilk kez bir casusluk hikâyesi duyuyordu.

"Peki oğlunuza nasıl anlattınız? Bir daha gitmek istemedi mi müzeye?"

Kara gözleri kederle hülyalandı Kerem'in.

"İstemez mi, bayılıyordu altara. Elinden tutarak anıtın her köşesini gezdirmiştim. Kabartmalardaki tanrıları, tanrıçaları, titanları, devleri, hepsinin hikâyelerini ayrı ayrı anlatmıştım. Çok zekiydi, hemen ezberlemişti efsaneleri. Pergamon Altarı onun için büyülü bir masal parkıydı. En çok Zeus'un hikâyesini severdi. 'Büyüyünce ben Zeus olacağım' derdi gururla. 'Uçan atlarımın çektiği altından arabama binip düşmanlarımın tepesine yıldırımlar yağdıracağım.' Ama o günden sonra babasıyla birlikte yıllarca müzeye gidemedi. Kartalım, benim bahtsız oğlum..."

Son cümledeki benzetme dikkatini çekti başkomiserin.

"Kartalım mı? Oğlunuzu öyle mi çağırırdınız?"

Islanan gözlerini kaçırmadı Kerem.

"Evet, ona kartalım derdim, rüzgâr kanatlı kartalım." Nefes almakta güçlük çekiyormuş gibi sesi bitkin çıkıyordu. "Ne olur Yıldız Hanım, Hüseyin'i kurtarın. Yeterince acı çektim, hiç değilse öteki oğlum bana kalsın."

Tatlı bir serinlik içinde yüzüyordu Rudow. Gecenin karanlığında her tarafa yayılan hoş kokulu bir serinlik. Dallarında yaz rüzgârının usulca gezindiği bir çınar ağacının altına bıraktı arabayı Yıldız. Yolda Hüseyin'i iki kez aramış, ikisinde de telefon çalmış ama açan olmamıştı. Arabadan inince bir kez daha çaldırdı. Hayır, sinirli oğul, telefonuna bakmıyordu. Belki de kimsenin ona ulaşmasını istemiyordu. Telefonunu cebine koyup çitlerin yan yana sıralandığı patika yolda yürümeye başladı. Aslında Rudow'a gelirken Markus'a haber vermesi, destek ekibi istemesi gerekiyordu. Ama yapmadı, müdüre güvenmediğinden değil, polislerle Hüseyin karşı karşıya geldiğinde neler olacağını kestiremediğinden. Bazı işler kurallara uyulmadan çözülürdü. Bu meselenin de öyle olduğuna inanıyordu, elbette yanılma payı vardı, fakat içindeki ses böyle yapmasını söylemişti. Elindeki adres merkezden uzakta, gözden ırak, sakin bir yerdeydi. En yakın komşu en az iki yüz elli, üç yüz metre kadar uzaktı. Hüseyin'in operasyon merkezi olarak burayı seçmesi son derece mantıklı diye düşündü.

Eve yaklaşırken etrafı dinledi, yüksek ağaçların dallarını mekân tutmuş cırcır böceği korosunun hüzünlü şarkısından başka bir ses duymadı. Birkaç adım sonra iki katlı ev göründü. Binanın bahçe kapısına gelince, durdu. Bahçede kimsecikler görünmüyordu, taş evin sadece alt katında ışık yanıyordu, gözlerini kısarak içeride kimse var mı, anlamaya çalıştı. Hayır, orada da kimseyi göremedi. Kapıyı açıp içeri girdi. Enfes bir koku çalındı burnuna, rüzgârın nezaketle dokunduğu fesleğenlerden yayılan o baygın rayiha. Belli belirsiz bir sürtünme sesi duydu. Sanki birileri ağırca bir metali yerde sürüklüyordu. Toprak yolda birkaç adım attıktan sonra,

"Merhaba" diye bağırdı. "Merhaba! Bay Ölmez, orada mısınız?"

Sürtünme sesi kesildi. Hüseyin Ölmez'in kapıdan çıkmasını bekledi. Hayır, ne kimseyi gördü ne de bir gürültü işitti. Akşamın karanlığında sadece cırcır böceklerinin tekdüze şarkısı duyuluyordu. Bir tuhaflık vardı. Sağ eli usulca, silahına kaydı, kılıfın düğmesini açtı. Ama tabancayı çıkarmadı. Belki de evde yoktu, alışveriş için merkeze gitmişti yahut bir nedenle duymamıştı. Yıldız'ı elinde silahla görmesi tehlikeli olabilirdi. Peki şu sürtünme sesi neydi? Bozuk bir buzdolabı, belki de bir çamaşır makinesi? Onlar da tuhaf sesler çıkartabilirlerdi. Emin olmak zordu. Sağ elini silahına yakın tutarak eve yaklaştı. Markus'a haber vermediği için pişmanlık duyuyordu, fakat artık çok geçti. Gözleri evin kapısında, kulağı duyacağı seste ağır ağır binaya yürüdü. Ahşap kapının önüne gelince durdu.

"Bay Ölmez!" diye seslendi yeniden. Karşılık veren olmadı. "Hüseyin Bey" diye bağırdı bu defa Türkçe olarak. "Hüseyin Bey evde misiniz?"

Yanıt alamayınca, sağ elini yumruk yaparak kapıya vurmaya başladı. Önce seyrek ve yavaş, sonra hızlı ve sert. Yine yanıt alamadı, yine kapı duvardı. Gerçekten de adam evde yoktu galiba. Olabilirdi, ama telefonuna neden bakmıyordu? Belki araba kullanıyordur diye düşündü. Sahi Hüseyin'in arabası neredeydi? Belki o da Passat'ı park ettiği alana bırakıyordu arabasını. Etrafa bakındı, evin bahçesini çevreleyen çitin arkalara doğru biçim değiştirdiğini fark etti. Kapının önünde dikilmekten vazgeçerek sağ tarafa yürüdü, evet, orada arabanın geçebileceği büyüklükte bir kapı vardı. O zaman bir de garaj olmalı diye düşünürken, kapının arkasındaki karaltıyı fark etti. Bu bir arabaydı. Yaklaşınca anladı, çitlerin hemen dışında beyaz bir BMW duruyordu. Arabası buradaysa, Hüseyin neredeydi? Adımlarını hızlandırdı, köşeyi dönünce, kepengi açık garajı gördü. Hüseyin neden arabasını garaja koymamıştı? Daha fazla beklemedi; silahını çıkardı, namluya mermi sürdü. Kabzasını iki eliyle sıkı sıkıya kavrayarak temkinli adımlarla garaja yöneldi. Karanlıkta içerisini göremiyordu. Pozisyonunun ne kadar tehlikeli olduğunu anlamakta gecikmedi. Eğer garajın karanlığına saklanmış birileri varsa, görece aydınlıkta olan Yıldız'ı hemen fark ederlerdi. İyice duvara yaklaştı, bir kez daha seslendi.

"Bay Ölmez! Bay Ölmez içerde misiniz?"

Elbette yine cevap veren olmadı. Bir süre kapının yanında durup içerisini dinledi. Çıt çıkmıyordu. Ne bir nefes, ne bir kıpırtı. Belki de Hüseyin yürüyüşe çıkmıştı. Telefonun sesini de kısmıştı, o yüzden açmıyordu. Anlamanın tek yolu garaja girmekti. Usulca içeri süzüldü. Silahını iki eliyle iyice dengeleyerek, gözlerinin karanlığa alışmasını bekledi. Çok geçmedi, içerideki eşyaları seçmeye başladı. Silahını sağ elinde tutarak, sol eliyle yan duvarda ışık düğmesini aradı. Bulmakta gecikmedi, telaşla dokundu. Garajın içi beyaz floresan ışığıyla aydınlandı, gözleri kamaşmıştı. Kirpiklerini açıp kaparken, sağ tarafından Olay Yeri İnceleme'nin beyaz giysileri içinde bir adamın kendisine doğru geldiğini gördü.

"Kurti" diye söylendi. "Kurti burada ne arıyorsun?"

Aynı anda havaya kalkan levyeyi gördü, hızla sola döndü. Levye kolunu sıyırdı, güçlü bir darbe değildi ama silahını düşürmeye yetmişti. Toparlanmaya çalışırken, beyaz tulumlar içindeki adamın yine levyeyi kaldırdığını gördü, çevik bir hareketle yana çekildi, adam yine tutturamamıştı; metal çubuk omzunu sıyırarak duvara gömüldü. Korunurken iyice geriye yaslanan Yıldız, sırtında elektrik düğmesinin çıkıntısını hissetti. Bütün bedeniyle geriye yaslandı. Anında floresanlar söndü, garaj yeniden karanlığa büründü. Ama saldırgan vazgeçmemişti, elindeki levyeyi, başkomiserin az önce durduğu yere doğru savurdu bir kez daha. Oysa Yıldız olduğu noktada yere çömelmişti. Çünkü adam uzun boyluydu, elindeki levyeyi de bir yetmiş boyundaki Yıldız'ın kafasına indirmeyi hedefliyordu. Yıldız çömeldiği yerden usulca kaymaya başladı. Böylece hem levyenin menzilinden çıkmış oldu hem de gölge halinde de olsa adamı görmeye başladı. Garajın kapısından gelen loş ışık adamın silüetini ortaya çıkarıyordu. Ama bu çok sürmeyecek, karanlığa gözleri alışan saldırgan da onun nerede olduğunu fark edecekti. Yıldız bakışlarını zemine çevirerek silahını bulmaya çalıştı. Fakat boşuna çaba, ışık yetersizdi, hiçbir şey göremiyordu. Elleriyle aranmaya başladı. O anda bir çıt sesi duyuldu, floresanın çiğ ışığı yeniden garajı aydınlattı. Yıldız tabancasını bulamadan, saldırgan elektrik düğmesine basmıştı. Çekilmekte geç kalan Yıldız'ın karnına sağlam bir tekme yerleştirdi. Başkomiser acıyla iki büklüm olurken, az ilerdeki malzeme dolabının altına kaymış olan silahını gördü. Sanki darbenin şiddetiyle savruluyormuş gibi dolaba doğru attı kendini. Dolaba çarpınca, yukarıdan cam şişe yere düşerek patladı, garajın içine ağır bir tütün kokusu yayıldı. İçi bayıldı Yıldız'ın ama şimdi bu kokuyu dert edecek hali yoktu. Başını çevirdi, beyaz kukuletanın ön yüzünü kaplayan iri gözlüklerinin ardından büyük bir dikkatle onu izleyen saldırganı gördü. Kontrolü ele geçirdiğini düşünen adamın hareketleri yavaşlamıştı, kendinden emin adımlarla ağır ağır yaklaştı. Yıldız olduğu yerde öylece durup adamın hamlesini bekledi. Yeterince yaklaşan saldırgan, usulca levyeyi kaldırdı, aynı anda Yıldız da silahına uzandı. Adam telaşlandı, demir çubuğu aceleyle indirdi ama bir kez daha ıskalamıştı. Yıldız silahını kaptığı gibi adama doğrulttu.

"Dur! Kımıldama!"

Ama aynı anda garaj yeniden karanlığa gömüldü. Uzaklaşan ayak seslerini duyan Yıldız, kapıya doğru ateş etmeye başladı. Ardı ardına beş kurşun sıktı. Adamı vurmuş muydu? Durdu, bir süre gözlerini kısarak etrafa baktı. Sonra sızlamaya başlayan koluna aldırmadan doğruldu. Silahını iki eliyle kavrayarak kapıya yöneldi. Ama hemen dışarı çıkmadı, saldırgan kapının önünde onu bekliyor olabilirdi. Temkinli adımlarla garajın önüne geldi. Bir süre dışarıyı dinledi. Kesin bir sessizlik hâkimdi. Kurşun sesinden korkan cırcır böcekleri konsere son vermişti. Derken bir arabanın kapısı açıldı, kapandı, sonra çalışmaya başlayan bir motorun sesi duyuldu. Adam kaçıyordu, aceleyle dışarı fırladı Yıldız. Beyaz BMW'nin kırk elli metre ötesinde, yolun kenarındaki ağaç kümesinin altından koyu renk bir arabanın ışıkları yandı. Hızla çitten çıktı Yıldız.

"Dur!" diye bağırdı. "Dur! Yoksa ateş edeceğim."

Aynı anda üzerine kurşunlar yağmaya başladı. Biri ondan daha önce davranmıştı. Kendini yere zor attı. Demek saldırgan yalnız değildi. Yüzükoyun yere kapanıp öylece bekledi. Çok sürmedi, silah sesleri sona erdi. Kulak kesildi, olan biteni anlamaya çalıştı. Arabanın kapısının yeniden açılıp kapandığını duydu. Kaçıyorlardı, usulca başını kaldırdı, aracın hızla öne doğru atıldığını gördü. Kalktı, aracın arkasından ateş etti, boşunaydı. Plakayı görmek için gözlerini kısarak baktı ama bu karanlıkta arabanın markasını bile görmek mümkün değildi. Çaresizce arabanın arkasından bakakaldı. Aklına Hüseyin geldi. Onu tümüyle unutmuştu.

Telaşla geri döndü, koşarak garaja girdi. O keskin tütün kokusu karşıladı onu. Işığı açtı, iğrenç floresan ışığı beyaza boğdu içerisini. İşte Hüseyin oradaydı. Bir iskemlede oturuyordu. Alnında kanayan bir yara, ağzında bezden bir tıkaç vardı, sonra elleri ve ayaklarındaki ipleri fark etti. Silahını kılıfına soktu. Kurbanın ağzındaki tıkacı çıkardı.

"Oh!" diye derin bir nefes aldı Hüseyin. "Oh!"

Arkadan bağlanmış ellerini çözerken telaşla sordu:

"Yüzünü gördünüz mü? Saldırganın yüzünü gördünüz mü? Bu çok önemli Bay Ölmez, size saldıranı tanıdınız mı?"

Hüseyin baygın gözlerle bakıyordu.

"Ne? Ne diyorsun?"

Sandalyenin demirine bağlanmış ayaklarındaki ipleri çözmek için eğilmeden önce Hüseyin'in gözlerine bakarak yineledi.

"Kimdi size saldıran? Onu tanıdınız mı?"

Nihayet ne dediğini anlamıştı adam.

"Rudolf" diye mırıldandı. "Rudolf'la adamları..."

"Rudolf mu? Hani şu yirmi üç yıl önce kavga ettiğiniz adam mı?"

Nefretle tısladı Hüseyin.

"Evet, Kör Rudolf..."

Son derece yavaş konuşuyordu.

"Yüzünü gördünüz mü?"

Gözlerini açıp kapadı, yutkundu.

"Yok, sesini duydum..." Elini alnına götürdü. "Başım ağrıyor."

Bir kez daha usulca sarsaladı Hüseyin'i.

"Yıllardır görmediğiniz bir adamı sesinden nasıl tanıdınız? Bakın Bay Ölmez, söyledikleriniz çok önemli. Size saldıran kişi, muhtemelen aradığımız katil. Rudolf Winkelmann olduğundan emin misiniz?"

Gözlerini Yıldız'ın yüzüne dikti Hüseyin, şimdi daha düzgün bakıyordu.

"Bir dakika, bir dakika." Sol elini avcı yeleğinin cebine soktu, sigara paketiyle sarı bir çakmak çıkardı. Bir tane alıp dudaklarına yerleştirdi. Titreyen elleriyle sigarasını yaktı. Derin bir nefes çekti, dumanı savurdu. "Oh!" dedi bir kez daha ama eskisinden daha güçlü. "Oh be!" Hayatını kurtaran kadına baktı, haylaz bir çocuk gibi gülümsedi. "Öleceğimi sanmıştım." Durdu, boşluğu kokladı. Etrafa bakındı, yerde parçalanmış esans şişesini gördü. "Dedemin kokusu... Bayılırdı rahmetli kokuya. Bizim Araplı Ovası'nın tütününden yapılır. Sadece Bergama'da vardır."

Ne Orhan dedenin Bergama'dan getirdiği tütün kokusu ne de Hüseyin'in duyguları umurundaydı Yıldız'ın. Sabırsızlıkla yineledi:

"Adamın, Rudolf Winkelmann olduğundan emin misiniz?"

Ağzından burnundan dumanlar savrulurken, "Eminim tabii" diye çıkıştı Hüseyin. "Kesinlikle oydu. 'Pis Türk!' diyordu bana. 'Aşağılık kanake! Yıllardır Berlin'i kirletiyorsunuz, bizim olan her şeye sahip oldunuz. Ama yeter artık. Siz soysuzları temizleyeceğiz. Barbarları şehrimizden söküp atacağız.' Evet, işte böyle dedi." Sigarasından yeni bir nefes çekmeden, çenesiyle ayaklarını gösterdi. "Şunları da çözseniz artık, ipler canımı yakıyor."

Yıldız, adamın istediğini yerine getirdi, ayaklarını iplerden kurtardı. Doğrulurken yeniden sordu:

"Yanılmıyorsunuz değil mi? Gerçekten de Rudolf Winkelmann mıydı size saldıran?"

Kaşları çatıldı Hüseyin'in, eliyle yandaki duvarı işaret etti.

"Sloganı görmüyor musunuz?"

Kırmızı boyayla "Yabancılar Dışarı!" yazıyordu. Yazının iki yanında, iki gamalı haç işareti vardı.

"Şimdi anladınız mı saldırganların kim olduğunu? Zaten adamlar saklamıyordu ki. Kimseden korkuları yok. Şehrinden kovacakmış bizi, temizleyip atacakmış hepimizi."

Ayağa kalktı ama başı döndü, düşecekti ki, Yıldız kolundan yakaladı, yeniden iskemleye oturttu.

"Biraz dinlenseniz iyi olacak."

Hüseyin eliyle arkada bir yerleri gösterdi.

"Tezgâhın orada su olacaktı, verir misiniz?"

Plastik su şişesini alıp Hüseyin'e getirdi.

"Yavaş yavaş için."

Hüseyin şişeyi almak için elini uzatırken, adamın avuçlarındaki kırmızılığı fark etti.

"Bir dakika, bir dakika, eliniz yaralanmış."

Aldırmadı Hüseyin, sabırsızca uzanıp şişeyi aldı.

"Elim değil, kafam. Başıma demirle vurdu pezevenk..."

O heyecan içerisinde adamın yaralı olduğunu unutmuştu Yıldız. Aceleyle telefonunu çıkardı.

"Ciddi olabilir, ambulans çağırayım."

Suyu içmeden önce boş vermişçesine baktı Hüseyin.

"Gerek yok Yıldız Hanım, bana bir şey olmaz, bizim sülalenin kafası kalındır."

Dudaklarındaki sigarayı sol eline aldı, sonra şişeyi kafasına dikerek kana kana içmeye başladı. Yıldız onu dinlemedi, telefonla ambulans ve destek istedi. Kurt ve ekibinin gelmesini özellikle belirtti. "Acil ve çok önemli bir vaka!" Telefon konuşması sona erdiğinde şişedeki suyun hepsini bitirmişti Hüseyin, sigarasının izmaritini emmekle meşguldü.

"Nasıl hissediyorsunuz?" diye sordu Yıldız. "Bulantı, baş dönmesi var mı?"

Aksine iyice canlanmıştı adam.

"Kaygılanmayın, ben iyiyim. Sıcak bir de çay içtim mi gelirim kendime... Ama hazırlıksız yakaladı şerefsiz beni. Ona yanıyorum."

Gerçekten iyi görünüyordu, artık sormakta sakınca görmedi Yıldız.

"Sahi nasıl oldu bu olay? Adamın eve girdiğini görmediniz mi?"

Utançla söylendi Hüseyin.

"Tuzak kurdu bana. Yoksa onun anasını..." Konuştuğu polisin kadın olduğunu hatırlayınca tamamlamadı küfrünü. "Yoksa gırtlağını keserdim pezevengin, öteki gözünü de çıkarır verirdim eline." Nedense ayağa kalkmayı denedi yeniden. Bu defa başardı, kendinden memnun dışarılarda bir yerleri gösterdi. "Evet, işte orada tuzak kurdu bana. Çarşıdan dönüyordum. Yiyecek, içecek almaya gitmiştim. Eve geldiğimde hava kararmıştı. Anormal bir durum yoktu. Dışarıdaki çitin kapısını açmak için arabadan indim. Herif karşımda belirdi, ne oluyor demeye fırsat bulamadan kafama levyeyi indirdi. Sonrası hayal gibi, ama tamamen bayılmadım, beni omuzlarımdan tutarak sürükledi. Bu sandalyeye oturttu, ellerimi ayaklarımı bağladı. Sonra yerimi beğenmedi, ben sandalyenin üzerindeyken sürükleyip tezgâha yaklaştırmaya çalıştı. Artık orada ne yapacaksa? İşte o beni sürüklerken siz geldiniz." Minnetle baktı. "Valla teşekkür ederim. Ne desem eksik kalır, hayatımı kurtardınız." Sustu, bunun şimdi farkına varıyormuş gibi merakla sordu. "Sahi, siz ne arıyordunuz burada?"

Sıkıntıyla baktı adamın suratına Yıldız.

"Sizin için geldim. Saçma sapan bir işe kalkışmamanız için. Avcı arkadaşlarınızı topluyormuşsunuz. Silahlarıyla birlikte gelmelerini söylemişsiniz. Bir yere baskına mı gidecektiniz?"

Suçüstü yakalanmış gibi kızardı solgun yüzü Hüseyin'in, elindeki izmariti yere attı, öfkeyle ezdi.

"Baskın filan yok! Kim söylediyse sizi kandırmış. Biz, devletin işlerine karışmayız. Evet, arkadaşlarım gelecekti ama toplantı için. Belki biliyorsunuzdur, bizim bir derneğimiz var. Avcılar Derneği... Benim gibi yönetim kurulunda olan dostlarımı davet ettim. Bazı meseleler var, onları konuşacaktık. Bu akşam da yarınki toplantı için alışverişe gitmiştim zaten, gelecek arkadaşlarımı layıkıyla ağırlamak için."

Yalan söylüyordu, ses tonundan mimiklerine kadar belli oluyordu gerçeği gizlediği.

"Bakın Bay Ölmez, evinizden iki ölü çıktı. Aileniz iki can kaybetti. Anneniz babanız yıkılmış durumda. Yazık, yeterince acı çektiler. Üstelik, sizin de karınız, çocuklarınız var. Yeterince trajedi yaşadınız. Aptalca bir davranışta bulunmayın. Sizi anlıyorum, polise güvenmiyorsunuz, haklı nedenleriniz de var. Ama bana güvenebilirsiniz. İnanın, dedenizin ve kardeşinizin katilini bulacağım."

Gözleri hiddetle ışıldadı Hüseyin'in.

"Bulmanıza gerek yok. Katil Rudolf, yapmanız gereken onu tutuklamak. Hepsi bu."

"Tamam, bu saldırıların arkasındaki kişi Rudolf Winkelmann ise onu ve çetesini yakalayacağım."

"Nasıl yapacaksınız bunu?" Hüseyin'in sesi sitem yüklüydü. "Adamları devlet destekliyor. Başından beri onların yanındaydılar. Belki de bizzat polisin içindeki Nazi çeteleri organize etti bu saldırıları. Nasıl yapacaksınız?"

Kendinden emin bakıyordu Yıldız.

"Bana güvenin."

İnanmak istiyor ama inanamıyordu adam.

"Hadi size güvendik, ya amirleriniz, müdürleriniz? Çok üstlerine giderseniz, kirli çamaşırlarını ortaya çıkartırsanız, sizin de başınız belaya girer."

Kararlılıkla başını salladı Yıldız, "Bana bir şey olmaz.

Merak etmeyin, kimse görevden filan da alamaz. Bana ihtiyaçları var. Bu vakanın çözülmesi, cinayetlerin durdurulmasını istiyorlar. Olaylar kamuoyuna mal oldu. Evet, yabancı düşmanlığından yana olanlar var ama ülkenin büyük çoğunluğu ırkçılara karşı. Fakat siz fevri davranırsanız Neo Nazilerin ekmeğine yağ sürersiniz. Saldırganları mazlum durumuna düşürürsünüz. Lütfen bu işi bize bırakın. Rudolf Winkelmann'ın gözaltına alınması için harekete geçeceğim. Evet, hemen şimdi... Buradan da evime dinlenmeye değil, onu sorgulamaya gideceğim. Ancak bana söz vermelisiniz, bu işi kan davasına çevirmeyeceksiniz. Yoksa bir çuval inciri berbat edersiniz."

Hüseyin'in bakışları uysallaşsa da hâlâ ikna olmamıştı, son direnme noktasını da yıkmak gerekiyordu.

"Bana inanın Hüseyin Bey" dedi Yıldız Türkçe olarak. "Ailenizin kanı asla yerde kalmayacak. Buna izin vermeyeceğim."

10

"Cümle mahlukatın babası Zeus!"

Kahramanların yürüyecekleri patikalar, tanrıların geçecekleri yollardan daha dardır, daha tehlikeli, daha yokuş. Ne kadar cesur, ne kadar fedakâr, ne kadar korkusuz olurlarsa olsunlar kahramanlar hiçbir zaman bir tanrının kudretine, bilgisine, öngörüsüne sahip olamazlar. Buna Perseus gibi, Herakles gibi, benim çocuklarım da dahildir. Kahramanlık bir olayla sınırlıdır, anlıktır, o serüvende insanları kötülükten kurtarmaya çalışmaktır. Kahraman gücünü, cesaretini, yeteneğini sadece o zor vazifeyi başarmak için harcar. Zihin ve duygu dünyası sadece o işle sınırlıdır. Verilen vazifeyi yerine getirince de işi bitmiş olur, çünkü üzerine düşeni yapmış, acılar çekerek, esareti ve ölümü göze alarak insanları zor durumdan kurtarmıştır.

Kahramanlar sadece kendilerine verilen işleri yaparlar. Bir tanrının, bir kralın, bir komutanın emrini ya da güzel bir kadının ricasını yerine getirirler. Ama tanrılara kimse emir veremez, ne yapması gerektiğini söyleyemez. Ben, ne yapmam gerektiğini bildiğim için titanların, devlerin, tanrıların, insanların ve tüm mahlukatın tanrısıyım. Baştanrının amacı sadece kötülüğü yenmek olamaz, çünkü yeryüzündeki düzenin sürmesi için iyiliğe de kötülüğe de; doğruya da yanlışa da; güzelliğe de çirkinliğe de; merhamete de acımasızlığa da; fedakârlığa da bencilliğe de ihtiyaç vardır. Hayat denilen mucize, o güçleri birbirine bağlayan görünmez iplerin üzerinde yükselir. Ben, işte o görünmez iplerin hep gergin durmasından, birbirine karışmamasından ve kopmamasından sorumluyum. Herakles'in yapacağı kutsal vazife de böyle görünmez iplerle birbirine ustalıkla bağlanmış olayların sonucunda başarıya ulaşacaktı. Hem o görünmez ipleri yaratmalı hem de olayları inceden inceye düşünerek tek tek tasarlamalıydım. Üstelik bu amacımı ne Hera'ya ne de Herakles'e anlatabilirdim. Bu mesele onların kaldıramayacağı kadar ağırdı, acımasızdı, kötüydü. Fakat dünyayı barbarlardan kurtarmak için bunu yapmak zorundaydım. Olympos'un baştanrıçasıyla insanların başkahramanı, kurduğum bu vahşi oyunun sadece birer uygulayıcısı olabilirdi.

Evet, ben Zeus, bir kez daha itiraf ederim ki, Argoslu kraliçem Hera ve insanların en güçlüsü Herakles'i, Gaia'nın kışkırttığı ilkel yaratıklarla yapacağımız son savaşa hazırlanmak için kullandım. Hem de büyük sabır ve katı bir sükûnet, derin bir gizlilik ve ince bir maharetle. Kendi torunlarımın ölümü pahasına gerçekleşecek bu kanlı oyunu soğukkanlılıkla uygulamaktan çekinmedim. Bunu yapmakla övünmüyorum ama üzülmüyorum da; çünkü başka çarem yoktu. Bazen kalbimi dağlayan acıyı, Herakles'i her gördüğümde hissettiğim suçluluk duygusunu saymazsak aslında çok da zor olmadı bu entrikayı hayata geçirmek.

Gökyüzünü ve yeryüzünü devlerin tahakkümünden kurtaracak bu kutsal çabamda en büyük yardımcım, karımın kıskançlığı olacaktı. Aslında hiç de aptal bir tanrıça değildi Hera. Ama hasetlik ruhunu ele geçirince, zekâsını sadece intikam ve kötülük yapmak için kullanıyordu. Kıskançlık öylesine kör ediyordu ki gözünü, alacağı intikamdan başka bir şey düşünemiyordu. Herakles daha doğmadan düşman olmuştu onun annesi Alkmene'ye. Beni bu güzel kadından uzak tutmak için, ötekilere de yaptığı gibi elinden geleni ardına koymamıştı. Elbette bütün çabası boşa çıkacaktı. Çünkü kutsal amacımı gerçekleştirecek olan oğlumu doğuracak güçlü, güzel ve akıllı bir kadın lazımdı bana. Ve o kadın, Alkmene'den başkası değildi. Ne Hera'nın yasakları, ne Alkmene'nin soylu kocası Amphitryon engel olabilirdi bu birleşmeye. Nitekim Kral Amphitryon savaşa gidince aradığım fırsat düştü avcuma. Ve namuslu bir kadın olan Alkmene'yi ayartmanın tek yolu, kocası gibi görünmekti. Sanki savaştan dönmüşüm gibi muzaffer Amphitryon olarak çıktım karşısına. Masum Alkmene hiçbir kuşkuya kapılmadan açtı yatağını bana. Öyle müthiş bir sevişme yaşadık ki, o kadar çok zevk aldım ki, güneş tanrısı Helios'la konuşup günün ömrünü uzattım bir süre daha.

Elbette her adımımı izleyen Hera'nın bu sevişmeden de haberi oldu. Ne yazık ki soylu koca Amphitryon da duymuştu bu yasak aşkı. Üstelik benden bir gün sonra o da karısıyla seviştiği için iki çocuğa gebe kalmıştı Alkmene. Karısının kendisini aldattığını düşünen Amphitryon, Alkmene'yi öldürmek üzereyken yetiştim. Dedim ki:

"Yapma soylu Amphitryon, iffetli karının hiçbir suçu yok. Farkında bile değildi yanındakinin ben olduğumdan. Sen zannediyordu yatağındaki Zeus'u. Bir suçlu arıyorsan o benim. Ama şu kadarını söyleyeyim, kutsal bir amaç için seviştim karınla. Bugün söyleyemem ama zamanı gelince anlayacaksın neden bu yola saptığımı. Şimdi sadece inan bana."

Dindar bir adamdı Amphitryon ve dedi ki:

"İnanıyorum sana yüce Zeus. Yaptıysan vardır bir bildiğin. Senin oğlun benim oğlumdur bundan sonra. Öz evladım gibi bakacağım senin oğluna. Alkmene'nin doğuracağı oğlumla birlikte büyüteceğim onu."

Aldatılan koca böyle erdemli davranırken, Hera insandan doğma bu oğlumu da asla kabul etmedi. "Boynuzlu kocaların en şerefsizi" diye hakaretler yağdırdı zavallı Amphitryon'a. Ama ne yapsa nafile, kutsal tezgâhım başlamıştı işlemeye.

Alkmene önce benim oğlum Herakles'i, bir gün sonra da Amphitryon'un oğlu İphikles'i doğurdu. Oğlumun dünyaya geldiğini öğrenen Hera iyice çıldırdı. Bu tam da istediğim bir durumdu. Ama onu daha da çıldırtmak için, zeki oğlum Hermes aracılığıyla, bebek Herakles'i koynuna koydurttum.

Hera uyanıncaya kadar olan oldu, obur evladım tanrıçanın sütünden kana kana içti. Böylece benim huysuz karım nefret ettiği bebeğe sütannelik yaptı. Çocuk da ondan aldı adını: Herakles, yani "Hera'nın Şanı" diye seslenmeye başladık ona. Ama karımın aklı fikri bebeğe zarar vermekteydi. Onu öldürmek için İphikles ile Herakles'in odasına iki yılan yolladı. İphikles dünyadan habersiz uyurken, son derece zehirli olan yılanları benim güçlü oğlum elleriyle yakaladı ve boğdu. Böylece, Hera'nın nefreti biraz daha büyüdü. Ve ben, Olympos'taki tahtımdan olanları ve olacakları sakince izlemeyi sürdürdüm.

Günbegün büyüyordu Herakles. Kral Amphitryon sözünü tutmuş, ona öz oğlu gibi davranmıştı. Ama Herakles o kadar güçlüydü ki, kimse onu yenemiyordu. İşte bu üstünlüğü kafasını karıştırıyordu, asi bir delikanlı olup çıkmıştı eğitimini bitirmeden. Öğretmenleri bile onunla baş edemiyordu. Nitekim Linos, onu cezalandırmaya kalkınca, zavallı öğretmenin başına lirle vurarak öldürdü. Bu vahşice davranış ne benim ne de Hera'nın yönlendirmesiyle olmuştu, tümüyle Herakles'in dizginlenemez öfkesinin sonucuydu. Elbette hem ben hem de Hera bu öfke patlamasını hiç unutmadık. Herakles bizzat Kral Amphitryon'dan savaş arabalarını kullanmayı, usta Eurytos'tan ok atmayı, silahşor Kastor'dan kılıç kullanmayı ve yenilmez Autolykos'tan çıplak elle dövüşmeyi öğrendi.

Hera da benim gibi Herakles'i günü gününe takip ediyor, sadık hizmetkârlarından bilgi alıyor, oğluma kuracağı tuzak için uygun zamanı bekliyordu. Herakles'in acı çekmesi için sevdiklerinin çoğalması lazımdı. Tek başına bekâr bir gencin hayatla tek bağı annesidir, ama evlenirse, çocukları da olursa, yani sevdikleri artarsa çekeceği acı da o oranda artacaktır. Ve ben de habis karımın bu korkunç oyununu bilerek ama bilmezmiş gibi davranarak uygulayacağım entrikanın zamanının gelmesini bekliyordum. Bekleyişimiz uzun sürmedi. Her gün yeni bir kahramanlıkla adını duyuran şanlı oğlum Herakles kısa zamanda kendine bir eş bulacaktı.

Orkhomenos kralı Erginos ile Thebai kenti kralı Kreon arasında bir anlaşmazlık vardı. Kralların aralarındaki kavgalar, çatışmalar, hırlaşmalar hiç bitmezdi zaten. Herakles bu anlaşmazlıkta Kreon'un saflarında yer aldı. Ve açgözlü Erginos'un adamlarını ağır bir yenilgiye uğrattı. Böylece Thebai halkı onu tanrı gibi görmeye başladı. Kral Kreon da ödül olarak Herakles'i öz kızı Megara ile evlendirdi. Bu evlilikten Herakles'in üç çocuğu oldu. Oğlumun mutlu bir hayat sürdüğü Hera'nın kulağına gitmekte gecikmedi. Beklediği anın geldiğini fark eden acımasız karım, o zaman Olympos'tan inerek yeryüzünün en yetenekli büyücülerinden kötülük iksirleri yapmayı, lanet tariflerini, bela dualarını öğrendi. Ve kanlı ay karanlık gökyüzünde yükselirken en güçlü büyüsünü yaptı. Büyü doğrudan Herakles'i hedefliyordu. Etkisi de hemen görüldü. Önce korkunç bir baş ağrısına yakalanan zavallı oğlum geçici olarak kör oldu, ardından sanrılar görmeye başladı. Evini lanetli yaratıkların bastığını zannetti. Kendini kaybederek, çocuklarının birer canavar olduğunu söyledi. Ve zavallı masumları kendi elleriyle ateşe atarak teker teker öldürdü.

Elbette olanların hepsini gördüm, zaten Hera daha harekete geçmeden önce ne yapacağını biliyordum. İstesem engel olabilirdim, ama yapmadım. Aksine baştanrıçamı serbest bıraktım ki bütün kinini kussun, bütün yıkıcılığını ortaya döksün, öfkesini oğlumdan çıkarsın. İlahi amacıma ulaşmam için onun bu kötülüğüne ihtiyacım vardı. Herakles sıradan bir kahramanın ötesine geçmeliydi. Devlerle yapacağımız savaşta bize yardım edebilmesi için bu zorunluydu. Çetin sınavlardan başarıyla çıkmalıydı. Ama dikbaşlı oğlumu sınava sokabilmek için onun derin bir suçluluk duyması, büyük bir pişmanlık yaşaması, ruhunun yerlerde sürünmesi gerekiyordu. Öyle de oldu, Hera'nın büyüsünün etkisi geçip kendine geldiğinde ne yaptığını anladı ama artık çok geçti. Bu kez gerçekten delirdi. Zavallı evladım olanlardan kendini sorumlu tuttu. Yemeden içmeden kesildi, insan içine çıkamaz oldu, yaralı bir arslan gibi kükreyerek dağlarda dolanmaya başladı. Çok acıydı, çok üzüntü vericiydi ama istediğim tam da buydu.

Denilebilir ki "Ey Zeus, ey çocuklarına haksızlık yaptı diye babasını tahtından indiren tanrıların kralı, senin Herakles'e yaptığının Kronos'un yaptığından ne farkı var? Kronos çocuklarını canlı canlı yutmuştu, sen ise oğlunu acılar içinde kıvrandırıyorsun. Sen de baban kadar kötüsün." Hayır, kötü değilim. Ben, Kronos'tan çok farklıyım. Babam, iktidarını paylaşmaktan çekindiği için çocuklarını mideye indirmişti, gayesi tahtını korumaktı. Ben ise dünyanın düzenini savunmak için kendi evladımın acı çekmesine rıza gösteriyordum. Ben sadece Herakles'in değil, bütün mahlukatın babasıyım, onları korumakla, adil bir yaşam sürmelerini sağlamakla yükümlüyüm. Eğer yaklaşmakta olan devlerin saldırısını engelleyemezsek, ne gökyüzünde ne de yeryüzünde adil bir yaşam kalacaktı. Devler, tıpkı kendileri gibi erdem ve güzellikten yoksun bir hayat kuracaklardı. Onları yenmekten başka çarem yoktu. Bunu yapabilmem için de hem öteki tanrıların hem de kutsal yasanın buyruğuyla ölümlü oğlum Herakles'in bu savaşa katılması gerekiyordu. Ama o henüz böyle bir çatışmaya hazır değildi. İşte bu yüzden kararlı olmalıydım, vicdanımı susturmalı, merhametimi dağlamalı, sevgimi kesip atmalıydım. Çünkü kutsal yasa kesindi: Devleri yenmek için yanımızda bir ölümlünün olması şarttı. Ve o ölümlü, oğlum Herakles'ten başkası değildi. Onu bu kanlı savaşa hazırlamak zorundaydım. Bedeli ne olursa olsun buna değerdi. Çünkü sonunda bütün canlıların hayatını kurtaracak, yeryüzünü barbarlardan temizleyecektik. Ve ben, titanların, tanrıların, devlerin, insanların ve cümle mahlukatın babası Zeus, yaşamı korumak için bir çocuğumun mahvolmasını kabul etmek zorundaydım. Ki, Herakles'in her anlamda güçlü bir adam olduğunu biliyordum. Yiğit oğlumun önüne konulan sınavlardan başarıyla geçeceğinden, gelmiş geçmiş en büyük savaşa hazır olacağından adım gibi emindim.

Böylece, ruhu ıstıraplar içinde kıvranan Herakles'in zihnine girdim. Delphoi'ye, kutsal mekâna gitmesini söyledim.

Sözlerime uyan çaresiz evladım, Rahibe Pythia'nın huzuruna çıktı. Rahibe Pythia onu sakince dinledi. Herakles'in hem gözyaşları hem sözleri bitince, ayağa kalktı. Ve dedi ki:

"Benim karar vereceğim bir trajedi değil bu, soylu Herakles. Tanrılarla konuşmam lazım. Onların kararı belirleyecek kaderini."

Herakles'i kutsal mekânda tek başına bıraktı. Yedi gün yedi gece görünmedi. Yedinci günün şafağında döndü. Ve dedi ki:

"Tanrılarla konuştum soylu Herakles. Evlatlarını öldürmek bağışlanmaz bir suçtur. Hem de çocuklarının hiçbir kabahati yokken. Vebali çok büyük bunun. Yaptığın iyilikler olmasa, baban Zeus bile yardım edemezdi sana. Ama yaptığın iyiliklere şükret, bu yüzden tanrılar bir kefaret hazırladı sana. Bu kefaretini yerine getirirsen, vicdan azabından da kurtulursun, suçluluk duygusundan da."

Saygıyla boyun eğdi, çaresiz evladım ve dedi ki:

"Tanrılar ne isterse yaparım, yeter ki bu azap bıraksın yakamı. Yeter ki çocuklarımın çığlıkları daha fazla çınlamasın kulaklarımda."

Herakles'e biçtiğimiz kefaret utanç vericiydi. Yeryüzündeki gelmiş geçmiş en aptal, en korkak, en basiretsiz kral olan Eurystheus'un on iki isteğini yerine getirecekti. Ki bu Eurystheus denen rezili, kral yapan da Hera'dan başkası değildi. Aslında Herakles'in olması gereken hükümdarlığı, yiğit oğlumun doğuşunu geciktirerek bu korkak herife verdirtmişti. Hem de benim ellerimle. Yeryüzünün en güçlü, en soylu insanı, Zeus'un kahraman oğlu, işte bu basiretsiz ve dirayetsiz kralın isteklerini yerine getirecekti. Bir baba olarak benim için de gerçekten utanç vericiydi, ama Toprak Ana'nın korkunç devlerini yenebilmem için bunu yapmak zorundaydım. Ve yaptım... Çünkü tanrı olmak, gerektiğinde acımasız olmayı da başarabilmek demektir.

Onuncu Bölüm

Bütün mobilyası dört iskemleyle küçük bir masadan ibaret, sağ tarafı kocaman bir aynayla kaplı, sol duvarında ise orta boy bir ekran bulunan sorgu odasında rahatsız edici bir cızırtı vardı. Kartonpiyerlerin arkasına yerleştirilen lambalardan biri ömrünün tükendiğini kendi lisanınca ilan ediyordu. Bu ses zaten gergin olan ortamı iyice tatsızlaştırmıştı. Gecenin bir yarısı apar topar emniyete getirilen Rudolf Winkelmann, oturduğu iskemlede huzursuzca kıpırdanarak, yardım dilercesine yanındaki avukatına baktı. Güya onu savunmakla görevli hukuk adamı müvekkilinin kendisine baktığının farkında bile değildi. Başı hafifçe öne düşmüş, pahalı takım elbisesi buruşmuş, kravatı kaymıştı; kızarmış suratında mayışmış bir ifade vardı, gözkapaklarını açık tutmakta zorlanıyordu. Zavallı adamcağız, eğlenceli bir toplantıyı yarıda bırakıp gelmek zorunda kalmıştı buraya. Vaziyete bakılırsa bir hayli de sarhoştu.

"Yarını bekleyemez miydi?" diye homurdandı Rudolf. "Nedir böyle gece yarısı evden alınıp getirmeler?" Cümlesini bitirirken bunu neden sen sormuyorsun der gibi yine avukatına bakmıştı. Ama cevval avukat hâlâ havaya girememişti, bıraksalar, hemen şuracıkta sorgu masasına başını dayayıp uyuyacaktı.

"Bekleyemezdi" diye kendinden emin bir sesle yanıtladı Yıldız. "Bir haftada üç kişi hunharca öldürüldü. Bu şehirde bir katil elini kolunu sallayarak geziyor. Yeni cinayetlerin işlenmesine göz yumamazdık."

Yüzü kıpkırmızı oldu Rudolf'un, kalın boynunun kasları gerildi, mor damarları şişti, ellerini öfkeyle masanın üzerine dayadı.

"Ne yani, o cinayetleri benim işlediğimi mi söylüyorsunuz? Açık konuşun, beni katil olmakla mı suçluyorsunuz?"

Sesi o kadar yüksek çıkmıştı ki, şarabın rehavetine kapılmış avukat bile ayılır gibi oldu, kendiliğinden esneyen ağzını elinin tersiyle kapattı, deminden beri önündeki plastik bardakta bekleyen kahvesini bir dikişte bitirdi.

"Sakin olun!" diye çıkıştı Tobias. "Size katil diyen yok. Üç kişinin öldüğü ve yeni kurbanların da olabileceği bir davadan söz ediyoruz burada."

Aslında durgundu Tobias, şefin ondan habersiz Hüseyin'e gitmesinin hayal kırıklığını hâlâ üzerinden atamamıştı. Yıldız'ın başına gelenleri duyduğunda da şoka uğramıştı. Neler olduğunu anlamak istiyordu ama fırsat bulup soramamıştı. Böyle berbat bir ruh haliyle girmişti sorguya.

"Peki benim bununla ne alakam var?" diye höykürdü Rudolf. Sağ gözü öfkeden ışıl ışıl yanarken, sol gözü ise her zamanki matlığı içinde koyun gibi bakıyordu. Bu çelişki tuhaf bir ifade katıyordu adamın yüzüne. "Beni niye getirdiniz? Burada ne işim var?"

Keyifle gülümsedi Yıldız, oysa dün geceden beri sokaklardaydı, yorulmuştu, üstelik her nefes aldığında canı yanıyordu. Katilin tekmesi kaburga kemiklerini zedelemiş olmalıydı. Müdürün "Hastaneye gitmelisin" öğüdünü de dinlememiş, gecenin bir yarısı da olsa Rudolf'u merkeze aldırmakla uğraşmıştı. Başarmıştı da ama ağrısı her dakika artıyordu. Keşke bir ağrı kesici alsaydım diye düşündü. O zaman da zihnini toparlayamazdı. Yok, dişini sıkmalıydı, ne pahasına olursa olsun karşısındaki zanlıya zihinsel ve moral üstünlüğü kaptırmamalıydı.

"Yapmayın Bay Winkelmann" dedi acısını bastırarak, "Bunu siz istediniz."

O kadar sinirlenmişti ki, kafasını toplayamıyordu Rudolf.

"Nasıl? Nasıl ben istemişim?"

"Hatırlasanıza! Bu sabah Germania Spor Kulübü'nde söylediniz." Bir an düşünür gibi yaptı. "Bakın tam olarak şöyle dediniz: 'Bir daha buraya gelmeyin. Beni suçluyorsanız gözaltına almanız gerekecek.'" Yardımcısına baktı. "Yanılıyor muyum Tobias? Bay Winkelmann böyle söylemedi mi?"

Komiserin konuşmasına izin vermedi Rudolf.

"Tamam, tamam hatırlıyorum" dedi aceleyle. "Ama bunu gece yarısı mı yapmanız gerekiyordu? Sabahın suyu mu çıktı? Günün ışımasına ne kaldı şunun şurasında?"

Birden ciddileşti Yıldız, adeta öfkeyle baktı adama.

"Bu akşam bir adam daha öldürülecekti Bay Winkelmann. Eğer biraz daha geç kalsam, bu akşam, Rudow'da katiller dördüncü kurbanlarını vahşice parçalayacaklardı. Ve yine bu akşam, eğer kendimi korumak için yana çekilmesem, benim de beynimi patlatmış olacaklardı. O yüzden sabahın üçü de olsa beşi de olsa sizi buraya getirmek zorundaydık. Gerektiği kadar da burada tutacağız."

"Geçmiş olsun Bayan Karasu." Şarabın o ağır rehavetinden birazcık olsun kurtulmuş olan pahalı avukattı konuşan: "Gerçekten kaygılandım... Yani sizin için diyorum." Kurumuş dudaklarını yaladıktan sonra sözlerini sürdürmeye çalıştı. "Ama bunun müvek... Müvekk... Müvekkilimle ne ilgisi var?"

Hâlâ dili dolaşıyordu ama meramını anlatabilmişti sonunda. Eh nihayet konuşabildin be adam, dercesine bakıyordu Rudolf Winkelmann.

"Evet, benimle ne ilgisi var?"

Rudolf'a değil, avukata döndü Yıldız.

"Çünkü bu akşam saldırıya uğrayan kişi, müvekkilinizin 23 yıldır kan davası güttüğü Hüseyin Ölmez'di."

Adam itiraz edecekti, fakat Yıldız işaret parmağını kaldırarak ekranı gösterdi. Ekranda Hüseyin Ölmez'in fotoğrafı belirdi.

"Daha önceki üç kurbandan ikisi yine Bay Winkelmann'ın düşmanı Hüseyin Ölmez'in yakınlarıydı. Orhan Ölmez dedesiydi, Cemal Ölmez kardeşi."

Yıldız isimleri sıraladıkça, aynanın öteki tarafındaki polis memuru kurbanların görüntülerini ekrana yansıtıyordu.

"Evet, Orhan Ölmez yaşlı bir adamdı, torunu Cemal ise gençti, yaşam doluydu. Ama daha önemlisi, müvekkiliniz bir zamanlar Cemal Ölmez'le de kavga etmişti. Cam çerçevenin dağıldığı kanlı bir kavga..."

"Kanlı!" diye lafını kesti Rudolf abartılı bir sesle. "Elimizde silah bile yoktu. Planlanmış bir şey değildi. Tümüyle rastlantıydı." Eliyle ekranı gösterdi. "Dükkânının önünden geçerken gördüm bu herifi. Kendisi azılı bir Almanya düşmanıdır. Almanya düşmanı derken inanın hiç abartmıyorum. Kreuzberg'den Almanları temizlemek için gönüllü çete kuran, yerel halka saldırılar düzenleyen terörist bir Türk..."

Karşısında oturan iki polisin de inanmayan gözlerle baktığını görünce, "İnanmayın tabii" dedi sitemle. "Siz kararınızı vermişsiniz zaten. Ama ben anlatacağım. Evet, bahsettiğiniz kavga öyle çıkmıştı işte. Dediğim gibi dükkânın önünden geçiyorduk, ben o zibidiyi gördüm, o da beni fark etti. 'Pis Nazi' diye sataştı. Dükkânın önüne çıktı. 'Hitler'in Dölü! Defol buradan!' diyerek üzerime yürüdü. Tartışmaya başladık, küfürlerini artırınca da birbirimize girdik. Ama bir çakı bile yoktu üzerimizde."

Boğazını temizleyen avukat, "Tamam, Bay Winkelmann, tamam!" diye uyardı. Artık iyice kendine gelmeye başlamıştı. "Bunları anlatmanıza gerek yok."

Zanlı, duymamış gibi hararetle devam etti.

"Üstelik ilk yumruğu Hüseyin atmıştı, biz de karşılık verdik tabii. Meğersem kardeşi de orada saklanıyormuş. Arkadan saldırdı, haber vermeden, kalleşçe..." Yıldız'ın gözlerinin içine bakarak nefretle söylendi. "Tam bir Türk'e yakışırcasına..."

Germania Spor Kulübü'nde karşılaştıkları ilk anda takındığı diplomatik nezaketi tümüyle terk etmişti Rudolf. Kendini kaybetmiş, aklına ne gelirse söylüyordu. Beş altı saat önce, yüzünü görmese de gözlüklerinin ardından ona nefretle baktığından emin olduğu saldırganı hatırladı Yıldız. Büyük bir hınçla başına indirmeye çalıştığı levyenin rüzgârını yüzünde hissetti yeniden. Acaba Rudolf, garajda amacına ulaşamadığı için mi böyle saldırganlaşmaya başladı diye düşündü. Ama temkinli tavrını korudu, son cümleyi duymazlıktan geldi. Onun yerine avukatı müdahale etti.

"Lütfen, lütfen Bay Winkelmann" diyerek müvekkilinin eline dokundu. "Geçmişte kalmış bir olayı konuşmanın bir manası yok. Kaç yıl önceki bir kavgadan bahsediyorsunuz. Olan olmuş, giden gitmiş."

Rudolf eline dokunan Helmut'un bir kadınınki gibi pembe parmaklarına yadırgayarak baktı. Ama tepki göstermedi.

"Kusura bakmayın Bay Berger" diye mırıldandı saygıyla. "O kadar alçakça bir yalanla, o kadar büyük bir haksızlıkla karşı karşıyayım ki, kendimi kaybettim." Elini hızla çekti. "Haklısınız, yıllar önceki bir olayın bu konuyla hiçbir ilgisi yok."

Sinir bozucu bir zafer ifadesi belirmişti Yıldız'ın yüzünde.

"Demek ki varmış Bay Winkelmann" diyerek kışkırtmayı sürdürdü. "Eğer sizin için bir önemi olmasaydı bu kadar sinirlenmezdiniz. Üstelik bu sabahki konuşmamızda ne Hüseyin Ölmez'i ne de kavgayı hatırlıyorum demiştiniz. Yani alçakça diye tanımladığınız bu yalanı aslında siz iki kez söylediniz. Şimdi soruyorum size: Yalana devam mı edeceksiniz? Yoksa bizimle işbirliği mi yapacaksınız?"

Müvekkilinin kendini tümüyle kaybetmesinden çekinen avukat yeniden eline dokundu.

"Konuşmak zorunda değilsiniz. İsterseniz avukatınız olarak soruları ben yanıtlayabilirim."

Bir kez daha çekti elini Rudolf.

"Hayır, Bay Berger, kendim cevaplamayı tercih ederim. Çünkü saklayacak bir şeyim yok. Saçma sapan bir suçla itibarımı zedelemek istiyorlar. Buna izin vermeyeceğim." Bakışlarını karşısındaki duvarı boydan boya kaplayan aynaya çevirdi. "Yazık, çok yazık, koca Alman devletinin polisi, kanakelerin oyuncağı olmuş."

Aynanın arkasında polis şeflerinin kendilerini izlediğinden adı gibi emindi. Gerçekten de Müdür Markus hiç üşenmeden, gecenin bir yarısı sıcak yatağından kalkıp merkeze gelmiş, büyük bir ilgiyle sorguyu izliyordu.

"Haddinizi aşmayın Bay Winkelmann!" Tobias'ın buz gibi sesi sorgu odasında çınladı. "Burada Alman devletine ve Alman polisine hakaret edemezsiniz. Deminden beri Almanlar diye atıp tutuyorsunuz, ancak burada kendi devletinizi suçlamaya kalkıyorsunuz."

Afalladı Rudolf, ne diyeceğini bilemedi, sonra hiddet dolu bakışlarını Yıldız'a çevirdi.

"Ama bu kadın bana komplo kuruyor. Ve devlet buna izin veriyor. Ortalıkta ne kanıt var, ne şahit. Gecenin bir yarısı cinayet suçlamasıyla gözaltına alınıyorum. Bir Alman vatandaşı olarak benim de haklarım var."

Usulca başını salladı Yıldız.

"Evet Bay Winkelmann, haklarınız var." Eliyle Helmut Berger'i gösterdi. "Üstelik bu haklarınızı en iyi şekilde savunacak bir hukukçu da yanınızda bulunuyor. Sadece soracağımız sorulara yanıt vereceksiniz. Neden böyle kendinizi kaybettiğinizi anlamadım. Korkacak bir şeyiniz yoksa, sinirlenmenize de gerek yok. Bildiklerinizi anlatacaksınız ama yalansız olarak. Sadece gerçekleri. Hepsi bu. Bay Berger daha iyi bilir, ortamın gerilmesi sizin için hiç iyi olmaz."

Bu sözler bardağı taşıran son damla olmuştu.

"Ne? Ne diyorsun sen be?" diye çıkıştı Rudolf. "Neymiş, benim için iyi olmayacak şey? Benim ülkemde beni tehdit mi ediyorsun?"

Kendini bu kadar kaybedeceğini Yıldız da beklemiyordu, demek ki sakladığı bir şey vardı Rudolf'un, demek ki doğru yoldaydı. Üzerine gitmeyi sürdürdü.

"Sizin ülkeniz değil Bay Winkelmann, bizim ülkemiz. Ben de bu ülkede doğdum. Hem de bu şehirde. Bütün hayatım burada geçti. Sizi uyarıyorum, Alman vatandaşları arasında ayrımcılık yapmak anayasal bir suçtur. Bir devlet görevlisine hakaret etmek de öyle. Lütfen kendinize gelin."

Rudolf'un kanı beynine sıçramış oturduğu yerden Yıldız'ın üzerine atlayacakmış gibi bedeni gerilmişti. Tobias da tehlikeyi sezmiş, ani bir saldırıya karşı koymak için tetikte bekliyordu. Ama korkulan olmadı, Helmut Berger, bu kez müvekkilini bileğinden tuttu.

"Bay Winkelmann! Bay Winkelmann! Size diyorum! Sakin olun lütfen. Bakın ben yanınızdayım. Hiç kimse size komplo kuramaz. İşlemediğiniz bir fiilden dolayı suçlanamazsınız. Hukukta böyle bir şey yok. Sakinleşin lütfen. Böyle yol alamayız." Zavallı avukatın ne sarhoşluğu kalmıştı ne çakır keyifliği, tek yudum şarap içmemiş gibi ayılmıştı. "Telaşlanacak bir durum yok diyorum size. Daha soruları bile duymadık. Bırakalım, sorularını sorsunlar." Durdu, endişeyle baktı. "İsterseniz, biraz ara verelim. Biraz soluk alın, bir kahve için."

Sara hastasının kriz sonrasındaki hali gibi yeşile dönmüştü Rudolf'un yüzü. İçindeki ateş bir anda sönmüş, canlı gözü, tıpkı protez olanı gibi boş boş bakmaya başlamıştı. Bir süre öylece kaldı. Altdudağını ağzının içine alarak iskemlesine yaslandı.

"Özür dilerim" dedi neden sonra. "Hepinizden özür dilerim. Haklısınız Bay Berger, aşırı tepki gösterdim. Çünkü hak etmediğim bir muameleyle karşılaştım."

Avukatı eyvah yine başlıyor diyerek yüzünü buruşturuyordu ki "Yok, yok, merak etmeyin, dersimi aldım" diye adamın içine su serpti. "Artık sakinim, çok sakinim. Öyle davranmamam gerektiğini biliyorum. Kabul ediyorum, yanlış yaptım." Gülümsemeye çalışarak Yıldız'a baktı. "Evet, buyurun sizi dinliyorum. Nasıl yardımcı olabilirim?"

Giderek artan ağrısına katlanmaya çalışan Yıldız "Aşağılık herif... Toparlamaya çalış bakalım, geç kaldın, çok geç..." diye geçirdi içinden. Ama elbette kibarca gülümsemeyi ihmal etmedi.

"Teşekkür ederiz Bay Winkelmann. Böyle düşünmenize sevindik. İşbirliğiniz hepimiz için yararlı olacaktır. Çünkü burada söylenen her söz kayıtlara geçiyor. Elbette mahkemede de kullanılacak. Neyse, artık sakinleştiğinize göre, asıl meseleye geçebiliriz." Önündeki kâğıtlara göz attı. Üsttekini kaldırdı, alttakine baktı. "Evet, bu sabah bize Otto Fischer'i tanımadığınızı söylemiştiniz. Üstelik geçen yıl yabancı karşıtlarının Berlin'de düzenlediği bir mitingde birlikte gözaltına alınmanıza, hatta bırakılınca onu arabanızla götürmenize rağmen böyle iddia etmiştiniz."

Yıldız konuşmasını sürdürürken, mitingin fotoğrafları ekranda belirmeye başladı. Rudolf Winkelmann ile Otto Fischer bu fotoğraflarda yan yana görülüyordu. İkisi de öfke doluydu, barikatları yıkarak polislerin üzerine yürüyorlardı. Sonrasında birlikte serbest kalıyor, yan kapısında Germania Spor Kulübü yazan minibüse binerek oradan uzaklaşıyorlardı.

"Evet, bu görüntülere rağmen onu tanımadığınızı iddia etmiştiniz. Ama Cemal Ölmez cinayetinin baş zanlısı Otto Fischer, bu akşam aldığımız ifadesinde sizi tanıdığını söyledi." Başını kâğıtlardan kaldırdı, Rudolf'a buz gibi bir bakış attı. Hayır, adam yanlışında ısrar etmeyecekti, artık hata yapmayacaktı. Sakince dinliyordu. Bunun üzerine yardımcısına döndü Yıldız.

"Komiser Becker, lütfen, Otto Fischer'in sorgusunda neler anlattığını söyler misiniz?"

Tobias söze başlamadan önce, ekranda Otto Fischer'in başka bir görüntüsü belirdi. Gamalı haçlı Nazi bayrağının önünde, kaslarını gösterecek şekilde kollarını kavuşturarak durmuştu. Kişisel olarak hiçbir yeteneği olmayan, hayatta önemli hiçbir başarısı olmayan bu zavallı mahlukun en büyük gurur kaynağı ideolojisiydi. Kendisi gibi ezik arkadaşlarıyla bir araya gelip ırk, bayrak ve ülke kavramlarını bahane ederek hayatına bir anlam bulmaya çalışıyordu. Nefret dolu, yıkıcı ve vahşi bir anlam. O yüzden yerden bitme Nazi o lanetli haçın önünde durmuş, dünyaya meydan okurcasına bakıyordu.

"İşte böyle Bay Winkelmann" dedi Tobias, önündeki kâğıtlara bakmaya gerek duymadan. "Ekranda gördüğünüz

Bay Fischer, bu akşamki sorgusunda, sizi çok eskiden tanıdığını beyan etti. Gençlik günlerinden beri arkadaşınızmış. Hatta şu rastlantıya bakın ki, Kreuzberg'in Almanlaştırılması Projesi'nde de birlikteymişsiniz. Hani şu 36 Boys adındaki gruba karşı mücadeleniz var ya, işte o sokak kavgalarında omuz omuza dövüşmüşsünüz." Önündeki kâğıda baktı. "Evet, bir nüshasını size de vereceğimiz ifadesinde aynen böyle dedi. Sizin çok vefalı biri olduğunuzu, arkadaşlarınızı hiç unutmadığınızı da ekledi." Gülümseyerek avukata baktı. "Hatta şu anda yanınızda oturan avukatınız Bay Berger'i bile sizin yolladığınızı açıklamaktan çekinmedi." Sustu, başını geriye attı. "Kavga arkadaşınız ilişkinizi saklamaya gerek duymazken, siz neden inkâr ettiniz?"

Helmut Berger telaşlanmıştı, müvekkiline yaklaştı.

"Cevap vermek zorunda değilsiniz" diye fısıldadı.

Avukatının aksine Rudolf az önceki panik havasından tümüyle kurtulmuştu. Helmut'a yanıt vermeye bile gerek görmeden "Çünkü bana komplo kuracağınızı düşünüyordum" diyerek ellerini, fotoğraftaki Otto gibi göğsünde kavuşturdu. "Evet, size güvenmiyordum. Otto pek akıllı biri değildir. Fevri davranışlara çabucak kapılabilecek biridir. Onun gibi insanların her zaman arkadaşlarına zarar verme ihtimali vardır. Cinayetle bir ilgisi olup olmadığını bilmiyorum. Umarım böyle bir aptallık yapmamıştır. Ama siz, Otto'yu sorunca, benden kuşkulandığınızı anladım. Benim geçmişim belli, emniyetteki dosyalarım da elinizde, basına sunmak için benden daha iyi bir günah keçisi bulamazdınız. Gerek hakkımda taşıdığınız önyargı, gerek bilinçli olarak beni mahkûm etme isteğiniz yüzünden böyle davrandım. Çünkü beni katil olarak göstermek niyetindeydiniz. Germania'ya geldiğiniz anda anladım bunu. O yüzden Otto'yla tanışıklığımızı inkâr ettim. Yanlış yaptığımı kabul ediyorum. Fakat şunu anlayın artık, ben eski Rudolf Winkelmann değilim, saygın bir işadamıyım. Bu sabah da söylediğim gibi, köprülerin altından çok sular aktı. Ben şiddet yoluyla amacımıza ulaşabileceğimize inanmıyorum. Artık fikirlerimiz parlamentoda savunulurken, üstelik bu partiler her geçen gün daha da güçlenirken şiddete başvurmanın bize zarar vereceğinden eminim. Hele bahsettiğiniz gibi kamuoyunda infial uyandıracak bu kanlı cinayetler, toplumu bizden soğutur. Böyle bir eyleme kalkışmak büyük bir aptallıktır."

Sözünü kesti Yıldız

"Sadece Otto Fischer gibilerinin yapacağı bir aptallık..."

Ellerini yana açtı Rudolf.

"Arkadaşımı suçlamak istemem. Henüz kanıtlanan bir şey de yok zaten. Ancak ne yazık ki böyle aptallar var aramızda."

Geriye doğru yaslanmak istedi Yıldız, yine canı yandı, elinde olmadan yüzünü buruşturdu ama konuşmaktan vazgeçmedi.

"Sorun şu ki Bay Winkelmann, dava arkadaşınız Bay Fischer, aynı aptallık nedeniyle, bu çapta bir cinayetler zincirini tek başına organize edemez. Böylesi bir suç düzeneği kuramaz. Nitekim, o tutuklandıktan sonra da saldırılar durmadı. Cemal'le bağlantısı olan Alexander Werner öldürüldü ve bu gece Hüseyin Ölmez saldırıya uğradı. Yani Cemal Ölmez ve dedesini Otto ve arkadaşları öldürmüş olsa bile, bu vahşi cinayetleri tezgâhlayan başka birileri var. Çok daha zeki, çok daha kültürlü, çok daha güçlü birileri..."

Hak verircesine usulca başını salladı Rudolf.

"Olabilir, ama bu kanlı tezgâhı kuranların neden illa da Alman vatanseverleri olacağını düşünüyorsunuz? Bakın, az önce söyledim, bu cinayetler bize yarar getirmez, zarar verir. O zaman belki de o üç kişiyi öldüren, bu akşam da size saldıran kişi veya kişiler neden biz Alman vatanseverlerinin düşmanları olmasın? Neden en kolay yolu seçerek, kafanızdaki olağan şüphelileri tutuklamaya kalkıyorsunuz?"

Eski formuna kavuşmuştu Rudolf, ama Yıldız hiç etkilenmedi. Önce önündeki kâğıtlara şöyle bir göz attı, sonra doğrudan zanlının gözlerinin içine bakarak açıklamaya girişti.

"Çünkü, Cemal Ölmez ve ailesi, Neo Naziler tarafından tehdit ediliyordu. Ona gönderilen tehdit mektubunun üzerinde Otto Fischer'in parmak izi bulundu. Çünkü Otto Fischer cinayet gecesi Cemal Ölmez'in evindeydi. Çünkü Otto Fischer'in kasaturası en az iki cinayette kullanıldı. Çünkü siz, Otto Fischer'le ilişkinizi inkâr ettiniz. Çünkü siz yasal partiler aracılığıyla mücadele etmek gerektiğini söylemenize rağmen Otto Fisher gibi suça bulaşmış biriyle bağlantınızı kesmediniz. Daha sayayım mı? İster misiniz?"

Alt tondan başlayan konuşmasını en yüksek perdede bitirmişti Yıldız.

"Bağırmanıza gerek yok Bayan Karasu" diyerek araya girdi avukat. "Söylediklerinizin hepsi birer varsayım. Otto Fischer'in, bahsettiğiniz cinayetlerle bağlantısı henüz kanıtlanamadı. Bay Winkelmann hakkındaki suçlamalarınız birer tahminden öteye geçmiyor. Evet, belli ki Bay Winkelmann gereksiz evhama kapılmış, Bay Fischer'i tanımadığını söyleyerek hata yapmış ama bu onu katil yapmaz."

"Sadece Bay Fischer'i tanımadığını söylemedi" diye düzeltti Yıldız. "Kurbanı ve ailesini tanıdığını da inkâr etti. Bu akşam Rudow'daki evinde saldırıya uğrayan Hüseyin Ölmez'le 23 yıldır husumet yaşadığını da sakladı..."

Birden elini kaldırdı Rudolf.

"Bir dakika, bir dakika."

Herkes sustu, ona baktı.

"Şimdi siz, bu akşam, Hüseyin Ölmez denilen o adamın evine geldiğimi mi iddia ediyorsunuz? Oraya geldiğimi, adama ve size saldırdığımı mı söylüyorsunuz?"

Bu sorunun altında bir tuzak olduğunu sezinlemişti Yıldız, ama geri adım atmadı.

"Evet, ihtimallerden biri de bu. Siz ve arkadaşlarınız o saldırıyı da gerçekleştirmiş olabilirsiniz."

Protez olmayan gözü hınzırca ışıldadı Rudolf'un.

"Saat kaçta oldu bu saldırı Bayan Karasu?"

Biraz düşündü Yıldız.

"Şöyle söyleyeyim, saldırıdan sonra bizimkileri aradığımda, yani her şey bittiğinde saat 21:35'ti. Saldırgan ya da saldırganlar da on dakika kadar önce kaçmışlardı. Bütün olay 20:30 ile 21:35 arasında cereyan etti."

"Güzeeel" diyerek Rudolf elini ceketinin cebine soktu, cep telefonunu çıkardı. "O saatlerde ben bir kokteyldeydim. Tam olarak saat 20:00 ile 22:00 arasında, Adler Sivil Havacılık Şirketi'nin Kudamm'daki binasının terasında kokteyldeydim. Sahibi Adler Geschwindner yakın dostumdur. Elbette onu da arayıp sorabilirsiniz." Elindeki telefona dokundu, birtakım sayfalar açtı, sonra polislere uzattı. "Ama daha kolayı var, çektirdiğim fotoğrafların hepsi burada. Çekildiği saatler de yazıyor üzerinde. Alın, alın, buyurun bakın. Kendi gözlerinizle görün."

Yıldız telefonu aldı. Gerçekten de Rudolf elinde şampanya kadehiyle etrafında kadınlı erkekli bir grubun içinde kameraya gülümsüyordu. Kokteyl boyunca farklı saatlerde böyle yedi tane fotoğraf çekilmişti.

"Yani sizin iddia ettiğiniz gibi o saatlerde ben Rudow'da değil, Kudamm'daydım" diyerek açıklamasını sürdürdü Rudolf. "Ne size ne de Hüseyin Ölmez'e saldırıda bulundum. Fotoğraflar da yeterli gelmiyorsa, başta Adler Sivil Havacılık Şirketi'nin başkanı Adler Geschwindner olmak üzere sözlerimin doğruluğuna tanıklık edecek bir düzine insan bulurum size."

O anda anladı yaptığı yanlışı Yıldız. Rudolf artık bu saldırılara doğrudan katılmıyordu. Organize ediyor, en iyi adamlarını yolluyor, kendisini güvence altına almak için o saatlerde çok sayıda şahit gösterebileceği yerlerde bulunuyordu. Adamın zaferle ışıldayan tek gözüne baktı.

"Bu akşamki kokteylde iki korumanız da yanınızda mıydı? Hani şu giyimlerinden saç kesimlerine kadar birbirine benzeyen sarışın iki ızbandut?"

Hiç bozuntuya vermedi Rudolf.

"Öyle kokteyllere, korumayla gitmek nezakete sığmaz. Görgü kuralları önemlidir Bayan Karasu."

Merkezden ayrılırlarken gün ışımak üzereydi. Saatlerce kapalı odalarda kaldıktan sonra binadan çıkınca Yıldız öylece durdu merdivenlerin başında. Henüz doğmamış olmasına rağmen gökyüzünü renkten renge boyayan güneşe bakarak temiz havayı derin derin ciğerlerine çekti. Usulca gözlerini kapadı, sabahın tazeliğini hissetmeye çalıştı. Galiba kaburgalarındaki ağrı azalmıştı. Rudolf Winkelmann'ın avukatını önüne katıp bir çalımla sorgu odasından ayrılmasından sonra Markus'un verdiği ağrı kesici etkisini göstermişti demek. Doğrusu tek gözlü Nazi'nin bu kadar kolay yırtabileceğini hiç beklemiyordu. Ama hayat, onun isteklerinden ve niyetlerinden bağımsız akıyordu. Ve Rudolf Winkelmann'ın itiraz edilemez kanıtları ve tanıkları vardı. Onu gözaltında tutmaları için hiçbir sağlam gerekçe yoktu. Varsayımlara dayanarak adamı içeri atsalar bile kısa sürede çıkardı. Üstelik başlarına büyük bela açılırdı. Yabancı düşmanı gazetelerdeki satırları gözünün önünde canlandırmak hiç de zor değildi. "Türkiye kökenli bir başkomiser, Alman olduğu için saygın bir işadamını saatlerce gözaltında tuttu!" O yüzden Markus'un "Onu serbest bırakmak zorundayız" teklifine karşı çıkmamıştı. Elbette Rudolf'un masum olduğuna inanmıyordu, elbette soruşturma sonuçlanana kadar onu zanlılar listesinin ilk sırasında tutacaktı, elbette peşini bırakmayacaktı. Ama en azından bu raundu onun kazandığını kabul etmeliydi. Bu yüzden merdivenlerden inerken, kendini yenilmiş hissediyordu, bu bozgun duygusunda nerdeyse yirmi dört saattir ayakta olmasının da payı vardı.

Gri kaportası damla damla çiy tanecikleriyle kaplanmış Passat'a yaklaşınca, anahtarları çıkartıp yavaş bir hareketle yardımcısına attı.

"Sen kullan, ilaç beni ağırlaştırdı biraz."

Anahtarları havada kaptı Tobias.

"Tabii Şef!"

Başka bir laf çıkmadı ağzından. Onun da tadı kaçmıştı, ama bu hali sadece Winkelmann'ın serbest kalmasıyla ilgili değildi. Yıldız'ın Rudow'daki evde Hüseyin Ölmez'le buluştuğunu öğrendiğinden beri kafası karışıktı. Şef neden onu çağırmamıştı? Dahası "Eve gidiyorum" diyerek ona yalan söylemiş, açıkça bilgi gizlemişti. Ortalıkta kötü bir şeyler dönüyordu.

İkisi de arabaya bindiler, koltuğa oturunca Yıldız ürperir gibi oldu. Arabanın içi dışarıdan daha serindi. Tobias hep o dalgın tavrıyla motoru çalıştırdı. Passat'ı hareket ettirdi. Yıldız deri ceketinin yakasını kaldırarak koltuğun köşesine büzüldü. Ama gözleri açıktı, henüz arabaların doluşmadığı ıssız yola, caddenin ağır ağır etkisini yitiren ışıklarına bakıyordu. Uzunca bir süre konuşmadılar. Oberbaum Köprüsü'nün kırmızı kulelerini görünce canlanır gibi oldu Yıldız. Kaç kez eski eşi Franz'ın teknesiyle bu köprünün altından geçerek göllere açılmışlardı. Spree Nehri'nin kızıla boyanan sularını görmek için başını cama doğru çevirirken duydu Tobias'ın sorusunu:

"Neler oluyor Şef?"

Önce anlayamadı Yıldız, nehirde bir tuhaflık var zannetti, sessizce akan turuncu sulara baktı. Erkenci iki tekneden, ağır yükünün altında nerdeyse güvertesine kadar nehre gömülmüş bir mavnadan başka bir şey göremedi. Döndü, yardımcısının koyu gri gözleriyle karşılaşınca sorunun manası kafasına dank etti. Fakat anlaşılmadığını düşünen Tobias: "Neler oluyor Şef?" diye yineledi aceleyle. "Neden bana böyle davranıyorsun?"

Artık kaçamazdı Yıldız, daha fazla uzatmanın bir anlamı yoktu, kendinden emin bir ifade yerleştirdi yüzüne.

"Neler olduğunu sen anlatacaksın Tobias."

Derin bir şaşkınlık belirdi polisin ablak yüzünde.

"Neyi anlatacağım Şef? Benden bilgi saklayan sensin! Beni operasyona çağırmayan sensin!"

Sıkıntıyla iç geçirdi Yıldız, bir boş yola, bir nehre baktı, sonra ilerdeki kafeyi gösterdi.

"Arabayı şöyle çek!"

Doğu ve Batı Berlin'in birleştiği köprünün yanı başında bulunan Eastside Bakery isimli kafe yeni açılıyordu, masaları düzenlemekte olan genç kız, iri yeşil gözlerini onlara dikerek, siz de nereden çıktınız şimdi dercesine baktı. Ama bizimkilerin sipariş verecek halleri olmadığını görünce rahatladı. Kaldığı yerden işine devam etti. Ağrı kesicinin verdiği mahmurluktan tümüyle kurtulmuş gibiydi Yıldız. Ellerini masanın üzerine koydu.

"Evet Tobias, şimdi söyle bakalım, niye benden bilgi gizledin?" Ela gözleri yardımcısına kilitlenmişti. "Neden dedenin Nazi olduğunu anlatmadın? Neden onun faşistlere karşı dövüşürken öldürülen bir komünist olduğunu söyledin? Ne saklıyorsun?"

Tobias'ın yüzü allak bullak oldu.

"Ne? Neyi gizlemişim?"

Güya kabul etmiyordu ama sesi o kadar güvensiz çıkıyordu ki, Yıldız onu ikaz etmek yerine, "Yapma! Bunu sürdürme!" dercesine baktı. Zeki adamdı Tobias, uzatmadı.

"Anladım, şu mesele!" dedi ama devam etmedi. Bakışlarını kaçırdı, paketini çıkardı, sigarasını yaktı. Nehrin üzerinden esen ince yel tütünün dumanlarını savururken, acıyla gülümsedi.

"Kimse dedesinin Nazi olduğunu söylemez Şef. En azından kolayca söyleyemez. Bu övünülecek bir şey değil. Ama sosyalist bir ülkedeyseniz, bu aynı zamanda çok tehlikeli bir aile sırrıdır. Ben değil Şef, babam gizledi dedemin kim olduğunu. Ernst Becker ailemizin yüz karasıydı. Sadece başımızı belaya sokacağı için değil, eli kanlı bir Nazi olduğu için de." Sesi samimi, bakışları masum, beden dili sakindi. "Bu konuda yalan söylemiyorum Şef, Nazilerden hiç hoşlanmadım, hâlâ da hoşlanmam, babam da nefret ederdi onlardan."

Anında lafı yapıştırdı Yıldız.

"Babanın inanmış bir komünist olmadığını söylemiştin."

Anlaşılmamanın verdiği çaresizlikle boynunu eğdi yardımcısı.

"Öyleydi, asla ortodoks bir komünist olmadı, ama inatçı bir anti-faşistti. Aslında tüm totaliter rejimlerden nefret ediyordu. Ernst Becker'in yaptıklarından utanç duyuyordu. Evet, dedeme hiçbir zaman 'baba' dediğini duymadım. Bir lanetliyi anar gibi tuhaf bir sesle 'Ernst Becker' derdi. Zaten Ernst Becker öldüğünde babam çok küçükmüş." Gülmeye çalıştı. "Belki yetişkin bir delikanlı olsaydı, Kronos gibi babasını cezalandırırdı yahut Zeus gibi onu tahtından ederdi ama çok küçükmüş. Adamı hatırlamıyordu. Kaşı, gözü, boyu bosu nasıldır tarif bile edemiyordu. İyi ya da kötü bir tek anısı yoktu."

"Keşke olsaydı" diye kesti lafını Yıldız. "Anılar önemlidir. Anılar, yaşananları hatırlatır. Yapılan kötülükleri ve iyilikleri, acıları ve mutlulukları. Anılarını unutursan, yaşananları da unutursun. Yaşananları unutursan, geçmiş tekrar eder." Sert bir ses tonuyla konuşuyordu, adeta nutuk çeker gibiydi. "Bu şehirde benim için en anlamlı yer neresi biliyor musun Tobias?" Sustu, bir süre bekledi. "Doğduğum, kanal kıyısındaki o bahçeli güzel ev değil, o şahane göllerimiz değil, muhteşem Tea Garten da değil, hatta zengin müzelerimiz de değil, bu şehirde en anlamlı yer Holokost Anıtı'dır. Niye biliyor musun? Çünkü o anıt Berlin'in ruhunu temsil ediyor. Evet, o anıt, kendisiyle yüzleşebilen şahsiyetli bir şehrin, güçlü bir ulusun varlığını kanıtlıyor. Hitler'in kendini vurduğu sığınağın biraz ilerisine dikilen o anıt, trajik hatalarının üzerini kapatmaya çalışan korkak ve bencil insanlar topluluğunu değil, işlenen tarihsel suçu kabul eden, bunun bir daha olmaması için çabalayan cesur bir halkı simgeliyor. İşte benim bu şehirle övünmemi sağlayan en önemli mekân, soykırım kurbanlarının anısına dikilen o anıttır. Bu anıtın yapılması için mücadele veren insanlarla aynı şehirde yaşıyor olmak bile bana gurur veriyor."

Derin bir nefes aldı, kaburgalarında bir yanma hissetti ama aldırmadı.

"Gönüllü unutkanlık korkunç bir şey Tobias. Bugün herkes gönüllü unutkanlıktan medet umuyor. Evet, gönüllü unutkanlık, bugün ilan edilmemiş bir resmi ideoloji. Bu ideoloji rahatlatıyor, geçmişte yapılan büyük hataların yükünü azaltıyor, vahşeti unutturuyor, belki ulusal gururun incinmesini önlüyor ama insanları hakikatten uzaklaştırıyor. Büyük bir yanılsamaya yol açıyor. Gerçekle yüzleşmemizi engelliyor. Fakat biz ondan kaçsak da onu yok saysak da hakikat orada duruyor. Kabul etmesek de kurbanlar ve katiller var. Üstelik unutursak, yeni kurbanlar ve yeni katiller olacak. Rudolf Winkelmann gibiler, ondan çok daha zeki olanlar, daha vahşi olanlar, daha güçlüler hiçbir zorlukla karşılaşmadan yeni tarihsel trajedilerin hazırlıklarına başlayacaklar. Hatta başladılar bile... Ellerinden gelse yıllar önce Nazi atalarının yaptığı gibi göçmenleri trenlere yükleyip gaz odalarına yollamaktan çekinmezler.

Hayır, Tobias, hakikatleri saklayamazsın! Yalan, utançtan çok daha büyük bir kusurdur. Bunu yapamazsın. Sen ırkçı değilsen, dedenin Nazi olmasının bir önemi yok. Aksine, bir SS subayının torununun Nazilere karşı olması kıymetli bir davranış. Evet, bugün çok daha kıymetli. Bir zamanlar ülkenin büyük çoğunluğunun Nazileri desteklediği bir sır değil. İnsanların atalarının Nazi olmasından daha kötüsü, bugün kendilerinin ve çocuklarının Nazi olma ihtimalidir. Ve ne yazık ki bu ihtimal her geçen gün güçleniyor. Önemli olan bu tehlikeyi önlemek. O yüzden geçmişini gizlememen gerekirdi."

Durdu, kuşkudan çok meydan okuyan bir tavırla baktı.

"Tabii başka bir amacın yoksa?"

Oturduğu yerde sarsıldı Tobias.

"Ne demek başka bir amacın yoksa Şef? Yoksa beni Neo Nazi olmakla mı suçluyorsun?"

Yıldız ellerini masanın üzerinden çekti, ancak suçlayan bakışlarını yardımcısından ayırmadı.

"Öyle misin Tobias?"

Sinirlenmeye başlamıştı iri polis.

"Nasıl böyle düşünebilirsin? Dedemin Nazi olduğunu neden gizlediğimi açıkladım. Niçin hâlâ inanmıyorsun?"

"Sana neden inanayım? Bana Türkiye'ye gittiğini bile söylemedin." Artık Türkçe konuşuyordu. "Anlamazlıktan gelme, Türkçe konuştuğunu da biliyorum. Neden Tobias, neden bu yalanlara gerek duydun?"

Fena çuvallamıştı komiser, burnundan derin bir nefes aldı, mahcup bir tavırla başını salladı.

"Saçmaladım" dedi ama Almanca cevap vermişti. "Saçmaladım. Hepsi bu." Sigarasından kahırla bir nefes çekti, dumanı bir süre içinde tuttu. "Sana bir arkadaşımın hikâyesini anlatmıştım" dedi ciğerlerindeki dumanı dışarı salarken. "Hatırlıyor musun? Hep Türk kızlarına âşık oluyordu."

Lafın nereye varacağını kestiremeyen Yıldız "Şu Kayseri'ye giden çocuk, liseden arkadaşın..." diye mırıldandı.

Suçlu suçlu gülümsedi Tobias.

"Herbert Brigel demiştim... Evet, liseden arkadaşım. Herbert çok iyi bir çocuktu, çok iyi bir insan. Ama Kayseri'ye hiçbir zaman gitmedi. Bırak Türk kızlarını, Alman kızlarına bile yaklaşamazdı. Çok utangaçtı. Hayır, Kayseri'ye giden o değildi..."

Yıldız anlamaya başlamıştı, gözlerini iri iri açarak sordu.

"Türk kızlarına âşık olan sen miydin?"

Suçlu suçlu gülümsedi.

"Bendim Şef. Yanlış anlarsın diye gerçeği anlatamadım. Daha doğrusu anlamazsın diye. Ki, çoğu zaman ben de kendimi anlamıyorum. Bir saplantı işte. Hayır, bir nedeni de yok. Ne bir Türk sütanne emzirdi beni, ne komşularımızın arasında açık saçık giyinen şuh bir Türk kadın vardı. Öyle bir tutku işte..." Yıldız'ın kısılmış gözlerinden kuşku dolu ışıltıların geçtiğini fark etti, elindeki sigarayı telaşla attı. "Hayır, hayır Şef, öyle düşünme sakın. Sana karşı böyle duygularım yok. Hiç de olmadı. Sen... Sen, nasıl söyleyeyim, sen, kız kardeşim gibisin, daha doğrusu ablam gibisin. Seni hiç o gözle görmedim. Yalan söylemiyorum. Evet, bu zaafımı sana anlatmamak büyük hataydı. Belki dedemin Nazi olmasını gizlememden daha büyük bir hata. Ama dediğim gibi anlayamamandan korktum. Benimle çalışmak istememenden. Sen çok iyi bir amirsin Şef, Berlin Emniyet Teşkilatı'nda her aklı başında polis senin ekibinde olmak için can atar. Bu fırsatı kaçırmak istemedim. Tanıdıkça da daha çok sevdim seni. O yüzden anlatmadım. Seni kaybetmekten korktuğum için..."

Yıldız ne diyeceğini bilemiyordu.

"Bana kızıyorsun Şef, haklısın. Yapmamalıydım, ama inan bana kötü bir niyetim yoktu. Diyeceksin ki ardı ardına bu kadar yalan olur mu? Ne yazık ki oldu. İnan, ne Nazi'yim ne de sapık. Sözlerimin hepsi doğru. Yalan söylemiyorum. Diyeceksin ki zaten yeterince söyledin, haklısın. Senin yerinde olsam ne yapardım, hiç bilmiyorum. Artık benimle çalışmak istemezsen, bunu da anlarım. Sana güçlük çıkarmam. İstersen, Müdür'e ayrılacağımı kendim söylerim."

Yardımcısının haline üzülmeye başlamıştı Yıldız; ona inanmak istiyordu ama bu o kadar da kolay değildi. Bir kez yalan söyleyen, her zaman söyleyebilirdi.

"Yapmamalıydın" diye mırıldandı. "Büyük hayal kırıklığına uğrattın beni Tobias. Sana güvenmiştim, çok güvenmiştim. Sırtımı sana dönerek yürüyordum. Gözüm arkada kalmıyordu. Ama şimdi..." Sustu, ne yapacağını bilemiyormuş gibi boş boş etrafa bakındı, sonra gözlerini yardımcısına dikti yeniden. "Bir soruşturmanın ortasındayız, o yüzden eskisi gibi devam edeceğiz. Hiçbir şey olmamış gibi. Bu meseleyi erteleyeceğiz, şu dosyayı kapattıktan sonra konuşacağız. Şimdi değil. Çünkü dereyi geçerken at değiştirilmez."

Rahatlamıştı Tobias, minnetle gülümsedi.

"Bu atasözünü duymuştum Şef. Songül'ün annesi söylemişti. Şu Kayserili kızın annesi..."

İlgilenmedi Yıldız, tebessüm bile etmedi,

"Başka mesele yoksa kalkalım" dedi kırgın bir sesle. "Uykusuzluktan ölmek üzereyim, kaburgam da sızlamaya başladı yeniden."

Kapıyı açtı, içeri adımını atar atmaz duydu türküyü. *"Allı turnam ne gezersin havada / Kanadım kırıldı kaldım burada / Gülüm gülüm, kırıldı kolum / Tutmuyor elim, turnalar hey..."* Çok iyi biliyordu bu ezgiyi Yıldız. Ama ilk ne zaman dinlediğini hatırlamıyordu. Belki de annesi onu dizlerine yatırıp uyuturken duymuştu. Çünkü annesinin en sevdiği türküydü. İncecik sesiyle, yanık yanık söylerdi. *"Allı turnam bizim ele varırsan / Şeker söyle, kaymak söyle, bal söyle."* Bir anlığına Tobias'la yaptığı can sıkıcı konuşmayı, yorgunluğunu, kaburgasındaki acıyı, Neo Nazileri, cinayet dosyasını unuttu, hevesle içeri yürüdü. Birkaç adım atmıştı ki enfes bir çay kokusu çalındı burnuna. Kendiliğinden ışıdı ela gözleri. Babası kahvaltı hazırlıyordu. Mutfağın kapısından başını uzattı, Yaman buzdolabını açmış, peynir, zeytin çıkarıyor, bir yandan da Berlin'den Türkçe yayın yapan Metropol FM radyosunda çalan türküye eşlik ediyordu. *"Eğer bizi sual eden olursa / Boynu bükük, benzi soluk yâr söyle / Gülüm gülüm, kırıldı kolum / Tutmuyor elim, turnalar hey..."*

"Günaydın baba!" diye seslendi ama Yaman duymadı. Yüksek sesle tekrarladı. "Günaydın babacığım."

Yaman döndü.

"Günaydın kızım. Hoş geldin..." Gülümsemesi dudaklarında dondu. "Yıldız! Ne oldu sana?" Elindeki peynir, zeytin kaplarını telaşla masanın üzerine bıraktı, kızına yöneldi. "Kötü görünüyorsun?"

Duygusallaşmıştı Yıldız, bir an kendini babasının kollarına bırakıp küçük bir kız çocuğu gibi doya doya ağlamak geçti içinden. Ama yapmadı, bugüne kadar hiç yapmamıştı, yine yapmayacaktı, anında aldı gardını. Güçlü kadın, profesyonel polis rolüne büründü hemen.

"Yok baba, yok bir şey, yorucu bir geceydi sadece."

İnanmadı Yaman, dikkatle süzdü kızını.

"İyi görünmüyorsun. Yeni vakalar mı var?"

Konuşmak istemiyordu Yıldız.

"Boş ver baba" diyerek buruk buruk gülümsedi. "Bu şehirde vakalar bitmez." Gözleri mutfağı taradı. "Deniz nerede? Kalkmadı mı daha?"

İkna olmamıştı babası ama üstelemedi.

"Kalktı, kalktı, içeride giyiniyor." Duraksadı. "Yumurta kızartacaktım, senin için de kırıyorum. Karnın doyunca daha iyi hissedersin kendini."

Yemek yiyecek hali yoktu, ama hayır dese iyice kaygılanacaktı Yaman.

"Çok iyi olur babacığım, teşekkür ederim" diyerek Deniz'in odasına yöneldi. Her adım attığında kaburgalarındaki ağrı artıyordu. Babası haklıydı, canı istemese de sağlam bir kahvaltı yapmalı, ağrı kesici alıp güzel bir uyku çekmeliydi.

"Anneciğim, anneciğim!"

Sesini duyan Deniz, odasına gelmeden kapının önünde karşılamıştı onu. Dur demeye kalmadan kollarını açarak annesinin kucağına tırmandı. Canı yana yana sarmaladı oğlunu, kokusunu ciğerlerine kadar çekti. Sırtını duvara dayayarak alnına kocaman bir öpücük kondurdu.

"Günaydın Denizcim, günaydın canım. Nasılsın bakalım? Hazır mıyız okula?"

Altdudağı sarktı çocuğun, gözlerini masumca devirdi.

"Bugün gitmesem, senin yanında kalsam olmaz mı?"

Eğilip bir öpücük daha kondurdu alnına.

"Olmayacağını biliyorsun Denizcim. Ama sana söz, müsait olduğum ilk anda seninle gezmeye gideceğiz."

Kara gözleri sevinçle ışıdı oğlanın.

"Babamın teknesiyle mi?"

Hiç sanmıyordu Yıldız.

"Yok, bu defa sadece ikimiz gideceğiz. Ana oğul baş başa..." Çocuğun yüzü düşecek gibi oldu, anında ekledi

Yıldız. "Ama istersen Spree Nehri üzerinde bir tekne gezisi yapabiliriz."

Sevinçle haykırmaya başladı Deniz.

"Yaşasın, yaşasın, tekneye bineceğiz."

Deniz'in şamatasını dedesi de duymuştu. Kapıdan baktı, kızıyla torununu sarmaş dolaş görünce mutlu oldu ama uyarmadan edemedi:

"Hadi, kahvaltı hazır. Çayları koydum, yumurta pişmek üzere..."

Her zamanki gibi hızlı bir kahvaltı olmuştu. Sadece hafta sonları, üstelik vazife başında değilse oğluyla tadını çıkartarak uzun uzun kahvaltı yapabiliyorlardı. Ama karnını doyurmak iyi gelmişti, kaburgaları hâlâ içten içe sızlasa da başındaki ağrı azalmıştı.

"Odana bir zarf bıraktım" dedi Yaman kahvesini bitirdikten sonra. "İçinde Pergamon Altarı'nın Berlin'e getiriliş hikâyesini anlatan çıktılar var." Kızının şaşkınlıkla baktığını fark etti. "Evet, dün de şehir kütüphanesindeydim." Küçük bir kahkaha attı. "Kızımız için mesai yapıyoruz. İşin aslına bakarsan, senin sayende ne zamandır öğrenmem gereken bir konuyu araştırdım. Pergamon Altarı'nın Berlin'e getirilişini. Bir sürü kaynağa baktım. İlginç bir serüveni var. Ama olayı derli toplu anlatan bir makale buldum. Ege Üniversitesi'nden bir arkeolog yazmış. Mutlaka okumalısın." Utanmış gibi yüzü gölgelendi. "Aslında yıllar önce araştırmam gerekirdi. Çok önemli bir olay bu. Neyse, bugüne kısmetmiş..."

Odasından elinde çantasıyla fırlayan torunu daha fazla konuşmasına izin vermedi.

"Hadi gidelim dede, ben hazırım..."

Onları uğurladıktan sonra banyoya girdi Yıldız. Giysilerini çıkardı, darbe aldığı kaburgalarının üzeri mosmor olmuştu. Dokunmaya çekindi, musluğu açtı, suyun altına girdi. Ilık su hoşuna gitmiş ama aynı zamanda yorgunluğunu iyice ortaya çıkarmıştı. Duşun ardından mutfağa geçti, ağrı kesiciden bir tane daha içip odasına yöneldi. Yatağa uzanmadan önce telefonunu komodinin üzerindeki su şişesi ile bardağın yanına koydu. Şişenin arkasında A4 büyüklüğünde sarı bir zarf duruyordu. Babasının bahsettiği makale olmalıydı. Sonra okurum diye düşündü. Yatağa uzandı, yastığı başının altına aldı. Gözlerini yumdu, kulaklarında bir çınlama hissetti. Öteki tarafa döndü, hayır çınlama azalmamıştı, üstelik darbe aldığı kaburgalarının üzerine yattığı için canı yanmıştı. Sırtüstü döndü, çınlama yine geçmedi. Biraz bekledi, olmayacaktı, doğruldu, yastığı sırtına koydu. Bir bardak su doldurdu, içti. Bardağı bırakırken yeniden zarfa takıldı gözleri. Aldı, içindeki kâğıtları çıkarıp incelemeye başladı. Makalenin başlığı: "Zeus'un Berlin Yolculuğu"ydu. Yazarı Doç. Dr. Ümit Çeteci'ydi. Hemen altında ise Ege Üniversitesi, Edebiyat Fakültesi, Arkeoloji Bölümü yazıyordu. Makalenin ara başlıklarına hızla göz attı. Giriş bölümünde Avrupa ülkelerinin 18. yüzyılda arkeoloji ve müze kurma hevesi anlatılıyor, İngiltere, Fransa ve Almanya arasındaki yarıştan bahsediliyordu. Oraları geçti. "Arkeoloji Meraklısı Bir Yol Mühendisi: Carl Wilhelm Humann" bölümünü okumaya başladı.

"Zeus Altarı'nın Bergama'dan Berlin'e yaptığı uzun ve karmaşık yolculuğun temelinde aslında bir hastalık yatmaktadır, halk arasında ince hastalık denilen tüberküloz. 19. yüzyılda yaygın olan bu illetin hikâyemize dahil olmasını sağlayan şahsiyetin adı da Carl Wilhelm Humann'dır. Humann 4 Ocak 1839'da Steele'de kalabalık bir ailenin ortanca çocuğu olarak dünyaya geldi. Mühendislik eğitimi gören Carl'a 22 yaşındayken tüberküloz teşhisi konuldu. Doktorlarının tavsiyesi çok açıktı. 'Sağlıklı ve uzun bir ömür istiyorsan, sıcak iklimi olan bir ülkede yaşamalısın.' Carl şanslıydı çünkü ağabeyi Franz Humann o zamanlar Osmanlı bayrağı altında olan Sisam Adası'nda inşaat işiyle uğraşıyordu. Kardeşini yanına davet etti. Carl da bu daveti büyük bir memnuniyetle kabul etti. İki kardeş birlikte çalışmaya başladılar. Patronları dönemin Osmanlı hükümetiydi. Doğrusunu söylemek gerekirse üst düzey yöneticilerle oldukça iyi ilişkileri vardı. Carl da çok yetenekli bir mühendis olduğu kadar yeni kültürleri öğrenmeye açık, arkeolojiye meraklı bir gençti. Hızla Türkçe ve Yunanca öğrenmeye başladı. Kısa sürede Osmanlı yönetiminin övgüsüne mazhar olacak, değişik bölgelerde inşaat işleri yapmaya başlayacaktı. Onu Osmanlı topraklarına getiren hastalığı da iyileşmeye başlamıştı. 1864 ve 1866 yıllarında yol yapımı için Bergama'ya geldi. İlkinde değil ama ikincisinde Pergamon Akropolü'ne çıktı, gördükleri onu çok etkiledi. Günlüğüne şöyle yazmıştı:

'Sonra kaleye çıktım... Üzüntü içinde orada bakakaldım; nerdeyse insan boyu büyüklüğündeki Korinth düzeninde sütun başlıkları gördüm, etrafı çalılarla kaplı zengin süslemeli kaidelere ve diğer mimari parçalara baktım. Parçaların yanında kireç çukurları yanıyordu; insanlar mermer parçalarını ağır balyozlarla kırıp küçük parçalara ayırarak yakmak üzere bu kireç çukurlarına atıyorlardı, ne kadar küçük parçalara ayrılırsa yanması o kadar kolay oluyordu. Yeni kazılmış birkaç kazı çukurunda görülen kalıntılar, yüzeyi boş gibi görünen bu toprağın altında ne kadar zengin bir yıkıntının yattığını ele veriyordu. Şöyle mırıldanırken buldum kendimi: Demek ki Attalosların bir zamanların o mağrur ve ele geçirilmez krallık başkentinden geriye kala kala bunlar kalmış.'

Ama hâlâ üzerinde yürüdüğü toprağın altında dünyada eşi benzeri olmayan bir tapınak yattığının farkında değildi. Belki de Pergamon'a yakın olmak için, şantiye merkezini buraya taşıdı. İşte antik Pergamon'u keşfetme serüveni böyle başladı. Bir yandan herkesin gözü önünde yasal olarak yol yapım işini sürdürürken, bir yandan da Pergamon'da izinsiz kazılar yapıyordu. Elbette, o günün Bergama'sında, 'Bir dakika Herr Mühendis, siz ne yapıyorsunuz burada?' diyecek birileri yoktu. Arkeoloji merakı Berlin'deki öğrencilik günlerinden başlayan Humann, kazılarını büyük bir hevesle sürdürdü. Adeta âşık olmuştu Pergamon'a. Ama bulduğu tarihi eserleri yetkililere bildirmek şöyle dursun, sadece kendine ait özel bir depo da topluyordu.

1871 yılında ise akropolden çıkardığı iki parça kabartmayı yine izinsiz olarak Berlin'e yolladı. Bu kabartmalardan biri Pergamon Altarı'nın etrafını süsleyen büyük frizin parçasıydı, Zeus'un oğlu Herakles ile bir devin mücadelesini anlatıyordu. Ama henüz Almanya'daki uzmanlar da bu kabartmaların antik dönemde yeryüzünün sekizinci harikası olarak adlandırılan Pergamon Altarı'na ait olduğunu anlamamışlardı. Ta ki Profesör Alexander Conze'nin 1877 yılında Berlin Müzesi'nin antik heykeller bölümünde görevlendirilmesine kadar. Conze, Bergama'dan gelen kabartmaların 'Tanrılarla Devler Savaşı Frizi'ne ait olduğunu fark eden ilk kişi oldu. Bu müthiş bir keşifti. Çünkü Profesör Conze, Pergamon Altarı'nın antik dünyanın henüz gün ışığına çıkarılmamış sekizinci harikası olduğunu biliyordu. Gerçekten de buluntular altara aitse, Berlin'de de tıpkı Londra ve Paris'teki gibi muhteşem bir arkeoloji müzesi kurulabilirdi.

Böylece Pergamon'da geniş çaplı bir kazı yapılması için her türlü girişimde bulunmaya başladı. Ve Conze'nin çabaları önce Almanya'da, sonra Osmanlı Devleti'nde meyvelerini verdi. Kimi yasal engeller olmasına rağmen bizzat ilgili bakanlığın onayıyla bir yıllık kazı izni 6 Ağustos 1878'de yürürlüğe girdi. Kazı hazırlıkları 9 Eylül 1878'e kadar sürdü. Ve sonunda Carl Humann 9 Eylül Pazartesi günü yanında on dört işçiyle çalışmaya başladı. Çok da zorlanmadan üç gün içinde on adetten fazla parça bulunmuştu. Kabartmalar ardı ardına gömüldükleri topraktan gün yüzüne çıkarken, bunların Almanya'ya taşınması hâlâ çözülmemiş bir mesele olarak önlerinde duruyordu. Oysa başta, Berlin Müzesi'nin Antik Heykeller bölümü müdürü Profesör Alexander Conze olmak üzere, konunun önemini bilen bütün Alman yetkililer, İngilizlerin British Museum'u ve Fransızların Louvre'uyla boy ölçüşecek bir müze kurmak için Pergamon Altarı'nın Berlin'e taşınmasının gerektiğini biliyorlardı. Ama bu konuda ciddi güçlükler vardı.

Osmanlı'daki yasaya göre, kazı sırasında çıkan eserlerin bölüşümü şöyle olacaktı: Üçte biri kazının yapıldığı toprağın sahibine, üçte biri devlete, üçte biri ise kazıyı yapan ülkeye verilecekti. Bergama Kalesi devlete aitti, kazı yapılan ülke de Osmanlı Devleti'ydi, böylece Berlin Müzesi adına kazı yapacak Almanya, çıkacak eserlerin ancak üçte birine sahip olabilirdi. Bu yasa ne Alman yetkililerin, ne Humann'ın ne de Conze'nin istekleriyle uyuşuyordu. Pergamon Sunağı'nın bütün parçaları Berlin'e götürülmeliydi ama bu nasıl olacaktı? Carl Humann'ı kara kara düşündüren işte bu sorundu. Kazı çok iyi gidiyordu, yakında altarın bütün parçaları ortaya çıkarılmış olurdu. Fakat sadece üçte birini alırlarsa, Berlin'de ne Louvre ne de British Museum gibi görkemli bir müze açamazlardı. Yardımlarına Osmanlı'nın aymazlığı, Almanların diplomasisi ve siyasi baskısı yetişti. Bu noktada Osmanlı'nın cehaleti üzerinde durmak gerekir.

O dönemin tarih anlayışı Türk ve Müslümanları kapsıyordu. Bu da yaklaşık bin küsur yıllık bir dönem demekti. Oysa bu topraklardaki insanlık tarihinin izleri on binlerce yıl öncesine uzanıyordu. Ki, Fatih Sultan Mehmed gibi büyük padişahlar bunun ayrımındaydı. O yüzden, Fatih Sultan Mehmed, kendisine model olarak Büyük İskender'i seçmiş, "Ben Roma İmparatoruyum" demekten hiç çekinmemişti. Kaderin cilvesine bakın ki, ondan dört yüz yıl sonra hükmeden torunlarının vizyonu onun çok gerisindeydi. Bu ülkede, sadece bin küsur yıllık bir tarihe ilgi göstermek, sadece o dönemdeki kültürlere sahip çıkmak, en basit tabirle büyük bir cahillikti. Ve bu cehalet, Pergamon Altarı gibi muhteşem bir eseri Berlin'e taşımak isteyen Almanya'nın çok işine yaradı. Alman veliahtının özel ricası devreye girdi, kazılarda yapılan masraf ve emeğin karşılığı olarak Berlin Müzesi'ne bir değil, iki hissenin verilmesi bizzat Osmanlı Devleti tarafından kabul edildi. Oysa bu, yasaya aykırıydı ama sultanın özel ihsanı söz konusu olunca yasayı kim umursardı? Nitekim bir yıl sonra Almanya'nın yeni kazı başvurusuyla birlikte, kalan son üçte bir hisse de 20.000 frank karşılığında Berlin Müzesi'ne devredildi. Osmanlı Devleti sonraki kazılarda da Almanya'ya en üst düzeyde kolaylıklar gösterdi. Böylece, Attalosların zeki hükümdarı II. Eumenes'in barbar Galatları yenmeleri onuruna inşa ettirdiği antik dünyanın sekizinci harikası Pergamon Altarı, iki bin küsur yıl sonra yapıldığı topraklardan kopartılıp binlerce kilometre uzağa götürüldü. Bulunduğu tepede, güneş ve ay ışığı altında yükselmesi gereken Baştanrı Zeus'un yeryüzündeki sarayı, Berlin'e götürüldükten yaklaşık elli küsur yıl sonra 1930'da, kendi adıyla anılan müzede, kapalı bir salonda yapay ışıklar altında sergilenecekti.

Pergamon Altarı'nın Berlin'e taşınmasının başmimarı olan Carl Humann'a gelince; bu çabalarından dolayı Arkeoloji Enstitüsü üyeliğine atandı, ardından Prusya Kraliyet Tacı Madalyası ile onurlandırıldı. Ödülleri Almanya'dan alsa da İzmir'de yaşamayı sürdürdü. Tuhaf bir bağlılığı vardı bu topraklara, muhtemelen Anadolu uygarlıklarına. Nitekim 57 yaşında İzmir'de ölmeden önce, doğduğu yer olan Steele'ye değil, Pergamon'a, artık sadece Zeus Altarı'nın kaidelerinin kaldığı toprağa gömülmesini vasiyet etti. Şanslı bir adamdı; yıllar sonra bu vasiyeti de gerçekleşti."

Yıldız'ın gözleri yanmaya başlamıştı, elindeki kâğıtları yeniden komodinin üzerine koyarken ne düşüneceğini bilemiyordu. Karmaşık duygular içindeydi, o muhteşem altar, Osmanlı topraklarında kalsaydı Bay Humann'ın söylediği gibi, "Mermer parçaları ağır balyozlarla kırılıp yakılmak üzere kireç çukurlarına mı atılacaktı?" Yoksa daha sonraki kuşaklar bu muhteşem anıtın kıymetini bilecek, onu gerektiği gibi koruyacaklar mıydı? Emin olamıyordu. Üzerine bir üşüme geldi, yorganın altına girdi. Aklında kalan en son cümle: "Acaba babam bu konuda ne düşünüyor?" oldu.

Telefonun zili çaldığında uykusunun en derin yerindeydi. Gözlerini açtı, bir an nerede olduğunu kestiremedi. Kafasında bir sersemlik vardı. Zil durmadan çalıyordu, yatakta doğruldu. Etrafa bakındı. Evindeydi, dudakları kurumuştu, bir bardak su içse iyi olacaktı ama zil ara vermeden çalıyordu. Komodinin üzerinden telefonu aldı. Ekranda Toby yazıyordu. Aceleyle açtı.

"Alo? Tobias?"

"Alo Şef! Germania Spor Kulübü'nde çatışma çıkmış..."

Anlamaya çalışıyordu Yıldız.

"Nasıl? Rudolf Winkelmann'ın mekânında mı?"

Her zamanki sakinliğiyle açıkladı yardımcısı.

"Evet, silah sesleri duyulmuş. Olay yerine gidiyorum. Bilgin olsun dedim."

Anında ayıldı Yıldız, fırladı yataktan.

"Tamam Tobias, ben de geliyorum hemen..."

Kalabalık, sokağın başında toplanmıştı. Çoğunluğu, az önce spor salonundan apar topar dışarı fırlayan eşofmanlı kadın ve erkeklerden oluşan insanlar, heyecanla kendi aralarında konuşarak korku dolu gözlerle binaya bakıyorlardı. Üniformalı polisler kulüp binasıyla kalabalık arasında bariyer oluşturmuştu. İki polis arabası, kapının hemen önünde çapraz olarak park edilmişti, üç polis biraz geride duruyordu. Arabasından inen Yıldız'ın gözleri Tobias'ı aradı ama bulamadı. Henüz gelmemiş olabilir miydi? Mümkün değildi. Bir kez daha, kalabalığı binadan uzak tutmaya çalışan polislerin arasında mı diye baktı, hayır yoktu. Araçların yanındaki meslektaşlarına yaklaştı, rozetini gösterdi.

"Başkomiser Karasu. Nedir durum?"

Sağ eliyle tabancasının kabzasını tutan, kızıl saçlı, solgun yüzlü polis öne çıktı.

"Silahlı üç kişi kulübü basmış Başkomiserim. Ama içerdekiler de silahlıymış. Görgü tanıklarının söylediğine göre onlar da silahla karşılık vermişler."

Hüseyin Ölmez olmalı diye düşündü Yıldız. Dangalak herif sonunda yaptı yapacağını demek. Ama yine de emin olmak gerekiyordu.

"Yani kulüptekiler saldırı olacağını biliyorlarmış, öyle mi?"

Başını öne doğru salladı üniformalı polis.

"Ondan emin değiliz, ancak silahla karşılık verdikleri kesin. Büyük çatışma çıkmış. Yaralılar varmış, belki de ölüler. Bu insanlar kendilerini zor atmışlar dışarıya." Başıyla binayı işaret etti. "Şimdi silah sesleri kesildi, birkaç dakika önce kıyamet kopuyordu."

Sabırsızca sordu:

"Siz ne yapıyorsunuz?"

"Önlem aldık, özel timi bekliyoruz Başkomiserim."

Haklıydı, prosedüre uygun davranıyordu. Ama böyle beklemek, Yıldız'a göre değildi. Spor kulübünün kapısına, pencerelerine baktı.

"Bizden kimse var mı içeride?"

Konuşmaya çekinir gibi bir hali vardı kızıl saçlı polisin.

"Şeyyy, ilk biz geldik. Geldiğimizde de kimse yoktu. Zaten, hemen anons geçtik, özel time haber verdik. Destek istedik. İçerideki insanların güvenli bir şekilde tahliyesini gerçekleştirdik. O sırada sizin gibi sivil bir komiser geldi. Komiser Tobias Becker... Çok heyecanlıydı, çok gergindi. Bizden bilgi aldı. Aslında o da özel timi bekleyecekti ama silah seslerini duyunca daldı içeriye. Gitmemesini söyledik. Engel olmaya çalıştık ama bizi dinlemedi."

Yıldız da bundan korkuyordu işte.

"Özel tim ne zaman gelecek?"

Boynunu büktü polis.

"Yoldayız dediler ama en az yirmi dakikası var..."

Spor kulübünden yükselen silah sesleri kesti polisin sözlerini. Bir tabanca ardı ardına üç kez patladı, ardından otomatik bir tüfek karşılık verdi. Sokağın girişindeki kalabalık dalgalandı, kadınlardan çığlıklar yükseldi.

"Şu insanları uzaklaştırın" diye bağırdı Yıldız. "Sokağı boşaltın. Kimse kalmasın kulübün yakınlarında. Otomatik tüfek kullanılıyor, saldırganlar dışarı çıkarsa katliam olur. Hemen uzaklaştırın bu insanları."

Kızıl saçlı polis kalabalığa yürürken, Yıldız da kulübün kapısına yöneldi. Polislerden biri onu fark etmişti.

"Başkomiserim" diye seslendi arkasından. "Başkomiserim durun, ne yapıyorsunuz? Başkomiserim!"

Dönüp bakmadı bile, kapının sağ duvarına yapıştı, silahını çıkardı, namluya mermi sürdü, sol eliyle kapıyı usulca itti. Bekledi. Sonra hızla içeri süzüldü. İçeri girince, önüne çıkan ilk kolonun arkasına attı kendini. Yine bekledi. Sırtını kolona vererek etrafı dinledi. Kesin bir sessizlik hüküm sürüyordu. Başını kolonun solundan uzatarak içeriye baktı; önce yerde yatan sarışın genci gördü. Bu, geçen geldiklerinde karşılaştıkları birbirine benzeyen iki korumadan biriydi. Muhtemelen Hüseyin Ölmez'in evindeki saldırıyı da öteki arkadaşıyla birlikte bu gerçekleştirmişti. Ölmüştü ya da kendinden geçecek kadar kötü yaralanmıştı, sağ elinin beş santim kadar gerisinde uzun namlulu, toplu bir Smith Wesson göze çarpıyordu. Yarım metre kadar ötesinde daha önce hiç görmediği bir adam yüzüstü yatıyordu. Esmerdi, bıyıklıydı, beyaz spor ayakkabılarının arasında kahverengi bir pompalı tüfek vardı. Koşu bandının yanında birinin kıpırdandığını gördü. Silahını oraya doğrulttu. Gri eşofmanlarının içinde, yere uzanmış genç bir kız, korku dolu gözlerle ona bakıyordu. 'Sakın kıpırdama' işareti yaptı Yıldız. Olduğun yerde kal anlamında. Önce bir tehdit var mı, onu öğrenmeliydi. Ama bu açıdan daha fazlasını göremiyordu. Döndü, kolonun sağından baktı; evet on metre ilerisinde öteki koruma yatıyordu. Karın bölgesi olduğu gibi kan içindeydi, bedeni istemsizce kıpırdanıyordu, şoka girmiş olmalıydı. Titreyen sol dizi bir Thompson tüfeğini usulca itiyordu. Eski bir silahtı bu. Oldukça eski, 2. Dünya Savaşı'ndan kalma. Ama şimdi buna kafa yoracak hali yoktu. Gözleriyle içerisini taramayı sürdürdü. Ölümün eşiğindeki korumanın hemen yanına başka biri daha devrilmişti, sağ elinde pompalı tüfek tutuyordu, ama adam hareketsizdi. Dikkatli bakınca yüzünün sağ tarafının olmadığını fark etti. Yattığı zemin olduğu gibi kanla kaplanmıştı. Tüfeğe baktı yeniden, bu avcıların kullandığı türden bir silahtı. O zaman şüphelerinde haklı olduğunu anladı. "Hüseyin" diye geçirdi içinden. "Ah aptal Hüseyin, ne yaptın sen!" Kerem'in korktuğu olmuştu, oğlu cinayetlerden sorumlu tuttuğu Rudolf'un mekânını basmıştı.

Elinde silahı, temkinli adımlarla kolonun arkasından çıktı, artık salonu olduğu gibi görüyordu. Boks ringi, yürüme bantları, ağırlık çalışılan bölüm. Yerde yatanlardan başka kimse görünmüyordu. Koşu bandının yanında yatan kıza döndü.

"Hemen dışarı çık! Çabuk ol, hızlı!" diye fısıldadı. Kısa bir ikircimin ardından kızcağız yattığı yerden kalktı, fırlayarak kapıya koştu. Birkaç saniye içinde soluğu binanın dışında almıştı. Yıldız yeniden spor salonunun içini taramaya başladı. Tobias'ı arıyordu, köşe bucak her yeri kontrol etti. Hayır, yardımcısı ortalıkta görünmüyordu. Peki Hüseyin Ölmez neredeydi? Eğer bu saldırıyı o düzenlediyse buralarda bir yerlerde olması gerekmez miydi? Ya Rudolf Winkelmann, o da ortalıkta yoktu. Mümkün olduğunca açıkta kalmamaya özen göstererek, kolonları, jimnastik aletlerini siper alarak ilerledi. Belki de üçü birden Rudolf'un ikinci kattaki ofisindeydiler. Elbette kıdemli Neo Nazi, özel kahvelerinden ikram etmiyordu onlara. Muhtemelen adamlarının ellerindeki şu otomatik tüfeklerden biriyle karşılamıştı davetsiz misafirlerini. Başını kaldırdı, yukarıya, ofisin pencerelerine baktı. Hiçbir hareket yoktu. Sesi o anda duydu. Bir adam konuşuyordu. Tehdit yoktu sesinde ama derin bir nefret vardı.

"Bunları siz azdırdınız, bunları üzerimize saldırtan sizlersiniz."

Nereden geliyordu bu ses? Yeniden etrafa bakındı Yıldız ama anlayamadı.

"Eğer beni suçlamasaydınız, bu köpek bana saldırmaya cesaret edemezdi." Sert bir ses duyuldu. Ardından biri "Ah!" diye inledi. Hayır, Tobias değildi inleyen. Hüseyin Ölmez olmalıydı. Konuşan ise kesinlikle Rudolf Winkelmann'dı. Sessiz kalmaya dikkat ederek adımlarını hızlandırdı, boks ringini geçince gördü zemindeki açık metal kapağı. Adeta parmaklarının ucuna basarak kapağa yaklaştı.

"Almanya'ya en büyük ihaneti siz yaptınız. Evet, siz, devletin içindeki hainler. Bunlardan korkuyorsunuz, bu yerlerde sürünen çakallardan." Yine bir darbe sesi duyuldu, ardından inleme. Ama ses yerdeki metal kapağın açıldığı zeminden gelmiyordu. Bundan emindi Yıldız. Sonunda fark etti. Yukarı çıkan merdivenlerin yanında aralık bir kapı vardı. Kapının hemen önüne bir pompalı tüfek düşmüştü.

Muhtemelen Hüseyin Ölmez'in silahıydı. Yerde kan izleri vardı. Birileri fena yaralanmış olmalıydı. Rudolf'un sesi yeniden duyuldu. "İşinize geldi mi vatanseversiniz, işinize geldi mi bizim yanımızdasınız. Ama gerçekte bu alçaklardan farkınız yok. Siz de hainsiniz. Belki bu rezillerden daha da kötüsünüz. Bu ülkenin gerçek vatanseverlerini öldürmekten çekinmezsiniz."

Artık emindi Yıldız, ses merdivenlerin yanındaki aralık kapının arkasından geliyordu. Adımlarını hızlandırarak kapıya yöneldi.

"Evet, NSU'dan o iki genci de siz katlettiniz" diye kin kusmayı sürdürdü Rudolf. "Önce onları kullandınız. Muhbir yaptınız, kirli işlerinizi hallettirdiniz, sonra da öldürdünüz..."

Nasyonal Sosyalist Yeraltı Terör Örgütü'nün bir karavanda ölü olarak bulunan Uwe Böhnhardt ve Uwe Mundlos adlı üyelerinden bahsediyordu. Az sonra silahlı çatışmaya gireceği, belki de kendisini öldürecek adama hak verdi Yıldız. Doğruyu söylüyordu Rudolf. Devletin içindeki bazı yetkililer, önce bu teröristleri korumuş, aralarında bir de kadın polisin olduğu on kişinin öldürülmesine göz yummuş, hatta olanak yaratmış, ama iş zıvanadan çıkınca da onları ortadan kaldırmayı seçmişti. Sonra da hep yaptıkları gibi kanlı ellerini yıkamış, kollarını kavuşturarak güvenli koltuklarına gömülmüşlerdi. Bugüne kadar bu ciddi iddiaların aksi kanıtlanamamıştı. Tobias'ın sesi dağıttı düşüncelerini:

"Biz kimseyi kullanmadık. Adamı bırak, teslim ol."

İçine bir sevinç dalgası yayıldı Yıldız'ın. Demek Tobias iyiydi. Demek başına bir şey gelmemişti. Ama rahatlamak için henüz çok erkendi. Kapının ardında neler olduğunu görmemesine rağmen bir rehine durumu olduğu açıktı. Rehin alınan kişi muhtemelen Hüseyin Ölmez'di. Düzenlediği aptalca baskın, hem iki arkadaşının hem de Rudolf'un iki korumasının vurulmasıyla sonuçlanmıştı. Bu arada muhtemelen kendisi de yaralanmış ve ezeli düşmanı tarafından rehin alınmıştı. "Aptal herif" diye geçirdi içinden bir kez daha. "Aptal herif, mahvetti her şeyi."

Kapıya iyice yaklaşmıştı. Rudolf hâlâ konuşuyordu:

"Evet, Uwe Böhnhardt ve Uwe Mundlos'un katilleri de 'Biz kimseyi kullanmadık' dediler. 'Kıstırıldığını anlayan iki terörist intihar etti' dediler. Yalandı. O çocukların ikisini de onlar öldürdü. Çünkü korktular. Bu sürüngenlerden korktular. Bunun gibi kanı bozuk kanakelerden."

O kadar yaklaşmıştı ki Yıldız, adamın sesindeki umutsuzluğu ayırt edebiliyordu. Demek ki artık yolun sonuna geldiğinin farkındaydı. Öfkeli adam tehlikelidir ama umutsuz adam çok daha tehlikelidir. Acele etmeliydi, aralık kapıdan baktı içeri. Önce Tobias'ın geniş sırtını gördü, hemen önünde yüzü yara bere içindeki Hüseyin'i kendine kalkan yapan Rudolf duruyordu. Elindeki Beretta'nın siyah namlusunu adamın çenesinin altına dayamıştı. Çok kötü hırpalanmış olan Hüseyin'in hâlâ kanayan sol omzundaki yara, avcı yeleğinin üstünden bile fark edilebiliyordu. Sağ gözü olduğu gibi kapanmıştı, nefes alıp verdikçe aralık dudaklarından bir hırıltı yayılıyordu odaya. Durum hiç de parlak değildi. Rudolf ile Tobias'ın karşılıklı olarak silahlarını ateşlemeleri an meselesiydi. Ancak Yıldız içeri girebilirse, Neo Nazi'ye karşı avantaj sağlayabilirlerdi. Ama Rudolf'un yüzü kapıya dönüktü, adım attığında Yıldız'ı anında görürdü. Tek engel, Tobias'ın iri gövdesiydi. Eğer Yıldız, yardımcısının görkemli bedeninin ardına saklanabilirse, Rudolf onu fark etmeden odaya sızabilirdi. Ama Tobias kıpırdarsa iyot gibi açıkta kalırdı. Bu da işleri iyice karıştırır, son derece tehlikeli bir durum yaratırdı. Fakat başka çaresi de yoktu. Tabancasını iki eliyle sımsıkı kavradı, derin nefes aldı, bir an bekledi sonra parmaklarının ucunda sessizce süzüldü aralık kapıdan. İlk hamle başarılıydı, eli silahlı Neo Nazi görmeden odaya girmişti. Tobias farkına bile varmadan o muazzam gövdesiyle şefini koruyordu.

"Şimdi de beni öldüreceksiniz!" diye bağırmayı sürdürüyordu Rudolf. "Teslim olsam da beni sağ bırakmayacaksınız. Bu karakafayı da o yüzden saldırttınız üzerime. Güya karşılıklı çatışma varmış gibi bir düzenek kurdunuz. O karambolde beni ortadan kaldıracaksınız. Tıpkı zavallı Uwe Böhnhardt ve Uwe Mundlos gibi beni de yok edeceksiniz. Çünkü amirleriniz temizlik kararı aldılar. Çünkü bildiklerimden korkuyorlar. Bildiklerimi anlatmamdan. Öyle tuhaf tuhaf bakma yüzüme. Niyetinizin ne olduğunu çok iyi biliyorum. Beni asla sağ bırakmayacaksınız. Ama yağma yok, tek başıma gitmeyeceğim. Yanımda bu alçağı ve seni de götüreceğim."

Sözlerini bitirirken, tabancanın namlusunu, rehin aldığı adamın çenesine iyice bastırmıştı.

"Ah!" diye cılız bir inilti çıktı Hüseyin'in kanlanmış dudaklarının arasından. Kendini kurtarmak için silkinecek oldu.

"Kıpırdama!" diye sarstı Rudolf. "Kıpırdama pislik. Bana yaptıklarını unuttuğumu mu zannediyorsun? Hepsinin hesabını vereceksin Türk piçi. Bir de kulübümü basıyorsun ha! Göstereceğim sana mekân basmak nasıl olurmuş!"

Yılmayan Tobias ikna etmeye çalıştı:

"Yapma Rudolf! Daha fazla kan dökülmesine gerek yok. Hâlâ kendini kurtarabilirsin. Ben de şahitlik yaparım, çünkü gerçekten de mekânını bastılar. Hem de silahla. Saldırıya uğrayan sensin. Nefsi müdafaa diye kendini savunabilirsin. Ama onu öldürürsen, seni kimse kurtaramaz. Hâlâ şansın var. Silahını bırak, teslim ol, çıkıp gidelim buradan."

Rudolf sözünü kesmeden dinlemişti komiseri. Yoksa ikna olmaya mı başlamıştı? Tobias da fark etmişti bunu, o yüzden sesine oldukça samimi bir hava vererek sürdürdü:

"Sana söz, her şeyi olduğu gibi anlatacağım. Bu olayda mağdur olduğun çok açık. Ceza alacak biri varsa, çenesine silah dayadığın adamdır. Ama bu işi uzatırsan, bir de polise silahla karşılık verirsen, haklıyken haksız duruma düşersin ..."

Rudolf'un bocalaması yüzünden okunuyordu, nerdeyse ikna olacak gibiydi, fakat arkasında Yıldız'ın olduğunu bilmeyen Tobias hafifçe sağa kaydı. Ve Neo Nazi'nin gergin yüzü öfkeyle kızardı.

"Orospu çocuğu, demek beni kandırıyordun ha!" diye gürledi. "Demek o kaltak da burada ha!"

Duydukları Tobias'ın kafasını karıştırdı: Yapmaması gerekeni yaptı, Rudolf'un baktığı yeri görmek için başını çevirdi. İşte silah o anda patladı; Hüseyin'i iten Rudolf, "Hepinizi geberteceğim" diyerek tetiğe basmıştı. Rehine yere düşerken yardımcısının boynundan fışkıran kanı gördü Yıldız. Aynı anda tabancasını doğrulttu, nişan almadan tetiğe basmaya başladı. Küçük oda ardı ardına patlayan fişeklerin sesiyle yankılandı. Şarjördeki bütün kurşunları boşaltana kadar bastı tetiğe. Fırtınaya tutulmuş yaprak gibi titredi Neo Nazi, sonra yerde yatmakta olan Hüseyin'in biraz gerisine sırtüstü düştü. Daha ayaktayken ölmüştü. Ama işi şansa bırakamazdı Yıldız, şarjörünü değiştirdiği silahını Rudolf'un üzerine doğrultarak yaklaştı, yerdeki tabancayı ayağıyla ileri itti. Bir süre kanlar içinde yatan adamı izledi. Tepki vermediğini görünce, silahını kılıfına koydu. Elini kaldırmış yardım isteyen Hüseyin'e aldırmadan aceleyle yardımcısına yaklaştı. Yere uzanmış olan Tobias'ın bilinci hâlâ yerindeydi. Tabancasını bırakmış, sağ elini yarasına bastırıyordu. Ama kan o kadar basınçlıydı ki parmaklarının arasından fışkırıyordu.

"Toby, Toby" diye telaşla yardımcısının yanına diz çöktü. Ceketini çıkartırken bir yandan da güvenle sesleniyordu: "Toby, merak etme Toby, iyi olacaksın."

Yardımcısı alıngan bir ifadeyle bakıyordu.

"Ben Nazi değilim Şef" dedi sadece. Gücünü topladı, başını biraz kaldırdı. "Ben Nazi değilim."

Ceketini yardımcısının boynuna bastıran Yıldız utanmıştı.

"Biliyorum Toby, biliyorum. Affedersin. Bırak şimdi bunları. İyi olacaksın!"

Buruk gülümsedi polis.

"İyi... İyi..." diyebildi sadece, sonra koyu gri gözleri söndü, elleri yanına düştü. Kaygıyla baktı Yıldız. Artık gözlerinden süzülen yaşlara engel olamıyordu. Duymayacağını bile bile umutla seslendi:

"Ölmeyeceksin Toby, ölmeyeceksin. Sık dişini, kurtaracağım seni!"

11

"Herakles, oğullarını öldürmenin kefaretini ödemişti"

Zaman daralıyordu. Her gün yeni bir haber getiriyordu Hermes, Toprak Ana'nın sinsi çabaları hakkında. Gaia, oğullarını beni, ulu Zeus'u yenmek için yetiştiriyordu. Yıllardır büyük bir soğukkanlılıkla sürdürdüğü bu son entrikasını gerçekleştirmek için artık sabırsızlanıyordu. Beni tahtta görmek istemiyor, başımdaki tacı almak için acele ediyordu. Ama ben sabırsız davranamazdım, acele edemezdim, Herakles hazır olmadan bu savaşa kalkışamazdım. Kalkışırsam yenilgi kaçınılmazdı. Kalkışırsam sadece kendimi değil, bütün Olymposluları, yeryüzündeki bütün mahlukatı tehlikeye atardım. Fakat yiğit oğlumun hazır olması için on iki zorlu işi başarıyla tamamlaması gerekiyordu. Üstelik ne kendi halkı tarafından sevilen, ne öteki hükümdarlar tarafından saygı duyulan ne de tanrılar tarafından önemsenen bir adamın, kralların yüz karası Eurystheus'un buyruğuyla yapacaktı bunu. Koca yürekli evladım kefaretini ödemek için işte bu kepaze kralın buyruklarını yerine getirecekti.

Herakles'i huzurunda emir bekler vaziyette gören Eurystheus çok hoşlandı bu vaziyetten. Yeryüzünün en cesur adamı, karşısında el pençe divan duruyordu. Gurur vericiydi, bu işin sonunda herkes onun kudretini görecek, tartışmalı olan egemenliği kanıtlanmış olacaktı. Ama bir yandan da ölesiye korkuyordu. Karşısında şu anda sessizce durmuş, buyruk bekleyen adam, ne yapacağı belli olmayan biriydi. Tepesi atarsa tek yumrukta ölüler ülkesine yollardı onu ya da incecik bir dal gibi kırıverirdi boynunu. Böyle düşününce vazgeçsem mi diye kararsız kaldı. Fakat Hera hemen yetişti imdadına, ödlek kralın korkusunu bastırdı. Ve başarılması imkânsız on iki iş belirledi. Daha doğrusu belirlediğini sanıyordu, aslında hepsine karar veren bendim. Ve elbette yiğit evladımın bu görevleri başarıyla yerine getirmesi için ona yardım edecek armağanlar verdirdim. Athena'dan büyülü bir giysi, Hermes'ten keskin bir kılıç, Apollon'dan yay ve oklar, Hephaistos'tan altın bir miğfer ile zırh ve Poseidon'dan bir çift muhteşem at. Ama kendine güveni sonsuz olan Herakles, girişeceği zorlu serüvenlerde bir zeytin ağacından elleriyle yaptığı o basit sopayı tercih etti çoğu zaman.

İlk işi, Nemea bölgesinde insanları katleden bir aslanı öldürmekti. Kimse bu vahşi hayvanın karşısına çıkamıyordu. Değil onu avlamak, kükremesini duyanlar fersah fersah öteye kaçıyordu. Kral Eurystheus işte bu aslanın öldürülmesini ve derisinin yüzülmesini istiyordu. Herakles hiç korkmadan Nemea'ya gitti, aslanın inini buldu. Kükremesini duydu, leş gibi kokan nefesini hissetti. Onu dışarı çekti, aslan, iri cüssesine aldırmadan bir rüzgâr gibi saldırdı Herakles'e, ama çevik oğlum yana çekilerek, hayvanın başına sopasıyla vurdu, sonra dengesini yitiren aslanın üzerine atlayıp boynunu güçlü kollarının arasında sıkarak boğdu. Evet, çıplak elleriyle kesti nefesini canavarın. Derisini de aslanın kendi pençeleriyle yüzdü. O sert posttan kendine bir zırh yaptı.

Ve böylece ilk görevinde Herakles düşmanının üstünlüklerini kendisi için fırsata çevirmeyi öğrendi.

İkinci iş, Amymone pınarında, dev bir ağacın altında yaşayan devasa bir su yılanını yok etmekti. Yılanın dokuz başı vardı ve dokuz dili de o kadar zehirliydi ki sadece nefesiyle bile canlıları öldürebilirdi. Herakles yanına yeğeni İolaos'u aldı. Göle ulaşınca canavar sudan başlarını çıkardı. Yemyeşil derisi güneşin altında parıldıyor, çatal dilleri suyun üzerinde bir kamçı gibi şaklıyor, on sekiz gözüyle haince Herakles'i süzüyordu. Yiğit oğlum yılandan önce davrandı, iki hamlede iki başını da kesip attı. Ama kesilen başlarının yerine hemen yenileri çıkıyordu. Çetin cevize çattığını anlayan Herakles yeğeni İolaos'a kocaman bir ateş yaktırdı ve kesilen boyunları dağlamaya başladı. Böylece kesilen başların yerine yenileri çıkmaz oldu. Cesur evladım, Hera'nın dokuz başlı canavarının dokuz başını da böyle kesti. Sonra hepsini toprağa gömdü.

Ve böylece ikinci işinde Herakles düşmanını alt etmenin inceliklerini öğrendi.

Üçüncü iş, altın boynuzlu Kyreneia geyiğini yakalamaktı. Tıpkı yaban domuzu gibi bu dişi geyik de devasa boyutlardaydı. Tarlaları talan ediyor, köylülere ekin bırakmıyordu. Ancak kimse bu hayvana dokunamıyordu, çünkü tanrıça Artemis'e adanmıştı. Hayvanı öldürürse dinin yasaklarını çiğnemiş olacak, Artemis'in öfkesini üzerine çekecekti. Herakles uygun anın gelmesini bekledi. Geyiği yakalamak için bir yıl boyunca dağlarda gezdi. Arkasından çok koşturdu ama tanrısal geyik Herakles'ten daha hızlıydı. Bu kutsal hayvanı böyle elde edemeyeceğini anlayan akıllı oğlum, onu okla hafifçe yaraladı. Sonra da güç kaybeden geyiği boynuzlarından yakalayarak krala getirdi. Geyik ölmediği için de Artemis'i kızdırmadı.

Ve böylece üçüncü işinde Herakles bir sorunu hallederken yeni meseleler yaratmamayı öğrendi.

Dördüncü iş, Erymanthos Dağı'ndaki dev yaban domuzunu yakalamaktı. Bu zararlı hayvan köylülerin bütün hasadını talan ediyor, insanlar açlık çekiyordu. Herakles günlerce dağda domuzu aradı, izini sürerek yaşadığı mağarayı buldu. Kokusunu alan yaban domuzu Herakles'e saldırdı. Hayvan küçük bir tepe kadar büyüktü, onu bir anda karşısında gören yiğit oğlum önce şaşırdı ama çok geçmeden toparlandı ve sert darbelerle onu yere yıkmaya çalıştı. Ancak domuz çok güçlüydü. Yiğit oğlum, ne yaparsa yapsın onu yenemeyeceğini anladı. Domuzun da gözü korkmuştu. Avcısından kurtulmak için dağdan aşağıya kaçtı. Çevik oğlum bir an bile peşini bırakmadı, yoruluncaya kadar onu kovaladı. Domuz sonunda bitap düşerek olduğu yere yığıldı. Herakles de onu sürükleyerek Kral Eurystheus'a getirdi.

Ve böylece dördüncü işinde Herakles düşmanını alt etmede sabrın çok önemli olduğunu öğrendi.

Beşinci iş, Kral Augias'ın ahırlarını temizlemekti. Kral Augias'ın binlerce sığırdan oluşan bir sürüsü vardı. Yıllarca temizlenmeyen ahırlar pislik içinde yüzüyordu. Her yanı iğrenç bir koku kaplamış, her tarafı zararlı sinekler sarmıştı, salgın hastalıklar kapıdaydı. Kral Eurystheus'un gerçek niyeti hastalıkları önlemek değildi elbette, ahırları temizleterek Herakles'in onurunu kırmak istiyordu. Buna hiç aldırmadı benim uyanık evladım. Bu işten biraz para kazanmak da fena olmazdı. Öyle de yaptı. Kral Augias ile sürünün onda biri karşılığında ahırlarını bir günde temizlemek için anlaştı. Bu imkânsızmış gibi görünen işi başarmak için de iki büyük nehrin yataklarını birleştirerek ahırlara kadar bir hendek kazdı. Ve amacına da ulaştı, gerçekten de nehirlerin suları ahırları bir günde tertemiz etti.

Ve böylece beşinci işinde Herakles doğanın gücünü kullanarak meseleleri çözmeyi öğrendi.

Altıncı iş, azgın bir kuş sürüsünü Stymphalos Gölü'nden kovalamaktı. Kuş deyince aklınıza renkli kanatları, güzel ötüşleriyle sevimli canlılar gelmesin, bunlar benim acımasız oğlum Ares'in yetiştirdiği, pençeleri ve gagaları tunçtan, insan etiyle beslenen canavarlardı. Güneşin altında kanlı gagaları ve pençeleri ışıl ışıl yanıyor, bu yırtıcı mahlukların şerrinden kimse gölün kıyısına inemiyordu. Onlarla dövüşerek başa çıkmak imkânsızdı. Üstelik bunu yapanın, kavgacı tanrı Ares'le de başı belaya girerdi. Herakles kara kara düşünürken yardımına ablası Athena yetişti. Bizim usta demirci Hephaistos'un elinden çıkma, tunçtan yapılma bir çift kocaman çalpara verdi ona. Herakles gölün kıyısında bu çalparayı çalmaya başlayınca öyle korkunç bir gürültü çıktı ki, kuşlar anında havalandılar ve bir daha da Stymphalos Gölü'ne uğramadılar.

Ve böylece altıncı işinde Herakles bazı meselelerin kaba güç kullanılmadan çözülebileceğini öğrendi.

Yedinci iş, azgın Girit boğasını getirmekti. Bir zamanlar Kral Minos, kardeşim Poseidon'a "Denizden çıkacak ilk yaratığı size kurban edeceğim" diye adakta bulunmuştu. Ama denizden muhteşem güzellikte ve çok güçlü bir boğa çıkmıştı. Boğanın görkeminden etkilenen açgözlü kral, hayvanı tanrıya kurban etmek yerine kendi sürüsüne katmıştı. Minos'un fırsatçılığına sinirlenen Poseidon, boğayı çıldırtmış, dizgin vurulmaz hale getirmişti. Böylece Girit boğası gördüğü canlı cansız her nesneye saldırır olmuştu. Kimse onu yakalayamıyordu. Ama Herakles, Girit'e gitti. Boğayı buldu. Azgın hayvan, onu görünce burnundan öfkeyle soluyarak var gücüyle saldırdı üzerine. Zarif bir hareketle yana çekilen Herakles boğayı iki boynuzundan yakaladı. Ne yaparsa yapsın, uçları birer mızrak gibi keskin boynuzlarını bırakmadı. Hayvan yorulunca da boynunu çevirerek koca gövdesini yere yıktı. Sonra da onu ayaklarından bağlayarak Kral Eurystheus'a getirdi.

Ve böylece yedinci işinde Herakles bazen meseleyi çözmenin tek yolunun bedensel güç olduğunu öğrendi.

Sekizinci iş, Diomedes'in atlarını yakalamaktı. Trakya kralı Diomedes'in insan etiyle beslenen dört atı vardı. Acımasız kral, cezalandırmak istediği kişileri bu atlara yediriyordu. Bu kabul edilemezdi ama Diomedes zorbanın tekiydi ve kimse bu tehlikeli krala bulaşmak istemiyordu. Kral Eurystheus, Herakles'e insan eti yiyen vahşi atları yakalayıp getirmesini emretti. Herakles, kendisine öyle emredilmemesine rağmen önce Kral Diomedes'i öldürdü, cesedini de atlarına yedirdi. Sahiplerinin öldüğünü ve bedeninin kendilerine yem olarak sunulduğunu gören atlar, yeni efendilerinin Herakles olduğunu düşünerek ona boyun eğdiler. Oğlum da atları önüne katıp Eurystheus'a getirdi.

Ve böylece sekizinci işinde Herakles zalimleri yola getirmek için acımasız davranmaktan başka çarenin olmadığını öğrendi.

Dokuzuncu iş, Amazonlar kraliçesi Hippolyte'den kemerini almaktı. Aslında kemeri Kraliçe Hippolyte'ye bizim savaşçı Ares vermişti. Ve kraliçe bunu yaptığı kahramanlıklarla gerçekten hak etmişti. Ama gelin görün ki korkak Kral Eurystheus'un şımarık kızı Admete bu kemeri kendisi için istiyordu. Eurystheus da kızını sevindirmek için Herakles'e kemeri almasını emretti. Herakles uzun bir yolculuğun ardından Kraliçe Hippolyte'nin huzuruna çıktı. Durumu anlattı. Kraliçe anlayışlı bir kadındı, kendi isteği ile kemeri verecekti. Ama oğlum sarayda iken kötü kalpli Hera, Amazon savaşçılarına Herakles'in kraliçelerini öldüreceğini söyleyerek onları kışkırttı. Amazonların saldırdığını gören Herakles tuzağa düştüğünü zannedip Kraliçe Hippolyte'yi öldürerek kemeri aldı. Gerçeği anlayınca çok pişman oldu ama artık iş işten geçmişti.

Ve böylece dokuzuncu işinde Herakles meseleleri çözerken her an uyanık olması gerektiğini öğrendi.

Onuncu iş, Geryoneus'un sığırlarını getirmekti. Geryoneus, bellerinden birbirine yapışık üç adam görünümünde bir mahluktu. Kızıl sığırlardan oluşan sürüsünü çift başlı köpek Orthos korumaktaydı. Kral Eurystheus, Herakles'i Geryoneus'un sığırlarını getirmek için görevlendirince, Herakles Trakya'ya gitti. Önce sığırları koruyan çift başlı köpekle karşılaştı. Hayvan saldırınca tek bir sopa darbesiyle onu öldürdü. Sığırları toplayıp götürürken bu kez de Geryoneus çıktı karşısına. Onu da Amymone pınarında öldürdüğü suyılanının zehrini sürdüğü oklarla katletti. Ama çilesi bitmemişti, şehre yaklaşırken Hera'nın gönderdiği sığır sineği sürüyü dağıttı. Herakles canını dişine takarak sürüyü tekrar toparladı ve güçbela da olsa bu görevi yerine getirdi.

Ve böylece onuncu işinde Herakles sadece bir muharebe kazanmakla zafere ulaşılmayacağını öğrendi.

On birinci iş, Hera'nın altın elmalarını çalmaktı. Dillere destan olan bu elmalar Gaia tarafından karıma evlilik hediyesi olarak verilmişti. Hera, elmaları Atlas Dağı'nın eteğindeki bahçesine dikmiş, bu kıymetli hediyeyi korumak için de üç peri ile yüz kollu bir ejderha bırakmıştı yanlarına. Elmaları bulmak için yola çıkan Herakles, yolda titan Prometheus'la karşılaştı. Herakles, insanların dostu bu titanı benim kartalımdan kurtardığı için Prometheus ona yardım etmek istedi. Dedi ki:

"Ey Herakles, ey sevgili dostum, elmaları sen değil, Atlas toplasın. Hera'nın üç perisi ve yüz kollu ejderhasıyla ancak o başa çıkabilir."

Herakles bahçeye varınca Atlas'ın yanına gidip elmaları toplamasını rica etti. Kudretli titan "Olur, toplarım ama o sırada senin de şu sırtımdaki gök kubbeyi taşıman gerekir" dedi.

Herakles derhal Atlas'ın ağır yükünü omuzladı. Atlas da bahçeye indi. Üç peri ile yüz kollu ejderhayı öldürdü ve elmaları topladı. Ama titana özgürlük, tatlı geldi. Geri döndüğünde dedi ki: "Kusura bakma Zeus'un oğlu, bu elmaları krala ben götüreceğim."

İşte o anda Herakles ferasetini kullandı. Ve dedi ki:

"Tamam, ama gök kubbeyi iyi sırtlayamadım, böyle giderse yere düşecek. Şuna bir omuz ver de düzgün bir şekilde kaldırayım."

Atlas saf bir titandı, oğluma inandı. Elmaları yere bıraktı gök kubbeyi omuzlarına aldı. Bunu fırsat bilen Herakles de elmaları kaptığı gibi oradan uzaklaştı.

Ve böylece on birinci işinde Herakles bazı meseleleri çözmede kurnazlığın işe yaradığını öğrendi.

On ikinci iş, köpek Kerberos'un yeryüzüne çıkarılmasıydı. Kral Eurystheus, Herakles'ten Ölüler Diyarı'na giderek üç başlı ve yılan kuyruklu köpek Kerberos'u yeryüzüne getirmesini istedi. Ne kadar gözü pek olursa olsun, Herakles tek başına yeraltı ülkesine inemezdi. Ona tanrıların habercisi Hermes'i yoldaş kıldım. Hermes ölümlü kardeşine ölüler ülkesine kadar rehberlik etti ve korudu. Herakles yeraltı ülkesinin tanrısı ve amcası Hades'in huzuruna varınca, buraya niçin geldiğini samimiyetle anlattı. Hades de ona eğer Kerberos'u silah kullanmadan yenebilirse yeryüzüne götürebileceğini söyledi. Herakles kabul etti. İnsan ve köpek kapıştılar; Kerberos üç ağzındaki keskin dişleriyle Herakles'i kollarından, bacaklarından ısırmaya başladı. Sevgili oğlum kanlar içinde kalmıştı. Fakat yılmadı, Kerberos'u üç başının birleştiği boynundan yakalayarak bütün kuvvetiyle sıkmaya başladı. Köpek bu acı kuvvet karşısında daha fazla dayanamayıp teslim oldu. Herakles de Kerberos'u rahatça Kral Eurystheus'a götürdü.

Ve böylece on ikinci işinde Herakles, samimiyetin, dürüstlüğün ve cesaretin bazen bütün kapıları açabileceğini öğrendi.

On iki işi de zekâyla, bilgiyle, sabırla, cesaretle, güçle, maharetle ve uzlaşmayla başaran Herakles, evlatlarını öldürmenin kefaretini ödemişti. Ama daha önemlisi bedenen ve ruhen olgunlaşarak, devlere karşı bizimle aynı saflarda savaşacak ustalığa erişmişti. Hera dahil artık hiçbir Olymposlu bu isteğime karşı gelemezdi. Artık hiç tereddüt etmeden yiğit evladımı savaş arabama alabilir, onunla omuz omuza dövüşebilirdim.

On Birinci Bölüm

Sabah başlayan yağmur öğleye doğru dinmiş, biçimsiz gri bulutlar, sanki gizli bir el tarafından sürüklenmiş gibi bir anda kayboluvermişti gökyüzünden. Yıldız hastaneden çıkıp işgal evinin önüne geldiğinde, yeniden sıcak bir yaz günü hüküm sürüyordu Berlin'in yaşlı sokaklarında. Tobias'ı hâlâ uyutuyorlardı. Çok kan kaybetmişti. Eğer ambulans, biraz daha geç kalsa ölmesi işten bile değildi. Ameliyat başarılı geçmişti ancak kritik saatler vardı önünde. "Zamanından önce uyandırarak hayatını yeniden tehlikeye atmak istemiyoruz" demişti doktor. Asıl beklentileri yaralı komiserin kendiliğinden uyanmasıydı. Birkaç saat sonra da gözlerini açabilirdi, birkaç hafta sonra da. "Ama uyanacak değil mi?" diye sormuştu Yıldız inatla. "Mutlaka uyanacak." Yanıt vermekten kaçınmıştı doktor. "Umutluyuz" demekle yetinmişti. Hayatının en berbat gecelerinden biriydi. Sanki bir işe yararmış gibi sabaha kadar hastanede kalmıştı. Ne yazık ki, sabah olduğunda kendine gelmemişti Tobias. Beklemeleri lazımdı. Doktorların ısrarıyla güçlükle gitmişti Yıldız evine. Elbette evde de huzur yoktu. Aklı hastanede kalmıştı. Ertesi sabah merkeze gitmeden erkenden uğramıştı Tobias'a. Hep aynıydı. Üç gündür her sabah ilk iş hastaneye uğruyordu. Dün akşam eve dönerken de uğramıştı ama yardımcısı gözlerini açmıyordu bir türlü. Her seferinde umudu kırılmış çıkıyordu hastaneden, yıkılmış halde, büyük bir bozgun içerisinde. Keskin bir acı hissediyordu, kötü bir vicdan azabı, berbat bir pişmanlık.

Aynı hastanenin giriş katında yatan Hüseyin Ölmez ise hızla iyileşiyordu. İkisi kendi arkadaşı beş kişinin ölümüne neden olan bir baskın gerçekleştirmiş ama, Rudolf'tan yediği feci dayağı saymazsak, bu kanlı çatışmadan sadece köprücük kemiği kırılarak kurtulmuştu. Ona çok kızmasına rağmen hayatta kalmış olmasına seviniyordu Yıldız. Hüseyin için değil, babası Kerem için. Hiç değilse üçüncü bir kayıp vermemişti talihsiz aile. Babası ve küçük oğlundan sonra, uzun yıllar hapis yatacak olsa da büyük oğlu sağ kalmıştı hiç değilse. Germania baskınının üzerinden üç gün geçmiş olmasına rağmen yeni bir vaka da yoktu. Alex'in öldürüldüğü günden hesap edilirse dört gündür başka cinayet işlenmemişti. Bu durum Müdür Markus'u oldukça rahatlatmıştı. "Bence olayı çözdük" demişti kendinden emin bir tavırla. "Cinayetlerin sorumlusu Rudolf Winkelmann ve çetesiydi. Baksanıza Germania Spor Kulübü'nde bir cephanelik saklıyorlarmış."

Gerçekten de Rudolf'un mekânının altındaki gizli odada küçük bir askeri birliği donatacak kadar büyük bir cephanelik bulunmuştu. Tuhaf olan mühimmatın hepsinin 2. Dünya Savaşı sırasında ABD askerlerinin kullandığı silahlardan ve patlayıcılardan oluşmasıydı. Çok geçmeden işin sırrı çözüldü. Bu cephanelik, Soğuk Savaş yıllarından kalma bir operasyonla ilgiliydi. ABD, Sovyetler Birliği'yle yeni bir savaş çıkması ihtimaline karşı, cephe gerisinde çatışmaya katılacak sivil birlikler, anti-komünist çeteler oluşturmak istemişti. Stay-Behind denilen bu operasyonda Naziler kullanılmıştı. Gizli depoda bulunan silahlar o günlerden kalmaydı. Yıldız'ın çatışma alanında gördüğü modası geçmiş Thompson tüfek de onlardan biriydi işte. Rudolf'un yaşı o kadar geriye uzanmayacağına göre, demek ki bu mühimmat eski davadaşlarından miras kalmıştı ona. Daha da önemlisi aralarında Hüseyin Ölmez ve Cemal Ölmez'in de bulunduğu 500 kişilik bir liste bulunmuştu. İsmi geçen şahısların ev ve iş adreslerinin yazılı olduğu bu listede sadece göçmen kökenliler değil, solcular, Yeşiller Partisi üyeleri ve ırkçılık karşıtı olan Almanlar da yer alıyordu. 2012 yılının Nisan ayında

Neukölln'de meçhul bir cinayete kurban giden Burak isimli Türk kökenli bir genç ile, arabası yakılan Sol Partili bir ilçe yöneticisi de onların arasındaydı. Listede Neukölln'de öldürülen genç ile arabası yakılan Sol Partili yöneticinin, Cemal'in ve Hüseyin'in üzerleri siyah kalemle çizilmişti. Bu bulguların ışığında cinayetleri Neo Nazilerin işlediğinden emin olan Markus bir basın toplantısı düzenleyerek vakanın çözüldüğünü kamuoyuna ilan etmişti bile.

"Belli ki Winkelmann'ın başını çektiği bu ırkçı çete, daha korkunç ve sansasyonel eylemler için hazırlanıyormuş. Mitolojiyle süslü bu cinayetler, basının ilgisi çekecek, ardından toplumu şoka uğratacak kitle katliamları gelecekti. Bulduğumuz mühimmat da bu eylemlerde kullanılacaktı. Böylece yabancı kökenli Alman vatandaşları ve hükümet korkutulurken, yükselmekte olan ırkçılığa cesaret verilecekti."

Hiç kimse itiraz etmedi bu açıklamaya; çünkü son derece mantıklıydı. Naziler daha önce yapmışlardı, yine yapabilirlerdi. Yıldız başından beri Neo Nazileri suçlamasına karşın, artık bu ihtimalin gerçekliğinden o kadar emin değildi. Bu nedenle basın toplantısının yapılmasına karşı çıkmıştı, ama erken zaferini ilan etmek isteyen Markus, kulak asmamıştı itirazlarına. Yıldız katılmadı basın toplantısına, müdür hata yapıyor olabilirdi, birkaç gün sonra söylediklerini yalanlamak zorunda kalabilirlerdi. Elbette Neo Nazilerin cezalandırılmasını istiyordu. Fakat bu vakada bir mantıksızlık vardı, ne olduğunu açıklayamasa da bir aksaklık olduğunu sezinliyordu. Olan biteni yeniden düşünmeye başlamıştı. Cinayetleri tek tek gözden geçirmiş, Ölmez Ailesi'nin bütün fertlerini birer birer incelemişti. Otto Fischer'i, iki adamını, Rudolf Winkelmann'ı, onun geçmişten bugüne bütün ilişkilerini yeniden kontrol etmişti. Otto Fischer ile Rudolf Winkelmann'ın çok eskiden tanıştıklarını, Nasyonal Sosyalist Yeraltı Örgütü'yle bağlantılı olduklarını da saptamıştı. Evet, cinayetler kolayca Neo Nazi çetesine bağlanabilirdi. Ancak Orhan Ölmez'in kaçırılmasından Cemal'in kalbinin çıkarılmasına ve Alex'in derisinin yüzülmesine kadar yaşanan kanlı cinayetler zincirini her incelediğinde, Neo Nazilerin varlığı bu süreçte biraz sakil kalıyordu. Rudolf Winkelmann, baş düşmanı Hüseyin Ölmez dururken neden Orhan Ölmez gibi yaşlı bir adamı öldürsündü, hem de kaçırma zahmetine girerek, hem de cinsel organını keserek. Cemal'e duydukları öfkeyi anlıyordu ama Alex'i, derisini yüzerek katletmek ne kazandıracaktı ırkçılara? Evet, büyük resmi gözünün önüne getirdiğinde böyle boş kareler beliriyordu karşısında. Germania Spor Kulübü'ndeki kanlı çatışmanın sonuçları, orada ele geçirilen silahlar ve listeler bu kareleri doldurmaya yetmiyordu.

Bugün işgal evindeki anma törenine gelmesinin nedeni de buydu. O büyük resimdeki boşluklara anlamlı kareler bulmak. Rafael bilgi almak için onu aradığında haberdar olmuştu toplantıdan. Biraz ilgilenince Arjantinli ressam "Gelmek isterseniz, kapımız size açık" demişti. "Cemal ile Alex'in katillerini yakalayan biri, bu toplantının onur konuğu olmayı hak ediyor."

Bunu istemiyordu Yıldız, bir polis olarak işgal evlerinde hiç de hoş karşılanmayacağını biliyordu. "Kimliğimi açıklamasak olur mu?" demişti. Başkomiserin kaygılarını anlamıştı Rafael. "Elbette, işgal evinin yakınlarında bir kafe var, orada buluşur, birlikte gideriz" önerisinde bulunmuştu.

Şimdi o kafeye gidiyordu işte. Passat'ı işgal evinin yakınlarındaki otoparka bırakırken, üstü açık, eski model, lacivert bir BMW geçti yanından. Kadın sürücünün sarı saçları rüzgârda hafifçe uçuşuyordu. BMW'yi Yıldız'ın arabasının biraz önüne park etti kadın. Arabadan inerken kaburgasında yine o sızıyı hissetti ama aldırmadı, bakışları hâlâ BMW'nin sürücüsündeydi. Güzel bir kadındı, üstelik tanıdık geliyordu. Nerede görmüştü acaba? Sarışın kadın arabadan indi; siyahlar içindeydi, güneş gözlüklerini düzeltirken tanıdı Yıldız. Bu Kitty'ydi, Peter'in eski sevgilisi. Cemal Ölmez'in Pergamon gezisi sırasında çektiği videoda gördükleri heykeltıraş... Ağırdan aldı, Kitty'nin yaklaşmasını bekledi. Yanından geçerken "Merhaba" diye seslendi.

"Merhaba Bayan Kitty." Mahcup bir tavırla ellerini yana açtı. "Kusura bakmayın, soyisminizi bilmiyorum."

Hiç alınmadı kadın, güneş gözlüklerinin üzerinden tatlı bir bakış fırlattı.

"Daha önce karşılaştık mı?"

İçtenlikle gülümsedi Yıldız.

"Yok, karşılaşmadık. Ama sizi tanıyorum. Cemal'in yakın arkadaşısınız. Öyle değil mi?"

Gözlüklerini çıkardı Kitty, koyu mavi gözleri kederlenmişti.

"Cemal... Çok iyi bir insandı. Çok da yetenekliydi. Üzgünüm, gerçekten çok üzgünüm. Ya Alex'e ne demeli?" İç geçirdi. "Siz de törene geldiniz galiba."

Birlikte yürümeye başladılar. Kitty'yle karşılaştığına memnun olmuştu Yıldız. Arkeolog Haluk da onunla konuşun dememiş miydi? Fakat ne soracaktı, konuşmaya nasıl başlayacaktı, işte onu bilemiyordu.

"Peter de geliyor mu?" deyiverdi birden. Cümlesini tamamlayınca da pişman oldu. Pat diye kadının özel hayatına girmişti. "Yani haberi var mı törenden?" diye düzeltmeye kalkıştı ama Kitty'nin umurunda bile değildi.

"Bilmiyorum ki, gelir herhalde. Cemal'i çok severdi."

Rahatlamıştı Yıldız.

"İyi bir patron" diye mırıldandı. "İyi bir arkadaş..."

Gözlüklerini takan Kitty, onayladı.

"Daha da önemlisi iyi bir mentor." Yıldız'ın anlamadığını fark etti. "Sadece işte değil, Cemal'in sanatsal çalışmalarında da ona yol gösterirdi. Cemal'in projesinden haberdarsınızdır. Hani şu Pergamon Altarı'yla ilgili olan. Heykellerdeki karakterlerin yüzlerine ailesinin suretlerini vermekten bahsediyorum. Heykelleri kendi aile bireyleri olarak yeniden tasarlamasından."

Cemal'in arkadaşı rolünü oynamayı sürdürdü Yıldız.

"Evet, evet biliyorum müthiş bir proje. Ama biraz tuhaf."

Durdu Kitty, gözlüklerinin üzerinden baktı bir kez daha.

"Ben de aynı şeyi söylemiştim. Tuhaf demiştim, hatta

biraz ürkütücü. İkisi de dinlemedi. Hatta Peter inatla savunmuştu projeyi..."

Kitty'nin yanlış kelimeyi seçtiğini düşünen Yıldız düzeltmeye kalktı.

"Cemal demek istiyorsunuz sanırım, çünkü proje onun."

Kararlılıkla başını salladı heykeltıraş.

"Hayır, Cemal'in değil, bu projenin fikir babası Peter'di. Hiç şaşırmayın, evet, Peter bir sanatçı değildi, ama ablası Angela müthiş bir ressamdı. Bir dâhiydi. Peter de onunla birlikte büyüdü. Ve Cemal'e mitolojiyle ilgilenmesini söyleyen de oydu. 'Ailen Pergamon kazılarının başından beri bu işin içinde. Bu, çok kıymetli bir ayrıcalık. Yüz yıllık bir deneyim bu. Olağanüstü bir serüven. Neden bunu sanatında kullanmıyorsun?' Aynen böyle dedi Peter. Kulaklarımla duydum, çünkü yanlarındaydım. Ailesine kırgın olan Cemal başlarda pek sıcak bakmadı bu işe. Peter peşini bırakmadı, Pergamon Altarı'yla ilgili kitaplar buldu ona. Saatlerce Yunan mitolojisini anlattı."

Şaşkınlıkla dinliyordu Yıldız.

"Anlattı mı? Demek Peter o kadar iyi biliyordu mitolojiyi?"

"Tabii" dedi kendinden emin bir tavırla Kitty. "Çocukluğu Pergamon Altarı'yla iç içe geçmiş. Pergamon Müzesi Doğu Berlin'deyken, annesi orada görevliymiş. Hani müzeyi gezerken gördüğümüz ciddi yüzlü görevliler var ya, iskemlelerinde sessizce oturup sizi gözlerler. İşte onlardan biri. Bütün o kabartmalarda hangi tanrılar, hangi tanrıçalar, hangi titanlar, hangi devler yer alıyor, Herakles'in o devlerin arasında ne işi var, hepsini ezbere anlatırdı. Sıradan bir arkeologdan çok daha fazlasını bilirdi."

Peter'le konuşmalarını hatırladı Yıldız. "Arkeoloji sizin de ilginizi çekiyor mu?" diye sormuştu. Adam da hiç düşünmeden, "Sıradan insanlar kadar" demişti. Oysa Kitty bambaşka bir şey anlatıyordu. Göz ucuyla kadını süzdü. Son derece doğal görünüyordu, üstelik yalan söylemesi için bir neden yoktu. Peki, o zaman Peter neden arkeolojiyle ilgilenmediğini söylemişti, neden Zeus Altarı hakkında bilgi sahibi olduğunu gizlemişti? Heyecanını bastırarak sordu:

"Peki babası ne iş yapıyormuş Peter'in? O da mı müzede çalışıyormuş?"

"Yok" dedi Kitty dalgın bir tavırla. "Aslında iki babası varmış. Biyolojik babası Rus'muş. Bilirsiniz işte, KGB'de çalışıyormuş, yani doğal olarak Stasi'de. Duvar yıkılınca, karısını ve iki çocuğunu bırakıp gitmiş. Yargılanmaktan korkuyormuş galiba. Casusların pis işleri vardır ya, öyle bir şey işte. Galiba adamın Moskova'da başka bir eşi daha varmış, başka çocukları. Aslında bu konuyu konuşmayı pek sevmezdi Peter. Bir keresinde ablasından bahsederken açılmıştı konu. 'En çok acıyı o çekti. Annem yeniden evlendi. Adam kalp cerrahıydı. İyi de bir adamdı aslında. Futbol oynardık birlikte. Beni de cerrah yapmak istiyordu. Yani iyi anlaşıyorduk. Fakat ablam çok etkilendi gerçek babamızın gidişinden. Neyse ki sanat vardı. Ona sarıldı.' Evet, böyle söylemişti Peter."

Yıldız'ın ilgisi giderek artıyordu.

"Peki, kendisi, yani Peter nasıl etkilenmiş bu durumdan?"

Kitty aniden durdu, merakla Yıldız'a baktı.

"Sizi niye bu kadar ilgilendiriyor bu konu? Peter'i tanıyor musunuz?"

Artık kaçacak hali yoktu.

"Tanıyorum" dedi sakin bir sesle. "Aslında cinayetlerden sonra tanıştık. Ben, bu dosyayı soruşturan başkomiserim." Elini uzattı. "Yıldız... Yıldız Karasu..."

Kitty'nin gözlerini görmese de gergin bakışlarını hissedebiliyordu.

"Önceden söylemeliydiniz. Beni kandırdınız. Cemal'le Peter'in arkadaşıymış gibi göründünüz. Yaptığınız yanlış. Hatalı davrandınız."

"Sizi kırdıysam özür dilerim" diyecek oldu. Ama Kitty, onu dinlemeye bile gerek duymadan uzaklaştı. Kadını kırdığına değil, sohbetin yarıda kaldığına üzülüyordu. Olan olmuştu, Rafael ile buluşacağı kafeye yöneldi. Ancak kulaklarında Kitty'nin sözleri çınlamayı sürdürüyordu. "Çocukluğu Pergamon Altarı'yla iç içe geçmiş. Pergamon Müzesi Doğu Berlin'deyken, annesi orada görevliymiş." Sahi niye yalan söylemişti Peter? Cinayetle suçlanmaktan korktuğu için mi? Hiç de öyle korkmuş gibi bir hali yoktu oysa. Gerçekten garipti. Anlamak için Peter'le konuşmalıydı. Muhtemelen o da gelirdi törene.

"Bayan Karasu, Bayan Karasu..."

Başını çevirince Rafael'i gördü, sokağın girişinden el sallıyordu.

"Merhaba Bay Moreno" dedi dalgınlığından sıyrılarak. "Nasılsınız?"

Kederle gülümsedi Arjantinli ressam.

"Nasıl olalım, yaralarımızı sarmaya çalışıyoruz." Elini uzattı. "Size teşekkür ederim, o alçakları yakaladığınız için."

Daha soruşturma sonuçlanmadı demek istedi Yıldız ama vazgeçti. Bunun Rafael'e bir yararı yoktu. Katillerin yakalandığından emin olmak onu mutlu etmişti. Neşesini kaçırmak istemedi adamın.

"Peter de geliyor mu?" diyerek uzatılan eli sıktı. "Törene diyorum..."

"Gelmiyor. Daha doğrusu gelemiyor. Londra'da 'Yenilenebilir Enerji Konferansı' varmış. Orada konuşma yapacakmış. Aylar öncesinden belirlenmiş. Oraya gitti. İptal edemediği için çok üzüldü. Kardeşi gibi severdi Cemal'i."

Peter onlara da bahsetmişti konferanstan. O yüzden Cemal'in Bergama'daki cenazesine katılamayacağını söylemişti, aklı Rafael'in son cümlesine takıldı.

"Kardeşi gibi severdi." Zihninde düşünceler uçuşmasına karşın yine bir bütünlük kazanamadı.

"Peter de arkeolojiyle ilgili miydi?"

Kendiliğinden dökülmüştü sözcükler dudaklarından.

"Arkeolojiden bihaber değildi ama asıl uzmanlığı enerjiydi. Bunu biliyorsunuz zaten... Biz Cemal kadar yakın değildik Peter'le. O yüzden çok da bilmiyorum aslında."

Daha somutlaştırdı soruyu Yıldız.

"Cemal'e Pergamon Altarı projesi fikrini Peter mi verdi?"

Rafael'in esmer alnı kırıştı.

"Galiba öyle bir şey vardı. Çok net hatırlamıyorum, sanırım Cemal böyle bir konudan bahsetti bana. Peter'in ne kadar vizyonu geniş bir adam olduğunu anlatıyordu. Evet, evet, Pergamon Altarı'ndaki heykellerin resmini kişiselleştirerek çizmek fikrini Peter vermişti ona. Hatta bu yüzden Alex'le kavga bile etmişlerdi. Kıskanıyordu Alex, Cemal'in patronunu. Her zamanki hezeyanları. Ne yalan söyleyeyim, ben de pek hoşlanmazdım Alex'ten." Duraksadı. "Fakat kimse böyle bir ölümü hak etmiyor tabii. En son ben görmüş olmalıyım zavallıyı. Buraya, işgal evine gelmişti öldüğü akşam..."

Önce Rafael'in neden bahsettiğini anlamadı Yıldız, işgal evi deyince kavramaya başladı, emin olamadı.

"Alex, o gece buraya mı gelmişti?" diye sordu. "Öldürüldüğü akşam..."

Üzüntüyle başını öne doğru salladı ressam.

"Evet, koridordaki 'Barışçıl İsa' resminin düzeltmelerini yapıyordum. Telaşla içeri girdiğini gördüm. Ben iskelenin üzerindeydim. 'Merhaba Alex' diye seslendim. Selamımı el işaretiyle aldı. Acelesi vardı. Cemal'le ortak kullandıkları odaya girdi. Bir süre kaldı, çok değil, on dakika kadar filan, sonra çıktı, hoşça kal bile demeden iskelenin altından geçip gitti. Daha sonra o gece öldürüldüğünü okudum gazetelerden. Meğerse ölümüne gidiyormuş zavallı öyle apar topar."

O akşamı gözünün önüne getirmeye çalıştı Yıldız. Alex Leipzig'de istasyondan aramıştı. Cemal'in telesekreterine bir mesaj bıraktığını söylemişti. Teknik bir sıkıntı varmış, mesajı dinleyemiyormuş. "Eve dönünce mesajı dinleyip sizi arayacağım" demişti. Fakat aramamıştı. Onu aramak yerine, Cemal'le ortak kullandıkları şu odaya gelmişti demek.

"Şu oda, Alex'in o gece girdiği... Ne vardı orada?"

Tereddüt ediyordu Rafael.

"Çok önemli Bay Moreno" dedi ciddi bir sesle Yıldız. "Lütfen, benden bilgi saklamayın."

Haylaz bir çocuk gibi suçlu suçlu baktı Rafael.

"Zula gibi kullanıyorlardı. Anlarsınız işte, esrar, uyuşturucu filan saklıyorlardı."

Gecenin bir yarısı Leipzig'den gelen Alex, bir parça esrar almak için zulalarını sakladığı odaya gelir miydi? Bağımlıysa gelirdi. Niye gelmesin? Cemal'in telesekretere bıraktığı mesaj olmasaydı böyle düşünebilirdi Yıldız. Ama o mesaj, Alex'in sizi arayacağım deyip aramaması başka ihtimalleri getiriyordu akla.

"Şu odaya bir göz atabilir miyim?" diye sordu.

Arjantinli ressam duraksadı.

"Cemallerin odaya mı? Niye?"

"Soruşturma için gerekli. Hatta şart."

Yüzü karıştı Rafael'in.

"Çok zor Karasu Hanım" diye fısıldadı, sanki birileri onları duyabilirmiş gibi. "İşgal evine, üstelik öldürülmüş iki arkadaşımın odasına polisi sokamam. Burada yaşayan insanların bana sonsuz güveni var. Bu güveni kötüye kullanamam."

Ela gözlerini yalvarırcasına adamın yüzüne dikmişti.

"Lütfen Rafael" dedi Yıldız artık sizli bizli konuşmayı bırakarak. "Orada esrar, kokain aramıyorum. Buradaki insanlara zarar vermek gibi bir amacım da yok. Sana söz, ne bulursam bulayım, işgal evindekilerin aleyhine kullanmayacağım. Tek amacım, Cemal'in katilini ya da katillerini bulmak."

Büyük bir hayal kırıklığı belirdi Rafael'in yüzünde.

"Katilleri bulmadınız mı? Neo Naziller suçlu değil mi yoksa?"

Derin bir iç geçirdi başkomiser.

"Bulduğumuzu sanıyoruz fakat bazı kuşkularım var. Emin olmak istiyorum. Odada göreceklerim belki de kuşkularımı ortadan kaldıracak. Lütfen Rafael, Cemal için bunu yapmalısın. Odaya girmem lazım."

Kararsızlığı sürüyordu ressamın, etrafa bakındı bir süre. "Tamam" dedi sonra sıkıntıyla. "Tamam, ama ben de sizinle birlikte geleceğim."

İşgal evinin grafitilerle kaplı duvarlarına Cemal ile Alex'in dev resimleri asılmıştı. Hoparlörden hüzünlü bir müzik yükseliyordu. Bahçedeki kalabalık anbean çoğalıyordu. Aslında hiç yabancı değildi Yıldız bu mekânlara. Polis olmak istediğini söylediğinde babası karşı çıkınca, isyan ederek evden ayrılmış, bir süre Kreuzberg'deki işgal evlerinden birinde kalmıştı. Tuhaf bir durumdu, ailesine başkaldırmıştı ancak bu başkaldırının nedeni, anne babasının polis olmasını istememesiydi. O yüzden, işgal evinde kimseye ailesiyle neden çatıştığını anlatamamıştı. Çünkü hepsi onu eleştirecekti. Zaten bir ay sonra da ayrılmıştı komün halinde yaşanan o mekândan. İşgal evinin bahçesine girmeden önce hatırlamıştı o günleri.

Rafael'le birlikte daldı kalabalığın arasına. Bir yandan yürüyor, bir yandan da az önce konuştuğu Kitty'yi arıyordu. Çünkü Rafael dışında, polis olduğunu bilen tek kişi oydu. Sonunda gördü; kalabalığın arasında bir güneş gibi ışıldıyordu Kitty. Onun görüş mesafesine girmemeye çalışırken birine çarptı. Çarptığı kişinin yüzüne bakmadan "Özür dilerim" diye mırıldandı. "İstemeden oldu."

"Önemli değil Bayan Karasu."

Ses tanıdık geliyordu, başını çevirince, Yeşiller eski milletvekili Özcan Mutlu'nun gülümseyen yüzünü gördü.

"Tebrik ederim, katilleri yakalamışsınız."

Vakti yoktu, kalabalığın arasında ilerleyen Rafael'i kaybetmemesi gerekiyordu.

"Teşekkür ederim Bay Mutlu... Şimdi gitmem lazım. Sonra konuşuruz."

İnsanların arasından ustalıkla sıyrılan ressam, binanın giriş kapısına yaklaşmıştı bile. Yıldız da hızlandı. Binanın kapısına yaslanmış duran, uzun saçlı, uzun boylu, kolları dövmelerle kaplı bir adamla konuşuyordu Rafael. Ne olur ne olmaz diye, birkaç metre ötede kalmıştı Yıldız. Kısa bir konuşmanın ardından, adam Rafael'in avcuna bir şey bıraktı. Rahatlamış görünüyordu ressam, küçük bir baş işaretiyle Yıldız'ı çağırdı. Aralık kapıdan, binanın içine süzüldüler. İçeride tanıdık bir koku vardı. Daha önce Cemal'in atölyesinde duyduğu boya ve tiner kokusu. Birkaç adım sonra siyahi bir İsa resmi çıktı karşılarına. Teni çikolata gibi tatlı bir kahverengi ama gözleri bulutsuz bir gökyüzü gibi maviydi. Hafifçe sağa yatmış başının arkasında ayçiçeğini andıran sarışın bir güneş cömertçe parıldıyordu. Yüzünde ince bir keder, iri gözlerinde derin bir şefkat vardı, esmer avuçlarındaki rengârenk kır çiçeklerini göğsüne bastırmıştı.

"Güzel resim" dedi Yıldız hayranlıkla. "Keşke herkesin İsa'sı bu kadar sevgi dolu olsa."

Mutlulukla gülümsedi Rafael.

"Gerçek İsa öyleydi. Yoksulların İsa'sı. Hiç mülkü yoktu, sadece sevgisi vardı."

İsa'nın eteklerinin altından geçerek az ilerdeki ahşap kapının önünde durdular. Rafael, dövmeli adamdan aldığı anahtarı kilide soktu, iki kez çevirdi. Kapı kolayca açıldı. İçerisi koridordan daha aydınlıktı. Büyükçe bir odaydı, iki kanatlı ahşap çerçeveli bir pencere, bir masa, bir yatak, iki koltuk, küçük bir kitaplık. Çıplak tuğlalardan oluşan sıvasız duvara asılı bir gitar. Yıldız nereye bakacağını düşünürken, "Genelde odaların zulası buradadır" diyerek pencereye yöneldi Rafael. Kirli yeşil perdeyi kaldırdı, duvarı kontrol etmeye başladı. "Bu tuğlalardan biri çıkartılır, onun arkasında bir yuva yapılır. Bunlardan birinin arkasında olmalı. Evet, ama hangisinin?"

Sesi giderek umutsuz çıkıyordu. Yıldız'ın bakışları gitara takıldı, yaklaştı. Eline aldı. Usulca salladı, tıkırtılar duyuldu. Evet yanılmamıştı, içinde bir şey vardı. Yatağa doğru ters çevirdi. Bir ses kayıt cihazı gitarın göbeğindeki tellere takıldı. Tellerin arasından güçlükle çekip çıkardı cihazı. Tuğlaları kontrol etmeyi bırakan Rafael de hayretle gözlerini cihaza dikmişti. Daha fazla bekleyemedi Yıldız. Cihazın tuşuna dokunuverdi.

"Akşamın bu saatinde rahatsız ettiğim için kusura bakma. Biliyorum bana kırgınsın ama kimi arayacağımı bilemedim. Aklıma ilk sen geldin. Orhan dedem iki gün önce kaybolmuş. Annem bu sabah telefonda söyledi. Hep kaybolur fakat bugün tuhaf bir şey oldu. Bisikletim bozulduğu için Peter'in arabasına binmiştim. Arabaya dedemin kokusu sinmişti. Ağır bir tütün esansı. Bergama'dan özel geliyor. Berlin'de başka birinin o kokuyu bulması imkânsız. Peter'e sordum. 'Dün gece bir resepsiyondaydım. Arabayı valeye teslim etmiştim. O çocuğun kokusu olmalı' dedi. Bana hiç inandırıcı gelmedi. Daha kötüsü dedemden hâlâ haber yok. Lütfen, eve gelince beni ara."

Bu, mesajı dördüncü dinleyişiydi Yıldız'ın. İlk dinleyişinde şaşırmıştı, yanında Rafael vardı, yorum yapmak istememişti. Ressamın sorularını da geçiştirmiş, kendini sokağa atmıştı. İşgal evinden çıkınca, arabada ikinci kez basmıştı ses kayıt cihazının tuşuna. Cemal'in kaygılı sesini dinlerken, soruşturmanın boş kalan kareleri birer birer dolmaya başlamıştı. Yine de emin olamıyordu. Cömert işadamı, dost patron, yakışıklı nazik adam. O mu işlemişti bu korkunç cinayetleri? Bir kez daha dinlemişti Cemal'in sözlerini. Ve hepsini ezberlemişti. Merkeze gelirken de arabada her kelimenin, her cümlenin üzerinde tekrar tekrar düşünmüştü. Şimdi Markus'la birlikte bir kez daha dinliyordu. Ancak müdürün yüzünde en küçük bir heyecan belirtisi yoktu. Ölü bir balığınki kadar donuk bakışlarını masanın üzerindeki kayıt cihazından kaldırdı.

"Evet Yıldız, ne var bu mesajda?"

Cinayetlerin Neo Nazilerin işi olduğuna o kadar inanmıştı ki, durduk yere başıma iş açma dercesine bakıyordu.

"Nasıl ne var? Duymadın mı? Cemal birkaç saat sonra

kendisini öldürecek katili ele veriyor." Duraksadı. "Tabii yanılmıyorsam."

Sessizce gülmeye başladı Markus.

"Yanılmıyorsan? Peki nasıl anlayacağız yanılmadığını?"

Müdürün tavrı sinir bozucu olmasına karşın aldırmadı Yıldız.

"Çok basit, Peter Schimmel'in evi ve işyeri için arama emri çıkartarak." Masanın üzerindeki kâğıdı Markus'un önüne itti. "Adresler burada. İzni hemen alırsak, akşama doğru yanılıp yanılmadığımı anlarız."

Adreslere bakmadı bile Müdür.

"Peki, Bay Schimmel'i aradın mı? Belki de arabaya sinmiş şu tütün esansının mantıklı bir açıklaması vardır."

Markus'un işi yokuşa süreceğini anlamıştı, fakat sonuna kadar gitmekten vazgeçmedi.

"Aradım, telefonunu açmıyor. Beni korkutan da bu zaten. Katil dördüncü kurbanın peşinde olabilir."

Alaycı bir ifade geçti müdürün yeşil gözlerinden.

"Dördüncü kurban kim?"

Sinirlenmemek için kendini güç tutuyordu Yıldız.

"Kerem Ölmez. Cemal'in babası... Yani o olmalı..."

"Olmalı?"

Markus'un sesi ciddiyetten uzaktı. Yine umursamadı Yıldız, kararlılıkla baktı müdürün yüzüne.

"Evet, olmalı. Bak Markus, bu çok zor bir soruşturma. Birkaç saat öncesine kadar mantıklı bir çözümleme yapamıyordum. Neo Nazilerin varlığı, soruşturmayı tam bir çıkmaza sokmuştu. Hüseyin Ölmez'in aptalca saldırısı ise iyice karıştırdı ortalığı. Daha da kötüsü bizi yanlış bir sonuca sürükledi. Dur! İtiraz etme hemen. Neo Nazilerden hiç haz etmediğimi bilirsin. Geçmişte bu ülkeye çok acı çektirdiler, önlem alınmazsa yakın bir gelecekte yine çektirecekler ancak bu olayda onların suçlu olduklarını düşünmüyorum. Hayır, bu cinayetleri Rudolf'un organize etmesi mantıklı değil. Bu cinayetler Ölmez Ailesi'yle ilgili. Aile içi bir mesele var. Düşün, ilk öldürülen Orhan Ölmez, yani dedeleri, mitolojideki karşılığı Uranos. Nitekim, Uranos gibi zavallı ihtiyarın da cinsel organı kesildi. Ardından ikinci cinayet gelecekti, mitolojiye göre Kronos katledilecekti. Yani Kerem Ölmez. Zaten adamcağız hastalığı nedeniyle kendini Kronos zannediyordu."

Markus sinirli bir tavırla parmaklarını masanın üzerine vurdu.

"Öyle olmadı ama, baba değil oğlu Cemal öldürüldü. Yani kendi yüzünü Zeus'un sureti olarak çizen oğul. Yani Zeus, ardından da Alex. Demek ki, katil mitolojiye o kadar da bağlı değildi. Bu da gösteriyor ki, mitolojik ritüeller sadece Neo Nazilerin kafa karıştırmak için kullandığı bir tezgâhtı."

Kesin bir tavırla başını salladı Yıldız.

"Hayır Markus, yanılıyorsun. Katil için mitolojiye bağlılık çok önemliydi. Cinayetlerini de buna göre işleyecekti. Zaten öyle başlamıştı. Uranos'u temsil eden Orhan dedeyi öldürerek. Fakat bir terslik oldu. Hiç hesaba katmadığı bir terslik. Orhan dede, sadece Bergama'da yapılan bir tütün esansı kullanıyordu. O kokuyu biliyorum. Hüseyin Ölmez'in garajındaki arbede sırasında, esansın şişesi yere düştü. Bütün garaj tütün koktu. Çok ağır bir koku. Ama katil, Orhan dedenin bu kokuyu kullandığını bilmiyordu. Hasta olduktan sonra, muhtemelen ihtiyarın kötü beden kokularını bastırmak için oğlu bolca sürüyordu babasının giysilerine. Bunun farkında olmayan katil, Orhan dedeyi kaçırdı, onu gizli yerine götürdü, orada cinsel organını kesti, sonra da cesedini Şeytan Tepesi'ne bıraktı. İşte o sırada yaşlı adamın pek de kolay çıkmayacak kokusu arabasının koltuklarına sinmişti. Aldırmadı, bunun onu ele verecek bir ipucu olabileceğini aklına bile getirmiyordu. Ama terslikler başlamıştı bir kere. Yanında çalışan Cemal'in bisikleti bozulmuştu. Cemal'i arabasına davet etti. 'Seni eve ben bırakayım' dedi. Torunun, dedesinin kokusunu tanıyacağına ihtimal vermedi. Elbette Cemal arabaya biner binmez, dedesinin kokusunu tanıdı. Peter'e kokuyu sordu. Katil, aklına gelen ilk yalanı uydurdu. Şimdi dinledin işte. 'Dün gece bir resepsiyondaydım.

Arabayı valeye teslim etmiştim. Çocuğun kokusu olmalı' dedi. Ancak Cemal ikna olmadı. O yüzden eve gidince Alex'i aradı. Ne yazık ki baterist evde yoktu, bu mesajı bıraktı. Fakat, katil, Cemal'i iyi tanıyordu. Ne kadar zeki olduğunu biliyordu. Orhan Ölmez'in cesedi bulunduğunda, katilin kendisi olduğunu anlayacaktı. İşte o nedenle, Kerem Ölmez yerine, hemen o gece oğlunu katletmeyi seçti. Ama senin de dediğin gibi kafaları karıştırmak için mitolojik ritüellere bağlı kalmayı sürdürdü."

Sağ elinin orta parmağıyla kahverengi kemik çerçeveli gözlüklerini kaşlarına doğru itti Müdür.

"Peki Alex'i neden öldürdü?"

"Anlamadın mı Markus?" Artık isyan ediyordu Yıldız. "Alex, mesajı dinledi. Niyeti mesajı benimle paylaşmaktı. Hatta beni arayarak böyle bir girişimde bulundu. Ama sonra vazgeçti. Ekonomik sıkıntı çekiyordu. Peter zengin bir adamdı. Cemal de ölüp gitmişti. Katili aradı, telesekreterdeki mesajdan söz etti. Para istedi. Katil de kabul eder gibi göründü, fazla zaman geçirmeden Alex'i de öldürdü. Ona da mitolojiden bir ritüel uydurdu."

Buz gibi bir ifadeyle bakıyordu müdür.

"Hepsi varsayım Yıldız, ne bir tanığın, ne bir kanıtın var. Bunlarla Peter Schimmel'i suçlayamazsın. Dahası silahlarla, ölüm listeleriyle ele geçirdiğimiz bir çete var. Üstelik Cemal Ölmez ve Alexander Werner, Otto'nun kasaturasıyla katledilmiş. Niye uzatıyorsun? Adamların bir kısmını yakaladık, bir kısmı öldü, dosya kapandı. Daha niye kaşıyorsun bu işi?"

Çaresizce başını salladı Yıldız.

"Kapanmadı, Kerem ölmeden de kapanmayacak. Zeus'un iktidar olması için Kronos'un yenilmesi lazım. Kronos henüz yenilmedi."

Daha fazla dayanamayarak ayağa kalktı Markus.

"Kusura bakma Yıldız, senin tuhaf senaryoların yüzünden savcının mesaisini çalamam. Benim için bu soruşturma tamamlandı, dosya kapandı. Boş yere bir işadamını rahatsız etmeyelim. Biliyorum zor bir süreçti, çok yoruldunuz, çok yıprandınız, yardımcın hâlâ ölümle pençeleşiyor. Etkilendin tabii."

Yıldız da sandalyesini sertçe iterek doğruldu.

"Evet, etkilendim, yıprandım, yoruldum tamam ama bunların söylediklerimle ne alakası var! Katili yakalamadık Markus. Günün sonunda fena çuvallayacağız. Kerem Ölmez'i katletmeden durmayacak katil. Sonra durur mu ondan da emin değilim. Adam manyak, kafayı yemiş, kendini Zeus zannediyor. Lütfen, al şu arama iznini... Bak, yoksa sorumluluk senin olur."

Markus'un yeşil gözleri öfkeyle parıldadı.

"Ne demek sorumluluk benim olur! Ne biçim konuşuyorsun Yıldız! Kendine gel lütfen! Burada amir benim. Senin hezeyanlarına ortak olmak zorunda değilim. Saçma sapan hareket ediyorsun. Önce Neo Nazileri koruyacaksınız diye teşkilatı suçladın. Ama olmadı, devlet Neo Nazilerin yakasına yapıştı. Şimdi de, adamlar masum diyorsun. Ne yapmak istiyorsun? Amacın ne senin?"

İkisi de gerilmişti; biraz daha burada kalırsa işler çığrından çıkacaktı.

"Hiç" dedi küskün bir sesle. "Hiçbir amacım yok. Sen bildiğin yolda devam et." Uzandı, Peter'in ev ve iş adresinin yazılı olduğu kâğıdı aldı. "Hadi hoşça kal. Bugünlük benden bu kadar."

Müdür öylece kalakalmıştı, ama meslektaşını tanıyordu.

"Yıldız" diye seslendi arkasından endişeyle. "Yıldız, bak uyarıyorum seni, sakın yanlış bir şey yapma!"

Duymazlıktan geldi başkomiser, öfkeyle çıktı odadan.

Passat'ın sürücü koltuğuna oturduğunda aslında ne yapacağını bilmiyordu. Ya Markus haklıysa, ya boş yere suçluyorsa Peter Schimmel'i? Ya Cemal, arabadaki kokuyu dedesinin kokusu sandıysa? Ya vale benzer bir koku kullanıyorsa? Bocalıyordu. Uzanıp torpido gözünü açtı, Tobias'ın yarısı boşalmış sigara paketi çarptı gözüne. Bir tane yaksa mıydı? Sonra paketin yanındaki mobil siren çakarını fark etti. Derin bir nefes aldı. Sigaraya değil, mobil siren çakarına uzandı. Hayır, bir soruşturmada bu kadar rastlantı üst üste gelemezdi. Yanılmış olsa bile sonuna kadar gitmek zorundaydı. Gerekirse bedelini öderdi, ama öyle ya da böyle hakikate ulaşmış olurdu. Siren çakarını aldı, pencereyi açtı, tepeye koydu. Vites kolunu ileri itti, gaza bastı.

Peter Schimmel, gölün kıyısında, şahane manzarası olan, iki katlı, taştan yapılmış bir villada yaşıyordu. Binanın elli metre kadar gerisine park etti Passat'ı. Arabanın içinde tabancasını çıkardı, namluya kurşun sürdü. Horozunu düşürdükten sonra silahı kılıfına koydu. Arabadan inip yürümeye başladı. Der Blitz'in önündekilere benzeyen iki devasa çam ağacı villanın bakımlı bahçesini gölgelendiriyordu. Nemli rüzgâr, güneşin altında kalan çamlardan hoş bir koku yayıyordu etrafa. Kokuyu ciğerlerine çekerek, bahçeye açılan iki kanatlı demir kapının önüne geldi. Kapı kapalıydı, zile bastı, açan olmadı. Yeniden denedi, bu defa parmağını zilin üzerinde daha uzun tuttu. Bekledi, hayır, kimse ortaya çıkmıyordu. Böyle bir evde hizmetçi ya da çalışan birilerinin olmaması mümkün değildi. Metal kapının ferforjesinden bahçeye baktı, çiçeklerin üzerine konup kalkan küçük bir arı ailesinden başka kimseyi göremedi. Bir kez daha zile dokundu. Hayır, içerisi bir mezarlık kadar sessizdi. Etrafına bakındı, görünmediğinden emin olunca, çevik bir hareketle ferforjelere basarak kapının üzerine tırmandı. Bahçenin toprak zeminine atladığında, hafifçe sendeledi, dengesini kaybetti, sağ tarafına doğru kaykıldı, ancak elini yere koyarak düşmekten kurtuldu. Avcu toprağa bulanmış, derisi sıyrılmıştı, aldırmadı, elini pantolonuna sildi. Doğruldu, kaburgaları yine içten içe sızladı. Ama bunu dert edecek hali yoktu; bakışları bahçeyi, elli metre kadar ilerdeki taş binayı taradı. Ne bir ses, ne bir kımıltı vardı. Aceleyle binaya yöneldi.

Sağlı sollu on iki mermer sütunun çevrelediği üstü açık koridordan geçerek villanın beyaza boyanmış maun kapısının önüne geldi. Elbette kapalıydı. Buradaki zile de bastı uzun uzun. İçeriden yine ses gelmedi.

"Kimse yok mu?" diye bağırdı. "Heyyy, kimse yok mu?"

Cevap alamadı. Bakışları, kendisine çevrilmiş güvenlik kamerasına kaydı, eğer aradıklarını bulamazsa, Markus'un burnundan fitil fitil getireceğini biliyordu, umursamadı. Ağır kapıyı sarstı, hayır, açılması mümkün değildi. Binanın arkasına yürüdü. Köşeyi dönünce, kapısı açık büyük bir garaj gördü. Kül rengi, spor bir Audi çarptı gözüne. Hemen arkasında üzeri bej rengi bez bir kılıfla kaplı büyükçe bir araba duruyordu. Yaklaştı, kılıfın ucundan kaldırdı, beyaz bir minibüs çıktı karşısına. Kılıfı iyice sıyırdı, eğildi aracın altına baktı. Beyaz kaportanın aracın altına doğru sona erdiği yerdeki siyahlıklar dikkatini çekti. Minibüsün yan tarafına geçti, yine aynı siyah çizgileri buldu, parmağıyla dokundu, Peyman'ın bahsettiği minibüs bu olabilirdi. Eğer o minibüs ise Peter beyaza boyatmış demekti. Aracın kapısını açmak istedi, yapamadı. Garajın içinde anahtar aradı, bulamadı. O anda evin içine açılan kapıya takıldı gözleri. Hazine bulmuş gibi sevindi, derhal kapıya yöneldi; açmaya çalıştı, ne yazık ki o da kilitliydi. Bir süre daha garajın içini inceledi, ama işe yarar bir ipucu bulamadı.

Garajdan çıktı, binanın arkasına yürüdü. Kalın gövdesi göle doğru eğilmiş olan çam ağacının altına geldiğinde, bodrum kata açılan bir kapı gördü. Cam karelere ayrılmış demir bir kapı. Hiç duraksamadan yaklaştı. Silahını çıkardı, kabzasıyla, kapının kilidinin önündeki kareye vurdu. Kırılan camın parçaları içeri düştü. Demir karenin pervazında kalan cam parçalarını temizledikten sonra elini uzattı, kilidi açtı. Binaya girmeden, bir kez daha etrafına bakındı. Hayır, onu kimse görmemişti. Aceleyle süzüldü kapıdan.

Küçük bir koridor belirdi önünde, hızlı adımlarla geçti, genişçe bir mutfak çıktı karşısına. Ne bir bulaşık tabak vardı tezgâhta ne de masanın üzerine bırakılmış meyve, sebze. Kahve makinesine baktı, içi boştu, tertemizdi. Birkaç gündür kimse uğramamış olmalıydı eve. Mutfağın binaya açılan kapısına yürüdü. Karanlık bir sofaya ulaştı. Az ilerde ahşap bir merdiven birinci kata çıkıyordu, onun hemen yanındaki merdiven ise aşağıya, bodrum kata iniyordu. Bodrum kata yöneldi. Basamaklar sona erdiğinde beyaza boyanmış maundan bir kapıyla karşılaştı. Arslan başlı tokmağı tutarak kapıyı itti. Kapalıydı. Yeniden merdivenlere yöneldi, temkinli adımlarla ahşap basamakları tırmanarak girişi geçip birinci kata kadar çıktı. Az önce geldiği yola bakan iki yatak odasıyla göle açılan geniş pencereli büyükçe bir salon gördü. Son derece sade döşenmişti ev. Gereksiz hiçbir eşya yoktu. Krem ve kahverenginin hâkim olduğu mobilyalar. Salondaki şöminenin üzerinde büyükçe bir aile fotoğrafı asılıydı. Otuzlarında oldukça güzel bir kadın, sıska bacaklı bir kızla sarı saçlı bir oğlanın arasında duruyordu. Güya kameraya gülümsemişlerdi ama hepsinin gözlerinde keder vardı, yüzlerinde de mutsuzluk. Peter Schimmel ile ablası Angela olmalı diye düşündü Yıldız, ortalarındaki kadın da anneleri. Baba neredeydi peki? Başka fotoğraf yoktu evde. Duvarlara birtakım soyut resimler asılmıştı, sehpaların üzerinde küçük biblolar, heykeller. Yukarı çıkan bir merdiven daha vardı. Onu da tırmandı. Üst kat alttakinden biraz daha küçüktü, tavanı biraz daha basık. Arkada bir yatak odası vardı, önde kocaman bir çalışma odası. Bu odanın da pencereleri göle bakıyordu. Ortadaki ahşap masanın üzerinde de bir bilgisayar, kâğıtlar, evraklar. Duvarı kaplayan ahşap raflarda birbirinin aynı dosyalar. Kâğıtları, evrakları, dosyaları üstünkörü karıştırdı Yıldız. Hepsi işle ilgiliydi. Pencereye yaklaştı, dışarı baktı. Bütün göl ayaklarının altındaydı. İnsanlar yüzüyor, güneşleniyor, çok da uzun sürmeyecek Berlin yazının tadını çıkarıyordu. Yeniden odaya döndü, bakışları etrafı şöyle bir taradı. Hayır, aradıkları burada değildi. Aceleyle basamaklardan bodruma indi.

Beyaz maun kapının önünde durdu yeniden. Sert ahşabı bütün gücüyle iteledi, kapı şöyle bir sallandı, yine açılmadı. Bir daha denedi, hayır, son derece sağlamdı. Böyle olmayacaktı, çevik adımlarla basamakları tırmandı. Mutfağa girdi, çekmeceleri karıştırmaya başladı; tencereler, tabaklar, bardaklar... Bunlar işe yaramazdı. Karşıdaki büyük dolaba yöneldi. Açtı, zeytinyağı şişeleri, soslar, tahıl torbaları...

Umudunu yitirmek üzereyken gördü alt raftaki çantayı. Hemen uzanıp aldı. Ağırlığı hissedince sevindi. Aceleyle açtı. Yanılmamıştı, tornavidadan keskiye, çekiçten kerpetene tamir takımıyla doluydu içi. Çantayı bodrumdaki kapalı kapının önüne taşıdı. Keskiyi sol eline, çekici sağ eline aldı. Markus'un sesi kulaklarında çınlar gibi oldu. "Yıldız, bak uyarıyorum seni, sakın yanlış bir şey yapma!" Aldırmadan, keskinin ucunu kilidin yanındaki aralığa soktu, çekici indirdi. Önce çekingen, ardından daha sert, sonra bir kez daha, bir kez daha. Kaçıncı vuruş olduğunu saymıyordu artık. Nihayet keskinin ucu bir metale dokundu. Çekici bıraktı, keskiyi iki eliyle kanırtmaya başladı. Maun ahşap parçalanıyordu ancak kapı açılmıyordu. Yeniden çekici aldı, keskiyle yeni bir yol açtı kapıda. Avuçları acımaya başlamıştı, ucu keskin demir parçasını araya soktu, eğilip çantadan kalınca bir tornavida aldı, onunla keskiyi destekleyerek ikisiyle birden kanırtmaya çalıştı. Nihayet kapı aralanmıştı. Elindekileri bıraktı, geriye çekildi, bütün gücüyle kapıya yüklendi. Bir gıcırtı sesi duyuldu, sonra kapı ardına kadar açılıverdi.

Derin bir soluk aldı. Biraz bekleyip içeri daldı. Adımını atar atmaz sensörlü lambalar kocaman bir salonu aydınlattı. Ve duvara asılmış tanıdık bir resim çıktı karşısına; kırmızı ışığın altında, başında tacı, uzun saçları, uzun sakallarıyla Zeus, vakarla Yıldız'a bakıyordu. Sağ eline Tanrıça Nike konmuştu, sol elinde bir asa tutuyordu. Asanın tepesindeki kartal da tıpkı Zeus gibi tehditkâr gözlerle onu süzüyordu. Cemal'in evindeki resmin benzeriydi, fakat önemli bir fark vardı: Zeus Cemal'e değil, tıpa tıp Peter Schimmel'e benziyordu. "Biliyordum" diye mırıldandı Yıldız heyecanla. "Yanılmadığımı biliyordum."

Tabloya yaklaştı, inceledi. Hayır, Cemal'in çizgileri değildi bunlar, resimden çok anlamazdı ama belli ki daha usta bir ressamın işiydi. "Angel" diye söylendi. "Peter'in ablası Angel çizmiş olmalı." Biraz uzaklaştı, resme yeniden baktı. Acaba Angel niye çizmişti bu resmi? O da kardeşini Zeus olarak mı görüyordu? Kafası karışmıştı. Etrafa bakındı. Hiç pencere yoktu salonda ama dört duvarın dördünde de devasa tablolar asılmıştı. Sağdaki resimde, bulutların üzerindeki Olympos resmedilmişti. Zengin mermerler, muhteşem havuzlar, gölgeli ağaçlar, rengârenk çiçeklerle kaplı sarayın en büyük odasında, on iki altın koltukta oturan yedi tanrı ve beş tanrıça görülüyordu. Merkezde Zeus vardı, elbette yüzü Peter Schimmel'di, ötekiler sağlı sollu sıralanmışlardı baştanrının etrafına.

Hayranlıkla izledi Yıldız resmi, sonra yandaki duvara geçti. Buradaki tabloda, kara kızıl bir gökyüzünün altında iki güçlü erkek ölümüne kavga ediyorlardı. Kül rengi bulutlar cehennem dumanları gibi kaplamıştı her yanı, şimşekler çakıyor, yıldırımlar düşüyordu. Biraz yaklaşınca Petter Schimmel'in yüzünü gördü. Demek ki biri Zeus'tu, o zaman yüzü gölgede kalan Kronos olmalıydı. Yıldız merakla yaklaştı Kronos'a. Ressam, baştitanın acıyla buruşmuş yüzünü oldukça belirgin çizmişti. Evet, tam tahmin ettiği gibiydi. Zeus'un pazularının arasında boğulmakta olan titan Kerem Ölmez'den başkası değildi. İyi de Peter'le ablasının Kerem Ölmez'le ne ilgisi olabilirdi?

Öteki duvardaki tabloya yöneldi. Bir kez daha Pergamon Altarı bütün görkemiyle beliriverdi karşısında. Merdivenlerinde bir adam vardı, yanında on yaşlarında bir kız çocuğuyla beş yaşlarında bir oğlan duruyordu. Az önce şöminenin üzerinde gördüğü fotoğraftaki çocuklar. Anneleri yoktu yanlarında. Baba ve evlatları. Tüyleri diken diken olarak usulca yaklaştı resme. Önce adama baktı, Kerem Ölmez'in gençliği gülümsüyordu Pergamon Altarı'nın basamaklarından. Daha gençti, daha dinçti, daha yakışıklı. İri mavi gözlü kız, yüzünü babasının eline bastırmıştı sevgiyle. Sarı saçlı oğlanın babası gibi kara gözleri vardı. O da sımsıkı sarılmıştı Kerem Ölmez'in eline, sanki beni bırakma, bir yere gitme dercesine. Nefesi kesilecek gibi oldu. Peter Schimmel'in bakışları canlandı zihninde. Güzel yüzündeki ağırbaşlılığa rağmen, iri siyah gözlerin derinliklerinde gizlenen keder. Ve Kerem'in sözleri çınladı kulaklarında:

"Elinden tutarak anıtın her köşesini gezdirmiştim. Kabartmalardaki tanrıları, tanrıçaları, titanları, devleri, hepsinin hikâyelerini ayrı ayrı anlatmıştım. Çok zekiydi, hemen ezberledi efsaneleri. Pergamon Altarı onun için büyülü bir masal parkıydı. En çok Zeus'un hikâyesini severdi. 'Büyüyünce ben Zeus olacağım' derdi gururla. 'Uçan atlarımın çektiği altından arabama binip düşmanlarımın tepesine yıldırımlar yağdıracağım.' Ama o günden sonra babasıyla birlikte yıllarca müzeye gidemedi. Kartalım, benim bahtsız oğlum... Rüzgâr kanatlı kartalım."

Birden aydınlandı Yıldız'ın zihni. Güya Cemal'i anlatmıştı bu sözlerle Kerem ama gerçekte Peter'i kastediyormuş. Kalbi sıkışmıştı Yıldız'ın. "Ah Kerem, ah, ne yaptın sen!" Bir süre öylece kaldı resmin önünde. Sonra duvarın kenarındaki masayı fark etti. Küçük bir masaydı bu, iskemlesi de öyle. Bir çocuğun çalışma masası... Yaklaştı, rengârenk kapakları olan defterleri gördü, Demokratik Alman Cumhuriyeti'nin çocuklar için bastırdığı ders kitaplarını, üçte biri erimiş mavi bir silgiyi, yarısı kalmış bir kurşunkalemi. Masadan mavi kapaklı defteri aldı, üzerinde küçücük bir etiket vardı. Etikette defterin sahibi olan çocuğun adı yazıyordu: Kartal Brückner. Demek Peter'in ilk adı Kartal'dı. Demek babası onu Kartal diye çağırıyordu. Sonra pembe kapaklı olan defterin üzerindeki etikete baktı. Melek yazıyordu, Melek Brückner. Bir kez daha acıyla mırıldandı. "Ne yaptın sen Kerem?"

Başını kaldırınca, Zeus ile Kronos'un kavga ettiği duvarın köşesinde büyük bir buzdolabı gördü. Yanında hastanelerdeki gibi açık yeşil perdeyle örtülmüş bir bölüm yer alıyordu. Yaklaştı, perdeyi çekti. Bir yatak serildi gözlerinin önüne. Serum takılan düzenekler, küçük sehpanın üzerinde şırıngalar, tıbbi malzemeler, sargılar. Sağ taraftaki komodinin üzerinde keskin bir testere gördü, yanında bisturiler. Önce kasaturayla Cemal'i öldürmüş, sonra da iman tahtası denilen sternumu bu testereyle kesmiş olmalıydı. Buzdolabına yöneldi, kapısını açtı. İki kan torbası çarptı gözüne, biri yarı yarıya boşalmıştı. Raflarda ilaçları gördü; Ketamin, Heparin, Rohypnol ilk gözüne çarpanlardı. Bakışları kan torbalarına takıldı yeniden. Bunlar ne içindi? Orhan Ölmez'e kan mı vermişti? Hayır, yaşlı adamın bütün kanı çekilmiş gibiydi. Birden anladı. Telaşla masaya döndü. Kocaman bir hokka gördü defterlerin yanında, bitişiğinde kalem olarak kullanılan uzunca, beyaz bir kuş tüyü. Muhtemelen bir kuğudan kopartılmıştı. Kuş tüyünü eline aldı, hokkaya batırdı, bulduğu kâğıdın üzerine bastırdı. Bembeyaz kâğıdın üzerinde kıpkırmızı bir leke belirdi. Eli yanmış gibi attı kuş tüyünü elinden. Ardı ardına derin nefes aldı. Bakışları bir kez daha salonun dört duvarına asılmış dört tabloyu taradı, Pergamon Altarı'nın basamaklarında dikilen iki çocuk ve babalarında durdu. Artık daha fazla beklemek gereksizdi. Telefonunu çıkardı. Ekranda Markus'u buldu, üzerine bastı. Anında açtı telefonu müdür.

"Alo, Yıldız?" dedi telaşla. "Ne oldu?"

Elbette meslektaşının rahat durmayacağını biliyordu.

"Merhaba Markus" dedi kendinden emin bir sesle. "Lütfen beni iyi dinle. Seni Peter Schimmel'in evinden arıyorum. Daha doğrusu evinin altındaki gizli salondan."

"Ne?" diye patladı müdür. "Ne bok yedin sen! Ne haltlar karıştırıyorsun?"

Aynı güçlü sesle yanıtladı Yıldız.

"Öfkelenmen bir işe yaramaz Markus. Lütfen sözümü kesme, sonra ne diyeceksen dersin. İstersen hakkımda takibat da başlatabilirsin. İstersen görevden de alabilirsin. Ama şimdi lütfen dinle. Neo Nazilerin bu cinayetlerle ilgisi yok. Buraya geldiğinde sen de anlayacaksın."

Öfkeyle gürledi karşıdaki.

"Neyi anlayacağım? Ne diyorsun sen?"

Tane tane anlattı Yıldız.

"Peter Schimmel'in katil olduğunu. Nedenleri, nasılları, niçinleri bu salonda saklı. Gelince göreceksin. Ancak kaybedecek vaktimiz yok. Eğer engel olmazsak, Kerem'i de öldürecek. Derhal Türk Emniyeti'yle bağlantı kurmalıyız. Lütfen Interpol'ü ara. Benim hemen Türkiye'ye gitmem lazım. Hemen..."

Koca Seyit Havaalanı, denizin hemen bitiminde, Edremit Körfezi'nin ucundaydı. Berlin'den bindiği İstanbul aktarmalı uçak alçalmaya başladığında vakit öğleyi çoktan geçmişti. Pencereden bakan Yıldız, aşağıda devasa bir gümüş parçası gibi parıldayan denizi gördü. Beyaz köpüklü dalgalar bir dantel gibi sarmıştı kıyıları. "Zeus'un denizi" diye geçirdi içinden. "Zeus'un toprağı. Bütün mitoloji bu suların kıyısında yaşanmış." Uzaktaki tepelerde Pergamon'u aradı. Elbette bulamadı. Kim bilir ne kadar dağ, ne kadar tepe vardı etrafta. Bir zamanlar annesinin babasının vatanı olan bu coğrafyaya bakarken tuhaf duygular kaplamıştı içini. Ne zaman Türkiye'ye gelse aynı karmaşık ruh haline bürünürdü. Aniden parlayan bir coşku, ardından bir burukluk. Yarıda kalmış bir hikâyenin kederi, bölük pörçük anılar, mezarları kim bilir nerede kalan dedeler, nineler, akrabalar. Anne babasının anlattıklarıydı bunlar. Dürüst olması gerekirse, kendisini Türkiye'ye ait hissetmiyordu, ancak tümüyle kopmuş da değildi bu ülkeden. Uçaktakilerin çoğu Türk'tü. Merakla onları dinliyordu, Türkçenin bu kadar çok aksanla konuşulduğunu duymak bir kez daha şaşırtıyordu onu. Davranışlarını izliyordu insanların, samimi görünüyorlardı. Onlarla konuşuyordu, hemen senli benli oluyorlardı, hemen hayat hikâyelerini anlatıyorlardı. Bu iyi bir şey miydi karar veremedi. Almanlardan çok farklılardı, orası kesindi, ama Berlin'de yaşayan Türklere de hiç benzemiyorlardı. Daha doğrusu Almanya'ya gelenler artık bu ülkede yaşayan insanlara hiç benzemiyordu. Aynı dili konuşsalar, aynı dine inansalar bile çok farklılaşmışlardı. Yıllar önce Almanya'ya gelen Anadolulular, devasa bir ağacın kesilmiş bir dalı gibiydi. Ağaç yaralanmasına rağmen bundan hiç etkilenmemişti, fakat gövdesinden ayrılan dal, farklı bir iklimde boy vermeye başlamış, emdiği su, büyüdüğü toprak, serpildiği hava onu bambaşka bir ağaca dönüştürmüştü. Onlar artık ne Alman'dı ne de Türk. Bu olumsuz bir durum muydu, ondan da emin değildi Yıldız. Aslında her iki kültür bilinirse, özümsenirse, avantaj bile olabilirdi. Arada kalmak en kötüsüydü. Ne Alman, ne Türk olmak. Ne yazık ki Almanya'daki göçmenlerin çoğu böyleydi. Türkiye'yi özlediklerini söylüyorlardı ama burunlarında tüten o vatan artık yoktu. Dedelerinin, ninelerinin, anne babalarının anlattıkları o ülke çoktan değişmişti. Kendileri de yıllar önce Türkiye'den ayrılan o çaresiz gurbetçiler değillerdi artık, eksiğiyle gediğiyle bir hayat kurmuşlardı. Dönüp gelmediklerine göre, o hayat bir şekilde tatmin de ediyordu onları.

Uçağın tekerlekleri yere değinceye kadar bunlar geçmişti zihninden. Berlin'den sonra oldukça sıcak bir hava karşıladı onu Edremit'te. Uçağın merdivenlerinden indi. Terminale kadar açık alandan yürüyerek gideceklerdi. Cep telefonunu çıkardı. Tuşlara bastı, açılması zaman alacaktı. Binaya doğru yürüdü. Elli metre kadar gittikten sonra girdi içeriye. Cep telefonuna baktı yeniden. Açılmıştı, uçaktayken Markus aramıştı iki kez. Hemen aradı müdürü.

"Alo Markus, beni aramışsın? Haber çıktı mı Peter'den? Londra'dan ayrılmış mı?"

"Yok, İngilizler dönmedi daha. Sen Kerem Ölmez'le konuşabildin mi?"

"Hayır, şimdi indim uçaktan. Bergama'ya gitmedim daha."

Derinden iç geçirdi telefonun öteki ucundaki Markus.

"Umarım geç kalmamışızdır." Bir an düşündü. "Tabii, katil konusunda da umarım yanılmamışsındır. Yoksa ikimiz de yandık." Böyle konuşmasına rağmen sesinde gizli bir neşe vardı. "Neyse anlarız birkaç saate. Bak sana bir arkadaşını vereceğim... Bir dakika bekle."

Kısa bir sessizlik oldu, ardından bitkin bir erkek sesi duyuldu.

"Alo Şef, nasılsın?"

"Toby!" diye sevinçle bağırdı Yıldız. "Toby sen misin? Uyandın demek."

"Uyandım, uyandım Şef. Ama böyle olmadı. Var mı beni ilaç kokulu hastane odasında bırakıp güneşli Türkiye'ye gitmek?"

Küçük bir kahkaha attı Yıldız.

"Merak etme Toby, şu iş bitsin tatile geliriz buraya. Hem de Türk usulü."

Hemen anladı yardımcısı.

"Ooo sen davet ediyorsun yani?"

"Olsun o kadar. Haksızlık ettim sana..."

Hemen cevap veremedi Tobias, duygulanmıştı.

"Haksızlık etmedin Şef" dedi buruk bir sesle. "Sen olmasaydın, öteki dünyayı boylamıştım çoktan. Hem senin yerinde olsam ben de kuşku duyardım. O bilgileri gizlememeliydim." Birden ciddileşti. "Ama Neo Nazi olmadığımı anlamışsındır artık."

İşi alaya vurdu Yıldız.

"Hayır, senin Nasyonal Sosyalist Yeraltı Terör Örgütü'nün gizli başkanı olduğunu düşünüyorum... Anladım Toby, anladım dostum. Bu konu kapanmıştır. Ama Türkiye daveti konusunda samimiyim. Kabul edersen sevinirim."

Küçük bir kahkaha koyvermişti Tobias.

"Oh be! Sonunda beni seven bir Türk kadını buldum."

Tatlı sert bir tonda uyardı Yıldız.

"Kardeşi gibi seven."

"Elbette Şef, başka türlüsü mümkün mü?"

"Mümkün değil elbette. Boş ver şimdi bunları da, bir an önce ayağa kalkmaya bak. Yakında çok ihtiyacım olacak sana..."

Telefonu kapatınca, bir kez daha Kerem Ölmez'i aradı. Yine aynı sonuçla karşılaştı, Almanca konuşan bir kadın ulaşılamadığını söylüyordu. Telefonunu cebine attıktan sonra sırt çantasını omzuna asarak çıktı kapıdan. Çıkar çıkmaz da elindeki kartonda Yıldız Karasu yazan sert bakışlı, yakışıklı bir adam gördü. Ona eşlik edecek polislerden biri olmalıydı; saçları dağılmıştı, yüzü haylaz bir çocuğu andırıyordu. Elini kaldırarak sivil meslektaşına yürüdü. Adam da onu görmüştü, gergin kaşları aralandı, bakışları yumuşadı, ama olduğu yerden kıpırdamadı.

"Merhaba, sanırım beni bekliyordunuz" diyerek yaklaştı. "Berlin Cinayet Masası'ndan Yıldız, Başkomiser Yıldız Karasu..."

Genç polis geri çekilmiş, kır saçlı, aydınlık yüzlü bir adam belirmişti karşısında.

"Hoş geldiniz Yıldız Hanım" dedi elini uzatarak. "Ben Nevzat, Başkomiser Nevzat..."

Şaşırdı Yıldız, uzun sürmedi, toparladı.

"Hoş bulduk."

Bakışları yanındaki haylaz yüzlü polise kaymıştı. Kendinden emin ama saygıyla duruyordu amirinin yanında. Yapay değil içten bir saygıyla.

"Ah, özür dilerim" dedi samimi bir sesle Nevzat. "Tanıştırayım, bizim Ali. Komiser Ali... Aynı ekipteyiz."

İki adam arasındaki güvenden mi nedir, kendini iyi hissetmişti Yıldız. Türkiye'ye gelirken en büyük endişelerinden biri, anlaşamayacağı polislerle çalışacak olma ihtimaliydi. Daha yeni karşılaşmış olmalarına rağmen, yılların kazandırdığı deneyimle, işinin ehli meslektaşlara rastladığını anlamıştı.

"Memnun oldum... Sizlerle tanıştığıma çok memnun oldum."

Sırt çantasına uzandı Ali.

"Taşıyayım isterseniz."

Ela gözleri minnetle ışıdı Yıldız'ın.

"Yok, teşekkür ederim, ben taşırım."

Yürümeye başlamadan önce,

"Karnınız aç mı Yıldız Hanım?" diye sordu Nevzat. "Bir şeyler yemek ister misiniz?"

Hiç tanımadığı adamların onu düşünmesinden etkilenmişti ama bir an önce Kerem Ölmez'i bulmalıydı.

"Teşekkür ederim, tokum, hemen yola çıksak olur mu?"

Çıkış kapısına yürümeye başladılar.

"Türkçeyi çok iyi konuşuyorsunuz" diyerek muhabbeti sürdürmek istedi Türk başkomiser. "Hakiki İstanbul Türkçesi... Sonradan mı gittiniz Almanya'ya.."

Hafifçe sağa kaykılan sırt çantasını yeniden omzunda dengeledi Yıldız.

"Hayır, orada doğdum. Ailem İstanbul'dan gelmiş Berlin'e. Onlar doğma büyüme İstanbulluydu. Ama daha önemlisi ikisi de edebiyat tutkunuydu. Türkçe romanlar okuyarak büyüdüm..." Sanki bir yerlerden tanıyacakmış gibi aşina bir ifadeyle baktı. "Siz de mi İstanbul'dansınız?'

Usulca başını salladı Nevzat.

"Öyle, İstanbul Cinayet Büro'danız. Acil koduyla vazifeye çağrıldık. Almanya'daki bir soruşturma için dediler. Ama vaka hakkında fazla bilgimiz yok. Buradan Bergama'ya kadar bir buçuk saatlik yol var, anlatırsınız artık. Galiba kurbanların bir kısmı Türk'müş."

"Evet, ikisi Bergamalı, biri Alman" diye açıkladı Yıldız. "Epeyce karışık bir vaka. Anlatırım..." Hatırlamış gibi telaşla elini cebine attı. "Ama önce birini aramam lazım. Kaç defadır arıyorum, ulaşamıyorum." Telefonu çıkarmıştı. "Dördüncü kurban olabilir" diyerek tuşa bastı. Ama yine cevap veren çıkmadı. "Yok, açmıyor. Tehlikede mi değil mi, onu bile bilmiyorum."

Yıldız'ın gerginleşmesinden durumun kritik olduğunu anlamıştı Nevzat.

"Bergama Emniyeti'ni arayalım. Bizden önce onlar bulsunlar şahsı?" Cep telefonunu çıkardı. "İsmi ne?"

Umutla mırıldandı Yıldız.

"Kerem Ölmez. Ama adresi yok elimde. Belki emniyetteki arkadaşlar bulur."

Kapıdan çıkmışlardı, yine o sıcak hava dalgası çarptı

yüzüne. Nevzat telefonla konuşurken "Bu taraftan" diyen Ali, beyaz Megane'ı gösterdi. "Buyurun, şöyle geçelim."

Geniş bagajdaki iki küçük valizin yanına koydular sırt çantasını. Nevzat telefonla konuşuyordu.

"Benim de bir telefon konuşması yapmam gerek" dedi Yıldız, uzun boylu polisten biraz geride kalarak. "Oğlumu aramalıyım."

Usulca başını salladı Ali.

"Tabii, arabada olacağım."

Daha ilk çalışında açtı Yaman telefonu.

"Alo Yıldız? Ulaştın mı kızım?"

"Telefonun başında mı bekliyordun baba?"

Hiç sevmezdi duygusallıkları Yaman.

"Yok ya, telefona yakındım o yüzden. Nasıl geçti yolculuğun?"

Belli belirsiz bir endişe vardı sesinde.

"Çok iyi geçti, sorunsuz. Deniz ne yapıyor?"

Anında bir sevinç dalgası yayıldı babasının sesine.

"İyi, iyi, birlikte ejderha puzzle'ı yapıyoruz. Dur veriyorum..."

"Alo anne? Ne yapıyorsun?"

"Alo Deniz? Nasılsın, benim güzel oğlum?"

"İyiyim, büyük puzzle'ı tamamlıyoruz. Az kaldı. Ben ejderhanın kanatlarını yapıyorum. Sen ne yapıyorsun annecim?"

"Ben de iyiyim Denizcim, Türkiye'ye geldim. İşlerimi halledip hemen döneceğim. Çünkü seni çok özledim."

Deniz'in aklı ejderhadaydı.

"Tamam annecim" diyerek kestirip attı. "Dedeme veriyorum."

Daha dur demeye kalmadan, Yaman'ın sesi duyuldu yeniden.

"Alo Yıldız, bizi merak etme kızım. Ama lütfen dikkatli ol. Bir terslik olursa bana haber ver. Yardım edecek birilerini bulurum."

Ah canım babam, koca Türkiye'de kimi, neyi buluyorsun diye geçirdi içinden ama bozuntuya vermedi.

"Merak etme babacım, haber veririm. Şimdi kapatıyorum, akşam yine ararım. Hoşça kalın."

Başını kaldırınca, arabanın arka kapısının önünde Nevzat'ın kendisini beklediğini gördü. Onun da cep telefonu hâlâ elindeydi.

"Emniyet Müdürü Nazmi'yle irtibata geçtim" dedi elindeki telefonu işaret ederek. "Sağlam arkadaştır. Kerem Ölmez'in adresini bilmiyor ama hemen öğrenecekler. Hatta adrese giderek bilgi alacaklar. Birazdan haber verirler." Arka kapıyı açtı. "Buyurun, birlikte oturalım. Daha rahat konuşuruz. Ali de bizi önden dinler."

Mahcup hissetti Yıldız.

"Teşekkür ederim Nevzat Bey, zahmet oluyor."

Babacan bir ifade takındı deneyimli başkomiser.

"Şu bey lafını kaldırsak. Aynı ekipteyiz, artık sen de aileden sayılırsın."

Yorgun yüzü canlandı Berlinli polisin.

"Tamam, tamam, siz de bana Yıldız deyin o zaman." Yanlış anlaşılacağını düşünmüş olacak ki, düzeltti hemen. "Siz derken, ikiniz demek istedim."

Arabaya geçtiler, kemerlerini bağladılar. Ali Megane'ı çalıştırırken konuya girdi Nevzat:

"Anladığım kadarıyla katil yakalanmamış hâlâ. Öyle mi?"

Kimseyi yanıltmak istemiyordu Yıldız.

"Yakalanmamış olduğunu sanıyorum" dedi araba hareket ederken. "Henüz katili tam olarak saptayabilmiş değiliz. Ama tahmin ettiğim biri var. Bir kan tahlili bekliyorum. O zaman emin olacağım."

Yadırgamadı Nevzat.

"Sanıyorum diyorsun ama bence katilin kim olduğundan eminsin. Yoksa Berlin'den kalkıp buraya kadar gelmezdin. Sadece henüz kanıtlayamıyorsun?"

Anlaşılmak hoşuna gitmişti Yıldız'ın.

"Tam olarak öyle Başkomiserim. O yüzden Kerem Ölmez'in ciddi bir tehdit altında olduğunu düşünüyorum. Babası ve oğlu aynı katil tarafından öldürüldü. Ve katil muhtemelen Kerem Ölmez'in bir başka kadından doğma oğlu."

Kafası karışmadı Nevzat'ın, aksine vaka ilgisini çekmeye başlamıştı, ama soru Ali'den geldi:

"Miras meselesi mi?"

Yıldız'ın bakışları sürücü koltuğundaki polise kaydı.

"Sayılır ama katil mal mülk peşinde değil. Sevgisini adil paylaştırmadığı için kızıyor babasına. Bir tür kıskançlık da diyebiliriz, ama daha karışık. Psikolojik bozuklukları var. Bir saplantı. Katil kendini Zeus zannediyor."

Hayretle mırıldandı Nevzat.

"Bildiğimiz Zeus mu?"

Doğal bir tavırla onayladı Yıldız.

"Evet ta kendisi. Aslında Zeus olmak için öldürüyor... Dedesini bu yüzden katletti. Çünkü onun Uranos olduğuna inanıyor, babasını ise Kronos olarak görüyor."

Arabayı kullanmakta olan Ali'nin kaşları çatıldı, söylenenlerden hiçbir şey anlamamıştı ama Nevzat tahmin etmekte gecikmedi.

"Yani dedesinin cinsel organını mı kesti?"

Gözünün önüne düşen saçlarını, sağ eliyle geriye attı Yıldız.

"Mitolojiyi biliyorsun Başkomiserim" dedi takdir eden bir sesle. "Evet, katil dediğin gibi yaptı. Kronos'u da öldürecekti, ama fırsat bulamadı. Çünkü onu engelleyecek insanlar çıktı yoluna."

Nevzat oturduğu yerde merakla kıpırdandı.

"Kronos dediğin şahıs, telefonuna ulaşılmayan Kerem Ölmez mi oluyor bu durumda? Yani katilin babası..."

Yıldız, Türk meslektaşlarının kafasının karışmaya başladığını anlamıştı.

"İsterseniz, başından anlatayım olanları. Böylece daha kolay anlaşılır."

İki elini yana açarak teslim oldu Nevzat.

"Pardon, pardon, öyle daldık bodoslama. Haklısın, baştan anlatırsan daha iyi olacak."

Megane İzmir yoluna çıkarken, Yıldız başladı anlatmaya.

"Cinayetlere neden olan olaylar, Berlin Duvarı yıkılmadan önceye uzanıyor. Ölmez Ailesi Almanya'ya çalışmaya giden ilk işçilerin arasında yer alıyor. Ama ailenin ilginç bir geçmişi var. Büyük büyükbabaları, Pergamon Altarı'nın kazılarına katılan ilk işçilerin arasındaymış."

"Şu Berlin'e götürülen sunaktan mı bahsediyoruz?" diyerek kesti sözünü Nevzat. "Dünyanın sekizinci harikası olan anıttan."

Bir kez daha hayranlıkla baktı Yıldız.

"Valla bravo Başkomiserim, arkeoloji bilginiz müthiş."

Kalender bir gülümseme süsledi Nevzat'ın yüzünü.

"Çocukluğumda gelmiştik Bergama'ya. Benim valide, tarihe çok meraklıydı. Daha sonra da birkaç kez tek başıma geldim Pergamon antik kentine. Müthiş bir yer."

Aynı heyecanla başını salladı Yıldız.

"Ben de gelmiştim, gerçekten olağanüstü bir şehir. Ama Pergamon Altarı da muhteşem."

Nevzat'ın bakışları gölgelendi.

"Ne yazık ki yapıldığı yerde sergilenemiyor."

Böyle bir tartışmaya girmek istemiyordu Yıldız.

"Öyle" demekle yetinerek lafı soruşturmaya getirdi yeniden. "Evet, Ölmez Ailesi'ni anlatıyordum. Büyük büyükbabaları Pehlivan Efendi, Pergamon'daki kazıyı yapan Carl Humann'la birlikte çalışmış. Sonraki kuşaklarda da bu gelenek bozulmamış, ailenin erkekleri yıllarca antik kentin ortaya çıkarılmasında görev almışlar. Öyle ki, Ölmez Ailesi kendilerini antik kentin bir parçası gibi görmeye başlamış. Bunu mecazi anlamda söylemiyorum, Pehlivan Efendi'nin bedeni ve zihni o kadar çok meşgul olmuş ki Pergamon'la, bir gün karısına kendisinin Poseidon olduğunu söylemiş."

"Poseidon mu!" diye hayretle mırıldandı Nevzat. "Buna inanıyor muymuş gerçekten?"

"İnanmak değil, Başkomiserim, öyle hissediyormuş. Bir tür hastalık. Grandiyöz Paranoya diyorlar. Megalomaninin ileri evresi. Üstelik genetik olabiliyormuş. Yaklaşık yüz yıl sonra torununun torunlarından Kerem Ölmez de kendini Kronos zannetmeye başlamış. Evet, hiç şaşırmayın adam ilaç tedavisi görüyor..."

Deminden beri konuşulanları dinleyen Ali "O zaman katilin kendini Zeus sanması da normal" diye katıldı konuşmaya. "Demek ki ailede var bu hastalık."

Nevzat etkilenmişti bu trajik hastalık meselesinden.

"Vay canına, bir antik şehir bir ailenin hayatını nasıl değiştirmiş!"

"Gerçekten tuhaf" diye sürdürdü Yıldız. "Ama Pehlivan dedenin hastalığı ailenin öteki erkeklerinin kazıda çalışmasına engel olmamış. Çünkü para kazanıyorlarmış. Elbette, ülkedeki ekonomik koşullar onları da etkiliyormuş. 1960'larda Almanya Türkiye'den işçi alımına başlayınca, Ölmez Ailesi'nden iki kardeş, öldürülen Orhan ile ağabeyi Recep, çoluk çocuk Berlin'e gelmişler. Kerem Ölmez işte bu Orhan'ın oğlu. Orhan da zamanında Pergamon kazılarına katılmış. Çocuk olmasına rağmen Kerem de babasıyla antik kente gidiyormuş çalışmaya. Babası oğlunun arkeolog olmasını istemiş. Kerem'in de aklındaki buymuş zaten. Fakat Almanya'daki yabancı çocuklara fırsat eşitliği sağlanmaması mı diyelim, şansının yaver gitmemesi mi, sonuçta Kerem arkeolog değil, Berlin'deki Mısır Uygarlıkları Müzesi'nde bekçi olabilmiş. Fakat aklı Pergamon'da olduğu için, sık sık Duvar'ın öteki yakasına, Doğu Berlin'e geçiyor, Zeus Altarı'nı ziyaret ediyormuş. Çünkü müzedeyken kendini vatanında hissediyormuş. Neyse işte, bu arada Munise Hanım'la evlenmiş, Hüseyin adında bir oğlu olmuş. Ancak altarı görme tutkusundan asla vazgeçmemiş. İşte o Pergamon Müzesi ziyaretlerinden birinde Nina Brückner ile tanışmış. Nina, kendisi gibi bir müze görevlisiymiş. Kerem'in Bergamalı olduğunu, ailesinin yıllardır kazılarda çalıştığını öğrenen genç kadın etkilenmiş. Aralarında önce arkadaşlık başlamış, ardından sevgili olmuşlar. Başlarda Kerem, bunun geçiçi bir ilişki olduğunu düşünerek evli olduğunu saklamış. Bir süre sonra Doğu Berlin'e gelmeyi bırakırım, olur biter diye düşünüyormuş. Fakat ne Pergamon Altarı'ndan ne de Nina'dan vazgeçebilmiş. Daha da beteri Nina hamile kalmış ve ona bir kız doğurmuş. Bebeğe Melek adını koymuşlar. Böylece Kerem'in iki farklı karısından birer çocuğu olmuş. Bu tuhaf durum, adamı çok rahatsız etmemiş olacak ki, iki eşli olarak yaşamayı sürdürmüş. Birkaç yıl sonra, 1981'de iki ayrı karısından iki ayrı oğlu dünyaya gelmiş. Munise'den doğana dedesinin ismi Cemal'i, Nina'dan doğana ise Zeus'tan esinlenerek Kartal ismini vermiş. Ömrünün önemli bir kısmı Pergamon Altarı'nda, yani Zeus'un yeryüzündeki sarayında geçiren Nina da Türk sevgilisi gibi baştanrıya hayranmış. Ve anlaşılan oğlunun Zeus'un simgesi olan 'Kartal' adıyla çağrılmasından hiç rahatsızlık duymamış. Eğer Kerem ömrünün sonuna kadar oğlu Kartal'ın yanında kalsaymış, belki de bu, hiç sıkıntı yaratmayacakmış. Ama ne yazık ki öyle olmamış. Kerem'in nerdeyse her hafta sonu Doğu Berlin'e gelmesinden şüphelenen, Demokratik Almanya Gizli Servisi, onu sorguya çekmiş. Elbette kısa sürede casus olmadığını anlamışlar, ama onu bırakmamışlar. 'Pergamon Müzesi'ni her zaman ziyaret edebilirsin, ama bize yardım etmelisin, yoksa bir daha buraya gelemezsin' demişler. Hemen reddetmeye korkmuş Kerem, 'Düşünmem lazım, bir dahaki gelişimde kararımı açıklarım' demiş. Paçayı sıyırınca da apar topar Batı Berlin'e dönmüş. Ama bu kez de Batı Berlin polisi sorgulamış onu. 'Senden ne istiyorlar, sana ne teklif ettiler?' diye sıkıştırmışlar. Olanı biteni anlatmış. İnanmışlar Kerem'e, fakat onlar da 'Stasi'nin teklifini kabul etmelisin, gerçekte ise bizim için çalışırsın' demişler. Kendini casuslar savaşının ortasında bulan Kerem paniklemiş. Ve bir daha Doğu Berlin'e gitmemiş... Evet, biricik aşkı Nina'yı, iki çocuğunu ve Pergamon Altarı'nı silip atmış gönlünden..."

"Şerefsiz herif" diye söylendi arabayı kullanmakta olan Ali. "İnsan çocuklarından nasıl vazgeçer be?"

Gülümsedi Yıldız, babası da çok sinirlenince böyle ağız dolusu "Şerefsiz!" derdi. Ayrıca bir anne olarak kesinlikle katılıyordu Ali'ye, ancak Nevzat'ın aklı başka bir yerdeydi.

"Bunları sana Kerem mi anlattı?"

"Bir kısmını o anlattı, elbette Doğu Berlin'de bir karısı ve çocukları olduğunu söylemedi. Boşlukları ben doldurdum. Keşke söyleseydi, şimdi tehlike altında olmazdı. Soruşturma da çoktan tamamlanmış olurdu."

Hikâyenin kalanını merak eden Ali, bir an gözlerini denize paralel akan yoldan ayırıp dikiz aynasından Yıldız'a baktı.

"Peki sonra ne olmuş?"

"Sonrasında Kerem, Batı Berlin'deki ailesiyle yaşamayı sürdürmüş. Bu arada emekli olmuş, oğlu Hüseyin'in girişimleriyle iki baklavacı dükkânı açmışlar. Küçük oğlu Cemal bilgisayar eğitimi almış, programcı olmuş. Yani Kerem, Doğu Berlin'deki karısını ve iki çocuğunu tümüyle unutmayı seçmiş. Nina Brückner de bir süre sonra bir cerrahla evlenmiş. İyi bir adammış Doktor Schimmel. Nina'nın çocuklarını evlat edinmiş, sadece isimlerini değiştirmişler: Melek'e Angela demişler, Kartal'a ise Peter. Angela, yetenekliymiş, underground bir sanatçı olmuş, sarsıcı resimler yapmış. Peter enerji alanında eğitim almış. Angela bohem bir hayatı seçmiş, ne yazık ki sonunda genç yaşta ölmüş. Ölünce de resimleri değer kazanmaya başlamış. Nina ve doktor kocası da vefat ettiğinden bütün servet Peter'e kalmış. Peter de Der Blitz adında bir enerji şirketi kurmuş. Anlaşılan Kerem Ölmez'in beş yaşındayken terk ettiği oğlu, ne intikam almayı ne de birilerini öldürmeyi düşünüyormuş."

Sustu Yıldız, bakışları pencereden dışarıya kaydı. Bir an dikkati dağıldı. Hayranlıkla mırıldandı.

"Ne kadar güzel bir manzara bu böyle. Şu ağaçlara bakın, şu suyun rengine."

Zeytinliklerle kaplı küçük tepelerin yumuşak bir eğimle denize indiği doğaya baktı Nevzat.

"Gerçekten çok güzel. Yazın ayrı bir havası var kışın ayrı, sonbaharı da güzeldir. Baharı söylemiyorum bile." Söylenmiş olması için söylenmiş sözlerdi, aklı hikâyedeydi. "Ne zaman öldürmeye başlamış Peter? Bir kırılma noktası olmalı."

Ela gözlerini tereddüt bürüdü Yıldız'ın.

"Kesin konuşmak zor ama tahmini bir şeyler söyleyebilirim. Öncelikle duvarın yıkılmasından bahsetmeliyiz. Çünkü duvarın yıkılmasıyla birlikte Peter'in hayatı bir kez daha değişmiş. Doğu'daki pek çok Alman'ın aksine Peter Schimmel zengin olmuş, daha da önemlisi istediklerini gerçekleştirmiş bir adam olarak kendini çok iyi hissetmeye başlamış. Sanırım o özgüvenle, çocukken onları bırakıp giden babasını bağışlamış. Ya da bağışladığını zannettmiş. Kendinden o kadar eminmiş ki, Kerem Ölmez'in adresini öğrenmiş, hakkında bilgi sahibi olmuş. Ama gidip kendini tanıtmamış. Uzaktan izlemeyi tercih etmiş. Orada kalsa iyiymiş ama Cemal'i, yani üvey kardeşini işe almış. Böylece babasıyla biraz daha yakınlaşmış. Kardeşi Cemal'i de sevmeye başlamış. Çünkü Cemal de, bambaşka nedenlerle olsa bile onun gibi ailenin dışına itilmiş bir çocukmuş. Cemal eşcinsel olduğu için Ölmez Ailesi onu reddetmiş." Döndü, Nevzat'a baktı. "Cemal de ressamdı. Pergamon Altarı'nın üzerindeki heykellerin resmini yapmak istiyordu. İşin tuhafı bunu ona öneren Peter, Pergamon Altarı'nın duvarlarını süsleyen kabartmalardaki tanrılara, titanlara ve devlere aile bireylerinin yüzünü vermesini söylemiş. Cemal de bu fikre dayanarak, Zeus'a kendi yüzünü vermiş. Kırılma dedin ya, sanırım o iş, tam bu noktada gerçekleşmiş. Peter'in Zeus'un resmini gördüğü anda. Çünkü, Kerem Ölmez, Peter daha küçük bir çocukken, oğluna Zeus'u sevdirmiş. Öyle ki Kartal, daha o zamanlar isminden de yola çıkarak kendini Zeus olarak görmeye başlamış. Ama kendi yüzünün olması gereken yerde Cemal'i görünce, çocukken geçirdiği travmayı yeniden yaşamış. Yani öyle olduğunu düşünüyorum. O terk edilme duygusunun bütün ruhunu sardığını sanıyorum. İşte o anda Pehlivan dedesinde ve babası Kerem Ölmez'de olan hastalık onda da nüksetmiş olmalı.

Hastalıktan sonraki ruh halini ise ancak psikiyatristler açıklayabilir. Ben sadece yaptıklarını sıralayabilirim. Mitolojiye uygun olarak, Uranos zannettiği Orhan dedesinin hayalarını keserek öldürdü, fakat bir aksilik oldu, Cemal bunu fark etti. Tehlikeyi gören Peter, ölüm sıralamasını değiştirdi, Kronos yerine, yani Kerem Ölmez'in yerine Cemal'i katletti. Ancak yine bir sorun çıktı. Çünkü Cemal, arkadaşı Alex'e katilin adını söylemişti. Bunun üzerine Peter, Alex'i de ortadan kaldırdı. Ama asıl yok etmesi gereken kişi, yani babası Kerem hâlâ hayattaydı. Oysa babasını yenemeyen bir Zeus'un tahta çıkması mümkün değildi. İşte o yüzden, Kerem'i öldürmek için Bergama'ya gelmeliydi..." Son cümleyi kararsız bir tonda söylemişti. "Gelmeliydi diyorum, çünkü henüz bu söylediklerimi kanıtlayacak durumda değilim. Ama, böyle olduğuna inanıyorum. Çemberin tamamlanması için Peter'in mutlaka buraya gelmesi lazım."

Nevzat'ın aklı katile takılmıştı.

"İlginç bir adammış. Babasız çocuklar tanrıya sığınırlar, ama o tanrı olmayı seçmiş."

Usulca başını salladı Yıldız.

"O kadar yaralanmıştı ki, kutsal da olsa yeni bir baba istemiyordu. Aksine, babaya ihtiyaç duymayacak kadar güçlü olmak istiyordu. O yüzden Zeus olmayı seçti, çünkü tanrıların babaya ihtiyacı yoktur."

Nevzat'ın çalmaya başlayan telefonu muhabbeti sonlandırdı.

"Nazmi arıyor, Bergama Emniyeti'nden..." diyerek açtı telefonu. "Alo, Nazmi? Evet, seni dinliyorum. Hıım, anladım... Öyle mi? İzmir Havaalanı'nda mı kaybetmiş? Doğru, belki de çaldırmıştır... Kerem Ölmez adındaki şahıs cenaze evinde mi? Emin misin? Senin komiser görmüş yani. Tamam, tamam, anladım. Senden ricam, şu taziye evinin konumunu bana atar mısın? Çok teşekkürler kardeşim. Tabii, tabii, gelince uğrar, bir acı kahveni içeriz..."

Telefonu kapatmasını bile beklemeden sordu Yıldız.

"Kerem iyi miymiş?"

"İyiymiş, iyiymiş, şu anda taziye evindeymiş" dedi Nevzat dalgın bir tavırla. "Telefonunu İzmir'de kaybetmiş. Belki bir yerde unuttu. Kolay değil, cenaze işleri. İki tabut birden alıyor adamcağız. Belki de biri yürüttü. Her neyse, şu anda merak edecek bir durum yok. Bir saate kadar biz de orada oluruz zaten."

Haber iyiydi ama Yıldız'ın yüzü gölgelenmişti.

"Kerem Ölmez'in başına bir iş gelmemesine sevindim" dedi cılız bir sesle. Sonra başını tereddütle iki yana salladı. "Belki de ben yanıldım. Belki katil gerçekten de Peter değildi. Ama başka ihtimal de yok gibi. Bilemiyorum." Gülümsemeye çalıştı, başaramadı. "Umarım, sizi buraya kadar boş yere yormamışımdır."

Bozguna uğramış gibi koltuğa yaslanan meslektaşına baktı Nevzat.

"Doktor bir arkadaşım var. İyi ahbabım, Doktor Seher. Bir keresinde şöyle demişti: 'Hastaya teşhis koyarken, tahliller, röntgenler, tomografiler, emarlar, testler çok önemlidir. Ama ben öncelikle klinik bulgulara bakarım. Hastayı gören, onunla konuşan, eliyle muayene eden doktorun sezgileri önemlidir.' Doktor Seher'in söyledikleri bizim mesleğimiz için de geçerli Yıldız. Bu soruşturmada en önemli şey, senin sezgilerin. Sen sahadaydın, cinayet mahallerine gittin, kurbanları gördün, zanlılarla konuştun, delil topladın, ipucu peşinde koştun. Bütün bu serüven boyunca bir fikir oluşturdun. Elbette yanılabilirsin, elbette hata yapabilirsin, ayrıntıları gözden kaçırabilirsin. Olabilir, zaten yakında hakikati öğreneceğiz, ama senin kanaatin çok önemli."

Ela gözleri dalgınlaşmıştı Yıldız'ın.

"Umarım haklı çıkarsınız Başkomiserim, yoksa bizim müdür Berlin'e sokmaz beni." Boş vermiş bir ifadeyle gülümsedi. "Aman sokmazsa sokmasın, belki o zaman, İstanbul Cinayet Büro'da bir yer açarsınız bana."

Uzanıp dostça eline dokundu Nevzat.

"Niye olmasın, ama yanıldığını sanmam." Kaşlarını kaldırdı. "Bize gelince, asla boşa yorulmadık. Ne güzel, sayende antik Pergamon'u bir daha göreceğiz işte. Bir de patlıcan çığırtma yeriz. Şahane yaparlar Bergama'da."

Asfalttan ayrılıp toprak yola saparlarken vakit ikindiyi bulmuştu ama ortalık hâlâ cayır cayır yanıyordu. Megane sarsılarak ilerlemeye başlayınca hızı kesti Ali. Ön camı hafifçe araladı, kuru sıcakla birlikte enfes bir kekik kokusu doldu arabanın içine. Öne doğru eğilen Nevzat, çitlerle çevrili, ağaçlıklı bir bahçenin ortasındaki üç katlı binayı gösterdi.

"Burası olmalı." Elindeki telefona baktı bir daha. "Evet, evet, konum burasını işaret ediyor. Kozak Yolu'nun sol tarafı... Başka bina da yok zaten."

"Burasıdır Başkomiserim" diye onayladı taşlı yolda sarsılan arabanın direksiyonunu sımsıkı tutan Ali. "Baksanıza, bahçede bir sürü araç var. Eş dost taziyeye gelmiş."

Arabaları çitlerin birleştiği, yeşile boyalı metal kapıdan geçip de erik, kayısı, ceviz ve zeytin ağaçlarıyla kaplı geniş bahçeye girmeden önce, oturduğu yerde sabırsızca kıpırdanmaya başlamıştı Yıldız. Kim bilir ne kadar şaşıracaktı Kerem karşısında onu görünce. Ama asıl şoku babasıyla oğlunu Peter'in öldürdüğünü öğrenince yaşayacaktı. Yani bir zamanlar terk ettiği Kartal adındaki oğlunun. Bir an kararsız kaldı. Yoksa söylememeli miydi? Henüz Peter'in katil olduğu kanıtlanmamıştı ki? Eğer katilse, mutlaka buraya gelirdi. Gelir miydi? Ya Kerem'in Berlin'e dönmesini beklerse? Hayır, eğer katil gerçekten de Peter Schimmel ise, eğer Zeus olmak için öldürüyorsa, Kronos'u ortadan kaldırmak için buraya gelmek zorundaydı. Şimdi arkalarında kalmıştı ama az önce Bergama'ya girerken bütün ihtişamıyla tepeden onlara bakan antik kenti, güneşin bal rengi ışıklarının altında parıldayan Traianus Tapınağı'nın beyaz mermerlerini getirdi gözlerinin önüne. Evet, Peter Schimmel baştanrıya dönüşecekse, bunu Zeus Altarı'nın bulunduğu Pergamon'dan başka bir yerde yapamazdı. Ama neden hâlâ ortalıkta yoktu? Megane, devasa bir kayısı ağacının altında duruncaya kadar bunları düşündü. Arabadan inerken toplu bir fısıltı, onlarca ağızdan çıkan bir mırıltı çalındı kulaklarına. Önce anlayamadı Yıldız; bu ses de neydi? Birkaç adım sonra Arapça kelimeleri ayırt etmeye başladı. Dua okunuyordu. Nedense adımları kendiliğinden yavaşlamıştı. Yaklaştıkça sesler artıyor, anlamlarını bilmese de söylenenleri olduğu gibi duyuyordu. Evin girişinde genç bir kız karşıladı onları. Başına siyah bir yazma bağlamıştı, kınalı perçemleri şakaklarından dışarı fırlıyordu. Kahverengi gözlerini masumca konuklarının yüzüne çevirdi.

"Buyurun, şöyle geçin. Kadınlar sağ taraftaki odada, erkekler salonda."

Ali bir adım öne çıktı.

"Başınız sağ olsun" dedikten sonra doğal bir tavırla rozetini gösterdi. "Biz polisiz, Kerem Bey'le görüşecektik. Kerem Ölmez'le. Çağırmanız mümkün mü?"

Polis lafını duyan genç kızın yüzündeki keder endişeye dönüştü.

"Kerem Enişte yok burada."

"Nerede?" diye sordu Ali. "Yakında bir yerde mi?"

Kestane rengi gözleri iri iri açıldı kızın.

"Bil... bilmiyorum, bir saat kadar önce gitti."

"Yalnız mı gitti?" Nevzat'tı soran. "Yanında kimse var mıydı?"

Bocalıyordu kızcağız.

"Yalnızdı, yani ben öyle gördüm, tek başına bindi arabaya."

"Ne oluyor Gamze?" diyen bir ses duyuldu. "Neden ayakta tutuyorsun misafirlerimizi?"

Başlarını çevirince, elli yaşlarında bir adamın evin merdivenlerinden inmekte olduğunu gördü.

"Merhaba, ayakta kalmışsınız" dedi adam mahcup bir tavırla. "Benim kız gençtir, kusura bakmayın." Eliyle binanın kapısını gösterdi. "Buyurun, şöyle geçelim."

İçtenlikle gülümsedi Nevzat:

"Yok, Gamze'nin kabahati yok. Sağ olsun, o da buyur etti bizi." Kimliğini gösterdi. "Polisiz, Kerem Bey'le konuşmak istiyorduk. Yokmuş galiba..."

Ablak yüzü gerildi adamın, bakır rengi gözleri kısıldı.

"Buldunuz mu yoksa katilleri? Recep Dayı'nın torunları mı? Davut'un oğlu mu?" Polislerin boş boş baktığını görünce, boynunu büktü.. "Onlar da Berlin'de yaşıyor ya. Hani onlar mı dedim."

Üzülmüştü Yıldız adamın haline.

"Hayır, Haluk değil. Daha hiçbir şey belli değil zaten. Kerem Bey'in nerede olduğunu biliyor musunuz?"

Kadının kendinden emin konuşması, Haluk'u tanıyor olması şaşırtmıştı adamı, ama soruyu yanıtlamaktan geri durmadı.

"Kerem Enişte'nin misafiri gelmiş Almanya'dan. Rahmetli Cemal'in patronuymuş. Kaldığı oteldeki Lütfü, bizim akrabadır. Ona sormuş Ölmez Ailesi'ni. Lütfü de kurcalayınca, rahmetli Cemal'den bahsetmiş. Cenaze için geldiğini anlatmış. Lütfü de beni aradı. Öyle ulaştı bize. Adını da söyledi ya, benim dilim dönmüyor."

"Peter mi?" diye aceleyle söylendi Yıldız. "Peter Schimmel mi?"

Yüzü ışıdı adamın.

"Hah, işte o. Türkçe de bilmiyormuş. 'Sen misafirlerle ilgilen kayınço' dedi. Benim lacivert Toyota pikabı aldı, bizzat kendi almaya gitti."

"Gelmiş" diye söylendi Yıldız. "Yanılmamışım, Peter gelmiş." Ama coşkusu çok sürmedi, derhal kayınçoya döndü. "Peki nerede buluşacaklarını biliyor musunuz?"

Yıldız'ın neden bu kadar heyecanlandığını anlamamıştı adam, sakince açıkladı.

"Bergama'dan arıyordu. Hotel La Bella'da kalıyormuş." Tereddüt etti. "Gerçi çoktan gelmeleri lazımdı. Taş çatlasa, otel on beş dakika sürer buraya. Kerem Enişte, misafiri yemeğe götürmüştür diyeceğim ama mutfak yemek dolu."

Bakışlarını toprak yola çevirdi. "Eli kulağındadır, gelirler şimdi... Buyurun, içeri geçelim, bir ayranımızı için, karnınız açsa yemek yiyelim.."

Telaşla başını salladı Yıldız.

"Hayır, hayır, hiç girmeyelim." Kerem'in anlattıklarını düşündü. Miras meselesi vardı. Bir evle, bir zeytinlik galiba. Mirasçılar mahkemelik olmuşlardı. Sonunda zeytinlik onlara kalmıştı. Evet, evet öyle olmuştu. Hatta Haluk da bahsetmişti zeytinlikten. "Eski bir sarnıç var" demişti arkeolog. "Kuyu demek daha doğru olur. Kurumuş, derin, geniş bir kuyu. Cemal Tartaros'u çizerken onu model olarak kullanacak." Bunları hatırlayan Yıldız, "Tartaros" diye mırıldandı. "Zeus, Kronos'u Tartaros'a hapsetmişti. Evet Tartaros..." Yanındakiler tuhaf tuhaf ona bakıyorlardı ama aldırmadı. "Zeytinlik" dedi kayınçoya dönerek. "Kerem beylerin bir zeytinliği varmış. Selinos Deresi'nin yanındaymış. Yakın mı buraya?"

Yine toprak yola baktı kayınço, eliyle sağ tarafı gösterdi.

"Uzak değil, asfalta çıktıktan sonra beş dakikada gidersiniz. Geldiğiniz tarafa döneceksiniz. Evet, buraya gelirken önünden geçtiniz. Bergama'ya doğru. Yıkık bir değirmen göreceksiniz. Yolun sağında. Değirmenin yanından girin, işte orası. İçinde bir de sarnıç var. Hemen görürsünüz kapısını. Yokuşun altında da bir girişi var ama orayı kullanmayın. Pek sağlam değil, çöküp duruyor." Kuşkuyla süzdü Yıldız'ı. "Niye gidiyorsunuz oraya? Bir şey mi var zeytinlikte?"

Kayınçoyu daha fazla kaygılandırmanın manası yoktu.

"Yok, yok, gelmişken orayı görmemiz lazım" diyerek Nevzat'a döndü Yıldız. "Gidelim mi Başkomiserim?"

Sadece başını salladı deneyimli polis, yeniden Megane'a yürümeye başladılar. Kayınço ile kızından uzaklaşınca, "Oraya mı gelecek katil?" diye mırıldandı Nevzat.

Gözleri soru doluydu Yıldız'ın.

"Öyle zannediyorum Başkomiserim. Katili biraz tanıdıysam, son cinayetini zeytinlikteki o sarnıçta işleyecektir."

Arabaya binerken Nevzat, ön koltuğa, Ali'nin yanına geçti. Yıldız'ın arkaya yerleşmesini bekledikten sonra, torpido gözünden mat siyah bir Cz 75 çıkardı.

"Al! Mümkünse kullanma ama, ne olur ne olmaz yanında dursun."

Hiç düşünmeden silahı aldı Yıldız. Ali arabayı hareket ettirirken, o da tabancanın namlusuna kurşun sürdü, horozu indirdi. Silahı, kot pantolonunun kemerinin arasına sıkıştırdı.

Yeniden anayola çıktılar. Artık kimse konuşmuyordu, bal rengi gün ışığının altında usulca kıvrılan asfaltın üzerinde ilerlerlerken, yıkık değirmeni kaçırmamak için gözlerini açmış, dikkatle yolun sağ tarafını tarıyorlardı. İlk Nevzat gördü yıkık binayı. Kayınçonun söylediği gibi tam beş dakika sonra, aşağıya inen bir rampanın başlangıcındaki keskin bir virajın girişindeydi.

"Şurada, Alicim sağa yanaş. Bak, değirmen orada."

Ayağını gazdan çeken komiser: "Tamam" diyerek direksiyonu kırdı. "Dikkat edin, biraz sarsılacağız."

Eğimli bir araziydi. Yaprakları tozlu zeytin ağaçları sertçe aşağıya inen bereketli toprağa inatla tutunmuşlardı.

"Dur Alicim, dur! Bence arabayı buraya bırakalım. Arazi çok dik..."

Megane'ı şarampole çekti genç komiser.

"Ortalıkta araba yok" diye mırıldandı Yıldız umutsuz bir sesle. "Gelselerdi, Toyota pikap burada olurdu. Yoldalar mı acaba?" Karşıya, tepedeki Pergamon'a baktı. "Yoksa, antik kente mi götürdü babasını?"

Kapıyı açmıştı bile Nevzat.

"Önce şu sarnıcı bir kontrol edelim. Bulamazsak, Pergamon'a çıkarız."

Haklıydı, indiler arabadan. Kekik kokusu iyice yoğunlaşmıştı. Başı döner gibi oldu Yıldız'ın. Gözlerini kapadı, derin derin nefes aldı.

"Şurası olmalı" diyen Nevzat'ın sesiyle açtı gözlerini. "Bak, girişi buradan bile görülüyor."

İlerdeki yıkık binaya baktı Yıldız.

"Pek sarnıca benzemiyor."

Eliyle yanındaki tümseği gösterdi Başkomser Nevzat.

"Yok, o değil. Bak şu, hemen yanındaki."

Evet, fark etmişti şimdi.

"Tamam, tamam gördüm." Döndü yola baktı. Keskin bir viraj yapan asfalt kıvrılarak aşağıya iniyordu. "Öteki girişi de yokuşun sonunda olmalı. Öyle söyledi ya adam, iki girişi varmış."

Usulca başını sallayan Nevzat, yardımcısına döndü.

"Alicim, sen alttaki girişi kontrol et. Biz buradan girelim."

İkiletmedi Ali.

"Tamam Başkomiserim, içeride buluşuruz o zaman."

Çevik adımlarla asfaltın kenarındaki toprak yoldan yokuş aşağı yürüdü. Nevzat ile Yıldız da vakit geçirmeden zeytinliğe girdiler. Gitgide sertleşen rüzgâr, Yıldız'ın saçlarıyla oynuyor, krem rengi bluzunun arkasını balon gibi şişiriyordu. Yumuşak toprağa basarak yıkıntıya doğru ilerlediler. İlk ağaçlara ulaştıklarında kalabalık bir serçe ailesi uçuştu telaşla. Yaklaşınca değirmenin çatısının çoktan uçtuğunu sadece duvarlarının kaldığını gördüler. Yıkık duvardan başlarını uzatınca, yemyeşil iki kertenkele su gibi aktı ak taşların arasında. Kalın gövdesini değirmenin duvarlarına yaslamış incir ağacının acı kokusu çalındı burunlarına. Ama onları ilgilendiren bir şey yoktu burada. Kurumaya başlamış otlara basarak sarnıca yöneldiler. Her adım attıklarında iri çekirgeler sıçrıyordu otların arasından. Birkaç dakika içinde sarnıcın önüne ulaşmışlardı. Taşları yerinden oynamış kemerli kilit taşına baktı Nevzat.

"Pek sağlam görünmüyor."

Çaresiz bir gülümseme belirdi Yıldız'ın güneşten hafifçe yanmış yüzünde.

"Haklısın, ama içeri girmekten başka çaremiz de yok."

Aynı gülümsemeyle karşılık verdi Nevzat.

"Eh, o zaman girelim bari."

Temkinli adımlarla yürüdüler. Küçük bir tüneli andırıyordu içerisi ama karanlık değildi, on metre kadar ilerde tavan çökmüş, ışık sızıyordu. Işığa doğru ilerlediler. Kavurucu sıcak, nemli bir serinliğe bırakmıştı yerini. Su şırıltısına benzer bir ses çalındı kulaklarına, bir de uğultu. Bir yerlerden rüzgâr giriyor olmalı diye düşündü Yıldız. Ama biraz sonra uğultu netleşmeye başladı. Hayır, rüzgâr değildi, biri konuşuyordu. Ali miydi? Onlara mı sesleniyordu? Bu kadar çabuk aşağı inmesi mümkün değildi. İkisi de kulak kesildiler. Ama sadece Yıldız anladı söylenenleri. Çünkü adam Almanca konuşuyordu. Öfke doluydu ses, üzüntü doluydu, kahır doluydu. Tanıdı Yıldız; elini kaldırdı, meslektaşını durdurdu.

"Bu Peter" diye fısıldadı. "Bulduk onları."

İki polis de sessizce silahlarını çıkardılar. Daha temkinli adımlarla yürümeye başladılar. Birkaç metre sonra Peter'in sesi iyice belirginleşti.

"İşte geldim baba" diyordu acı dolu bir sesle. "Sen istemesen de geldim. Bak, senin topraklarındayım. Beni buraya getirmeyi hiç düşünmedin, hiçbir zaman da getirmeyecektin. Çünkü beni sevmedin, çünkü beni reddettin, çünkü benden korktun baba."

Zavallı Kerem'in korku dolu sesi duyuldu.

"Ne diyorsunuz Bay Schimmel? Ne babası? Neden bahsediyorsunuz?"

"Anlamazlıktan gelme!" diye bağırdı Peter. "Her şeyi biliyorsun. Çünkü hepsini bilerek yaptın. Senin baban şefkatten yoksundu ama sen daha da acımasız çıktın, bir zalime dönüştün. Bizi bağrına basacağına, terk ettin. Evlatlarını sevgiyle, şefkatle, iyilikle büyüteceğine bırakıp gittin. Çünkü sen iktidarını kaybetmekten korktun baba..."

Panik içinde karşılık verdi Kerem.

"İnanın anlamıyorum! Ne diyorsunuz Bay Schimmel? Neden başıma vurdunuz? Ellerim niye bağlı. Lütfen, lütfen, çözün beni. Anlamıyorum, neden böyle davranıyorsunuz?"

Aynı yaralı sesle cevap verdi Peter.

"Bay Schimmel değil, Zeus. Hatırlamadın mı baba? Sen Kronos'sun, ben de oğlun Zeus..."

Saçmaydı, hatta komikti, ama gülünecek bir durum yoktu.

"Hastalığımla alay mı ediyorsunuz Bay Schimmel?" diye söylendi Kerem. "Size ne oldu böyle? Niye böyle davranıyorsunuz?"

"Bay Schimmel deyip durma bana! Ben Schimmel değilim, ben senin oğlunum. Bir zamanlar Kartal diye çağırdığın oğlun."

Kısa bir sessizlik oldu, sarnıcın içinde bir yerlerden damlayan su sesi duyuluyordu sadece.

"Kartal mı?" Kerem'in sesi canlanıvermişti. "Sen, sen, Kartal mısın? Oğlum! Yani benim oğlum Kartal mı?"

Boğuk ama kindar bir sesle yanıtladı Peter.

"Evet, senin oğlun Kartal. Büyük aşkın Nina'dan olan evladın. Bir zamanlar bağrına bastığın o küçük çocuk. Evet, ben Kronos'un oğluyum. Ama o beş yaşında, annesi ve kız kardeşiyle bırakıp gittiğin zavallı çocuk değil, ben Kartal'ım, baştanrının kartalı. Öyle bakma yüzüme, ben Zeus'um. Yeryüzündeki ve gökyüzündeki cümle mahlukatın kralıyım. Evet, ben, babası gittiği için ağlayan o sümüklü çocuk değilim artık, ben Baştanrı Zeus'um. Titanların en güçlüsünü yenecek, babalık yapmayı bilmeyen babasını Tartaros'a gönderecek olan Zeus."

"Oğlum ne diyorsun sen?" diyen Kerem'in cılız sesi yankılandı yine sarnıcın boşluğunda. "Sen de mi aynı hastalığa yakalandın. O illet seni de mi aldı pençesine? Ah zavallı evladım!"

Öfkeli ses duyulmakta gecikmedi.

"Ben zavallı değilim. Zavallı olan sensin. Ben senin gibi kimliğimi saklamaya tenezzül etmem. Kimse de pençesine alamaz beni. Buna kimse cüret edemez. Hasta da değilim, tanrılar hastalanmaz çünkü. Sadece kendi kudretimin farkına vardım. Kim olduğumu anladım. Neler yapabileceğimi hatırladım. Yeniden başlayacağım. İnsanların beni unuttuğu yerden başlayacağım. Uranos iktidarını kaybetti bile, şimdi sıra sende. Biliyorsun, babasının gölgesinde yaşayan çocuklar asla büyüyemezler. Senin hükümdarlığına son vermek zorundayım baba. İnsanlar yoldan çıktı, cümle mahlukat sapıttı, dünyanın düzeni bozuldu. O düzeni yeniden sağlamak zorundayım. Dışarıda, titanların güneşi batmak üzere, tanrıların şafağı başlayacak yarın. Korku değil, özgürlük rüzgârları esecek yeryüzünde. Babalar oğullarından çekinmeyecek, oğullar babalarını öldürmek zorunda kalmayacak. Kardeşler nefret etmeyecek birbirinden. İşte bu yüzden geldim baba. İşte bu yüzden geldim Pergamon'a. Çünkü sen hayatın akışını durdurdun. Ben de seni durduracağım. İşte bu yüzden geldim Pergamon'a, çünkü seni tahtından indireceğim. Seni buraya, devlerin karanlık zindanına, Tartaros'un kalbine göndereceğim."

Tahminlerinin doğru çıkmasına artık şaşırmıyordu Yıldız, dünyanın en makul adamı gibi görünen Peter'in korkunç işler yapacak bir çılgına dönüştüğünü görmek sadece ürpertiyordu onu. İnsan bu kadar saçma sapan bir mahluktu işte; bu kadar kırılgan, bu kadar zalim. Fakat, şimdi bunlara kafa yoracak zaman değildi, ellerini çabuk tutmazlarsa bir kişi daha canından olacaktı. Acele edelim diyecekken, ayaklarının altındaki taşın kaydığını hisseti. Bir gürültü duyuldu. Hayır, taş kaymamış, bastığı zemin çökmüştü. Küçük bir göçüktü. Bir adım geri atıp düşmekten kurtuldu Yıldız. Ama aşağıdakiler de duymuştu sesi. Gürültünün ardından kısa bir sessizlik oldu, sonra Kerem'in canhıraş sesi duyuldu.

"Yardım edin, lütfen yardım edin."

"Sana kimse yardım edemez baba" diye haykırdı Peter. "Artık çok geç!"

"Dur, yapma!" diye bağıran adamcağızın sözleri, kemiğe çarpan ağır bir nesnenin sesiyle yarıda kaldı. "Ah!" diyebildi Kerem sadece. "Ah!" Ardından bir darbe duyuldu, bir darbe daha...

"Adamı öldürüyor!" diye haykırdı Yıldız. Çöküntünün üzerinden atladı, koşmaya başladı, Nevzat da peşi sıra atıldı. Az sonra sarnıcın ağzına ulaşmışlardı. Yedi sekiz metre kadar aşağıdaydı Peter. Koyu renk bir pantolon giymiş, sarı çizgiler olan kahverengi ketenden, yakasız bir gömlek geçirmişti sırtına. Parçalanmış kafatasından yayılan kan birikintisinin içinde öylece yatan babasının başucunda duruyordu. Adamın öldüğünden emin olduğu için artık vurmaktan vazgeçmişti. Ama cinayet silahını bir gürz gibi elinde tutuyordu hâlâ.

"Dur!" diye bağırdı Yıldız. "Dur, ateş ederim yoksa!"

Babasının kanıyla kızıla boyanan yüzünü yukarı çevirdi Peter, çılgınca bakan kara gözlerini Yıldız'a dikti. Hiç duraksamadı, korkunç bir savaş çığlığı atarak, elindeki demiri yukarı savurdu. Onu vurabilirdi Yıldız ama yapmadı. Bunu fırsat bilen Peter kendini yandaki yıkıntıların arasına atmıştı bile. Savurduğu demir çubuk ise sarnıcın basamaklarına çarpıp zavallı Kerem'in cansız bedeninin üzerine düşmüştü. İki başkomiser de şaşkınlıkla bakarken, katilin kendini attığı girişte bir patırtı koptu. Peter çıkarken Ali'ye çarpmıştı. Ne olduğunu anlayamayan komiser, dengesini kaybetmiş, sarnıcın yıkık duvarına dayanarak ayakta kalabilmişti. Bunu fırsat bilen katil, bütün gücüyle atıldı üzerine. İlk yumruk çenesini yalayıp geçti, ikincisini ise sağ koluyla karşı koyarak savuşturdu. Ancak sırtını dayadığı yüzey daha fazla dayanamadı, duvarın bir kısmı çöktü üstlerine. İkisi de toz toprak içinde kaldı. Önce komiser toparlandı, gözlerine dolan topraktan etrafı göremeyen rakibini omzundan tuttuğu gibi karşıya savurdu. Duvara çarpan Peter'in toparlanması da çok sürmedi, ama Ali'yle uğraşacak vakti yoktu, yukarıdaki polisler gelmeden aceleyle dışarı atmak istedi kendini. Komiser buna fırsat vermedi, hızla atlayarak sağ omzundan yakaladı onu. Fakat karşısındaki adam hiç de kolay lokma değildi. Silkelenerek kurtuldu elinden. Ali'nin parmakları deri bir kayışa takılmıştı. Bu, Peter'in omzuna astığı çantanın kayışıydı. Son bir umutla sımsıkı tuttu komiser, katille arasındaki bu son bağlantıyı. Ne ki çabası boşunaydı, adam bütün gücüyle ileri atılınca çanta elinde kaldı. Dizginlerinden kurtulan bir at gibi fırladı Peter dışarı. Ali de ardından fırlayacaktı ki, büyük bir gürültüyle duvarın bir kısmı daha çöktü üzerine. Komiser molozların altında kalırken, Peter ardına bile bakmadan, Kerem'le birlikte geldikleri Toyota pikaba koştu. O sırada sarnıcın taş merdivenlerinden inen Yıldız'la Nevzat da soluk soluğa komiserin yanına gelmişlerdi.

"Ali, Ali, iyi misin evladım?"

Toprak yığınının içinden öksürerek doğruldu komiser:

"İyiyim, iyiyim Başkomiserim. Ama herif kaçıyor!"

Yıldız dışarı fırlamıştı bile, ancak gün ışığına çıktığında çok geçti, Toyota pikap çoktan Bergama yönüne hareket etmişti. Öylece baktı arkasından. Sonra bir öksürük sesi duydu. Nevzat'la Ali de çıkmışlardı dışarı.

"Kaçtı mı?" dedi boğazını temizledikten sonra Ali. "Durduramadın mı?"

Sesi öfke yüklüydü.

"Durduramadım. Ama onu nerede bulacağımızı biliyorum."

Nevzat da kınayan gözlerle bakıyordu. Yukarıdayken katile ateş etmemişti, şimdi de kaçışını umursamıyor gibiydi.

"Ya kaçarsa, ya bir daha yakalayamazsak?" diye söylendi. "Ya başka birini daha öldürürse?"

Olacakları önceden gören birinin sükûneti içinde cevapladı Yıldız.

"Kaçmıyor Başkomiserim, Pergamon'a gidiyor. Merak etmeyin, artık kimseye zarar vermeyecek. Sadece kendisine zarar verebilir artık, ama bizi görmeden onu da yapmaz. Çünkü muhteşem jübilesini anlatacak birilerine ihtiyacı var."

"O yüzden mi ateş etmedin?" diye sordu Nevzat. "Onu vurabilirdin."

"Vurabilirdim ama bir işe yaramazdı. Kerem'i öldürmüştü zaten. Görmediniz mi, beynini parçalamış adamın."

Yıldız'ın bu kadar sakin olmasını hâlâ anlayamıyordu Nevzat.

"Vazgeçmiş gibisin. Katili yakalamamız gerekmiyor muydu?"

"Yakalayacağız zaten. Göreceksiniz Başkomiserim, Pergamon'da bizi bekliyor olacak. Muhtemelen Zeus Altarı'nın boş kaidesinin orada. Artık çember tamamlandı. Peter artık bu dünyaya ait biri değil, o mitolojideki tanrıların arasına karıştı. Ama kendini öldürmeden yakalasak iyi olacak." Sözlerini bitirirken Ali'nin sol elindeki çantayı gördü. "O nedir?"

Omuz silkti komiser:

"Bilmem, bir çanta işte. Zanlının omzundan aldım."

"Bakabilir miyim?" El yapımı, koyu yeşil deri bir çantaydı. Çantayı açtı, parşömen sayfalarını gördü. Geçen yıl buraya geldiklerinde Peter'in aldığı parşömenler olmalıydı bunlar. Üzerleri yazılıydı sayfaların. Tahmin ettiği gibi koyu kırmızı bir sıvıyla. Yüksek sesle okumaya başladı.

"Unuttuğunuz yerden başlayacağım. Adımın silindiği son şehirden, son heykelimin parçalandığı son tapınaktan, son kâhinimin son kehanetinin son sözünden, sunaktaki son kurbanın tüten son etinden, sevgiyle, saygıyla, korkuyla yakaran son kulumun son duasından..."

Telefonu o anda çalmaya başladı. Baktı, Markus arıyordu.

"Alo Müdürüm, haklıymışız, Peter burada."

Hiç şaşırmamıştı Markus.

"Biliyorum, evinde bulduğun torbalardaki kan tahlilleri geldi. Dedesi Orhan'ın kanıymış. Dedesinin kanını kullanmış manyak! Ne yazdı acaba?"

Elindeki parşömene baktı Yıldız.

"Mitolojiyi yazmış. Defter elimizde. Evet, bir yıl önce Bergama'dan aldığı parşömene mitolojiyi yazmış Zeus'un ağzından. Dedesinin kanıyla."

"Psikopat herif, ne kadar ciddi olduğunu anlayalım istiyor..."

Sanki binlerce kilometre uzaktaki müdürü görecekmiş gibi başını iki yana salladı Yıldız.

"Zannetmem Markus, bizim için değil, kendisi için kanla yazdı. Kendisini Zeus olduğuna inandırmak için. Onun kadar acımasız olduğunu kanıtlamak için. Her neyse, artık bir önemi yok. Ne yazık ki babasını da öldürdü. Evet, Kerem Ölmez'i kurtaramadık."

Heyecanla sordu müdür:

"Yakaladınız mı peki? Onu yakaladınız mı?"

Umutsuz değil ama yılgın bir sesle yanıtladı Yıldız:

"Yakalamadık, ama yakalayacağız. Şimdi kapatmalıyım Markus."

Müdür telaşlanmıştı.

"Dikkatli ol Yıldız. Lütfen, çok dikkatli ol."

"Olurum Markus, olurum merak etme."

Telefonu kapatırken, Nevzat'ın hâlâ yadırgayan gözlerle kendisini süzdüğünü fark etti. Çaresizce gülümsedi.

"Bana öyle bakmayın Başkomiserim, onu vurmamın bir anlamı yoktu. İnanın yoktu. Bir kişi daha ölmüş olurdu hepsi bu. Ama onu hâlâ kurtarabiliriz."

12

"Geliyorlar Zeus, Toprak Ana'nın vahşi çocukları senin için geliyorlar"

Tanrısal bir ormanda yürüyordum, başları göklerde ağaçların altından, diz boyu yeşil çimenlerin arasından. İncecik bir buğu yükseliyordu yerden, mis kokulu bir rüzgâr esiyordu, kutsal bir şarkı mırıldanıyordu periler. Bütün düşmanlarımı yenmiştim, bütün dertlerden kurtulmuştum, barış sarmıştı her yanı. Tanrılar mutluydu, tanrıçalar gülümsüyordu, insanlar sevinç içindeydi, cümle mahlukat memnundu. Ben de memnundum; bedenim dinç, aklım dingin, ruhum huzur doluydu. İşte o anda duydum sesi.

"Geliyorlar Zeus, Toprak Ana'nın vahşi çocukları senin için geliyorlar."

Hera'ydı telaşla haykıran.

"Uyan Zeus, uyan aç gözlerini. Geliyorlar, devler geliyor... Uyan Zeus, Gaia'nın acımasız çocukları geliyor. Patlayan volkanlardan fırlayarak, dağları birbirinin üzerine koyarak, tepelerden oluşturdukları basamakları birbirine bağlayarak Olympos'a tırmanıyorlar. Uyan Zeus, uyan, toprağın korkunç çocukları bizim için geliyorlar..."

Gözlerimi açtığımda baştanrıçayı beni sarsalarken buldum. Dedi ki:

"Gaia devleri ayaklandırdı Zeus... Şimdi savaş zamanı..." Sarayımızın duvarlarına çarpan kayaların gümbürtüsü yankılandı kulaklarımda. "Çabuk Zeus, çabuk, nerdeyse Olympos'a çıkacaklar."

Hızla fırladım yatağımdan, gök kubbe uğursuzca yankılanıyordu devlerin savaş çığlıklarından. Dumanlar yükseliyordu yeryüzünden, denizler kudurmuş gibi dalgalanıyor, ovalar yanıyor, vadiler derin uçurumlarla parçalara ayrılıyordu. Demek beklediğimden çabuk davranmıştı Gaia. Demek beklediğimden erken gelmişti o gün. Demek ansızın bastırmıştı devler. O zaman bize de savaşmak düşerdi. Ve zırhımı giyinirken haykırdım tüm Olymposlulara, haykırdım benimle omuz omuza dövüşecek tüm yoldaşlarıma:

"Tanrılar, kardeşlerim, kız kardeşlerim, evlatlarım toparlanın. Söylediğim gün geldi. Barbarlar sarayımızı yıkmaya, evlerimizi yakmaya, özgürlüğümüzü elimizden almaya geliyorlar. Kardeşlerim, şimdi savaş zamanı. Şimdi cesaret, yiğitlik ve fedakârlık zamanı. Geliyorlar, karanlığı yeniden hâkim kılmak için, kötülüklerini her tarafa yaymak için, güzel olan ne varsa hepsini yok etmek için geliyorlar. Ama başaramayacaklar, Gaia ve korkunç evlatlarına hak ettikleri dersi vereceğiz. Onları Tartaros'un derinliklerine öyle bir gömeceğiz ki, o patlak gözleri bir daha gün ışığı göremeyecek, o çirkin bedenleri hayatı kirletemeyecek. Ve anamız, canımız, kanımız dediğimiz Gaia'ya öyle bir ders vereceğiz ki, bir daha bize bulaşmaya cesaret edemeyecek.

Haydi evlatlarım, haydi kardeşlerim, haydi yoldaşlarım! Haydi ışığın, zarafetin ve iyiliğin savaşçıları. Haydi, karanlığın, kabalığın ve kötülüğün askerlerine geçit vermeyelim. Haydi, ölümün yaratıklarına ölüm!"

Anında içtimaya geçti gökyüzünün ve yeryüzünün savunucuları, anında savaş vaziyeti aldı özgürlüğün kahramanları. Ve elbette bu günler için hazırladığım Herakles anında bitiverdi yanımda. Uçan atlar getirmişti onu sarayıma. Ben de kartalım ve yıldırımlarımla birlikte savaş arabama aldım oğlumu. Ve başlattım devlerin varlığına son verecek bu nihai savaşı. Ve Athena'yı gördüm elinde ölümcül mızrağı ve kalkanıyla. Hiç beklemeden saldırdı devlerden gözü dönmüş

Alkyoneus'un üzerine. Apollon durur mu, kanatlı oklarını fırlattı ardı ardına dağları yerinden oynatan Ephialtes adlı hilkat garibesine. Ve ağabeyim Poseidon alıp eline üç uçlu yabasını, atlayıp savaş arabasına düştü devlerin liderlerinden Polybotes'in peşine. Ve benim şanlı oğlum Dionysos bereketli asasıyla dikildi önüne genç dev Eurytos'un. Ve bizim elleri nasırlı demirci Hephaistos ağır gülleler yağdırmaya başladı edepsiz Mimas'ın kafasına. Hades'in miğferini başına geçiren akıllı Hermes çöktü ukala Hippolytos'un gırtlağına. Avcı Artemis'im kıstırdı bir köşede koca kafalı Gration'u. Gün görmüş Hekate, geçirdi tırnaklarını iğrenç Klytios'un suratına. Savaş sanatları ustası oğlum Ares atlarının üzerinden, o yenilmez denilen kanatlı deve saldırdı bütün gücüyle. İşveli Aphrodite de baştan çıkaran gülümsemesini bir yana bırakıp oğlu Eros'la birlikte yırtıcı bir kaplan gibi dikildi çirkin bir devin karşısına.

Savaş meydanını böyle denetlerken oğlum Herakles'le, sanki bir dağ çarptı bize. Arabamızla birlikte savrulduk bulutların üzerine. Başımızı kaldırınca devlerin lideri Porphyrion'u gördük. O kocaman cüssesiyle çullanıvermişti tepemize. Ne yalan söylemeli yaman bir savaşçıydı Porphyrion. Aman vermeden ardı ardına indiriyordu yumruklarını üzerimize. Ben ve cesur oğlum Herakles güçlükle savuşturduk darbelerini. Kendimizi toparlayıp saldırıya geçecekken, Porphyrion iri gövdesinden beklenmeyen bir çeviklikle zıplayıp çıktı Olympos'taki sarayımıza. Kutsal dağımızın en mahrem bölgesine. Ve olanca güzelliği içinde görünce Hera'yı, unuttu savaşı, kızışmış bir hayvan gibi uçkuruna gitti aklı. Uçan atlarımı Olympos'a sürerken, Porphyrion alçağı karımın üzerine çökmüştü bile. O manzarayı görünce kan beynime sıçradı. Ne kadar yıldırım varsa gökyüzünde yağdırdım ahlaksızın tepesine. Işıktan mızraklar derin yaralar açtı o çirkin bedeninde, ama bir türlü ölmüyordu ırz düşmanı hergele. Çünkü kutsal yasada söylenmişti; devleri ancak bir ölümsüz ile bir ölümlü birlikte yenebilirdi. Ve işte o zaman kahraman Herakles çıktı bir adım öne, gerdi yayını, gönderdi okunu Porphyrion'un kara kalbine. Kahraman evladımın okuyla can verdi hilkat garibelerinin reisi. İşte böyle başladı devlerin dillere destan olacak trajik hikâyesi.

Ve Athena boğuşmayı sürdürüyordu Alkyoneus'la toprağın üzerinde. Görünen o ki, hiç de kolay değildi kızımın işi. Anında ölümsüz ablasının yardımına koştu Herakles. Elindeki sopasıyla ardı ardına darbeler indirdi devin kafasına. Kanlar içinde kalan Alkyoneus cansız devrildi toprağa ama çok sürmedi, yeniden dikildi ayağa. Çünkü her düştüğünde, Toprak Ana güç veriyordu ona. Ve uyardım oğlumu. Dedim ki:

"Onun ayağını yerden kesmeliyiz Herakles, Gaia yardım ediyor Alkyoneus'a. Toprağa her değdiğinde yeniden yaşam suyu veriyor oğluna."

Bunun üzerine Herakles'le birlikte topraktan uzağa götürdük onu, böylece yiğit oğlum sıkıverdi o sefil devin kalın boynunu. Ve bu kez kurtaramadı feraseti bol Gaia çirkin oğlunu. Ve devlerin liderlerinden Alkyoneus, işte böyle tuttu ölüler ülkesinin yolunu.

Ve yetiştik kaç zamandır karanlıklar prensi Ephialtes ile cebelleşen ışıklı Apollon'a. Kaç kez oklasa da oğlum, bir türlü ölmüyordu bu mendebur varlık. Dedim ki:

"Ey Apollon, ey akıllı oğlum, sen sol gözüne nişan al Ephialtes'in, Herakles ise sağ gözüne. Ama aynı anda gerin yaylarınızı, aynı anda bırakın oklarınızı."

Dediğimi yaptılar, aynı anda, iki okla, iki gözünden vurdular çirkinlik abidesi Ephialtes'i. Depremde nasıl sarsılırsa dağlar işte öyle sarsıldı Ephialtes ayakta. Tuttuğumuz gibi yolladık onu da Hades'in karanlık dünyasına.

Ve lacivert yeleli Poseidon üç uçlu yabasını defalarca saplasa da devlerin en azmanı Polybotes'in göğsüne, bana mısın demiyordu pis ucube. Herakles ile gidecekken yardımına, bir baş işaretiyle durdurdu bizi. Tek başına yenmek istiyordu bu iblisi, Ama mümkün değildi bu. Beni değilse de Herakles'i almalıydı yanına. Ve atladı yiğit oğlum, amcasının uçan atlarının çektiği cenk arabasına. Ve sürüklediler

Gaia'nın en çirkin yavrusunu, denizlerin ortasına. Ve koparıp Kos Adası'nın yarısını, gömdüler Polybotes'i denizlerin en derin çukuruna.

Ve asma çubuğunu, o verimli bitkiyi bir silah olarak kullanan Dionysos, genç dev Eurytos'u sersemletmişti adam akıllı. Şarabın gazabından korkmak lazımmış, kan içinde kalmıştı Gaia'nın sevgili evladı. Ama öteki iblisler gibi Eurytos da ölmemek için direniyordu. Yüz adımda yetişti Herakles esrik kardeşinin yardımına. Ve sapladı oklarını Eurytos'un boynuna. Anında kesildi nefesi devin, böylece yolladık onu da Hades'in kollarına.

Ama demirci Hephaistos'un ağır güllelerle yorduğu Mimas'a, ne ateş işliyordu, ne keskin çelik. Halbuki o kadar güçlüydü ki Hephaistos'un darbeleri, bir başkası olsaydı eğer, yeter artık diyerek kendi ayaklarıyla inerdi kendi mezarına. Fakat devlerin en inatçısıydı Mimas. Yeniden doğuyordu ölümlerden, can verdikçe yeniden başlıyordu nefes almaya. Ne zaman ki Herakles girdi kavgaya, ne zaman ki kılıcıyla ayırdı onun yumru kafasını eğri gövdesinden, işte o zaman çekildi Mimas savaş cephesinden.

Ve Hermes ardı ardına darbeler indirirken Hippolytos'a, her seferinde dinlenmiş olarak yeniden dikiliyordu dev karşısına. Bir de sırıtıyordu çarpık kayalara benzeyen iri dişlerini göstererek. Nerdeyse bozulacaktı ki Hermes'in maneviyatı, kardeşi Herakles yetişti yardımına. Ve indirince sopasını Hippolytos'un kafasına, anladı dev, dünyanın kaç bucak olduğunu. Hem ölümlü, hem ölümsüz iki cesur oğlum aldı Hippolytos'u altlarına ve çıkardılar son nefesini ciğerinden iri yumruklarıyla vura vura. İşte o bahtsız da böyle sepetlendi ölüler diyarına.

Ve Artemis kevgire çevirse de Gration'un pis kokulu gövdesini, etraf kara kanıyla mezbahaya dönse de iri mahluk hiç yorulmamış gibi dinçti. Her seferinde yeniden saldırıyordu tanrıçaya. Ve nerdeyse altına alacaktı ki güzel çelenkli kızımı, yine Herakles'in çelikten kolları yetişti imdada. Önce savurup attı Gration denen alçağı ablasının üzerinden.

Sonra Artemis'le aynı anda çekerek yayını, iki sihirli okla deldiler devin biçimsiz gerdanını. Böylece güçlü Gration da uğradı aynı hüsrana. Ve ayağından tuttuğumuz gibi attık onu da karanlığın ortasına.

Ve Ares, kim bilir mızrağıyla kaç kez parçalamıştı kanatlı devin pembe bedenini. Ama bütün tüyleri yolunsa da o canavar hâlâ uçuyordu etrafında, hâlâ pençelerini geçirmeye çalışıyordu savaşçı oğluma. Laf aramızda Ares de yılmış olmalı ki biraz, itiraz etmedi Herakles'in yardımına. Ve insandan doğma oğlum erişti kavga meydanına ve anında kılıcıyla kopardı kanatlarını tuhaf devin. Ares de mızrağıyla sonlandırdı kavgayı, kararttı zorlu düşmanının gözlerindeki son ışıltıyı.

Ve Aphrodite, sanki dünyanın en iyi savaşçıları güzellerden çıkar dercesine, kaç zamandır tiftik tiftik ediyordu karşısındaki devin çirkin bedenini. Eros'un okları bu kez rakibinin kalbine değil sırtına gömülürken, aşk tanrıçası da kim bilir kaçıncı kez geçiriyordu tırnağını düşmanının göğsüne. Elbette bu hilkat garibesi de direniyordu ötekiler gibi ölmemek için. Ama boşuna, o da ötekiler gibi kaderinden kaçamayacaktı. Herakles ablası Athena'dan ödünç aldığı mızrakla onun da canını alacaktı. Ve ensesinden soktuğu mızrakla kavuşturdu devin ruhunu sonsuz huzura.

Ve savaş bittiğinde tek bir çirkin evladı kalmamıştı Gaia'nın yeryüzünde. Bütün devler yenilmiş, isyan bastırılmış, barbarlar bozguna uğratılmıştı. Savaşın galibi kesinlikle tanrılardı. Ama yapılacak son bir iş daha vardı. Zaferi kutlamadan, nektarla dolu altın tasımı benimle birlikte savaşanların şerefine kaldırmadan, şükran dolu konuşmamı yapmadan önce indim yeryüzüne, çıktım Gaia'nın önüne. Yıkılmıştı büyükannemiz; yüzündeki çizgiler derinleşmiş, avurtları çökmüş, beli bükülmüştü. Bir zamanlar şefkatle bakan gözleri şimdi nefretle süzüyordu beni. Ben nefretle bakmadım, ama saygı da duymuyordum artık ona sevgi ise çoktan bitmişti aramızda.

Dedim ki: "Ey Gaia, ey gözü doymaz tanrıça, ey entrikalar kraliçesi, ey erkekleri parmağında oynatan dişi. Anla artık, senin çağın sona erdi. Bizi sen var ettin, bunun için teşekkür ederiz, ama bitti. Evet, hepimiz senden geldik, ama sana dönmeyeceğiz. İnkâra gelinmez, hayat seninle başladı ama seninle sürmeyecek. Vazgeç artık, sen tanrı değilsin, vazgeç artık, dünyaya sen hükmedemezsin, vazgeç artık çocuklarını birbirine kırdırmaktan. Bu benim çağım, bu benim dünyam, bu benim krallığım, benim hükmüm sürecek artık. Çünkü tanrıların en kudretlisi, en zekisi, en cesuru, en maharetlisi benim. Titanlar ayaklandı yendim, devler ayaklandı yendim, artık kimse önümde duramaz benim. Çünkü yenilmez olan benim."

Öylece durdu Toprak Ana, gözlerindeki nefret iyice keskinleşti. Başını vakarla yukarı kaldırdı ve kin dolu bakışlarını yüzüme dikti. Dedi ki:

"Ey Zeus, kendini yenilmez sanan ezik Zeus, ey kendini yeryüzünün en kudretli tanrısı sanan zayıf Zeus. Ben hepinizin anasıydım, hepinizi yaratandım, hepinizi var edendim, tek isteğim vardı: Bir arada kardeşçe yaşamanız, birbirinizi sevmeniz, hiç ayrım yapmamanız. Bütün evlatlarım arasında eşitlik olsun istemiştim, kimse haksızlığa uğramasın, benden doğanlar birbirini boğazlamasın. Ama önce deden Uranos, sonra baban Kronos ve şimdi de sen; kardeşliği, sevgiyi ve eşitliği yok ettiniz. Şiddeti, bencilliği, açgözlülüğü ve hırsı benimsediniz. Korktunuz, o yüzden bir korku imparatorluğu kurmak istediniz. Elbette buna göz yumamazdım. Elbette siz zalim ve aptal erkeklere karşı direnecektim ve direndim. Uranos'u tahtından indirdim, Kronos'un tacını elinden aldım, ne yazık ki sana yenildim. Bu kadarı aklıma gelmezdi. Çünkü zafer için çocuklarının hayatını tehlikeye atacak kadar merhametsiz olacağını düşünmezdim. Ama iyice ustalaşmışsın vicdansızlıkta, kanlı kumpaslar kurmakta, sinsi entrikalar hazırlamakta. Hiç inkâr etme Zeus, sen bütün kralları geçtin alçaklıkta.

Kabul, yenildim, kabul yüce Zeus, sen kazandın. Ama bu zafer geçici. Haklısın, benim çağım bitti, sen bitirdin ama zaman öyle istedi. Şimdi tümüyle senin çağın başlıyor, hükmün sürerken tadını çıkart. Çünkü zaman seni de yenecek. Ne Olympos kalacak, ne sarayın, ne gökyüzü, ne yeryüzü. Ne şan, ne şöhret, ne itibar, ne tapınakların, ne sunakların, ne sunaklarının duvarlarına yaptıracağın kabartmaların. Zaman hepsini elinden alacak, benim elimden aldığı gibi, hükmün bitecek, sözün yere düşecek.

Ey Zeus, ey benim en cesur torunum, ey benim kendi gücüne tapan tiranım, ey zalimliği adalet zanneden cahil evladım. Kulaklarına küpe et şu sözlerimi. Yeni tanrılar gelecek, hepimizden daha kudretli, daha bilge, daha cesur. İnsanlar onları sevecek, onlara saygı duyacak, onlara tapacak. Unutulacaksın Zeus, kaçınılmaz bir şey bu. Adın alay konusu olacak, insanlar dalga geçecekler seninle. Aşkların, kahramanlıkların, mucizelerin kötü birer şaka gibi anlatılacak. İnan bana böyle olacak. Ve sadece yaptığın zalimlikler kalacak geride, çıkardığın savaşlar, yaydığın salgın hastalıklar, kışkırttığın felaketler, tüm canlılara çektirdiğin acılar, bir de ellerindeki kan...

Evet, güçlü torunum, evet bulutları devşiren, yıldırımlar yağdıran, fırtınalarla kükreyen Zeus, beni yendin. Artık ana tanrıça değil, Toprak Ana'yım ben. Fakat şu işe bak ki, titanlara, tanrılara, devlere, insanlara, cümle mahlukata kucak açmayı sürdüreceğim. Onlar benimle birlikte yaşayacaklar, ben de onlarla. Tanrıça olmayacağım kabul, ama var olmayı sürdüreceğim. Oysa sen olmayacaksın Zeus, hiç gerçekleşmemiş bir kehanet gibi, yalancı bir kahraman gibi, kötü bir rüya gibi unutulacaksın. Bundan kurtuluş yok. Hadi şimdi çık Olympos'a. Hadi şimdi yüksel bulutlara, hadi şimdi vaktin varken iktidarının tadını çıkar. Kutla zaferini sana inananlarla. Çünkü bozgun çok yakında."

Böyle dedi ve gözlerimin önünde küçülerek oğullarının kanıyla kızıl kahverengiye dönmüş tozlara karışıp ağır ağır yok oldu. Hiç öfkelenmedim, alınmadım, umursamadım bile söylediklerini. Yenildiği için böyle konuşuyordu, oğullarını öldürdüğüm için, iktidarını sonsuza kadar yitirdiği için. Uçan atlarımın çektiği savaş arabama bindim. Olympos'a çıktım, yoldaşlarımı başıma topladım. Şöleni başlattım. Müzikle şenlendi yürekler, ambrosiayla doldu tabaklar, nektarlar döküldü altın kadehlere. Övdüm yoldaşlarımı, kıymetli armağanlar dağıttım tanrılara, tanrıçalara. Ve oğlum Herakles'i kattım Olymposluların arasına. Ve bir kez daha haykırdım en güçlü sesimle:

"Ben buyum işte. Yeryüzündeki ve gökyüzündeki cümle mahlukatın Baştanrısı Zeus. Titanların en güçlüsünü alt eden Zeus. Babalık yapmayı bilmeyen babasını Tartaros'a gönderen, barbar devleri acımasızca yenen Zeus. Fırtınalar öfkemdir, şimşekler kükreyişim, yıldırımlar mızraklarım. Bundan böyle tanrıların, titanların, devlerin ve insanların kralı benim.

Ben buyum işte; gelmiş geçmiş tanrıların en güçlüsü, en cesuru, en zekisi, en maharetlisi, hükmü sonsuza kadar sürecek olan Zeus.

On İkinci Bölüm

Kale Tepesi'nin etrafını saran ağaçlıklı yol, döne döne yükselerek akropolde sona eriyordu. Toyota'yı elleriyle koymuş gibi buldular Pergamon antik kentinin kapısında. Beyaz Megane'ı lacivert pikabın yanına çekti Ali. Arabadan inince sert bir rüzgâr karşıladı onları. Bu kadar yükseklikte bile sıcaklık azalmamıştı. Üçü de pikaba yöneldi, elbette içinde kimse yoktu.

"Şu Peter Schimmel'i ne zamandır tanıyorsun?" diye sordu Nevzat. Hayır, yadırgamıyordu artık, aksine hayranlıkla bakıyordu. "Adamın neler yapabileceğini önceden kestiriyorsun. Tahminlerin doğru çıktı."

"Önceden tanımıyordum. Bu soruşturma sırasında tanıştık. Başlarda kuşkulanmıştım ondan, ama sonra bize yardımcı olmaya başladı. Üç defa gördüm, bugün dördüncü oldu."

Hızlı adımlarla antik kente girilen turnikelere doğru yürümeye başlamışlardı.

"Bravo valla. Bir zanlıyı bu kadar iyi analiz etmek, hem de bu kadar kısa sürede. Valla bravo. Müthiş."

Alay mı ediyorsun dercesine baktı Yıldız.

"Müthiş mi? Yapmayın Allah aşkına! Bir tek cinayete bile engel olamadım, bir kişinin bile canını kurtaramadım. Asıl müthiş olan katil. Az önce gördünüz, adam burnumuzun dibinde öz babasını katletti. Öylece seyrettik. Biraz aksaklık yaşasa da sonuna kadar uyguladı kafasındaki planı. Belki birazdan yakalayacağız onu, belki başka bir sürpriz hazırlıyordur bize. Adam yendi bizi Başkomiserim. Asıl müthiş olan o."

Öyle içten konuşuyordu ki, teselli etmek ihtiyacı duydu Nevzat.

"Ben senin gibi düşünmüyorum, sonuçta olayı çözdün. Katilin neden öldürdüğünü buldun. Adamın kişiliğini doğru analiz ettin. Bu kadarı kâfi. Hiç kimse bütün süreci kontrol edemez. Tanrı değilsin sonuçta."

Acı acı güldü Yıldız.

"Orası doğru, tanrı olan ben değilim, Peter. Ben sadece bir polisim, bu vakada çuvallayan bir polis. Bana katilin kişiliğini doğru analiz ettin diyorsun. Ama hangi kişiliğini? Babası tarafından, terk edilen ve bir daha hiç aranmayan beş yaşındaki Kartal'ınki mi? Son derece başarılı bir işadamı, son derece nazik bir insan olan, çevreci Peter'inki mi? Titanların, tanrıların, insanların ve cümle mahlukatın baştanrısı Zeus'unki mi? Hangisini doğru analiz ettim?" Kesin bir tavırla başını salladı. "Belli ki moralimi düzeltmek için böyle konuşuyorsun. Sağ ol ama ben bu soruşturmada yenildim Başkomiserim. Katil yendi beni. Gerçek bu."

"Bu kalabalık da ne?" diyen Ali'nin sözleri yarıda kesti konuşmayı. "Nereden geliyor bunlar?"

Başlarını çevirince turnikelerden akın akın dışarı çıkan insanları gördüler. Almanı, Japonu, İngilizi, Arabı, Türkü onlarca insan, sakin adımlarla üzerlerine doğru geliyordu. Önce Nevzat kavradı durumu.

"Müze kapanıyor galiba o yüzden herkes çıkıyor."

"İyi" diye fısıldadı Yıldız adımlarını biraz daha hızlandırarak. "Umarım, iyice boşalır. Yukarısı ne kadar sakin olursa o kadar iyi..."

Haklıydı, bütün bu insanların başlarına toplanması durumu iyice zorlaştıracaktı. Aceleyle turnikelere yürüdüler. Göğsündeki kartta Mirkelam Batmaz yazan üniformalı müze görevlisi önlerine çıktı.

"On beş dakikaya kapanıyoruz" diyecek oldu ama Ali polis kimliğini burnunun dibine sokunca, hemen yana çekildi. "Pardon amirim, tabii geçebilirsiniz. Yardıma ihtiyacınız varsa..."

Yıldız atıldı hemen.

"Az önce biri girdi mi içeri? Sarışın, uzun boylu bir adam. Kahverengi yakasız bir gömlek giymişti, koyu renk bir pantolon."

"Evet" dedi Mirkelam. "Alman bir turistti. Çantasını unutmuş içeride, alıp gelecekmiş, o yüzden izin verdim girmesine." Yanlış yapmış gibi duraksadı. "Sokmasa mıydım?"

Ali dostça omzuna vurdu güvenlikçinin.

"Tamam, tamam Mirkelam! Sorun yok. Ama artık kimseyi sokma. Anladın mı?"

Anında hazır duruşa geçti Mirkelam.

"Anlaşıldı amirim, hiç merak etmeyin, kimse girmeyecek içeriye."

Mirkelam'ı soru dolu gözleriyle kapıda bırakıp turnikelerden geçtikten sonra, bir süre daha kalabalıkla boğuşarak, antik kente çıkan merdivenleri tırmanmaya başladılar. Son basamağa ulaşınca, Bakırçay Ovası belirdi gözlerinin önünde. Kilometrelerce ötede bir parıltı gördü Yıldız. Dikkatle baktı, yanılmamıştı, güneşin ışıkları altında maviden kızıla dönüşen bir deniz kıpırdanıyordu uzaklarda.

"Hangi yoldan gideceğiz?" diyen Nevzat'ın sesiyle koptu manzaradan. "Burada yol çatallanıyor."

Bir an düşündü Yıldız, sonra kararlılıkla sol tarafı gösterdi.

"Buradan Başkomiserim. Zeus Altarı bu tarafta. Peter oraya gitmiş olmalı."

Sinirli sinirli güldü Ali.

"E adam Zeus, nereye gidecek ki başka?"

Ne Yıldız ne de Nevzat cevap verdi. Hızlı adımlarla, adeta koşarcasına toprak yoldan inmeye başladılar. Az sonra çıktı karşılarına kutsal anıtın boş kaidesi. Sunağın zemin taşları kalmıştı sadece, insanların tanrılara adaklarını yaktıkları yerde şimdi kocaman bir çam ağacı vardı. Karşıdan vuran güneş, trajik bir görüntü veriyordu bir zamanlar dünyanın sekizinci harikası olan baştanrıya adanmış altara. Ama çam ağacının altında da, tapınağın etrafında da kimse yoktu.

"Yanıldık mı?" diye söylendi Nevzat. "Katilimiz buraya gelmemiş galiba."

Üçü birden aceleyle altarın etrafında dolaştılar. Hayır, Peter Schimmel burada değildi. Bakışları biraz aşağıya kaydı Yıldız'ın, bir servi ağacının altındaki mezarda durdu. Zeus Altarı'nın hayatını tümüyle değiştirdiği bir başka Alman, Carl Humann orada yatıyordu işte. Ama kendini Zeus sanan katil görünmüyordu ortalıkta. Yeniden altarın denize bakan yüzüne, bir zamanlar merdivenlerin olduğu yere geldi. Sırtını altara verip sağ tarafa baktı, az ilerde tiyatro vardı. Hayır, katilin oraya gideceğini zannetmiyordu. Döndü, başını kaldırdı, Athena Tapınağı'nın bulunduğu sete dikildi gözleri. Hayır, Zeus'un, bilge kızı Athena'nın kutsal alanında da işi olamazdı.

"Akropol" diye söylendi heyecanla. "Tepeye çıkmış olmalı, Akropol'e."

Ali az önce geldikleri tarafa yönelecekti ki, Yıldız, uçurumu gösterdi. "Buradan Ali, tiyatrodan geçen kestirme bir yol var. Rehber bizi buradan götürmüştü."

Taş toprak yığınlarının arasından kıvırılarak uzanan dar yola çıkınca rüzgâr iyice artırdı şiddetini. Yürümekte zorlanıyorlardı, neyse ki mesafe uzun değildi, patika yol tiyatronun ortasına çıkardı onları.

"Bu nasıl bir tiyatro be!" diye söylendi Ali, seyircilerin oturduğu yerlere bakarak. "Şeytan merdiveni gibi dimdik."

"Öyle. Antik dünyanın en dik tiyatrosundayız şu an. Ama biraz gayret." Yukarısını işaret etti Yıldız. "Şu tepedeki geçitten çıkacağız dışarı."

Ardı ardına sıralanan taş basamakları tırmanarak yukarıdaki karanlık dehlize ulaştılar. Üç beş metre boyunda kısa bir geçitti burası. Geçit onları Athena Kutsal Alanı'na çıkardı. Üçünün de gözleri etrafı tarıyordu. Yıldız'ın tahmin ettiği gibi Peter burada da yoktu. Traianus Tapınağı'nın beyaz mermer sütunlarına baktı.

"Oraya çıkmalıyız, Akropol'ün en yüksek yerine."

Büyük İskender'in gözü kara komutanlarından Lysimakhos'un bıraktığı servetle, hadım Philetairos tarafından kurulan, Attalosların görkemli başkentinin yıkılmış sokaklarında bir süre yürüdüler. Roma İmparatoru Büyük Traianus için yapılan tapınağın kalıntılarına ulaştıklarında üçü de nefes nefese kalmıştı. Elbette burada da yoktu Peter. Hem Pergamon'un en yüksek yeri burası da değildi. Bunun için arkadaki sarayları çevreleyen surlara gitmek zorundaydılar. Biraz soluklandıktan sonra yine hızlı adımlarla, meydandaki büyük sarnıcı geçerek bir zamanların ihtişamlı saraylarına geldiler.

"İşte orada! Aradığımız şahıs orada."

İlk Ali görmüştü Peter'i. Batmakta olan güneşin altında kendinden geçmişcesine dikiliyordu. Gözlerini kapamış, ellerini yana açmıştı. Keten gömleğinin kollarına dolan rüzgâr ona geniş kanatlı, iri bir kartal görünümü veriyordu. Saçlarını altın rengine çeviren ışıktan mı, gerçek bir Yunan tanrısı gibi heybetli bedeninden mi, hiç yapay kaçmıyordu bu görüntü. İktidarını çoktan yitirmiş bu akşam güneşinin, bu terk edilmiş antik kentin, bu yıkılmış sarayın bir parçası gibi duruyordu yorgun surların üzerinde.

"Evet" diye fısıldadı Yıldız. "Evet, orada."

Polislere bakmamasına rağmen, yaklaştıklarının farkındaydı Peter. Ama hiç umursamıyordu, gözleri kapalı, kolları alabildiğine açık, öylece durmayı sürdürüyordu güçlü rüzgârın karşısında.

"Bay Schimmel!" diye seslendi Yıldız yumuşak bir sesle. "Peter Schimmel."

Elbette duymuştu, ama dönüp bakmadı.

"Bay Schimmel" diye yineledi öncekinden daha yumuşak adeta yenilmiş bir sesle. "Tamam, siz kazandınız. Tamam, intikamınızı aldınız. Tamam, yapmanız gerekeni yaptınız. Ama buraya kadar. Artık teslim olmalısınız."

Önce alaycı bir gülümseme belirdi Peter'in dudaklarında, sonra gözlerini araladı, ardından kollarını indirdi, bakışlarını onlara çevirdi. Yüzündeki vahşi ifade kaybolmuştu, Yıldız'ın tanıdığı o derin keder yerleşmişti yine kara gözlerinin derinliklerine.

"Olmaz, Bayan Karasu" dedi o eski nazik ses tonuyla. "Ne yazık ki teslim olamam. Artık bunu yapamam. Dedemi öldürdüm, kardeşimin kalbini çıkardım, Alex'in derisini yüzdüm, babamı acımasızca katlettim. Artık geri dönemem." Durdu, sanki bütün yeryüzünü görecekmiş gibi etrafına baktı. "Sizin dünyanızdan nefret ediyorum. Burada olmak daha iyi, daha güzel, daha anlamlı. Çocukluğumu saymazsak, yaşadığım hayatı hiç sevmedim, bir tek anını bile. Dönersem, oraya dönmüş olacağım. Eskisinden daha kötü, daha zor, daha çirkin olacak her şey. Hayır Bayan Karasu, dönmeyeceğim, tanrıların dünyasında kalmak daha iyi. Sonuna kadar götürmeliyim bu serüveni, yoksa çekilen acılar anlamsızlaşacak, döktüğüm kan boşa gitmiş olacak, yoksa herkes beni basit bir deli sanacak." Buruk bir gülümseyiş belirdi dudaklarında. "Hayır Bayan Karasu, ben deli değilim, aklımı da kaçırmadım. Ama bu kadar acımasız, bu kadar sevgisiz, bu kadar hoyrat bir dünyada hiçbir şey olmamış gibi yaşayamazdım." Durdu, iyice kızıla dönüşen gökyüzüne baktı. "Hem beni çağırıyorlar. Sevgili karım Hera, bilge kızım Athena, ışığın tanrısı Apollon, ağabeyim güçlü Poseidon, yeter artık gel diyorlar..." Sustu, şimdi sadece uğuldayan rüzgârın sesi duyuluyordu Akropol'ün yıkıntılarında. Çaresizce baktı Yıldız.

"Yapmayın!" diye seslendi. "Yapmayın!"

Acıyla gülümsedi Peter Schimmel, "Başka çarem yok" dedi. "Hayat, başka seçenek bırakmadı bana."

Sonra döndü, kollarını bir kartal gibi açarak, usulca surların üzerinden boşluğa bıraktı kendini. Sanki gökyüzünde bir kanat sesi duyuldu, sanki bulutların arasından vahşi bir çığlık yükseldi. Öylece kalakalmıştı üç polis surun dibinde. Olan bitene aldırmayan güneş, binlerce yıldır yaptığı gibi antik kenti çevreleyen tepelerin üzerinden ağır ağır kayboluyordu.

22 Ocak 2021
İstanbul